N & K

KOLLEKTION

NAGEL & KIMCHE

Herausgegeben von
Peter von Matt

Jakob Schaffner

JOHANNES

Roman einer Jugend

Mit einem Nachwort
von Peter Hamm

Nagel & Kimche

Unterstützt durch den Fachausschuss Literatur
Basel-Stadt und Basel-Landschaft

1 2 3 4 5   09 08 07 06 05

Nach der Erstausgabe von 1922
© 2005 Nagel & Kimche
im Carl Hanser Verlag München Wien
Herstellung: Meike Harms und Hanne Koblischka
Satz: Filmsatz Schröter GmbH
Druck und Bindung: Friedrich Pustet
Printed in Germany
ISBN 3-312-00355-5

Vorwort

Die nachfolgenden Aufzeichnungen verfolgen nicht die Absicht, Personen und Einrichtungen in Verruf zu bringen, oder gar an ihnen Rache nehmen zu wollen. Ton und Haltung des Romans werden ihn vor diesem Verdacht hinlänglich schützen. Außerdem hat die Neuzeit wie an den meisten Plätzen auch in der Armen-Lehrer- und -Kinderanstalt Demutt wandelnd eingegriffen, so daß derjenige, der sich in Herausforderungen gefiele, es heute nicht nur mit einer anderen Besetzung, sondern auch mit veränderten Verhältnissen zu tun bekäme. Es ist auch selbstverständlich, daß die Notwendigkeiten der Formgebung den Roman der etwaigen Forderung nach wörtlicher Wahrheit von vornherein entzogen. Was dargestellt werden sollte, waren ja nicht «Zustände», sondern das Wachstum eines jungen Eigenmenschen unter dem Druck einer vielfach zwanghaften Umwelt, seine Irrungen, seine innere Befreiung, und der endliche ahnungsweise Ausblick auf die Wahrheit, daß das Glück eines Volkes und der Menschheit von ihrem Besitz an Eigenmenschen abhängt. Daß Johannes Schattenhold *eine* Person ist, und der Verfasser eine andere, sollte ich eigentlich nicht mehr besonders bemerken, aber ich will es doch nicht unterlassen /
Jakob Schaffner.

ERSTES BUCH

ERSTES KAPITEL

Das Elternhaus

Vom Erwachen

Unser bewußtes Leben scheint zwischen dem dritten und vierten Altersjahr zu beginnen. Es soll einzelne geben, die ihre Erinnerungen bis ins zweite zurückverfolgen können; das scheinen jedoch Ausnahmen zu sein, und es ist fraglich, ob wir hier nicht überhaupt Selbsteinbildung vor uns haben. Unsere Erinnerungen sind aufgeschlagene Augenblicke der Seele, Erlebnisse, die wie Sternschnuppen aus der Urnacht der Unbewußtheit aufleuchten, um wieder darein zu versinken; was dann gerade vorhanden ist, wird beleuchtet und erkannt. Ich weiß sicher, daß diese Augenblicke bei mir von einer starken Empfindung des Staunens begleitet waren, nicht sowohl wegen des Erlebnisses an sich, das keineswegs immer außerordentlich war, als wegen der Tatsache meines bewußten Daseins über einem Meer von Dunkel und Schweigen, das ich unter mir fühlte. Die ersten Erlebnisse liegen zeitlich noch weit auseinander; dann verkleinern sich die Abstände, und endlich kommt die Seele dazu, eine ununterbrochene Kette des Bewußtseins herzustellen. Ich denke mir, alle frühen Erlebnisse sind Anreize von außen, auf die die Seele mit Erwachen antwortet; später sucht sie das Erwachen aus eigenem Antrieb, oder richtiger: sie sucht den Reiz desselben, der unendlich süß ist, während das vollzogene Wachen von Anfang an den Charakter des Konflikts, seinen doppelsinnigen Wert offenbart, und daher von Leiden, Angst und Sehnen begleitet ist. Trotzdem strebt das Individuum nach dem ständigen Zustand des Wachens, weil es darin Aussichten auf Macht und Genuß vermutet. Was das Leiden angeht, so hegt die Seele von Anfang an die Hoffnung, es umgehen zu können, und bei den meisten stellt sich nie eine Vertrautheit damit ein; wenige dringen zur Bejahung durch. So werden wir unaufhaltsam ins Leben, das heißt ins Leiden, gelockt, und wer es darin hoch bringt, hat am Ende weniger getan und erreicht, als Not ausgestanden und den Tod begütigt.

Geboren bin ich, Johannes Schattenhold, im dunkelsten Monat das Jahres – am 14. November 1875 – in Basel, und zwar in derselben Straße, in der auch J. P. Hebel das unbeständige Licht dieser Welt erblickt hat, er als der Sohn von zwei kleinen Leuten, die einem malenden Basler Patrizier als Taglöhner dienten, ich als erstes Kind eines Gärtners, der ebenfalls bei einem Basler Patrizier angestellt war. Meinen Antrittschrei tat ich im Spital. Damals mochte mein Vater dreiunddreißig, und meine Mutter gegen sechsundzwanzig alt sein. Mein schlafendes Leben wurde zum erstenmal geweckt von einem Hagelwetter, das über die Gegend niederging. Ich sah aus dem Fenster der Wohnstube, wie die Schloßen niedersausten, das grüne Laub von den Bäumen sank, unreifes Obst zur Erde fiel, und das Gemüse zerhackt liegen blieb. In der Stube war es dunkel; draußen herrschte ein kaltes, sehr fremdes Zwielicht, durch das mein Vater den Gartenweg hinauflief, um die Rolläden über die schrägen Fenster des Treibhauses herunterzulassen; er hatte zum Schutz gegen die Schloßen die Jacke über den Kopf gezogen. Meine Mutter schlug auf der anderen Seite des Hauses die Läden zu. Später trat sie in das Zimmer, in dem ich mich aufhielt, aber ich drehte mich nicht nach ihr um; sie bekümmerte sich auch nicht um mich, und ich kann nicht sagen, was sie tat. Meine Stimmung war sehr ernst und aufmerksam, und eine tiefe, furchtbewegte, ehrfürchtige Andacht erfüllte mich gegenüber der Erscheinung, die ich später als die Natur kennen lernte, und als das Geschick, das uns darin beschieden ist. Als das Unwetter vorbei war, durfte ich hinaus. Der Hagel bedeckte handhoch alle Wege und Beete. Dazwischen lagen abgeschlagene Zweige und kleine Äste, auch tote Vögel fand ich. In einiger Entfernung sah ich meinen Vater langsam die Gartenbreite durchschreiten, aber ich wagte mich nicht zu ihm, weil mir seine Haltung die Vermutung eingab, daß er sehr traurig sei. In diesem Moment verehrte ich auch ihn tief und voll unaussprechlichen Verständnisses. Ich sah ihm nach, bis er hinter Büschen und Bäumen verschwunden war; dann dachte ich an die Mutter, die ich im Haus wußte, und ich hatte die Regung, mit diesem Gefühl zu ihr zu gehen; doch gehorchte ich ihm nicht, sondern setzte meinen einsamen Umgang ganz im Geist des Vaters durch den zerstörten Garten fort. Damals mochte ich etwa drei Jahre alt sein.

Meine Mutter «sah» ich auf diese Weise zum erstenmal, als sie vor dem Haus auf dem Pflaster kniete und mit einem alten Messer das Unkraut zwischen den Steinen heraus jätete. Sie hatte eine blaue Schürze an; die Sonne schien ihr auf den schwarzen Scheitel, und ich wußte, daß sie ihre Arbeit ungern tat und unmutig war; sie hatte vorher einen Wortwechsel darum mit dem Vater gehabt. Meine sozusagen *moralischen* Dimensionen waren bisher einfach Länge und Breite gewesen – die Eltern und ich –; der kleine Auftritt nahm darin die erste Teilung vor, spaltete das Elternpaar in Vater und Mutter – Länge und Tiefe –, durch welche letztere mir der Blick in die *dritte* Dimension von Gut und Böse eröffnet wurde, der mir das Sein zum Dasein machte. Ich begriff ahnungsweise unter der frühesten Beunruhigung, deren ich mich erinnere, daß es auch wegstrebende und selbst widerstrebende Richtungen im Leben gibt, und die Mutter sah ich fortan unweigerlich in diesem Verhältnis. Das mag manchen wundern, aber auch das ist Begabung, und außerdem wird nach dem ersten Erlebnis dieser Art immer wieder etwas geschehen sein, was mich daran erinnerte und mich in dieser Anschauung bestärkte.

Eine sehr frühe Erinnerung sind die Sperlinge, die im Obergeschoß unseres Häuschens nisteten, einem Heuboden, der nach außen mit Holz verschlagen und sehr angenehm rot gestrichen war; in den Zwischenräumen zwischen den Brettern, die man für die Atmung des Heus gelassen hatte, hingen lebendig und unordentlich die Nester dieser Zigeunerbande an den Tag heraus. Doch waren sie mir nicht durch ihre augenfällige Erscheinung merkwürdig – ich kann mich nicht darauf besinnen, einen einzigen bemerkt zu haben –, sondern sie fielen mir auf durch eine bestimmte Art von Lärm, den sie jeden Sommermorgen anstimmten, während ich noch im Bett lag. Es war ein schetterndes Geschrei, so eigentümlich gefärbt und so verschieden von dem sonstigen nichtsnutzigen Spektakel der unermüdlichen Schreier, daß ich es den Wirkungen der besonderen Räumlichkeit zuschrieb, worin es vor sich ging, zumal ich ihm auch sonst nirgends begegnete. Der Umstand gab mir zu denken, erfüllte mir viele Morgenstunden mit akustischen Vorstellungen, und erregte meine Raumphantasie. Erst viel später kam ich darüber, daß die Spatzen immer dies geborstene Gezeter hören lassen, wenn eine Katze um den Weg ist.

Eine Katze findet sich tatsächlich in meinen ersten Erlebnissen; sie ist der Anlaß, daß ich, kaum zum Leben erwacht, auch schon zum erstenmal mit jener dunklen Gewalt, die wir Tod nennen, bekannt wurde. In einem räumlichen, aufrechtstehenden und offenen Faß, bei uns Stande genannt, hatte mein Vater Teer angesetzt, mit dem er den Gartenzaun nachstrich; auch die Spitzen von Baumpfählen tränkte er damit, ehe er sie in die Erde trieb. Das Faß stand im Winkel beim Treibhaus, wo es still war, und wo die Sonne zwischen dem Bretterzaun und der Treibhausmauer immer sommertags einen Backofen einrichtete. Ich liebte den Platz, weil dort allerlei vor sich ging. Am Zaun unter dem Laub der Spalierbirnen liefen die flinken heimlichen Spinnen auf und ab. Auf den Fenstern des Treibhauses brannte und zitterte die Sonne. Über den Kies huschten Eidechsen, blieben wie plötzlich erstarrt mit erhobenen Köpfen stehen, und fingen ebenso plötzlich wieder an zu laufen. Auch unsere Katze fand sich dort jeden Mittag, wenn es nicht regnete, ein, um nach ihren vormittäglichen Unternehmungen auf den Nachbarfeldern sich zu putzen, und dann eine Stunde zu schlafen, und zwar auf den Brettern, mit denen das Faß für gewöhnlich zugedeckt war. Nun paßte wohl eines Tages ein Brett nicht genau, so daß die Katze, als sie vom Zaun herabsprang, in den Teer stürzte. Das Faß war nur halbvoll und oben enger als in der Mitte, der Teer zähe, schwer und klebrig, und die Folge aller Umstände, daß man das Tier zuerst einige Tage vermißte, und es der Vater endlich ertrunken und triefend aus dem Faß zog. Ich stand dabei, als es geschah, und der Anblick wirkte wahrhaft bestürzend auf mich. Ich hatte zwar die toten Vögel nach dem Hagel gesehen, aber einmal glaubte ich natürlich bei meinem ersten Erwachen von allem, was ich dabei vorfand, es müsse so sein, und dann waren es dort auch ganz anders geartete Kreaturen gewesen, die in der Luft lebten, Schnäbel und Federn hatten und mit mir nicht in Berührung kamen. Ich unterschied lange zwischen Tieren und Vögeln. Hier handelte es sich um einen Hausgenossen und um ein Säugetier, von dessen Ähnlichkeiten mit meiner Grundlage ich doch schon genug begriffen hatte, um mich über die Tatsache seines Untergangs zu entsetzen; ich fühlte traumhaft solidarisch das Schicksal der Kreatur in mir selber. Mein Vater begrub den Kadaver im Kompost; ich sah dem Vorgang mit Atembeklemmung zu und war auf lange Zeit hinaus nicht dazu zu bewegen, meinen Weg zum Treibhaus dort vorbei zu nehmen. Ich empfand auch eine lebhafte Beunruhigung des Widerspruchs darüber, daß meine Mutter sich über mein Grauen tadelnd ausließ; im Grund fürchtete ich mich ja nicht so sehr vor der Leiche der Katze, als vor meiner eigenen, die ich irgendwie prophetisch voraussah.

Östlich von dem Gut, in dem mein Vater als herrschaftlicher Gärtner angestellt war, führte in großer Nähe eine Eisenbahnlinie vorbei, und zwar die badische von Basel nach Konstanz, sowie die Verbindungsbahn zwischen dem deutschen rechtsrheinischen und dem schweizerischen linksrheinischen Bahnhof; auch die Wiesentalbahn ging dort durch. Jetzt ist alles ganz anders. Im hinteren Teil des Gartens lag ein kleiner Hügel, von dem aus ich die Züge fahren sehen konnte. Von allen meinen einsamen Erlebnissen waren die mit der Eisenbahn die phantasievollsten und tiefstgreifenden, und die Erinnerungen daran füllen noch jetzt manchmal meine Nächte. Es kam vor, daß ganz neue Lokomotiven ohne Dampf und ohne Treibstangen vorbeikamen; sie fuhren glänzend und kühl zwischen Personen- oder Güterwagen eingestellt, und schienen mir unendlich schön, vornehm, spannend und geheimnisvoll. In den Führerständen war noch kein Fensterglas; die Tender waren leer und leicht, und die Maschinen sahen überhaupt aus, als ob sie aus einer anderen Welt kämen. Die waren mir nun in gewisser Weise das Gegenteil des Todes: Zukunft, Verheißung, Ferne. Sie erregten mich bis in die unbekanntesten Gründe meiner jungen Seele, weckten alle Sehnsucht nach dem Ungesehenen und Unerhörten in mir, und bildeten in meinem Kopf seufzend köstliche Träume, mit denen ganze Jahre meines Lebens beschenkt sind. Silberne und goldene Lokomotiven von den sagenhaftesten Formen, mit lachend seligen Konstruktionen und ganz hinreißenden Geschwindigkeiten donnerten dann mit dem Klang von Glocken und mit himmlischem Leuchten und Blitzen durch erschütternd liebliche Landschaften, und nichts anderes, kein Ruhm und keine Liebe, hat mir bis jetzt jenes vollkommene Gefühl von Glück, metaphysischer Befriedigung und irdischer Gelöstheit gegeben, wie der Anblick jener wundersamen Wesen, die die Nächte meiner ersten Jugend bevölkerten.

Ich glaube überhaupt beobachtet zu haben, daß das Schicksal den Menschen, die durch Schwermut, Ungenügsamkeit oder Sehnsucht gehindert sind, ein vollkommenes Wirklichkeitsglück zu genießen, im Traum einen tröstenden und überlegenen Ersatz gegeben hat. Auch ich habe, wie eine große Anzahl von Menschen, meine feststehenden und immer wiederkehrenden Grundträume, die aus meiner fernsten Kindheit mit meinem Leben heraufgekommen sind. Außer dem Lokomotivtraum habe ich das nächtliche Sehnsuchtsglück, durch eine wunderherrliche und meinen Wünschen vollkommen angemessene Landschaft zu gehen, und zwar ist es seit Jahrzehnten immer dieselbe heitere, heroisch gütige und bedeutsame Landschaft. Dann habe ich noch zwei Alpträume. Schon tausendmal habe ich denselben alten Turm bestiegen und war gezwungen, mich durch dieselben engen und niederen Gänge unter Atemnot und Furcht hindurch zu winden, und ebenso oft wurde ich von denselben Tieren gequält, ohne mich durch Fliegen vollkommen retten zu können. Es sind immer Kamele, und ich habe daher eine tiefe Abneigung gegen sie; in zoologischen Gärten machte ich lange einen Bogen um ihre Käfige, bis mich die hohe Schwermut ihres Blickes überwand. Es ist, als ob auch sie etwas von ihrem Schicksal wüßten. Mit den zunehmenden Jahren werden die Alpträume seltener und die Glücksträume häufiger.

In dasselbe Gebiet, das sich unserer Aufsicht entzieht, gehört meine physische Abneigung gegen Maiskolben, die niemand gelten ließ; ich konnte keine Maisfrucht sehen, ohne daß mich bei ihrem Anblick eine Empfindung des Widerstrebens und eine leichte Unruhe und körperliche Übelkeit befielen. Heute habe ich nur noch die Erinnerung an jene Zustände, und die Frucht selber genieße ich nicht ungerne, aber mit leichter Überwindung und einem leisen Gefühl von Untreue gegen eine frühe Warnung.

Früh hatte ich einen Blick für Seltsamkeiten. Eine Zeitlang lauerte ich allen Männern beim Gehen auf. Wenn die Hosenbeine während des Schreitens unterhalb des Sitzes bald links bald rechts ihre Falte warfen, so sah ich dort immer eine Fratze, die abwechselnd nach den Seiten hinaus den Mund verzog. Ich nahm an, daß das bei mir auch so sei, und war es sehr zufrieden.

Eines Tages überraschte mich meine Mutter bei meiner ersten «unanständigen» Zeichnung; ich hatte einen Mann dargestellt, der die schwere Notdurft verrichtet, und erfuhr zum erstenmal in meinem Leben, daß Dinge, die mich ganz ehrlich und aufrichtig beschäftigten, verpönt sein können. Der Ton, in dem mir dergleichen Zeichnungen verboten wurden, machte mich aber stutzig; ich spürte, daß ich selbstverständlicher war als die Macht, die mir entgegen trat. Mir war die Zeichnung ja ein ernst empfundenes Symbol der menschlichen Gemeinsamkeit, und sicher hatte ich den ganzen verfügbaren philosophischen Tiefsinn hinein gelegt. Die Verleugnung der Gemeinsamkeit durch die Mutter diente nur dazu, mir diese problematischer zu machen. Ich selber war niemals zu korrigieren.

Einleuchtender schien mir der Vater, als ich einmal in den Stall kam, gleich nachdem die Kuh geworfen hatte. Das junge Geschöpf stand mit dickem Kopf und überlangen Beinen unter der Mutter, feucht und ganz benommen von seiner geheimnisvollen Reise, und begriff offensichtlich noch gar nichts. Getrunken hatte es auch noch nicht. An der Kuh bemerkte ich die Spuren des Ereignisses, das es in unsere Gesellschaft gebracht hatte. Auf meine Frage besann sich der Vater einen Augenblick. Dann erklärte er mir mit dem freundlichernsten Gesicht, das er immer hatte, wenn er mir etwas auslegen mußte, daß in der Kuh eine Art von Blume, wie eine

Tulpe, aber aus ganz anderem Stoff, entstanden sei, und eigentlich sei es auch keine Blume gewesen, aber man könne es nicht anders nennen. In dieser Blume sei das Kälbchen gewachsen; ob ich nicht gesehen habe, wie schwer das Tier in der letzten Zeit geworden sei? Nun, und dann sei die Blume aufgegangen, und das Kälbchen auf die Welt gekommen. Die Kuh selber sei sehr krank gewesen, aber nun gehe es ihr schon wieder gut. Sie drehte den Kopf nach mir und sah mich mit einem warmglänzenden Blick an, der mir großen Eindruck machte; es war, als wollte sie mir alles bestätigen. Ich hatte sie lange Zeit ganz besonders lieb und verehrte sie auf eine natürliche und mir selber wohltuende Weise; gegenüber dem Kalb fühlte ich mehr vetterlich. Als es jedoch wie die erwachsenen Kühe saufen lernen sollte, erregte mein Vater meine uneingeschränkte Bewunderung für sich. Eines Tages nämlich erschien er mit einem Kübel im Stall, in welchem ein Gemisch von Milch, Wasser und einem Krüsch genannten Mehl (Kleie) schwamm; das sollte das junge Tier trinken. Es trank aber nicht. Da streifte der Vater den Ärmel hoch und tauchte die rechte Hand so in die Flüssigkeit, daß die Finger nach oben standen. Kaum fühlte es die Finger, so zog es sie ins Maul und begann mit großem Eifer zu trinken.

Erste Bekanntschaften

Jeden Abend um sechs Uhr, wenn der Vater molk, erschienen zwei kleine Mädchen an der Stalltür, um ihr Glas kuhwarme Milch zu bekommen. Das eine davon habe ich in der Erinnerung als ein brünettes junges Fräulein, schon sehr wohlgezogen, wert- und bedeutungsvollen Wesens, und mit Sommersprossen auf der Nase, das andere als einen lustigen kleinen Irrwisch von knabenhaftem Temperament, mit dem ich bald sympathisierte. Die Mädchen waren die Herrschaftstöchter. Ihre Eltern kannte ich erst ganz sagenhaft als den Hauptpfarrer von St. Theodor und seine Gattin, die mir eine pompöse, vornehme und unangreifbare Stellung zu haben schien; ich betrachtete sie nie anders als mit Mißtrauen und ging ihr gern aus dem Weg, wenn noch Zeit dazu war. Der Pfarrherr war ein Mann von stadtbekannter Häßlichkeit; es kam vor, daß ihm die Gassenbuben deshalb nachliefen. Ich selber fand ihn nicht häßlich; ich erfuhr erst viel später, daß man ein solches Aussehen Häßlichkeit nennt. Häßlich war für mich, was mit Entartung, Verkommenheit und Dummheit zusammenhing. Doch sollen kleine Kinder geschrien haben, wenn er sich ihnen näherte. Er hatte ein blasses, faltiges Gesicht mit einem schwarzen, nun schon graumelierten Rundbart, der ihm unter dem Kinn heraus wuchs; dazu trug er eine schwarzgefaßte Brille, die ihn allen abergläubischen Menschen noch unheimlicher machte. Es sahen aber ein Paar sehr hübsche und gütige Augen ein bißchen traurig dahinter hervor. Stets zeigte sein Gesicht einen unwandelbaren, tiefen Ernst; übrigens ging er nie anders aus als im Zylinder.

Es war auch ein Sohn aus dieser Ehe vorhanden, und der schien mir auf der höchsten erreichbaren Stufe von männlicher Schönheit und Ruhmwürdigkeit zu stehen. Er studierte zu jener Zeit Theologie, war ein frischer und auch leutseliger junger Herr, und gehörte zu den Zofingern, einer evangelisch-freisinnigen Verbindung, die im Jahre 1819 im Beginn der schweizerischen Wiedergeburt gegründet worden war mit der ausgesprochenen Aufgabe, an diesem nationalen Werk nach allen Kräften mitzuarbeiten. Zur damaligen Erneuerung kam er zu spät; vielleicht betätigt er sich noch an einer gegenwärtigen. Wenn er mir irgendwo begegnete mit seiner weißen Mütze, an der die gelbroten Streifchen so warm und mutig leuchteten, und mit dem flotten Band über der Weste, so konnte er nie anders, als mich selig machen, ob er wollte oder nicht. Ich trieb einen beglückten, verschwiegenen, ehrfürchtigen Götzendienst mit dem hübschen Mannsbild, das überall, wo es stand und ging, seine eigene hochgemute Atmosphäre von Gesundheit und Zukunft mit sich führte, und sicher draußen, außerhalb des Gartens, wo ich nur an der Hand des Vaters hinkam, die allerschönsten und gewaltigsten Dinge tat. Der junge Abgott trug übrigens stets einen Stock mit Elfenbeingriff in der Hand, den ich ganz richtig als ein Abzeichen seiner Auserwähltheit auffaßte. Ich fühlte, daß er auf alle diese Embleme – Mütze, Band und Elfenbeinstock – stolz war, gab ihm das Recht dazu und stand ihm darin bei mit einer unbegrenzten Solidarität. Er gehörte ja zur Generation um 1880, die, wie ich später auf Photographien sah, durchweg jenes idealische und schweizerisch apollinische Gepräge trug. Es waren die Söhne jener Männer, die im Sonderbundkrieg dem reaktionären Europa die neue Zeit eingeläutet und eine ganze Kette von Freiheitsbewegungen allein durch ihr Beispiel hervorgerufen hatten, und der Generation, die 1856 den Mut bewies, im Neuenburgerhandel dem König von Preußen aus der Ferne die Zähne zu zeigen; 1860 war man gegenüber Napoleon III. nicht mehr ganz so kühn gewesen. Die junge Generation hatte dann ihrerseits den Siebzigerkrieg, die schweizerische Grenzbesetzung und die Verfassungsrevision von 1872 nicht nur miterlebt, sondern auch entscheidend – den Krieg mannhaft eingeschlossen – beeinflußt. Damals schrieben Gottfried Keller, Konrad Ferdinand Meyer, Jakob Burckhardt und Heinrich Leuthold, Böcklin und Stäbli malten, und alles das warf seinen Abglanz auf die Jugend um 1880, und also auch auf den pfarrherrlichen Apoll.

Sobald die Pfarrerstöchter bemerkten, daß ich auf drei zählen konnte, bemächtigten sie sich meiner beschaulichen und leise widerstrebenden kleinen Person, um ihre erzieherischen Absichten mit mir zu beginnen. Besonders die Ältere wurde mir darin bald bedenklich, während die Jüngere sich eher kameradschaftlich zu mir stellte und in schwierigen Fällen vermittelte. Nun saß ich viele Sommertage lang halb geehrt und halb bekümmert auf einer Bank unter einer Gruppe herrlicher Kastanienbäume und erfuhr Belehrung, lernte das «höhere» Rechnen und «Jesu, geh voran», wurde katechisiert, mußte schreiben und lesen und vor allen Dingen still sitzen; es war mir streng verboten, einem Vogel nachzusehen oder einen Fuß zu bewegen, wenn ich mich langweilte. Durch die Laubkronen der Kastanien drangen die Sonnenlichter herab und spielten, zum Ungehorsam verlockend, auf Bänken und Kieseln. Der Sommerwind wühlte in den großen Blättern; Finken und Amseln sangen auf den Zweigen oder hüpften los und ledig auf dem Boden herum. Draußen vor dem Staketenzaun auf der Straße fuhren Wagen und Equipagen vorbei, denen ich sonst gern und ausdauernd zusah, das Gesicht zwischen zwei kühle oder auch sonnenheiße Eisenstangen gepreßt, und von der anderen Seite riefen die Lokomotiven über den Bretterzaun herüber; der Unterricht fiel immer in die Zeit des lebendigsten Zugverkehrs. Ich habe viel schöne Zeit verloren mit den eigensinnigen Weibsbildern, und der größeren war ich nie grün. Schließlich fing ich an, mich zu verstecken; aber es half mir nicht viel. Im Garten trieben mich die Mädchen selber auf, da sie meine Lieblingsplätze kannten, und im Haus zog mich die Mutter hervor, die sich vielleicht weniger durch den vornehmen Umgang ihres Sohnes geschmeichelt fühlte, als daß sie dessen vorteilhafte Aussichten für mein ferneres Fortkommen erkannte; außerdem hatte sie gar nicht meinen Hang zur Beschaulichkeit.

Mein Lieblingsplatz war seit dem Vorkommnis mit der Katze, und später immer mehr, ein kleiner gemauerter Pavillon mit drei offenen Bögen nach der Gartenseite hin; er stand auf einer Bodenerhöhung an der südlichen Mauer. Statt offener Bögen zeigte er auf der geschlossenen Gegenseite in

Öl gemalte Landschaften von dunkler brauner Stimmung, Bäume, Schiffe, Schlösser und kleine, klumpige Leutchen mit roten Gesichtern. Innen liefen Bänke entlang, auf denen ich viel anschauend und studierend herumgeklettert bin. Ein zweiter Lieblingsaufenthalt war gleich das Gebüsch neben- an. Es gab da Flieder, Holunder, Goldregenbüsche, Schnee- beeren und kleine Sträucher mit roten Zweigen, die im Früh- ling so unterhaltend bitter schmeckten. Mit den Amseln und Drosseln in diesem Gebüsch war ich völlig vertraut, und auf Stunden versank mir die ganze Welt in dem klangvollen Halb- dunkel.

Das Herrschaftshaus war ein quadratischer, grüngrauer Steinbau im französischen Geschmack mit einem steilen Schieferdach. Ich liebte es eigentlich nicht, da es mir zu grell in der Sonne stand. Das schweizerische Licht war mir über- haupt immer zu ungedämpft. Auf der Rückseite befand sich als Treppenbeleuchtung ein hohes Bogenfenster, das durch zwei Stockwerke ging und auf Glas gemalt das Bild des Er- lösers zeigte. Die Mädchen nahmen mich manchmal mit ins Haus, und so konnte es nicht ausbleiben, daß die Bedeutung des Bildes zur Sprache und meine finstere Unwissenheit dar- über heraus kam. Da hatten denn die kleinen Weiber einen großen Tag, indem sie aus mir eifrigem Knaben einen eben- solchen Christen zu machen unternahmen, und mir Nach- richt von Dingen gaben, die ihnen so geläufig waren, als ob sie dabei gewesen wären. Angesichts des Glasfensters hielt mir die Größere, nachdem sie mich samt ihrer Schwester als Zuhörerschaft auf die Treppenstufe gesetzt hatte, zunächst eine gemäßigt unzufriedene Rede über den katholischen Cha- rakter meiner Mutter und die Minderwertigkeit aller Katho- liken, was ja wieder aus den Tatsachen erhellte, daß ich noch nichts von Christus gehört hatte, und daß sie, die Pfarrers- tochter, die Herrschaft war, und ging dann, immer etwas in- digniert, aus Gnade auf die Geschichte des Herrn selber über.

Ich hörte ihr zu, ungläubig und aufsässig, im stillen aufgebracht wegen ihrer Angriffe auf meine Mutter und wegen des ganzen selbstzufriedenen und herablassenden Tones, in welchem sie dann die sehr fremdartige Geschichte vortrug und von mir Glauben verlangte, obwohl ich absolut nicht begriff, was dabei heraus kommen sollte. Es kam ihr zugut, daß ich die Figur, von welcher sie sprach, gemalt vor Augen sah, und daraus den Schluß zog, es müsse schon etwas daran sein, sonst wäre meine erste Bekanntschaft mit der christlichen Heilslehre vielleicht zu einem feierlichen Skandal ausgeartet.

Ohne daß ich es wußte, machte aber der lebendige Gehalt des Evangeliums, das ich da erfuhr, einen unverlöschlichen Eindruck auf mich. Die Gestalt des Erlösers schien mir bald noch wichtiger und schöner zu sein, als der junge Zofinger stud. theol., was mir dieser verzeihen wird, denn am Ende ist jener doch sein Prinzipal, und ich verbrachte in der Folge viele einsame und anschauende Stunden vor dem Haus unter dem Glasfenster. Wenn aber die naseweisen Weiber des Weges kamen, so machte ich mich davon, oder tat, als ob ich etwas ganz anderes triebe.

Ich hatte inzwischen eine eigentliche Freundin bekommen, die in der Freienstraße wohnte. Sie war viel älter als ich, aber lange nicht so belehrend wie die Pfarrerstöchter; wahrscheinlich hatte meine Mutter sie angestellt, um meiner kleinen Schwester aufzupassen, die unter der Zeit, ich wußte nicht wie, ins Haus gekommen war, durchaus nicht zu meinem Vergnügen, denn sie störte überall meine Kreise, sobald sie nur etwas kriechen konnte, spielte mit meinem Spielzeug, hing sich mir an die Hosen, und quäkte halbe Nächte lang, auch mußte ich sie wiegen, hüten und ausführen, was zur Folge hatte, daß ich sie schlecht behandelte, und sie in meiner Gesellschaft immer schrie. Die Lina Frey aus der Freienstraße jedoch war bescheiden, geduldig und erfahren; sie nahm mir das unwillkommene Balg ab und erzählte dafür von wichtigen und spannenden Dingen, die in der Stadt jenseits der Brücke mit den zwei großen eisernen Vögeln geschahen, und von Leuten, die dort umgingen und von meiner Existenz nicht die geringste Ahnung hatten, wie ich aus allem merkte. Mit dieser Lina Frey kam ich sehr gut aus, weil sie alles tat, was ich wollte, und nichts, was mir mißfiel. Außerdem wohnte sie ja auf der anderen, großstädtischen Rheinseite, und war durch diesen Umstand stetig von einem glaubhaften großstädtischen Nimbus umgeben. Ich bezog sie daher auch in meine Träume ein, indem ich sie gleichzeitig an allem teilnehmen ließ, was mir wichtig war.

So geschah es, als ich zum erstenmal von Christus träumte, daß nicht die Pfarrerstöchter, die mir die hohe Bekanntschaft vermittelt hatten, sondern Lina Frey in dem Traum mit vorkam. Und zwar träumte ich Folgendes: Auf dem Hügel im Garten stand das Kreuz mit dem Erlöser daran, und ich mit Lina Frey befand mich zu seinen Füßen und sah aufmerksam, doch ernsthaft verehrend zu ihm hinauf. Ich war ganz seine Partei, aber ein bißchen verwundert, weil sich trotz seiner großen Verdienste und seiner Berühmtheit sonst kein Mensch sehen ließ; ich wußte nicht, ob das seine Richtigkeit habe. Da bemerkten wir, daß an seiner rechten Hand infolge des Gewichtes, das daran hing, langsam der Nagel durchriß, der nun schon zwischen den Mittel- und Zeigefinger vorrückte; nach kurzer Zeit zerriß er auch das letzte Band, und die Hand mit dem Arm fiel zu seiten des Erlösers herab. Der Anblick ließ mich, da ihm alle Feierlichkeit fehlte, und er einfach menschlich schrecklich war, Christus als furchtbar leidenden Mann verstehen, lange bevor man mir seine Göttlichkeit klar machen konnte. Christus selbst sank aufschreiend nach vorn; er fürchtete zu Boden zu stürzen, aber der zweite Nagel hielt ihn noch fest, und außerdem traten wir nun schnell hinzu und stützten ihn. In unseren Händen gab er endlich seinen Geist auf, den er mit einer wohl auf Verabredung beruhenden Kopfbewegung nach oben verwies; als leichtes goldenes Wölkchen hob er sich davon. Als wir merkten, daß der Leib tot war, nahmen wir ihn herab, legten ihn auf den Rasen, und machten uns stumm betroffen daran, ihm das Grab zu graben; immer noch ließ sich niemand sehen.

Noch einmal leuchtet das Jesusbild in meiner Erinnerung zu Weihnachten auf, um dann für längere Zeit im Dunkel zu versinken. Ich war zur Bescherung ins Pfarrhaus eingeladen samt meinen Eltern. Vor dem brennenden Baum verlangte die Frau Pfarrer von mir mit Recht die bekannte Gegenleistung für das Christgeschenk in Form eines Spruches. Ich sah sie an und mißtraute ihr. «Warte mal!» sagte ich und besann mich; dann gab ich aus dem Gefühl heraus, das ich nun einmal zu ihr hatte, folgenden Spruch zu hören: «Wer einmal lügt, dem glaubt man nicht, und wenn er auch die Wahrheit spricht!» Sie lachte übers ganze Gesicht, und alle Anwesenden lachten, mein Vater eingeschlossen; nur meine Mutter war unzufrieden und tadelte mich nachher, weil ich ihr nicht Ehre gemacht hatte. Die Frau Pfarrer schenkte mir eine kleine Stoßkarre, die hoch mit Paketen beladen war. Ich sagte «Danke!» und mißtraute ihr weiter, obwohl ich die Karre sehr schätzte. Als wir das Haus verlassen wollten, zog eine wunderbare Lichtgestalt meinen Blick auf sich; es war der Heiland in dem großen Fenster, auf den von außen das Mondlicht fiel; er sah aus, als ob er mit erhobenen Armen auf mich zukommen wollte, und ich faßte erschreckt meine Karre fester und machte, daß ich aus dem Haus kam.

Auch die Pfarrerstöchter verschwinden um jene Zeit aus meiner Erinnerung. Um Fastnacht hatten sie die Erlaubnis zu einer kleinen, unschädlichen Maskerade bekommen, in der sie mir natürlich erscheinen mußten. Die Ältere hatte sich einige Schönheitspflästerchen ins Gesicht geklebt und wollte nun, daß ich sie nicht erkenne. Ich tat ihr den Gefallen, aber ich konnte nicht verstehen, was das für einen Wert haben sollte.

Im Sommer hatte ich noch ein Badeerlebnis mit ihnen. Der Hügel mitten im Garten fiel nach vorn in einigen künstlichen Felsen zu einem kleinen Wasserbassin ab. Nun hatten mich die Mädchen wie schon oft aus meinem Dachsbau ausgegraben und mit sich geschleppt; sie sagten, wir wollten etwas sehr Schönes machen, und wirklich trugen sie unter den Armen vielversprechende Pakete. Beim Weiher angelangt, hießen sie mich mit dem Gesicht unten ins Gras liegen; längst daran gewöhnt, zu tun, was die Wespen wollten, gehorchte ich nach einigen Umständen, die ich meiner Willensfreiheit schuldig zu sein glaubte. Als ich wieder aufsehen durfte, standen sie wie die Nixen in weißen Badehemden aufrecht im Wasser, sahen zu mir her, lachten und winkten mir mit weißen Armen. Sie hatten ja gesagt, daß sie etwas Schönes machen wollten. Ich durfte nun mit ihnen spielen; sie hatten einen gelbrotgestreiften großen Ball mit. Die Sonne floß silbern und golden in ihrem offenen Haar. Hinter ihnen war grauer Fels, darüber das zartgrüne Gebüsch der Johannisbeeren, mit denen der Hügel besetzt war, dann stieg eine Baumkrone auf, und schließlich der offene blaue Sommerhimmel. Nun waren sie doch wirklich einmal hübsch, und auf einen Moment hatte ich nichts an ihnen auszusetzen. Ich spielte Ball mit ihnen, und nachher mußte ich wieder aufs Gesicht liegen.

Die Umwelt

Unterdessen hatten mir die ersten Kommissionsgänge zum Spezierer und die Schulwege die Tür zur nächstgrößeren Welt aufgetan. Wie alle Kinder liebte ich es, Aufträge auszuführen, und wenn die Mutter mich die Schuhe anziehen hieß, um Zucker oder Brot holen zu gehen, so war meine Schnelligkeit in der Hantierung mit den Schnürriemen außerordentlich; sie zog mir das einzige Lob zu, dessen ich mich von meiner Mutter überhaupt entsinnen kann. Schnelligkeit und Geschicklichkeit machten immer wesentliche Züge meiner Personalien aus. Der Spezierer war ein älterer Mann mit einem kurzen Graubart, alten, verrauchten Zähnen, Haaren in den Ohren, einer Brille auf der Nase, einer schwarzen runden Mütze mit Stickereien auf dem Deckel und einer Troddel, die seine Drehungen und Bücklinge mit den interessantesten Bewegungen begleitete; da sie außerdem einsam und aus Seide war, so schien sie mir vornehm. Die Bücklinge führte er jedoch nie vor seinen Kunden aus, denn er war ein knorriger Demokrat, sondern stets nur vor seinen Kästen und Kisten. Er verfügte über Gläser mit farbigem Konfekt und Pfefferminztäfelchen, und glücklicherweise war er nicht so geizig, wie er aussah.

Wenn ich zur Straße vor wollte, so mußte ich durch ein enges Gäßchen, das meine Mutter nicht mit der vornehmsten Bezeichnung belegt hatte, und welches das Gut des Pfarrers vom Nachbargut trennte; links erhob sich die hohe Mauer des benachbarten Gartens, rechts lief der Staketenzaun des Pfarrgartens ein Stück mit, um dann ebenfalls in eine Mauer überzugehen. Hinter dem Staketenzaun blühten im Sommer alte, dichte Holunderbüsche, die ihren etwas düsteren Ort auf großmütige Weise mit Licht und Duft erfüllten. Gegen die Bahnlinie zurück lag ein Bauerngut, dessen Bewohner den Weg zur Stadt ebenfalls durch das Gäßchen nehmen mußten; da sie darin auch andere Dinge vornahmen, so hatte meine Mutter nicht so unrecht. Daß ich eines Tages in dem Gäßchen eine tote Krähe fand, war zwar interessant, aber nicht weiter aufregend. Ich wurde dadurch lediglich von der Meinung abgebracht, daß die Vögel keinem natürlichen Tod unterlägen. Die größeren, besonders die Krähen, hatte ich ohnehin für eine Art unsterblicher Dämonen gehalten. Sie lag lange dort. Ich konnte den Vorgang der Verwesung mit allen Erscheinungen beobachten, und keine war mir zu befremdend, als daß ich sie nicht genau kennen lernte. Groß war meine Verwunderung, als ich die unausbleiblichen Würmer an ihr entdeckte und bemerken mußte, daß die bisher für endgültig gehaltenen Wände eines Körpers durchbrochen wurden und in immer größeren Löchern zerfielen. Doch zog ich für mich keinen Schluß daraus; ich fühlte mich ganz sicher in meiner Haut, und zudem betrachtete ich, wie gesagt, die Vögel noch nicht als Tiere. Plötzlich war dann der Vogel verschwunden; wahrscheinlich hatte ihn mein Vater in einem Augenblick, in dem er nichts Besseres zu tun wußte, weggeräumt.

Aber wie das so geht: an einem Platz kann hundert Jahre lang nichts passieren, und dann schlägt es dreimal hintereinander ein. Wenige Tage später sollte ich Reis holen. Als ich aus dem Gartentor trat und um die Ecke in das Gäßchen einbog, sah ich schon von weitem einen Menschen auf dem Staketenzaun sich zu schaffen machen. Obwohl er ganz oben war, führte er mit den Beinen lauter Bewegungen aus, um noch höher zu klettern; jedoch um über den Zaun zu kommen, stellte er es nach meiner Auffassung außerordentlich ungeschickt an. Beim Näherkommen hörte ich, daß er dabei heftig stöhnte und jammerte, und in dem Moment, als er mich bemerkte und anrief, sah ich, daß er mit der Brust oder dem Leib in den Staketen lag, von denen sich eine Spitze jedenfalls ganz in seinem Innern befinden mußte. Wild schreiend lief ich zurück, und der Reis blieb für diesen Tag ungeholt. Nun hatte ich die Zerstörung auch am *menschlichen* Körper gesehen, und das Gefühl von Unsicherheit und tödlicher Enttäuschung über diese neue Erfahrung ist einer der heftigsten Eindrücke, denen ich Zeit meines Lebens ausgesetzt war.

Eine andere große Willkürlichkeit des Daseins lernte ich kennen, als die Wiese – das von J. P. Hebel besungene badische Flüßchen – infolge eines fürchterlichen Regenwetters über ihre Ufer trat, und mich der Vater mitnahm, um den Skandal zu besehen. Ich weiß noch genau, wie drückend, triefend und feindlich der Himmel über dem Land lag, und ein lebhaftes Abwehrgefühl gegen diese Naturgewalt, die aller Vernunft und Nützlichkeit zum Trotz sich uns aufdrängte, erfüllte mich bis in die Füße hinunter, die ich übrigens ohne besonderen Stolz ergeben einwärts setzte, denn mein Vater tat es auch ein bißchen. Nun sah ich statt des liebenswürdigen Flußbandes einen weiten, trübe quirlenden See, aus dem Büsche und Bäume herausragten, und auf dem entführte Körbe, Schweineställe und Tierleichen dem Rhein zutrieben. Hier lernte ich eine neue Todesart kennen; die Reihe wurde nun bald unabsehbar. Alles das war mir sehr ärgerlich und widerstrebend, und diese Stimmung ist mir dergleichen Ereignissen gegenüber bis auf den heutigen Tag geblieben. Ich vermag nichts von der wohlunterhaltenen Sensation zu empfinden, die ich an vielen anderen Menschen in solchen Lagen bemerke; ich bringe es höchstens zu Verwunderung und Zorn über unsere Hilflosigkeit.

Noch eine große Belehrung empfing ich, indem wir uns nach einer anderen Stelle des Überschwemmungsgebietes begeben wollten und dort den Weg mit einem Bretterverschlag gesperrt fanden. Als ich den Grund dafür erfahren wollte, erklärte der Vater mit ernster und erfahrener Miene, daß hier die Welt aufhöre. Das schien mir ehrwürdig und beruhigend, und gab mir, neben den anderen anfechtenden Erfahrungen, wenigstens einen Teil meiner Sicherheit zurück.

Der Sonntagmorgenspaziergang mit meinem Vater war eine unverrückbare Gewohnheit. Wenn die Kirchen ausläuteten, hatte er bereits unter meiner eifrigen Mithilfe den Garten versehen, die Fenster der Mistbeete hochgestellt, die Setzlinge begossen, im Sommer die Bastmatten über die Fenster des Treibhauses herunter gelassen, und sich dann umsichtig rasiert und gewaschen. Darauf zog er sich das vor Sauberkeit und Stärke knisternde weiße Hemd über den Kopf, knüpfte den Kragen zu, drehte die Krawatte mit dem Gummischleifchen dreimal um den Knopf und schob sie links und rechts unter die Spitzen des Kragens. Sein Anzug bestand aus dunklem, weichem Stoff, den ich aufrichtig liebte und verehrte. Er war gebürstet und gut ausgehängt. Nie sah ich ihn anders, als in halblangen Schoßröcken, die ihn etwas feierlich erscheinen ließen. Sehr schätzte ich es, wie die Hosenbeine auf den gewichsten Schuhen aufstanden und Falten warfen; ich hielt das für fein und besonders sonntäglich und beurteilte die anderen Männer danach. Auch stimmte es mich feierlich, wenn beim Sitzen seine steife Hemdbrust sich aufwarf und wie ein geblähtes Segel weißleuchtend den Westenausschnitt füllte. Draußen ging ich ihm keinen Augenblick von der Hand. Er sprach nicht viel, aber das Wenige war voller Güte, Klugheit und Wissenschaft, wie mir schien. Und dann strömte von ihm zu mir ein Gefühl von Geborgenheit und Zutrauen aus, das mir immer, wenn es mir bewußt wurde, das Herz rascher schlagen ließ. Ich hatte die klare, beglückende Empfindung: «Solange dieser Mann da ist, wird es dir nie schlecht gehen.» Alle Leute bewachte ich daraufhin, ob sie ihn auch mit der verdienten Hochachtung bemerkten, und da er ein ziemlich stattlicher und hübscher Mann mit hoher Stirn und feinem Mund war, so wurde er vielfach beachtet. Zu seiner Kennzeichnung muß ich noch sagen, daß er nie rauchte, und auch mit dem Alkohol ging er sehr mäßig um, was bei meiner Mutter nicht ganz so der Fall war; er war eine durch und durch humane, auf sich beruhende Natur. Nur schöne Gärtnerzeitschriften mit prachtvollen Blumenbildern hielt er sich, in denen er viel studierte. Es muß ihn für seinen Beruf eine stille Leidenschaftlichkeit besessen haben, wenigstens hörte ich oft die Mutter ihn über seine Aufwendungen dafür besprechen. «Du wirst dich noch zu Tode studieren und rakkern wegen denen dort. Bilde dir nur nicht ein, daß die es dir danken. Der Vorgänger ließ alles laufen, wie es wollte, und es war auch recht.» Dazu sagte er wenig oder nichts, aber einige Tage später hielt er vielleicht mit still leuchtenden Augen eine neue Nelkenkreuzung in der Hand, die ihm geglückt war. Übrigens hatte er «von denen dort» alle Anerkennung. Die Frau Pfarrer lobte seine Gemüse sehr, und auch den Blumen ließ die Familie viel Ehre widerfahren, aber meiner Mutter war es nicht genug. Die Tugend, die sie am wenigsten besaß, war die Geduld.

Die Schule machte mir zunächst nichts zu schaffen, und das ist ein gutes Zeichen für das System oder für den Lehrer, dem ich zugeteilt war. Es läßt sich ja kein Grund dafür angeben, warum die kleinen spielerischen Wesen ihr bißchen Wissen durchaus im Schraubstock der Schulbank lernen müssen und nicht, wie es ihnen angemessen ist, spielend, in einer mäßigen, wohltätigen Freiheit der Glieder und Geister. Anstatt sie zu Affen der Großen zu machen, ist es besser, sich selber zu Vorstehern ihrer Bedürfnisse auszubilden; die paar Wissenschaften, die der junge Kopf in den ersten zwei Jahren lernt, fliegen ihm beinahe von selber zu, wenn man sich nur angemessen und zweckmäßig mit ihm abgibt, und mehr ist, als ein selbst übel gedrillter Drillmeister. Immerhin war ich sehr stolz, und zwar auf den schönen Schulranzen, den mir der Vater gekauft hatte; es war ein Stück aus Kalbfell, die Haare nach außen gekehrt, und so geschnitten, daß schräg über dem Deckel eine Grenze zwischen einem weißen und einem braunen Feld lief. Dann war ich noch stolz auf den Griffelkasten, in dem ich gewöhnliche, mit sehr schönem Papier umwickelte, und besondere, sogenannte Mehlgriffel aus weichem Schiefer verwahrte, dazu Klammern aus Messing mit verschiebbaren Ringen, die den zu kurz gewordenen Griffeln als Halter dienten. Denen war ich aber nie gut; ich liebte weder ihre Farbe noch ihre Beschaffenheit, und mit ihrer Technik stimmte ich auch nicht überein. Außerdem hatte ich eine Schiefertafel und ein rotes Büchschen mit blauen Sternen und einem stets feuchten und in anregender Weise übelriechenden Schwamm darin, sowie eine Fibel mit Affen, Bären, Cedern, Distelfinken, und wie Gott die Tier- und Pflanzenwelt weiter dem Alphabet nach erschaffen hat.

Die Buchstabenwelt enthielt für mich eine Stimmung, wie ich sie erst wieder aus den Erzählungen der Ethnographen bei den wilden Völkerschaften antraf. Wie diese sich von den Runen und Zeichen ihrer Zauberer gebannt fühlen, so umgaben mich die Buchstaben mit einer hochsinnigen, schönen Rätselhaftigkeit, die mich ungemein anzog. Ihre Formen und Bezeichnungen verstand ich nicht als zu bewältigende Aufgaben, sondern als abgründige Geheimnisse, an denen mit der Erlernung der Schrift noch gar nichts erschlossen oder erklärt war. Selbst von den Worten und Sätzen kehrte die Aufmerksamkeit, von einer strengen Liebe des Geistes gelockt, immer wieder gespannt und voll ungestillter Sehnsucht zu den einzelnen Zeichen zurück, deren Charakter voll symbolischen Wertes, voller Daseinsstimmung und Jenseitsbedeutung mich stumm ansahen, als etwas, das niemals mit Worten und Sätzen auszudrücken ist. Dies ehrfürchtige Grundgefühl fand ich in meinem Leben je länger je mehr bestätigt. Ein Symbol ist ein Symbol und nicht zu erklären, und jeder sieht und erlebt daran etwas anderes. Erklärungen reden, aber sie bilden nicht. Die Königsgewalt des Daseins lebt im Unaussprechlichen. Ein deutsches großes 𝔄 ist eine Welt, ein Ergebnis von tausend prophetischen Seelen, ein mystischer Anfang, der erste Schritt zum Schicksal, die Herkunft aus dem Nichtsein, ein Zauberzeichen. Das lateinische A war mir lange nicht so wert und fesselnd; es enttäuschte und beunruhigte mich durch seine fertige Übersehbarkeit. Das deutsche 𝔄 ist unübersehbar, dunkel, tief wie das Chor eines Münsters. Wieviel Mut und Offenheit ist im 𝔈! Das 𝔊 hat etwas Feindliches; es ist nicht gut, dem großen deutschen 𝔊 zu trauen. Sollte dem großen 𝔉 wirklich nichts Luftiges, Windhundiges innewohnen?

Ich kenne einen berühmten sozialdemokratischen Führer der Gegenwart, der mir stets wie ein leibhaftes großes ℑ erscheint. Sanft und fraulich, mütterlich ist dagegen das ℌ, ein wahrhaft großherziger, vertrauenswürdiger Buchstabe! Sehr zog mich auch das Rechnen an, aber die Anwendung auf Äpfel oder Tiere lehnte ich ab, die war mir ärgerlich. Rechnen als losgelöste oder übersinnliche Vollziehung, als sozusagen hellseherische Übung für sich, verursachte mir stets eine beschwingte Lust; das kaufmännische Rechnen dagegen war mir niederschlagend und ernüchternd wie die Lateinschrift. Ich kann noch heute im Rechenbuch meines Jungen diese Exempel nicht ohne Mißbehagen sehen. Die Dinge des Lebens, so schien mir, waren Erscheinungen, Wunderbarkeiten, die man anschauen und bedenken, aber nicht zählen und verrechnen sollte. Zu diesen Wunderbarkeiten gehörten die Hühnerhöfe, die Lerchen, die jauchzend der Morgensonne zu flogen, diese Morgensonne selber, das Bäumlein, das andere Blätter wollte, und köstlich war die große Einsamkeit des Ich, des eigenen Seins zwischen all diesen fremden Wesenheiten. Dieses Einsamsein habe ich eigentlich Zeit meines Lebens still und zähe gepflegt. Ich hatte daher wenig Freunde, und dann nur solche mit Schicksal Behaftete. In den ersten Jahren weiß ich überhaupt nichts von Schulbekanntschaften. Unser Lehrer, Wildi mit Namen, schien mir auf geheimnisvolle Weise mit all den Wunderdingen verbunden, aber dagewesen war er nicht; er wußte nur von ihnen. Ich aber war da, und sogar mitten darin, und ich war überhaupt der erste, der so weit gekommen war. Es wäre also schwer gewesen, mir das Recht zu der hohen Genugtuung abzusprechen, mit der ich zu jener Zeit still aber entschieden herumging.

Nebenher unterhielt ich eine Nachbarsfreundschaft mit dem Sohn eines Schuhmachers, der in einem kleinen, schwarzen Häuschen selber klein und schwarz an der Straße hockte und aller Welt die Schuhe flickte, aber nie neue machte. Seine

Werkstatt lag etwas tiefer als die Straße, und kein Schulkind kam dort vorbei, ohne hinein zu sehen; die Neugierigen blieben auch stehen und gafften ihm bei der Arbeit zu, und die Frecheren schrien ihm Spottnamen durchs Fenster und warfen ihm Unrat auf den Werktisch. Der arme Mann mußte viel mitmachen, und um gewisse Tageszeiten im Frühling, wenn der Übermut der Kleinbasler Schuljugend, die dem Frühling immer etwas heftiger ausgesetzt ist als die Großbasler, aus den Ohren spritzte, war er mehr auf der Grenzacherstraße, als hinter seinem Werktisch. Dann lief er den Mädchen mit dem Spannriemen nach und balgte sich mit den Buben herum, und da er nur klein war, zog er auch einmal den Kürzeren. Übrigens war er Witwer und brachte sich mit seinen beiden Kindern – dem schon genannten Knaben und einer wenig älteren und ebenso schwarzen Tochter – schlecht und recht durchs Leben.

Mein Freund nun war ein ganz unternehmender kleiner Hannake, und es scheint, daß wir von den Dingen, die uns Vergnügen machen konnten, nur die gefährlichen oder unerreichbaren ausließen, während wir gleichzeitig eine lebhafte Zuneigung zur Freiheit in uns entwickelten, und ihr auch auf mancherlei Weise Ausdruck zu geben verstanden. Es kam in jener Zeit vor, daß meine Mutter eine frische Schürze vorbinden und ihr Salz oder Mehl selbst holen mußte. Der Streich, den wir am meisten bewunderten, richtete sich gegen die Stadtherrlichkeit. Zwischen der Grenzacherstraße und dem Rhein lag noch ein Stück des alten Stadtgrabens, der gerade ausgefüllt werden sollte. Täglich kamen Dutzende von jenen Fuhrwerken an, die aus einem Kutscherbock auf zwei Rädern und zwei bis drei angehängten zweiräderigen Karren bestanden; die Karren waren mit Abbruchschutt und Erde beladen und wurden in den Stadtgraben hinein entleert, der sich unter unseren Augen langsam auffüllte: ganz gegen unsere Gefühle und Wünsche, denn der Graben war bisher eine unerschöpfliche Fundgrube von alten Schachteln, farbigen Scherben, Regenschirmgestellen und jener tausend aufschlußreichen Dinge gewesen, die die Welt wegwirft. Diese Widerspruchstimmung brachten wir eines Mittags zur Demonstration, indem wir uns an eine stehengebliebene leere Karre machten, die wir mit aller Kraft und List, deren wir habhaft werden konnten, an den Rand des Grabens fuhrwerkten und dann nach einer letzten, spannenden Anstrengung als einen umgekehrten Wagen Elias in die Tiefe rasseln ließen. Der Erfolg war außerordentlich, und die Befriedigung vollkommen; doch hatten wir keine Zeit, uns unseren Gefühlen hinzugeben; mein Freund konnte ohnehin auf den Spannriemen rechnen, weil er über das Essen ausgeblieben war.

Zweimal war ich in ernsthafter Lebensgefahr, das eine Mal infolge meines Vorwitzes, das andere Mal im Verlauf eines natürlichen Prozesses. In der Nähe des Gärtnerhauses, das wir bewohnten, befand sich eine auszementierte, etwa zwei Meter tiefe Grube, aus der mein Vater mit großen Gießkannen das abgestandene Wasser schöpfte, das er für seine Gemüsebeete brauchte. Für gewöhnlich war die Grube mit abgepaßten Brettern gedeckt, die so schwer waren, daß ich sie nicht heben konnte; war sie aber in Betrieb, so lag sie offen. In diesem Zustand betraf ich sie eines Tages, und zu meinem Unheil fand ich an ihrem Rand auch eine schwere Kanne aus Zinkblech mit einem einladend geschwungenen, großartigen Griff und einem sehr festen Eisenreifen unten herum. Weil die Kanne nicht bemalt war, wie die anderen, sah sie mir leichter aus; ich faßte zu, tauchte sie ins Wasser und ließ sie sich volltrinken; das Wasser strömte ihr so voll und reichlich in den offenen Hals, daß in diesem Augenblick niemand einen Verdacht gegen sie geschöpft hätte. Daß sie schwer wurde, merkte ich auch erst, als sie anfing, *zu* schwer zu werden, und da verlangte auch ziemlich richtig mein Beharrungstrieb, daß ich nicht nachließ. Während sie dann sehr ruhig mit mir in die Tiefe ging, erkannte ich noch im letzten Augenblick, daß sie in der unerwarteten unsicheren Lage mein einziger fester Halt war; ich weiß bestimmt, daß ich mit ihr bis an den Boden der Zisterne tauchte, und daß mich erst der dort herrschende Luftmangel veranlaßte, sie loszulassen und aufzusteigen. Bei alledem war es mein größtes Glück, daß mein Vater den tragischen Vorgang bemerkte und herbeilief, um mich herauszuziehen, sobald ich wieder erhältlich war, sonst wären eine beschränkte Anzahl von Freuden und eine größere von Leid und Mühsal von mir unerlebt geblieben. Die Sache schloß wie ein Militärmarsch, nämlich mit starken Schlägen.

Die andere Lebensgefahr bestand in einer Kinderkrankheit, die man damals sachlich und einfach Bräune nannte, aber inzwischen, obwohl sie nichts an Volkstümlichkeit eingebüßt hat, mit dem seltenen und schweren Namen Diphtheritis auszeichnete. Meine Natur überstand sie im Kinderspital wachsam und ergeben, ohne daß der Halsschnitt nötig wurde; ich erinnere mich aber nur noch an einige Gerüche. Besonders angenehm war mir die Ausstrahlung der reinlichen Petroleummaschine, auf der immer ein Breichen gekocht oder eine Milch gewärmt wurde – damals hatte man noch keine Gasherde – und einen besonders vernünftigen Eindruck machte mir das Wägelchen, auf dem die Schwester das Mittagessen in den Saal fuhr. Dann wurde mir in der Genesungszeit eine nicht mehr ganz junge Person wichtig, die im Spital als Näherin oder sonstwas angestellt war. Gott hatte sie weder durch viel Schönheit noch durch einen scharfen Verstand ausgezeichnet, doch durch ein Schnurrbärtchen, durch viel Liebe und eine engelhafte Geduld. Im übrigen trug sie den hochtrabenden Namen eines französischen Herzogs ohne dessen Land und Titel; in Straßburg heißt ein Platz nach ihr. Von ihr hatte meine ganze Erholung das Licht. Ihren Geschichten fehlte immer der Schluß, ihren Liedern der Takt, aber nicht ihren Liebkosungen der Verstand und ihren Leckerbissen die Süße. Es war das bekannte, von allen aufgeweckten Buben geschätzte Verhältnis zu einem erwachsenen weiblichen Wesen, das den Stoff voraus hat und dazu die unermüdliche Lust, ihn mitzuteilen, und das dem Jungen dafür neidlos das aufkeimende Bewußtsein läßt, in der geistigen Anlage überlegen zu sein. Durch die hübschesten und wachsten Stunden jener Zeit rauschte mir der Rhein, glitt die Fähre querüber, hockten die beiden eisernen Riesenvögel der Wettsteinbrücke – die Basilisken – auf ihren Postamenten, leuchtete das bunte Münsterdach von der Großbasler Seite her, und versuchte mir das etwas fräuleinhafte Mädchen umsonst klar zu machen, warum es böse war, daß der König David die Dame Bathseba im Bad sah; wenn er König war, so durfte er doch alles. Ich bin sicher, daß sie es aus eingefleischter Unschuld selber nicht wußte.

Der verstörende Gast

Eines Tages trat bei uns im Gärtnerhaus ein neuer Mensch auf. Ich wußte nicht, woher und aus welchem Anlaß: plötzlich war er da und richtete sich ein, hatte seinen Stuhl am Ofen und seinen Platz am Tisch, wenn es ihm gefiel, mit zu essen, und man konnte bald merken, daß er bei der Mutter etwas galt; sie war verhältnismäßig nie so vergnügt und lachte nie so viel, wenn auch immer noch gleichsam widerwillig über den unnützen Aufwand, als wenn er seine Späße machte. Der Vater war ihm weniger hold, was freilich gespürt sein wollte. Auftritte lagen ihm nicht. Er liebte Arbeit, Rechttun und Beharrlichkeit, und hatte eine freundliche und mehr stille Art. Bloß für das Lesen besaß er vielleicht eine Leidenschaft, die er bei jeder Gelegenheit zu betätigen und zu stillen suchte. Er las auch oft bei Tisch. Der Fremde dagegen war ein fester, junger Bursch, etwa fünfundzwanzigjährig, von düster-schönem Schwung, selbstsicher, jovial auch gegen meinen Vater, was mich verdroß, und gegen mich, was ich mit gräflicher Zurückhaltung beantwortete, und kunstreich, denn er blies die Maulgeige (Mundharmonika) nach allen Himmelsrichtungen, Walzer, Märsche, Rheinländer, Lieder, was man wollte, daß einem die Augen im Kopfe stehen blieben. Er hatte eine doppelreihige echte Knittlinger mit Glöckchen, und machte auf der rechten Maulecke schmelzend die Melodie, während er mit einer beweglichen und ungemein verführerischen Zunge die Harmonien dazu ließ oder davon fern hielt, wie es ihm paßte, oder wie es die Umstände erforderten; obendrein gab er mit den Glöckchen den Takt dazu.

Ich witterte ihm mit der Spürnase des Kindes bald den Eindringling und den Abenteurer ab, und repräsentierte um so mehr die bisherige ehrenwerte Solidität der Familie, so viel er auch daran wandte, mich zu gewinnen. Ich ging mit langen, bedeutungsvollen Schritten wie der Vater umher, und merkte mit Besorgnis – wohl gleich diesem –, wie es bei uns allmählich dunkler wurde. Dagegen konnte ich mich nicht genug über die Mutter wundern, wenn sie munter wurde und die schwarzen, unzufriedenen Augen lächelnd spielen ließ, während sie sonst zu den nettesten Sachen des Vaters kaum den Mund verzog, und seine gelegentlichen Zärtlichkeiten mit einem verdrießlichen: «Laß mich in Ruhe!» beantwortete. Nun machte er aber einige von mir wirklich geschätzte Dinge, auf die ich stolz war, und von denen ich wünschte, daß man sie ehrte. Zum Beispiel am Sonntagmorgen, wenn wir alle zusammen Kaffee tranken – sonst war er im Garten, wann ich zum Vorschein kam –, ahmte er auf der Tischplatte mit dem Messer die Kirchenglocken nach. Er faßte das Messer in der Mitte mit zwei Fingern und ließ im

Wechsel bald die Klinge, bald den Griff aufschlagen, wie ich es auch von den Türmen hörte. Die Klinge bedeutete die kleinen Glocken, die häufiger Laut gaben, und der Griff die größeren. Das Ganze klang zusammen zu einem sehr sinnvollen Getöne, worin sich vieles von seinem Wesen aussprach. Vielleicht war es zweifelhaft, was in der Welt draußen höher galt, das Gebläse des Franz Xaver oder das Geläute des Vaters, aber immer fühlte ich, daß im Spiel des Vaters viel mehr Phantasie lebte als in der Fertigkeit des anderen. Ich muß hier anmerken, daß mein Vater von Hause aus Bauernsohn war, und sich durch Aufmerksamkeit und Studium selber zum Gärtner ausgebildet hatte.

Mit dem Erscheinen des kunstreichen Burschen beginnt am Bild des Vaters eine Veränderung; ich sehe es immer häufiger umdüstert, aber in sich von einer gesteigerten Reinheit und Bedeutung, abseits und einsam, oder in einer schmerzlich-gütigen Zweisamkeit mit mir. Es förderte unser stilles Einverständnis, daß meine Mutter begann, mich hinauszuschicken, wenn Franz Xaver da war; wahrscheinlich wurde ihnen meine Aufmerksamkeit verdrießlich, und fanden sie sich durch meine Anwesenheit am Leben, wie sie es für sich verstanden, gehindert. Tagelang begleite ich nun meinen Vater auf Schritt und Tritt, stehe dabei, wenn er die Fenster der Mistbeete hochstellt oder mit Strohmatten deckt, halte ihm die Setzlinge oder das Setzholz, wenn er Salat pflanzt, gehe an seiner Hand nach dem Treibhaus, werde beim Düngen in der leeren Stoßkarre nach dem Misthaufen zurückgefahren und weiß mit ihm im voraus, daß die Mutter nachher über die schmutzige Hose und den Gestank schelten wird, und sehe ihm mit Andacht zu, wenn er in der Weinlaube mit Binsen die Rebenranken aufbindet. Er trug eine grüne Gärtnerschürze mit Messingkettchen auf dem Rücken, die von mir sehr bewundert und gutgeheißen wurde. Vorn war eine große Tasche aufgenäht, in der die Rebenschere stak, und um den

Leib gebunden trug er an einer Schnur das Binsenbündel, das er vorher in eben der Grube, in die ich hineingefallen war, aufgeweicht hatte. Nun half auch keine Medizin dagegen, ich mußte ebenfalls eine grüne Schürze mit Messingkettchen und einer aufgenähten Tasche haben, und als es der Mutter zu verdrießlich war, eine zu machen, kaufte er mir eine fertige im Laden. Dazu bekam ich ein Büschel Binsen umgebunden, und war jetzt ein ganzer Gärtner und Kamerad; ich spürte, daß ich meinem Vater etwas sein konnte, und mehr braucht ein Junge nicht, um sich gut angewandt und geborgen zu fühlen, sollte er übrigens auch kein ganzes Hemd am Leibe haben.

Ich habe immer gefunden, daß die Vorgänge eines Lebens an sich ganz gleichgültig sind und nur bedeutungsweisen Wert haben; betrachtet man sie jedoch von dieser Seite, so hat das kleinste Ereignis unter Umständen unermeßliche Bedeutung, und gibt es überhaupt keinen Unterschied zwischen klein und groß. Für die Krankheit eines Kindes ist es mindestens so schwerwiegend, daß sich auf seinem Spielzeug eine Schicht Staub angesammelt hat, wie daß die Schwester im Häubchen durch die Tür des Krankenzimmers aus und ein geht. Und ob der Arzt auf Grund seiner vielen Kenntnisse sagt: «Die Krisis ist vorbei!» oder das Kind nach seinem Affen verlangt, und die Mutter ihn aus der Ecke nimmt und abbürstet, das ist auf beiden Seiten ganz gleich aufschlußreich. Das Eigentliche und Schicksalhaltige in unserem Dasein sind die Zustände, in die wir eingesponnen werden, und aus denen wir wieder hinausgesponnen werden. Wir handeln, wenn wir können, und wenn wir's zur Unzeit versuchen, so beschleunigen wir unseren Untergang. Das ist das Geheimnis der Lebensläufe wie der Weltgeschichte, jenes weitgesponnenen Lebenslaufs der Völker und Kulturen.

Unter dem Licht jenes Zustandes, in welchem sich das Leben bei uns befand, gewannen daher fortan die kleinsten täglichen Ereignisse ein besonderes Ansehen. Einmal stand ich mit einem Luftballon am Faden neben dem Vater bei den Mistbeeten und sollte ihm eben schnell ein Stützholz halten; indem ich danach griff, entglitt mir der Faden, und das ungetreue bunte Ding hob sich besinnungslos davon. Ich blickte ihm nach, wie es im Westwind über den Gartenzaun schwebte und dabei so selbstverständlich im Ätherblau aufleuchtete, als ob das immer unsere Verabredung miteinander gewesen wäre; fragend wandte ich meine Augen nach dem Vater, denn so ganz in der Ordnung schien mir der Handel doch nicht, und ich hatte einige Lust, zu heulen.

«Hast du ihn denn nicht halten können?» fragte er, während er ihm lachend nachsah. Und als ich stumm den Kopf schüttelte, fügte er ernster hinzu: «So muß man ihn eben fliegen lassen. – Vielleicht geht er nach Wyhlen und richtet dort etwas aus!»

Wyhlen war das Heimatdorf meiner Mutter auf der badischen Seite des Rheines, zwei Stunden flußaufwärts von Basel; sie hatte dort noch ihre Eltern. Über die Auskunft und noch mehr über den Ton stutzend, tat ich noch einen Blick nach dem liederlichen Fahrzeug, von dem eben der letzte bunte Schein verschwand; jetzt war's nur noch ein grauer Schemen.

«Weinst du, daß er nach Wyhlen kommt?» zweifelte ich. «Wyhlen ist doch weit für einen Luftballon!»

«Das kommt immer darauf an», erwog er nachdenklich. «Schau, ich zum Beispiel kann aufs Grenzacher Horn steigen, und dir macht's schon Mühe, aber deine Mutter kann nicht nur nach Wyhlen fliegen, wenn sie will. – Mußt jetzt manchmal für sie beten, dann kaufen wir auch einen neuen Luftballon.»

Die Mutter wurde mir in der Folge davon sehr geheimnisvoll.

Das Auffälligste an mir waren damals meine Augen; ich weiß noch, daß sie von vielen Leuten beredet wurden. Groß, schwarz und verwundert, wie sie waren, hieß ich überall der Bub mit den Kirschaugen. Am wichtigsten war mir, daß auch der Vater sie zu lieben schien. Als daher Franz Xaver mir vorschlug, ich sollte die Augen einmal ordentlich auswaschen, dann würden sie schön hellbraun werden wie Honig, bestand natürlich nur geringe Aussicht, daß ich einen solchen Rat in Erwägung zog, im Gegenteil, ich drückte sie beim Waschen eifrig protestierend zu, damit sie wenn möglich noch dunkler wurden. Übrigens hatte ich die Augen nicht vom Vater – seine waren von sanftem Dunkelbraun –, sondern von der Mutter; die waren so schwarz und mitternächtig, wie man sich überhaupt etwas vorstellen konnte.

Ein ander Mal versuchte Franz Xaver meinen Witz und wollte wissen, ob ich eigentlich getauft sei. Die Frage war so gut oder so schlimm wie eine Ehrenkränkung, und ich sagte: «Ja. Natürlich bin ich getauft.» Franz machte eine zweifelhafte Miene. Woher ich das wisse? Ob ich denn dabei gewesen sei? Soviel er gehört habe, sei ich doch evangelisch, und einen Evangelischen dürfe man nicht taufen, bevor er tot sei, sonst mache man sich strafbar. Jetzt kam auch mir die Sache bedenklich vor, zumal es mit dem Evangelischsein einen Haken zu haben schien. Außerdem war ich immer leicht in meinen bürgerlichen Rechten irre zu machen. «Ich glaube vielleicht doch nicht!» erwog ich daher, denn die Taufe war meines Wissens immerhin eine heilige Angelegenheit, mit der sich meine Eltern sicher nicht strafbar gemacht hatten. Ungewiß sah ich nach meiner Mutter. «Ich denke auch nicht», sagte sie halb lachend, halb geärgert, da Franz Xaver ungeniert grinste. «Die Evangelischen taufen ja mit dem Teufel. Sein Schwanz ist ihr Weihwedel. Sage selber, ob man dich dahin wird gelassen haben.» Franz Xaver fing nun mächtig an, zu lachen. Die Mutter bekam rote Wangen vor Verdruß, weil ich ihm Gelegenheit gab, sich über ihre Familie zu belustigen, wenn sie auch gezwungen mitlachte. Sie kam mir sehr schön vor, aber ich fühlte mich bei dem Spaß nicht gut aufgehoben, und auf die Evangelischen wollte ich eigentlich auch nichts kommen lassen, da der Vater dazu gehörte. Der fiel mir jetzt in meiner unsicheren Lebenslage rechtzeitig ein, indem ich erklärte, ihn fragen zu wollen. Ich hatte mich wieder in Sicherheit gebracht. «Ja, frag ihn nur», sagte sie in unzufriedenem Ton. «Er ist ja so gelehrt. Er wird nächstens Bücher fressen anstatt Brot.» Ich fragte ihn dann doch nicht.

Obwohl auch der Vater meine Augen lieb hatte, stieß er mir doch beinahe eins aus dem Kopf. Es war im Futtergang, und er warf dem Vieh Gras ein. Ich hatte mich wohl allzu liebevoll hinter ihm aufgestellt; beim Zurückziehen bekam ich den Gabelstiel in die Augenhöhle, daß ich Länder und Meere sah, von denen ich noch nie etwas gehört hatte; zum Glück war der Stoß aber schon vom Augenknochen abgeschwächt worden. Es gab sofort eine ungeheure Beule, die der Vater mit einem aufgedrückten Fünffrankenstück, einem sogenannten Fünfliber, bekämpfte. Ich hätte nun das gute Recht gehabt, ein ausgebreitetes Gebrüll hören zu lassen, aber ich verschluckte es, weil ich über des Vaters Schreck erschrak; er war ganz bleich und bat mir mit allerlei lieben und guten Namen ab. «Bist doch mein Einziges, Johannesli!» sagte er immer wieder, worüber ich in eine heilige Betroffenheit verfiel. Nachher machte er mir eine kühle Kompresse und sah noch zwanzigmal an diesem Tage nach, ob auch dem Auge nichts passiert sei.

Ungefähr in der gleichen Zeit hatte er noch einmal Unglück mit mir; er warf ein Gartentörchen hinter sich zu, während ich den Finger dazwischen hatte. Diesmal sang ich aus Leibeskräften und nicht ein bißchen schön. Später löste sich der Nagel und sollte abgeschnitten werden. Die Mutter wollte nicht an das Geschäft, weil ich Umstände machte; da nahm mich der Vater vor. Es tat gar nicht weh, aber ich dachte, es müsse, weil es so gefährlich aussah, und weil es doch ein Stück von mir war, und nachdem die Operation fertig war, lief ich weg und zeigte ihm die Faust. Er lächelte trübe; damals war er schon eine ganze Strecke von uns fort. Als er darauf in die Rebenlaube trat, «sah» ich ihn zum letztenmal, ohne es zu wissen. Er schritt langsam den halbdunklen, grünen Bogengang hinauf, durch den die heimlichen Sonnenlichter brachen, und mir schlug schon das Gewissen. Wenige Tage später befiel ihn das Nervenfieber, das ihn ins Grab brachte. Das sind ganz seltene und begünstigte Menschen, die bei einem unbewußten Abschied den Vorzug haben, nicht einen Stachel oder ein Bedauern davon ins Leben weiter tragen zu müssen.

Schlimme Ausgänge

Inzwischen hatte die Mutter mit dem Hausfreund einen geheimnisvollen Betrieb angehoben, von dem ich selber das wenigste sah, der mir aber von allen Verwandten einstimmig und unter dem größten Ernst mitgeteilt und bekräftigt wird. Sie warfen sich miteinander auf die Schwarzkunst, um reich zu werden. Das Reichwerden blieb von da an das ruhelose Leitmotiv im Leben meiner Mutter. Da sie aber selber auf dem Gebiet grasgrüne ABC-Schützen waren, so verschrieben sie sich zuerst geheime Schriften, darunter das sechste Buch Mosis, und endlich zwei gewiegte Vordermänner, die auf der Sache zu laufen wußten, und die persönliche Beziehungen zur Geisterwelt sowie die Mittel hatten, ihr zu gebieten – mit Ausnahme der Geldmittel, die meine Mutter herschaffte, und zwar aus der Tasche und aus dem Kasten meines Vaters. Es scheint sich nicht nur um kleine Beträge gehandelt zu haben, und auch wohl nicht immer um gutwillige oder ordentliche Methoden, sich in deren Besitz zu bringen. Bei alldem hat meine Mutter eine große Macht über den Vater ausgeübt. Es war nicht Charakterschwäche, was ihn dahin brachte, ihr so viel Spielraum zu lassen. Sie war eine ziemlich große, südlich aussehende dunkle Frau von guten, geschwinden Formen, durchwittert sozusagen von seltsamen flüchtigen Lieblichkeiten, und dabei von starken, herben Säuren durchsetzt. Ich begriff allmählich, daß er eine solche fremdartige, hochfahrende und unbefriedigte Persönlichkeit in all ihrem düsteren Zauber und ungestillten Lebenshunger, der aus der etwas heftigen Schönheit ihrer Züge sprach, und den auch er nicht stillen konnte, unglücklich liebte und lieben *mußte*, und von dieser Liebe sah ich ihn künftig immer dichter eingesponnen wie von einem fühl- und sichtbaren Verhängnis. Inwieweit er selber aus Liebe ein bißchen von ihrem Geldfieber mit angesteckt war, weiß ich nicht. Aus manchen Anzeichen scheint auch er unsere gegenwärtige Vermögenslage als nichts Endgültiges betrachtet zu haben. Er sah ja wohl ringsum an vielen Beispielen, wie man sich vorwärts bringen konnte, und mochte selber das Zeug dazu in sich fühlen. Vielleicht dachte er an einen eigenen Garten. Mich hatte er – und das zeigt weiter gesteckte Absichten – unter dem Beifall der Mutter wenn nicht unter ihrem ehrgeizigen Antrieb sehr früh zum Studium bestimmt; davon war die Rede, solange ich denken kann. Der Vater war nun bald vierzig Jahre alt, und wenn sie auf ihrem Aufstieg von der Magd im Weißen Haus zur reichen Frau nicht die beste Zeit versäumen wollte, so mußte nun etwas geschehen.

Ich bekam die Burschen einmal zu sehen; es waren nach meiner Auffassung lange, bange Schwefelhänse, die mir bis in die Knochen mißfielen, obgleich ich von ihrer Anwendung keine Ahnung hatte, Männerherren oder Herrenmänner von schwarzem und abgründigem Gehaben – es tat mir immer etwas weh, wenn ich an sie dachte – und Elsässer aus Mülhausen, sobald sie die Mäuler auftaten. Das Wichtigste, was zunächst zu tun war, schien die Einrichtung eines schwarzausgeschlagenen Zimmers, und da solchen Menschenfreunden und ihrem Oberherrn, dem Satan, nichts hinderlicher ist zur Herstellung einer gutgekochten und wohlgeratenen Zauberei als Kindesunschuld, so wurde ich in jenen Zeitläuften wenig und da nur mit grämlichen Mienen im Haus geduldet.

Es lebte damals ein junger Bruder meines Vaters bei uns, um die Gärtnerei zu erlernen; da er offene Augen hatte und meinem Vater ergeben war, so sah er vieles, was nicht für andere Leute angelegt war, und wurde dem Paar natürlich ebenfalls unbequem. Er erzählte nun da Dinge über eine gewisse Behandlung, welcher man ihn unterwarf, um ihm das Haus zu verleiden, und die mehr originell als einer wissenschaftlichen Aufklärung zugeneigt war. Zunächst stellte sich Franz Xaver jovial zu ihm und suchte ihm vorzustehen, als er aber meinen Vater als Vorsteher behielt, kam man ihm mit stärkeren Mitteln. Eines Tages gab ihm Franz Xaver ein Stückchen Holundermark mit der Anweisung, es ins Portemonnaie zu legen; es werde ihm Glück bringen. Nun, jedermann ist gern glücklich, und um den Menschen, der doch eine Menge Gewichtigkeit vor ihm voraushatte, zu befriedigen, steckte mein kleiner Onkel das Ding in sein Geldbeutelchen und ließ es darin, auch als er jenem aus den Augen war. Er behauptete, er hätte es vergessen, zugleich gab er jedoch an, er sei kontrolliert worden. Hänners Augen zeigten in der letzten Zeit unter aller Allotria, die er gelegentlich trieb, ein unheimliches Feuer; es glühte darin wohl die schwüle Flamme des Adepten, den Angst und Gier mehr als glauben gelehrt haben, aber auch sonst konnte ihm nicht mehr sehr wohl sein, denn die Dinge trieben überall den Entscheidungen zu, und er magerte sichtlich ab. Meine Mutter ging darin ganz *seinen* Weg, sonst aber stritten sie sich in dieser Zeit häufig. Bereits hatte sie aufgehört, über seine Späße zu lachen; es war von ihr auch die letzte trübe Heiterkeit gewichen; alles, was sie mir vorher vertraut und nahbar gemacht hatte, verstummte und verschwand. Sie sang längst nicht mehr: «Ach du lieber Augustin!» oder: «In Lauterbach hab' ich mein Strumpf verloren.»

Nachdem aber mein Vater schon seit Monaten verändert war, begann nun auch mein kleiner Onkel gewisse neue Gewohnheiten anzunehmen, die ihm so unbequem sein mußten, daß er sich ihnen unmöglich freiwillig unterzogen haben konnte. Er verlegte sich nämlich darauf, mitten in der Nacht aufzustehen und alle Schuhe zu putzen, deren er habhaft werden konnte, und wenn keine mehr da waren, so strich er noch eine Viertelstunde unruhig und seufzend im Haus umher und kroch endlich ins Bett, um am anderen Morgen müde und zerschlagen aufzustehen, ohne etwas von den Dingen zu wissen, die er in der Nacht getrieben hatte. Der Unfug forderte das Aufsehen heraus, und als mein Vater fand, es sei jetzt genug des bösen Spiels, rief er gegen die geheimen Mächte die geheime Wissenschaft zu Hilfe; der Hergang hatte ja genau die Farbe, die er haben mußte, um für einen Wunderdoktor ein gefundener Fraß zu werden. Die Sache kann nun stehen, wie sie will: jedenfalls war diese Kapazität ein erfahrener Mann; in kurzer Zeit grub er durch Fragen meinem kleinen Onkel das Holundermark aus dem Geldbeutel aus, und daß er es verbrannte, daran tat er nur recht. Dann war er dafür, daß mein kleiner Onkel noch auf acht Tage zu den Kapuzinern kam, und auch das geschah. Geheilt und mit gestillten Augen und Träumen kehrte er darauf ins Haus zurück und nahm sich von da an aus allen Kräften vor dem Franz Xaver in acht. Daß alle diese Geschichten sich aber in so großer Nähe eines sehr frommen evangelischen Pfarrhauses abwickeln konnten, ist jedenfalls ein Beweis dafür, daß eine Gottseligkeit nur dem zum Besten dient, der sie hat.

Unterdessen waren die Vorbereitungen so weit gediehen, daß man zum entscheidenden Schritt vorgehen konnte. In einer dunklen Nacht war die Mutter verschwunden und nirgends aufzufinden. Eine Stunde rheinaufwärts auf der badischen Seite erhebt sich der erste Vorsprung des Schwarzwaldes, das sogenannte Grenzacher Horn; dorthin hatte sie sich mit Franz Xaver aufgemacht, um nun den Schatz zu heben. Sie gruben eine gute Stunde und drangen weit in die Erdschichte vor, aber nicht zu der erwarteten Goldkiste; unverrichteter Dinge, müde und verdrossen kam sie gegen Morgen nach Hause. Wie der Vater sich hier und überhaupt mit ihr abgefunden hat, weiß ich nicht, wie ich überhaupt nie bemerken konnte, daß er gegen die Mutter vorging; entweder er tat es überhaupt nicht, oder er suchte die Gelegenheiten so umsichtig aus, daß mir nichts davon zu Augen und Ohren kam. Ich bekam sie erst gegen Mittag zu sehen; so lange hatte sie sich eingeschlossen. Sie war übernächtig, blaß und vergrämt, auch heimlich aufgebracht schien sie mir, da wohl die verletzte Ehrbegier an ihr fraß, denn sie hatte doch wohl alle reich machen und daraus ihre Rechtfertigung entwickeln wollen, und bei allem lag etwas Starres über ihr. Bei Tisch saß sie blicklos wie eine Gestorbene und rührte nichts an, so daß ich mich vor ihr zu fürchten begann. Aber auch der Vater aß nicht, und in der Folge verging sogar mir der Appetit.

Aus den Zeugnissen seiner Brüder und Schwestern will es sodann scheinen, daß er schließlich sich duldend und hoffend zu Tode gegrämt habe. In meinem achten Lebensjahr legte er sich aufs Krankenbett und starb nach einem kurzen, heftigen Kampf gegen die dunklen Geister, die seine letzten Tage umschwebten, am Nervenfieber. Ich hörte, daß ihn vier Fäuste in der Badewanne festhalten mußten, daß er im Fieber eifrig und hastig predigte, und dann sah ich ihn in der Totenhalle des Bürgerspitals, einen stillen, bleichen Mann, dem das wilde Leben der anderen nichts mehr anhaben konnte. Man hatte ihm ein weißes Halstüchlein umgebunden, wie ich heute vermute, um damit die Spuren einer Sektion zu verdecken.

Um ihn herum lagen noch mehrere gestillte Fiebergefäße des Daseins, alle säuberlich in Särge gefaßt und zum Abliefern fertig. Eine männliche Leiche hatte die Augen noch halb offen; dieser gebrochene Blick verfolgte mich jahrelang. Eine Frau, die ich noch nie gesehen hatte, schrie mir weinend zu: «Das ist dein Vater, Junge; jetzt hast du keinen Vater mehr!» Ich sah sie an und wußte nicht, was ich dazu sagen sollte. Mir war sehr traurig, schwer und unheimlich zumute, weil ich diese Dinge hier durchaus nicht wollte oder vorhergesehen hatte. Das war das Nichts; was sollte ich damit? Da ich nichts begriff, so konnte ich auch nicht weinen. Nur meine Einsamkeit auf der Welt ahnte ich zum erstenmal als Schicksal; bisher hatte ich sie als Unterhaltung erlebt. Der Einzige, der mir etwas daran hätte erklären können, lag da steif und kalt im Sarg, und eine Stunde später deckte ihn die Erde. Da das Verhängnis nun auch meinen Vater, den liebsten und nächsten von allen Menschen, erreicht hatte, so war das Leben jedenfalls sehr ernst.

Meine Mutter habe ich in allen jenen Tagen nicht gesehen; wahrscheinlich war sie vorhanden, aber ich hatte kein Erlebnis mit ihr. Sie gehörte nicht eigentlich zu meiner Welt.

Der Pfarrherr mußte sich nun einen neuen Gärtner suchen, und uns war aufgegeben, den Platz zu verlassen.

ZWEITES KAPITEL

Auf dem Dorf

Lichtwechsel

Ich habe die Beobachtung gemacht, daß sich mein Leben in Epochen von acht Jahren abspielt. Mit dem achten Jahr wurde ich eine Waise; mit dem sechzehnten kam ich in die Lehre. Vierundzwanzig Jahre war ich alt, als ich mit meiner Handwerkerlaufbahn brach und mich der Dichtung zuwandte, und zweiunddreißig, als ich mich zur Ehe entschloß. Mein Vater heiratete ebenfalls im zweiunddreißigsten und starb im vierzigsten. Meine Mutter heiratete um vierundzwanzig und starb im sechsundfünfzigsten. Das vierzigste Jahr traf mich dabei, meinen äußeren Zustand abermals umzuwälzen, und fand mich am glücklichen Ende einer langdauernden moralischen Krise. Ich bin fest davon überzeugt, daß auch das achtundvierzigste Jahr ein wichtiger Abschnitt sein wird, und erwarte, daß ich mit vierundsechzig oder zweiundsiebzig Jahren ordentlich sterben werde, wenn nicht ein Unglück mich früher aus der Bahn wirft.

Als mein Vater tot und begraben war, bekam die Welt für mich ein anderes Gesicht. Es erschienen fremde Männer, die unseren Hausrat auf einen Wagen luden und wegführten. Ein Verwandter meiner Mutter trat auf, nahm unsere Kuh am Strick, und bewegte sich mit ihr und meiner kleinen Person, die neugierig nebenher trottete, rheinaufwärts am Grenzacher Horn vorbei dem schon genannten badischen Dorf Wyhlen zu, wo die Eltern meiner Mutter wohnten. Die Kuh sollte verzollt werden; als ich fragte, was das sei, hörte ich, daß der deutsche Staat dem Tier den Hintern abschneiden müsse, um ihn dem Kaiser zu schicken, der Anspruch darauf habe. Auf meine innige Fürbitte wollte man versuchen, die Sache mit Geld abzumachen, und tat denn auch so.

Den Abschied von der Mutter finde ich nicht in meiner Erinnerung, obwohl ich dadurch Vaterhaus und Heimat noch einmal und endgültig verlor. Ein persönliches Band zwischen uns wurde nicht zerrissen, da entweder keines bestand, oder unsere Beziehungen anderer Natur waren. Wir waren einander vielleicht so sicher, wie jedes Geschöpf seines Schicksals sicher ist. Sie hatte ihren Koffer gepackt, um mit Franz Xaver nach Amerika zu gehen und dort ihr Glück weiter zu versuchen. Mein Schwesterchen nahm sie mit, dazu das Kind, mit dem sie zurzeit schwanger ging, und das nicht des Vaters Namen bekam, als es drüben geboren wurde. Meine Verwandten wollten wissen, daß schon meine Schwester nicht mehr in unsere Verwandtschaft gehöre; sie habe auf dem Kopf zwei Wirbel, und das sei Franz Xavers Zeichen. Diese neue Familie begleitete eine junge Schwester meines Vaters, die ihrem Mann – ebenfalls unter Hinterlassung eines Kindes – durchging, um es drüben besser zu finden, als sie es hier hatte.

Es ist nun hier ein seltsamer Fall. Auch an diese junge Tante kann ich mich nicht erinnern, das heißt, ich finde sie in keinem Vorkommnis untergebracht, trotzdem weiß ich ihre Stimme, ihr Wesen, ihre Erscheinung, die etwas sehr Ermutigendes und Freundlich-Warmes hatte, auch besitze ich ihre ganze Existenz samt dem Samtband im Haar, wie es in den achtziger Jahren getragen wurde, und dem Duft ihrer Kleider. Ohne die Reden ihrer Geschwister aber hätte ich sie sicher vergessen, obwohl sie mir sehr angenehm war, und nur durch die geheime Macht des Wortes erwachte ihr Bild wieder in mir, um nun nicht mehr zu verlöschen. Nach gewissen Zeichen, die unwidersprochen geblieben sind, war aber die Flucht der drei Personen samt dem ersten Lebensplan in der Neuen Welt schon längere Zeit verabredet, und hätte zweifellos auch stattgefunden, wenn man Vater nicht gestorben wäre. Es muß doch auch ein Freiheitsrausch unter ihnen geherrscht haben, da eine sonst so ruhige und bürgerlich empfindende junge Person, wie meine Tante, sich dem Komplott anschloß. Vielleicht ist die Teufelsbeschwörung auf dem Grenzacher Horn nur in Hinsicht auf diesen geplanten Ausbruch unternommen worden, um das Geld dafür zu beschaffen. Der Tod meines Vaters löste dann die Frage auf einem anderen Weg. Drüben fing meine Tante – im Gegensatz zu meiner Mutter, wie man sagt – sofort ein geordnetes und arbeitsames Leben an. Meine Mutter fahndete mehr nach dem Millionär, der sie und Hänner kapitalisieren sollte. Als das bißchen Geld aufgebraucht war, und es mit seinen Pflichten ernst werden sollte, machte sich Hänner aus dem Staub, um andere Frauen mit seiner Knittlinger Mundharmonika zu beglücken. Er war zu gut für das schlechte Leben. Niemand hat wieder etwas von ihm gehört.

Unsere Kuh ging ganz wacker am Hälsig, so daß wir sie schon nach anderthalb Stunden in Grenzach vor dem Löwen anbinden und einen Schoppen trinken konnten. Dann banden wir sie wieder los und nahmen die zweite Hälfte des Weges vor. Links stiegen Weinberge auf und stießen an frische Steinbrüche, einige auch an den Wald, der dort alle Kuppen grün und weitläufig besteht; rechts dehnten sich Felder und Wiesen hin und hörten erst am Rheinufer auf. Mit der Zeit erschien der Kirchturm von Wyhlen grau, alt und eckig, und mit einem zweiseitigen Dach wie alle Kirchtürme in der Gegend; er beherrschte seinen Waldwinkel und das Dorf bei aller Gründlichkeit auf eine sehr vertrauenerweckende Weise, und gefiel mir auf den ersten Blick, obwohl er katholisch war. Nun passierten wir den Friedhof, wo alte und junge Bauern hübsch gleichgestreckt nebeneinander schlafen und ihre Knochen von der Fleischlichkeit rein und weiß präparieren, bis sie endlich zu einer provisorischen Auferstehung bereit sind, die ihnen nicht die Posaune Gottes, sondern der Gemeinde-totengräber besorgt, und die nicht länger dauert als einen halben Tag, durch den sie im Tagesschein liegen, auf den neuen Mieter des Grabes warten, und sich noch einmal an der Sonne wärmen; dann wird es abermals dunkel um sie, und es beginnt die milde Wandlung auch an den Knochen, der allerletzten Eitelkeit des Daseins. Ist es nicht so: wir kommen auf, reißen unser Teil heftig an uns, und stürzen damit in die Grube, und das Beste, das wir dabei ergattern, ist ein Lächeln Gottes, dem wir ewig selig werden können, wenn wir mit unserem Quantum Eitelkeitstickstoff auch ein Windchen ewigen Lebenssauerstoff an uns gebracht haben.

Endlich kamen wir über den Bach, wo die Kuh bockte, weil der Bach nicht im Vertrag stand; aber sie ließ mit sich reden. Freilich schnaufte sie noch eine ganze Weile nachher und trat etwas aufgebracht ins Dorf ein, wo sie allen Kötern durch ihr hoffärtiges und städtisches Gebaren auffiel. Sie hatte noch nicht den Dorfgeruch an sich, und das ist der Punkt, wo der nachsichtigste Köter keinen Spaß versteht. So kamen wir unter großer Begleitung – auch einige Buben liefen mit – beim Haus des Großvaters an. Ein kleiner alter Mann trat aus der Haustür und hieß zuerst die Kuh und dann mich willkommen. Vor der Stalltür gab es einen neuen Aufenthalt, denn es war ein katholischer Stall, und sie eine protestantische Kuh, doch trieb sie auch diesen Konflikt nicht auf die Spitze, sondern entschloß sich, vor der Entscheidung erst noch das Grünfutter zu versuchen. Sie fand es angängig, behielt sich aber noch alles vor, und wir konnten für diesmal den Stall quittieren und ins Haus treten. Gleich hinter der Haustür stieg eine schmale, alte Holztreppe hinauf, die wir erklommen, dann ging es ein paar Schritte ohne Übergang durch eine halbdunkle Küche und endlich durch eine ungestrichene Tannentür in ein helles Stübchen, wo ein gichtbrüchiges altes Frauchen am Fenster saß und meine Großmutter war. Das alte Männchen war der Großvater, und der die Kuh und mich nach Wyhlen geführt hatte, der Onkel Frieder; dazu gab es zwei ledige Bauernmädchen, die meine Tanten waren, und später kam ein deutscher Soldat dazu, in dem ich auch noch einen Onkel kennen lernte. Ich hatte auch meinen Vater als Manöversoldaten gesehen, aber er war Schweizer und ein Mann gewesen, und hatte ein schweres, langes Seitengewehr umgehabt, das auf dem Rücken eine Säge trug. Dieser Soldat war aber dünn und noch kein Mann, und hatte nur ein kurzes Speckmesser als Schwert umgegürtet; doch war er mir merkwürdig als Art, und ich hoffte, daß er sich noch entwickeln werde.

Zunächst hatte ich nichts zu tun, als mich umzusehen, woran ich es nicht fehlen ließ. In der kleinen Stube stand ein Bett, in dem die beiden alten Leutchen nachts schliefen, ein Tisch, an dem alle aßen, was die Mädchen kochten, und eine Ofenkunst, auf dem sich immer ein Mannsbild das Gesäß wärmte. An den Wänden hingen bunte Heiligenbilder, und vor den kleinen Fenstern blühten Geranien. Der Boden bestand aus Dielen, zwischen denen fingerbreite Ritzen klafften, mit Schmutz und Staub aufgefüllt; man konnte die Bretter scheuern, soviel man wollte, so war es nicht zu verhindern, daß die Ritzen sich sättigten. In diesem Betracht war der Tisch nicht weniger interessant, als der Boden, denn auch er hatte Ritzen, und auch die füllten sich, wie sie konnten. Die Heiligenbilder wurden mir rasch lieb; es waren nicht die großen, breiten, langweiligen Öldrucke in Blau und Rot, sondern kleine Muttergottesandachten in geschwärzten Silber- und Goldspitzen hinter Glas und in tiefen Rahmen, aus denen sie herausblickten wie aus sehr alten, kleinen Himmelstüren, durch die wohl eine selige Jungfrau mit dem Kindchen treten kann, aber nicht der liebe Gott selber, weil er viel zu groß dafür ist. Dann hing noch neben der Tür ein kleines irdenes Gefäß mit Weihwasser.

Über die Küche weg lag die Schlafkammer der Mädchen; sie nahm wie die Wohnstube und die Küche selber die ganze Hausbreite ein, und das hieß nicht viel; ein rechter Kater überhüpfte sie rückwärts. Die Küche mußte außerdem noch Platz für die Treppe abgeben, die von unten heraufkam. Sie hatte einen lehmgelben Herd mit ebensolchem Rauchfang, alles gehörig mit Ruß geschwärzt und von Schwaben belebt, die in wunderbarer Anpassung die beiden Grundfarben an sich vereinigten. Der Boden war mit Backstein belegt, den die Mädchen mit einem Besen aus Buchsbaumreisern wischten, wenn er ihnen zu schmutzig geworden war. Dann machten sie die hintere Tür auf und fegten freudig und schwunghaft Kartoffelschalen, Schmutz und Schwaben in ein schmales, dunkles Gäßchen hinaus, das, abgesehen von der Steinplatte, die vor der Tür draußen als Tritt diente, in gleicher Höhe mit der Küche lag; aber nach vorn schwebte sie mit einem Fenster über dem Treppenansatz wie ein Starenkasten im ersten Stock. Das Gäßchen war nicht breiter als eine Mannesbreite und trennte meines Großvaters Häuschen von dem Hof des oberen Nachbars, der sein Vetter war. Während die Dorfstraße drunten um unseren Eckstein herumkroch, wand sie sich zugleich um ein Stockwerk in die Höhe. Nichts war nun so unterhaltend, als durch das ewig feuchte und mit tiefsinnig faulenden Düften erfüllte Gäßchen ein und aus zu schlüpfen, aus dem kühlen Schatten in die Sonne auf der oberen Straße, oder von dort durch das Gäßchen zurück über Pfützen, Steine und Hühnermist nach dem Gärtchen, das auf der anderen Seite des Hauses über der unteren Straße hing, und worin neben Bauernblumen, Kohl und Kartoffeln einige alte, schon sehr gütige und etwas bemooste Zwetschenbäume standen. Sodann konnte man über den niederen Zaun auf die untere Straße hinabspucken, und wenn man Lust hatte, so ging man durch den anstoßenden Holzschopf und über eine Steintreppe hinunter selber dahin, bog dann nur rechts herum und unten ins Haus hinein, stieg die hölzerne Stiege hinauf, und kam durch die Küche wieder in das Gäßchen. An der unteren Straße zehn Schritte abwärts plätscherte ein Brunnen, an der oberen zwanzig Schritte aufwärts ein zweiter, und außerdem rauschte ein Bach hinter der Mühle vor, die an der äußeren Ecke der Straßenbiegung stand, und begleitete die untere Straße bei jedem Wetter Sommer und Winter zum Dorf hinunter. An dem Brunnen kamen abends die Kühe zusammen; die befreundet waren, leckten einander die Hälse. Und im Bach hatte es Steine, Büchsen, Scherben, und wofür es sich sonst noch lohnt, in einem Bach herum zu waten. Hinter und neben der Mühle stieg ein allzeit wonniger Hang hinauf, aber am wonnigsten war er im Frühling, wenn er gelb und blau stand von Schlüsselblumen und Veilchen. Das war meine neue Welt.

Mein Großvater war der Gemeindemaulwurfsjäger und durfte auf alle Wiesen gehen. Anno achtundvierzig war er mit der Sense dabei gewesen, und das Jahr darauf, so sagt man beziehungsvoll, kam meine Mutter zur Welt. Von irgendeiner Wildheit merkte man ihm aber nichts mehr an; was er nicht auf seine älteste Tochter vererbt hatte, das war zu einer sehr freundlichen und kurzweiligen Betulichkeit umgesetzt, von der nur eines sicher schien, daß er damit nicht viel vor sich gebracht hatte. Indessen weiß ich nicht, wie tief er unten anfangen mußte, als er meine Großmutter nahm. Neben der Mauserei versah er noch die Küsterstelle an der Kapelle im «Himmelreich», einem kleinen Klosterwesen, das sich dicht am Wald angesiedelt hatte, so daß er das Glück genoß, nie im Zweifel zu sein, was er mit seiner Zeit anfangen sollte; über Tags stellte er den Maulwürfen nach, und morgens und abends lockte er die Seelen ins Himmelreich, und zwar gleich in zwiefachem Sinn. Daher mochte er tun, was er wollte, so sah er immer gut aus mit seinem weißen Schopf und Schnurrbart, der Mücke unter der Unterlippe, der gebogenen klugen

Nase und den hellen blauen Augen, die durch alle sechzig Jahre nichts von ihrem jugendlichen Licht eingebüßt hatten. Daneben besaß er in seiner Armut und seiner Unberühmtheit und in einem unnennbaren Etwas genug Geheimnis, sozusagen erleuchtetes Dunkel, um auch dem Seelenhunger in mir gerecht zu werden. Ein richtiger katholischer Mensch hat ja von Haus aus seine Mystik im Leib; es ist um ihn einmal ein anderes Licht, als um einen Protestanten. Wenn er weder Maulwürfe fing, noch die Glocken zog, so hatte er etwas zu schnitzen oder zu basteln; er war eine ewige Unruhe und eine unaufhörliche Unternehmung im kleinen. Stand er wirklich einmal still, so war es, um die Pfeife zu stopfen, die wie er den ganzen Tag in Betrieb war. Er hatte eine Garnitur bewährter Späße, die er für mich frisch aufzog. Das reinste Vergnügen machte es ihm aber, wenn es ihm gelang, mir eine volle Backe Rauch in die Nase zu blasen, oder seinen fünftägigen Bart an meiner Wange zu reiben. Trotzdem hatte er mein vollkommenes Vertrauen, und war ich ganz sein Mann, da er so war, wie er sein mußte. Mit ihm hängen auch meine schönsten Erlebnisse zusammen, die ich mit der Natur hatte; der milden, freundlichen Überraschung, an seiner Hand durch Feld und Wald zu gehen, und mir die neuen Dinge vorstellen zu lassen, kam nichts gleich. Und da er immer unterwegs war und mich, besonders in den Ferien, fleißig anforderte, so flocht sich durch die Monate eine Reihe schöner Tage aneinander, die ich sehr wohl ertrug, und die viel früher zu Ende ging, als es meinem guten Engel recht war.

Meine Großmutter war ein blasses, runzliges Weibchen von stillem Wesen, das sein Leiden mit großer Geduld ertrug und immer noch etwas für ihre Leute übrig behielt, ein gutes Wort, einen heiteren Blick, einen Spaß, einen neuen Strickstrumpf, oder wenigstens einen frischgeflickten alten. Sie lebte und webte in einer heiteren Frömmigkeit, und wer sich nur einigermaßen in ihre Nähe hielt, dem konnte es nicht ganz

übel ergehen, denn sie besaß einen nennenswerten Heils-
schatz, von dem sie freigebig mitteilte, Ablaß auf mehrere
Jahre im voraus, und gewiß genug Gnade bei Gott, um für
ihre Angehörigen zu erlangen, was sie wollte, wenn es nur
billig gefordert war. Reichtum hat sie offenbar nie erbeten,
sonst wäre er gewiß gekommen, dagegen ist um sie herum
doch wirklich nichts Schlimmes passiert, solange sie am Leben war, und die einzige, die zu ihrem Geist nicht paßte, hatte
der eigene ungebärdige Dämon beizeiten ins Weite hinaus-
getrieben. Außerdem war sie eine Geschichtenerzählerin von
wahrhaftigen Qualitäten, wobei ihr Jugenderlebnisse, Träume und Volkssagen gleich wichtig waren, auch einige Gei-
stergeschichten liefen mit unter, und da sie glücklicherweise
vom Aberglauben nicht ganz frei war, so erreichte sie es leicht,
daß man ihr glaubte und sich herzhaft oder manchmal auch
nicht ein bißchen herzhaft fürchtete. Neben ihr in der Fen-
sterecke standen immer ihre Krücken und versahen diese
Stunden mit etwas menschlicher Wehmut. Es war vollkommen unmöglich, gegen sie ungezogen zu sein, und es ist eben
daher meine Überzeugung geworden, daß, wer bei Kindern
alles erreicht, auch bei Gott allmächtig ist.

Ihr ältester Sohn tat, wie gesagt, zurzeit Militärdienst. Er
war ein hübsches, dunkles Blut mit einem scheuen Einschuß
von Unruhe, hatte einen sehr roten Mund, schwarze Augen,
ein schwarzes Schnurrbärtchen, und spielte mit großer Kunst
die Handharmonika. In vielen Stücken glich er meiner Mutter, nur daß er, obwohl er ein Mann war, nicht wie sie den
Weg ins Weite suchte, sondern von seinen gelegentlichen Ausflügen immer wieder ins Nest zurückkehrte. Er versaß halbe
Tage seines Urlaubs auf dem Ofenvorbau brütend in trübe
gärender Jugend und Manneskraft, mit Späßen vorbrechend,
in Lustigkeit aufflackernd, Harmonika spielend, dann geheimnisvoll in seine Schweigsamkeit zurück sinkend, die so
düster war, wie sein äußerliches Anschauen farbig und freu-

dig. Mit einem Seufzer erhob er sich, um zu gehen, niemand wußte wohin, und tagelang wegzubleiben. Wie man nachher erfuhr, war er dann in Herthen oder Nollingen gewesen und hatte dort mit anderen Urlaubern oder – nach seiner Entlassung im Herbst – mit seinen ehemaligen Kameraden in den Wirtschaften herum gelegen, ohne etwas anderes zu treiben, als eine mäßige Lustigkeit und einen Unfug, der hauptsächlich im Musizieren und Singen bestand, und so harmlos war, daß ihn nicht einmal die Polizei stören mochte. In der Garnison war er Kompanieschuhmacher gewesen und hatte sich, ohne besondere Anstalten dafür zu treffen, ein kleines Geld zusammen gespart; es waren ihm einfach keine lohnenden Anlässe vorgekommen, um es im großen zu vertun. Nebenher richtete er sich in dem Zimmer zur ebenen Erde – mit dem Fenster über dem Eckstein – eine Schusterei ein, und da er ein hübscher Junge und ledig war, so fehlte es ihm nicht an Zulauf. Man ließ sich gerne seine Ausflüge gefallen, die auch jetzt nicht aufhörten, und seine arbeitsunlustigen Tage, die er nach wie vor auf dem Ofen seiner Mutter versaß. Dazwischen packte er sein Bündel und ging für ein halbes Jahr auf die Wanderschaft, um dann ebenso plötzlich, wie er verschwunden war, wieder aufzutauchen und, als ob nichts geschehen wäre, seinen Platz am Fenster einzunehmen. Und da er nichts von seiner Hübschheit eingebüßt hatte und immer noch ledig war, so fanden sich auch die Mädchen wieder ein, um ihre Schuhe besohlen und für neue sich Maß nehmen zu lassen; nach allem, was ich merkte, maß er nicht ungern etwas höher, als gerade nötig war, aber nicht zu viel, und es fand sich auch keine, die darüber Beschwerde führte. Eine besonders tiefe und langdauernde Schwermutsperiode schloß er endlich damit, daß er im Rhein den Tod suchte und fand, nachdem er zuvor seinen Rock und Hut und seinen Geldbeutel ans Ufer gelegt hatte. Da war aber seine Mutter auch schon tot, und ich saß längst an einem anderen Fleck.

Sein Bruder, jünger als er, folgte einen ganzen Strich weit seinen Schritten; er rückte im gleichen Herbst als Rekrut ein, in dem der andere als Reservist nach Hause kam, und übernahm nachher auch den verlassenen Platz über der Straße am Fenster. Im übrigen war er blond und von treulich heiterem Schlag, der Arbeit nicht abgeneigt, und hatte Begabung für eine gemütvolle Art von Spaßmacherei, die alle wohl leiden mochten. Zu seinen blauen Augen zeigte er seines Vaters gebogene Nase, nur, daß er sie etwas höher trug, da er jenem erklecklich über den Kopf gewachsen war, wie alle seine Kinder. Die stille Kühnheit, die in seinem Nasenbogen ausgedrückt war, hätte er wohl wie sein Vater mit den Jahren in eine bestimmte Auflage von persönlicher Freiheit umgesetzt, wenn ihm dazu Zeit gelassen worden wäre. Er heiratete ein landfremdes Schwabenmädchen, was mir immer an ihm gefiel, starb dann aber früh an einem Rückenmarksleiden. Seine zwei Kinder sind gesund und wohlgebildet.

Die älteste Schwester meiner Mutter gehörte zum schwarzen Schlag. Sie war aber im Gegensatz zu ihr ein festes, breites Frauenzimmer, hätte auch sehr viel Phantastik haben müssen, wenn sie ihr Gedeihen beeinträchtigen sollte. Zu ihrem Vorteil besaß sie nur wenig, war dagegen mit einer schweren Last strähnigen, pechrabenfinsteren Haares gesegnet, das sie mit Schmalz salbte, und das auf ihren Blusen hinterwärts schwarze, glänzende Flecken absetzte. Ich verachtete es ein wenig an ihr, daß sie mit ihren Zöpfen nichts zu machen wußte, als sie im Nacken zu einem lockeren Gezottel aufzuhängen; andere Mädchen gingen hübsch frisiert. Der Nacken selber war nackt wie ein Bein, und kam mir immer etwas unanständig vor; ich wußte nicht, warum. Dieses Mädchen fühlte sich verpflichtet, meine Erziehung in die Hände zu nehmen, und da die Hände rot und fleischig waren, wie Mägdehände nur sein können, so hielt ich ihr wenig darauf. Ich erklärte ihr einen Krieg, in welchem sie siegte, wenn sie mich unter dem Griff hatte, aber nie, wenn wenigstens drei Meter Deutsches Reich zwischen uns lagen. Schlagen durfte sie mich nicht, da es die anderen nicht litten, und sie hatten recht, weil ich sonst gegen niemand ungezogen war, und sie also ihre Schadenfreude rein genießen konnten. Den größten Streit führten wir beim Essen. Ich war kein näschiges Kind, sondern aß alles, was man mir vorsetzte, aber ich wollte damit meine besonderen Ordnungen haben. Wenn es zum Beispiel Nudeln und Salat gab, so liebte ich den Salat weniger und aß ihn darum zuerst, um mich nachher mit reinem Behagen über die Nudeln herzumachen. Das hätte man mir lassen können, aber das schwarze Instrument des dauernden Verdrusses setzte es sich in den Kopf, daß ich Salat und Nudeln durcheinander essen solle, und gab mir Salat nach, sobald ich den Teller davon geräumt hatte; so kam es, daß ich immer dreimal Salat zu essen bekam, dem ich nichts nachfragte, und nur einmal Nudeln, die ich heftig liebte. Diese und andere Beharrlichkeiten vergalt ich ihr mit herzlicher Abneigung, die sich stets von allen Seiten wie in einem Brennglas auf dem schwarzen Schmalzfleck versammelte, wenn sie mir den breiten Rücken zukehrte. Sie heiratete später einen Schweizer Schlosser, und soll es nicht sehr hoch gebracht haben.

Ihre jüngere Schwester war von sanfter, heiterer Natur, wohlwollend und ziemlich hübsch, wie mir schien. Sie glich ihrem blonden Bruder, und stand sich mit ihm am besten, während die Schwarze auch sonst den Krieg im Haus machte. Ich mochte sie leiden, ohne viel mit ihr anzufangen. Sie heiratete ins Dorf, und vermehrte sich tapfer in eine unaufhörliche Armut hinein. Überall sind die Kinder ins Kraut geschossen. Sie haben sich zu ihren bestimmten Zeiten schreiend eingestellt, um nun ihrerseits wieder eine Geschichte anzufangen, die vielleicht niemand schreiben wird, die aber auch ungeschrieben jedermann vorher kennt. Viel anderes, als kommen, sehen und sterben, werden auch sie nicht unternehmen; ein

Spürchen Unglück weniger und ein Stäubchen Gut mehr wird sie zu wohlhabenden Leuten machen, aber vom Mond aus wird es nicht zu unterscheiden sein, und der Sirius ist ein sehr ferner, sehr heiliger Stern, unter dessen feurigem Auge alles zum Himmel und Unendlichkeit wird.

Das Müllermädchen

Die Müllersleute gegenüber waren evangelisch und wurden darum mit Vorsicht behandelt, obwohl ihr Mehl genau so aussah, wie das der umliegenden katholischen Müller, und sich ebensogut buk, wenn man nur das Backen verstand. Die Eheleute lebten nicht friedlich. Der Mann hatte den Wein lieber, als die Zufriedenheit und das Wohlgefallen seiner Frau an ihm. Vielleicht lag es auch an der Frau, daß er ihren Sachen nichts nachfragte, jedenfalls machten sie miteinander dem evangelischen Namen nicht viel Ehre, und der katholische Pfarrherr der Gemeinde hatte es bequem, zu zeigen, wohin das mit der Religionsänderung in der Welt schon geführt habe. In der Müllerei gingen ein paar Kinder um, erwachsene Söhne und Töchter, und ein Mädchen ungefähr von meinem Alter, mit dem ich mich befreundete, ein schon ankatholisiertes Böcklein mit einem streng evangelischen Schaf. Es zeigte sich, daß das Schaf so stößig war wie irgendein Bock; in dem Mädchen steckte das Zeug zu drei Jungen, und dann fiel noch eine normale deutsche Hausfrau ab. Da es mir wertvoll schien, von ihr geachtet zu sein, so gab ich mir Mühe, in keiner Sache hinter ihr zurückzubleiben; die Folge war, daß der Ausbund mich beherrschte und mich zu seinem ersten Hofmann machte. Springen, Klettern und Radschlagen war ihr alles eins, und ich konnte zum erstenmal in meinem Leben sehen, was es mit gesunden und festen Gliedern auch bei den Weibern auf sich hat, ja, ich könnte kurz gefaßt vermelden: Das Mädchen war meine erste Bekanntschaft mit dem Leben, das zweigeschlechtig ist. Ich sagte mir ganz richtig: «Ein junges Mensch von so haltbarer Verfassung ist aller Ehren wert!» Einleitungsweise erfuhr ich auch, was ich später immer mehr bestätigt fand: daß niemand und nichts einen Mann so zur Potenz machen kann, wie ein rechtes, gelobtes Weibsbild, dem die Natur aus den Augen blitzt. Jedes tut, was es kann; das Müllermädchen machte nur ein Männchen zum Potenzchen.

Die große Haltung kostete mir einmal beinahe den Kragen. Es war im Winter; es hatte eben geregnet und fror jetzt, und ich begleitete das Müllermädchen und seine Freundin auf irgendeine Unternehmung. Von unserer Ecke machte die obere Straße noch einen letzten Ruck in die Höhe, um dann ebenso steil abzufallen, und schließlich hinten aus dem Dorf zu laufen, nachdem sie zuvor schmutzig und grob, wie sie war, über den Himmelreichweg gestolpert war. Am Dorfrand führte eine Holzbrücke ohne Geländer über eine Schlucht, die der Himmelreichbach dort gewühlt hatte; es läuteten Tag und Nacht zwei Bäche durch das Dorf, und man konnte in ungestillter Sehnsucht immerzu von einem zum anderen laufen, um zu hören, wie nun der und dann wieder jener gerade tönte. Die Mädchen gingen ausnahmsweise gesittet in der Mitte der Brücke, ich auf dem Rand, und um meine Geschicklichkeit zu zeigen, turnte ich auf einem der Längsbalken, die sie auf beiden Seiten einfaßte, und machte dazu Kapriolen. Die Mädchen, die ihren seriösen Tag hatten, verlangten, daß auch ich drinnen gehe; sie wollten philosophieren. Mich lockte es aber, ihre Empfindungen für mich zu reizen, und das Ende des Wettstreites war, daß ich ausglitt und wie ein Sack in das Bachbett hinunter purzelte. Ich hätte mir den Hals brechen oder auf den Steinen den Schädel einschlagen können, aber Gott wollte offenbar nicht, daß ich so grün und naß in seinen Himmel kam. Dagegen erfuhr ich, daß der Bach ganz anders tönt, wenn man unten darin lag, als wenn man oben auf der Brücke stand. Ohnehin läuteten beide anders im Herbst und anders im Frühling; manchmal merkte man fast nichts von ihnen, und manchmal war das ganze Dorf voll von ihrem schönen Lärm. Mit den Bächen bekam ich in Zukunft noch viel zu schaffen; für diesmal mußte ich nach Hause, wo ich ausgezogen und mit einem Gläschen Träbernschnaps gegen die Erkältung ins Bett gesteckt wurde. Die Empfindungen hatten zudem meine Weiber nicht gehindert, mich gehörig aufzuziehen, sobald sie merkten, daß ich mit dem Leben davonkam.

Zu Fastnacht verlangte das Müllermädchen meinen Sonntagsanzug, um damit in den Dorfgassen herum zu laufen; ich sollte ihre Röcke anziehen. Nun verehrte ich meine Freundin ziemlich, aber mein Geschlecht genügte mir vollkommen, und meinen Sonntagsanzug wollte ich weder um Geld noch um gute Worte freiwillig hergeben; ich konnte mir unmöglich denken, daß ein anderer Mensch darin stecken könne, und brachte daheim vieles und großes in Bewegung, um die drohende Entwürdigung zu hintertreiben. Aber mit Hilfe meiner schwarzen Tante, die wenig ausließ, was mich betrüben oder ärgern konnte, setzte das Müllermädchen seinen Willen durch. Wir seien ja doch beide evangelisch, da habe das nichts zu sagen. Oder ob ich anständig katholisch werden wolle? Sie hatte sich einmal das Ziel gesetzt, meinen protestantischen Eigensinn und städtischen Hochmut zu brechen, und dazu war ihr jedes Mittel recht. Tatsächlich hielt sie mich mit unverbrüchlichem Ernst für eigensinnig und hochmütig. Darüber konnte ich mich nicht genug wundern. Halb war es mir unbequem, aber halb fühlte ich mich geehrt, da es mir Wichtigkeit verlieh, und sie mir Grund gab, sie für ebenso dumm und plump, mich aber für beachtenswert klug und fein zu halten. Sie bekam späterhin noch andere Philister zu Nachfolgern. Für diesmal dachte ich an meinen Vater und sagte gesinnungstreu nein, ich wolle nicht katholisch werden, und mein Sonntagsanzug verfiel der Entheiligung. Die Röcke des Müllermädchens dagegen konnte mir keine Gewalt der Erde anzwingen. Außerdem weigerte ich mich Invokavit, Reminiscere, Okuli und Lätare, meinen Sonntagsanzug wieder anzuziehen. Aber Judika, der ein verführerischer Frühlingstag war, sollte ich mit dem Müllermädchen nach Herthen, und inzwischen war meine Jacke auch soweit ausgelüftet, daß man sie wieder versuchen konnte; vorläufig wollte sie aber noch nicht recht sitzen. An diesem Tag kehrte meine Freundin, von so viel Charakter nicht unberührt, ihre innere Seite, das weiche Unterfutter ihres Wesens, heraus, und war so lieb und anlehnend, wie ich sie noch nie erlebt hatte. Als wir unter einem Wegkreuz auf der Bank ausruhten und die Gegend besahen, bekam ich einen Versöhnungskuß, der alle Eigenschaften einer sonnenwarmen Zuckerpflaume hatte, und noch einige dazu, die ich später in gewissen italienischen Weinen wiederfand, und auf einmal saß mir mein Sonntagsanzug wieder.

Ein frühes Wunderbild

Ich hatte in jener Zeit noch eine Freundin, die aber erwachsen und eine Frau war. Jenes Nachbarhaus, das an der anderen Seite unseres Gäßchens stand, gehörte einem Vetter des Großvaters und stellte mit Stall, Scheune und Mist einen ansehnlichen Bauernhof an die Straße. Es lebten dort der Bauer mit seinem Weib, er ein ernster, bedächtiger Mann um die Fünfzig, sie eine stille, brave Frau. Während mein Großvater idealistisch revolutionierte, heiratete der andere ein hübsches, vermögliches Mädchen, und diese Solidität war es wohl, die mich im gegenwärtigen Stadium ihnen gegenüber etwas scheu machte. Dann waren da noch zwei junge Söhne, mit denen ich erst später näher zu tun bekam, außerdem aber in einer Stube zu ebener Erde eine Frau von etwa fünfunddreißig Jahren, von der ich nie erfuhr, wem sie gehörte, und die ständig im Bett lag, obgleich sie nach meinen Begriffen ein rühmenswertes Weibsbild war, lang und kräftig genug, um mir durch den Bau ihrer Leiblichkeit große Achtung einzuflößen. Ich weiß nicht, was ihr fehlte, und soviel ich mich erinnere, wußte es auch niemand sonst; sie sah gut aus und hatte einen richtigen Appetit. Nie bemerkte ich einen Strickstrumpf oder eine Näharbeit in ihren Händen, die schon sehr weiß und vornehm, aber nicht im mindesten abgezehrt waren. Sie hatten warme, feste Flächen und lange, runde Finger, mit denen sie sehr freundlich zu streicheln wußte. Dagegen fand ich sie ab und zu über einem schönen Gebetbuch mit schwarzem, goldbedrucktem Lederdeckel, großen, farbigen Anfangsbuchstaben auf Goldgrund, und einem weitläufigen, ziemlich herrlichen Druck, den sie in ihrem dunkeln Himmelbett bequem lesen konnte. Alles in allem schien sie mir mit ihren schweren, braunen Zöpfen und ihrem schmalen, angenehmen Gesicht, aus dem ein Paar ruhige, nicht zu große braune Augen blickten, als etwas Besseres, und manchmal bildete ich mir ein, sie liege nur im Bett, weil ihr das Aufsein mit den anderen nicht gut genug sei, und sie lieber mit sich allein bleiben wolle. Es war denn auch eine vollkommene Einsamkeit um sie, die mir jedesmal wieder die Vorstellungskraft stark anregte und mich für sie einnahm wie für ein Geheimnis, das ich, soviel zu sehen war, allein besaß. Immer kam ich in einer gewissen Spannung zu ihr, und nie traf ich einen Menschen außer ihr dort. Hohe Stille herrschte in ihrer Stube. Auf den Dielen des Bodens lag die Sonne ruhig in breiten Vierecken. Unter der niederen Decke spielten die Fliegen. Der Tisch, der alte Ohrenstuhl, die Zeit –

alles schien an ihrer Einsamkeit einen feierlichen und zugleich behagsamen Anteil zu haben.

Einmal erschreckte sie mich beinahe, als ich sie bei einem der nicht zu oft wiederholten Besuche, denn ich sparte sie mir etwas berechnend auf, auf dem Bettrand sitzend fand. Mir schien, sie betrachtete ihre langen weißen Beine, und ihre Augen hatten heute einen ungewohnten Schein. An diesem Tag erzählte sie mir die erste ihrer Heiligengeschichten. Keine davon war landläufig in der Moral, wie ich bald merkte, ja die meisten hatten den Geschmack von überreifen Birnen, aber eben den habe ich Zeit meines Lebens geliebt. Die heilige Anna, Priszilla, Veronika, der heilige Pankratius, Georg, Mamertus – alle waren nicht ganz kapitelfest in gewissen Regionen, und wenn man dachte, jetzt komme eine ausbündige Heiligkeit, so kam sie zwar, aber mit einer kleinen Unanständigkeit gepaart. Diese war dabei immer so einfach und selbstverständlich, daß sie mir einleuchtete, allein, es ist doch Tatsache, daß ich davon diese hohen Personen nie mehr ganz auseinander denken konnte, so daß, wenn ich von einem ruhmreichen Repräsentanten oder von einer Repräsentantin höre, ich solange den menschlichen Punkt suche, bis ich ihn habe, und dann das ganze Wesen erst recht besitze und verstehe. Diese etwas anrüchige Stimmung haftete dem ganzen besonderen Frauenbild an. Zugleich war sie aber großmütig, vielleicht sogar großzügig, und hatte entweder ein starkes Phlegma oder eine Natur, die keine ungesunden Hitzen kannte. Jene junge Heilige, die einen unschuldigen Gefangenen dadurch vor dem Hungertod bewahrte, indem sie ihm ihre Brust reichte, gab Anlaß, meine Kenntnisse auf diesem Gebiet nachzuprüfen. Sie waren seit meiner Säuglingszeit sehr zurückgegangen und wir repetierten einiges in aller Stille. Ich sah und befühlte Dinge lange, bevor ich davon wieder Gebrauch machen konnte, aber auch hier hatte alles diese ruhige Selbstverständlichkeit, und sie schien mir bei ihrer

Zwanglosigkeit ebenso fromm, wie ihre Heiligen unanständig waren. Aus einer gewissen Schüchternheit kam ich nie ganz bei ihr heraus, und das scheint mir ein gutes Zeichen für sie zu sein, und setzt mich in den Stand, sie noch heute, wo sie längst tot ist, noch irgendwie zu verehren, weil sie mir trotz aller Offenheiten zuletzt doch ein Geheimnis geblieben ist. Niemals verbot sie mir, draußen über das zu reden, was wir miteinander sprachen oder sonst trieben, aber eben deshalb behielt ich es für mich. Schließlich starb sie ganz plötzlich und für mich vollkommen unerwartet und unnötigerweise. Niemand hatte es gewußt, ich auch nicht, und das gab mir lange zu denken; ich fühlte mich ein bißchen davon betroffen, und es setzte mir die große Vertrauensstellung, die ich mir bei ihr zu haben einbildete, nachträglich doch sehr in Frage.

Katholische Fest- und Jahreszeiten

Über alle Zeiten waren inzwischen im Garten die reifen blauen Zwetschen herabgeregnet, und dann in den Wäldern die gelben Blätter. Weihnachten fand mich als Meßbuben vor dem Altar der Dorfkirche und sehr beschäftigt um die Krippe, worin der kleine Heiland verheißend aus seinem Stroh heraus lächelte und schon so viel manierlicher und klüger aussah, als wir alle miteinander, die Alten mit einbegriffen. Die Kühe leckten sich vor Verwunderung die Nasenlöcher; der Esel reckte den Hals wie eine Giraffe, und die Hirten standen mit sehr runden und sehr befriedigten Augen auf ihren Sandalen herum; man merkte ihnen an, daß sie es als keine Kleinigkeit betrachteten, das Neue Testament anzufangen, und ohne Umstände war es ja auch nicht abgegangen, was der Zuspruch des Engels beweist. Denn immerhin waren es einfache Leute, wenn sie auch Hebräisch konnten, und hatten nur Felle an, die nicht weit an ihnen herum reichten, während die Mutter Gottes sehr schön gekleidet in einem aufgeräumten, überirdisch beleuchteten morgenländischen Stall saß, und schon mit allem fertig war; darüber wunderten sie sich wohl am meisten. Sie hatten zwar Moses und die Propheten, aber noch keine rechte Muttergottes kennen gelernt, und das Alte Testament saß ihnen noch umständlich in den Knochen. Ein Baum war nicht in der Kirche; wir hatten dafür eine hohe und breite Lichterpyramide mit der Himmelsleiter Jakobs, auf der die Engel nach ihren Fähigkeiten auf und ab turnten, die dünnen geschwinder, die dickeren langsamer. Auf dem Altar brannten alle Kerzen; auch die Nebenaltäre waren hell. Die alte Kirche war voll Summen, Singen, Klingen, voll Schimmer und geheimer Pracht, Orgelrauschen und Weihrauch und Unendlichkeit. Vorher waren wir in tiefer Nacht unter dem Läuten aller Glocken die Dorfstraße hinunter durch den frischen Schnee gegangen, eine Laterne als Engel an der Hand. Hinten, vorn und aus allen Nebengassen kamen andere Leute mit anderen Laternen, und alles trieb sich tiefsinnig und erfreut, weil es eben wieder einmal Weihnachten war, der lieben Dorfkirche zu, die aus zehn Fenstern strahlte wie eine himmlische Braut, und nicht mehr aus Mauern und Stein gebaut schien, sondern aus dunkelm Samt und heller, durchleuchteter Seide. Und die Glocken hatte ich auch noch nie so gehört. Sie hatten für diese Nacht ganz überweltliche Stimmen bekommen; möglicherweise läuteten Gottes Herzwände so. «Nun singet und seid froh!» Und wir sangen nun sehr, waren heilig froh, und ich Protestantenknirps war nicht der hinterste, sondern der vorderste. Ich schwang am Altar die Glöckchen und umknickste den Herrn Pfarrer bald links herum und bald rechts herum, reichte ihm das heilige Buch, nahm es ihm wieder ab, und trieb so ein geschäftiges, anführendes Wesen um ihn, daß mir der Widerwille, den ich zuerst gegen die Meßhemden und die Fahnen empfunden hatte, nicht mehr anzumerken war. Eine Schönheit findet und erobert ein Kinderherz immer, mag sie kommen, woher sie will. Zum Beschluß beräucherten und besprengten wir unter Vorantritt des greisen Pfarrers die Gemeinde, und das süßeste Mysterium war wieder einmal gefeiert.

Nach Fastnacht hörte man keine anderen Glocken mehr, als bei Westwind die protestantischen von Basel; die unseren waren nach Rom gereist, um sich vom Papst segnen zu lassen. Alle Straßen südwärts, wenn man es recht bedachte, mußten nun voll von wandernden Glocken sein. Betzeitglocken, kleine und große Festglocken, silberne Klosterglöckchen und schwere Domglocken aus Erz, lauter katholische, geweihte alte, fromme Glocken gingen nach dem Segen des Heiligen Vaters. Zu den hohen Zeiten ertönte hier statt ihrer die Rassel, ein Holzkasten, den man vor die Kirche stellte, und in welchem ein starker Mann ein Speichenrad drehte; das klapperte innen mißtönig und zornig gegen den Kasten und erzeugte ein Geräusch, das man durchs ganze Dorf hörte. Es war etwas kanaanitisch Heidnisches an dem Lärm; es klang darin alle angeborene Gottlosigkeit des menschlichen Herzens auf, und ich war traurig und unruhig, solange die Rassel zum Gottesdienst rief. In der Kirche standen die gnadereichsten und schönsten Bilder verhüllt. Nur wenige Kerzen brannten schaurig um das Kreuz des Erlösers, das im Kirchenschiff zwischen hohen, silbernen Leuchtern ruhte, lang hingestreckt zu Füßen der Gemeinde, und so beklemmend nah, daß nach meiner Überzeugung keiner dort vorbeiging, ohne einen Schlag auf die Brust zu bekommen.

Aber in der Osterfrühe donnerten wie klingende, melodische Frühlingsgewitter alle Glockenstuben wieder hell auf. Ein Freudenschrei und Blitz der Erneuerung fuhr selig zukkend das Rheintal hinunter, schlug ein und zündete lachend. Die Herthener Glocken waren die ersten; sie hatten es frisch von den Nollingern, daß der Herr wieder erstanden sei. Wie betrunken von neuer Erlaubnis, zu leben und zu tönen, taumelte das Herthener Geläut am Waldrand her, daß die Stämme erdröhnten. Die Wyhlener Glocken ließen sich das nicht zweimal sagen; sieghaft, wenn auch ein bißchen vorwitzig, denn ich zog sie, brach die kleine los, und schon zitterte der ganze Turm vor christlichem Getöse, Gejauchze und Gesumme, und von den gewaltigen Tonschlägen, die sich klingend an den Mauern brachen, um in hundert harmonischen Explosionen aus den Schallöchern übers Land hinauszufahren. Unterdessen mochte es auch in Grenzach gezündet haben, aber davon war hier vor dem eigenen Lärm nichts mehr zu vernehmen. Erst später, als bei uns schon die Osterorgel aufbrauste, hörte man die protestantischen Basler Kirchen durcheinander sumsen; es machte den Eindruck, als seien sie auf die Botschaft nicht gefaßt gewesen – die Schweizer Reformierten sind ja immer fleißig am Abbauen – und riefen nun etwas überstürzt ihre Christen zusammen. In der Kirche freuten sich alle Heiligen; sie durften sich wieder zeigen, so schön sie waren, und alle Altäre waren hell. Das schwarze, schreckende Kreuz nahm wieder seine erhabene Stelle hoch hinter dem Altar ein. Dafür sah man hier den auferstandenen Heiland in der besten Beleuchtung, und er machte allen, die an ihn glauben wollten, so anlockende Aussichten, daß es mir unmöglich schien, es nicht zu tun. Ich diente ihm hingegeben und glaubte ihm alles, und wenn ich die Klingel schüttelte, so flog mit dem Ton immer meine Seele das Schiff entlang und redete den katholischen Bauern zu, nur auch zu glauben. Die Sonne schien ins Hochamt und in die brennenden Kerzen, und die Muttergottes freute sich heilig, daß ihr Sohn auferstanden war. Sie lächelte und segnete, und es gingen stille, tiefe Ströme von Mutterglück und allerreinster Erfahrung von ihr aus, von denen jeder schöpfen konnte, der dazu Durst hatte. Ich badete mich darin, denn ich stand am nächsten dabei. Es sprach mir später immer gegen die evangelischen Kirchen, daß sie die milde Frau und damit die Liebe und Verehrung, die sie allen Müttern schulden, so brüsk aufs Pflaster gesetzt haben, während der Heilige Geist, die Verlegenheit aller Dogmatiker, nach Kräften fetiert wird, obwohl sich niemand etwas darunter vorstellen kann.

Die jungen Leute im Haus des Großvaters arbeiteten tagsüber in einer Sodafabrik, die eine Viertelstunde vom Dorf rheinwärts stand, wo eine längstvergangene Erdperiode die notwendigen Stoffe dafür niedergelegt hatte. Einmal geriet ich, ich weiß nicht mehr, aus welchem Anlaß, in das Werk hinein und bekam so den ersten Fabrikbetrieb vor Augen. Die Anlage ist nicht klein und, soviel ich später erfuhr, weitbekannt. Geleise führten von der Bahn dahin, und schon daß die Fabrik mit dieser hochrühmlichen Einrichtung in direkten Beziehungen stand, genügte, um ihr meinen uneingeschränkten Respekt zu verschaffen. Nun verschluckte mich ein großes Tor, und nahm mich ein weiter, dampfender, brodelnder Magen auf, in dem Räder surrten und Treibriemen durcheinander schwirrten, beizende Dünste aufstiegen, Dampfwolken wie kämpfende Dämonen vor offenen Fensterluken zurück geschlagen wurden, Menschen stumm und gespannt hin und her liefen, und sich alles furchtbar vielgestaltig und nach ganz fremden Grundsätzen und Gewohnheiten abwickelte. Ich fand dort viele Leute, die ich gut kannte, und die mir jetzt in völlig unverständlichen Bedeutungen erschienen. Ich begriff einen Menschen, wenn er aus seinem Fenster guckte oder in seinem Holzschopf sägte, aber nicht mehr, wenn er in einem Betrieb arbeitete, von dem ich nicht im mindesten wußte, wem er gehörte, oder wodurch er existierte. Man sagte mir nachher, die Fabrikbesitzer seien die und die Herren, aber ich glaubte es nicht; ich hielt es für unwahrscheinlich, daß einigen Leuten so große Verfügungen zustehen sollten, ohne daß sie Kaiser und Könige waren, und da ich immer an die Vernunft des Lebens glaubte, so ging ich meinen Tanten nicht auf den Leim. Daß die Fabrik Löhne aus-bezahlte, mißfiel mir nicht, allein es blieben so viel Abers zu verwinden und Ungehörigkeiten zu verrechnen, daß ich der ganzen Sache mißtraute und mich rein beobachtend verhielt. Dazu war ich dem Werk gram, weil es sich das billig zu ha-bende Vergnügen geleistet hatte, einen armen, kleinen Wicht zwischen Rädern, Kesseln, Treibriemen und Dämpfen her-umzuwerfen und ihm seine Gewalt zu zeigen, ohne ihm etwas dafür zu geben, etwa eine faßbare Anschauung, die mit an-deren Erscheinungen, dem Wetter oder dem Wald, überein-stimmte, oder auch nur eine kurze, freundliche Vertröstung auf später. Bloß traurig und krank machte es mich mit seiner absoluten Fertigkeit, hinter der mir geheimnisvolle, unabseh-bare Bedrohungen und festbestimmte Enttäuschungen zu ste-hen schienen. Die Räume waren häßlich und hohnvoll kahl. Es roch übel, und die Gefahr langte aus allen Winkeln und Gängen nach dem lebendigen Fleisch. Wie stimmte das mit den Dingen in der lieben frommen Dorfkirche zusammen? Alles sah nach Mühsal aus, und es widerstrebte meinen Wün-schen durchaus, daß mein blonder Onkel und meine blonde Tante sich dort tagsüber aufhielten. Die Schwarze mochte dort sein; sie mochte überhaupt immer dort bleiben. Vollends begriff ich nicht, daß ich meine Freunde dort lachen und schwatzen sah, und ich hielt dafür, daß sie sich in irgendeiner bösen Verzauberung befanden. Natürlich vertiefte diese Be-obachtung meinen Argwohn noch und machte meine Abnei-gung für diesmal endgültig und unüberwindlich.

Desto inniger schloß ich mich meinem Großvater an, der mir als ein guter Naturgeist vorkam, von dem alle Erklärun-gen zu haben waren, und bei dem sich jede wünschbare Frei-heit aufhielt. Überall, wo es schön und erfreulich herging, da befand er sich, auf den Wiesen, im Wald, im Himmelreich und in der Stube bei der Großmutter, was ich ihm alles beinahe als ein persönliches Verdienst anrechnete. In der Himmelreichkapelle durfte ich zur Vesper läuten, und auch dort schwang ich die Glöckchen zur Frühmesse und zu den anderen Kirchenzeiten. Es waren nur immer wenige Leute da, und man befand sich so traulich unter sich mit der Muttergottes und den anderen paar Heiligen, die sich dort verehren ließen. Nach den Ämtern räumten wir dann das Kirchlein miteinander auf, brachten das Weihrauchfaß mit dem Wedel an seinen Ort, stäubten da und dort ein wenig herum, schlossen die Sakristei ab und gingen in den Wald, wo Holz geschlagen wurde. Überall errichtete man die ausgemessenen Stöße Buchenholz. Die frischen, wunderbar duftenden Sägeflächen leuchteten durch das Winterlicht. Der Wald erklang von den Schlägen der Äxte und dem Gesang der Sägen. Der Boden war kalt und gefroren; in den Wagengeleisen lag das Eis. Am Niederholz hing noch das welke Laub vom Herbst; dazwischen standen dunkelgrüne Büsche von Buchs und Stechpalme. Der Wyhlener Wald war nie ganz tot. Im Frühling und Sommer vollends drängte und brannte er vor Leben, und man hätte zehn andere daraus machen können. Immer einmal tönte aus dem Dorf das Geklapper der Dreschflegel herauf, oder ein Hund bellte. Dazu rauschte hier ein Bach, oder man kam in ein kleines Tal hinunter, wo es vollkommen still war, daß man sein eigenes Herz schlagen hörte. Dort war auch die Felsenhöhle, aus welcher der Wind kam. Wir warteten wiederholt lange, wurden aber nie Zeugen des Ereignisses. Plötzlich schwirrte dann aus einem Buschwerk ein Vogel auf, der sich solange still gehalten hatte; sah man zu, so war es ein Auerhahn oder auch nur ein Herrenvogel. Auch der Wiedehopf stellte dort sein Schöpfchen, und Kuckucke gab es so viel, daß der ewig nicht aus dem Wald kam, der ihrem Locken nachgehen wollte – jedenfalls nicht, solang der Sommer dauerte, denn es rief von allen Ecken und Enden, und es war manchmal, als säße über jeder schönen Blume auf dem

Grund ein Kuckuck auf dem Baum, um sie zu bekomplimentieren. Wunderbar war es, als eines Morgens das ganze weite Rheintal bis zu den Schweizerbergen im Nebel lag, und wir in der hellen Sonne darüber auf der Höhe standen. Wie ein Meer wogte und schwieg die silbern schimmernde Tiefe und Weite. Nur unser Kirchturm ragte aus der Überschwemmung, und etwas später tauchte rauchend der Schlot der Sodafabrik auf. Über den Bergen, die jetzt Inseln waren, leuchtete in tiefblauer Reinheit der Himmel. Dort fühlte ich, angesichts dieser poesie- und sinnvollen Verwischung der Grenze, daß ich schon kein ausschließlicher Schweizerbub mehr war, sondern größeren und bedeutungsvolleren Verbänden angehörte. Unsere Bestimmungen machen wir uns ja nicht selber.

In dem Wald hatte es auch Rehe, Hasen die Menge, dazu Füchse, Wiesel, Marder, Eichhörnchen und die netten kleinen Mäuse. Mein Großvater wußte alles und kannte alles. Er konnte auf eine Weise durch die hohle Hand pfeifen, daß die Rehe neugierig näher kamen, und die Vögel einen Zweig tiefer hüpften, um zu sehen, was es gebe; aber die Hasen blieben, wo sie waren, und machten nur das Männchen. Wenn er wollte, so konnte er so rufen und locken, daß die Rehe ganz nahe kamen und sich streicheln ließen; aber dazu mußte ich zuerst katholisch werden, denn alle Tiere auf der Erde waren katholisch geblieben, wie sie Gott geschaffen hatte, und einem Protestantischen gehorchten sie niemals, außer wenn er mit Zauberwerk arbeitete, und dann war es immer zum Verderb, auch wenn der Protestantische weiter nichts Schlimmes vorhatte, sondern sich nur mit List und vielleicht aus Reue und Sehnsucht in die katholische Tierwelt einschleichen wollte. Alle Tiere waren fromm. Löwen gab es hier nicht, weil sie heidnisch und ganz unbußfertig waren; sie mußten darum mit den anderen heidnischen Tieren in der Wüste leben. Wölfe und Bären waren wohl einmal dagewesen, aber seitdem die Kapelle im Himmelreich läutete, vertrugen sie das

Klima nicht. Nur im härtesten und längsten Winter, wenn die Töne der Glocken in der Luft gefroren, wagten sie sich einmal herüber, aber es bekam ihnen schlecht, weil man jetzt Pulver und Blei hatte. Es war eine richtige Frage von mir, warum ein Mensch oder ein Tier sterben muß, wenn er ein Loch im Leib hat, und eine ebenso richtige Antwort des Großvaters: Weil die Seele mit dem Blut dort herausgeht, und ohne Blut und Seele kein Leben sein kann.

Zeitung und Kalender

An den Winterabenden las man die Zeitung oder den Kalender. Das Männervolk saß auf der Ofenkunst und qualmte; die Mädchen strickten oder rüsteten den nächsten Mittag, wenn sie nicht faulenzten. Die Schwarze hatte eine große Fertigkeit, in der Nase zu bohren. Wenn sie mit der Nase fertig war, fing sie mit den Ohren an; sie steckte den kleinen Finger in den Gehörgang und ließ ihn darin mit einer Geschwindigkeit schwirren, die ich nur noch an den Mäusen bemerkt habe, wenn sie sich kratzen. Nie und nirgends sonst sah ich eine Miene, die so von Zufriedenheit und Genußkraft geglättet war, wie die ihre, wenn sie diesen stillen Geschäften oblag. Wenn die Luft zu schlecht wurde, so räucherte man mit Wacholderbeeren, die man auf eine Schaufel voll glühender Kohlen streute.

Das Blatt war im Winter voll Anzeigen über Holzverkäufe; es wimmelte darin von den hübschen, kurzweiligen Klischees, die einen Klafterstoß darstellten, immer denselben kleinen, artigen Klafterstoß, und nur die Erklärung war verschieden, indem die Holzversteigerung bald am Montag und bald am Donnerstag, bald in Oberminseln und bald in Adelshausen stattfand. Ich besah und las sie alle der Reihe nach und dann durcheinander, und meine Augen wurden voll gutwilliger und warmer Vorstellungen von den Dörfern, die ich noch nicht kannte, und den Menschen, die dort umgingen. Ich roch ihr Holz und sah ihre Wälder, und hatte ernsthafte und wohlmeinende Empfindungen von ihnen. Es fanden sich auch Klischees von anderen Geschäften. Pferdchen galoppierten gestreckt mit wehenden Schweifen, oder schritten mit gebogenen Hälsen stolz und ruhig aus, ihres Wertes bewußt. Die Amtspersonen drückten sich ohne Bildnis und Gleichnis aus; sie redeten bei aller Herablassung zum Volk wie Gott eine dunkelgewaltige Sprache. In holdem Stumpfsinn starrend luden tanzende Paare zum Ball im Rößli ein. Traurige Narren mit der Pritsche, in den ersten Stadien der Verblödung, forderten zur Reunion auf. Im Blättchen spiegelte sich das ganze Leben dieses Rheinwinkels wider. Sterbefälle, Geburten, Aufgebote, Rekrutierungen, Konkurse, Geschäftseröffnungen, die Weinlese, Kriegervereinszusammenkünfte: nichts geschah, ohne seine Lichter oder Schatten in die Zeitung zu werfen. Wenn irgendwo Maul- und Klauenseuche war, wenn beim Pflügen sich ein römisches Schwert gefunden hatte, wenn die Halsbräune herrschte, wenn in Basel Messe war, wenn man einen Weg eine Zeitlang nicht fahren durfte, wenn die Großherzogin sich erkältet hatte, wenn in Amerika ein Kalb mit zwei Köpfen geworfen war: immer bekam man das Ereignis verständlich berichtet, und so rechtzeitig, daß man seine Maßnahmen treffen konnte, auch auf das Kalb mit den zwei Köpfen.

Das war die Zeitung. Der Kalender übertraf sie, wie der Tag die Nacht. Was ein richtiger Kalender ist, das wissen heute die Großstädter nicht mehr. Sie kennen nur Abreißkalender, nicht jene tiefsinnig symbolisierenden Weltsysteme im kleinen, diese anschauungsvollen Buchführungen des göttlich nah-fernen Alls, die weisen, gelassenen Registratoren und Kommentatoren der menschlichen Brust und des Daseins auf diesem schwingenden vulkanischen Stern. Ein Kalender hängt zu allen Zeiten an der durchgezogenen Schnur neben dem Ofen, gleich beim Weihwasserfaß. Nimmt man ihn zur Hand, so geht schon mit der ersten inneren Umschlagseite der ganze Weltplan auf. Das Jahr 1884 zum Beispiel entsprach dem Jahr 6597 der julianischen Periode, dem Jahr 7394 der byzantinischen Weltära, dem neujüdischen Jahr 5646 der Weltschöpfung, dem Jahr 1302/3 der mohammedanischen Zeitrechnung und dem Jahr 5835 der Erschaffung der Welt nach Calvisius. Ich konnte nicht daran zweifeln, daß ich mich da in geheimnisvollen und großen Verhältnissen befand. Die goldene Zahl war 6, der Sonnenzirkel 9, die Epakten waren XVII, die Römerzinszahl war 4, der Sonntagsbuchstabe B. Da wußten die Leute doch, woran sie waren. Ich warf mich mit Liebe in den Sonnenzirkel, der mir am meisten zu versprechen schien, und bewegte mich den ganzen Winter darin. Immer wenn ich an den Sonnenzirkel dachte, freute ich mich. Man hatte Jahre seit der Erbauung von Breisach, Baden und Konstanz durch die Römer 1773, seit der Ankunft der Alemannen am Rhein, die ich mir in schönen, mit Grün geschmückten Leiterwagen vorstellte, 1686, seit der Erbauung der ersten christlichen Kirche durch Fridolin in Säckingen 1376.

Dann waren da die Himmelszeichen mit ihren Kennmarken. Der Stier hatte es satt und unternahm einen Angriff gegen den Kreis, der ihn umzirkelte. Stumm und übelnehmerisch schwammen die Fische aneinander vorbei. Die Jungfrau hielt mit erstaunten Augen eine Blume in der Hand. Ausnehmend verstoßen sahen die Zwillinge aus, und reichten sich mit leidgeprüften Männermienen die Hände. Dann waren da die Juden, die ihre eigenen Feste hatten – Purim, Passah, Lag-B'omer, Fasten-Gedaljah – und ihre besonderen Monate – Marcheschwan, Kislew, Schebat. Auch sie waren mir geheimnisvoll, und ich hätte gern gewußt, wie es tut, ein Jude zu sein.

Sie mußten dem Kalender nach, der von Fasttagen für sie wimmelte, viel hungern, und ich wunderte mich, daß trotz dieser strengen und andauernden Bestrafung durch Gott, die mir als Grund dafür angegeben wurde, die Viehhändler so dicke und vergnügte Leute waren. Auch die christlichen Sonntage hatten ihren Namen: Epiphanias, Septuagesimä, Kantate, Exaudi, Advent. Wenn man wußte, wie ein Sonntag hieß, an dem man spazieren ging, so nahm man sich seine Lieblichkeit doppelt zu Herzen. Die vielen namen- und herrenlosen Sonntage nach Pfingsten, ihrer fünfundzwanzig in den allerschönsten Jahreszeiten, enttäuschten mich immer und schienen mir nie so vollwertig wie die anderen, die die hochsinnigen und dunkelklingenden Bezeichnungen trugen.

Auf der Gegenseite zum Kalendarium sah man oben den Charakter des Monats dargestellt. Der Januar beschäftigte die Leute mit Schlittenfahren, Schneeballwerfen, Betteln und Almosengeben. Über den Februar weg tänzelte eine furchtbar vornehme und weltlich gesinnte Dame mit aufgeraffter Robe, und der April zeichnete sich durch umgekehrte Regenschirme aus. Der August wurde anziehend veranschaulicht durch einen wandernden Studenten mit Pfeife, gewundenem Stecken, verschnürtem Rock und hohen Stiefeln, der in die Ferien ging. Durch den November hindurch schoß ein Jäger den dreschenden Bauern gerade in die Scheune, auch schleppte ein alter Bauer eine Bürde Holz zu Tal, und pflegten treue Seelen die Gräber ihrer Angehörigen. Wer Bescheid weiß, erkennt den guten, alten Rheinischen Hausfreund, den J. P. Hebel gegründet hat. Diesem Reigen folgten als leise Bedrohung die Sonnen- und Mondfinsternisse, der Portotarif, die Genealogie und der Trächtigkeitskalender. Aber endlich brach im Geschichtenteil doch der gute Humor des Kalendermannes durch. Da wiegte sich ein wüster, alter Kerl auf einem Stuhl, eine furchtbare Dogge zwischen den Füßen, und ein dünner junger Bursch stand freudig vor ihm: «Herr, ein Gott lebt!» Oder ein vergrämter Ehemann stützt finster den Kopf auf die Hände, und ein junges Weibchen hebt sich munter davor: «Wortlos ergriff sie ihren Teller und eilte damit in die Küche.»

Ich schreibe hier einen Nekrolog und muß um Geduld bitten. Denn wer denkt, es sei alles dagewesen, der schlägt nun mit Hunderten von eigenartigen und bedeutsamen Stichworten das Markt- oder Freudenverzeichnis für die Schweiz auf, auch für Baden, Württemberg und das Elsaß, für das Königreich Bayern, das Fürstentum Hohenzollern. Wie groß und weit doch die Welt war! Lauter ausgebreitete sonnenhelle Länder mit Fürsten, Großherzogen, Königen und Schweizer Bundesräten. Und dann all die Namen – waren sie nicht Geister, heimliche Götter? Nuglar, Breisach, Donaueschingen, Ensisheim, Sankt Blasien – jeder ein Liedervers. Ich befand den Klang als eine gehaltvolle Wirklichkeit, hinter der man lange her sein konnte, ohne sie zu ermüden oder gar zu erschöpfen. Die junge Seele ist immer genial und lebt souverän in Symbolen. Oder wie war das mit dem Inseratenteil der Schiffahrtsgesellschaften: Norddeutscher Lloyd, Red Star Line, Hamburg-Amerika-Linie? Man kam in so und so vielen Tagen von Bremen nach Neuyork, und dazwischen war alles das reine Salzwasser, aber drüben waren lauter Amerikaner und Indianer, und keiner wußte, was ihm drüben passierte, sagte der Großvater. Dort lebten nun auch meine Mutter und meine Schwester, und die Tante, die sie begleitet hatte. Aber das eigentlich faßbare Leben enthielt die Heimat. Wie gut das war: Trompeten konnten an fünf Orten zugleich garantiert am billigsten und besten bezogen werden. Das sechste und siebente Buch Mosis war immer noch nicht ausverkauft, sondern zum Preis von drei Mark stetsfort zu haben bei Paul Bar, Versandgeschäft in Glochau. Außerdem gab es Diamantglasschneider, Zithern, Dreschmaschinen, Mittel gegen Mitesser und für Bartwuchs, Sauzähne für Uhrketten, für nur zwei Mark neunzig eine Stockkrücke aus russischem Rehhorn, ein Paar Hosenträger mit der Aufschrift: «Gott mit uns!», einen interessanten Gegenstand, ferner Salben für offene Beine, Trunksuchtkuren, Samen von Vollendungsrunkelrüben, Lokomobilen von Lanz in Mannheim, höchst wirksames sympathetisches Mittel gegen die Mäuse, genannt Salmanasser und Leviathan. Ein kleiner lieber Gott – so saß ich abendelang verwaltend über dieser wimmelnden Welt und sah ihr zu, und manchmal kam mir's vor, als wäre ich das selber, der ihr das tiefsinnige Leben einhauchte. In der Zeit hütete der große Schöpfer sein Geheimnis, daß er nach nunmehr 6597 Jahren nach Julian noch jung und voll von Einfällen ist und jedes Frühjahr wieder die Welt mit seinem Augenlicht und Gesang erfüllt und mit dem Duft seines blühenden Bartes berückt.

Von der geheimen Sympathie

Viel war von geheimer Sympathie die Rede bei den abendlichen Rauch- und Feiersitzen. Man holte Nüsse aus der Bodenkammer vom eigenen Baum, die ich mit aufgelesen hatte, und wenn man besonders einig war, so wurde einer nach Bier geschickt, das man mit dem heiß gemachten Feuerhaken «abschreckte». Ich bekam ein Stück Ölkuchen zu knabbern. Es sind das die zusammengebackenen Rückstände von verölten Nüssen, von denen man für zehn Pfennige einen ganzen Haufen in der Öle bekam. Sie schmeckten halb ranzig und halb nach kaum ahnbaren zukünftigen oder exotischen Herrlichkeiten, aber eben nur halb, und eigentlich schmeckten sie scheußlich, aber man kam nicht davon los. Waren diese Vorbereitungen getroffen, und hatte die Schwarze nicht widersprochen, so wußte ich, daß es diesen Abend wieder wunderbar traulich und unheimlich zugehen werde.

Nun gab es wirklich keinen Grund, weshalb man an dem Zeugnis so vieler ehrenwerter Menschen zweifeln sollte. Da war zum Beispiel eine Gewalt, durch die man einen anderen Menschen, den man strafen wollte, auf einen Zaun, wenn er darauf saß, so festbannte, daß er mit keinen Mitteln, außer in Stücken, herunterzubringen war, so daß ihn seine Verwandten und Eltern füttern mußten wie einen gefangenen jungen Vogel. Gefiel es einem, so konnte man es so weit treiben, daß sie ihm ein Dach über dem Kopf bauen mußten, damit er wenigstens im Trockenen saß, und Mauern um ihn herum, damit er im Winter nicht erfror.

Man nannte das Mädchen, dem von unbekannter Hand die Zöpfe abgeschnitten worden waren, während es sich auf einer gewissen Örtlichkeit aufhielt. Nachdem das Haar soweit wieder nachgewachsen war, erhielten die Eltern einen Brief, worin angezeigt wurde, daß das Mädchen am soundsovielten wieder seine Zöpfe einbüßen werde, und zwar im gleichen Lokal. Nun umstellte man das kleine Häuschen von allen Seiten, hing Lampen drinnen auf und richtete die ganze Anstalt so ein, daß nichts dort geschehen konnte, ohne daß es von einem Dutzend guter Augen bemerkt wurde. Die Stunde kam, und das Mädchen nahm den Platz ein. Kaum hatte es sich niedergelassen, so hörten die Außenstehenden einen Schrei, und die Zöpfe waren wieder weg; gesehen hatte niemand etwas. Gegenwärtig war es wieder so weit mit den Zöpfen, aber das Mädchen war nun streng an das Kunstprodukt des Töpfers gewiesen, und man hoffte, auf diese Weise diesmal darum herumzukommen, vorausgesetzt, daß sich das Mädchen nicht vergaß.

Im unteren Dorf wohnte eine Witwe, die man ab und zu in völlig entseeltem Zustand auf dem Bett fand; die Sache hatte schon lange zu denken gegeben. Schließlich war es bemerkt worden, daß diese Ohnmachten mit Dorfereignissen, Bränden, Sterbefällen, Viehunglücken zeitlich zusammenfielen, und man fing an, aufzumerken. Nun hatte ein Bauer die Seuche im Stall; drei Kühe standen schon da und troffen aus den Mäulern wie die Keltern, und die anderen hörten auch auf zu fressen. Plötzlich sah der Bauer eine fremde Katze in den Stall schleichen, wie noch nie jemand im Dorf eine gesehen hatte. Geistesgegenwärtig, wie er war, schloß er sofort die Tür, nahm die Peitsche umgekehrt zur Hand und machte sich so rasch und gewaltig über die Katze her, daß sie für tot liegen blieb. Zufrieden mit seinem Werk warf er den Kadaver vor die Stalltür; als er aber nach einer Viertelstunde wiederkam, war das Tier weg. In derselben Nacht wurde der Kreisphysikus zu der vielbesprochenen Witwe im unteren Dorf gerufen. Er fand sie in einem jämmerlichen Zustand vor, verprügelt und zertreten, und stinkend von Stallmist, und hatte lang an ihr zu flicken, bis sie wieder etwas kriechen konnte. Aber den Kühen ging es von Stund an besser.

Vor einiger Zeit war ein Wirt gestorben und mit allen kirchlichen und bürgerlichen Ehren beerdigt worden; nun hatte man aber drei Nächte hintereinander eine feurige Gestalt auf seinem Grab knien sehen, und man riet, welche ungebeichtete Sünde er mit in die Ewigkeit hinübergenommen habe, die ihm nun keine Ruhe ließ. Eigentlich wußte man es aber genau.

Unerwartete Bedrohung

Aber in all diese Anregungen schlug eines Tages wie ein Blitz aus heiterem Himmel die Nachricht, daß meine Zeit hier zu Ende sei. Die Sache verhielt sich so, daß jener Pfarrherr, bei dem mein Vater Gärtner gewesen war, mich bei meinen katholischen Großeltern für schlecht aufgehoben hielt und mir in einer protestantischen Armenanstalt einen Platz aufgemacht hatte. Er löste auf diese Weise das Versprechen ein, das er meinem Vater auf dem Sterbebett gegeben haben soll, für mich zu sorgen, aber über die Art und Weise wurde weder ich noch sonst jemand befragt, und aus den Äußerungen meiner Großeltern spürte ich eine erkältende und gegnerische Wirkung, die sie von Basel erfahren hatten.

Mein Großvater hatte in jener Zeit viel zu tun. Es war Frühling, und die Bauern wollten ebene Wiesen haben, damit es im Juni ein gutes Mähen gab. Frühmorgens zog er schon aus mit seinem selbstgemachten Knotenstock, einem umgehängten Leinensäckchen, worin sein Essen für den Tag war, denn er mußte weit herum, und seinem Gerät, das in einem guten Taschenmesser, einem kurzen, breiten Spachtel, einem Bündel biegsamer Ruten, einem Knäuel Schnur und einer Anzahl Drahtschlingen bestand.

Weil es mit mir zu Ende ging, wollte er mich noch nach Möglichkeit um sich haben. Nun machten wir weite Wege im Bann herum, waren ganze Tage im Freien, streiften heute im Rheintal und morgen auf dem Berghang über dem Dorf. Überall hatte es Maulwurfshügel und mußte mein Großvater zum Rechten sehen, und überall gab es Abwechslungen und Nebenunternehmungen, die gar nicht zum Geschäft gehörten, denn er war in seinen alten Tagen so neugierig und unternehmend, wie ich mit meinen jungen. Es fand sich in dieser schönen Jahreszeit so viel zu betrachten, zu befühlen und zu beriechen, daß man eigentlich Gehilfen haben mußte, um allem nachzukommen. Es gab Büsche mit neuen Vogelnestern, Steinbrüche mit Schlangenlöchern, Hasenstuben und Fuchsbaue mit jungen Tieren darin. Die eine Winterfrucht war weiter voran als die andere. Die Reben trieben die ersten Augen. Man hatte jetzt eine neue Methode zu okulieren, die sich bewährte. Eine Maulwurfsfalle machte man folgendermaßen:

Man räumte den Hügel weg, bis man auf den Gang stieß, stach den mit dem Spachtel senkrecht und sauber durch und legte das Loch frei. Darauf steckte man eine Rute dahinter in den Boden, band eine Schnur mit einer Drahtschlinge daran und knetete aus Erde eine handliche Kugel. Jetzt zog man die Schlinge mit der federnden Rute herunter, brachte sie genau vor den Eingang zum Labyrinth, das man mit der Erdkugel verstopfte, so daß der Pfropfen die Schlinge hielt. Fuhr nun der Maulwurf von innen, um sein Hausrecht auszuüben und wieder Ordnung zu schaffen, gegen die Lehmkugel und stieß sie weg, so schnellte die dicht davorliegende Drahtschlinge in die Höhe und brach ihm das tapfere, gottvertrauende Genick, bevor er etwas merkte.

In Anbetracht der nächsten protestantischen Zukunft, die mir drohte, und unter dem Nachgefühl der achtungslosen Behandlung, die mein Großvater von Basel erfahren hatte, erfüllte und durchdrang nun die Großmutter leise erbittert und still begeistert die ganze Welt mit Katholizismus. Bei ihm war das mehr Poesie und Phantastik gewesen; bei ihr wurde es geheime Leidenschaft, ja ein Spürchen Fanatismus schwebte darin. Auch der Wald wurde nun katholisch, und zwar war es aller Wald auf der ganzen Erde; es gab gar keinen protestantischen Wald, und den die Protestanten hatten, der war auch katholisch. Alle ihre Stämme trugen das heimliche katholische Zeichen, mit dem Gott die Bäume schon im Samen bemerkt. Die Buchen hatten weise Mariensprickel in der Rinde. Die Tannen rochen nach heiligen Kerzen. Der Buchs war zum Weihwassersprengen geschaffen. Das Wasser mußte erst geweiht werden, seitdem es den Protestantismus gab; vorher war alles Wasser rein und geweiht gewesen. Der Protestantismus war der zweite Sündenfall, und die Protestantenbibel der zweite Baum der Erkenntnis. Wenn ein Protestant einen Baum schlug, so schrie der Baum zum Himmel und klagte ihn an. Ging er durch einen Wald, so sprachen die Vögel über ihn.

Wo er stand und ging, da war er allein, weil ihn alle Tiere verließen, oder ihn verrieten, wenn er sie zwang, bei ihm zu sein. Und war nicht auch Franz Xaver, der Verderber, ein Protestant? Mein Vater dagegen war befreundet, da er eine katholische Jungfrau heimgeführt hatte. Von allem zahmen und frommen Getier war Petrus der oberste Hirte; wenn sich noch irgendwo ein Tröpflein Blut des Heilandes fand, dann erlöste man auch die Kreatur damit. Die Protestanten, besonders die in Preußen, hatten die Fabriken und die harte Arbeit in die Welt gebracht, weil sie geldgierig waren. Kein Protestant konnte ganz glücklich werden, das sah man schon an ihren Augen, die hochmütig und kalt drein blickten, wie Augen blicken, die nicht in Altarlichter sehen. Ich hatte Altarlichter gesehen und ihnen sogar gedient, und konnte darum nie ganz verloren gehen und nie ganz der Geldsucht verfallen.

Stand ich mit meinem Großvater vor einem Waldrand und sah über das lichte Rheintal hinüber, so hörte ich, was hier sonst noch für Beziehungen herrschten. Die Lokomotiven, die rheinaufwärts eilten, waren tiefbefreundete, katholische Wesen, Inbegriffe von frommer Schnelligkeit und geweihter Kraft. Über die schweizerischen drüben wollte er sich kein Urteil erlauben. Die Wolken, das Himmelsgebäude, das Licht, das Land: alles war katholische Gottesoffenbarung und Urherrlichkeit, alles durfte in Altarkerzen schauen, wenn auch nur selten an den Fronleichnamstagen, wo draußen Altäre gebaut werden für die Natur und die Tiere im Freien, ja, der Himmel konnte durch die Kirchenfenster hereinsehen, wenn Hochamt war. Und die lieben Vögel konnten sogar den Segen hören. Etwas war auch sicherlich daran, wenn meine Großmutter die Preußen für die Fabriken und das Militär und die neue harte Arbeit samt dem Staat mit seinen vielen Steuern und seinen harten Gerichten verantwortlich machte. Trotzdem wollten wir, der Großvater und ich, über die Protestanten milder denken, und wir einigten uns in der Stille, daß sie nicht schlecht, sondern bloß von ihren Pfarrern verführt und verblendet seien. Dann grüßten sich in unseren Personen die Geschlechter hinüber und herüber, und an der Hand des Alters stieg ich abends müde und satt gesehen, sonnenwarm, gläubig, blutjung und doch wieder ein bißchen protestantisch ins Tal hinunter, während die Glocke vom Kirchturm Feierabend läutete, die sinkende Sonne durch die Luft und durch den Rauch aus den Kaminen ein überirdisches, flimmerndes Seidengespinst wob, und die Schwalben in der Höhe ihre seligen Abendflüge ausführten.

Wieder ein Abschied

Zuletzt nahm ich vom Müllermädchen Abschied. Wir klommen miteinander Hand in Hand hinter der Mühle den grünen Hang hinauf, sahen sehr viele Veilchen und Schlüsselblumen, ohne etwas anzurühren, und ruhten nicht, bis wir ganz oben am Waldrand ankamen und nun weit übers Tal, über den Rhein und sogar über die Schweizer Vorberge hinwegsehen konnten. In das ganz trockene und warme dürre Laub, das vor den vordersten Stämmen lag, ließen wir uns nieder. Lange Zeit wandten wir schweigend die welken Blätter hin und her, um immer wieder eine verborgene Anemone darunter zu entdecken oder ein Veilchen. Die ersten Spinnen waren schon da; sie sahen trocken und erwärmt aus. Sogar ein Zitronenfalter taumelte zwischen Schatten und Sonne hin und her. Meiner Freundin war neuerlich verboten, mit mir umzugehen, und sie wußte, daß sie nachher Schläge bekommen würde. An den Händen, mit denen wir nicht spielten, hielten wir uns. Endlich wollte sie hören, was das für eine Anstalt sei, in die ich da komme, und ich hatte keinen Begriff davon. Unausgesprochen zwischen uns schwebte die Tatsache, daß wir sie uns beide sehr traurig vorstellten, noch kein Mensch hatte Gutes von einer Anstalt gehört.

«Gib mir deine Schuhe und nimm meine!» sagte sie darauf. Ich begriff, daß sie ein Andenken wollte, doch waren meine Schuhe schöner als die ihren. Ich hatte vornehme Stadtstiefeln, an denen noch fast alle Schnürhaken schwarz waren; sie hatte Bauernschuhe mit groben und sogar abgebrochenen Haken und alten verknüppelten Schnürbändern. Außerdem konnte ich bestimmt darauf rechnen, daß mir die schwarze Tante noch einmal vor dem Abschied die Hölle heiß machte, aber das war jetzt alles ganz gleich. In feierlicher Wehmut wechselten wir nicht die Ringe, aber die Schuhe. Meinerseits dehnte ich die Handlung auf die Strümpfe aus, und auch die Strumpfbänder forderte ich an. Heute war die Welt wieder ganz protestantisch, weil es eine Frage zu begrübeln gab; dafür ist diese Religion wie geschaffen. In der Freude sind wir alle mehr katholisch.

DRITTES KAPITEL

Ein schwerer Tag

Der Einzug

Als ich an der Hand meines Großvaters von der Eisenbahnstation Demutt die kurze, gerade, abfallende Straße nach der ehemaligen Deutschritterkomturei gleichen Namens hinab schritt, war eben ein Gewitter über die Gegend gegangen. In dem großen Garten der jetzigen Armenanstalt zwischen lauter blühenden Obstbäumen, die noch vor Nässe glitzerten, stand mit einem schimmernden Fuß ein Regenbogen und schwang sich unter der Schwärze des Himmels hin mit wunderbarem Glanz über die kleine Häusergruppe, Tor, Schloß, Kirche und Mauer, und über den Rhein hinüber den jenseitigen Schweizer Bergen zu. Eine Glocke bimmelte in der Anstalt. In der Richtung nach Basel blitzte es noch; es war ein Ostgewitter gewesen.

Wir kamen über eine kleine Brücke. Links und rechts lag der Burggraben, aus dem altersgraue Mauern steil aufstiegen. Holunder und Flieder trieben in der Tiefe. Ein dunkler, hallender Torgang nahm uns auf. Daraus traten wir in den Burghof. Aus irgend einem Grund maß ich meine Schritte nach denen meines Großvaters; ich zog so in die Armenanstalt Demutt ein mit weiten, großspurigen Schritten und mit dem Knotenstock des Großvaters, den ich mir mit zähem Anhalten erbeten hatte. Nach einigen Fragen wurden wir ins Hauptgebäude geführt, um dem «Herrn Vater» vorgestellt zu werden. Zum erstenmal fand ich meinen Großvater in einer Umgebung, in der er nichts zu sagen hatte; das beunruhigte mich, und es schien mir niederdrückend und beängstigend.

Der Herr Vater war ein ziemlich großer Mann von eigentlich schwerer Statur, aber gichtbrüchig, so daß er mit seinem Wuchs nicht mehr zur Geltung kommen konnte. Er saß gelähmt in einem Lehnstuhl, vermochte nur noch den Mund und die Augen und kaum die verkrüppelten Hände zu gebrauchen, kam mir aber gleich sehr vornehm und hochgestellt vor, und ich konnte meine Blicke nicht von seinen sehr weißen, von der Gicht verzogenen Fingern und der wollenen Decke bringen, die seine Beine einhüllte, so daß ich geheißen werden mußte, dem Herrn ins Gesicht zu sehen, damit man meine Augen betrachten könne. Mein Großvater schien mir schüchtern und viel beflissener, als in Wyhlen gegenüber dem katholischen Herrn Pfarrer, der doch auch ein heiliger Mann und sogar schon ein weißhaariger Greis gewesen war. Dafür hatte dieser Herr Vater einen breiten, weichen, graumelierten, ehemals schwarzen Bart, eine leichtgebogene Nase in einem weichen, kränklichen und empfindlich aussehenden Gesicht, und dazu kleine, kräftig blaue Augen, deren Blick ein wenig stach, auch wenn er freundlich mit einem redete.

Ich wurde dann hinausgeschickt, während der Herr Vater noch mit meinem Großvater allein etwas bereden wollte. Als dieser draußen wieder zu mir stieß, stolperte er über die Schwelle und sah mich zuerst gar nicht. Er hatte auf einmal rote Wangen, und drinnen war es auch ein bißchen laut zugegangen, doch plötzlich besann er sich wieder auf mich, und beim Abschied machte er noch einen Witz: er steckte mir ein Zweimarkstück unter den Hemdkragen ins Genick, umarmte mich mit Tränen in den Augen, und trabte ab ohne mich und ohne seinen Knotenstock. Mir selber saß das Weinen im Hals, während ich ihn den dunklen Torgang dem Bahnhof zu durchschreiten sah.

Die Arbeitsstube

Jetzt läutete aber eine Glocke, und meine Person wurde von der Hausordnung mit Beschlag belegt. Sie entzog mich mit etwa zwanzig anderen kleinen und großen Buben in brauner Anstaltstracht für heute dem Sonnenschein, der sich inzwischen eingestellt hatte, und führte mich aus dem Schloßhof durch einen gepflasterten hallenden, breiten Gang, eine steinerne enge Wendeltreppe hinauf, über einen zementbelegten weiten Estrich, durch eine enge hölzerne Diele, und abermals über einen nun mit Backsteinen gepflasterten Boden in einem alten spitzbogig überwölbten mittelgroßen Saal. Der Saal hatte nach Osten zu zwei schmale, gewißlich sehr vornehme Bogenfenster, die in ungewohnten Nischen lagen und von außen mit Efeu umrankt waren, und südlich einen Erker, der mit drei heiteren Durchbrüchen links gegen Säckingen hinauf, rechts gegen Basel hinunter, und geradeaus nach dem Rhein und dem Schweizer Wald drüben blickte. Doch darin hatten wir, hörte ich, just nichts zu suchen; er war durch eine Holzwand mit Glasscheiben von unserem Raum, dem Arbeitssaal, abgesperrt. Die Mauern waren wohl zwei Meter dick. Wo die ziegelroten Rippen der Deckenwölbung sich trafen, hingen runde Rosetten, von denen kaum kenntliche Ungeheuer auf uns herabgrinsten.

Den Saal beherrschten eine Anzahl schwere, grobe eichene Tische von hohem Alter. Einer stand zunächst im Winkel, wo es immer dunkel war, einer rechts vorn beim Erker, einer links bei den Fenstern; der war durch kniehohe Bretter eingewinkelt. Rechts von der Tür stand ein großer, runder eiserner Ofen. Die kleinsten Jungen nahmen an dem dunklen Tisch Platz; die größeren verteilten sich auf die anderen Bänke. Die an dem eingezäunten Tisch machten mir den Eindruck, ein besonderer Verein zu sein. Sie beobachteten eine unabhängige Haltung, verkehrten nur unter sich, und der Aufseher ging mit ihnen am achtungsvollsten um, denn sie waren die Finkenmacher, eine Gilde, die aus Tuchenden warme Schuhe, sogenannte Finken, flocht und sie mit weißen Wollplatten versah. Auch die Wollplatten stellten sie selber her. Die Einzäunung verhinderte, daß die Wolle wegflog und sich mit den Schweineborsten vermischte, die an den anderen Tischen verarbeitet wurden. Die Finken flocht man über dicke Leisten, an denen sich ein geheimnisvolles System von Nägeln und Haken befand. Man brauchte dazu bestimmte lange Nadeln, die für meine Begriffe eine ungeheuer kunstreiche Handhabung und einen furchtbar entwickelten Geisteszustand beanspruchten. Ich konnte nicht anders, als diese wissensreichen und brauchbaren kleinen Handwerker von Stund an zu verehren; gleichzeitig ging mir auf *einen* Schlag mein bisheriges unnützes Leben auf, das ich in Wyhlen geführt hatte, und ich wurde sehr kleinlaut und verzagt.

Da ich heute noch nicht zu arbeiten brauchte, konnte ich auch sehen, was die Burschen an dem anderen Tisch machten. Sie waren sehr nett und freundlich zu mir, und zeigten mir alles. Sie verfertigten Schuhbürsten, Kleiderbürsten, Zylinderputzer, Auftragbürsten, Hutbürsten, Handbesen und Besen für Stiele, was man wollte. Die ersteren wurden mit Messingdraht eingezogen, die anderen gepecht. Jedes war eine Kunst für sich. Die Jungen sagten, das würde ich auch einmal lernen, aber ich hatte ein schweres Herz und zweifelte daran. Ich wünschte es auch nicht. Mit märchenhaftem Schimmer trat mir die frisch verlorene Freiheit bei meinen Großeltern vor Augen, der Grashang mit seinen Veilchen und Schlüsselblumen, der Bach, das Kloster im «Himmelreich», dessen Glocke ich geläutet hatte, die Mühle mit dem Müllermädchen, und die Großeltern selber. Die Jungen fragten mich, wo ich her sei. Ich sagte mit trauernder Bescheidenheit: «Aus Wyhlen!» – «Was, aus Schwielen?» witzelte einer gleich, und von Stund an hieß ich: «Der Schwielener!» Dann wollten sie wissen, was mein Großvater sei. Ich dachte, Bescheidenheit sei hier vielleicht falsch angebracht, und dem Frager stolz entgegentretend erklärte ich: «Schermausjäger, von der Gemeinde angestellt!» Sie kicherten und stießen einander an, und künftig war ich lange nicht von der Überzeugung abzubringen, daß die Bürstenbinder weniger anständig und vornehm seien, als die Finkenmacher. Gewiß waren sie durch ihre Kunst mit einem scharfen, geschulten Geist begabt, aber die Finkenmacher hatten mehr Gemüt und Seelenhoheit.

Noch großartiger war ja nun eigentlich das Einpechen der Besen. Wenn Besen gemacht wurden, roch der ganze Raum nach Pech und herrschte überhaupt eine gewisse Festlichkeit, die einen deutlichen Begriff gab von Wert und Ziel der Lebensbeherrschung. Die Pechjungen gingen breitbeinig und großmäulig umher, genossen ihren Ruhm und sahen auf alles andere herab, ja, sie fühlten sich sogar so sicher in ihrer Überlegenheit, daß sie ihre Verachtung für das Kleingewerbe, das wir Jüngsten vertraten, mitleidig verbargen, und sich nur an den Finkenmachern und den Bürstenbindern rieben. Aber die Tage der Bürstenbinder kamen auch wieder, wenn weiß-, rot- und schwarzgestreifte Bürsten, ganz blaue Damenbürsten oder solche mit bestellten Anfangsbuchstaben gemacht wurden. Sobald die gefärbten Borsten beim Aufseher auf der Bank lagen, nahm eine geistig angeregte, klarlüftige Stimmung im alten Rittersaal überhand. Da war es für die «Pechrotzer» besser, die «Bürstenschinder» nicht herauszufordern, oder dazu nur ganz vorteilhafte und sichere Gelegenheiten auszusuchen. Die Finkenmacher ihrerseits saßen in ihrem Verschlag und ihrer Sonderkunst so sicher, daß ihnen weder eine der anderen Parteien ans Leder oder an die Wolle konnte, noch hatten sie Lust, sich an der Niedermetzlung der gerade unterliegenden Partei, so lohnend sie manchmal gewesen wäre, zu beteiligen; Verträglichkeit, Edelmut und Würde sind also wohl offenbar moralische Zustände, die man vom Finkenmachen und Wollekämmen nicht getrennt denken kann. Es herrschte daher zwischen den Finkenmachern und den Pechvögeln ein gewisses sympathisches Achtungsverhältnis, das auch durch die Uzereien der letzteren nicht gestört wurde, während zwischen jenen und den Bürstenbindern nichts als vollkommene Kälte und Gleichgültigkeit vorwaltete.

Diesen ruhmreichen Parteien schoben wir kleinen Knirpse das Fundament unter die Füße, oder richtiger: wir zupften es. Wenn das Schwein abgebrüht ist, so schabt ihm der Metzger die Borsten von der Schwarte herunter. Diese Borsten bekamen wir mit Hautfetzen und Klauen, und was sonst am Schwein hing, zu säubern und zu ordnen. Man nahm die linke Hand voll Haar, schloß sie, zog einen Büschel davon unten heraus, legte ihn der Länge nach in die Hand zurück, und fuhr damit so lange fort, bis die ganze Faust voll gereinigt in gleicher Richtung lag. Bei sauberer Ware konnte man mehr Gezupftes leisten, als bei unreiner oder harziger. Die Kleinen sollten drei Lot in einem Vormittag zupfen und zwei am Nachmittag, die Größeren vier und drei. Man sagte mir, der liebe Gott habe es so befohlen, aber ich kam bald dahinter, daß der liebe Gott Röcke anhatte.

Um sieben Uhr hieß es: «Aufstecken!» worauf das Gerät abgeräumt, der Boden gekehrt und eine nicht übertriebene leibliche Reinigung vorgenommen wurde. Ein Junge lief mit einem großen Trichter, der mit Wasser gefüllt war, durch die Stube. Mit dem laufenden Wasser beschrieb er schöne Achterschleifen, um die ich ihn schwer bewunderte und auch ein bißchen in aller Bescheidenheit beneidete, denn es war einer der geschickten Bürstenbinder. Drei andere kehrten den Boden unter Erregung eines ansehnlichen Staubes trotz der Achterschleifen. An den Besen hingen und baumelten die Klunkern, was mir besonders beachtenswert erschien. Nebenher bekam ich einen vollen Wasserstrahl über die Strümpfe; gleich darauf fuhr mir ein Bürstenbinder mit dem Besen von hinten gegen die Absätze, daß ich mich rückwärts hinsetzte. Zu allem sprach ich den großen Leuten die volle Berechtigung zu. Sie ihrerseits lobten mich, weil ich nicht heulte; sie hätten gedacht, als Schwielener würde ich gleich zum Aufseher laufen.

Das erste Abendessen

So ausprobiert durfte ich im Zug nach dem Speisesaal hinten anstehen. Es ging wieder über den Zementboden und die Wendeltreppe hinab. Von dem kalten, zugigen Gang führte eine Tür nach dem neuen Teil des Schlosses, wo uns nun ein sehr großer Saal aufnahm. Eine Reihe von eisernen Säulen trug die Decke, die ich hier flach fand. Vier große Fenster, ebenfalls in tiefen Nischen, gingen nach dem Schloßhof hinaus. Wir waren die ersten im Saal und nahmen unsere Plätze an dem langen Tisch rechts ein, der mit der Wand lief. Ich kam als Neuling ganz unten zum Aufseher zu sitzen. Etwas später erschienen andere Jungen, die im Garten, und dann welche, die auf dem Feld gearbeitet hatten. Es waren nach meinen Begriffen halbe Riesen dabei, rühmenswerte, achtunggebietende Jahrgänge, gegen die vielleicht meine Bürstenbinder doch nicht aufkamen. Wir Haarzupfer nahmen das untere Drittel der Tafel ein, die Pechleute und Finkenmacher die Mitte, und die Garten- und Feldarbeiter das obere Drittel. Im ganzen waren wir etwa vierzig an der Zahl. Quervor sodann an der Nordwand, wurde mir bedeutet, stand der «Herrentisch», an welchem der Herr Vater mit seiner Familie, die Lehrer und der feine Besuch aßen; er war noch leer. Ihm zunächst und parallel stand der Mädchentisch, an welchen eben ein Zug von etwa dreißig braungekleideten, beklemmend sittsam aussehenden kleinen Weibern von sechs bis fünfzehn Jahren gezogen kam. Still, kaum unter sich flüsternd, nahmen sie ihre Plätze ein und warteten sodann mit den Händen in den Schößen auf das weitere.

Zunächst erschien nun eine geordnete Gruppe von etwa zwei Dutzend jungen Männern zwischen zwanzig und dreißig Jahren, um den Tisch nach den Mädchen zu besetzen. Diese Jünglinge waren die «Brüder»; mehr konnte ich fürs erste nicht erfahren. Ich wunderte mich sehr, daß es so viel Brüder geben sollte, und hätte nun gerne ebensoviele erwachsene Schwestern gesehen, die sich jedoch nicht einstellten. Sondern den Tisch nach den Brüdern nahmen Männer ein, die in trotziger oder ruhig selbstbewußter Haltung einzeln ankamen, wie es ihnen paßte. Ich erfuhr, daß der eine der Knecht Siegrist war, der andere der Schneider Werder, dann der Gärtner, der Schuhmacher, der Sattler und so weiter. Plötzlich, ich war noch nicht über den Knecht Siegrist im reinen, einen alten Knaben von besonders unbotmäßigem und dabei doch vertrauenerweckendem Aussehen, fuhren die Mädchen wie gestochen von den Bänken auf, so daß eine Bank mit großem Getöse umfiel. Ihnen folgten die Brüder, alle Jungen, und auch die Männer am letzten Tisch ließen sich dazu herbei, ein wenig aufzustehen. Ich sah nun, daß sich inzwischen mehrere Personen an dem ersten Quertisch eingefunden hatten, aber der Herr Vater war nicht darunter. Dagegen wurde er gerade jetzt von den zwei stärksten Brüdern an der Wand entlang nach seinem Platz getragen. Er sagte mit lauter Stimme: «Guten Abend!» und alle antworteten ebenso: «Guten Abend, Herr Vater!» Ihm folgten seine Gattin und die beiden Töchter. Alles blieb nun stehen, um den Tischgesang anzustimmen; soviel ich sehen konnte, sang jedermann mit, außer dem Knecht Siegrist, den ich in der Folge für einen heimlichen Heiden hielt. Er hatte auch einen so graumelierten rotbraunen Lockenkopf und Goldplättchen in den Ohren, sah verwettert und verwittert aus, und die Hände faltete er ebenfalls nicht. Für den Knecht Siegrist interessierte ich mich bereits brennend, um die Wahrheit zu sagen. Beim Singen bewunderte ich am meisten die Mädchen mit ihren sanften und gebildeten Stimmen, dann freuten mich aber die Brüder mit ihren Tenören und Bässen, die dem Gesang so einen besonnenen Charakter gaben.

Unser Aufseher und die Lehrerin der Mädchen hatten die Wartezeit bereits dazu benutzt, die Suppe in die Zinnteller auszuschöpfen. Bald nach dem letzten Ton des Liedes saß alles mit seinem Löffel arbeitend; wer Glück hatte, fischte sich seinen «Knollen» aus der Hafersuppe und legte ihn zur Ansicht für die Nachbarn auf den Tellerrand, um sich zum Schluß mit ihm auseinander zu setzen. Gesprochen wurde nicht, das war das ausschließliche Vorrecht des Herrentisches, der selber nur in gedämpfter Weise davon Gebrauch machte. Inzwischen ging der Aufseher zum zweitenmal mit Schüssel und Kelle die Reihen entlang, soweit es reichte. Nachher kam noch etwas Übriggebliebenes vom Mädchentisch und von den Brüdern herüber, aber zu uns herunter langte es auch jetzt nicht zum zweitenmal. Wir waren daher schon fertig, als das große Schlußgeräusch anhob, das nach der gewissen Feierlichkeit, die vorausgegangen war, mich sehr überraschte. Es wurde von etwa dreißig Jungen, zwanzig Mädchen und einigen Brüdern ausgeführt. Man lehnte den rechten Arm gegen die Tischkante, faßte mit der linken Hand den Teller, während man sich mit dem Gesäß gleichzeitig auf der Bank etwas zurückschob, so daß das Gesicht in gleiche Höhe mit dem Tellerrand kam. Während die linke Hand den Teller immer um einen Zentimeter herumrückte, scharrte die rechte mit dem Löffel vom Zentrum aus in raschen, taktmäßigen Schlägen jedesmal einen Streifen Suppenbelag in den davor befindlichen Mund hinein, bis der Teller vollkommen blank war. Das gab einen ohrenbetäubenden Lärm, da dazu in der Minute etwa hundertzwanzigmal der Löffel gegen den zinnernen Tellerrand schlug. Siegrist scharrte nicht; er hatte überhaupt Gemüse und Fleisch und dazu noch Brot und Käse vor sich. Die Brüder mußten dagegen wie wir mit der Hafersuppe auskommen.

Eine gestörte Andacht

Als das Geräusch verstummt war, trat wieder eine ehrfürchtig wartende Stille ein. Der Herrentisch war mit Essen noch nicht fertig, da der Herr Vater von einer fremden Person ernährt werden mußte; er konnte weder sein Fleisch selber schneiden, noch die Gabel zum Mund führen, und das hielt auf. Inzwischen wurden an den Tischen die Teller in bestimmte Stöße aufeinandergeschichtet und Bücher ausgeteilt; von den Großen bekam jeder eines, während die Kleinen zu zweien darein sehen mußten. Die Buben, die bisher mit dem Rücken gegen die anderen Tische gesessen hatten, mußten die Bank übersteigen und umgekehrt sitzen. Dasselbe taten die Brüder und die Mädchen; das heißt, die Mädchen stiegen nicht, sondern zogen zu beiden Seiten in sittsamer Wallfahrt hinaus und hauchten sich fromm in zwei Zügen von der anderen Seite wieder hin. Inzwischen war auch der Herr Vater mit dem Essen fertig geworden. Die Bücher lagen aufgeschlagen in jedermanns Hand und, von der Hafersuppe frisch geputzt, begannen die Kehlen – ein vertrauenswürdiger alter Mann neben dem Herrn Vater gab den Ton an – das Abendlied. Ich paßte sehr auf, und hätte Text und Melodie meiner Lebtage nie vergessen, auch wenn ich sie nicht später so und so oft mitgesungen hätte, denn dafür besaß ich ein besonders scharfes Gedächtnis. Ich weiß noch heute

Lieder, die ich nur ein einziges Mal gehört habe. So lautete das Lied:

«Hoffnung, Hoffnung, Dämmerlicht in Nächten,
Willig folg' ich deinem sanften Strahl.
Will die Welt den armen Fremdling ächten,
Bin ich ihr, und ist sie mir nur Qual,
Muß ich fremd im Lande Mesech sein,
Kehr' ich abends doch in Zoar ein.»

Das Lied erfüllte mich mit hoher Verwunderung. Die unge-wohnte Sprache, die es führte, sein Inhalt mit dem unfaß-lichen Gegenstand – die Marienlieder in Wyhlen hatten doch immer eine Frau zum Mittelpunkt gehabt, wenn auch eine sehr hochgestellte –, die fremden Namen Mesech und Zoar gaben mir sehr zu denken. Auch ging eine gewisse Trauer von ihm aus, eine milde Betrübnis, die mich veranlaßte, mich auf-richtig zu freuen, daß der Mann abends doch noch in Zoar einkehren konnte. Die Melodie schien mir gewiß schön, aber eine sozusagen aufsehenerregende Entsagung ging von ihr aus, irgendein geheimnisvolles Abgeschlossenhaben mit der Welt, so daß ich der Sache immer weniger traute, und wäh-rend der zweiten Strophe fing ich vor Seelenbekümmernis und Beklommenheit an zu heulen. Das Heimweh packte mich am Kragen, und schließlich, als das Lied zu Ende war, plärrte ich allein weiter. Erst gab es eine Stille um mich. Dann fragte der Herr Vater, der auch nicht mehr gut sehen konnte, was da sei; alles hörte ich wie im Traum. Man sagte ihm ir-gend etwas. In der Zeit war der Aufseher um mich bemüht, aber vor lauter Angst würgte ich die Tränen hinunter und bestrebte mich schon von selber nach einer anständigen und der Örtlichkeit und Stunde angemessenen Aufführung.

Durch mich ungestört entwickelte sich die Andacht dann weiter. Es wurde eine schreckende und seltsame Sache von einem Tier mit vier Köpfen und von der Hure von Babylon vorgelesen, deren schädlichem Wandel ich tiefbetrübt und ab und zu noch leise aufschluchzend von fern folgte. Nebenher erfuhr ich, daß die angeführten Gestalten die Feinde Christi und seiner Kirche, vereint in der schlimmen, fallenstellerischen Welt, zu bedeuten hätten, die jeder in seiner Person zu bekämpfen verpflichtet sei. Den Anfang müsse man dazu aber im eigenen Herzen machen, wo diese Welt ihre Wurzeln habe in der Gestalt von Lüsten, bösen Gedanken, Widersetzlichkeit gegen das Gute und Untreue aller Art, durch welche der Erlöser täglich und stündlich neu gekreuzigt werde. Wollten wir ihm also Martern ersparen, so müßten wir die Bestien mit den vier Köpfen und die Person von Babylon in uns vernichten. Nachher wurde durch den Herrn Vater ein Gebet gesprochen, das man stehend anhörte, und worin er Gott und Christus für uns alle bat, uns in diesem Kampf beizustehen und anzuleiten.

Eine unrühmliche Nacht

Damit war diese kummervolle halbe Stunde auch zu ihrem Beschluß gekommen. Niedergebeugt und reuevoll über meine sündhafte Unzulänglichkeit, von der ich bisher nicht einmal etwas geahnt hatte, verließ ich am Schwanz des Zuges als Allerletzter den Speisesaal und erstieg über vier breite, weite Treppen und ebensolche Korridore das vierte Stockwerk, in welchem unsere Schlafsäle lagen. Die ältesten Jungen zweigten sich rechts ab. Die mittelalterlichen nahmen die Tür des ersten Saales links. Wir gingen durch die zweite. Zuerst kam noch ein Geschäft, das nach der nicht besonders steifen Abendsuppe zweckmäßig war. Dreißig Jungen drückten und schoben sich in allen Zuständen der Bekleidung wie die Bienen vor dem Stock vor der einen Tür herum, und der Bruder, der die Schlafaufsicht hatte, mußte viel Geduld aufwenden, bis der Letzte fertig war.

Mir hatte man inzwischen ein Bett an der Wand angewiesen, das aus einem Strohsack, zwei Leintüchern, einer Wolldecke und einem Federkissen bestand. In diesem Saal waren nicht nur die kleinsten, sondern auch die unverbesserlichen Bettnässer zusammengebracht. In den anderen Sälen gab es Spreusäcke. Sehr verloren und verwaist machte ich alle Gebräuche mit, bis ich im Bett lag, einen unbekannten Jungen rechts und einen links. Durch zwei große, vorhanglose Fenster sah der Sternenhimmel hoch herein, und wir lagen ohnehin schon hoch, dazu in einem großen, hohen, kalten Saal mit weißgestrichenen Wänden und einer eisernen Säule in der Mitte, in dem jedes Husten furchtbar unwiderruflich und öffentlich klang. Als das Licht aus und der Bruder gegangen war, und mir so recht klar wurde, daß ich nicht bei der blonden Tante im Bett schlief, und daß nun überhaupt eine ganz neue Zeit begonnen hatte, fing ich wieder an zu heulen. Um niemand damit zu ärgern oder zu stören, verkroch ich mich unter die Decke, denn es lagen einige größere Jungen da; wenn sie auch Bettnässer waren, so hatte ich jetzt im Dunkeln doch Angst vor ihnen. Indessen nahm mich unversehens der Schlaf auf.

Um zehn Uhr, als der Bruder kam, um sich ebenfalls schlafen zu legen, wurden die Kleinen und die Bettnässer geweckt, um noch einmal den Weg zu jener Tür anzutreten. Mich hätte man ruhig liegen lassen können, denn vor Aufregung und Müdigkeit hatte ich mich bereits erleichtert. Es war eine große Schande, doch schlaftrunken, wie ich war, vermochte ich ihren Umfang nicht zu ermessen. Schlaftrunken war ich nicht allein. In aller Traurigkeit sah ich einen Jungen, der im Halbschlaf im Gang draußen die Schublade einer Kommode herausgezogen hatte und mit aufgehobenem

Hemd in vollkommen berechtigter Haltung davor stand. Als man ihn abrettete, war bereits Unheil geschehen, denn in der Schublade lag frische Wäsche. Später sah ich dann noch auf diesem Weg eine alte Feindschaft austragen. An das aufgedeckte Bett eines Jungen, der hinausgegangen war, stellte sich wie der Feind im Gleichnis ein anderer, der sich diesen Weg sparte. Um das ganz zu verstehen, muß man wissen, daß Bettnässen bestraft wurde.

Mitten in der Nacht geschah es mir, daß ich plötzlich, von einer starken Maulschelle heimgesucht, erwachte. Ich hatte meine Hingegebenheit an den Schlaf durch vertrauensvolles Schnarchen ausgedrückt, und richtig war das von einem Großen übel aufgenommen worden. In der Folge heulte ich die Nacht zum zweitenmal. Ich näßte auch das Bett zum zweitenmal, kurz, es war eine traurige und unabsehbare Verlegenheit mit mir, und am nächsten Morgen nach fünf Uhr, als wir aufgestanden waren, besaß ich auch die Begründungen für die gestern nur dunkel empfundene schwere Fehlbarkeit meiner kleinen Person. Ich begriff, daß es nicht schwer ist, unter so leichtsinnigen Umständen, wie den gestern von mir verlassenen, als brauchbarer Mensch zu erscheinen; was in einem Kerlchen steckt, ging mir nun auf, das zeigte sich unverweilt unter so strengen, verwickelten Verhältnissen, wie den hier vorgefundenen, und mit schwerem Herzen begann ich diesen ersten vollen Tag in der Armenkinder- und Schullehreranstalt Demutt. Übrigens wurde mir gesagt, daß ich wegen des Bettnässens an die Wand zu stehen hätte. Vier andere wurden zu derselben Strafe verurteilt.

Ein Morgen mit trüben Aussichten

Die Tagwacht begann mit einem Lied der Brüder, die sich zu diesem Zweck um fünf Uhr vor den Gemächern des Herrn Vater versammelten. Jenen Morgen sangen sie: «Wie groß ist des Allmächtigen Güte!», und zwar benutzten sie nicht dazu die getragene Choralmelodie, sondern eine mehr hüpfende und kurzweilig verschlungene, mit Wiederholungen und Ausladungen, die einem sonst gut hätte gefallen können, wenn sie einen nicht so früh und unter so unvorteilhaften Begleiterscheinungen aus dem Bett getrieben hätte. Nun galt es zudem, sich möglichst rasch anziehen und die Betten machen, damit man vielleicht *vor* dem zweiten Saal drunten an den Brunnen kam.

Es dämmerte eben draußen. Die letzten Sterne sahen noch durch die geöffneten Fenster, durch die jetzt eine sehr frische Luft hereinströmte. Mich fror, da ich bei weitem nicht ausgeschlafen war. Dazu ängstigte mich diese lautlose Eile, in der ich nichts zu tun hatte. Meinen Strohsack hatte man im Sturmschritt nach dem Estrich geschleppt, um ihn dort auszutrocknen; so konnte auch mein Bett nicht gemacht werden. Inzwischen wurde ich meinem linken Nachbarn zugewiesen, um dies bei ihm zu lernen. Man mußte mit einigen Griffen das Stroh aufschütteln oder aufwühlen, und das übrige ergab sich von selbst. Schwierig war es nur, die Ecken der Wolldecke vorschriftsmäßig unten umzuschlagen. Schon standen die anderen, die alle schon fertig waren, ungeduldig draußen im Gang, aber als ich mit meinem Lehrmeister anrückte, welcher der Versuchung, sich ein wenig wichtig zu machen, nicht widerstanden hatte, zog eben die Belegschaft des zweiten Saales wie ein Kometenschweif ab. Alles fiel nun bei uns erbost über meinen Lehrmeister her. Der aber lehnte Vorwürfe jeder Art ab. So etwas Dummes und Ungeschicktes wie mich hätte er noch gar nicht erlebt, und es werde Mühe kosten, mich zu einem richtigen Demutter Jungen zu machen; ich müsse wahrscheinlich überhaupt einmal zuerst ordentlich in einem Winkel abgeschwartet werden, denn frech sei ich auch. Von dieser Abschwartung bekam ich auf dem Weg zum Brunnen in der Form von Rippenstößen gleich die ersten Lieferungen. Ich brauche nicht zu sagen, daß ich zu der um mehrere Jahre älteren Respektsperson kaum ein Wort zu sagen gewagt, und ihren Handgriffen mit stummer Verehrung zugesehen hatte. Dagegen vermutete ich nun, daß er auch der Vater der nächtlichen Maulschellen sei, und in der Folge grübelte ich still und betroffen darüber nach, womit ich ihn beleidigt haben, und was ich ihm von meinen Sachen schenken könnte, um ihn wieder zu versöhnen.

In der Mitte des Schloßhofes stand ein alter Brunnen, in dessen Trog die ganze Bubengesellschaft die Morgenwäsche vornahm. Seife gab es dabei nicht, und nur drei Handtücher für alle drei Säle. Wer zuerst kam, wurde trocken. Die Kämme gingen ebenfalls von Hand zu Hand samt den Läusen darin, wie sich von Zeit zu Zeit herausstellte. Neben dem Brunnen stand groß und feierlich ein Kreis von sehr alten Kastanien. Gegenüber dem Schloß zog sich mit sechs großen, weiten Bogen der Wagenschuppen. Weiterhin nach links setzte sich die Mauer fort. Auf der anderen Seite kam zuerst ebenfalls ein Stück Mauer, dann das Torwärterhäuschen und das Tor mit dem Turmgebäude, der massive Stall und eine große, machtvolle Scheune aus alter Zeit. Alles lag geheimnisvoll im ersten Morgenlicht, das an den bejahrten Mauern silbergrau auf und nieder spielte. Wandte ich mich gegen den Rhein, so erhob sich dort ein gewaltiger viereckiger Turm mit einem Storchennest darauf. Anstaltwärts schloß sich die Mühle an, dann das katholische Pfarrhaus, das durch ein Mäuerchen mit dem alten Teil des Schlosses verbunden war. In den Kastanien sangen die Vögel. Vor dem hohen, langen

Schloßgebäude waren zwei Schmuckanlagen angebracht mit Flieder, Goldregen und Akazien; dorther hörte ich eine Amsel. Ein Trupp ganz weißer, leichter Frühwolken zog hellbelichtet herüber, und eben traf der erste Sonnenstrahl den Waldrand über der Kuppe des Dinkelbergs. Als alles fertig war, und wir nach den Lehrsälen hinaufzogen, war ich vor Verlassenheitsgefühl und auch vor Hören und Sehen nicht dazu gekommen, mich zu waschen. Schließlich war für mich wohl Platz geworden, aber ich hatte nicht gewagt, die Weltgeschichte mit meiner unbedeutenden Person noch einmal aufzuhalten. Ich begann den Tag aus lauter Höflichkeit ungewaschen.

Man stolperte hier wirklich von einem Riesensaal in den anderen. Wir alle füllten nur die Hälfte von dem Raum, in welchen wir nun kamen. Den Charakter kannte ich schon; es war ein Schulzimmer. Vorn stand ein Katheder. An den Wänden hingen Karten. Der letzte Platz von den zehn doppelten Bankreihen war der meine. Der älteste Junge führte die Aufsicht. Die Zeit gehörte den Schularbeiten. Die einen schrieben Aufsätze, die anderen rechneten. Welche zeichneten; viele lasen. Wer fertig war, tat, was er wollte, nahm seine Markensammlung vor, oder vertiefte sich in sein Buch aus der Anstaltsbibliothek. Es war auch erlaubt, Handel zu treiben und leise zu plaudern. Um sieben Uhr erklang die schon bekannte Hausglocke zur Morgensuppe, an welche man unter demselben Zeremoniell gelangte, wie am Abend vorher zur Hafersuppe, bloß daß nicht vorher gesungen, sondern nur gebetet wurde. Mir selber, als ich hungrig nach zwei Stunden Nüchternheit stracks nach meinem Platz strebte, machte man klar, daß ich zuerst an die Wand zu stehen hätte.

Diese «Wand» war ein bestimmtes Mauerstück zwischen dem ersten und dem zweiten Fenster, das man zum Prangerstehen im Angesicht der ganzen Anstaltsgemeinde ausersehen hatte. Außer mir standen da vier aus meinem Schlafsaal und zwei aus dem zweiten, lauter ehrliche Bettnässer, bis auf einen, der sich sonst etwas hatte zuschulden kommen lassen. Da konnten wir eine Zeitlang stehen und zusehen, wie die anderen aßen, doch war es eigentlich guter Ton, den Kopf zu senken, da wir ja keineswegs zur ehrenvollen Auszeichnung dastanden. Nachdem die anderen, denen nichts passiert war, mit dem ersten Teller zu Rand gekommen waren, wurden wir Mann um Mann zum Herrn Vater gerufen, um zu sagen, was wir verbrochen hätten. Je nach der Aufmerksamkeit, die man uns schenkte, oder nach der Stimmung, in welcher der Herr Vater sich befand, kamen dann die Größeren zum zweiten Teller Suppe noch zurecht oder zu spät, und die Spannung darauf bildete den eigentlichen Unterhaltungsgegenstand der Bußübung. Ich meinerseits begriff bereits, daß dieser zweite Teller als Möglichkeit für mich vorläufig nicht existierte, und es handelte sich für mich lediglich darum, ob ich meinen einzigen lau oder ganz kalt bekam. Manchmal standen auch Mädchen an der Wand, aber nie wegen solcher Bettsünden, und bis sie dazu kamen, andere zu begehen, waren sie längst nicht mehr in der Anstalt.

Betrachtung über den König David und das Vaterunser

Aus dem Speisesaal ging es, abermals im großen Umzug, nach dem Andachtsaal, der von allen Sälen der größte war, denn er faßte die ganze Hausgemeinde, dazu noch eine Orgel und Platz für auswärtige Andächtige, abgesehen vom Katheder, der hier ein feierlicher Aufbau war. Gleich am ersten Tag, an welchem ich den Herrn Vater dort hinauftragen sah, ereignete sich ein Zwischenfall. Einer der starken Brüder, die ihn trugen, muß wohl gestolpert sein, und es bestand einen flüchtigen Moment die Gefahr, daß er mit dem Gelähmten zu Fall kam. Der angstvolle Schrei, den der Gichtbrüchige tat, gab sozusagen die Vorzeichnung an, unter welcher ich ihn künftig betrachtete. Es war etwas darin, das mich reizte, mich gegen ihn aufzulehnen. Der schwere, unbewegliche Mann hatte es nicht dahin gebracht, obwohl er freundlich mit mir sprach, mir verständlich zu sein. Ich beunruhigte mich über seinen Blick, den ich für gefährlich und falsch hielt, über seine weichlichen, etwas hängenden Wangen und über die Art, wie er beim Essen mit seinem künstlichen Gebiß schnell und mit sichtbarem Genuß kaute und sich gleich wieder geben ließ, sobald er mit einem Mundvoll fertig war. Zu alldem sprach ich ihm sozusagen nicht die Berechtigung zu. Bei unserem alten Pfarrherrn in Wyhlen hatte das ganze Wesen in vertrauenerweckender Weise übereingestimmt, ob er vor dem Altar stand oder auf der Straße ging. Es war mir nie eingefallen, ihn zu kritisieren. Mit diesem säftevollen, begehrlichen Leib und dem frommen, meiner Meinung nach hochmütigen Geist setzte ich mich jedoch vom ersten Augenblick an auseinander und blieb auf lange hinaus unverbrüchlich dabei.

Als er glücklich saß, bestieg der andere alte Mann, den man Herr Johannes nannte, und der sein Bruder war, den Orgelbock, und ein Junge trat an die Bälge. Ein kurzes, leises Vorspiel leitete zum Choral über, dessen Nummer vorbestimmt war, und von dem drei Strophen gesungen wurden. Es traf den Gellertschen Gesang: «Geh aus, mein Herz, und suche Freud in dieser schönen Sommerzeit an deines Gottes Gaben!» – ein Lied, das ich mit diesem Tag für alle Zeiten lieb gewann. «Schau an der schönen Gärten Zier», hieß es da erfreulich weiter, «und siehe, wie sie mir und dir sich ausgeschmücket haben!» Dann. «Die Bäume stehen voller Laub, das Erdreich decket seinen Staub mit einem grünen Kleide, Narzissen und die Tulipan, sie ziehen sich viel schöner an als

Salomos Geschmeide.» Am stärksten ergriffen mich die Ausdrücke «Sommerzeit», «decket seinen Staub», «Tulipan» und «Salomos Geschmeide», lauter volle, reiche Klänge, die gesungen etwas Endgültiges, sozusagen feierlich Zugesagtes erhielten. Das Lied liegt an der glücklichen Wegscheide des Protestantismus zur Weltfrömmigkeit und damit zur eigentlichen neuen Religion der Menschheit. Hier leitete es zum Gebet über, das mir lang, ernst und schwer erschien. Ich hatte noch nie so beten gehört, wußte überhaupt nicht, daß man der Gottheit in dieser Weise sozusagen auf den Leib rücken kann, und ich folgte der Auseinandersetzung mit Furcht.

Auch der Text der Andacht war laufend; heute las man die Geschichte von David und Jonathan und dem dunklen, unglücklichen König Saul, den Samuel verflucht hat. Der Abschnitt wurde von der Gemeinde vorgetragen; jeder las der Reihe nach eine Strophe. Es war schon nun beinahe zu viel des Neuen, das auf mich eindrang. Der Herr Vater nahm in der Betrachtung darauf Bezug, daß Saul dem Propheten nicht gehorcht und von den Kindern der Heiden welche übrig gelassen, auch einen König, wie man hörte, geschont haben sollte, anstatt ihn nach dem Befehl zu töten. Aber ich konnte mich weder damals noch zu irgendeiner späteren Zeit dazu hergeben, die Gerechtigkeit dieser Strafe anzuerkennen. Ich war begierig, diesen geschonten König, den dann der Prophet selber umbrachte, näher kennen zu lernen; sicher war er ein schöner und aufrechter Mann gewesen, mit dem Saul innerlich sympathisierte. Die Geschichte um Saul und Jonathan herum ist mir das schmerzlichste Erlebnis der Urgeschichte geblieben, und nirgends fand ich sonst mit wenig Strichen so unerbittlich das Recht des Glücklicheren eingezeichnet, den Sieg der angenehmen, modernen Natur über die schwere mythische so selbstverständlich gefeiert. Siegfried geht zugrunde, und dann trifft in der deutschen Sage den grimmen Saul-Hagen das gerechte Verhängnis. Der andere

Siegfried-David der Juden, Jesus Christus, erleidet den Tod am Kreuz, und wird überhaupt nicht gerächt. Wogegen diesem David alles unverdient zufällt, ein König und sein hochsinniger Sohn für ihn untergehen, ohne daß ein faßbarer Grund dafür zu erkennen ist, und nachher noch eine Menge Leute seinetwegen daran glauben müssen, zum Teil wegen königlicher Vergebungen, gegen die Sauls Fehler nichts sind als menschliche Anständigkeiten. Wider diese Moral lehnte ich mich nach der ersten Bekanntschaft mit ganzem Herzen auf, und was uns nun der Herr Vater Gutes über den Hochkömmling und Schlechtes über Saul sagte, ich glaubte es nicht, ging nicht auf dies Eis, verwahrte mich innerlich gegen ein Schicksal, das den einen zum Glück bestimmt und den anderen zum Unglück, noch bevor der erste Zeit gehabt hat, alle seine guten Seiten zu entwickeln, und der andere, seine Laster und Schäbigkeiten kennen zu lernen. Verstockt und schwer getrübt wohnte ich der Ermahnung bei, immer Gottes Willen zu tun, um zu Glück und Ansehen zu kommen. Mir ahnte, daß da noch größere und furchtbarere Mächte walteten, als dieser Gott, der über die Taten der Leute Buch führt; ich hatte den ersten beunruhigenden Begriff vom *Schicksal* bekommen, und in wem diese Stimme einmal erwacht ist, in dem kommt sie nicht mehr zum Schweigen.

Die Andacht schloß ein Gebet und das Vaterunser. Auch mit dem Vaterunser, das ich in Wyhlen schon so oft beten hören und selber mitgebetet hatte, machte ich unerwartete Erlebnisse. In Wyhlen wurde es gesprochen gewissermaßen als Abgabe an die Gottheit, wurde als vertrauensvolle Ehrenbezeugung nach gegenseitiger Verabredung einigermaßen rasch, wenn auch andächtig abgemacht. Hier aber bekam, langsam und mit Pausen gesprochen, jede Bitte einen schweren Sinn, atmete gleichsam die Unsicherheit des Daseins im Fleisch, hallte innerlich wider von der großen Gewissensverantwortung der bewußten Seele seit Christi

Martergang und seit den Taten Martin Luthers, und noch nie hatte ich mich so ärmlich gefühlt wie hier beim Aussprechen der Bitte: «Gib uns heute unser täglich Brot!» Das Voranstellen des Verlangens: «Gib!» traf mich wie eine schmerzhafte Berührung. In der katholischen Fassung war das Wort in der Satzumstellung: «Unser täglich Brot gib uns heute!» wohltätig und großmütig verborgen. Auch enthielt hier die Schlußrede: «Denn dein ist das Reich und die Kraft und die Herrlichkeit in Ewigkeit!» eine fühlbare Niederwerfung des Selbstvertrauens, eine befremdende Fernrückung und unerreichbare Hochstellung des angerufenen Vaters, angesichts deren mir für den anderen Teil nichts zu bleiben schien, als eine bettelhafte Vereinsamung hier drunten, ein kümmerliches Armenwesen, eben eine Armenkinder- und Schullehreranstalt.

Diesen Charakter recht tief und innerlich zu begreifen und begreifen zu lassen, war hier Stimmung und Richtung der ganzen Anlage. Ihn nicht zu fühlen, ahnungslos daran vorbeizukommen, war unmöglich, denn jede Minute des Tages, jede Gebärde, jedes Glockenzeichen erinnerte daran. Einige Tage später hörte ich zum erstenmal das Wort aus dem Mund des Begründers der Anstalt, Christian Heinrich Cranach, dem Vater des jetzigen Leiters: «In Demutt muß man sich demütigen mit zwei ‹t›!» Die Zuflucht in diesem Saal der traurigen Hinweise und der bitteren Lehren wurde mir vom ersten Tag an die kleine Orgel mit ihren freundlichen Pfeifen, ihrem Bock, aus dem Herr Johannes unten die großen Notenbücher herausholte, ihrem Pedal, auf dem er mit den Füßen spielte, ihren Registern und altersgelben Tasten, und dem traulichen Gesang ihrer Brust. Sehr beneidete ich den Jungen, der die Bälge treten durfte, und ich wünschte mir von Herzen, dies auch einmal zu dürfen, ein Wunsch, der mir späterhin reichlich erfüllt wurde. Auch die nicht große, aber feste und stille Gestalt des Herrn Johannes mit seinem angegrauten, kurzen Bart, den grauen, scharfen Augen hinter der Brille, den kurzen, geruhigen Gliedern und dem runden Bauch wurde mir von dieser Morgenstunde an lieb und vertraut, wenn ich auch etwas Angst vor ihm hatte und ihn für streng hielt, aber er schien mir menschlich einfacher, als sein höhergestellter Bruder, verständlicher und im Grunde gütiger. Ich fand gleich etwas dabei, daß er Johannes hieß wie ich. Außerdem sah ich ihn dafür an, weil er immer die gleiche ruhige, unabhängige Haltung zeigte, daß er über manches seine eigenen Gedanken hatte.

Der jüngste Zwangsarbeiter

Nach vollbrachter Morgenandacht ging die Hausgemeinde nach verschiedenen Richtungen zu ihren Tagesgeschäften davon. Der Großteil verließ den Saal durch die Tür, durch die alle hereingekommen waren; wir von der sogenannten Arbeitstube, daher Arbeitstübler genannt, nahmen die gegenüberliegende Tür bei der Orgel, die uns über den schon erwähnten Zementboden an der Schuhmacherei vorbei zu unserer Hausindustrie führte. Man legte die Schürzen um; auch ich bekam heute eine und wurde bei den Haarzupfern eingereiht. Man setzte mir ein Häufchen Schweinehaar vor, das schmutzig aussah und harzig roch und sich in den Händen widerwärtig kratzend anfühlte, und die Nachbarn unterwiesen mich in der einschlägigen Hantierung. Es war mauerkalt in dem Raum, und roch noch nach dem Spritzen vom vorigen Abend und nach alten morschen Dielen, aber zum Trost schien durch die Spitzbogenfenster und durch die tiefen Nischen herein die Morgensonne, wenn sie auch nicht bis in unseren dunklen Winkel drang. Wohl als besonderes Exerzitium war heute von oben Schweigegebot ausgegeben worden; bloß meine Unterweiser durften mich leise anleiten. Wer sonst beim Sprechen überführt wurde, war zu Mittag mit der Strafe des Wandstehens bedroht. Ich saß mit dem Rücken gegen die Erkerfenster und durfte mich nicht umdrehen, obwohl ich beinahe körperlich die Fülle von wunderbarem Licht fühlte, das draußen über der Rheinbreite waltete und den ganzen weiten Himmelsraum verklärte. Mühsam und widerstrebend fing ich an, zu zupfen. Wenn ich ein Büschel von dem harzigen Haar herauszog, so überlief mich eine Gänsehaut und taten mir die Zähne weh, wie wenn man auf Stein oder Eisen kratzt. Immer wieder mußte ich angewiesen werden, zu arbeiten, und jeden Augenblick bedeutete man mir durch ein «Ssst!», daß ich hier nicht sprechen durfte. Außerdem waren wir zu Mittag mit der Waage bedroht. Wer nicht seine drei oder vier Lot vor sich gebracht hatte, mußte ebenfalls an die Wand stehen.

Inzwischen fragte ich mich, auf welchen Wiesen mein Großvater jetzt wohl mausen werde, grämte ich mich um die Lösung der Frage, warum man mich weggegeben hatte, und warum der Basler Pfarrherr denn so viel mächtiger sei als mein Großvater, dessen Tochter doch meine Mutter war, und wenn ich jetzt auch nicht wieder zu heulen anfing, so war das keine Erleichterung, sondern eine Erschwerung, weil der Weinende des Begreifens enthoben ist. Das Herz schlug mir langsam und wie unter Gewichten; es wurde mir zum Uhrwerk dieses langen Vormittags. Bisher war ich eine innerlich beschwingte, munter vorweg lebende zeitlose Kreatur gewesen, die bloß vom *Raum* wußte, soweit sie ihn leiblich als Umwelt oder phantasiemäßig als Königreich Württemberg oder Reichsland Elsaß-Lothringen handhabe. Hier lernte ich zum erstenmal fühlen, was die Zeit ist. Ich glaube heute, daß die Zeit, die in den naiven, mythischen Raum der Alten kam, der wahre Sündenfall ist. Sobald die Seele, das Ur-Ich, die Zeit zu fühlen beginnt, ist es mit dem reinen

Glück vorbei, hat sich die «Erkenntnis» zerrüttend unter die Beziehungen der angeborenen Welt gemischt, beginnen die Auseinandersetzungen, die Probleme, die Prozesse.

Zum erstenmal in meinem Leben fühlte ich Langeweile, und hatte ich Zeit, mich einer Sehnsucht hinzugeben. Daß sie unerfüllbar war, und ich es wußte, schwächte ihre Kraft nicht ab, sondern steigerte sie zur Gewalt, zur Bangigkeit, zur Angst. Ich hätte aufstehen, meine Schürze abreißen und davonlaufen mögen, aber auch stärkere Temperamente als ich haben das nicht getan. Die Zeit war hier plötzlich unabsehbar, entmutigend lang, aber der Raum unter der gewölbten Decke mit den Ungeheuern in den Treffpunkten der Rippen niederdrückend und unentrinnbar eng geworden. Die Welt draußen, Berg und Tal, Bach und Waldsaum, Sonne, Mond und Sterne, gehörten nicht mehr mir oder nur noch «insofern». Sie waren in feste, streng bedingte Beziehungen zu mir gebracht, die ungestraft nicht überschritten werden konnten. Ich war grenzenlos traurig, verwirrt und eingeschüchtert.

Um zehn Uhr ging ein Junge das Zwischenbrot holen. Er kam zurück mit einem kleinen, geflochtenen Körbchen, in welchem so viel Brotscheiben lagen, als Köpfe hier waren. Obenauf lag der Anteil des Aufsehers, der mir beachtenswert groß und ansehnlich schien. Dann kamen unsere Stückchen; die waren, wie man nicht anders sagen kann, nur klein und dünn. Einige von uns leisteten sich den kümmerlichen Humor, einander gegenseitig dadurch zu betrachten, denn das Brot in jener Gegend hat dazu noch Hefenblasen und Löcher wie der Emmentaler Käse. Trotzdem bedeutete diese Zehnuhrbrotpause eine sehnsüchtig erwartete Unterbrechung. So lange war es erlaubt, sich zu unterhalten, durfte man von den Bänken aufstehen und in den Erker treten, um auf den Rhein und darüber hinweg auf den Schweizer Wald zu sehen, und sogar schnell ein Augenmaß von den dahinterliegenden Höhenzügen zu nehmen. Dann ertönte der Ruf: «An die Arbeit!» und zwei Minuten später war alles wieder gewesen.

Um halb zwölf erschien die Frau Mutter, und rückte die gefürchtete Waage auf. Die Stimmung fiel vollends herunter. Nachdem schon die letzte halbe Stunde beklommene Lautlosigkeit und ein banger Fleiß geherrscht hatten, war für manche der Vormittag doch noch zu kurz gewesen. Einige unverbrüchliche Tüchtlinge sahen zwar der Prüfung ruhig und braven Angesichts entgegen, aber die meisten waren ungewiß, und einige waren nur allzu sicher nach der anderen Richtung. Die irrten sich auch nicht. Es wurden im ganzen fünf zum Wandstehen verurteilt, einer wegen Schwatzens, die anderen wegen Faulheit. Es ist nötig, zu sagen, daß man sich daran halten mußte, um das vorgeschriebene Gewicht zu erreichen.

Viertel vor zwölf hieß es wieder: «Aufstecken!» Die Schürzen wurden weggehängt, jede an ihren Nagel mit dem Namenschild. Wie gestern ging es im Zug nach dem Speisesaal. Die Gerechten nahmen ihre Plätze ein, die anderen hatten sich nach der Wand zu verfügen. Für mich bestand noch Schonzeit. Die Arbeitstübler waren stets die Ersten am Tisch. Die Gärtner und die Feldarbeiter kamen großartig später. Die rochen nach frischer Luft, hatten rote Wangen und verbrannte Hälse, und das Gewagte, Kühnliche ihres ganzen Wurfes bewährte sich auch bei Tage betrachtet. Unter uns steckte viel blasses, verhocktes Kleinzeug, vorwitziges Stubenblut, affengescheite Engbrüstigkeit. Das Mittagessen wurde mit einem feierlichen gemeinsamen Lied von drei Strophen eingeleitet, dessen Anfang lautete: «Versammelt sind wir alle hier um deine milden Gaben!» Die heutige milde Gabe bestand in einer klaren Wassersuppe, weißen Bohnen ohne Salz und Schmalz, und für jeden zwei Kartoffeln, die schon auf seinem Teller lagen. Mir wurde wind und weh, zumal ich von meinen zwei Kartoffeln eine grün und die andere halb faul fand; meine Nachbarn hatten beinahe unter meinen Augen schnell eine wilde Tauscherei an meinem Platz vollzogen. Dies alles stand zu meinem Hunger und zu meiner Traurigkeit in gar keinem Verhältnis, und beinah fing ich wieder an zu heulen. Auch die Bohnen reichten nicht zum zweitenmal zu uns herunter. Das Essen dauerte für mich daher nicht lange. Desto länger, stellte ich fest, aß der Herr Vater. Für ihn gab es ganz andere Dinge, Speck zu den weißen Bohnen, und die Bohnen schienen mir einen Glanz zu haben, der nicht von unserer Welt stammte, denn er sah dringlich nach Fett aus; dazu schien es ihm so wunderbar zu schmecken, daß ich immer wieder wegsehen mußte. Der Knecht Siegrist dagegen aß wie ein verdienter Mann mit gesammeltem Ernst. Auch für ihn gab es Speck und geschmälzte Bohnen, aber von ihm hatte ich noch keine Vermahnung und auch keine Predigt gehört, und zudem hatte ich einen gesunden Begriff davon, daß der Arbeiter seines Lohnes wert ist. Das Mahl wurde mit dem üblichen Gescharre der siebzig Kinderlöffel und einem Lobgesang abgeschlossen. Die Uhr im Saal zeigte halb ein Uhr durch. Um ein Uhr sollte der Schulunterricht beginnen. Ich sagte mir, daß da wenig Freizeit herauskommen werde.

Es war nun erlaubt, sich im Freien zu tummeln. Welche trieben Gesellschaftsspiele, Ballschlagen, Verstecken, andere waren in ihren kleinen Gärten beschäftigt, noch andere drückten sich sonstwie herum. Die Mädchen hatten erst noch das Geschirr abzuwaschen und erschienen später, um ihre gesitteten Ringelreihen abzusingen, an denen dort alles teilnehmen mußte. Die Spielplätze lagen streng getrennt. Die Mädchen bewegten sich vor dem Haus. Die Ballspiele der Knaben entwickelten sich in dem Raum zwischen dem Hauptgebäude, dem Tor und der Scheune. Die Gärten lagen an der Mauer links vom Wagenschuppen, der mit seinen feierlichen Bogen früher die Wandelhalle und der Übungsplatz der Ritter für

Fechten und dergleichen gewesen war. Diesen Bezirk durfte keiner verlassen. Die Lehrer standen bei gutem Wetter vor dem Haus herum und unterhielten sich. Der Herr Vater saß in seinem Krankenwagen unter der Trauerweide auf der Mitte zwischen der Scheune und dem Wagenschuppen und ließ sich die Zeitung vorlesen. Die Brüder, die wieder nicht anders gespeist hatten als wir, waren zur Arbeit kommandiert, die sie im Garten, im Feld, in den Werkstätten abmachten. Kaum hatte man sich warm gespielt oder seinen Garten richtig betrachtet, so klingelte die Glocke. Schnell wurden am Brunnentrog die Hände gewaschen, die jeder abtrocknete, wie er konnte, am Taschentuch, an den Hosenbeinen, unter den Armen. Vor dem Hauptportal sammelte man sich.

Das Schloß war in seinem Hauptteil ein Renaissancebau. Links und rechts des Einganges trug je ein Riese das Giebelfeld des Portals. Diese Riesen bewunderte ich tief mit ihrem Mienenspiel, das Mühe und Leid ausdrückte, und das jeden Tag gleich war. Es war auch jeden Tag die gleiche unlustige Stunde, in welcher der Magen verdaute, das Leben hungrig aus der kaum wieder geschmeckten Freiheit und aus der Natur, der wahren Heimat des jungen Geschöpfes, gerissen wurde, um abermals einem Exerzitium und einem streng abgeschlossenen Raum zugeführt zu werden. Wieder teilte sich der Zug in drei Parteien. Die größeren Kinder, Knaben und Mädchen, zogen nach dem Saal, in dem wir Jungen uns heute früh allein aufgehalten hatten; die mittleren verschwanden durch die erste Tür links, die jüngsten nahm rechts ein Zimmer auf, in dem ein Klavier stand. Das war von allen Räumen, die ich bisher gesehen hatte, der kleinste und übersichtlichste; wir waren auch nicht mehr als zehn Knirpse darin. Nachdem wir ein bißchen gewartet hatten, kam die Jungfer Cranach, die jüngere Tochter des Herrn Vaters, um uns zu unterrichten. Hier heulte ich noch einmal; ich weiß nicht mehr, warum. Ich werde meine Wyhlener Kameraden

und die dortigen Lerngewohnheiten vermißt haben. Die Jungfer Cranach war jung und schien mir hinlänglich hübsch,
aber sie war mir zu vornehm, und ich hatte nun schon zu
viel erlebt, um noch leicht zu glauben. Heiterkeit erregte ich
in dieser Klasse mit dem Baselbieter «R», das ganz vorn mit
schwingender Zungenspitze herausgeschleudert wird, und
dem eben dahin gehörigen «Ch», das man wie das hebräische
und türkisch-arabische tief hinten im Rachen raspelt. Beide
hatte ich von meinem Vater geerbt.

Um vier Uhr läutete es wieder. Wir wurden zum Vesperbrot entlassen. Es gab eine Tasse Kornkaffee mit Milch, auf
dem schon die Haut stand, als wir kamen. Welche Klassen
zuerst fertig waren, kamen zuerst zu Tisch. Es wurde diesmal nicht gebetet. Jeder fing gleich an zu essen. Wer Glück
hatte, konnte sein Stück Brot mit dem seines Nachbarn ver-
tauschen, wenn es größer, und der Nachbar noch nicht da
war. Die älteren Jungen, die Gärtner und Feldarbeiter, gingen nun gleich zu ihren Meistern. Die Arbeitstübler genossen den Vorteil, noch eine halbe Stunde draußen spielen zu
können, was sie auch nötig hatten; es war das wenigste, was
man ihnen bewilligen konnte.

Noch ängstlicher als gestern und heute früh fiel mir dann
der abgelegene dunkle Raum der Arbeitstube aufs Herz, das
Gefangenenleben, das wir darin führten, die Zwangsarbeit,
zu welcher wir angehalten wurden, und der langsame, sehn-
suchtskranke Zerfall der Zeit. Außerdem hatte sich bereits im
Rundlauf dieser vierundzwanzig Stunden ein stilles, gleich-
mäßiges Hungergefühl bei mir eingestellt, das mich die nächsten sieben Jahre nicht aufdringlich, aber unweigerlich begleitete.

VIERTES KAPITEL

Erste Ahnungen

Genie und Epigone

Alles, was in der Anstalt heute stieß und verwundete durch seine feindliche Härte, der Armenstandpunkt, die Demut mit zwei «t», selbst die geistlichen Exerzitien, das war früher pulsendes, phantasievolles Leben gewesen, das mitreißend und gläubig aus der Brust eines überzeugten, selber armen und selber kindlich-frommen Mannes strömte, eines Mannes, der die Welt mit Freude und Schwung aufgegeben hatte, um hier den Ärmsten der Armen ein Heim zu schaffen, mit ihnen niemand und zugleich des Gottes voll zu sein, und der den Armutskult als Aufrichtung und Schonung betrieb, als einen Stolz vor Gott, und eine unangreifbare Würde und Heiligkeit innerhalb der Welt. Eines Tages war Christian Heinrich Cranach, der Vater des heutigen Gotthold, vor den Großherzog von Baden getreten, um von ihm die Überlassung der leerstehenden Komturei zu erbitten, die er nach langem Suchen um ein Lokal für seine Träume und Sehnsüchte da am Rhein entdeckt hatte. Die Bauern hatten in der Weile alles darin gestohlen, was nicht niet- und nagelfest war, die Schlösser samt den Türen, die Fenster, die Öfen, ja sogar nagelfeste Sachen verschwanden, wie die Bretter der Fußböden, und wer sein Haus frisch decken wollte, erschien nachts mit einem Fuhrwerk hinter dem Schloß, um sich eine Last Ziegel von dessen Dach zu holen. Christian Heinrich Cranach trat das Schloß also als Ruine an. Geld hatte er so wenig wie der berühmte Pastor Francke in Halle, der die dortigen Anstalten durch nichts als durch seinen Glauben und seine Gebete errichtete. Durch ähnliche Mittel, die besonders die baslerische und die württembergische Frömmigkeit weckten – Cranach stammte aus Württemberg –, deckte er das Dach wieder ein, holte Türen, Fenster und neue Böden ins alte Schloß, und was er nicht gleich zustande brachte, das kam im nächsten Jahr.

Inzwischen hauste er bereits mit dem ersten Stamm armer Kinder und mit seiner Gattin, die ihm an Warmherzigkeit und an Hartnäckigkeit der Liebe, wie es scheint, nichts nachgab, in der großen, hallenden Komturei, führte einen helläugigen und zähen Kampf mit den Bauern, um ihnen die zur ritterlichen Ökonomie gehörigen Äcker aus den Krallen zu reißen, und bildete die Lebensform der neuen Gemeinde, ihre Rhythmen und gottesdienstlichen Bräuche, treu seinem Glauben, seiner pädagogischen Sendung und dem dichterisch beschwingten Geist eines Gottesmannes und Kenners der Welt, welche Eigenschaften er in einer Persönlichkeit weitsichtig vereinigte. Der von ihm übermittelte Lieblingsspruch lautete: «Ohne Liebe lebt man nicht. Das ist richtig. Sie macht's Leben wichtig.» Das Motto: «In Demutt muß man sich demütigen mit zwei ‹t›!» wird er mit trostreichem Lächeln und stets wieder erfreut über die gute dialektische Formulierung angewendet haben, denn er war ja auch ein starker Mann mit der Feder. Außerdem war er ganz besonders musikalisch; das geht aus allen von ihm hinterlassenen Gebräuchen hervor, die durchweg klingen und singen von Liedern und Festkantaten, zum Teil von ihm selber verfaßt. Die ehemaligen Brüder aus seiner Zeit, die ich kennen lernte, hatten auch einen ganz anderen Geist und kernhaften Stand, als die steifen Pietisten, die den Platz in meinen Jahren bevölkerten, und die kümmerlichen Schulmeister, die dann aus ihnen mit wenigen Ausnahmen wurden.

In diese volkstümlich gottselige Gründung hinein setzte das Geschick dann einen Mann, der eines beinahe gegenteiligen Geistes voll war. Man sagte uns, früher sei vieles anders gewesen, als Gotthold Cranach noch gehen und unter den Kindern sein konnte. Aber die Nachrichten, die darüber zu uns drangen, zeigten doch durchweg eine innerlich hochfahrende, ungeduldige und eifernde Seele, deren Umgang Herablassung war, ob sie wollte oder nicht, und im Grund immer mit gewisser Scheu als Störung oder doch als nicht erfüllbarer Anspruch empfunden wurde. Keiner von uns wünschte sich in jene Zeit. Man sah nicht, wie man sich etwas davon versprechen sollte. Wünschte man sich etwas, so übersprang man sie und wünschte den vorherigen Zustand mit Christian Heinrich als Mittelpunkt, aber meistens wünschte man sich überhaupt heraus. «Übers Johr im andere Summer bin i frei vom Demutter Chummer, bin i frei vom Demutter Charre. I wott, er wär scho lang der Rhi ab g'fahre!»

Wie ein Spiegel erschien mir die Erklärung, die man uns für die Entstehung des Leidens gab, das sein und unser Leben übertrauerte. Als Mann in den kräftigen, raschen Jahren hatte Gotthold Cranach einmal in Basel zu tun. Gerade recht kam ihm ein Floß den Rhein herabgeschwommen. Er rief die Flößer an, näher zum Ufer zu lenken und ihn mitzunehmen. Die Flößer war er von Tübingen, seiner Universität, gewöhnt, wo die Studenten einen unaufhörlichen Krieg mit ihnen führten, ihre Rufe nachäfften und hundert Gelegenheiten und Anlässe fanden, um mit ihrer gelehrsamen Müßiggängerei als Herrensöhne, die sie waren, schwer arbeitendes, armes Volk zu belästigen. Diese Flößer gehorchten der Zitation, da sie von Tübingen nichts wußten, aber der Herr Vater, zu ungeduldig, um zu warten, bis das Floß am Land war, sprang ins Wasser und fuhr dann mit nassen Kleidern den zugigen Rhein bis nach Basel hinunter. In der Folge zog er sich die Krankheit zu, die als Ausgang seines Leidens betrachtet wurde.

Von den Donnern Gottes

Von stillerer Art, eine mehr demokratische, einfache und lebenstreue Natur war sein Bruder Johannes. In jungen Jahren sollte er, was man so hörte, weit herumgekommen sein. Bis ins Heilige Land hatte ihn sein Trieb geführt. Die Pyramiden hatten seine Augen gesehen. Er hatte auf Kamelen geritten und wußte, wie Kamelsläuse beißen. Und was wir ihm besonders hoch anschrieben: er kannte sogar die Wüste Sahara und die Beduinen und Araber. Von all dem glomm in seinen grauen Augen ein innerlich starkes und ungebrochenes Licht weiter, das ihm einen unverkennbaren Zug von Eigenleben verlieh. Wahrscheinlich gehorchte auch er jenem dynastischen Zwang, indem er hier dem Werk seines Vaters diente und sich unter seinem Bruder mit einem abhängigen Platz begnügte, während er draußen vielleicht einen unabhängigen aufgegeben hatte. Aber diese Entsagung ließ er niemand büßen. Er war Junggeselle geblieben, weil für eine zweite Frau in der Anstalt kein Raum war. Nun bewohnte er mäßig betreut sein einfaches, geräumiges Zimmer mit dem Blick nach dem hinteren Hof und dem Garten, wo am meisten geheimer Unfug getrieben wurde, und wo die Bewachung am nötigsten tat. In dieses Zimmer kam man nur selten, und beinahe nie unter hochgemuten Umständen.

In das Schicksal, das mich hier, um diese beiden Männer gelagert, erwartete, trat ich frischweg ein durch eine Mißstimmung meines Großvaters über einen Brief, den ich nach Wyhlen geschrieben hatte. Eines Tages war in der Morgenandacht darauf hingewiesen worden, daß die Katholiken einen Aberglauben hätten und nicht selig werden könnten, da sie zu diesem Behuf den falschen Weg einschlügen. Die Nachricht konnte nicht anders, als mich stark bewegen und beschäftigen, war doch mein Großvater und alles in dem lieben Wyhlen katholisch. Schließlich setzte ich mich eines Morgens früh hin und schrieb meinen Großeltern einen Brief, worin ich sie unter anderem herzlich bat, doch nachzudenken, was sie da tun könnten, um dem sicheren Unheil zu entgehen, dem sie mit ihrer katholischen Konfession entgegeneilten. Wenn es irgend ginge, möchten sie noch protestantisch werden. «Und dann will ich Euch», schrieb ich außerdem, «noch etwas sagen, worüber Ihr Euch sicher freuen werdet: Gott donnert mit seinen Donnern gewaltig und tut große Dinge und wird doch nicht erkannt!» Mit diesem Bibelspruch, der mir einen machtvollen Eindruck gemacht hatte, schloß ich die Epistel Johanni. Unsere Briefe hatten wir beim Herrn Vater abzugeben, von wo sie befördert wurden; das Porto dafür mußten wir selber erlegen. Es wurde nichts daran beanstandet als die Adresse, weil darauf vor dem Namen «Felix Kanderer» das Herr fehlte. Nun war mir doch nie beigekommen, daß mein Großvater ein Herr sei. Er war mein Großvater, und damit gut. Ich begriff also den Einwand nicht und grinste. «Nun», sagte der Herr Vater ein wenig unzufrieden, «was würdest du denn sagen, wenn dir da jemand einfach schriebe: ‹An Johann Schattenhold in Demutt!›» Aber das schien mir nur in Ordnung, denn auch ich war ja kein Herr, und unbelehrt verließ ich für diesmal den Plan.

Nun kam aber nach einigen Tagen an die Anstaltsleitung ein Brief von meinem Großvater, der sich wohl nicht in besonders erfreuten und schmeichelhaften Wendungen über meine Fortschritte in der Religion ausließ. Ich wurde vor den Herrn Vater gerufen, wo ich zum erstenmal erfuhr, daß auch das Zeugnis vor den Menschen, auf welches sonst so großer Nachdruck gelegt wurde, seine Grenzen haben mochte. «Wer bist du denn, daß du erwachsene Personen ermahnen könntest?» wurde mir ein wenig ärgerlich vorgehalten. «Ermahne nur dich selber; mehr wird von dir noch nicht erwartet.» Etwas ungnädig behandelt, da ich wieder nicht begreifen wollte – hatte man denn nicht meinen Brief kontrolliert und durchgehen lassen? – verließ ich dies gefährliche Zimmer zum zweitenmal im Verlauf der Briefaffäre.

Es gibt je und je solche Unternehmungen, die einmal das Mißgeschick in sich haben, und die dessen eine endlose Kette erzeugen können, ohne daß bei ihrer Inswerksetzung auch nur ein unebener Gedanke obgewaltet hätte. Es war ein windiger Tag, und da ich mich nicht vorsah, nahm mir der Durchzug die Tür aus der Hand und schlug sie zu. Ich erschrak sofort, denn so viel hatte ich schon begriffen, daß das notwendig Weiterungen nach sich ziehen mußte. Richtig hörte ich auch drinnen die Stimme des Herrn Vaters, die mit erhöhtem Nachdruck meinen Namen rief. Verzagt kehrte ich um und trat wieder ein.

«Warum hast du die Tür zugeschlagen?» begehrte er zu erfahren.

Schüchtern brachte ich vor: «Ich habe sie nicht zugeschlagen. Der Wind hat das getan.»

«Du wirst heute mittag an der Wand darüber nachdenken, wer es getan hat», war jedoch seine kurze Antwort.

Meine Mißfälligkeit schien mir nun schon so groß, daß ich sie nicht mehr zu überblicken vermochte. Mit bangem Herzen – denn was konnte da alles noch nachkommen! – zierte ich mittags die Wand. Nach der Suppe wurde ich gerufen.

«Warum stehst du an der Wand?»

«Weil mir der Wind die Tür zugeschlagen hat!»

Ich kehrte an meinen Standort zurück. Nach dem ersten Gang Gemüse hieß man mich wieder antreten.

«Warum stehst du an der Wand?»

«Der Wind hat mir die Tür aus der Hand genommen und zugeschlagen.»

«Aus Trotz zugeschlagen hast du sie. – Gehe jetzt und iß deine kalte Suppe. Das soll dir eine Warnung sein für das nächste Mal.»

Ich wollte noch einmal widersprechen, aber die Art, wie er mich stehen ließ und sich dem Bissen zuwandte, den ihm seine Frau reichte, ließ es mir für geratener erscheinen, mich davon zu machen.

Nachher im Hof begegnete mir Herr Johannes. Während man sonst von dem vielbeschäftigten Mann wenig beachtet wurde, obwohl er alles sah, blieb er heute bei mir stehen.

«Was hat's denn mit dir gegeben», erkundigte er sich, «daß du den Herrn Vater so erzürntest?»

Irgend etwas im Klang der Frage ließ mich vermuten, daß man ihm trauen konnte. Ich erzählte wahrheitsgetreu, und er hörte ruhig zu.

«Und mit dem Brief, was war da?»

Ich sagte, ich hätte dem Großvater geschrieben, er sollte vielleicht protestantisch werden. Hinter seiner Brille mit dem eisernen, ein bißchen angerosteten Rand spielte ein Lächeln.

«Ja, sieh mal», meinte er ernsthaft, «man muß keine Leute bekehren wollen. Das führt selten zu was Gutem. Möchtest du denn katholisch werden?»

«Nein», gab ich zu. «Aber das ist auch etwas anderes. Protestantisch ist doch richtiger.»

«Da höre doch einer!» wunderte er sich. «Woher weißt du denn das?» Auf diese Frage blieb ich verdutzt die Antwort schuldig. Während jenes Lächeln dann wieder hinter seiner Brille aufging, meinte er noch zum Guten ratend: «Für dich wird es vorläufig richtiger sein, wenn du den Herrn Vater nicht wieder gegen dich aufbringst. Solch ein kleiner Knirps zieht doch immer den kürzeren.»

Da jemand mit einem Anliegen auf ihn zukam, ließ er mich stehen und wandte sich dem Geschäft zu.

Die goldene Kwannon

Hinter dem Schloß, an die «Schütte», den Kornspeicher, angebaut, zog sich ein niederes Gebäude hin, das die Waschküche und die Bäckerei enthielt. Nun sollten wir im hinteren Hof überhaupt nicht sein, aber oft führten uns die Spiele dahin. Eines Nachmittags lief ich einem Ball nach, der bis zum Backhaus geflogen war. Als ich ihn hatte, holte ich gleich kräftig aus, um ihn den anderen zuzuschleudern, da für meine Partei viel daran hing, ihn schnell wieder zu haben. Dabei übersah ich aber einen offenstehenden Fensterflügel in meinem Rücken. Eine Scheibe klirrte zersplittert herunter. Indem ging auch schon droben das gefürchtete Fenster auf, das alles sah. Zerbrochene Scheiben zogen unnachsichtlich Strafen nach. Nie kam es vor, daß Herr Johannes eine Ausnahme machte. Er schwebte über unserer Unordnung mit der strengen Gesetzmäßigkeit eines Sternensystems. Mir war daher nicht hoch zumute, als ich mit dem Taschentuch um die Hand zu ihm hinaufstieg. Die Sache mit dem Fenster war im Augenblick abgemacht; ich hatte den Schaden aus meiner Kasse zu ersetzen. «Aber was ist das mit deiner Hand?» fragte er dann. Ich mußte das Taschentuch abwickeln; sie blutete so stark, daß es sogleich auf den Boden zu tropfen begann. Erschreckt zog ich den Verband wieder darum, um abzugehen. Jedoch er hieß mich warten, goß Wasser in seine Waschschüssel, äußerte sich anerkennend über den schmutzigen Lumpen, den ich um die Wunde gewickelt hatte, da das der beste Weg zu einer Blutvergiftung sei, und während sich das Wasser mit großer Schnelligkeit rötete, holte er Verbandstoff und Karbol herbei.

Ich inzwischen fühlte seitlich meine Augen immer stärker von etwas Glänzendem angezogen, einer goldenen Erscheinung von hoher Liebenswürdigkeit und Weisheit, die mir schon bei meinem wenig mutigen Eintritt entgegen gelächelt hatte. Es war Kwannon, die Göttin der Liebe und Barmherzigkeit, wie ich viel später erfuhr. Während mich Herr Johannes verband, konnte ich meine Augen nicht mehr halten, und als ich sie dort hatte, brachte ich sie nicht mehr weg, denn wer wußte, ob nicht sie es war, deren Winken er gehorchte. Jedenfalls hatte ich es hier mit einer starken und vielbedeutenden Repräsentantin zu tun; so viel sah ich gleich.

«Weißt du, was das ist?» fragte mich Herr Johannes endlich, da er meine Blicke bemerkte.

Ich erinnerte mich schnell an den allein richtigen Glauben, an Moses und die Propheten, und was ich von den Heiden, den Philistern und den Ammonitern schon gehört hatte. Mit fragendem Ton erwiderte ich: «Ein Götzenbild?»

Einen Augenblick war er still.

«Woran erkennst du ein Götzenbild?» stellte er mich dann auf die Probe.

Ich dachte nach.

«Daran, daß man es anbetet!» sagte ich.

Er schien die Antwort gutzuheißen.

«Ist der Christus dort auch ein Götzenbild?» versuchte er mich weiter.

Ich sah hin.

«Nein», erwiderte ich bestimmt. «Das ist Christus.»

Das Lächeln erschien wieder hinter seiner Brille.

«Dann bist du also ein Götzendiener!» meinte er in undurchsichtigem Ton. «Wenn du doch das geschnitzte Holz für Christus ausgibst. Wie stehen wir jetzt miteinander?»

Das wußte ich selber nicht. Ich sah ihn erwartend an.

«Bist du eigentlich gern hier?» fragte er mich statt der Antwort. «Kannst mir's ruhig sagen.»

Ich fühlte unter den stillen, alten Händen, die mich verbanden, daß ich das konnte, und leise entgegnete ich: «Beim Großvater war es schöner!»

Er nickte ganz wenig.

«Obwohl du ihn bekehren wolltest. Da bist du ihm doch schon einmal untreu geworden.» Ich schwieg betreten. «Sieh mal», fuhr er fort, «auch andere wären lieber wo anders, denn was hat man viel von euch? Früh verdorbene Jungen seid ihr. Mit sechzig gehe ich hier ab, setze mich in Basel zur Ruhe, miete mir eine kleine Wohnung und spreche mit meinen Bildern und Figuren; auf die kann ich mich ruhig verlassen. Wirst du mich dann besuchen, wenn du in Basel bist?»

Das versprach ich aufrichtig, aber er schien wenig daran zu glauben.

«Ihr ungetreue Naseweise lügt einem die Hucke voll. Es ist besser, man traut euch nicht.» Ich war verbunden. «So, nun gehe. Heute abend kommst du noch einmal her und zeigst vor, ob es nicht mehr blutet.»

Mit großem Kopf ging ich ab, verwundert über das Gehörte und Gesehene, traurig darüber, daß ich verdorben sei, und daß er mir nicht trauen wollte, dazu gewaltig befriedigt und stolz über meinen Verband, den er mir eigenhändig angelegt hatte. Trotzdem hatte er recht mit meiner Untreue. Ich sollte mich abends noch einmal vorstellen, aber ich scheute mich, ihm wieder unter die Augen zu treten, und fühlte mich eigentlich auch wohler im Dunstkreis von meinesgleichen, wo keine rätselvollen Hoheiten vorkamen, und wo jeder tat und ließ, was der andere auch tat und ließ. Mit schlechtem Gewissen ging ich zu Bett, und am anderen Tag vermied ich vor lauter Verehrung und Liebe ängstlich, seinen Weg zu kreuzen.

Die priesterliche Seele

Nun war da der kleine, stille Anstaltschuster Kunzelmann. Wir liebten und schätzten ihn allgemein, wußten aber wenig mehr von ihm, als daß er schwermütig war, an innerlichen Anfechtungen litt und sich als verloren betrachtete. Dabei hatte er sicher noch keinem Vögelchen eine Feder gekrümmt und aß mit Gewissensbissen mittags sein Fleisch.

Wir hatten eine warme, aber dunkle Sommernacht. Kein Lüftchen wehte, obwohl der Himmel bedeckt war, und jedermann auf die Nacht ein Gewitter erwartet hatte. Manche von uns waren wegen der Schwüle noch nicht eingeschlafen. Vollkommene Stille herrschte draußen. Ganz leise, wie verhüllt rauschte der Rhein. Da tönte etwas durch die Stille, wovon ich zuerst lange nicht wußte, war es gelacht oder geschluchzt. Bloß daß es ein Mann war, schien mir klar zu sein. Schritte begannen drunten umherzuirren. Das Weinen steigerte sich zum Ächzen und dann zu einem qualvollen, schluchzenden Schreien. Eine Weile war es wieder still; nur das dunkle, tapsende Umherirren dauerte noch eine Zeitlang fort. Schließlich hörte auch dies auf.

Mir war es bereits kalt den Rücken hinuntergelaufen; ich hatte nicht gewußt, daß Männer weinen können, und das Herz zitterte mir leise. Auf einmal schrie der Mensch in der Nacht ganz deutlich und überlaut: «Mein Gott, mein Gott, warum hast du mich verlassen?» mit einer solchen furchtgepeinigten, seelengemarterten Stimme, daß ich steil aus dem Bett aufschoß. Dem Aufschrei schloß sich wieder ein ächzendes, einsames Schluchzen an, und das Herumtapsen begann von neuem. Noch mehrere von uns saßen in ihren Betten aufrecht. Andere wurden wach und fragten, was es gebe, ohne Antwort zu bekommen. Ich lag jetzt im zweiten Saal, dessen Fenster auf die Kastanien zu gingen; von dorther kamen die Töne. Nach einigen letzten, wilden Schreien der Gottverlassenheit und Weltangst verlor sich der einsame Mann drunten in ein halblautes Klagen, aus dem immer wieder die Worte aufklangen: «Mein Gott, mein Gott, warum hast du mich verlassen!»

Aus verschiedenen Betten bei uns hörte man weinen. Die Luft war nun geladen mit Furcht und mit dem Grauen der Lebenseinsamkeit. «Wenn nur jemand käme und da hülfe!» dachte ich immerzu. Mir tat der Kopf weh, und die Kehle war mir wie zugeschnürt. Über die Persönlichkeit des Unglücklichen bestand mir ja kein Zweifel mehr. Da, endlich hörten wir noch andere Schritte, die von der Haustür her kamen, und eine ruhige, teilnehmende Stimme, die Stimme des Herrn Johannes, mischte sich in das gebrochene Wimmern. Was er sagte, konnten wir nicht verstehen, aber daß er es unternahm, so einfach und geradehin menschlich dem Weben der Dämonen entgegen zu gehen, in das Kunzelmann verstrickt war, das erfüllte uns, einen wie den anderen ohne Ausnahme, mit einer ganz tiefen, herzlichen Ehrfurcht, die beinahe mehr als Liebe war. Dies Auftreten des verehrten Mannes an so mystischer Stelle gab ihm in unseren Augen und Herzen eine geradezu priesterliche Bedeutung und Schönheit, die ihn – mit Spannung hatte ich darauf gewartet – auch bei Tage von nun an umgab.

Über Kunzelmann hörte man noch, daß Herr Johannes ihn gefunden habe vor einem Baum stehend, an den er immerzu verzweifelt seinen Kopf aufschlug. Von dem ruhigen alten Mann umfaßt stieg er darauf mit ihm nach dessen Zimmer hinauf, wo er von ihm getröstet und bewacht auf seinem Sofa die Nacht verbrachte und übrigens bis in den Morgen hinein wohlgeborgen schlief. Beim Frühstück nahm er seinen Platz ein, wie immer, und Herr Johannes erschien mit der gewohnten Stille und Jenseitigkeit am Herrentisch.

Das unzeitige Gebet

Das war der Tag, an welchem ich die Morgenandacht störte. Mir war das Herz noch schwer von den Erlebnissen der Nacht. Auf uns allen lag mehr oder weniger eine feierliche Stimmung. Wir sangen das Lied: «Wer nur den lieben Gott läßt walten!» Herr Johannes hatte für Kunzelmann oder auch für sich selbst ein kleines, strenges, aber inniglich tröstendes Präludium gespielt. Als nun das Gebet gesprochen und der Text gelesen war, und der Herr Vater zu predigen angefangen hatte in seinen großen und schwer begreiflichen frommen Ausdrücken, in denen er immer mit Gott rang und gegen sein Verhängnis und seine Angst ankämpfte, fing ich plötzlich aus übervoller und bewegter Seele flüsternd an zu beten: «Lieber Gott, laß dann doch den Herrn Vater selig sterben. Nimm ihn zu dir, und gib uns dafür den Herrn Johannes zum Vater!» Dies Gebet wiederholte ich mit steigender Selbstvergessenheit und Inbrunst, stellte es um, schmückte es aus, knüpfte Gelöbnisse daran, bis der eine Gegenstand meiner Fürbitte plötzlich seine Predigt unterbrach und eine Stille eintreten ließ, in die ich auch noch, da ich einmal im Schwung war, deutlich vernehmbar weit hinein betete. «Wer schwatzt denn da?» hörte ich endlich seine erstaunte Stimme fragen. Wie auf den Mund geschlagen verstummte ich. Meine Nachbarn sahen mich an, ich aber starrte ratlos und erschreckt nach dem Mann droben auf dem Katheder. «Wer hat da geschwatzt?» fragte dieser noch einmal. Ich wagte mich immer noch nicht zu regen. Schließlich sagte mein Nachbar links: «Der Schattenhold hat gebetet.» Der Herr Vater suchte mich mit den Augen, doch ohne daß sein Blick bis zu mir drang. «Dafür ist doch das allgemeine Gebet da», bemerkte er dann etwas verstimmt. «Jetzt ist Predigt. – Jedenfalls soll man so beten, daß man die anderen dadurch nicht stört.» Darauf setzte er seine Textbetrachtung fort.

Ich will hier gleich noch einen dritten Fall anführen, in dem ich mit meinem Gehorsam gegenüber dem Trieb des Heiligen Geistes Anstoß gab. Die Grundlage unserer moralischen Existenz war, wie gesagt, die Armut, und aus ihr wurde die Ethik und der Weg zur Gottseligkeit entwikkelt. Nun traf ich eines Tages im Hof einen armen alten Menschen, einen Bettler in Lumpen, zerrissenen Schuhen und wohl mit irgend einer Krankheit behaftet, denn er sah sehr hinfällig aus. Der sprach mich an, ob ich ihm nicht etwas zu essen verschaffen könne. Ich war gleich ganz Mitleid und frommer Eifer, zumal er mich mit «Sie» anredete, ging spornstreichs ins Haus und nach der Küche, wo ich die Frau Mutter fand, der ich die traurige Sache brühwarm vortrug. Sie sah mich zuerst groß an. Dann sagte sie mit der immer etwas falschen Jovialität, die sie an sich hatte, und mit ihrem Elsässer Dialekt: «Wenn du etwas für arme Leute tun willst, dann hebe ihnen ein Stück von deinem Brot auf. In die Küche zu kommen und einfach zu verlangen, das ist noch keine Kunst.» Ich bekam nichts und zog begossen ab, hatte auch nicht den Mut, mich wieder vor dem Mann sehen zu lassen. Nachher versuchte ich den Rat zu befolgen, hob mir ein Stück Brot auf, das ich mir absparte, und trug es mit mir herum, bis es hart war, ohne daß sich ein Bettler einstellte. Und als wieder einer kam, hatte ich gerade kein Brot.

Eines Morgens nach der Andacht, ehe er weggetragen wurde, rief mich der Herr Vater auf und ließ mich zu sich auf den Katheder kommen.

«Du hast ja da neulich gebetet, und ich habe auch erfahren, was», sprach er mich an mit einem Ausdruck, der gemischt war aus Schwermut, Unruhe und Freundlichkeit. «Betest du denn auch sonst?»

Ich war sehr betroffen von dieser Anrede. Die letzte Frage verneinte ich ängstlich.

«Tu es nur», ermahnte er mich, aber ohne mich anzusehen; bloß meine Hand hielt er in seiner fest. «Gebete von Kindern haben besondere Kraft. Du bist noch rein, und wenige Sünden trennen dich von deinem Ursprung Gott. Bete abends vor dem Einschlafen – für dich und – für wen du sonst willst. Gott wird alles hören.»

Wahrhaft bestürzt stolperte ich von ihm fort. Was bedeutete das alles? Was für ein bittender und zugleich drohender Ton in der Brust dieses hochgestellten Mannes, der über uns gebot, war das? Was sagte mir der Blick, der mich zugleich bewachte und suchte, und doch mich zweifelnd mir selber überließ, an mir brütend und wühlend vorbeistürzte, ohne von seiner Härte etwas aufzugeben? Ich begriff traumhaft: darum war er vielleicht an mir vorbeigerichtet, um mir diese Härte jetzt zu verbergen, mich damit zu verschonen.

Die Berufung

Eines Mittags wurde ich vom Spiel abgerufen, um zum Herrn Vater zu kommen. Er saß wie immer bei gutem Wetter in seinem Krankenwagen unter der Trauerweide. Eben hatte ihm ein Bruder die Zeitung vorgelesen. Der war nun entlassen weggegangen; der Herr Vater saß allein.

«Sag mal», fing er lächelnd an zu sprechen, «da ist doch heute vormittag ein Junge laut singend durchs Haus die Treppe herunter gekommen. Weißt du vielleicht zufällig, was der gesungen hat?»

Ich blickte ihn an. Es schien heute eine mildere Stimmung, ein ferner, zarter Schein um ihn zu wehen. Er sah jünger und freundlich erinnert aus. Aus irgend einem Grund schien er mir auch körperlich leichter zu sein als sonst.

«Ja», sagte ich, wie auf einer Ungehörigkeit betroffen. «Er sang: ‹Sah ein Knab ein Röslein stehn.›»

Der Junge war ich selber gewesen.

«Hat dir denn da dein Leben so gut gefallen?» fragte er weiter. «Hm?» Und als ich schüchtern schwieg: «Ich meine, warst du besonders fröhlich?»

Ich besann mich. «Ja», gab ich leise zu. Die Sonne hatte so voll und groß ins Treppenhaus geschienen, und alles mir einen so weiten, befreiten Eindruck gemacht, daß ich plötzlich zu singen anfing.

«Und was hat dich so gefreut?» Das konnte ich nicht sagen. «Denke einmal darüber nach – nicht jetzt –, und schreib es mir auf, oder sage es mir mündlich. Fröhlichkeit ist keine Sünde. Aber man muß nicht das ganze Haus daran teilnehmen lassen. Vormittags liegen Unterrichtsstunden. Wenn alle laut im Haus singen wollten, wenn es sie ankommt, was käme wohl dabei heraus? Hm?»

«Ein Lärm», sagte ich, bedrückt von den unabsehbaren Folgen meiner Fehlbarkeit.

Eine kleine Weile war er still. Ich wagte mich nicht zu regen. Vom Kellerhals her hörte ich das Geschrei der Ballschläger; eben gewann meine Partei und lief unter großem Hallo in die Stellung hinein.

«Als ich so alt war wie du», nahm er darauf die Unterhaltung wieder auf, «sang ich schon nicht mehr, außer in den Gesangstunden und den Andachten. Aber sonst beschäftigte mich unausgesetzt die Frage – weißt du, welche? Du hast die Strophe neulich gelernt.»

Ich dachte nach. «Alle Todesfreudigkeit?» begann ich fragend. Er nickte und sah dabei wieder so unruhig und sehnsüchtig verdunkelt aus, daß ich rasch fortfuhr:

«Alle Todesfreudigkeit
Ruhet in der einen Frage:
Ob du mich im Strahlenkleid
Finden wirst an jenem Tage!
Hör' ich hier des Geistes Nein,
Kann mich keine Welt erfreun.»

«Es ist eine Frage der Berufung», erklärte er. «Niemand weiß vom anderen, ob er berufen ist, aber der Berufene fühlt es in sich. – Hast du nicht manchmal solch ein schweres, dunkles Herz, und dann eine plötzliche Wallung der Sehnsucht, um hinzugehen und irgend etwas zu vollbringen, das dich zu einem Großen macht?»

Beinahe bestürzt gab ich das zu wie einen verbrecherischen Plan.

«Da siehst du. Und glaubst du, daß sich die Berufenen in ihrer Jugend bewegen können wie andere Kinder?»

Von einem jenseitigen Blitz überzuckt erkannte ich alles, was er wollte, und bereits schien auch *mir* das nicht mehr erlaubt. Ich hatte auch jetzt ein schweres Herz.

«Sieh mal, du hast hier unten kein Eigentum. Darum aber bist du vielleicht berufen, weil dein Eigentum im Jenseits liegt. – Wo ist deine Mutter?»

«Ich weiß es nicht.»

«Hast du darüber nachgedacht, daß dies ein Zeichen ist? Alle anderen wissen, wo ihre Mütter sind, und wenn sie im Grab liegen. In Afrika hängen sie den Palmen Gewichte an, damit sie stark werden. Als ich jung war, legte Gott den Willen meines Vaters auf mich. Als er gestorben war, bekam ich das Leiden auferlegt. – Weißt du schon, was du werden möchtest?»

«Lehrer», sagte ich rasch.

«Hm!» nickte er. «Warum Lehrer?»

Ich blieb wieder die Antwort schuldig.

«Auch Lehrer sein ist Berufung. Wir wollen sehen. – Geh nun, der Bruder hat das Zeichen gegeben. Vergiß in der Schule nicht, daß du Lehrer werden willst. Und sieh einmal zu, daß du heute abend und die ganze Woche nicht mehr an der Wand stehst wegen zu wenig Gewicht. Warum kommt das jetzt so oft vor? Hm?»

«Ich – denke zu viel an anderes, und dabei vergesse ich das Zupfen.»

«Denke nur an deine Berufung, und daß Gott dich Haar zupfen heißt, um dich zu prüfen. Ich werde aufmerken, was du tust.»

In der Folge schien es mir, als würde mir von manchen Stellen eine neue Beachtung zugewendet. Wenn zu irgend einer besonderen Verrichtung ein Junge gebraucht wurde, so fing man an, mich zu nehmen. Ich wurde als Heinfelder Bote ins Auge gefaßt. Einmal durfte ich allein nach Karsau gehen, um dem Steuerakziser einen Brief zu bringen. Mir war ein bißchen zumute wie einem Menschen im Traum, der nur halbbekleidet unter vornehme Leute kommt, aber ein wenig fühlte ich mich auch geehrt.

Die Frühlingsstörche

Nebenher begann Herr Johannes mich zum Bälgetreten anzufordern, wenn er Lust hatte, ein wenig für sich die Orgel zu spielen. Eine Stunde lang, solange er spielte, bewachte ich das Klötzchen, das mit dem Luftstand auf oder nieder glitt, gab Luft zu, wenn es sank, machte eine Pause im Treten, wenn es hoch stand, sah, wie er Register zog oder schloß, und fühlte mit stiller Verehrung seine Nähe. Seine alten ruhigen Hände walteten erfahren zwischen den Tasten. Seine grauen Augen lasen durch die Brille klar und wachsam die

Bilder der Noten und diejenigen, die für den geistigen Blick dahinter stehen. Manche von seinen Lieblingsstücken erkannte ich viele Jahre später, als ich nach langer Unterbrechung zur Musik zurück durfte, unter dem Namen Johann Sebastian Bach wieder. Am liebsten spielte er aus dem «Wohltemperierten Klavier» das großartige Es-Moll-Präludium mit Fuge im ersten Band, dessen Harmonien und Linien mich heute noch berühren wie Geisterstimmen aus dem Jenseits, und die in kleinem Umfang die Geheimnisse einer ganzen Persönlichkeit samt ihrem Schicksal enthalten.

Eine andere derartige Begegnung mit ihm hatte ich ebenfalls in einer viel späteren Epoche meines Lebens, als ihn schon längst die Erde deckte. Mehrmals hatte ich von ihm den Spruch gehört: «Die Menschen muß man lenken sachte, wie man kleine Fischlein brät.» Das Wort war stets von dem unabhängigen und wohlwollenden Lächeln hinter der Brille begleitet und gewissermaßen illustriert worden. Als ich den Spruch daher eines Tages bei dem alten Chinesen Laotse antraf, flossen mir die so viel beschriebenen Größen der Zeit, Raum, Jahrtausend und Kulturen in einen stillen, tiefen Augenblick zusammen, und dieser noch nahe Herr Johannes wie jener weltenferne Laotse vereinigten sich im gleichen wissenden Lächeln der Menschlichkeit.

Wie ich bereits mitteilte, befand sich auf dem alten, hohen viereckigen Wachtturm am Rhein ein Storchennest. Die Ankunft der Störche wurde jedes Jahr gespannt erwartet, einesteils, weil sie zu den stets wieder wunderbaren Ereignissen des Frühlings gehörten, und dann, weil derjenige, der den ersten Storch sah und ihn dem Herrn Vater melden konnte, eine Mark bekam.

Der Winter war lang und bang gewesen. Schwer hatte der Föhn gegen Schnee und Eis gekämpft. Immer war auf ein Tauwetter ein neuer Rückfall gefolgt, und den ersten Schwalben hatte es auf die flinken, glänzenden Flügel geschneit. Nun ging ein leise weinender Regen nieder, aber es war endlich warm geworden, und der endgültig siegende Föhn wehte beruhigt und sicher über die Berge herein. An solchen Tagen war ich in Wyhlen mit meiner Freundin den Hang hinter der Mühle hinaufgeklettert und hatte Veilchen gesucht. In der gleichen Tonart und Melodie mit dem warmen Regen ging darum in mir ein stilles Weinen der Sehnsucht nieder, das nie ganz in mir verstummte, und worüber mich heute auch das Orgelspiel des Herrn Johannes nicht recht trösten wollte, denn vor den Fenstern strichen seufzend und nach mir fragend die Geister und Seelen meiner verstorbenen Frühwelt vorbei.

Wie ich nun so traurig versunken weder las noch dem Orgelspiel zuhörte, fiel mir von der Seite ein heller, bewegter Schein in die Augen. Aufblickend erkannte ich das weiße Zeichen eines Storches, der mit ausgebreiteten Flügeln in einer Art von feierlicher Begrüßung über den vormittäglich leeren Hof hinschwebte, und eben begann er erregt zu klappern. Beim Turm beschrieb sein Genosse einen ebenso festlichen Bogen nach der anderen Seite. Mir erschien alles sogleich vor Augen, was sie in der Seele mitbringen mochten, Ägypten, die Pyramiden, die Nilebene, das Mittelländische Meer, das sie überflogen hatten, die Alpen, und das Herz wurde mir verlangend weit. Wie eine Notrakete entstieg meiner Bedrängnis der streng leuchtende Wunsch: «Die Quellen des Nils möchtest du entdecken!» Von diesem geographischen Geheimnis wußte ich bereits, und in jener Zeit saß und brütete ich manchmal über der Karte von Afrika mit ihren prophetisch leeren Stellen, ihren Wüsten und ihren Tafelbergen, dem märchenhaften Kilimandscharo und dem fragmentarischen Nilstrom. Der strömte nun da in der heißen, stummen Ferne tief im Süden durch blühende Sagenländer, durchrauschte Urwälder und unbekannte Gebirge und umglänzte vielleicht den Fuß nie betretener Vulkane, in deren Tälern Palmen ragten, und aus deren ewig verschneiten Gipfeln der Feuerschein stieg und sich an den darüber hinziehenden Wolken spiegelte.

Plötzlich fiel mir aber ein: «Die Störche melden!» Orgel und den Herrn Johannes sein lassen, was sie waren, und aus dem Andachtssaal rennen und die Haustreppe nach dem Flügel des Herrn Vater hinaufstürmen, war beinahe eines. Aber schon auf der Mitte des Weges wurde meine Bewegung langsamer, und als mir die hohe, ernste Tür in die Augen fiel, stockte sie. Niemand wagte sich ohne Bangen in diesen stets vom Geist erfüllten Bezirk des Leidens, und für mich hing dort besonders eine Tafel unsichtbar mit meinem Namen darauf, die ich noch nicht ohne Scheu erblickte. Vor der Tür hielt ich an. Die Störche schwebten jetzt vereint in der Höhe über dem Turm. Mich wunderte, daß sonst noch niemand da war, um sie zu melden. Eine Mark stand auf dem Spiel, und eine Gelegenheit, sich hervorzutun, aber ich drehte mich enttäuscht und unschlüssig vor der Tür herum; selbst als ich mir sagte, das sei doch eine ganz einfache Sache, und die Hand auf die Klinke legte, war das nur eine mechanische Bewegung, welcher das rechte schwunghafte Zutrauen gänzlich fehlte.

Plötzlich hörte ich auf der Treppe ein vielfüßiges, ehrfurchtsvolles Getrampel und Gescharr. Die Brüder stiegen herauf, um eine Stunde beim Herrn Vater zu haben; wenn ich also noch melden wollte, so mußte es schnell geschehen. Aber ich konnte mich nicht entschließen. Währenddessen kam die Spitze des Zuges mit dem Senior bei mir an. Dieser fragte mich mit erstauntem Ernst, was ich da wolle. «Die Störche sind doch da!» sagte ich unsicher und vollkommen ernüchtert, denn ich wußte bereits zur Genüge, was diese Brüder für Wesen waren. Er tat einen gleichgültigen Blick hinaus. «Schon gut», sagte er dann etwas belästigt. «Ich werde es drinnen melden. Geh nur wieder an deine Arbeit.» Damit klopfte er an die Tür, und die Brüder gingen an mir vorbei hinein. Mir aber fiel auf einmal ein, daß ich dem Herrn Johannes weggelaufen war, und irgend eine ferne, ungewisse Ähnlichkeit ging mir auf zwischen Petrus, der den Herrn Jesus unter Beihilfe eines Hahnes verraten hatte, und mir, der ich wegen dieser Störche den Herrn Johannes im Stich ließ, um zum Herrn Vater zu rennen. Ziemlich kleinlaut kehrte ich zu ihm zurück, um ihm dazu zu verhelfen, daß er das angefangene Stück fertig spielen konnte. Ich fand ihn beim Fenster vor, wo er nach den Störchen blickte, und Gott wußte was dabei dachte, denn das, was sie gesehen hatten, das kannte er ja auch. Die Orgel hatte er geschlossen, das Notenbuch weggetan.

«Nun, hast du deine Mark?» fragte er mich launig. «Wozu doch die großen Einrichtungen der Natur so einem kleinen Kerl verhelfen können! Laß sehen!»

Ich hatte aber nichts zu zeigen. Zuerst wußte ich gar nicht, was ich sagen sollte. Ich schämte mich furchtbar vor ihm, würgte an der zweiten Enttäuschung, daß er die Orgel geschlossen hatte, ohne das Stück fertig zu spielen, und empfand sie als eine Bestrafung für meine Untreue gegen beide, ihn und die Orgel. Ich hätte heulen mögen.

«Ich – war nicht drinnen», würgte ich endlich hervor. «Ich wußte nicht – – Und dann kamen gerade die Brüder –!»

Er betrachtete mich aufmerksam. «Was wußtest du nicht?» fragte er. Ihm eignete so eine behutsame Art, einen in einer Frage gewissermaßen unterzubringen.

«Weil ich mich nicht hineingetraute», gestand ich. Ganz ratlos war ich nun.

«Ja, ja», spottete er. «Der Herr Vater beißt euch die Nasen ab. Und mich hast du auch ohne Wind sitzen lassen. Was sollen wir jetzt eigentlich von dir denken?»

Ich ließ den Kopf hängen, denn er sprach meine eigenen Gedanken aus. Inzwischen griff er in die Hosentasche.

«Hier hast du eine Mark», sagte er dann. Als ich ihn wieder ansah, war das Lächeln noch da, aber weit hinter seine Brillengläser zurückgewichen. «Ich werde sie mir vom Herrn Vater zurückgeben lassen. Ich kann ihm doch sagen, daß du dich zu ihm nicht hineingetrautest, obwohl du mir mitten aus dem Stück wegranntest?»

Deutlich sah ich ein, wie unvorteilhaft die Nachricht meinem Ruf sein mußte. Ohne sprechen zu können, schüttelte ich stumm den Kopf, und die Mark nahm ich auch nicht entgegen, so gerne ich sie gehabt hätte.

«Also gut, ich werde nichts sagen. Aber die Mark nimmst du vielleicht als Geschenk von mir, wenn du sie auch nicht verdient hast? – Oder willst du warten, bis ich sie dir gebe, weil ich finde, daß du sie verdienst?»

Ich war ihm geradezu dankbar für den neuen Ernst, der wieder in seinem Ton erschien.

«Ich will warten, bis ich sie verdiene», sagte ich leise. «Es tut mir leid, daß ich weggerannt bin!» fügte ich noch aufrichtig hinzu.

«Schön, wir wollen sehen!» schloß Herr Johannes das Gespräch. «Es wird sich vielleicht doch einmal zeigen, daß man sich auf dich verlassen kann! Ganz umsonst wirst du auch nicht Johannes heißen.»

Der Heidengroschen

Herr Johannes hatte neben den übrigen Verantwortungen auch die Verwaltung der Heidenkasse, für die er eine besondere Zärtlichkeit und Zähigkeit entwickelte. Nicht nur brachte er sie bei jeder Gelegenheit und immer mit eigenartigen Methoden in Erinnerung, sondern darüber hinaus diktierte er gern kleine Geldstrafen für sie, die auch die Brüder nicht verschonten.

Nun hatte in der Zeitung die Nachricht von einer großen Pestepidemie in Indien gestanden, die der Herr Vater bekannt machte mit der Ermahnung, Gott zu danken für die gesunden, christlichen Verhältnisse, unter denen wir leben durften. Schmunzelnd – es war mittags beim Essen – fügte Herr Johannes bei, Gott mit dem Mund zu danken koste nicht viel, aber man möge sich an seine Heidenkasse erinnern, deren Ertrag diesmal der indischen Mission zufließen solle. Nach dem Kaffee zwischen vier und fünf Uhr werde er in seinem Zimmer sein, um Gaben entgegen zu nehmen.

Er hatte da ein besonderes Kunstwerk, das einen Mohrenknaben auf einem Felsen kniend darstellte. In den Felsen warf man sein Geld ein, worauf der Knabe dankend mit dem Kopf nickte. Auch von diesem Nicken hat sich mancher verlocken lassen, immer wieder einen Groschen einzuwerfen. Mir war es gleich eine beschlossene Sache, dem Ruf zu folgen, und es fand sich, daß etwa acht von uns dem gleichen Antrieb unterstanden. Alle verlangten sie nachmittags vom Lehrer aus ihren Kässchen Geld für die Heidenmission. Ich aber hatte den Liebestrieb, am meisten zu geben, und als ich sah, daß keiner über fünfzig Pfennige hinaus gegangen war, verlangte ich eine Mark, und zwar in lauter einzelnen Zehnpfennigstücken, um den Heidenknaben recht oft nicken zu machen. Der Lehrer fand das etwas viel, aber er willfahrte mir. «Du hast jetzt aber nur noch dreiundzwanzig Pfennige darin!» machte er mich aufmerksam. Darauf war ich vorbereitet gewesen. Als ich jedoch mit meinem vielen Geld die Treppe hinunterstieg, um es einzuliefern, fand ich mich damit aufdringlich. Wollte ich mich denn mit einer Mark wieder in seine Gunst kaufen, nachdem ich ihn wegen ebensoviel im Stich gelassen hatte? Im richtigen Moment begegnete mir mein Freund Leuenberger, dem ich von meiner Mark fünfzig Pfennige abtrat, damit er auch einzahlte.

Alles wickelte sich nun anonym und unauffällig ab. Einer

nach dem anderen warf sein Geld in den Heidenfelsen, und jedem nickte der Mohrenknabe seinen Dank. Keiner gab zu, daß der Nächste einwarf, bevor der Knabe vollkommen ausgenickt hatte. Herr Johannes stand dabei, richtete an den und jenen ein paar Worte – ich sah welche erröten, obwohl sie es erwartet und gewünscht hatten –, und allen erlaubte er, bis halb sechs zu spielen, da sie zu ihrem Geld auch ihre Freiheit gegeben hätten; ihre Gesundheit verlangte aber die Heidenmission nicht. Das war eine unerhörte Gunst, die große Begeisterung erweckte, aber man wagte diese erst draußen zu äußern.

Mit der freien Zeit fingen wir nicht einmal viel an. Wir standen und gingen herum, fühlten uns geehrt, ließen uns von den anderen beneiden und bewundern, und als diese aus dem Hof verschwunden waren, fanden wir uns zu unserer Betretenheit nicht so wohl, wie wir erwartet hatten, da wir aus der Ordnung fielen. Die Gärtner unter uns drückten sich lange vor der Zeit dem Garten zu. Wir, schon mehr von der Pedanterie angekränkt und weniger mit unserer Arbeitsstätte durch Natur verbunden, hielten unsere Zeit peinlich ein, erschienen dann aber sehr still in der Arbeitstube, wo die hohe Stimmung vollends zu Ende ging: es wurde uns kurz und ungerührt mitgeteilt, daß wir in nunmehr drei Vierteln der Arbeitszeit auch drei Viertel des Gewichtes zu liefern hätten, also drei Lot, wozu man bloß raten könne. Das war aber eigentlich schwieriger, als vier Lot in zwei vollen Stunden zu zupfen, da eine halbe Stunde immer auf den Anlauf ging. Um es gleich zu sagen: ich leistete es nicht und zierte abends wieder einmal die Wand.

Aber damit war diese Sache noch nicht zu Ende. Herr Johannes hatte die Gewohnheit – davon erfuhr ich erst viel später –, denjenigen Gebern, von denen er wußte, daß sie sehr arm waren, heimlich ihren Betrag von sich aus in das Kästchen zurückzulegen. Zu diesen ganz Armen gehörte mein

Freund Leuenberger. Als Herr Johannes daher deswegen mit dem Lehrer redete, erfuhr er, daß Leuenberger seit langer Zeit überhaupt kein Geld mehr gehabt habe. Gleichzeitig kam zur Sprache, daß von mir eine ganze Mark erhoben worden war; der Lehrer erkundigte sich, ob ich sie auch eingezahlt hätte, und dies war nicht der Fall. Wo hatte ich also den Rest gelassen?

Am anderen Tag wurde ich zu Herrn Johannes zitiert.

«Sage mal, Schattenhold», sprach er mich an, «du hast da gestern eine Mark für die Missionskasse erhoben, aber bloß fünfzig Pfennige eingeworfen. Wie verhält sich das?»

Er lächelte jetzt nicht, sah mich auch nur so ganz allgemein an, und als ich errötend stumm blieb, wandte er sich mit nachdenklichem Gesichtsausdruck von mir ab, um einmal in seiner Stube auf und ab zu gehen.

«Hast du den Rest – dem Leuenberger gegeben?» fragte er darauf mit einem freundlichen Beiklang in seinem Ernst, der mich auf Mitgefühl und Verständnis raten ließ. Ich beantwortete betrübt die Frage mit Ja, und auf die weitere Erkundigung nach meinen Gründen ließ ich es wieder ankommen.

Sie kam aber nicht. Nach einer letzten kurzen Stille räusperte sich Herr Johannes.

«Sieh mal», sagte er, auch jetzt nicht unfreundlich, aber sehr ernst, «in keiner Sache soll man über seine Grenzen hinaus gehen. Das verrät nie wirklich zuverlässige Menschen. Verstehst du das?» Ich sah es ein. «Tu, was Gott von dir verlangt, und wie er es verlangt. Die schweren Opfer werden später ganz von selber kommen. Dränge dich nicht vor. – Hier, die Heiden wollen dir auch nichts schuldig bleiben. Eingezahlt ist eingezahlt, aber nimm von ihnen das Buch dafür als Andenken.»

Er überreichte mir ein kleines Buch, blau gebunden, mit schwarzem Rücken und altem, blauem Schnitt, und ließ mich gehen. Mir ahnte jetzt im Gleichnis, daß das Über-mir wohl stets größer und höher sein werde, als meine Anstrengung, es zu erreichen. Daher enthielt die erlittene Demütigung doch auch einen Trost und eine Beruhigung, beinahe eine Aufrichtung, denn sie stellte meinen ursprünglichen Sachverhalt wieder her; ich war in einem zarten und großmütigen Sinn berichtigt. Voller Verehrung und Dankgefühl für den unbestechlichen Mann schlug ich später das Buch auf. Es enthielt eine Reisebeschreibung durch das Heilige Land mit Zeichnungen und Stahlstichen, Ruinen, Stadtbilder, den Tempel von Jerusalem, Ansichten vom Libanon, von Karmel, vom Toten Meer, vom Jordan, Beduinen, die Klagemauer, Bethlehem, kurz, von dem ganzen mythischen und trotz seiner kleinen Grenzen so gewaltigen Lokal, in welchem sich die Geschichte und das Schicksal eines unvergleichlichen Volkes abgespielt hat. Die Geschichte war verdampft, das Schicksal bis zum Ende erlitten, und übrig war wie das Knochengerüst eines riesenhaften Sauriers die Landschaft mit ihren Ruinen und den eingesiedelten nachkommenden Kolonien der Fremden, die nicht wußten, welche Stätten ihr Fuß betrat, und was für alte heilige Flanken ihre Pflüge aufrissen. Die Stahlstiche hatten einen goldenen Schimmer, der darauf lag wie Patina, der Rost der Schönheit und der beseelten Vergangenheit. Viel Ergebung und Ehrfurcht leuchtete zwischen seinen Zeilen, und von diesen Geistesverfassungen sollten sie mir wohl auch einen Begriff geben.

FÜNFTES KAPITEL

Der hohe Widersacher

Ein unglücklicher Geburtstag

Der Geburtstag des Herrn Vaters wurde jedes Jahr besonders gefeiert. Nicht, daß wir eine Stunde länger schlafen durften, aber die Brüder begannen ihn mit einem besonders langen und schwierigen Gesang, der wenigstens den
Moment des Aufgestandenseins um fünf Minuten hinaus-
schob; solange sie sangen, konnte man tun, als ob man nicht
vorhanden wäre. Alsdann hatten wir uns um Viertel vor elf
vor der Tür des Herrn Vaters zu sammeln, um unter Leitung
des Herrn Johannes einige Chorlieder zu singen. Während
das dauerte, mußte man nicht zupfen; mit dem Wiegen jedenfalls war es heute nichts.

Um elf hatte eine Auslese von uns Katechisationsübung
mit den Brüdern; ich gehörte auch dazu. Es stand die Geschichte vom Tobias mit dem Fisch zur Behandlung, und der
Bruder konnte und konnte dieses Fisches bei uns nicht habhaft werden, soviel wir uns bemühten, um ihm behilflich
zu sein. Es herrschte daher trotz des Geburtstages ein etwas
scharfer Ton, denn der Herr Vater konnte nichts so schlecht
ausstehen, als wenn sich die Brüder, die doch eine so hohe Berufung hatten, vor uns Blößen gaben. Dazwischen half er sich
aber wieder mit etwas Spott, um der Sache die Spitze abzu-
brechen, und plötzlich rief er halb lachend, halb ärgerlich:
«Wer steht denn dort von den Buben mit unterschlagenen
Armen wie Napoleon?» Das war meine bescheidene Person, und ich meldete mich etwas ungewiß. «Nun, das konnte ich mir eigentlich denken!» bemerkte er gutgelaunt. «Früh

krümmt sich, was ein Haken werden will!» Man lachte, und die Spannung war für diesmal gebrochen. Mit dem nächsten Bruder ging dann die Geschichte vom Knaben Tobias ohnehin besser, und der Fisch kam glücklich an die Angel; ich hatte dabei, wenn man den Ausdruck gestatten will, den Zutreiber gespielt, und es fiel noch die Bemerkung des Herrn Vaters: «Nun ja, mit einem gescheiten Katechumenen ist's schließlich keine so große Kunst mehr.» Mit einem abermaligen leisen Gelächter schloß diese Stunde.

Aber für mich war ja eine Sache nie fertig, wenn sie für die anderen zu Ende schien; das war immer geradezu mein Verhängnis. Als wir in der Nähe des Herrn Vaters den Lehrsaal verließen, wandte ich ihm in meinen vertrauenseligen zwölf Jahren das Gesicht zu und lächelte ihn an. Dies Lächeln bemerkte er trotz seiner schwachen Augen. Ob er nun kindliche Eitelkeit dahinter vermutete, oder was ihn dazu veranlaßte: kurz, er rief mich zurück und wollte wissen, warum ich gelächelt habe. Ich hätte ihm ebensogut sagen können, warum ich auf der Welt sei. Es war ein Feiertag. Der Herr Vater hatte sein Wiegenfest. Es wartete ein etwas besseres Essen auf uns. Nachmittags sollten wir ihn auf den Ratmatter Hügel fahren. Ein wunderbarer Sommerhimmel stand über der Anstalt. Und die Stunde war wirklich kurzweilig gewesen und hatte mit einem Vorsprung für mich abgeschlossen. Es ging mir oft genug dumm und schwer, so daß ich mich mit einigem Recht darüber freuen konnte. Wenn ich bei alldem sagte, ich wisse es nicht, so sprach ich noch obendrein die lautere Wahrheit. Aber dabei konnte er es nicht beruhen lassen. Vielleicht wollte er den Brüdern noch schnell ein Exempel geben, wie man mit solchen Seelchen umsprang, um die Antworten aus ihnen heraus zu holen. Allein wie er auch verhörte und ungeduldig wurde, ich blieb dabei, daß ich es nicht wüßte. Ich hätte noch am besten sagen können: «Weil ich Ihnen gerade gut war!»

«Nun, du kannst dich ja während des Essens vor der Tür draußen besinnen», bemerkte der Herr Vater unzufrieden zum Schluß. «Vielleicht fällt es dir noch ein, bevor die Würste kommen.»

Ich war eigentlich geneigt, diese Strafe als eine Auszeichnung zu betrachten. Auch einige Brüder faßten die Sache mehr spaßhaft auf und bewitzelten mich im Vorbeigehen. Aber als sich die Auszeichnung in die Länge zu ziehen begann und die Mädchen mit den duftenden Festtagswürsten an mir vorüber gezogen waren wie Sagengestalten aus der Geschichte, deren Einholung durch mich nun mindestens sehr zweifelhaft wurde, war ich dem Heulen doch näher als der Selbstvergnügtheit, und ich warf keine listigen Blicke mehr in den Eßsaal. Der Herr Vater hielt auch durch bis nach dem ersten Gemüsegang. Dann schickte er mich nach einer neuerlichen vergeblichen Befragung kopfschüttelnd an meinen Platz, wo ich meine Fleischsuppe kalt mit einer Schicht abgesetzten Fettes vorfand. Die anderen hatten indessen Backobst mit Wurst gehabt. Eben kam der Aufseher, um zum zweitenmal zu geben. War ich nicht fertig, so wurde ich, das kannte ich nachgerade als eine besondere Finesse, ohne Wimperzucken übergangen, und wenn ich gerade den letzten Löffel zum Mund führte. Während mir vor Wut und Kummer die Tränen über die Backen liefen, schaufelte ich also an meiner Suppe, so rasch ich konnte, um wenigstens noch einen Mundvoll Backobst zu erhaschen. Dies gelang mir auch, aber meine Wurst war weg. Da ich vorhin vor der Tür draußen so vergnügt ausgesehen hatte, war es Ladurch, dem Aufseher, aus pädagogischen Gründen angemessen erschienen, sie anderen zu geben.

Indessen war mir aber, daß ich wie in einem unseligen Traum die Stimme der Jungfer Angela sagen hörte: «Aber Vater, nun kommt der arme Kerl um sein ganzes Festessen. Das ist doch auch nicht recht.»

Schon hörte ich verwundert die Frau Mutter fragen: «Wieso? Hat er denn nichts mehr bekommen?»

Ich fühlte, wie sie alle nach mir her sahen, und wagte nicht aufzublicken; wenn ich mich vor dieser hohen Familie bemerkbar machte, so ging es mir doch nie gut.

«Wo ist denn seine Wurst hingekommen?» erkundigte sich nun auch aufhorchend der Herr Vater. «Er sollte ja gar nicht bestraft werden; er sollte bloß mit der Sprache heraus. Für Unfug haben sie immer Worte.»

Die Jungfer Angela maulte irgend etwas, das ich nicht verstand, zudem gab es eine Bewegung um mich. «Du, Schattenhold, du bekommst noch etwas!» teilte mir ein Nachbar leise und ehrfürchtig mit. «Warte mit dem Backobst; es kommt sogar Speck.»

«Ich habe auch nicht immer alles sagen können», hörte ich zudem noch lachend und ein bißchen widersprechend die Stimme der Frau Mutter. «Kinder lachen oft aus lauter Dummheit. Immer suchst du nach tieferen Gründen.»

Auch er lachte nun, und die Frau Mutter ließ ihn einen Schluck Wein trinken. Indessen erschien wie ein vorzeitiger Weihnachtsengel die Jungfer Angela bei mir, in der linken Hand die Schüssel mit dem Backobst vom Herrentisch, und in der rechten ihre Gabel mit einem gerührt lächelnden Stück Speck daran, da schon alle Würste weg waren. Auch die Apfel- und Birnschnitze hatten so einen seelenvollen, gebildeten Glanz, daß man sich ordentlich vor ihnen seiner Niedrigkeit schämte. Ich flüsterte bestürzt meinen Dank, und unter der Aufmerksamkeit der ganzen Hausgemeinde fraß ich halb verängstigt mit stark beeinträchtigter Wonne sehr eilig, denn das Schlußgebet stand schon bevor, den Niederschlag weiblichen Mitleids hinunter. Was Ladurch dazu für ein Gesicht machte, weiß ich nicht. Ich muß hier bekennen, daß ich als junger Mensch noch öfter in die Lage kam, mich von weiblichem Mitgefühl erreichen zu lassen, wenn ich in der Männerwelt Fiasko machte, und daß mir dabei niemals ganz wohl war. Aber wenigstens wurde ich mit dem Speck fertig, ehe der Schlußgesang anfing, und den habe ich nicht mitgesungen, da ich mir vorher noch schnell Backobst in den Mund stopfte, soviel hineinging.

Der Nachmittag brachte die große Ausnahme vom Alltag. Es wurden zwei Körbe mit Brot und Käse bepackt, und zwei Kannen mit Most gefüllt. Im ansehnlichen Troß zogen wir nach dem Ratmatter Hügel aus, voran der Krankenwagen mit dem Herrn Vater, von sechs Jungen gestoßen und gezogen. Zuerst hatten wir ein Stück staubige Landstraße zurückzulegen, auf die von Osten her die Erhebungen des Schwarzwaldes hernieder blickten. Der Rhein machte dort eine Biegung nach Süden und verschwand in einem tiefen Einschnitt, dem sogenannten Höllenhacken. Wir aber schlugen uns nach links in den Wald hinein. An den Krankenwagen wurde ein langes, starkes Seil geknotet. Eine zuverlässige erwachsene Person übernahm die Führung des Gefährtes, und die ganze Jungenschar spannte sich an das Seil davor. Der Waldweg war nicht lang, aber ziemlich steil und steinig, und man brauchte alle unsere Kräfte. Droben zogen wir den Jubilar noch vollends in den Schatten einer einzeln stehenden Linde. Darauf war das nächste, was wir taten, daß wir uns um ihn stellten und alle Lieder, die uns im Lauf einer Stunde einfielen, so schön sangen, als wir konnten. Er war ein großer Gesangliebhaber, und manchmal sang er mit etwas zitternder Stimme und halb versunken selber mit. Um seine Augen spielten mancherlei gute Lichter. Wenn er heute lächelte oder gar lachte, so vergaß man ganz, daß seine Zähne falsch waren. Wir sangen: «Am Brunnen vor dem Tore», «Kein schönrer Tod ist auf der Welt», «Morgen marschieren wir», «Wer hat dich, du schöner Wald», «Niene geit's so schön und luschtig», «Trittst im Morgenrot daher», und dann wollte er auch «Es ist ein Schnitter, der heißt Tod» hören; darauf setzte er aber schnell: «Freut euch des Lebens!» Die Sonne spielte auf seinen Decken und auf seinem graubraunen, hohen Sommerhut. Der Rhein blitzte darunter mutig und frisch aus dem finstern Höllenhacken hervor. Zwischen den hellen Buchenstämmen des Waldrandes stand das Dunkel großäugig. Und drinnen sang das Echo mit. Er schien heute keine Schmerzen oder nur wenige und erträgliche zu haben. Als es für jetzt genug war, befahl er das Vesperbrot. Wir saßen um ihn herum, verzehrten das Brot und den Käse und tranken Most dazu, während er sich da und dort in unsere Reden mischte. Ich hatte meinen Mittagschreck verwunden und wacker mitgesungen, aber meinen Platz diesmal etwas entfernt von ihm genommen, wollte mich auch für die Zukunft wieder gut vor ihm in acht nehmen.

Nach der Vesper befahl er Seilziehen, da man doch das Mittel dazu hier hatte. Der Kampf blieb lange unentschieden. Da befahl der Herr Vater: «So soll einmal der Schattenhold die Partei wechseln. Es wird dann schon gehen.» Ich tat, wie mir geheißen war, aber nun nahm meine bisherige Partei die letzte Kraft zusammen, so daß der Herr Vater endlich unzufrieden lachend rief: «O Schattenhold, mit deiner Macht ist auch nichts getan!» und das Zeichen zum Aufbruch gab. Ich wurde von meinen vorigen Parteigängern ausgelacht, und die neuen waren auch nicht gerade stolz auf mich, so daß also beim Seilziehen ich allein der Verlierende war. Nachher trieben wir Sackspringen, Überlaufen, und da hier viel Tannenzapfen lagen, entwickelte sich plötzlich ein allgemeiner Tannenzapfenkrieg. Die Mädchen hatten inzwischen züchtig Reigen getanzt; einige von ihnen wollten etwas Besonderes tun und flochten einen Kranz für den Herrn Vater. Mit dem kamen sie an und legten ihn ihm um den Hut auf den Rand; er war etwas zu groß und hing nach hinten über.

Eben kam Herr Johannes von einem kleinen Spaziergang aus dem Wald zurück. Die Frau Mutter, seine Schwägerin, war bei ihm; sie sah vergnügt und jung aus, und auch dem Herrn Johannes schienen im Wald an den Büschen einige Jahre und Sorgen hängen geblieben zu sein. «Seht mal die Mädchen!» rief da jemand bei uns. «Wie die sich anschmeicheln.» Schon flog der erste Tannenzapfen zu ihnen hinüber, während sie kreischend machten, daß sie wegkamen. Es war der alte Krieg. Auch ich beteiligte mich an der Bestrafung. Es hagelte jetzt Tannenzapfen hinter ihnen her. Eben hob Herr Johannes abmahnend die Hand, da eigentlich sein Bruder für diesen Spaß doch zu nahe beim Wurf saß, als auch das Unglück geschehen war. Plötzlich schrie der Herr Vater auf; ein Tannenzapfen hatte ihn unterhalb der Stirn oder am Auge getroffen. Auch der Hut mit dem Kranz saß ihm schief auf dem Kopf. Bei uns erstarrte sofort die Bewegung. Verschiedene Leute liefen auf den Herrn Vater zu, um ihm zu helfen. Die Mädchen riefen: «Biiih!» und blickten anklagend nach uns. Herr Johannes forderte Most und fing an, mit dem angefeuchteten Taschentuch das verletzte Auge zu betupfen. Klagend und etwas zeternd ertönte die Stimme des Herrn Vaters dazwischen: «Können denn die Buben nicht besser aufpassen? Blutet es? Ich bin aber am Augapfel getroffen; ich fühle es ganz genau.» Und dann: «Wer ist das gewesen? Der soll wenigstens herkommen und sich entschuldigen!»

Niemand regte sich bei uns. Da keiner den anderen bewacht hatte, und die allgemeine Aufmerksamkeit den Mädchen zugewandt gewesen war, wußte man nicht, wen der Befehl anging. Die Untat war anonym. Mir selber saß der Schreck so tief in den Knochen, daß ich noch nicht einmal zu atmen vermochte, geschweige, daß ich zur Selbstanzeige imstande gewesen wäre. Beim Ausholen hatte mich ein Junge angestoßen, und so war mein Wurf fehlgegangen. Wie gebannt starrte ich nach dem Herrn Vater hin. Das Blut wich mir aus den Wangen und mich fröstelte mitten in der Sonne; mir war irgendwie zumute, wie man es dem Vögelchen ange-

sichts des bannenden Schlangenblickes nachsagt. Das Furchtbare bestand ja für mich nicht allein darin, daß mir das überhaupt zugestoßen war, sondern daß es mir mit diesem Mann
passiert war.

Der Lehrer trat zu uns und redete uns gut zu. «Weiß denn
keiner, ob er das gewesen ist? So was kann ja vorkommen,
aber man muß dazu stehen.» Einige murmelten, ihnen sei es
nicht passiert; sie hätten genau gesehen, wohin ihre Tannenzapfen flogen. Das waren die Größeren. Von den anderen war
keiner so sicher, das von sich zu behaupten. Kurzum, die
Feier war plötzlich zu Ende. Der Herr Vater verlangte nach
Hause, und das war ihm auch nicht zu verdenken. Man band
das Seil wieder an den Wagen, diesmal hinten, um damit zu
bremsen. Still und niedergedrückt traten wir den Heimweg an.
Aus zwei Taschentüchern hatte der Herr Johannes seinem
Bruder einen Verband angelegt. Von Zeit zu Zeit wechselte
er die Kompresse.

«Ihr seid mir ja nette Brüder!» sagte einmal die Frau Mutter zu uns, aber sie schien nicht so entrüstet, wie wir fürchteten; vielleicht hatte sie selber Verständnis für das Mißgeschick, das uns widerfahren war, denn uns war der Tag ja
ebenso verdorben. Einer äußerte die Empfindung auch in den
Worten: «Das hat der ja nicht absichtlich getan, Frau Mutter! Es ist uns allen leid genug!»

«Aber warum meldet er sich denn nicht?» fragte Jungfer
Angela vorwurfsvoll und etwas empört.

«Er wird es wohl auch nicht wissen», wurde ihr weniger
respektvoll erwidert. «Haben Sie schon einen Tannenzapfenkrieg mitgemacht? Nun also!»

Gewissensnöte und der Helfer

Zum Abendessen erschien der Herr Vater nicht. Herr Johannes hielt die Andacht. Es gingen gleich die wildesten Gerüchte um. Das Auge sollte ausgelaufen sein. Dann hieß es, der Arzt sei dagewesen und habe es herausgenommen, weil die Entzündung sonst ins Gehirn geschlagen hätte. Welche wollten ihn dabei schreien gehört haben, andere sagten aber, er sei chloroformiert worden. Mit einem bitteren Geschmack im Mund ging ich zu Bett. Die Nacht schlief ich wenig, und das wenige war von bösen Träumen geschreckt. Nach Feiertagen litt ich immer sehr am Gefühl der Ernüchterung, aber der nächste Morgen brachte mir keine Ernüchterung, sondern ein inneres leeres Entsetzen, das ich über anderen Dingen einmal ein bißchen vergaß, das mir aber immer wieder aufstieß, und jedesmal ging mir ein Messer übers Herz. Es war ein furchtbeschwerter, hilfloser Zustand, in den ich mit abergläubischen und düsteren Augen hineinsah wie in einen Sumpf, worein ich von Stunde zu Stunde tiefer versank.

Es war uns jetzt gesagt, daß das Auge nicht ausgelaufen und auch nicht herausgenommen sei, und die ganze Sache war wohl nicht so schlimm, wie es zuerst ausgesehen hatte, aber der Herr Vater ließ sich doch nicht sehen. Er lag zu Bett, konnte nicht warm werden und brauchte fortwährend Pflege und Wartung, da der Schreck sein Leiden sozusagen aufgestört und ihn im allgemeinen in eine sehr schlechte Verfassung gebracht hatte. Vielleicht ging auch eine solche Veranstaltung überhaupt über das Maß dessen hinaus, was er sich noch zumuten durfte. Ich konnte das alles sehr wohl ermessen. Mir selber taten alle Glieder weh. Ich ging herum mit einem geheimen Fieber in den Knochen. Das Essen schmeckte mir wie Stroh. Immer hing ich am Wasserkrug. In der Schule hatte ich meinen Kopf nicht beisammen. In den Freistunden mochte ich nicht spielen.

Ein neues Leid widerfuhr mir, als in einer Grammatikstunde Herr Johannes feststellte: «Schattenhold verläßt mich jetzt auch beim Konjugieren!» Vorher war ich in dem schwierigen Fach sein verläßlichster Schüler und der einzige überhaupt gewesen, der dem Gegenstand mit einem angeborenen Gefühl dafür gefolgt war. Mehrmals nahm ich den Weg zum Herrn Vater unter die Füße, aber ich kam nie über den ersten Treppenabsatz hinaus; dann packte mich eine wahre Bestürzung, und zitternd lief ich wieder hinunter und aus dem Haus, um in stiller Verstörtheit bis zum Schluß der Freistunde herumzugehen.

In jenen Tagen bekamen wir den ersten Radfahrer zu sehen. Er fuhr jenes früheste Modell mit dem anderthalb Mann hohen Vorderrad und dem kleinen Nachrädchen, das so atemlos hinterher rannte. Ich umstand den kühnen Mann, einen ehemaligen Demutter Jungen, mit trüber Bewunderung, und nie konnte ich später diese Maschine sehen, ohne daß mir die Empfindungen jener Tage wieder aufstiegen.

In einer Nacht versetzte ich die Familie des Herrn Vaters noch mehr in Aufregung. Man hatte seine Tür gehen gehört. Auch Geräusche wurden wahrgenommen, und beinahe noch beunruhigender schien die folgende Stille. Endlich faßte jemand ein Herz, um nachzusehen. Die Frau Mutter, begleitet von den Fräulein Angela und Felicitas, kam mit Licht ins Zimmer, und fand keinen Dieb, sondern mich. Das Gewissen ließ mir auch im Traum keine Ruhe. Nachtwandelnd war ich aufgestanden und hatte den schweren Gang zum Herrn Vater angetreten, um zu bekennen. Man brachte mich zu mir, und die Jungfer Angela leuchtete mir nach meinem Schlafsaal zurück. Ich erlangte durch den Vorfall eine gewisse Berühmtheit, aber meine Betroffenheit darüber war viel größer.

Eines Sonnabends nach getanem Tagewerk – draußen

ging ein Gewitter nieder – saßen wir in der aufgeräumten Arbeitstube. Jeder trieb die halbe Stunde vor dem Essen, was er wollte. Manche hatten sich ihre Bücher aus dem Schulsaal geholt. Welche malten. Auf einem Gestell in der Arbeitstube lagen einige uralte Bibeln in einem Deutsch, das schwer zu lesen war, die Hauptworte mit kleinen Anfangsbuchstaben, und mit Hunderten von Holzschnitten geziert, abgesehen von den ausgedehnten schwarzen und roten Initialen, die die Kapitel eröffneten. Einen dieser schon halb schwarzen Schweinslederbände holte ich mir herunter, um wieder einmal die Bilder zu betrachten. Unter anderem kam ich an die Geschichte vom verlorenen Sohn, und zufällig fand ich die Worte: «Ich will mich aufmachen und zu meinem Vater gehen!» jenes träumerische, dunkel treibende F-Moll-Motiv in der unvergleichlichen musikalischen Geschichte. Zwei-, dreimal las ich die Ankündigung. Dann war es mir, als ob mich jemand bei der Hand nähme und mir ganz einfach und mit natürlicher Klarheit sagte, was ich zu tun hätte. Ich stand auf, legte die Bibel weg und bat den Aufseher um die Erlaubnis, zu Herrn Johannes zu gehen. Ich durchschritt den Zementboden und den Andachtsaal, ohne ein einziges Mal anzuhalten, stieg die eine Treppe höher – auch jetzt alles wie nachtwandelnd – und klopfte bei Herrn Johannes. «Herein!» Dann stand ich vor ihm und sagte nach einem letzten Anlauf so elend und heruntergekommen, wie ich gegenwärtig aussah: «Ich komme wegen dem Tannenzapfen, der den Herrn Vater getroffen hat. Den Tannenzapfen habe ich geworfen!»

Herr Johannes hatte eben an seinem Stehpult geschrieben. Nun legte er langsam die Feder hin und schloß das Buch. Dieses legte er in das Pult hinein.

«Hast lang ausgehalten», sagte er endlich. Mich betrachtend wandte er sich mir zu. «Bist also ein tragfähiges Gemüt. Es war nämlich keine Kunst, zu sehen, daß du etwas mit dir herumschleppst, abgesehen von deinem Nachtwandel. Vollends schriebst du in dem Aufsatz über den Geburtstag des Herrn Vaters am Schluß: ‹Der Kummer trifft immer unvermutet!› Nun, das Wort ist nicht einmal wahr. Dahinter wirst du noch kommen. Es ist bloß für das Kind und den Toren wahr, der niemals erwachsen wird. – Wir wollen sehen. Warum hast du dich auf dem Ratmatter Hügel nicht gleich gemeldet? Der Herr Vater hätte dich vielleicht angeschrien, aber dann wärst du damit fertig gewesen. Kannst du mir das sagen?»

«Ich war so erschrocken», erwiderte ich leise.

«Ich habe meinen Vater beinahe ums Leben gebracht und mich schwer schuldig gemacht, als ich einem Erwachsenen, den ich haßte, eine Schnur spannte, über die dann der Vater stürzte. Es wäre niemals herausgekommen, trotzdem meldete ich mich sofort, und zwar gerade vor Schreck.»

«Meinem Vater hätte ich mich auch sofort gemeldet», grübelte ich.

«Dein Vater ist jetzt der Leiter dieser Anstalt», versetzte Herr Johannes ernst. «Wenn du dir diese Tatsache ganz angeeignet hättest, so wärest du nicht in die Verwicklung geraten. Siehst du das ein?»

Ich sah es ein, lehnte mich aber dagegen auf.

«Nun, wir wollen uns nichts weismachen, Schattenhold», sagte er darauf in einem anderen Ton. «Mit deiner Seelennot kommst du jetzt zu mir, und damit machst du für einen Tag *mich* zu deinem Vater. – Ich werde also hingehen und für dich sprechen. Und du wirst hingehen und alles über anderen Dingen vergessen. Das ist der Lauf des Blutes. – Soll ich dann auch vergessen, daß du vielleicht vierundzwanzig Stunden lang mein Sohn gewesen bist?»

Stumm schüttelte ich den Kopf. Ich fühlte, wie recht er hatte.

«Laß gut sein, ich habe noch mehr solche Söhne; du kommst eben ins Album zu den anderen», meinte er mit einem leisen Lächeln, das seine Einsamkeit verriet. Mir fing das Herz wieder an zu pochen. «Dir aber kann ich nur raten: sieh zu, daß du den Herrn Vater zu *deinem* Vater bekommst. Im anderen Fall kann dich noch mancher Kummer treffen, aber ‹unvermutet› darfst du ihn dann nicht mehr nennen, nachdem ich dich jetzt darauf hingewiesen habe.»

Erleichtert, aber nicht erlöst kam ich von Herrn Johannes zurück. Noch stand mir ja die Auseinandersetzung mit dem Herrn Vater bevor. Doch wagte ich heute wieder zum erstenmal, mit einigem Appetit zu essen, und außerdem meldete man uns eine Besserung im Befinden des Verletzten. Am nächsten Sonntag hielt er sogar wieder selber die Predigt; die vorige hatte Herr Johannes aus einer Predigtsammlung des berühmten englischen Kanzelredners Spurgeon gelesen, desselben Spurgeon, dessen Lieblingswort lautete: «Ich habe Mut wie ein Pferd!» Ich bewunderte diese Lebensstimmung immer sehr, konnte sie aber selten an mir wahrnehmen, noch weniger hervorbringen, am wenigsten in diesen Tagen. Als man daher plötzlich den Herrn Vater an unseren Reihen vorbei zum Katheder vortrug, wurde mir der Atem wieder sehr eng. Er sah noch blaß aus, und um das eine Auge hatte er einen blauen Hof, aber seine Stimme klang ruhig und gedeckt. Er las aus seiner großen, grobgedruckten Bibel – anderen als ganz groben Druck konnte er nicht mehr lesen – das Wort des Apostels Paulus: «Welchen der Herr lieb hat, den züchtigt er. Er stäupet aber einen jeglichen Sohn, den er aufnimmt.» Mir war die ganze Stunde sehr bang, und ich bezog alles auf mich, zumal ich ja wirklich schon ganz fühlbar gestäupt wurde. Der Herr Vater sagte es auch, daß es viele Methoden der Stäupung gebe. Am meisten werde der Widerstrebende durch sein Widerstreben und durch seine Sünden geschlagen, für die er niemand verantwortlich machen könne, als sich selber; dies sei der herbste Schmerz, den Gott und der aufnehmende Vater zufüge. Doch schloß die Predigt ziemlich tröstlich mit dem Hinweis auf die Freuden der Kindschaft, die nach der Aufnahme und der Unterwerfung des Sohnes ihm erblühten. Nach dem Schlußgebet verließen wir den Saal unter Absingung des Liedes:

> «Mit tausend Freuden will Gott uns weiden,
> Aber eins weiß ich, das bet' ich fleißig:
> Abba, der auch mein Vater heißt,
> Abba, gib mir den Heiligen Geist!»

Vom Beschlagnahmtwerden und vom Memorieren

Nachher wurde ich richtig zum Herrn Vater gerufen. Ich fand ihn nicht droben in seinem Zimmer, sondern zum erstenmal wieder hatte er sich ins Freie unter die Trauerweide fahren lassen. Ich mußte seine Hand nehmen.

«Herr Johannes hat mir gesagt, was du ihm gestanden hast», begann er dann. «Ich habe ihm versprochen, dich nicht noch weiter zu bestrafen, als du es schon bist. Gott hat dir diese Woche hart zu schaffen gemacht. – Ich erwarte nun von dir, daß du mir keinen Widerstand mehr entgegensetzt. Du bist einer der hoffnungsvollsten Knaben, die jetzt hier sind, aber zugleich der verstockteste und hochfahrendste. Ich habe mir fest vorgenommen, diese Verstocktheit und Hoffart zu brechen. Vergiß nicht, daß du ein armes Kind bist. Wenn du fortfahren willst, Leute, die dir wohlwollen, vor den Kopf zu stoßen durch Mangel an Vertrauen und Gegenliebe, so wirst du es nicht leicht haben, in der Welt vorwärts zu kommen. – So. Und jetzt nimm hier die Zeitung und lies mir vor. Kannst mir einmal deine Augen leihen. Beginne oben. Was steht da?»

Sehr kleinlaut begann ich zu lesen: «Basler Nachrichten» und so weiter, bis ich an das Wort «Abonnenten» kam. Auch dies las ich glatt, obwohl ich es noch nie gesehen hatte. Aber als ich weiterfahren wollte, befahl der Herr Vater: «Halt. Was ist das, ein Abonnent?» Das wußte ich nicht. «Und trotzdem willst du weiter lesen, als ob du es verstanden hättest? Warum fragst du nicht, was das ist?» Das konnte ich wieder nicht sagen. Ich hatte angenommen, daß ich für ihn lesen solle und nicht für mich, und mich danach verhalten. «Wenn man bloß von dir Antworten erhalten könnte!» rief er ungeduldig aus. «Immer dieses Schweigen! Bist du denn eigentlich ein Kind?» Das Wort «Abonnent» wurde mir nun erklärt. Nachher kam die «Expedition» daran, dann die «Redaktion», und als ich eine halbe Stunde gelesen hatte, wußte ich sehr viel mehr als vorher, aber der Kopf ging mir im Kreis, und ich hatte wieder eine Menge Freiheit und Selbstherrlichkeit einge-büßt. Die Dinge hatten sich zu einer vollkommenen Nieder-lage für mich herausgebildet.

Jeden schönen Mittag, wenn der Herr Vater unter der Trauerweide saß, sollte ich nun kommen und ihm die Zeitung vorlesen. Eine Zeitlang während der Schönwetterperiode tat ich es widerstandslos. Solange es regnete und kalt war, blieb er oben. Als es wieder schön war, ließ ich mich erst rufen, ehe ich mich an meine Pflicht erinnerte. Für diese Untreue tadelte er mich in enttäuschtem und auch etwas bedenklichem Ton; auch ich fand mich sehr fehlbar, und gelobte zerknirscht gute Besserung. Aber zu meinem Unglück war es diesmal bloß vier Tage schön, und nachher etwa vierzehn Tage schlecht. Beim nächsten schönen Mittag war ich darauf bedacht, mich so gut unterzubringen, daß ich nicht oder erst spät gefunden werden konnte. Schließlich ließ man mich, aber dafür bekam ich anderweitig schwere Zeit.

Im Sommer und Herbst bei schönem Wetter hielten wir die Abendandacht vor dem Haus im Freien ab. Der Herr Va-

ter saß dann neben dem Hauptportal mit den beiden Gips-
riesen, den Rücken an der warm nachstrahlenden Hausmauer, und wir standen im Halbkreis um ihn herum. Statt
eines Bibeltextes machte er in dieser Zeit die aufgezeich-
neten Merk- und Hauptworte seines Vaters zur Grundlage
seiner Übungen mit uns, und zwar handhabte er die Sache
so, daß er an einem Abend etwa zehn oder zwölf Worte vor-
las, sie besprach, und am nächsten Abend von uns die Wiederholung verlangte. Manche Worte waren kurz und sehr
einprägsam, wie der Spruch: «Ohne Liebe lebt man nicht. Das
ist richtig. Sie macht's Leben wichtig.» Andere aber waren
voll unfaßbaren theologischen oder pädagogischen Inhalts,
den man sich unmöglich merken konnte. Glaubte man ihn gefaßt zu haben, und sah einer vorbeisegelnden Schwalbe auch
nur drei Sekunden nach, so war er weg und kam nicht wieder, und war es keine Schwalbe, so streifte einen irgend ein
anderes Naturereignis, das den mühsam behaltenen Spruch
auf seinen schillernden Flügeln mitnahm. Auf die schweren
Sprüche war ich aber schon verwiesen, wenn ich überhaupt
mit etwas Behaltenem dienen wollte, denn er fing bei den
Kleinen oder Blöden an, und wenn er spät zu mir kam, so
verlangte er nicht schon Gesagtes von mir wieder zu hören,
sondern ich hatte eine besonders entlegene und verwickelte
Sentenz vorzutragen, die sich keinem anderen eingeprägt
hatte. Dasselbe war es auch, wenn er bei den Großen anfing;
dann umging er mich so lange, bis ich Gelegenheit hatte, mit
dem Außerordentlichen aufzuwarten, oder es ihm, was so
gut wie regelmäßig war, zu seinem Verdruß schuldig zu bleiben. Es war gerade, als ob er diesen Verdruß wollte und mit
Eifer suchte. Denn von zwölf Sprüchen merkte ich mir sicher
wenigstens sechs, keineswegs nur die leichtesten, was mir
doch nichts geholfen hätte, und so wäre es wohl möglich gewesen, mit vollem Ansehen vor der Hausgemeinde sich mit
mir zu vergleichen. Das Schlimmste war, daß ich jedesmal

aus der Andacht weg ins Bett geschickt wurde, während die anderen nachher noch eine halbe Stunde im Freien spielen durften.

Diese Schönwetterperiode schien mir ein halbes Jahr zu währen. Mit wenig Hoffnung sah ich den Abendandachten entgegen. Je weiter der Tag vorschritt, desto tiefer sank meine Stimmung, und desto angestrengter suchte ich nach einem der gestern gleich entschwebten Aussprüche. Und jeden Abend blieb ich stumm, wenn die Reihe an mich kam, ließ ich das Schelten des Herrn Vaters über mich ergehen, und schlich ich mich von der Hausgemeinde weg ins Bett. Der Herr Vater betrachtete alles wieder als Verstocktheit, berief sich erregt auf andere Gedächtnisleistungen von mir, und so trieb er hartnäckig und auf mich versessen die Sache mindestens durch drei Wochen. Das Zerwürfnis begann wieder, sich auf mein Befinden zu schlagen, und meine übrigen Leistungen zu beeinflussen. Ich bekam eine ungenügende Augustzensur, nachdem schon die vom Juli, ich weiß nicht, warum, mangelhaft gewesen war.

Endlich erbarmte sich wieder Herr Johannes meiner. Eines Tages beim Orgeltreten zwischen zwei Präludien fragte er mich, ob ich denn nun endlich für heute einen Spruch wisse. Ich sagte, ich wisse wenigstens sechs, aber der Herr Vater frage ja immer zuerst die anderen. «Dann sag einmal die sechs», verlangte er. Ich memorierte; es waren sieben. Herr Johannes besann sich einen Moment.

«Ja, die werden auch die anderen behalten haben», gab er zu. «Aber nun warte mal. Von dem Spruch mit dem Zeichen des Geistes mußt du doch auch etwas behalten haben. Laß einmal hören.»

Ein Stück daraus wußte ich, eben das mit dem Zeichen des Geistes, aber das andere war mir wieder ganz nebelhaft.

«Dann paß jetzt auf!» sagte Herr Johannes. «Ich werde dir den ganzen Spruch noch einmal vorsagen.»

Gerne würde ich ihn hierher setzen, aber ich weiß ihn längst nicht mehr, während ich andere Sachen bis ins Grab behalten werde. Er sagte mir den verzwickten Satz ruhig und mit geheimer Betonung vor, die ihm einen verfolgbaren Sinn und eine Struktur gab, welche ich vorher nicht daran bemerkt hatte. Immer noch etwas mühsam, aber doch seiner habhaft werdend sprach ich ihn nach, und während Herr Johannes weiter spielte, wiederholte ich ihn unaufhörlich. Als der alte Mann aufgestanden war, bat ich, ob er mich noch einmal abhören wolle, aber dazu lachte er.

«Du mußt dir deine Helfershelfer suchen, wo sie sind», meinte er launig. «Oder soll ich heute abend auch noch für dich aufsagen?»

Der Abend kam, und mit ihm ein schweres Gewitter. Die Andacht fand im Saal statt. Ob die Sprüche zu Ende waren, oder ob der Herr Vater endlich die Lust verloren hatte: jedenfalls fand heute kein Aufsagen statt, und nie mehr künftig kam man auf diese unseligen Sprüche zurück.

Hier noch ein paar Worte vom Memorieren. Außer den schon genannten Übungen mit den weltlichen Gedichten und der Kinderlehre am Sonntagnachmittag fand jeden Montag vormittag eine Memorierstunde beim Herrn Vater statt, in welcher geistliche Lieder und Bibelsprüche aufgesagt wurden. Die Stunden waren sehr gefürchtet, da sie an uns starke Ansprüche stellten. Wir hatten nicht nur die längsten Gellertschen Lieder in der richtigen Strophenfolge vorzutragen, sondern auch die Bibelverse mußten aufgesagt werden, wie sie im Katechismus hintereinander standen. Schon das Erlernen der oft langen und schwierig aufgebauten Sprüche machte große Beschwerden, vollends die Reihenfolge wurde uns beinahe jedesmal zur Katastrophe und dem Herrn Vater zum ungeduldigen Verdruß. Was ich so an Bibelfestigkeit besitze, habe ich mit Zittern und Zagen erworben, und an manchem Spruch hängen noch die Fetzen, die er bei seiner Wiedergeburt aus meinem Kopf mit sich gerissen hat. Mit der gefürchtetste war dieser: «Nachdem Gott vor Zeiten manchmal und auf mancherlei Weise zu uns geredet hat durch die Propheten, hat er am letzten in diesen Tagen zu uns geredet durch den Sohn.» In diesen verschiedenen näheren Umständen verwickelten sich die meisten von uns hoffnungslos. Dagegen half ich mir bei dem langen Passionsgedicht, dem Gellertschen: «O Haupt voll Blut und Wunden!» indem ich die Anfangsworte auswendig lernte: «O du die mein erkenn ich es ich wann erschein.» Als es gut gegangen war, dichtete ich dankbar weiter: «Verbrenn ich es zu meines Herzens Wonne», um so mit der Melodie von «Wie schön leucht uns der Morgenstern» zum Schluß zu kommen: «Sonne, Wonne, Liebe, Schmerzen, Triebe, Herzen, Hiebe, Kerzen. Komm herein und übe Terzen.»

Von solchen Zwischenspielen abgesehen, fand der Montagmorgen aber selten einen von uns so kühn und frei, daß er, anstatt sich auf das Memorieren vorzubereiten, mit Marken handeln durfte. Eine beflissene Stille herrschte da bei uns, und die härtesten Großmäuler waren für zwei Stunden und vollends beim Herrn Vater droben zahm. Auch hiermit verknüpft sich eine Nachtwandlergeschichte von mir. Der Andachtsaal lag, wie gesagt, im ersten Stock, während unsere Schlafsäle den vierten einnahmen. In den Bänken des Riesenraumes hatte jeder seinen bestimmten Platz, in dessen Fach die Bibel, das Württembergische Gesangbuch, das Spruchbuch und der Katechismus steckten, abgesehen von der weltlichen Literatur, die einer da unterbrachte, um darin heimlich zu lesen, während der Herr Vater sich mit Predigen anstrengte. Das Gesangbuch und das Spruchbuch konnten wir am Montag früh nach unserem Lehrsaal holen, um dort zu lernen. Diese beiden Bücher fand ich eines Morgens beim Erwachen aber bereits auf meiner Bettdecke vor. Also war ich nachts im Schlaf aufgestanden, hatte meinen Platz im

Andachtsaal und die beiden Bücher herausgefunden, aber gelernt hatte ich offenbar nicht, denn wie ich bald feststellen konnte, stand mir noch alles bevor.

Einmal stellte uns der Herr Vater frei, neben unseren Spruchaufgaben das alte Tedeum laudanum in deutscher Übertragung zu lesen, das auf der ersten Seite des Württembergischen Gesangbuches stand. Er wollte sehen, wer dessen nach Kraft und gutem Willen fähig wäre. Ich machte mich daran und brachte es auch ohne große Schwierigkeit zustande. Das Lied hat seinen großen, sicheren Rhythmus; es war daran nichts zu verfehlen. Als aber die Stunde da war, merkte ich, daß außer mir auch nicht einer das Lied angesehen hatte, geschweige, daß er es konnte, und kam ich mir so außerhalb der Ordnung vor und empfand so starke Bedenken gegen eine in dieser Art zu erringende Zufriedenheit des Herrn Vaters, daß ich vorzog, das Lied auch nicht zu können.

Eine andere Gedächtnisprobe stellte er durch einen Hexameter mit uns an. «Gleich wie sich dem, der die See durchschifft auf offener Meerhöh', rings Horizont ausdehnt, und der Ausblick nirgends umschränkt ist –!» diesen Vers sprach er uns einmal vor und forderte uns auf, ihn zu wiederholen. Ich hatte ihn auf den Schlag gefaßt, weil er Hergänge und Gegenstände enthielt. «Aha», meinte der Herr Vater, nicht ganz ohne Angriff lachend: «Beim Schattenhold hat sich das Gedächtnis wieder eingestellt. Aber man muß ihm dazu großartig kommen, wie er selber ist.» Diese Bemerkung erregte die Heiterkeit der Hausgemeinde und steigerte einerseits mein Ansehen, anderseits aber auch die allgemeine Vorstellung von meinem problematischen Charakter. Dies war das einzige Mal, daß der Herr Vater auf die Sache mit den Sprüchen zurückkam.

SECHSTES KAPITEL

Die Vögte

Ein treues Herz

Erwachsene werden in den Augen von Kindern immer mehr oder weniger zu mythischen Figuren. Kinderaugen haben die Fähigkeit, die man fälschlich dem Pferd nachsagt: alles um sich her zu vergrößern, nur sich selber nicht. Mit die eindrucksvollsten Gestalten, die uns in der Armenanstalt Demutt zu schaffen machten, waren natürlich unsere Vögte. An zwei davon möchte ich hier nicht gern vorbei gehen.

Der Erste, Hunziker, war ein braunhäutiger, gutmütiger Mensch, der aus irgendeinem anderen Beruf herkam. Die Bürstenbinderei mußte er von den größeren Jungen erst erlernen. Er hat sich ihrer nie in virtuoser Weise bemächtigt, und die Geschäftsbilanz wird früher, denke ich, besser gewesen sein. Er sah auch nicht so sehr auf das gezupfte Lot, als auf das Herz, und man mußte es sehr schlimm treiben, bis man bei ihm an die Wand kam. Gewogen wurde wohl von Zeit zu Zeit, weil es gefordert war, und er erklärte dann stirnrunzelnd, daß die und die zu wenig hätten und stehen müßten, aber angesichts des Tisches tat es ihm immer leid, ja, er hat einen, bei dem er durchhalten wollte, selber von der Wand weggeholt, weil er sich, wie er dem Herrn Vater erklärte, geirrt hätte. Und die, bei denen er fest bleiben *mußte*, weil die Frau Mutter zum Wiegen dagewesen war, entschädigte er regelmäßig für den ausgefallenen Gang Gemüse. Nur Frechheit konnte er nicht vertragen. «Buben», sagte er aufrichtig bittend, «tut, was ihr wollt, aber seid nicht unverschämt, das wirft ein zu schlechtes Licht auf alle, das geht mir gegen die Natur.»

Das war derselbe Hunziker, der die Geschichte mit einem langen Bengel hatte, dessen Namen ich nicht mehr weiß. Zu jener Zeit gab es wie eine aussterbende Saurierzeit noch eine Garnitur wirklich beachtenswerter Burschen von großem Format; was nachher kam, brachte es nicht mehr so hoch. Ich sah an ihnen empor, wie an Halbgöttern. Da sie alle draußen beschäftigt waren, kam ich kaum mit ihnen in Berührung, aber ich wußte bald genug von ihrem stolzen, hochfahrenden Wesen und von den Geschichten, die sie anstellten, um jedesmal leichtes Herzspannen zu empfinden, wenn einer von ihnen mir am Horizont auftauchte. Nun hatte dieser lange Strolch mit dem Gärtner Zwistigkeiten gehabt, die der Gärtner im abgekürzten Verfahren mit einigen Maulschellen beilegen wollte. Die Auseinandersetzung spielte sich über einer breiten, hohen Treppe ab, die von außen zum Keller hinunter führte, dem sogenannten Kellerhals. Anstatt daß der Junge jedoch seine Maulschellen empfing, nahm er den Gärtner und warf ihn hochgemut den Kellerhals hinunter. Es war ein Kapitalvergehen, von dem jedermann als Sühne die öffentliche, feierliche Züchtigung im Andachtsaal erwartete.

Etwas anderes geschah. Glaubte man des Jungen auf diesem Weg nicht mehr Herr werden zu können, oder ihn durch eine geistige Methode empfindlicher zu treffen: jedenfalls wurde er seiner Würde als Gärtnerjunge verlustig erklärt und zum Arbeitstübler degradiert, und zwar sollte er mit uns Kleinen Schweinehaar zupfen. Das Urteil wurde in einer feierlichen Sonderzusammenkunft im Andachtsaal verkündigt und machte tiefen Eindruck. Oben saß der Herr Vater erzürnt und voll schweren Ernstes. Unten stand im Angesicht der Hausgemeinde aufgebracht und trotzend der struppige Bengel, und was mich am stärksten beschäftigte: er stand da in aller Aufregung mit einem unverkennbaren Zug von Genugtuung und Selbstgenuß. Die Sünde oder das Unrecht konnte also auch genossen werden, man konnte sein Selbstgefühl dabei erhöhen. Allerdings blieb er dabei, im Recht gewesen zu sein. Aber das persönliche Rechthaben, erklärte der Herr Vater eindringlich, spiele bei dem christlichen Aufbau dieser Hausgemeinde, wie der göttlichen Welt überhaupt, keine Rolle. Es komme nur darauf an, daß jeder den ihm zugewiesenen Platz der Unterordnung ohne Widerstreben aushalte, seine Pflichten da erfülle und seine Lasten trage, und sein einziges Recht sei, recht zu gehorchen und recht zu dulden. Nicht nur in Demutt müsse man sich demütigen mit zwei harten ‹t›. Die Großen des Himmelreiches würden am Hinnehmen des unerforschlichen Willens ohne Murren und Zweifeln erkannt. Damit dieser hochfahrende Geist aber wieder lerne, zu sein wie die Kinder, wurde die eben erwähnte Strafe über ihn ausgesprochen.

Es war zur Zeit der frühesten Anfechtung, die mein heiter unbefangenes Heidentum unter der Einwirkung des Evangeliums und besonders des protestantischen Geistes, der in diesem Haus herrschte, erlitt. Von der sittlichen Hierarchie der Menschheit, die in Gott gipfelte, besaß ich bereits einen Begriff, wenn ihre Formen mir vor dem Blick auch immer wieder zwischen Wolken, Bäumen und Bergen und zwischen den Träumen meines jungen, warmen Blutes verschwanden. Nun kam dieser lange Erdenbengel in der Arbeitstube neben mich zu sitzen, und mir wurde die Aufgabe, ihn zu unterrichten und zu beaufsichtigen. Sie bedeutete vielleicht eine Auszeichnung, und manche faßten sie so auf, aber stärker, als die kleine Genugtuung darüber, wurde bald der Zauber, den die Ausstrahlung der heißen, starken Natur auf mich ausübte. Mit Achtung, ja mit brüderlicher Scheu, zugleich gehoben und schüchtern meiner anderen Natur bewußt, zeigte ich ihm, was er zu tun hatte, und da ich wußte, daß ihm aufgegeben war, sechs Lot anstatt der vier, die von den Größeren verlangt wurden, vor sich zu bringen, bei Strafe des Wandstehens und Hungerns, war ich ihm behilflich, wo ich konnte. Das bemerkte er.

«Brauchst nicht zu denken, daß ich jetzt sofort krepieren muß, weil ich da in die Arbeitstube verknurrt bin», sagte er in der Pause murrend zu mir. «Ich werde mir schon zum Meinen verhelfen. Die können mir doch nichts anhaben.»

Er wollte fortfahren, den starken Mann zu spielen, aber an irgend einem Nebenklang seiner Stimme hörte ich, wie ihm das Herz hier drin unter uns kleinen Stubenhockern blutete, und leise erwiderte ich: «Ich denke das auch nicht, aber es ist doch besser.»

Er besah mich verwundert.

«Was ist besser?» fragte er halb spöttisch.

«Wenn du deine sechs Lot hast.»

Er schwieg eine Weile, dann fragte er, wie ich heiße. Ich sagte es.

«Aha, der da neulich gebetet hat. So einer bist du. Du bist wohl so ein Musterknabe, daß sie dich über mich gesetzt haben?»

«Ich bin ja gar nicht über dir», versetzte ich möglichst einfach. «Und ein Musterknabe bin ich auch nicht. Wenn Hunziker nicht so gut wäre, müßte ich noch viel öfter an die Wand stehen.»

Er schwieg und dachte wieder.

«Ich weiß», nickte er dann finster. «Hier sind wir alle in Verschiß. Nächstes Frühjahr werde ich frei. Du hast dann noch vier Jahre. Das ist alles.»

Mittags hatte er nach meiner Schätzung gut und gern sieben Lot gezupft, aber als nun die Frau Mutter, die doch den Aufseher kannte, zum Wiegen selber kam, war es mir klar, daß ich ebenso im Rückstand geblieben war. Das Wiegen begann.

«Hast du genug?» fragte mich der Strafversetzte, mit dem Kinn nach meinem Haufen deutend. Ich war wohl noch auffällig emsig.

«Ich glaube wohl!» sagte ich kleinlaut.

Er erwiderte nichts, saß eine Weile düster brütend, aber als eben sein Vormann daran war, wandte er sich plötzlich zu mir.

«Wenn du vielleicht glaubst, du kleiner Affe, ich habe Angst vor dem Wandstehen, so irrst du dich», sagte er mit einem geringschätzigen und zugleich verwundeten Glimmen in den Augen. «Da hast du noch was!»

Mit diesen Worten warf er mir wenigstens ein Lot Haar auf meinen Haufen, und ich war so eingeschüchtert, daß ich mich nicht zu wehren wagte. Wirklich hatte er Untergewicht, während ich sehr gut durchkam. Ich schämte mich furchtbar. Der Bursche war der erste große Gram meines Lebens. Mich würgte jeder Bissen im Hals, solange er an der Wand stand.

Aber aus irgend einem Grund schien er an dem Wandstehen Geschmack gefunden zu haben. Es gefiel ihm, während der ganzen Zeit den Herrn Vater anzustarren, um ihm zu verstehen zu geben, daß er alles kenne, und sich aus nichts etwas mache. Wie man hörte, wurde ihm heimlich von seinen Gartenkameraden zugesteckt. Der Gärtner sollte es wissen, aber ein Auge zudrücken. Hunziker jedoch war in Verzweiflung. Den Jungen jeden Tag zweimal an der Wand stehen zu sehen, war ihm wie eine eigene Bestrafung. Er versuchte es mit Zureden. Er stellte sich hinter ihn, um ihn anzutreiben. Er versprach ihm einen Taler, wenn er morgen sein volles Gewicht bringe. Alles war umsonst; der Bursche wollte mittags an der Wand seinen düsteren Triumph haben und seinen Haß ausströmen. Neben allem Hunger wuchs noch sein Kraftgefühl und äußerte sich in einer unbeschränkten Verachtung der ganzen Anstaltsherrlichkeit. Eine allgemeine

Ratlosigkeit diesen rabiaten Menschen betreffend verbreitete sich.

An einem Abend weigerte er sich, den Boden kehren zu helfen, obwohl er an der Reihe war. Hunziker sah ihn mit seinen guten Augen traurig und nachdenkend an, dann nahm er ihm den Besen aus der Hand und half selber kehren. Das war aber nur der Anfang eines zähen Kampfes Mann an Mann, den Hunziker nun mit ihm anfing. Am anderen Morgen nach der Andacht, als wir in der Arbeitstube unsere Plätze einnahmen – der Junge kam lang und mit markierter Gemächlichkeit hinterher – setzte sich der Aufseher stillschweigend an dessen Platz zwischen uns und begann, Haar zu zupfen. Das war uns allen wie ein Schlag vor die Brust. Fragend sahen wir nach dem Burschen. Der stutzte, stand und starrte den Aufseher betroffen an.

«Das ist mein Platz!» reklamierte er dann mit einem etwas rauhen Ton im Hals. «Sie haben hier nichts zu suchen, und foppen lasse ich mich schon gar nicht.»

Hunziker, der heute blaß und geradezu übernächtig aussah, blickte wie verwundert nach ihm auf.

«Was soll hier gefoppt sein?» fragte er ruhig. «Einer muß befehlen, und die anderen müssen gehorchen. Da du nicht mehr gehorchen willst, so mußt du die Aufsicht führen, damit endlich wieder eine Harmonie ist. Das wirft auf die Dauer ein zu schlechtes Licht auf alle, und geht mir gegen die Natur.»

Einige Atemzüge lang starrte der Bursche noch schweigend den Aufseher an; dann ging er langsam, halb suchend, halb drohend nach den Fenstern vor. Am dortigen Tisch setzte er sich seitlich auf die Messerbank, einen Fuß noch auf den Boden, und von dort aus begann er seinen Gegenspieler zu beobachten. Hunziker kümmerte sich nicht darum. Uns allen war sehr bange, denn körperlich, wenn es ernst wurde, konnte Hunziker noch weniger gegen ihn etwas ausrichten als der Gärtner. Vor allem schien es ihm wichtig zu sein, herauszubekommen, ob er hier verspottet werde. Von Zeit zu Zeit überflogen seine mißtrauischen Blicke die Arbeitsbänke, und ich bin sicher, wenn er einen lachen gesehen hätte, so wäre er gefährlich losgebrochen. Aber das fiel keinem ein. Die Bürstenbinder saßen da und warteten bedrückt auf Arbeit. Wir Kleinen waren beschäftigt, und vor lauter Bangigkeit arbeiteten wir so drauflos, daß wir einen Vorsprung schafften, und mittags keinem das Gewicht fehlte.

Als so der große Junge sich überzeugen mußte, daß seine Würde hier in keiner Weise benachteiligt werden sollte, und man von ihm nur wünschte, daß er die Harmonie nicht länger störe, nahm sein Gesicht einen nachdenklichen und grübelnden Ausdruck an. Unendlich konnte das ja auch nicht weiter getrieben werden; alles mußte einmal seinen Beschluß haben. Dazu sah er hier über das Dach des Kornspeichers hinweg die Wipfel der Lindenallee im Garten herüber winken, und auch die Sehnsucht nach Sonne, Luft und Freiheit mochte ihn plagen. Nach einer halben Stunde ungefähr war er so weit, daß er sich langsam mit einem Seufzer von der Messerbank erhob und quer durch den Raum, über den Verschlag hinwegsteigend, auf den Aufseher zuging.

«Ich werde also gehorchen», sagte er in seiner kurz angebundenen Art. «Gehen Sie jetzt wieder an Ihren Tisch.»

Hunziker sah ihm sorgenvoll prüfend in die Augen wie ein Vater.

«Willst du künftig auch deine sechs Lot zupfen?» fragte er. «Daß du es kannst, habe ich am ersten Tag gesehen, wie du dem Schattenhold heraus halfst.»

Noch für die Dauer einer letzten finsteren Musterung über unsere Gesichter hielt der Junge an seinem Stolz fest, dann wurde er müde, und überwunden erklärte er: «Ich werde auch meine sechs Lot zupfen!»

Stirnrunzelnd, doch ruhig nahm er seinen Platz wieder

ein, und begann zu arbeiten. Mittags hatte er sein volles Straf-
gewicht. Wir alle liebten und bestaunten ihn; er kümmerte
sich nicht darum. Dabei blieb es dann, so ungläubig die Frau
Mutter kontrollieren kam, und sogar einmal einen halben Vormittag selber die Aufsicht führte. Nach vier Wochen muster-
haften Verhaltens, das nur durch unzeitiges Beschreien sei-
tens der Behörde gelegentlich gestört wurde, kam er in den
Garten zurück.

Im Herbst, als ich schon nicht mehr an die Geschichte
dachte, bekam er mich in einem Winkel beim Holzschopf zu
fassen, wo er mir einen prächtigen Apfel einhändigte.

«Friß ihn gleich!» befahl er mir. «Damit die nichts davon
sehen.» Pfeifend und die Hände tief in den Hosentaschen
schlenderte er weiter, während ich nach seinem Befehl den
Apfel auf der Stelle klein machte.

Hunziker überlebte diesen Sieg nicht lange bei uns. Er verließ uns, nachdem er auch mit der Obrigkeit noch einen Streit
ausgefochten und verloren hatte. Um uns den toten Verlauf
der Zeit in der Arbeitsstube ein wenig zu beleben, begann er
während des Haarzupfens und Bürstenbindens vorlesen zu
lassen. Acht Tage lang ging das unbeschrien und innerlich
freudenvoll. Bedingung war, daß nicht weniger und schlech-
ter gearbeitet wurde, und es scheint, daß wir sie erfüllten. Da
kam aber die vorgesetzte Frau über die Einrichtung, und mit
dem jovialen Lächeln, das sie in keiner Lebenslage verließ,
ordnete sie deren Abstellung an; hier sei keine Lesestube, sondern eine Arbeitsstube. Hunziker machte seinerseits geltend,
daß der Arbeit ihr Recht werde, aber darüber hörte sie rede-
geübt hinweg. Da beschloß er, ihr gegenüber schweigsam
dasselbe zu tun, wurde zum zweitenmal betroffen, und beim
dritten Fall reichte er ruhig, aber bestimmt seinen Abschied
ein. Er ließ noch einige Male recht lange und schön vorlesen.
Dann ging er mit seinem Handkoffer allein und unserer
guten Wünsche sicher nach dem Bahnhof.

Der schwarze Tag

Mit demselben Zug, der ihn uns nach Säckingen entführte, war von Basel her schon sein Nachfolger eingetroffen. Wir hatten uns gerade auf das Glockenzeichen im Hof aufgestellt, als man uns einen muskulösen, untersetzten Menschen zuführte, der Ladurch hieß, und der künftig unsere Bewachung ausüben sollte. Dienernd und beflissen nahm er von der Frau Mutter die letzten Anweisungen entgegen. Keinem von uns war beim Anblick des Gesellen wohl. Er hatte ein rötliches Metzgergesicht mit tiefliegenden, stechenden blauen Augen, eine niedere, breite Stirn, braungelbes Kraushaar, eine starke gerade Nase, einen gekniffenen Mund, und das Kinn eines Nußknackers. In den Ohren trug er dünne goldene Ringe. Er führte uns, oder wir führten ihn in die Arbeitstube, und von Stund an lag er als Alpdruck auf unser aller Seelen.

Seine erste Tat, sozusagen die Jungfernrede, war die Verkündigung des dauernden Schweigegebotes auf Befehl und von Herzen. Schon am ersten Abend kam er mit der Waage. Manche von uns hatten darauf nicht gerechnet, und da zudem unsere Aufmerksamkeit mit Recht mehr der Beobachtung des neuen Vorgesetzten galt, um unser Schicksal mit ihm zu erraten, als der Arbeit, so zierten heute sieben von uns die Wand; ich war auch darunter. Da war uns von unserem vermutlichen Schicksal schon allerlei klar geworden, aber die Anstaltsleitung besaß, was ihr bisher noch gefehlt hatte: nicht bloß einen verläßlichen Arbeiter, sondern einen sicheren Aufpasser, einen Vogt, einen rastlosen, allzeit beflissenen Zwischenträger, einen Ankläger von großem Format, und dazu einen rücksichtslosen, prügelsüchtigen Zuchtmeister. Kriechend, speichelleckend nach oben, und tretend nach unten: so enthüllte er mit verblüffender Schnelle und

Richtigkeit seine Knechtsnatur, die uns in derselben Eile – es war wie ein Sturz – mit Schreck und Verachtung erfüllte.

Nach dem ersten Zusammenstoß mit einem von uns, der für diesmal noch mit Ohrfeigen von seinen schweren Fleischstücken, die ihm als Hände dienten, geahndet worden war, legte er sich vor unser aller Augen zwei handgerechte Stöcke von ansehnlichem Umfang zurecht; es dauerte auch nur wenige Tage, bis einer derselben, zunächst noch wie spielend – ganz ohne Laune war auch er nicht – zur Anwendung kam. «Na, wie hat's geschmeckt?» erkundigte er sich am anderen Tag lachend bei dem betroffenen Jungen, Kleiber mit Namen. Kleiber, ein kleiner, schwarzer, fester Kerl, maß ihn, ohne zu antworten, mit einem Blick voller Abneigung und richtiger Erkenntnis, und von diesem Tage an war der Haß zwischen beiden besiegelt. In gewöhnlichen Umständen war Ladurch ein Tyrann, in der Feindschaft ein Teufel. An dem Kleiber zog er sich in der Folge einen ganz persönlichen Prügelknaben.

Die Zeitmaschine

Nebenher richtete er sich in seinem Zimmer, das durch eine Tür mit der Arbeitsstube verbunden war, nach seinem persönlichen Geschmack ein. Vor allen Dingen schaffte er sich einen Wecker an, so eine Zeitzerkleinerungsmaschine in billigem gepreßtem Blech mit zwei Glocken und einem atemlosen Sekundenzeiger. Acht Tage lang war er damit beschäftigt, sie ganz genau zu regulieren. Dann wandte er einen Teil der Zeit, die sie in geschwätziger Ruhelosigkeit zertickte und zerhackte, dazu an, ihr ein Gehäuse zu machen. Dazu benutzte er dreierlei Stoffe: Holz, Papier und Mull. Aus dünnen Holzbrettern verfertigte er eine poetische Hütte mit Fenstern und einem Dachtürmchen. Die Fenster machte er aus blauem Papier. Mit weißem Papier tapezierte er die Wände innen aus. Dann brachte er vor der offenen Vorderwand zwei kleine Mullgardinen an, wozu er sich den Stoff von der Jungfer Cranach, der jüngeren, gebettelt hatte. Aus Karton verfertigte er zwei Kerzenhalter, die er auf viereckige Brettchen festpechte und mit Goldpapier überzog. Die Lichter, die er hineinsteckte und vor den Uhrtempel stellte, erhöhten noch die Feierlichkeit. Nichts hat mir an dem Menschen einen so tiefen Eindruck gemacht, wie dieser sein Kultus mit der Uhr und mit der Zeit, gemessen an seiner sonstigen Roheit und seinem Stumpfsinn. Was hatte er mit der Zeit zu schaffen, die er doch nur dazu anwandte, geistig dahin zu vegetieren und körperlich seine Muskelmassen hindurch zu wuchten? Nun, er konnte sie anwenden, um uns damit zu plagen und zu ängstigen, und darum kultivierte er sie, baute ihr einen Tempel und machte sich die persönliche Auslage, um ein Götzenbild hinein zu stellen. Jeden Sonnabend putzte er das Gehäuse und rieb das Glas blank.

Nachdem das Werk eine Weile so seinen Tisch geziert hatte, verfiel er darauf, ihm auch noch eine Konsole zu bauen, damit es erhaben in der Ecke seines Zimmers über allen anderen Gegenständen herrschen und drohen konnte. Diese Konsole schmückte er mit einer Goldleiste, und nach einer weiteren Woche entdeckte einer von uns, daß nun der ganze Tempel von einem Mullvorhang verhüllt war, den etwa einen halben Meter darüber eine Messingrosette in der Ecke zusammen faßte. Über der Uhr hielten dann zwei Raffen, eine links und eine rechts, die Vorhänge so weit auseinander, daß gerade das Zifferblatt zu sehen war. Ein anderer brachte in Erfahrung, daß der größere Vorhang das Ergebnis einer neuen Bettelei bei der Jungfer Cranach war, und wir schlossen daraus, daß er sich anmaßte, in diese verliebt zu sein. Das war vielleicht der Zug, wegen dessen wir ihn am eifrigsten verachteten, und wir waren wie schlechte Erzähler zu glücklich darüber, als daß wir uns von seiner Unwahrscheinlichkeit anfechten ließen.

Je mehr diese erkrankte, entartete *Zeit* uns mit Vorschriften, Schweigegeboten, Strafen und Bedrohungen heimsuchte, je höhnischer, seelenloser uns die Maschine hinter der Mullgardine unsere Gefangenschaft predigte, desto umsichtiger entzog uns Ladurch auch die angeborene Freiheit im *Raum*: den Trost von Himmel, Horizonten, Ferne und Ausblicken. Eines seiner großen, klarblickenden Verbote betraf das bisherige Aufatmen während der Pausen im Erker; da begriffen auch die Letzten von uns, mit was für einem anschlagreichen Feind unserer Kindheit wir es zu tun hatten. Es war nicht mehr erlaubt, in das Schneegestöber über der Rheinbreite zu blinzeln, dem leuchtenden Zug der Frühlingswolken im weiten Himmelblau zu folgen, den Sommer flimmernd und zitternd vor Reife über den Schweizer Bergen still stehen zu fühlen, oder mit den Augen die Farbenherrlichkeit und Milde des Herbstlichtes in uns zu trinken. Haarzupfen, Bürstenbinden, Besenpechen, Finkenmachen, und von seiner Seite nach der Uhr sehen, die Waage holen, zum Wandstehen verurteilen, Ohrfeigen, Prügelszenen, Petzereien und, was ihn uns am tiefsten verächtlich machte: Horchen hinter der zugezogenen Tür seiner Schlafkammer – das waren die Ereignisse unseres gemeinsamen Tages, und andere gab es nicht.

Es war einmal sein Schicksal, anderen den Tag zu verderben. In den kargen Freistunden störte und sprengte er uns jedes Spiel durch seine grobe Körperkraft, die er ungehemmt anwandte; die halbe Zeit und mehr verbrachten wir dazu, den Ball aufzusuchen, den er uns, Gott wußte wohin, verschlagen hatte. Dann zog er die Pfeife aus der Westentasche und gab das Signal zum Abbruch. Zum Glück hatten wir am Sonntag nichts mit ihm zu tun, aber beim Baden im Sommer war es wieder dieselbe Sache. Er war ein rüstiger Schwimmer. Wenn er nun in der Badehose mit seiner behaarten Brust und seinem gewaltigen Muskelapparat ins Wasser schritt, so war keiner unter uns, der ihn nicht voll Furcht und haßvollen Abscheues betrachtete. Solange lag es auf allen wie ein Bann. Hatte eben noch Lachen und Vergnügtheit geherrscht, so wurde es still, und jeder gab seine Unternehmung auf. Oben am Badeplatz warf er sich dann ins Wasser und begann zu schwimmen. Nun waren wir schon aus Ehrgeiz lebhafte Bewunderer jedes guten Schwimmers, ob klein oder groß. Die Söhne des Herrn Vaters schwammen elegant und ausdauernd, und überquerten sogar den Rhein. Ladurch aber schwamm wie ein Ochse. Bei jedem Zug tauchte er bis zum Gürtel aus dem Wasser auf, und so war das kein Schwimmen, darüber bestand unter uns Einigkeit, sondern ein Springen, eine tollpatschige Prahlerei mit Muskelkraft. Noch weit im Rhein draußen leuchteten seine goldenen Ohrringe wie drohend herüber, und was uns dabei noch besonders betrübte, das war die absolute Aussichtslosigkeit, daß er bei einer solchen Übung einmal ersaufen könnte. Er kam immer lebend und niederdrückend erfrischt wieder ans Land. Solche Werkzeuge des Schrekkens sind gegen Unglücke immun, außer dem Unglück, daß sie das wurden, was sie sind. Ich glaube nicht daran, daß sie auch dies Unglück niemals empfinden. Warum sonst hätte Ladurch immer von Zeit zu Zeit diese Ausbrüche von Despotenlaune gehabt? Sicher nicht aus übermäßigem Wohlbefinden innerhalb seiner rötlichen Haut. Übrigens war er Mitglied des Blauen Kreuzes und trug dessen Abzeichen im Knopfloch, ja man sagte, er sei ein bekehrter Trinker; ein Engel, hieß es, hätte mit ihm gerungen und ihn gerettet.

Die Samstagabende waren bei Hunziker stille, freundliche Stunden gewesen, wie sie sich als innerliche Vorbereitung auf den Sonntag schicken. Ladurch machte sie zu Sammelpunkten des ganzen Wochenzornes. Wir Arbeitstübler hatten das Kommando, den Hof zu kehren. Zu diesem Ende wurden wir in mehrere Gruppen abgeteilt, von denen jede einen Teil des großen Schloßplatzes zu säubern hatte. Die dazu gegebene Zeit war nicht zu knapp bemessen, aber dieser Mensch hatte ja den Zeitteufel im Leib. Es war nicht erlaubt, auch einmal aufzuatmen, etwa in den Himmel zu gucken, herab gefallene Kastanienblätter zu rispeln, ein bißchen dem Mühlbächlein zuzusehen, das hier vorbei eilte, und vor allem durfte keine Minute des Nachmittags ohne seinen unnachgiebigen und jugendfeindlichen Druck verlaufen. Er arbeitete wie immer mit großartiger Entfaltung seiner Kraft und Liebedienerei unter den Fenstern des Herrn Vaters, und wehe der Gruppe, die später fertig war als die seine; sie konnte schon vorher wissen, wo man sie abends bei Tisch finden würde. Dem Kehren des Hofes schloß sich bei schlechtem Wetter und im Winter das Waschen im Badezimmer an. Nun waren wir alle verhockt und von Stubenluft verzärtelt, dagegen das Badezimmer enthielt eine verrufene Kälte, der Boden war aus Zement, und das Wasser meistens eisig. Wir hatten also keinen großen Trieb zur Körperreinigung. Er aber waltete zwischen unseren spärlichen nackten Leibern wie ein Metzger unter der Schafherde, schimpfte, schlug, zerrte, verurteilte, stieß die kleinen Schlotternden rücksichtslos ins kalte Wasser, kurz, kaum eine Unternehmung war so gefürchtet, wie diese Samstagswäsche. Einmal tat ich einen großen Ausspruch, der von mir, einem eher stillen und beschaulichen Kind, Aufsehen machte: «Er hat heute wieder den Teufel im Wanst!» Es fanden sich gleich zwei Spulwürmer – auch er hatte seine Kreaturen –, die mir die Petzung ankündigten. Daß sie Wort gehalten haben, schloß ich aus einem Vorfall, der mich im Lauf der nächsten Woche betraf.

Wie so oft in dieser Zeit, hatte ich auch wieder einmal mittags an der Wand zu stehen. Der Herr Vater sagte damals von mir, ich müsse nicht Johannes, sondern Jonas heißen. Jonas ist der Faulpelz unter den Propheten. Ich aber war keineswegs faul, höchstens verträumt, phantastisch, beschaulich, und dies Monstrum von einem Aufseher gab mir ja auch ständigen Stoff zu romantischen oder rachsüchtigen Vorstellungen, abgesehen davon, daß die Klosterklausur, die er über uns verhängte, ohnehin mein Innenleben vorzeitig zur Entfaltung reizte. Irgendwie will das Leben zu seiner Wirkung kommen. Diesmal wurde nun meine Strafe ganz wesentlich verschärft. Ich bekam nicht nur kalte Suppe und weniger Gemüse, sondern überhaupt nichts, und wurde von Ladurch auf das Geheiß der Frau Mutter nach der Arbeitstube zurück geführt, um während der Freistunde der anderen das fehlende Gewicht Schweinehaar nach zu zupfen. Ladurch aber ging, da er einen von uns einmal allein hatte, darüber noch weit hinaus. Er befahl mir, die Hose herunter zu lassen und über den Stuhl zu liegen. Ich gehorchte, doch ließ ich schamhaft das Hemd über meiner Blöße. Er riß es mir herauf, ich tat es wieder herunter, und inzwischen ging es überhaupt in Fetzen. Ihn rührte keine Schamhaftigkeit oder stimmte ihn zur Milde. Wieviel Schläge ich schließlich bekommen habe, weiß ich nicht, aber da er besonnen und langsam unter voller Kraftaufwendung schlug, so dauerte die Prügelei eine Ewigkeit; ich dachte, ich sollte dabei sterben. Vollkommen zerschlagen und vernichtet sank ich nachher auf eine Bank und begann besinnungslos zu arbeiten. Das Weinen kam erst nachher. Da das Sitzen weh tat, warf ich mich vor der Bank – er hatte sich befriedigt nach dem Eßsaal zurück verfügt – auf die Knie nieder und weinte mich einsam und von allen Menschen, sogar von Gott verlassen in meinen Ärmel hinein aus. Nachher stahl ich ihm so viel von dem schon gewogenen Schweinehaar, als ich ungefähr gearbeitet haben konnte, und erwartete still, doch voll Verachtung und flackernd vor Wünschen, die auf seinen Untergang zielten, den Mann zurück. «Siehst du, du kannst, wenn du willst!» stellte er angesichts meines Ergebnisses fest. «Deinen Trotz und Hochmut werden wir dir schon austreiben!» Hellseherisch fiel mir meine schwarze Tante ein, die ungefähr dieselben Worte gegen mich gebraucht hatte, aber um einen Triumph über diese Dummköpfe zu genießen, war ich zu sehr verprügelt und tat mir mein Hinterer zu weh.

Die Lauftrommel

Einmal verhalfen ihm einige von uns zu einem Eichhörnchen. Das setzte er in den Erker, schleppte ihm eine Tanne hinein, baute ihm einen Stall, und nicht genug mit der Maschine in seinem Zimmer, machte er ihm auch noch eine Lauftrommel. Man kennt die ebenso sinnvolle als niederträchtige Einrichtung. Zwei Holzscheiben werden in dreißig bis vierzig Zentimetern Abstand voneinander durch engstehende Drähte zu einem Käfig verbunden und an den Seiten so in Achsen gehängt, daß eine Öffnung mit dem Stall in Verbindung steht. Das Tierchen, in der Hoffnung, einen Ausweg aus dem Gefängnis zu finden, geht in die Trommel hinein, und da sie sich unter seinem Gewicht zu drehen anfängt, beginnt es zu rennen, ohne vorwärts zu kommen, bis es blödsinnig liegen bleibt oder halb rasend in den Stall zurück stürzt. Die Eichhörnchenbesitzer erklären, die Trommel sei zur Gesundheit des Tierchens nötig; wahrscheinlich ist seine Gefangenschaft überhaupt zu seinem Glück unerläßlich. Mit der Herstellung dieser Baulichkeiten verbrachte Ladurch nun ebensoviel Arbeitszeit, die er der Anstalt schuldete, wie früher für den Uhrentempel, von unserer übelwollenden Aufmerksamkeit beehrt; uns tat das Tierchen leid, und zudem gönnten wir es ihm nicht.

Künftig rannte nun links von uns sein verrückter Sekundenzeiger hinter den Mullgardinen und über den Altarkerzen um seine Achse, und raste hier die verruchte Trommel, von dem Tierchen getrieben, herum, daß man selber schwindlig wurde und sich zwischen zwei Maschinen wähnte, die einen nächstens zerrieben. Zwischen allem stieg er als großer Besitzer herum, kujonierte die Jungen, trieb das Tierchen in seiner Trommel an, und ging nach seiner Kammer, um nach der Zeit zu sehen, und mit der Waage zu erscheinen. Einmal, als er wieder das Eichhörnchen herumjagte, tat Kleiber knirschend die Bemerkung: «Jetzt drangsaliert er das Tier wieder!» Dies hören und sich auf Kleiber stürzen war eins. Er schleppte ihn am Kragen in den Winkel, wo die schon genannten Stöcke standen; einen davon zerschlug er völlig auf ihm, und den anderen ließ er erst sinken, als er müde wurde.

Dieser Willkürherrschaft haben wir uns immerhin nicht ganz passiv unterzogen. Abgesehen von dem großen Geheimbund, der sicher zum Teil die Antwort auf diese Sklaverei war, unternahmen wir auch zwei von dem Bund ganz unabhängige Revolten gegen den Aufseher. Von der ersten war ich der erwählte Wortführer. Mit noch zwei Jungen trat ich in der Sprechzeit nach dem Kaffee vor den Herrn Vater und trug verabredetermaßen unsere Beschwerden gegen ihn vor, sprach von seinen Prügeleien, seinen Ungerechtigkeiten und Willkürlichkeiten, kurz, was gegen seine Existenz einzuwenden war, und sofern es sich von der Sprachgewalt eines Zwölfjährigen fassen ließ, brachte ich zu Gehör. Der Herr Vater sagte zu, die Sachen zu untersuchen. Nach drei Tagen wurden wir zu ihm gerufen. Links von ihm standen wir, die

Ankläger, rechts stand der Verklagte, aber schon der erste Augenschein lehrte uns, daß die Rollen vertauscht waren; wir hatten auf der ganzen Linie den kürzeren gezogen, und der Zweck der heutigen Übung war lediglich eine trockene Ermahnung zur Demut, zum Fleiß und zu einem wohlgefälligen Betragen. Wir sollten ja nicht denken, daß man an uns so viele Tugenden und Verdienste entdecken könne, um angesehene und pflichtgetreue Persönlichkeiten in ihrem Ruf durch uns erschüttern zu lassen. Eine Gegenüberstellung der Aussagen fand nicht statt. Sehr mit kühlem Wasser begossen zogen wir ab.

Die älteste Klasse, die von den Beziehungen zwischen den Geschlechtern schon einen Schein hatte, versuchte ihm von einer anderen Seite beizukommen. Es war da ein junges Mädchen von etwa siebzehn Jahren in der Anstalt beschäftigt, die Schwester eines Glarners, der sich unter uns befand, ein rankes und auch ziemlich hübsches Ding. Die hatte die Hauswäsche unter sich. Wenn die Trockenseile über den weiten Platz vor dem Haus gezogen werden sollten, so brauchte man einen starken Mann, und dazu war Ladurch der Nächste. Längst war beobachtet worden, daß dem Aufseher das junge Mädchen nicht schlecht gefiel; ihr Bruder, der Glarner, stand ihm bereits ihretwegen nach dem Leben. Beim Spannen der Wäscheleine machte er so seine Scherzchen mit ihr. Sie mit dem Sack voll Klammern wollte über den Platz, auf dem in schlaffem Zustand das Seil lag; Ladurch hielt es an der anderen Seite. Sobald sie es nun überschreiten wollte, zog er es schnell an. Dies geschah auch, als sie bereits einen Fuß drüben hatte, wobei, um die Wahrheit zu sagen, ihre Röcke mit hoch gingen und, wie behauptet wurde, etwas länger oben blieben, als zu dem Scherz unbedingt nötig war. Über dies Seil hofften die älteren Jungen ihn beim Herrn Vater sicher stolpern zu machen, zumal die Frau Mutter in solchen Dingen sehr wenig Spaß verstand. Diesmal war ein «Gärtner» der Wortführer, ein ruhiger, wegen seiner Tüchtigkeit und Vernunft angesehener Junge. Acht Tage gingen wir in großen Erwartungen herum. Man hatte wahrgenommen, daß Ladurch beim Herrn Vater erscheinen mußte, wollte auch wissen, daß er mit rotem Kopf von der Unterredung zurück gekommen sei, aber sonst regte sich nichts, und am Ende waren die Ankläger selber darüber im unklaren, ob sie nun eigentlich einen Erfolg zu feiern hätten oder nicht.

Anders ging eine Beschwerde aus, von der ich wieder der Wortführer war, die sich aber nicht um Ladurch drehte. Ich setze die Geschichte hierher, um sie nicht zu vergessen. Bereits sagte ich, daß alle unsere Wege und Unternehmungen ein leises, unaufdringliches, aber auch unvertreibbares Hungergefühl begleitete. Infolgedessen paßten wir sehr den Mädchen auf, die ihre Händchen zum Teil in der Küche hatten. Nun förderten neue sorgfältige, mit wahrhaft wissenschaftlicher Objektivität angestellte Beobachtungen das zweifelfreie Resultat ans Licht, daß die Suppenschüsseln der jungen Weiber mehr gute Brocken enthielten als die unseren. Außerdem stellten unsere Mathematiker unter Anwendung verschiedener komplizierter Methoden, zum Beispiel der Differentialgleichung, die Tatsache fest, daß die Mädchenschüsseln, auf den Kopf berechnet, einen bedeutend höheren Anteil abwarfen. Kurz und gut, die aus solchen teils mathematischen, teils naturwissenschaftlichen Ergebnissen niedergeschlagene Erkenntnis war jedenfalls die, daß wir zu wenig zu essen hatten, und die Erwägung der daraus drohenden Nachteile verdichtete sich zu einem neuen feierlichen Beschwerdegang. Eine zu Zweifeln angelegte Natur, die ich in bürgerlichen Dingen bin, veranlaßte mich aber zu der Vorsicht, weniger die Übervorteilung durch die kleinen Weiber in den Vordergrund der Klage zu rücken, als die nach unserer Ansicht ungenügende Vereinnahmung an Kalorien überhaupt. Der Herr Vater hörte wieder aufmerksam zu. Nach etwa acht

Tagen sodann, als wir in den Eßsaal kamen, bemerkten unsere Augen an der langen Wand hinter unserem Tisch ein gewaltiges Tableau in Kohlenzeichnung, das die Wüste Sinai voll gebleichter Knochen und Schädel darstellte, und darüber in großer Schrift den Spruch: «Murret auch nicht, gleichwie jene murreten und verschlang sie die Wüste!» Mit dem Essen blieb es beim alten.

Das Pamphlet

Eines Tages ging bei uns ein Vers um, der unser Daseinsgefühl mit jener visionären Treffsicherheit ausdrückte, die einige Gedichte der Weltliteratur berühmt gemacht hat. Es lautete kurz und prägnant:

> «Ladurch mit dem Besenstiel
> Haut die Buben allzuviel.
> Allzuviel ist ungesund.
> Ladurch ist ein Lumpenhund.»

Eine Zeitlang getrösteten wir uns mit diesem Trotzgesang in der Stille. Niemand wußte, woher er stammte, wer sein Verfasser war. Es genügte, daß Ladurch ein Lumpenhund war, und daß man die gereimte Bestätigung davon besaß, und das Geheimnis über dem Ursprung des Verses erhöhte noch seine Autorität. Plötzlich ging eine zweite Strophe um:

> «Ladurch prügelt immerzu,
> Dadurch gibt es keine Ruh.
> Keine Ruh bei Tag und Nacht,
> Bis das Eichhorn umgebracht.»

Auch dieser Vers fand großen Beifall, obwohl der Verfasser diesmal nicht verborgen blieb; er hing mit meiner Person eng zusammen. Viele meinten nun, ich hätte auch die erste Strophe verfaßt, aber darin irrten sie; ihre Herkunft ist mir so unbekannt wie ihnen. Was das Eichhorn in der meinen zu bedeuten hatte, wußte ich selber nicht; ich wurde auch nie gefragt. Es war eben eines jener Wahrzeichen, durch die sich die Vorstellungskraft von Zeitläufen und Schicksalsgenossen ohne weitere Worte verständigt. Dazu kam, daß damals der Bund schon existierte und sich der Sache bemächtigte. Einmal aus der Hand gegeben, hat man ja keine Gewalt mehr über solche geflügelten Machtmittel. Die Strophe wurde eine Zeitlang geradezu zum Inhalt, zum Signal der Aufsässigkeit, zumal ich sie noch mit einer Melodie versah, die man pfeifen konnte; sie tönte bald aus allen Winkeln.

Nicht lange aber dauerte es, so wurde ich gewarnt, daß ich verpetzt sei. Man nannte mir sogar den Angeber, und in der Nacht darauf wurde er, einer alten Übung getreu, verprügelt, doch ohne meine Mitwirkung. Auch wer sonst einen Span mit ihm hatte, nahm den guten Anlaß wahr. Am folgenden Morgen rief mich Ladurch auf sein Zimmer; der Petzer hatte wohl wieder gearbeitet. Mir war wenig wohl. Jemand gab mir noch schnell den gutmeinenden Rat auf den Weg mit, die Gesäßmuskeln nur recht steif zu machen, dann pralle der Stock ab, und tue es nicht so weh. Darauf trat ich in das viel besprochene Gemach. Ladurch schloß die Tür hinter sich. Der Wecker tickte eilfertig und feil. Mit rechtschaffenem Blödsinn glinzten mich die Sterne der Musselinvorhänge an. Auf der tannenen Kommode standen die beiden Leuchter, und Photos von Ladurchs Eltern; ich sah die zum erstenmal.

«Sage mal, Schattenhold, es geht da ein Gedicht über mich um», hob er an. «Du weißt schon. Hast du es gemacht?»

Die Angst saß mir am Hals, aber ich dachte: «Nun ist alles

gleich.» Mich sehr zusammennehmend, schlug ich mich nach vorwärts durch und gab das Gedicht zu. Einen Augenblick war es still, dann geschah etwas Merkwürdiges: Ladurch wurde grau im Gesicht, und seine Züge fielen tief ein. Vor Betroffenheit wandte ich die Blicke von ihm ab, und plötzlich sah ich auf der Kommode ein drittes Bild, das eine junge Frauensperson darstellte. Davon hatte von uns keiner etwas gewußt; es war mir eine hohe Überraschung in aller Furcht. Unwillkürlich suchten meine Augen sein Gesicht wieder. Nun begann er zu sprechen.

«Weißt du, daß ich dich jetzt nehmen und krumm und lahm schlagen könnte?» fragte er mich langsam und mit einem unerwartet trauernden Ausdruck. Ich gab es zu. «Aber es gibt zum Glück auf der Welt noch bessere Geschöpfe, als euch verdorbene, arbeitscheue Subjekte», fuhr er fort. «Meinst du, ich habe nicht schon lange den Hochmut bemerkt, mit dem du mich betrachtest? Und jetzt machst du Spottgedichte über mich. Denke nicht, daß du mich nicht schwer getroffen hast. Ich habe meine Pflicht gegen euch ehrlich erfüllt, und kann vor Gott bestehen. Nur von ihm und vom Herrn Vater lasse ich mich richten. Dich lasse ich dahin gestellt sein. Nie mehr werde ich dich strafen; das soll deine Strafe sein. Für mich wirst du von jetzt ab einfach nicht existieren. Geh, treibe deinen Hochmut noch höher. Du wirst doch kommen und um Wiederaufnahme bei mir bitten. Und dann werden wir noch einmal anders über diese Sache reden. Du kannst es allen sagen: ich habe auf der Welt einen Menschen gefunden, der mich nicht haßt und verachtet. Das ist der Lohn für treue Pflichterfüllung. Und dann sage ihnen noch eins: Von wem ich noch einmal höre, daß er das Lied gesungen oder gepfiffen hat – und ich werde es erfahren! – der bekommt es mit mir zu tun. Für die Prügel mögen sie sich bei dir bedanken. Das ist mein neuestes Verfahren. Jetzt geh wieder. Du singe und pfeife, was du willst. Brauchst dich auch mit dem Zupfen nicht zu beeilen; dir wiege ich nicht wieder, bis du mich darum anflehst.»

Er wandte mir den breiten Rücken, und ganz bestürzt stolperte ich aus seinem Zimmer. Verwundert sahen mich meine Kameraden zurückkommen. Sie hatten nicht gehört, daß ich geprügelt worden war, und ihre Verwunderung nahm noch zu, als ich mich weigerte, über das Geschehene Mitteilung zu machen. Ich fühlte mich zu niedergeschlagen, und das neue Verhältnis schien mir zu ungeheuerlich, als daß ich das alles in Worte fassen konnte. Ich sagte schließlich, um doch etwas zu sagen: «Er schlägt jeden krumm und lahm, von dem er erfährt, daß er das Lied gesungen oder gepfiffen hat!»

Von heute an behandelte er mich als Luft. Mittags beim Wiegen sah er meine Leistung nicht. War ich beim Aufstellen des Zuges noch nicht fertig, so ging er mit ihm davon, als ob ich ein Tisch oder Stuhl wäre. Kam ich ihm irgendwo in den Weg, so blickte er mit leerem oder finsterem Ausdruck an mir vorbei; ich war nicht da. Hätte ich es mir einfallen lassen, zu schwatzen, so würde er es nicht gehört haben, oder er hätte allgemein grob Ruhe geboten, während jeder andere persönlich an die Wand gekommen wäre. Stumm, unter täglich wachsendem Druck, verrichtete ich meine Arbeit. Wenn er jetzt plötzlich bei mir gewogen hätte, so wäre meine Schale stark herunter gegangen. Nie mehr war ich unter den Aufgerufenen, wenn zu irgend einer besonderen Arbeit von uns ein Kommando ausgesondert wurde. Trat ich morgens in die Arbeitstube, so war mir, als legte sich eine Kralle um meinen Hals. Dachte ich während der Schule an Ladurch, so bekam ich einen bitteren Geschmack in den Mund.

Es erregte Aufsehen, daß ich nicht mehr wegen Faulheit an der Wand stand, und der Herr Vater sprach mich darüber an. Ich schwieg, und Ladurch schwieg ebenfalls. Von Zeit zu Zeit wurde einer meiner Kameraden fürchterlich geschlagen, weil er mein Lied gesungen oder gepfiffen hatte. Bei der nächsten Gelegenheit sangen oder pfiffen es dafür vier oder sechs. Dann ging er mit blutgeränderten Augenlidern herum, und jeden Moment dachte ich, er würde nun plötzlich aus der Rolle und über mich herfallen, aber er übersah mich weiter. Inzwischen hatten auch die anderen erkannt, um welches Spiel es sich da handelte. Ich erlangte für eine Weile eine trübe Popularität. Man nahm Partei für mich und reizte den Mann erst recht. Doppelt geängstigt und geschreckt führte ich ein trauriges Leben voller Mustergültigkeit, war überall unter den ersten, um nicht zurückgelassen zu werden, unter den Besten, um nicht zu verkommen, unter den Reinlichsten, um meine Selbstachtung vor mir zu retten, und gegen mein jetziges freiwilliges Gefangenenleben war mein voriges erzwungenes mit allen geheimen Demonstrationen der Widersetzlichkeit eine Idylle, nach welcher ich mich schmerzlich zu sehnen begann. Schon sah ich von weitem den Tag kommen, an welchem ich mich unterwerfen würde, um wieder leben zu können.

Auch ein Despot ist verwundbar

An einem Sonntag bekam er den Besuch seiner Braut, die er dem Herrn Vater zuführen und vorstellen wollte. Man hörte nachher, daß er mit ihr vor ihm gekniet habe, um seinen Segen zu erhalten. Sie durfte am Herrentisch speisen. Mit Stolz und Bewunderung sah sie nach ihm hin, wenn er Essen austeilend an unserem Tisch herunter ging. Sie war nicht uneben, ziemlich groß, blond, frisch, ein bißchen zu lasch für meinen Geschmack, doch sicher ein tüchtiger und verläßlicher Mensch, aber wir betrachteten sie als verächtlich, weil sie sich einen Ladurch zum Schatz genommen hatte. Es wurde an unserem Tisch viel gewispert und gekichert, und sie bemerkte es; sie sah jedesmal ganz traurig und verwirrt vor sich nieder. Auch daran beteiligte ich mich nicht. Vielfach wurde ich nachher angegangen, noch einen Vers über *sie* zu machen; ich lehnte es ab. Man hatte immer noch nicht begriffen, daß mir hier nur noch Unterwerfung oder eine Katastrophe bevorstand, deren Folgen nicht abzusehen waren.

Nach dem Essen ging er mit seiner Braut im Schloßhof spazieren, um sie und sein Glück, seinen guten Geschmack und seinen kühnen Griff bewundern zu lassen. Mit unserem Spiel war heute nicht viel los. Einige von uns waren aus Rand und Band, schrien: «Ach, süße Emma!», schlugen, wenn er in unsere Nähe kam, ein anzügliches Gelächter auf, das herausfordernd über den ganzen Schloßhof gellte, und riefen dann mit verstelltem Ernst ganz geschäftsmäßig: «Haurieder gibt den Ball!» Einer trieb es so weit, daß er offen brüllte: «Das ist einmal eine schöne Jungfer!» Der Blick, mit dem Ladurch hersah, gefiel mir wenig; er war aufgestört und ratlos, beinahe der Blick eines eingetriebenen großen Tieres. Seine Braut sah verängstigt aus und wußte nicht, wohin sie sich wenden sollte. Plötzlich – man hatte gerade zum Sammeln gepfiffen – ertönte laut und durchdringend von künstlich hochgeschraubten Stimmen im Diskant gesungen der Schluß meines Liedes:

«Keine Ruh bei Tag und Nacht,
Bis das Eichhorn umgebracht!»

Ich hatte mich schon nach dem Portal gewandt, als mir aus dem Rondell Ladurch mit seiner Braut entgegen kam. Ich erkannte sofort, daß er gehört hatte. Die Augen lagen ihm tief eingesunken in den Höhlen. Er sah grau und verfallen aus. Mit einem heißen Blick aus schmerzend zusammengekniffenen Lidern streifte er meine Figur, wandte aber sogleich die Augen von mir ab, und auch die Schritte, die er einen Moment unwillkürlich eingehalten hatte, setzte er wieder fort. «Das ist der schlimme Geist der Jungen, der mir alles angerichtet hat», hörte ich ihn darauf in leidvoll knurrendem Ton zu ihr sagen. «Nächstens werde ich etwas mit ihm machen, ich weiß noch nicht, was!» Dann kamen die anderen, die gesungen hatten. Es waren Gärtnerburschen darunter, die ihn wenig fürchteten, Bundesmitglieder, die den Krieg gegen ihn aus der Ferne mehr zur Unterhaltung und zur Übung führten. «Wir haben aber heute ein schönes Wetter, Herr Ladurch!» sagte einer laut und mit frecher Höflichkeit zu ihm. Er antwortete nicht. Nachher erhob sich wieder das meckernde Gelächter, das für diesen Tag frisch erfunden worden war. Mir war, als donnerte und grollte hinter mir ein Abgrund, in den ich nächstens rückwärts hinein gerissen werden würde.

Nun kamen diese seltsamen Vorfälle, für die ich noch heute keine sichere Erklärung habe, zumal die daran Beteiligten sich streng ausschwiegen. Ich verzeichne sie nur. Am Montagmorgen warteten wir umsonst auf Ladurch, damit er die Suppe ausschöpfte; der Schneider Werder trat an seine Stelle. Als wir dann unter dessen Führung zur Arbeitstube gingen, fanden wir diese zwar offen, aber Ladurch war nicht da, und seine Tür, als Werder daran klopfte, um ihn zu rufen, erwies sich als abgeschlossen; das Schlüsselloch war verstopft. Werder wußte nicht, was er mit uns machen sollte, stellte einen der Ältesten an, die Übrigen zu beschäftigen, und ging, um der Frau Mutter Meldung zu erstatten. Die erschien nach einer halben Stunde, stellte fest, was Werder schon festgestellt hatte, und bekräftigte durch ihre Autorität seine Anweisungen. Nachdem sie uns noch mit der Waage gewarnt hatte, ging sie.

Bis jetzt hatte die ganze Aufmerksamkeit der verschlossenen Tür gegolten. Plötzlich entdeckte einer von uns, daß das Eichhörnchen tot im Erker auf den Steinfliesen lag. Etwas Blut von seiner Schnauze deutete auf einen unglücklichen Sturz oder auf einen Schlag, dem es erlegen war. Eben das war allgemein zur Kenntnis genommen worden, als ein anderer ein Stöhnen aus Ladurchs Zimmer gehört haben wollte, nachher sollte es mehr ein Husten gewesen sein, aber daß sich Ladurch in dem Zimmer befinde, davon zeigte er sich steif und fest überzeugt. Doch blieb es bis zum Mittag vollkommen still, sogar eine Totenstille herrschte nach meinem Gefühl in dem anstoßenden Raum. Vielen von uns war diese Vorstellung, daß Ladurch da drüben sitze und keinen Laut von sich gebe, unheimlich, und die Kleineren begannen sich zu fürchten. Niemand wagte zu sprechen, und vor Angst hatte mittags jeder sein volles Gewicht. Alle waren froh, dem ganzen Schauplatz den Rücken kehren zu können. Das verendete Tierchen lag verlassen und nur von einigen Fliegen umschwärmt in der Sonne auf den Steinfliesen.

Für den Nachmittag hofften wir auf eine veränderte Szene, sei es, daß Ladurch wieder da war, oder daß man uns einen Bruder zur Aufsicht zugewiesen hatte. Aber in allem wurden wir enttäuscht. Unter der Führung unseres Ältesten zogen wir so verwaist wie nie den langen Weg nach der Arbeitsstube, steckten früh und ängstlich die Lampen an, und mit stillem Grausen machten wir uns klar, daß nicht nur die Lauftrommel im Erker zum Stehen gekommen war, sondern daß nunmehr auch der Wecker nicht mehr tickte. Die meisten fühlten sich von dieser Tatsache schwer eingeschüchtert; der Wecker hatte nachgerade ein Stück ihres Lebens gebildet. Was aber das Verwirrende war: in der Vieruhrpause hatte es sich herumgesprochen, daß Kleiber mit dem Tod des Eichhörnchens in irgend einem geheimnisvollen Zusammenhang stehe. Die Nachricht kam aus den Kreisen des Bundes, dem er auch angehörte. Er selber sah gespannt und unruhig aus und schwieg finster. In Verbindung damit gewann diese doppelte Stille von beiden Seiten, vom Erker und von der Schlafstube, eine so beängstigende und drohende Bedeutung, daß die Kleineren von uns, die sich vor dem toten Tierchen zu fürchten anfingen, das Heulen kriegten. Aufgeregt und wütend hießen die anderen sie die Schnorre halten, kurz, je höher uns das Grauen über die Köpfe wuchs, desto mehr nahm der heimliche Tumult bei uns überhand. Der aufsichtführende Älteste teilte Backpfeifen und Püffe aus. Andere lehnten sich dagegen auf und nahmen die Kleineren in Schutz. Gegen den Feierabend hin war der Lärm so groß, daß plötzlich die Tür vom Schlafzimmer aufging, und Ladurch in Hose und Hemd darin erschien, übernächtig, verstört, mit ganz roten Augen, bleich und gespenstisch. Er sagte nichts, blinzelte nur, die Lider zusammenkneifend, über unsere Köpfe hin, und nachdem er eine Weile stumm an den Enden seines rötlichen Schnurrbartes genagt hatte, zog er sich zurück als eine leibhafte Drohung, die für den Rest des Abends genügte, uns im Bann zu halten. Nachher kam die Frau Mutter, um das Wiegen zu beaufsichtigen; man hatte zu dem Zweck eine Waage aus der Küche geholt. Jemand sagte ihr, daß Ladurch in seinem Zimmer sei. Sie wollte es zuerst nicht glauben. Als es ihr einige bestätigten, ging sie an seine Tür und klopfte. Sie rief auch noch, aber es regte sich wieder nichts, und sie war eher geneigt, an einen frechen Verulkungsversuch zu glauben. Das Aufräumen und Kehren ging den Abend sehr schnell. Nachher fanden wir, daß man eine Lampe hatte brennen lassen, aber keiner brachte den Mut auf, umzukehren und sie zu löschen.

Am anderen Morgen erschien Ladurch zur Morgensuppe mit einem tief veränderten Ausdruck. Seine Augen hatten einen abgekämpften, seltsam versunkenen Blick. Etwas wie eine erschütterte Stille, eine furchterregende Gelassenheit lagerte um seine Person. Die Entschlußkraft zwar schien er wieder zu besitzen, wenigstens bestanden mittags vier von uns die Wand. Aber an den Fenstern des Erkers sah er diesen Vormittag mit trauernd weggewandter Unruhe vorbei, und seine goldenen Ohrringe bewegten sich unausgesetzt. Plötzlich fiel mir ein: «Keine Ruh bei Tag und Nacht, bis das Eichhorn umgebracht!» Mir war, als ob ein Blitz vor meinen Augen niederführe, der mir den wahren Schuldigen zeigte: mich selber. Hatte nicht in meinem Vers die Untat bereits geschlafen, die hier ausgebrochen war? Mit wahrem Schreck erkannte ich, wie das vergiftete Geschoß, das ich damit ausgesendet hatte, auf mich, den Urheber, zurückkam. «Jetzt mußt du dich unterwerfen!» sagte eine Stimme zu mir, und nur Ladurchs unheimliches Aussehen hielt mich davon ab, sofort zu ihm zu gehen und ihm meine Ergebung anzuzeigen. Neben meiner Angst hatte ich auch Mitleid mit ihm, und ich fürchtete mindestens so viel *für* ihn, wie ich mich *vor* ihm fürchtete.

Ich verschob aus Ratlosigkeit die Unterwerfung auf den Nachmittag. Am Nachmittag lag aber die Leiche des Eichhörnchens auf dem Tisch der Finkenmacher. Ladurch ließ heute die Finkenmacher Haar zupfen. Über dem toten Tierchen brannte einsam und schauerlich die Lampe; der leere Verschlag lag dämmerig wie eine Leichenkammer. Ladurch ging denkend und ruhelos zwischen den Tischen hin und her. Alles zusammen gestaltete sich zu einer ungeheuerlichen und niederzwingenden Anklage. Der Abend sank. Grau blickte die Dämmerung durch die Spitzbogenfenster herein. Die Dunkelheit drückte von außen an die Scheiben. Unstet, mit arbeitender Stirn, wanderte Ladurch den Mittelgang auf und ab. «Schattenhold und Kleiber!» rief er endlich auf. Wir erhoben uns fragend. Zwei-, dreimal ging er noch hin und her, als ob er zwischen unsichtbaren Geistern kämpfte, um das richtige Wort für uns zu finden. «Stellt euch in den Verschlag links und rechts neben den Tisch!» befahl er darauf.

Zögernd gehorchten wir. Da standen wir dann wieder lange zu beiden Seiten des toten Tieres als Leichenwache oder als trübe glimmende Totenkerzen und warteten, was weiter mit uns geschehen würde. Er hatte jetzt sein unglückliches, verwaistes Laufen aufgegeben und sich an das eine der beiden Fenster gestellt, wo er, Gott wußte wie lange, in die Nacht hinaus starrte. Langsam wandte er sich uns dann zu. Seine Augenränder glühten heute nicht mehr. Blaß, beinahe kummervoll betrachtete er uns von oben bis unten.

«Also das sollte doch keiner denken!» sagte er endlich langsam, wie von schwerer Sorge bedrückt und fühlbar erschüttert. «Da meint ein jeder, er hat es einfach mit zwei Knaben zu tun. ‹Seid wie die Kinder.› Darüber werde ich künftig meine eigenen Gedanken haben. Heute fürchte ich, daß ich ihnen nicht der richtige Stellvertreter Gottes war, diesen Waisen. – Der da –» Er wies auf mich, ohne mich unmittelbar anzusehen. «Der da – nun, Gott wird ihn geheißen haben. Mit einem Gedicht hat er meine Seele geschlagen mit vergifteten Ruten. – Und der andere –!» Verwundet und schmerzlich grübelnd wandte er Kleiber die Augen zu. «Ihn kann ich vollends nicht anders verstehen, als durch Gott. – Wer das Tierchen getötet hat, der hat mir das Leben abgesprochen. Der Betreffende wird wissen, was ich sage. Geständnisse und dergleichen gehören jetzt nicht her, wo höhere Mächte im Spiel sind. – So habe ich also an euch gehandelt, daß mir Gott die schwarzen Engel erscheinen läßt, um mich zu warnen. – Aber vielleicht sind sie weiß, und nur ich sehe schwarz. Vielleicht sind sie einfach Boten Gottes, diese Beiden. Denn je länger wir leben, umso mehr Sünden begehen wir, und ich lebe mehr als doppelt so lang, an ihnen gemessen. Meine Sünden sind hundertmal größer. Wie komme ich also dazu, sie richten zu wollen? – Trotzdem –: ‹Ärgernis muß ja sein›, sagt die Schrift, ‹aber wehe dem, durch den es kommt.› Daran muß ich immer denken. Auch ihr schwebt in Gefahr, und wißt es nicht. Das wollte ich euch noch sagen, denn – ich liebe euch. Durch euch habe ich Christus gesehen und bin zur Umkehr gelangt. Nie werde ich es euch vergessen, und auch Gott wird es euch gutschreiben. Aber wer ihr wirklich seid –: Er allein wird es wissen!»

Zwischen Ratlosigkeit und Staunen betrachtete er uns wieder. Aber genau die gleichen Empfindungen waren es, aus denen heraus wir ihn anstarrten, als er jetzt wieder eine Stille eintreten ließ. Was hatte dieser schreckliche Mensch durchgemacht, damit eine solche Wandlung an ihm vorgehen konnte? War er dem Tierchen, das er doch geplagt und geängstigt hatte, wirklich so gut gewesen, um durch seinen Untergang so aus der Fassung gebracht zu werden? Niemals bisher hatte er in dieser Weise zu uns gesprochen. Augenblickslang kam ich mir angesichts seiner seelischen Entfaltung so furchtbar roh und eitel vor, daß ich auf der Stelle zu vergehen wünschte, aber dann bäumte sich mein Selbsterhaltungstrieb wieder auf, und ich erinnerte mich, wie wir an *seiner* Roheit und Eitelkeit bisher gelitten hatten. Ich war ergriffen, aber ich konnte ihm nicht glauben, und die Verachtung, die ich für ihn fühlte – die aus Haß und Furcht geborene –, vermochte ich auch nicht aufzugeben; ich halte sie noch heute für gerechtfertigt. Schauder und verstärkter Hochmut – das waren die hauptsächlichsten Gefühle, die er in mir erregte. Vielleicht hatte er sich mit dem Herrn Vater besprochen, und seine Worte waren nur der Nachklang dessen, was ihm jener gesagt hatte. Aber vielleicht arbeitete auch die Liebe so in ihm, hatte seine Braut ihn zur Rede gestellt, und war er davon so ergriffen und gerührt. Ungläubig und widerstrebend sah ich der weiteren Entwicklung dieser Szene entgegen.

«Diesem da», nahm er, auf mich deutend, wieder das Wort, «habe ich neulich gesagt, daß er nicht mehr für mich existiert, bis er sich gebeugt hat. Schweres Unrecht habe ich damit an ihm begangen, denn für mich müßten immer alle Kinder existieren, die mir anvertraut sind. Ich habe mich damit als Mietling erwiesen. Er hat sich nicht gebeugt, aber Gott hat *mich* gebeugt. Sieh mich an und verzeihe mir, damit dir auch verziehen wird. – Ihr werdet mich nicht mehr lange haben, aber wir wollen in Freundschaft scheiden. Gib mir die Hand.» Er sah mich so hilflos und doch zugleich auch drohend – immer noch drohend! – an aus seinen kleinen, stechenden Augen, daß ich ihm bestürzt willfahrte. Wie sollte ich mir ein solches Übel aufladen, und mich auch jetzt noch verweigern? «Auch du!» wandte er sich dann an Kleiber, nachdem er einen Moment unruhig suchend in meinen Blicken geforscht und sich dann wie betroffen schnell abgekehrt hatte: «Auch du verzeihe mir.» Wie ich reichte ihm Kleiber die Hand. «Ich danke euch, daß ihr mich zum Christen gemacht habt. – Der Herr Vater und auch meine Braut – beide haben mir gesagt, daß ich nicht länger hier bleiben kann. Auch ihnen danke ich. Ich habe schon eine andere Stelle am Blindenheim in Basel. Lauter Gutes erfahre ich Sünder und Ungerechter. Aber Gott wird mir künftig helfen.»

Er gab nun auch allen anderen die Hand; es war eine feierliche und sehr seltsame Stunde. Einige hatten Lust, zu lachen, aber sie wagten es nicht. Den meisten war eher unheimlich zumute, und sie wußten nicht, was sie machen sollten vor Verlegenheit. Zu irgendeiner Art von Übermut sah keiner einen Grund. Es wurde nachher sehr eifrig gearbeitet; auch wenn er heute gewogen hätte, was er zum erstenmal seit drei Jahren unterließ, würde keiner an die Wand gekommen sein. Die Ankündigung seines Rückzuges war zwar ein ungeheures Ereignis, aber er hatte es mit soviel Dämpfungen versehen, daß wir bei weitem nicht darauf verfielen, es als Sieg feiern zu wollen. Abgesehen von dem eindrucksvollen Abstand, den er zwischen seinen Selbstver-

leugnungsakt und unsere fortdauernde ungebesserte Unge-
rechtigkeit legte, bewies er auch sonst, was er an diesem Platz
von der Kunst gelernt hatte, mit unseresgleichen zu verfahren, und auf die Dauer machte das doch einigen Eindruck,
wenn es auch keine Liebe oder Bewunderung erweckte. Man
hörte nach und nach, daß er sich mit der übrigen Hausgemeinde ebenfalls ausgesprochen und frisch eingerichtet
hatte, und sah, daß er überall sehr ernst genommen wurde.
Auch uns gegenüber hielt die neue Stimmung durchaus vor.
Er mußte tatsächlich einen schweren Schreck erlebt haben.
Möglicherweise hatte diesmal wirklich Christus selber mit
ihm gerungen, wie man munkelte. Zwar die Realisten unter
uns – mir war noch eher schwül zumut – wollten lieber glauben, daß ihm seine Liebste so die Leviten gelesen habe. Als
sie noch einmal zu Besuch kam, betrachtete man sie mit anderen Blicken, und es ging alles von unserer Seite sehr ehren-
haft und respektvoll zu; selbst die Gartenjungen wohnten
dem Ereignis diesmal mit einer Art von mildem Ernst bei,
der sie gut kleidete. Auch mir schien sie jetzt nicht mehr so
lasch.

So gingen wir noch einen Monat lang vorsichtig und mit
viel Achtung umeinander herum, denn immerhin hatten wir
uns jetzt kennen gelernt. Zudem gab es neuerlich eine Partei unter uns, die mit jedem Tag größer wurde, und die ihn
allen Ernstes für eine Art von Heiligen zu halten anfing, den
man bisher bloß verkannt hatte. Nachdem Kleiber und ich
eine kurze Zeitlang beinahe als Helden gefeiert worden waren, fielen wir nun von Tag zu Tag im Ansehen, und am
Ende des Monats galten wir wenigstens bei jenen als ausge-
machte Verbrecher. Wenn die anderen dabei auch nicht mit
taten, so waren sie doch froh, daß sie uns, da wir jedenfalls
stark angezweifelt und bekämpft wurden, Anerkennung abziehen konnten, und schließlich sah es so aus, als sollten wir,
die wir doch der Anstoß zur neuen Zeit geworden waren,

allein die Rechnung dafür zahlen. Bereits wurde eifrig darüber disputiert, ob Ladurch uns überhaupt Unrecht getan haben konnte, da er uns doch um Verzeihung gebeten hatte, und Ladurchs Parteigänger stellten die These auf, daß es so oder so eine Gemeinheit von uns gewesen sei. Leidenschaftliche Erörterungen erregte die Schuldfrage, auf welche die Frommen den Kleiber festlegen wollten, während seine Freunde die Anschauung aufbrachten, daß der Täter entweder überhaupt ganz wo anders gesucht werden müsse, oder daß sich das Tier von selber, vielleicht auch bei einer Hetzjagd, die Ladurch mit ihm anstellte, zu Tode gestürzt habe. Jedenfalls konnte Kleiber bei einer Untersuchung durch die Obrigkeit – die Frau Mutter vermochte sich doch nicht ganz zurückzuhalten – sein Alibi lückenlos nachweisen, aber das wollte noch nichts sagen, da er zum Bund gehörte. Was mit dem Tierchen wirklich geschehen war, erfuhr man selbst in der Folge nie bündig. Eines Nachmittags fanden wir dann ohne besonderen Abschied die Bürstenbinderei von Ladurch geräumt und einen anderen Mann auf seinem Posten, und damit wandte sich die allgemeine Aufmerksamkeit überhaupt neuen Dingen zu.

Das letzte, was wir von Ladurch hörten, war, daß er sich vom Herrn Vater einsegnen lassen und noch einen Spruch auf die Reise erbeten hatte. Der Herr Vater ließ ihn in die Losbüchse der Brüdergemeinde greifen, und er zog das Wort aus den Sprüchen Salomonis: «Jedermanns Gänge kommen vom Herrn. Welcher Mensch versteht aber seinen Weg?» Getröstet und bestätigt verließ er damit die Anstalt, um seinen neuen Wirkungskreis anzutreten. Ich sah ihn später in Basel im Sommer unter der brennenden Sonne oder im Winter bei Regen und Schnee seine Karre mit den Erzeugnissen des Blindenheims durch die Straßen schleppen, um sie von Haus zu Haus zum Kauf anzubieten. Nachdem er sich unter der schweigenden Beobachtung der Kreise, die er nun als seine Obrigkeit betrachtete, einige Jahre in dieser Weise unterwegs und auch bei den Blinden als geduldiger, treuer Knecht bewährt hatte, übertrug man ihm die Hausvaterschaft in einer kleinen schweizerischen Besserungsanstalt für Knaben, von wo man nur Gutes und Bedenkenswertes von ihm hört. Die wahre Seele des dortigen Platzes soll allerdings seine Frau sein, und sie soll ihn sogar ziemlich schmal an der Kinnkette führen.

SIEBENTES KAPITEL

Der Johannesbund

Die Bluttaufe

Ich war keine so duldende Natur, daß ich mich rein leidend den Beunruhigungen und Anfechtungen hingegeben hätte, die mir an diesem Platz widerfuhren. Das ließ schon meine Phantasie nicht zu, die der eigentliche Trieb meines Daseins ist. In die Zeit, in welcher ich anfing, nach Gegenmitteln auszublicken, fiel eine dunkle Geschichte.

Wir hatten da einen gutartigen Jungen, ein Elsässer Kind mit blauen Augen, der Größeren einer, doch sanft und still und vor allem dem Frieden zugeneigt. Aber ab und zu fiel ein Wort von ihm, das auf Selbstachtung und geheime Reizbarkeit schließen ließ. Es wurde mir nie recht klar, nach welchen inneren Regeln er dann entbrannte, aber eben das machte ihn mir interessant; er gehörte zu denjenigen in der Anstalt, auf die ich achtete. Dieser Junge begann auf eine geheimnisvolle Weise zu kränkeln. Eines Tages bemerkte ich, daß er am Arm bis zur Hand herunter eiternde Wunden mit ziemlich schlimmen Borken hatte, aber als ich ihn daraufhin ansprach, lenkte er schnell ab und sprach von etwas anderem. Er war zwei Jahre älter als ich. Auch der Aufseher bemerkte die Geschwüre; sie gaben ihm Anlaß zu abfälligen Bemerkungen über Unreinlichkeit und Schweinerei. Schließlich heilten sie von selber. Das Merkwürdigste an der Sache war, daß ich auch von anderen Jungen, mit denen ich darüber sprach, kurz abgefertigt wurde; entweder sie gingen nicht darauf ein, oder sie sprachen darüber weg, und ausnahmslos waren es solche, auf die ich etwas hielt. Ich schloß daraus, daß irgend etwas dahinter steckte; aber als die Krankheit verheilt war, vergaß ich die Sache.

Eines Tages zeigte es sich, daß der Junge – Fraundörfer hieß er – hinkte. Man hörte, er sei beim Turnen vom Reck abgeglitten und mit dem Knie auf einen Stein aufgeschlagen. Später, als ein großes Unglück aus der Sache geworden war, schüttete man den Platz mit Gerberlohe auf. Wer nun mit Fraundörfer bekannter war, durfte sehen, wie das Knie anschwoll; ich wurde auch dazu gelassen. Tatsächlich gewann das Bein von Tag zu Tag an Umfang; plötzlich stellten sich dort die bekannten Geschwüre und Borken wieder ein. Die Jungen, die mit ihm näher verkehrten, waren jetzt sehr still und schienen bedenklich. Sie steckten viel die Köpfe zusammen, setzten aber dem Fraundörfer doch zu, sein Knie der Frau Mutter zu zeigen. Was dabei heraus gekommen war, wurde nicht recht bekannt. Sie verschrieb Bewegung des Knies, und zur Blutreinigung Lebertran, den er nicht trank; einer seiner Freunde soff ihn heimlich an seiner Stelle als Ergänzung des Speisezettels.

Fraundörfer bewegte nun fleißig das Knie, aber es setzte ihm in zunehmendem Maß Widerstand entgegen, und gleichzeitig begann er zu verfallen. Abends lag er oft frierend und schlotternd im Bett, bis er warm werden konnte; wahrscheinlich hatte er Fieber. Daneben aß er schlecht, und als mit ihm überhaupt nichts mehr zu machen war, steckte man ihn in die Krankenstube. Je länger man es ohne Arzt getrieben hatte, desto schwieriger wurde der Entschluß, ihn nun zu einer vollkommen verdorbenen Sache heranzuziehen. Schließlich war es nicht länger zu umgehen, und der Mann kam. Wir hörten von Fraundörfer, daß er ziemlich deutlich geworden sei, und daß die Frau Mutter einen roten Kopf bekommen habe. Inzwischen entschloß er sich, das Bein zu strecken, nachdem er den Ausschlag weggebracht hatte. Drei kräftige Brüder mußten mit anfassen, und das Geheul des

Jungen erklang durch die ganze Anstalt. Darauf lag er etwa acht Wochen im Gipsverband sehr vergnügt. Nachdem man dann den Verband geöffnet hatte, ging man daran, daß Bein wieder zu biegen, um ihm seine Beweglichkeit zurück zu geben. Fraundörfer erfüllte jetzt jeden Morgen die Anstalt mit seinem Geschrei. Er verfiel wieder. Fieber stellte sich von neuem ein. Und endlich blieb nichts anderes übrig, als ihn nach dem Krankenhaus zu schaffen, wo die Kniescheibe heraus genommen wurde. Das ganze Knie war vereitert gewesen, und niemand konnte sich denken, wie das zugegangen war, denn auch die rustikalen Kunststücke des zugezogenen Arztes waren keine letzte Erklärung.

Zu jener Zeit wußte ich über die Sache mehr, als alle Ärzte und Professoren zusammen genommen. Eines Tages hörte ich ohne meinen Willen ein Gespräch zwischen zwei Freunden Fraundörfers, aus dem folgender Sachverhalt hervor ging. Schon verschiedentlich erwähnte ich den sogenannten Bund. Von diesem Bund war Fraundörfer eines der beliebtesten und angesehensten Mitglieder. Über den Bund selber wußte man nicht mehr, als daß er eine lose Zusammenrottung der widerstandsfähigeren Köpfe war, und daß er die «Bluttaufe» hatte. Es wurde einem mit einem Messer eine Wunde beigebracht, und damit war man, wie es schien, aufgenommen, und hatte Anspruch auf alle Vorteile des Schutzes, den der Bund seinen Mitgliedern angedeihen ließ, war aber auch auf eine Reihe von Verpflichtungen festgelegt, deren Tragweite bei den Außenstehenden nicht ganz feststand. Die Beteiligten selber wußten zu schweigen. Das Messer nun, mit dem Fraundörfer geritzt worden war, stammte aus dem schmierigen Hosensack eines Anführers, wo es den Raum mit Maikäferleichen und einem Rattenschädel nebst den zugehörigen auf der Straße aufgelesenen Bindfäden und anderen selbst der Bezeichnung unzugänglichen Dingen geteilt hatte. Was er vollends vorher damit gemacht hatte, entzog sich auf ebenso entschiedene als geheimnisvolle Weise jeder näheren Kenntnis. Daß die Wunde dann zu eitern begann, ist daher an sich nicht so mysteriös. Gesetzmäßig verbreiteten sich die Schwären über den Arm und verschwanden nach einiger Zeit, als ihre Existenzbedingungen abgelaufen waren. Als mit dem Sturz auf das Knie eine neue Veranlassung gegeben war, brachen sie ebenso selbstverständlich frisch aus und blieben am Werk bis zum Untergang des Organismus, den sie zweitmalig befallen hatten.

Die Sache gab mir viel zu denken. Betrachtete ich meine Lage richtig, so enthielt sie tatsächlich manches Unsichere, denn ich hatte nachgerade einigermaßen begriffen, mit welcher Macht ich es hier zu tun hatte. Ebenso konnte ich mir vorstellen, daß es nichts schaden würde, dagegen einen gewissen Rückhalt zu haben. Nachdem ich längere Zeit hin und her gedacht hatte, was ich tun müsse, um aufgenommen zu werden, entschied ich mich schließlich für das direkte Verfahren. Frei nach Schiller in der Bürgschaft dichtete ich folgenden Vers:

«Ich sei, gewährt mir das Verlangen,
In eurem Freundschaftsbund empfangen.»

Den Vers schrieb ich auf und reichte ihn bei demjenigen der Bundesbrüder ein, mit dem ich am besten bekannt war. Er tat zuerst, als wüßte er nicht, was ich wollte, aber da erzählte ich ihm, was ich gehört hatte, und er versprach, die Sache weiter zu geben. Ein paar Tage lang wurde ich von den Bündlern groß angesehen, ohne daß einer etwas zu mir sagte. Endlich trat einer zu mir und begann allerlei dunkle und verworrene Dinge vorzubringen, die mich kopfscheu machen und abschrecken sollten; aber ich hatte mich einmal in den Gedanken verbissen, blieb auf meinem Begehren, und ganz verwundert ging er wieder ab. Einige Tage später nahm mich wieder einer beiseite und examinierte mich nun ziemlich feierlich, ob ich also wirklich bereit sei, mich auf Gnade und Ungnade aufnehmen zu lassen, einerlei, was mit mir passiere? Und ob ich willens sei, für den Bund durch dick und dünn zu gehen? Er sprach von sehr schweren Strafen bei Wortbruch, und stellte mir noch den Rücktritt frei. Meine Idee war inzwischen zu einer Art von stiller Besessenheit geworden, und so forderte man mich schließlich auf, mich zum kommenden Sonntagmittag zur Verfügung zu halten.

Der Wagenschuppen hatte einen großen Dachboden, den man über eine alte Holztreppe erreichte. Wir hatten dort nichts zu suchen, und man konnte nur hinauf, wenn die Luft ganz rein war, denn die Örtlichkeit gehörte zum Bereich des Herrn Johannes, der alles sah, und stets da auftauchte, wo etwas los war, als ob er mit den Geistern im Bund wäre. Heute war er nach Basel gefahren, und der beaufsichtigende Bruder wurde durch Mitwisser festgehalten, wurde «belimpft», wie der Bundesausdruck hierfür hieß. Ein kleiner Kreis von Jungen wartete droben; einer brachte mich an. Im ganzen waren wir fünf. Eine etwas dunkle Einführung folgte nun, deren Hauptaufklärung in der einfachen Nachricht bestand, daß «der Name Johannes sei». Der Name des Herrn Vaters wurde nicht genannt; ich fühlte, daß er zu jenem lichten, verehrten den dunklen Schatten, «das Andere» bildete. Man weihte mich ferner in die Zeichen ein. Das Kreuz war ein schlechtes Zeichen, das verschränkte Dreieck ✡ ein gutes, das Zeichen Johannes. Wessen Zeichen das Kreuz sei, wurde wieder nicht gesagt. Schweigsamkeit war absolute Pflicht. Wer petzte, ging keinen guten Tagen entgegen. Zum Schluß nahm man vor, was man zu Beginn hätte nehmen sollen: die Bluttaufe. Ich mußte den Ärmel aufstreifen. Einer der Jungen, der hier das Wort führte, öffnete sein Taschenmesser, und mit der kleinen Klinge zog er mir einen Riß unter der Impfnarbe hin, der ziemlich blutete. Ich bin also dreimal geimpft. Aber ich sah dem Bluten ruhig zu. Auf die Schärfe des Messers hatte ich dann noch die Hand zu legen, während ich den Namen «Johannes» aussprach, und damit war ich eingeweihter Johannesbündler. Einzeln verließen wir den Boden, um nicht aufzufallen, und einer nach dem anderen mischte sich wieder unter die Spielenden, als ob er nie weggewesen wäre.

Es dauerte eine ganze Weile, bis ich alle Mitglieder des Bundes kannte, und bis ich über die Richtung und Tätigkeitsweise desselben im klaren war. Inzwischen begann ich frischweg, meine Umwelt mit den Augen eines überzeugten und von dichterischer Phantasie bewegten Johannesbündlers zu betrachten. Das Leben gewann mir erstmalig ein Gesicht. Ich selber hatte einen Standpunkt gefunden, um welchen herum die Dinge und Erscheinungen sich zu ordnen begannen. Eine große und einfache Einmütigkeit verband stillschweigend die Glieder des Bundes miteinander. Alle standen noch in einer Frühzeit, in der sie sich prüfend und suchend nacheinander hinfühlten, und in welchem das, was dabei ausgesprochen werden konnte, erst in der Bildung begriffen war. Aber eben das Unausgesprochene gab unserem Bund diesen geheimnisvollen und beseelten Zusammenhalt. Genug, daß man sich gewöhnte, im Kreuz immer mehr das Zeichen der Lebensanfechtung und der Gefangenschaft, und im Doppeldreieck das Symbol der ungenannten und ungestalteten Widersetzlichkeit, der Freiheit und Unbegrenztheit zu sehen, wenn man es auch nicht so klipp und klar in Worte zu fassen wußte.

Je länger je mehr ging ich in einer geheimen Bewegung herum, die meine bisherige Welt in einem neuen Sinn gestaltete. An den guten Dingen, die ich liebte, oder die ich ersehnte, bemerkte ich nun plötzlich das verschränkte *Dreieck* als Eigenzeichen; die anderen versah ich mit dem Kreuz. Vor zwei Erscheinungen machte ich jedoch halt und zauderte. Erstens wagte ich nicht, die Gestalt des Herrn Vaters mit einem Zeichen zu versehen. Ich sah keine Möglichkeit, ihm das Doppeldreieck zuzuweisen, aber ihm das Kreuz zu geben, fühlte ich mich nicht stark genug. Und dann war da in meinem Leben auch noch meine Mutter, auf die ich stieß, wenn meine Gedanken auf Ordnung auszogen. Für das Jazeichen war sie weder so hell noch so glücklich, daß ich es ihr geben konnte; ich fürchtete, daß sie es ungeduldig abschütteln würde. Aber sie mit dem Neinzeichen zu versehen, dagegen wehrte sich mein Schicksalsgefühl und mein gerechtes Bedürfnis, sie im Kreis meiner guten und wohltätigen Dinge zu wissen. Ich hatte sie nun schon im fünften Jahr nicht mehr gesehen, wußte nicht, wo sie war, was sie tat, wie es ihr ging, mit wem sie lebte, aber nach wie vor war sie ein Bestandteil meiner Welt, und je nachdem war sie mehr, war sie ziehende, nagende Sehnsucht, war sie eng einhüllende Atmosphäre der Traurigkeit, oder war sie das ferne, unzufrieden und heiß blinkernde Licht eines Sternes aus jener astrologischen Konstellation, die mein Schicksal bedeutete.

Besuch der Mutter

Oft hatte ich mit leisem Hunger und mit Neid gesehen, wie andere Jungen nach der Schule benachrichtigt wurden, daß Besuch für sie da sei, wie sie davon liefen, ihren Kaffee im Stich ließen, und wie sie im Hof zärtlich und stolz irgendwo neben ihren Müttern saßen. Es herrschte unter uns in solchen Fällen ein unabgesprochener Feinsinn. Niemand belästigte durch seine Nähe ein solches Paar, wo es sich niedergelassen hatte. Die Spiele wurden wo anders abgewickelt, ja, es galt als guter Ton, überhaupt nicht hinzusehen, und so gern wir einander etwas am Zeug flickten, so scharfzähnig und hochfahrend wir insbesondere in Gefühlsäußerungen miteinander verfuhren: über den Umgang mit Müttern wurde nie ein Wort verloren; das war Schonbezirk.

Aber eines Nachmittags, als ich aus der Schule kam, wurde mir gesagt, jemand warte im Besuchszimmer auf mich. Mit klopfendem Herzen, denn es war mein erster Besuch, ging ich hin. Ich fand da eine vollkommen unbekannte, mehr als mittelgroße Frau von bitterschönem Aussehen, mit großen, schwarzen Augen und schwarzem Haar. Sie erklärte mir, daß sie meine Mutter sei, und fragte mich, ob ich sie noch kenne. Ich war furchtbar betroffen, denn ich konnte mich durchaus nicht entsinnen, sie schon einmal gesehen zu haben, sagte ihr ungewiß guten Tag, blickte ihr suchend in die unzufriedenen, nachtdunklen Augenabgründe, und bemerkte schüchtern den enttäuschten und müde aufgebrachten Zug in ihrem Lächeln, während sie feststellte: «Du gleichst aber sehr deinem Vater!» Dann ging sie daran, den mitgebrachten Armkorb auszuräumen. Geküßt hatte sie mich noch nicht; ich denke heute, daß meine große Ähnlichkeit mit meinem Vater sie so befremdete.

«Also da hat man dich hingebracht?» sagte sie während des Auspackens. «Gefällt es dir denn hier?» Sie sprach alles mit dem gleichgültig scheinenden und von vornherein enttäuschten Ton, den sie jetzt an sich hatte.

«Manchmal», erwiderte ich, noch etwas zurückhaltend. «Manchmal auch nicht. – Wie geht es dir?»

«Ach, danke. Man ist wieder in Europa; da muß man sich an vieles Schlechte gewöhnen.»

«Ist es denn in Amerika anders?» fragte ich.

«Ja. Daß eine Mutter, die zu ihrem Kind will, erst kreuz und quer verhört und so von oben herab behandelt wird, das gibt es jedenfalls drüben nicht.»

Ich sah sie erschrocken an, aber sie schien nicht erzürnt zu sein, so schwer mir auch der Verstoß vorkam, den man sich gegen sie hatte zuschulden kommen lassen. Ich nahm ihn mir zu Herzen, zumal man mich an die Auffassung gewöhnt hatte, daß ich hier vollberechtigtes Kind im Vaterhaus sei.

«Wer hat denn das getan?» forschte ich beklommen.

«Ach, das ist ja gleich. Irgend so eine junge Person. Es wird die Tochter hier sein. Kümmere dich nicht darum. Nimm! – Wie bekommt ihr hier zu essen? Du siehst nicht gut aus. Viel zu klein und schmal bist du! Was für dünne Ärmchen du noch hast! Ihr müßt da wohl sehr hungern?»

«Manchmal ist es zu wenig», gab ich zu. Allmählich begann mich der Mutterklang zu erwärmen. «Wo bist du jetzt, Mutter?»

«In Wyhlen beim Vetter Franz. Du weißt doch: neben dem Großvater. Da ist die Frau gestorben, die Base Marie, und ich mache jetzt die Haushaltung. – Kommst du nicht einmal auf ein paar Wochen nach Wyhlen?»

«Wir dürfen hier nicht heraus. Niemand bekommt Ferien. Bloß die Brüder können im Sommer verreisen.»

«Mit meinem Willen bist du nicht hier. Das hat man hinter meinem Rücken getan. Ich kann dich wegnehmen, wenn ich will; ich habe das Recht dazu. Du mußt es nur sagen. Keine acht Tage bist du dann mehr hier. – Nun, überlege es dir. Ich werde ja jetzt ein Auge über dir haben. – Großvater und Großmutter lassen dich grüßen. Die Großmutter wird jetzt immer weniger; sie wird es wohl nicht mehr lange machen. Sie spricht immer von dir und macht dem Großvater Vorwürfe, daß er dich fort gelassen hat.»

«Ist die Großmutter denn sehr krank?»

«Sehr krank weiter nicht. Sie hat ja die Gicht. Und jetzt wird sie eben immer weniger. – Ich werde mit dem Vetter

Franz sprechen, daß ich dich zu mir nehmen kann. Platz ist genug im Haus. – Man ist hier wohl sehr fromm?»

«Wir haben jeden Tag zweimal Andacht. Aber viele denken, was sie wollen.»

Ich dachte an unseren Bund und entdeckte, daß ich einen neuen Halt in mir hatte, sozusagen eine Sicherheit, eine Zuflucht vor Gewalten und Einflüssen, die mich hier ängstigten. Dann sah ich meine Mutter auf die Zeichen hin an und fand zu meiner Beruhigung und unter einer starken Empfindung von Achtung für sie, daß sie außerhalb unserer Beziehungen stand; vielleicht stand sie sogar darüber als Vertreterin einer anderen großen Macht, die man hier nicht kannte, die aber sicher auch sehr einflußreich sein mußte. Vielleicht ließ jetzt der katholische Pfarrherr seine Kräfte spielen. Daß sie mich hier wegnehmen konnte, wenn sie wollte, machte mir doch einen starken Eindruck. Mit großer Schnelligkeit bildete sich der Begriff in mir, daß wir dann die angesehensten Leute in Wyhlen sein mußten, denn meine Mutter war in Amerika gewesen, und ich in einer protestantischen Anstalt. Etwas besorgt machte mich der Gedanke, den Johannesbund zu verlassen, aber vielleicht konnte ich einige meiner Kameraden nachkommen lassen und dort einen neuen gründen.

«Denke nur auch, was du willst», ermahnte sie mich inzwischen. «Besser wäre, mehr Mahlzeiten und weniger Andachten. – Werdet ihr hier auch geprügelt?»

«Manchmal. – Du mußt aber nicht denken, daß es so sehr schlecht ist hier. In Tüllingen soll es viel schlimmer sein, und in Kasteln nicht besser.»

«Dann möchtest du wohl gern hier bleiben?»

«Jeder will gern hier weg», sagte ich zögernd unter dem Entstehen einer für meine Verhältnisse ungeheuren Spannung. «Je eher je lieber. – Aber ich habe bis jetzt noch nicht gesehen, daß einer fortkam.»

«Nun, dann wirst du es selber erleben», sagte sie mit leicht geröteten Wangen. «Umsonst ist man am Ende nicht drüben gewesen.»

«Warum bist du eigentlich zurück gekommen?» fragte ich. Ich hoffte im geheimen, zu erfahren, daß sie schon reich genug sei, oder daß man sie gerufen habe, um ihr einen Ehrenplatz anzuweisen. Doch sie sagte ganz geschäftsmäßig: «Ich habe das Klima nicht vertragen. – Aber iß jetzt auch. Schmeckt dir die Wurst nicht?»

Sie hatte mir Käse, Würste, Speck, Brot und Schokolade mitgebracht; auch ein Eierkuchen vom Mittagessen lag zwischen zwei zusammen geklappten Tellern auf dem Grund ihres Korbes; den sollte ich nachher noch essen.

«Doch, sie schmeckt mir», sagte ich lachend; mir wurde auf einmal so leicht, ich wußte nicht warum. «Aber das alles darf ich gar nicht behalten, Mutter; es wird mir doch weggenommen.»

«Nun, das wäre mir sehr merkwürdig. Was dir deine Mutter bringt, wirst du wohl essen dürfen.»

«Das *ist* aber hier so», sagte ich achselzuckend. «Es geht allen gleich. Sie sagen, wir bekommen unser Essen, und was darüber ist, das ist vom Übel.»

«Was wird denn aus den Sachen, die die Mütter bringen? Werden die verteilt?»

Das weiß ich nicht. Ich habe noch nie etwas bekommen. Und es ginge auch in zu viele Stücke.»

«Sie werden das doch nicht selber essen?» horchte sie auf. «Also höre mal, Johannesli, ich werde das klar stellen. Du wirst deine Sachen behalten, dafür stehe ich dir gut. Wenn du davon anderen austeilen willst, so ist das deine Angelegenheit, aber nicht die fremder Leute.»

Später fragte sie mich, ob ich schon darüber nachgedacht hätte, was ich werden wollte.

«Ich möchte gern Lehrer werden», sagte ich in fragendem

Ton. «Aber das ist hier schwer. Man muß erst ein Handwerk lernen, und dann kann man wieder kommen, wenn man noch dazu entschlossen ist. – Ich werde eben wohl wieder kommen!»

Der letzte Satz war wohl etwas ungewiß ausgefallen, und sie lachte jetzt zum erstenmal ein bißchen.

«Wirst schon wieder kommen!» spottete sie wohlmeinend. «Sei froh, wenn du heraus bist. Und Lehrer werden wird man dich auch noch lassen können. Da wird schon unser Herr Pfarrer dahinter her sein. Der erzählt jetzt noch, was du für ein guter Kopf warst, und was für ein Betragen du hattest. («Also richtig der Herr Pfarrer!» dachte ich einsichtsreich.) In der Klasse warst du ja immer weitaus der Erste. Bist du hier auch der Erste?»

«Nein, der Zweite», sagte ich ein bißchen kleinlaut. «Vorher war ich der Erste. Aber da bekam auf einmal der Lehrer die Versetzwut, als ich eine Antwort nicht wußte, und der Zweite auch nicht. Zuerst flog ich zum siebenten Platz hinunter, dann wurde ich Zweiter, und seither hat er nie mehr nach Leistungen gesetzt. – Es ist ja auch gleich.»

«Es ist gar nicht gleich. Ich werde untersuchen, warum du nicht Erster sitzest. – Wenn dein Vater noch lebte, so könntest du Pfarrer oder Doktor werden. Und wer weiß? Vielleicht heirate ich den Vetter Franz, und dann bekommen wir einen guten Hof. – Möchtest du nicht etwas Besseres als Lehrer werden? Lehrer sind Hungerleider.»

Ich überlegte. Herr Johannes war kein Hungerleider, aber wer konnte hoffen, auch ein Herr Johannes zu werden?

«Ja, dann möchte ich alles werden», sagte ich wie zur Probe. Sie sah mich verwundert an.

«Ich weiß nicht, ob es ein solches Studium gibt», erwog sie. «Vielleicht die Philosophie.»

Während wir so sprachen, kam ein älteres Mädchen ins Besuchszimmer herein und sagte, meine Mutter möchte zum

Herrn Vater kommen. Sie packte ihren Korb wieder ein, nahm mich an der Hand und folgte meiner Leitung. Mit roten Flecken auf den Wangen, aber ruhig trat sie mit mir vor die hohe Persönlichkeit. Ich war sehr stolz auf sie, und meines nächsten Schicksals schon beinahe gewiß, betrachtete ich dies alles hier ein bißchen mit Abschiedsblicken.

«So, also Sie sind die Frau Schattenhold!» sprach der Herr Vater sie an. «Es ist ja schön, daß Sie wieder im Land sind und sich um Ihr Kind kümmern.»

«Um mein Kind habe ich mich immer gekümmert», erwiderte sie. «Ich hatte es bei seinen Großeltern gut untergebracht. Man hat es ohne meinen Willen dort weg genommen, und kann mir nun nicht solche Sachen durch die Blume sagen. Nachdem ich heute gesehen habe, wie man hier mit Müttern umgeht, kann ich mir auch denken, wie man die Kinder behandelt. Ich werde jetzt zurück fahren und alles bereit machen. In acht Tagen bin ich wieder hier, um ihn zu holen.»

«Sie denken wohl», erwiderte der Herr Vater mit bereits aufsteigendem Zorn, «ein lebendiges Kind ist eine Puppe, die man liegen läßt und nach Jahren wieder aufnimmt, wenn es einem ankommt? Sie finden hier einen leidlich artigen, wohlgebildeten Jungen vor, der Ihnen gefällt, und wollen nun mit der Frucht unserer Anstrengungen vor den Leuten prahlen? Ein vernachlässigtes, seelisch verkommenes Wesen wurde uns vor vier Jahren eingeliefert, ein kleiner Strolch, der sich schon mit Mädchen herum trieb, und außerdem sollte er dazu verführt werden, katholisch zu werden. Kann schon sein, daß das Kind nicht mit Ihrem Willen da ist, aber es ist mit dem Willen Gottes da. Darüber denken Sie einmal nach, wenn Sie überhaupt noch etwas von Gott wissen.»

«Ob es auch mit seinem eigenen Willen da ist, spielt wohl dabei keine Rolle?» fragte meine Mutter an sich haltend, aber ihre Stimme zitterte leise, und ihre Augen funkelten. Sie kam mir jetzt sehr schön vor, und ich fing an, für sie zu fürchten.

«Haben Sie sich erkundigt, ob er *gegen* seinen Willen hier ist? Und wissen Sie, ob er alle seine Gefährten, seinen Bildungsgang und seine Lehrer verlassen will, um bei Ihnen einer neuen Verkommenheit entgegen zu gehen?»

«Verkommen scheint er mir hier», erwiderte sie. «Er ist zwölf und sieht aus wie ein Achtjähriger. Gefährten und Lehrer wird er auch bei uns finden. Und mitgehen wird er je eher je lieber.»

«Das ist gelogen!» fuhr der Herr Vater auf. «Unterstehen Sie sich nicht, das Kind als Deckschild für Ihre gewissenlose Handlungsweise zu mißbrauchen. – Wo haben Sie Ihr zweites Kind?»

«Das geht hier niemanden etwas an; Sie sind nicht mein Beichtvater. – Es ist drüben bei vornehmen Leuten, wenn Sie es hören wollen.»

«Geh hinaus!» sagte der Herr Vater zu mir. Er war blaß vor Zorn, und als ich zögerte, sagte auch sie: «Geh hinaus, Johannesli; wir haben hier zu reden.» Ich gehorchte mit zitterndem Herzen. Meine Mutter stand aufrecht und mit weiten Nüstern da. Sie sah wohl selber voraus, daß ich bei der nun bevorstehenden Auseinandersetzung nicht nur Schönes zu hören bekommen werde, sonst hätte sie sich meiner Entfernung widersetzt. Es wurde nun drinnen ziemlich scharf geredet. Ich stand in der tiefen Fensternische neben der Tür und wartete trübe auf das Ende des Streites. Ab und zu drang ein laut heraus gestoßenes zornmütiges Wort des Herrn Vaters zu mir. Meine Mutter sprach nach wie vor ruhig und mit gehaltener Stimme, aber meine Erwartung, daß sie obsiegen würde, war schon sehr klein geworden. Ich fing auch an, ein bißchen an ihrer Macht zu zweifeln. Sie trug eine Jacke, die mir umso älter schien, je öfter ich sie betrachtete. Auch waren ihre Ärmel ein wenig zu kurz, und ihre Schuhe schienen stark ausgetreten. Aus ihrer Haltung und ihrem Ton gewann ich außerdem etwas wie eine verehrende Überzeugung, daß sie an Fehlschläge und Niederlagen gewöhnt sei. Dafür liebte ich sie umso stärker und nahm umso aufrichtiger ihre Partei, da sie ja trotzdem wagte, gegen den Herrn Vater aufzutreten, aber ich hörte auf, mir für mich selber große Hoffnungen zu machen.

Endlich ging die Tür auf, und sie trat mit Tränen der Wut auf den Wangen zu mir heraus. Ähnlich war vor vier Jahren mein Großvater hier heraus gekommen. Standhaft hatte er sich seither geweigert, wieder einen Fuß in dies Haus zu setzen. «Ich habe die achtundvierziger Revolution mit durchgemacht, und brauche mich nicht in meinem Alter noch zurechtweisen zu lassen!» schrieb er einmal auf meine Frage, warum ich denn niemals Besuch bekäme. Meine Mutter stolperte aber nicht über die Schwelle, wie er getan hatte. Aufrecht und an sich haltend kam sie heraus und nahm mich bei der Hand. «Du kannst mich noch zum Bahnhof begleiten», sagte sie. «Mittlerweile ist die Zeit vergangen.» Stumm verließ sie mit mir die Anstalt, durchschritt das dunkle Tor, und erst draußen fing sie wieder an zu sprechen.

«Ist da in der Nähe eine Wirtschaft», fragte sie, «wo man noch ein bißchen sitzen kann?»

«Gleich beim Bahnhof ist eine», teilte ich mit. «Aber da dürfen wir nicht hin. Es ist uns streng verboten.»

«Auch mit euern Verwandten?»

«Sonst kommen wir ja nicht hin.»

«Ja, ja, eure Verwandten, Mütter und so weiter, sind alles schlechte Leute. Nur in der Anstalt ist man gut. Laß sie aber verbieten. Wir gehen hin. Mir hat der Zorn Durst gemacht. Und du mußt deinen Eierkuchen noch essen. Ich werde dir Kaffee dazu geben lassen. Oder hast du Angst?»

Angst war kein Ausdruck für das, was ich empfand. Mich bewegte Ehrfurcht, Glück, Mitgefühl, auch Furcht, gewiß, aber irgendeine unbestimmte, unfaßbare Furcht um sie, denn ich war ein Schattenhold, und sie eine Kanderer; darin drückte sich alles aus. Wo war meine Schwester geblieben? Und was hatte es auf sich mit einem dritten Kind, von welchem ich den Herrn Vater drinnen schreien gehört hatte? Aus ihrem ganzen Ton hörte ich heraus, daß dieser immer kämpfende Mann auch sie bereits in der Gewalt hatte, so daß sie nicht einmal versuchte, nachträglich mir gegenüber sich durch hingestreute Bemerkungen einen Sieg zu konstruieren, oder wenigstens ihren Rückzug zu decken. Sie fraß wortlos an ihrem Grimm, während sie mit mir ganz nebensächliche und gleichgültige Dinge sprach. Als wir in der Gartenwirtschaft über dem Bahnhof saßen, und sie den Eierkuchen auspackte, sah ich, daß der Korb im übrigen leer war; auch hierin hatte also der Herr Vater über sie gesiegt.

In meiner Verlegenheit fing ich an, sie nach Amerika zu fragen, wie es dort gewesen sei, und ob sie auch Amerikanisch könne. Wie denn Löffel dort heiße? «Schiß», sagte sie wie aus der Pistole geschossen. «Und Gabel heißt: Verfluchtes protestantisches Lumpenpack!» Darauf war ich eine Weile still, und auch sie saß unbeweglich, so unruhig der Zorn auch an ihr nagte, wie ich am Kommen und Gehen ihrer Farbe sehen konnte.

Endlich wurde mein Kindesgefühl in mir übermächtig. Leise glitt ich von meinem Stuhl weg, und voll hohen Zagens näherte ich mich ihr, bis ich ihr die Wangen streicheln konnte, über die wieder hurtig und mit gewisser Heftigkeit die Tränen herab sprangen. Sie ließ es sich gefallen, aber als ich nun, wie ich es bei anderen Jungen gesehen hatte, ihr auf den Schoß sitzen wollte, stand sie hastig auf und sagte: «Der Zug muß gleich da sein!» Sie rief nach ihrer Zeche, bezahlte und nahm ihren Henkelkorb. «Komm!» sagte sie in einem plötzlich so entschlossenen, zornig federnden Ton, daß mein Herz einen Sprung tat. «Jetzt nimmt sie dich kurzerhand mit!»

fuhr es mir durch den Kopf. Ganz benommen und verwirrt stolperte ich neben ihr her nach dem Bahnhof. Vor dem Schalter stand sie einen Moment finster wühlend, ehe sie verlangte. Mir taten die Haare weh vor Spannung. «Wyhlen dritte einfach!» sagte sie dann wie müde geworden. Gleich darauf fuhr der Zug vor. Sie stieg ein, winkte mir aus dem Wagenfenster mit einem freundlichen, aber schon sehr gedankenabwesenden Lächeln zu und fuhr davon. Vereinsamt und verlassen wie nie trottete ich den Bahnhofsweg hinunter. Als ich aus dem Torgang in den Anstaltshof trat, fand ich die Mauern der Anstalt höher und steinerner, die Ecken härter, die Fenster kahler, die Bäume grau, und den Himmel darüber zum Staunen leer.

ACHTES KAPITEL

Ungewisse Ausgänge

Zeichen und Wunder

Einige Zeit nach dem Besuch meiner Mutter begann man davon zu sprechen, daß regelmäßig morgens an die Tür des Herrn Vaters mit Kreide ein Kreuz, und an die des Herrn Johannes ein Doppeldreieck gezeichnet erschien, ohne daß man wußte, von wem die Zeichen stammten, und was sie zu bedeuten hätten. Der Lehrer fragte unter der Hand nach; einmal wurden wir auch im gesamten darüber verhört. Aber es kam nichts dabei heraus, und am nächsten Morgen standen die Wahrzeichen wieder an den beiden Türen. Wir selber hatten keine Ahnung, was wir davon denken sollten. Einige von uns kannten ja die Zeichen, und verstanden sehr wohl die symbolische Bedeutung, aber auch innerhalb des Bundes wollte sich niemand dazu bekennen, obwohl man den Betreffenden als großen Mann gefeiert hätte.

Auch ich konnte die Ehre mit gutem Gewissen von mir ablehnen. Es wäre nach dem Erlebnis mit der Mutter ein wohlangebrachter und sinnreicher Akt der Auflehnung gewesen, aber mit dem Herrn Vater setzte ich mich auf andere Weise auseinander. All die Wochen seither verweigerte ich ihm bei den öffentlichen Begegnungen den Gruß; auch betete ich die gemeinsamen Gebete nicht mit. Die an mich gestellten Anforderungen erfüllte ich, um meiner Mutter keine Schande zu machen, aber was davon auf ihn persönlich kam, das war trocken und pflichtmäßig, und zu seinen gelegentlichen Scherzen sah ich unbewegt mit stiller Feindseligkeit. Ihm fiel mein neuerliches Verhalten selber auf. «Der Schat-

tenhold ist mir böse», sagte er halb traurig, halb verdrießlich. «Nun, man muß ihm Zeit lassen. Alles gibt sich im Leben.» Auch diese Bemerkung hörte ich mit kaltem Gesicht
an. Solange ich noch mit dieser scharfen Deutlichkeit meine
Mutter weinend aus dem Zimmer treten sah, konnte ich ihm
nicht wieder gut sein.

Indessen wurde die Geschichte mit dem Kreuz und den
Dreiecken zu einer öffentlichen Beunruhigung. Alles sprach
darüber. Man war abends schon gespannt, zu erfahren, ob
morgen der Betreffende wieder dagewesen sein werde. Von
diesem machten wir uns allmählich eine kühne, dunkle und
geheimnisvolle Vorstellung. Wir begeisterten uns für ihn, betrachteten ihn als unseren Sachwalter, und zitterten alle im
geheimen, daß er in einer Nacht doch ergriffen werden könnte. Schon waren Patrouillen angeordnet, die, immer zu anderen Nachtzeiten, durch das Haus zu gehen hatten, aber
die kommandierten Brüder trafen nie jemand, und die Zeichen waren entweder noch nicht da, oder die Tat war schon
wieder geschehen. Auch der Herr Vater wurde unruhig. Seine Züge nahmen einen gespannten Ausdruck an. Gleichzeitig
schien ihn die Sache zu ermüden und sich ihm aufs Gemüt
zu legen. Er war die Zeit sehr ungleich, bald gewaltsam zu-
dringend, bald enttäuscht und scheltend, und er zeigte Neigung, uns die allgemeine Mitwisserschaft an einem Komplott zuzutrauen.

In einer Nacht nun hatte sich Herr Johannes selber vorbehalten, zu wachen; die Sache mußte jetzt zum Beschluß
kommen. Dabei ergab sich Folgendes: Herr Johannes nahm
nach vollzogenem Lichterlöschen im großen Haus Platz auf
einem Polstersessel unter der Uhr im Treppenhaus, die er jeden Sonntagmorgen selber aufzog. Sie hing links an der kleinen Wand neben dem Fenster. Das Mondlicht fiel schräg in
die Gänge und ins Treppenhaus hinein, aber Herr Johannes
saß im Dunkeln. Er mußte warten bis etwa gegen zwei Uhr,

ohne daß etwas anderes geschah, als daß die Uhr über ihm die Stunden schlug, daß es im Haus da und dort knackte, und daß draußen ein Käuzchen schrie.

Die Uhr hatte eben gewarnt, da sah Herr Johannes, daß sich vom oberen Stockwerk langsam aber zielbewußt eine weiße Gestalt über die Treppe herunter bewegte. Jetzt betrat sie den Boden, auf dem die Zimmer des Herrn Vaters und des Herrn Johannes lagen, aber sie ging an beiden Türen vorbei und setzte still den Abstieg durch das Haus hinunter fort. Leise stand Herr Johannes auf, um ihr nachzugehen. Im ersten Stock wandte sie sich rechts nach den Lehrsälen, Herr Johannes hinterher. Doch bevor der alte Mann die Tür des großen Saales erreicht hatte, durch die sie verschwunden war, kehrte sie schon zurück; Herr Johannes hatte eben noch Zeit, sich in dem Rahmen einer anderen Tür zu bergen. Die Gestalt schritt aufrecht in selbstversunkener, gespannter Haltung dicht an ihm vorüber, ohne ihn zu bemerken.

Im Hauptgang wandte die Erscheinung sich links und erstieg im vollen Mondlicht, von Herrn Johannes wie von einem Schatten aus längstgelebtem Vorleben verfolgt, wieder die Treppe nach dem zweiten Stockwerk. Ohne umzusehen und ohne sich zu sichern, mit wunderbarer Selbstverständlichkeit, trat sie dort an die Tür des Herrn Vaters, an die sie sorgfältig, wenn auch etwas eilig, ein großes lateinisches Kreuz mit Kreide malte; die Kreide hatte sie zuvor aus dem großen Lehrsaal von der schwarzen Tafel geholt. Mit einem Seufzer wandte sie sich darauf ab, stand einen Augenblick wie nachdenkend und ging dann auf die andere Tür zu, die sie ausführlich mit einem verschränkten Dreieck versah. Als auch dies geschehen war, trug sie die Kreide an ihren Ort zurück. Wiederum ohne zu bemerken, daß sie verfolgt war, stieg sie nach den Knabenschlafsälen hinauf und legte sich, noch einmal tief seufzend – in mein Bett.

Am nächsten Tag fand eine Aussprache statt zwischen

den beiden alten Männern, die unserer Anstalt vorstanden, den Lehrern und den Familienmitgliedern des Herrn Vaters. Diese letzteren sind die Erklärung dafür, daß einiges von den Verhandlungen durch die Wände und Türen bis zu uns drang, wenn auch nicht gleich. Es scheint dabei ziemlich bewegt zugegangen zu sein. Der Herr Vater soll unmutig und gereizt ausgerufen haben: «Immer nimmst du den Schattenhold vor mir in Schutz, als ob ich ihn vergewaltigen wollte. Nachgerade kannst du doch sehen, was für Früchte seine stille Hoffart trägt.» Dann soll auch von meiner Mutter die Rede gewesen sein, deren Widerbild in meinem Verhalten gefunden wurde, aber schließlich hat man sich wohl auf eine geteilte Behandlung des Falles herbei gelassen. Den moralischen, fürsorglichen Part übernahm Herr Johannes, während der Herr Vater mit jedem Mittel in Erfahrung zu bringen suchte, was es mit diesen Sinnbildern auf sich habe. Denn auch an anderen Orten waren die Zeichen beobachtet worden, ja, in der letzten Zeit schien eine richtige Seuche um sich zu greifen; wo man hinsah, stieß man nachgerade auf Kreuze und verschränkte Dreiecke.

Drei behütete Nächte

Während ich so unbewußt der Gegenstand einer leidenschaftlichen Verhandlung und einer genauen mißtrauischen Beobachtung war, verbrachte ich einen stillen und etwas bedrückten Tag. Das fallende Laub machte mich schwermütig. An diesem Tag waren auch die Störche weggezogen; ihr Nest stand leer. Ich fühlte mich einsamer als sonst; mir war, als hätten sie mich persönlich verlassen. Auch der nächtliche Täter machte immer noch von sich reden, und alsgemach begann er mich zu beunruhigen. Ich weiß, daß ich mich zu einem Bundesmitglied äußerte: «Es wäre gut, wenn er jetzt aufhörte. Er übertreibt es und wird noch alles in Gefahr bringen.» Damit gab man mir recht. Das Wort wurde herum gesprochen mit dem Bemerken, wenn es einer von uns sei, der solle jetzt aufhören. Aber abends, als ich mit meinen Kameraden zu Bett gehen wollte, wurde ich zu Herrn Johannes gerufen. Er erwartete mich in seinem Zimmer.

«Also, Schattenhold», sprach er mich nach kurzem Betrachten an, «du gehst jetzt hinauf und holst dein Bettzeug herunter, Tücher, Kissen, alles. Verstehst du? Du wirst die drei nächsten Nächte hier bei mir schlafen. – Weißt du, warum?»

Ich sah ihn überrascht an und verneinte.

«Nun, wir reden noch darüber.»

Ganz bestürzt ging ich hinauf und tat zur allgemeinen Verwunderung, wie mir befohlen war. Meine Bundesbrüder, von denen einige auch hier lagen, beunruhigten sich sogleich sehr.

«Du, paß auf, das hat mit dem Ding nachts zu tun!» warnte mich einer. «Halt jetzt die Ohren steif!»

Als ich mit meinem Zeug wieder bei Herrn Johannes erschien, hatte er mir sein altes geschwungenes Sofa abgeräumt, und darauf mußte ich betten.

«Heute gehen wir nämlich einmal schlafen wie Vater und Sohn», meinte er lächelnd. «Möchtest du mein Junge sein?»

«Ja», sagte ich nach kurzem Zögern, dann aber sehr bestimmt und so, als ob ich von dieser Frage mir etwas erhoffte. Er sah mich ein bißchen überrascht an.

«Ich weiß aber immer noch nicht, ob ich dein Vater sein möchte», meinte er wie erwägend und voll heiterer Alterszweifel. «Bis jetzt habe ich jedenfalls noch keinen gefunden, der mir Stich gehalten hätte. Es wird besser sein, auch weiter allein zu bleiben. – Zieh dich jetzt aus und leg dich schlafen.»

Ich gehorchte mit einer gewissen ängstlichen Geehrtheit,

während er noch einmal das Zimmer verließ. Da war dieser stille, freundlich-ernste Raum mit den vielen Bildern an den Wänden, Stahlstichen von Ruinen, Landschaften, Pyramiden und fremden schönen Figuren, deren Bedeutung ich nicht verstand, und auch einige Ölgemälde waren darunter. In hellen Schränken standen Reihen von alten Büchern, nicht so große, dicke, prunkende Bände von Gottesgelehrtheit, wie beim Herrn Vater, sondern kleinere mit alten, braunen Rükken, auf denen reihenweise in leicht verblaßtem Gold Goethe oder Jean Paul zu lesen war, auch den Namen Gottfried Keller las ich dort zum erstenmal, ebenso den des anderen Gottfried von Straßburg, Schiller, Lessing und viele neue Namen, von welchen ich mich an Storm und Heyse erinnere. Beim Fenster neben dem Bücherschrank stand gleich ein bequemer alter Ohrenstuhl, in welchem man wohl unterbracht lesen konnte, aber dazu ließ dem viel in Anspruch genommenen Mann nur die Nacht Zeit, das heißt, wenn er nicht die dummen Hefte der Brüder zu korrigieren hatte. Auf dem Schreibtisch brannte eine Petroleumlampe mit großer weißer Glocke. Zwei fremdartige Teppiche bedeckten den Boden, wie ich sie sonst noch nirgends gesehen hatte, auch nicht beim Herrn Vater; später erfuhr ich, daß es türkische waren, die er sich von der Reise für wenig Geld mitgebracht hatte.

Ich begriff, daß ein Mann in einem solchen Zimmer unangreifbar war, denn auf dem Bücherschrank fand ich neben den deutschen Namen, die ihn gleichsam schützten, noch viele fremde und sogar solche aus sehr alten Zeiten, Seneca, Plautus, Sophokles, Plutarch, Äschylus, Marc Aurelius, Sokrates, Platon, dann Buddha mit seinen Reden, Laotse, Konfuzius, daneben Dante mit der Göttlichen Komödie und den Cherubinischen Wandersmann Angelus Silesius. Sie alle sahen stark behütend auf ihn herab, verwalteten fühlbar die Geheimnisse seines Geistes und den Gang seiner Jahre, und ein großes Übel konnte ihm sicherlich nicht mehr widerfahren. Mit leichtem Herzklopfen lag ich endlich auf dem Rükken; denn so viel war mir klar, daß es damit nicht sein Bewenden haben werde. Er kehrte zurück, und nachdem er noch irgend etwas in ein Buch eingetragen hatte, schloß er dieses und wandte sich mir zu. Neben dem Sofa ließ er sich auf einen Stuhl nieder.

«Liegst du bequem?» fragte er mich. Das bejahte ich beklommen, und er betrachtete mich noch einmal mit abwägender Sorgfalt. Zugleich erschien in seinem Gesicht eine stille Zartheit. Wahrscheinlich wurde er immer wieder die Beute der Vorstellung, von welcher er vorhin gesprochen hatte, daß er nämlich hier als Vater seinen Sohn zu Bett gebracht habe.

«Ja, sieh mal», hob er dann zu sprechen an. «Ich bin da nämlich dem nächtlichen Unfug mit dem Kreuz und dem Doppeldreieck auf die Spur gekommen. Kannst du dir denken, wie das zustande kam?»

Ich verneinte verwundert und unruhig zugleich, denn sehr deutlich kam die Sache jetzt auf mich zu.

«Das hat ein Nachtwandler getan. Nun, *einen* Nachtwandler haben wir nur da in der Anstalt. – Du bist zweimal dicht an mir vorbei gegangen. Hast du mich denn nicht gespürt?»

Ich schüttelte stumm den Kopf; der übrige Körper lag starr, und ich fing sofort an, zu frieren. Das mochte er bemerken. Er deckte mich väterlich noch höher zu.

«Ich frage nicht, was es mit den Zeichen auf sich hat», fuhr er dann fort. «Für meinen Teil kann ich nur raten, nicht noch weiter Wände, Mauern und Türen damit zu verschmieren. Diese Dinge sind zu ernst und bedeutungsvoll, als daß so grüne Jungen zu ihrer Kurzweil ihren Unfug damit treiben. Dann das, was dich davon angeht. Du bist ja kein so unergründliches Geheimnis, daß man sich die Sache nicht zusammen reimen könnte. Nicht wahr, wo *ich* durchgehe, da ist das Dreieck, und wohinter der Herr Vater sitzt, da findet man das Kreuz. – Nun, begehe auch kein Unrecht. Auch du weißt und verstehst nicht alles. Der Herr Vater hat vielleicht deine Mutter hart angefaßt. Hinter dem Herrn Vater ist solch eine Welt, und hinter deiner Mutter solch eine. Wie willst du kleiner Mensch da den Richter spielen? Ich spreche jetzt nämlich nicht mehr von deinen nächtlichen Spaziergängen, sondern von der inneren Gesinnung, die dich dazu *führte*.»

Er machte wieder eine kleine Pause, um mir zum Nachkommen und Begreifen Zeit zu geben. Aber meine Bestürzung war so jäh, daß ich noch nichts zu denken vermochte.

«In dieser Verfassung kannst du dich als hinfälliges und pflegebedürftiges kindliches Wesen nicht auf die Dauer wohl fühlen, da sie deinem natürlichen Zustand widerspricht», schloß er ernst. «Überlaß hier der Zukunft und dem Leben die Entscheidung. Das Schicksal richtet immer gerecht und trifft jedesmal das Richtige. Du bist jung, kommst frisch aus der Wiege. Der Herr Vater ist alt und schwankt wie wir Betagten alle dem Grab zu. Das überdenke einmal, dann wirst du manches in einem anderen Licht sehen. – Weißt du jetzt, warum du drei Nächte bei mir schlafen sollst?»

Ich wußte es vielleicht mit dem Herzen, aber nicht mit dem Kopf. Der Kopf begriff nichts, und an all meinem Witz verzweifelnd, starrte ich ihn noch eine Weile stumm an. Mir war zumute wie einem, der in den berühmten Teich Bethesda gefallen ist und darin zu ertrinken fürchtet, anstatt daß ihn die wunderbare Heilung ergreift. Endlich brachte ich mit größter Anstrengung, um den verehrten Mann zufrieden zu stellen, ein zitterndes Ja hervor, während mir würgend und schmerzend die ersten Tränen in die Kehle stiegen. Im nächsten Moment warf ich mich haltlos aufweinend in die Kissen herum und schluchzte mir von der Seele herunter, was von Schutt und unkindlichem Groll und von vielem anderen, das ich nicht einmal dem Namen nach kannte, sich darauf gehäuft hatte. Auch ich war ja vom Geschlecht der Schmoller, bloß daß ich mich nie so selbstzufrieden und achtenswert darin fand, wie der Bürger Pankraz. Ich hatte auch im Grund keine Ahnung, warum ich jetzt so aufgelöst drauflos heulte, und was mich dazu gebracht hatte. Ich fühlte bloß, wie langsam der Druck und die innerliche Spannung der letzten Zeit von mir wichen, und wie ich schwer und müde wurde, während Herr Johannes mir still mit der alten ruhigen Hand den Kopf streichelte. Plötzlich fiel ich mitten aus der leidenschaftlichen Aufwallung heraus in Schlaf, der mich nach allen Aufreibungen dieses Abends und der vergangenen Tage so unvermittelt überfiel, daß ich die Stimme des Herrn Johannes, die jetzt wieder leise erklang, wie im Traum hörte, ohne zu verstehen, was er sagte. Ich meinte, ich sollte noch einmal aufstehen, aber ich konnte mich nicht mehr regen. Wie verzaubert kam ich mir vor. So ist vielleicht Hypnotisierten zumute, wenn sie mit ihrem Hypnotiseur sehr glücklich sind. Die Nacht durchschlief ich tief und traumlos wie in Abrahams Schoß, und mit großer, aufrichtiger Bewunderung fand ich mich am anderen Tag da, wo ich war. Ich brauchte eine Weile, bis ich alles begriff und wieder wußte, was geschehen war. Herr Johannes war schon auf; er schien wenig Schlaf mehr zu bedürfen, und nach den daliegenden Heften der Brüder hatte er sicher schon eine Stunde gearbeitet, ehe sich diese aus den Federn machten, um ihren traurigen Morgengesang zu erheben. Auf meinen fragenden und gespannten Blick, den ich dann nach seinem Gesicht tat, lächelte er.

«Es ist heute nacht nichts passiert, als daß du schnarchtest wie eine Sägemühle», bemerkte er launig. «Wir wollen nun die nächste Nacht die Probe darauf machen, aber nicht aufs Schnarchen, das hast du scheint's schon lange ausprobiert. Schlaf dann einmal auf der Seite, wenn du dich daran erinnern willst.»

Glücklich und auch beschämt wegen meiner leidigen

Schnarcherei, die mir schon soviel Maulschellen eingetragen hatte, nahm ich mein Bettzeug zusammen und verfügte mich zu meinen sonstigen Schlafgenossen zurück.

Die folgenden zwei Abende war von den vorgefallenen Geschichten nicht mehr die Rede. Herr Johannes erlaubte mir, bei ihm etwas länger auf zu bleiben. Ich durfte seine Bücher und seine Bilder ansehen, und von drei kleinen, feuerroten Bändchen mit goldenem Aufdruck konnte ich eines in die Ecke neben dem Schreibtisch nehmen und daraus ein Märchen lesen, während Herr Johannes arbeitete. Es war die Geschichte des kalten Herzens von Hauff. Als er fertig war, mußte ich laut vorlesen, während er sich in den Ohrenstuhl setzte und sich eine kleine Pfeife stopfte. Wenn er sich wohl fühlte, so rauchte er ein bißchen, während der Herr Vater regelmäßig nach dem Mittagessen zur Beförderung der Verdauung eine Zigarre verbrauchte. Über das Märchen sprach er einiges mit mir, dann mußte ich zu Bett. Er blendete die Lampe ab, um seinerseits in einem anderen Buch noch eine Stunde zu lesen. Ich lag wach und genoß das Gefühl der Geborgenheit und das liebliche Wunder, bei einem verehrten, ernsten Mann Sohn zu sein. Das Wissen um die kurze Dauer des Glückes machte die Empfindungen tiefer, und gab der Süße eine sehnsüchtige Schärfe, die ein bißchen schmerzte und für später kleine Narben nachließ. Nach zwölf Uhr erhob er sich, um ebenfalls ins Bett zu gehen. Er stellte seine Schuhe vor die Tür, diese jedoch schloß er nicht ab, und das verstand ich als ein so großes und großherziges Zeichen seines Vertrauens zu mir, zu sich und zur menschlichen Seelennatur, daß ich mich selber ein für allemal geheilt fühlte. Es ist auch tatsächlich in der Folge kein Fall von Nachtwandeln mehr bei mir vorgekommen.

Am dritten Abend konnte er nicht bei mir sein. Es fand beim Herrn Vater eine Lehrerkonferenz statt, an der er teilnehmen mußte, doch durfte ich ihn außer dem Bett erwarten und konnte im Zimmer machen, was ich wollte. Ich machte nicht viel, saß in dem Stuhl neben dem Schreibtisch und las in einem Buch, das er mir hingelegt hatte, ein Grimmsches Märchen nach dem anderen. Ich war ganz versponnen und bezaubert, als er zurück kam; ihn aber schien etwas zu bedrücken; wahrscheinlich brachte er es aus der Lehrerkonferenz mit. Er fragte mich, was ich gelesen hätte, und es war eine ganze Menge.

«Bist du müde?» verlangte er dann zu wissen.

Ich verneinte.

«Wenn du willst, so bleiben wir noch ein bißchen auf; es ist doch unser letzter Abend. Ich mache uns etwas Warmes zu trinken, und eine Kleinigkeit zu essen wird sich auch finden. Du erzählst mir dabei eines der Märchen, die du gelesen hast, und so nehmen wir Abschied.»

Er ging nun nach dem anliegenden Schlafzimmerchen, aus dem er mit einem Spirituskocher und einem Pfännchen heraus kam. In den Kocher goß er Spiritus, indessen ich nach seiner Anweisung ein Töpfchen mit Milch und die Wasserflasche herbei brachte.

«Für uns beide ist die Milch zu wenig», sagte er. «Wir müssen sie ein bißchen verdünnen. Dafür können wir etwas mehr Schokolade nehmen.»

«Uh, es gibt Schokoladenkaffee!» freute ich mich.

«Ihr mit eurem Schokoladenkaffee!» schalt er. «Entweder es ist Kaffee, oder es ist Schokolade. Schokoladenkaffee ist ein Unsinn. Also was gibt es?»

Das wußte ich nicht zu sagen, wenn mir der Kaffee verboten war.

«Nun, Schokolade gibt es!» Er steckte den Spiritus an. «Daß du mir von heute an nicht mehr Schokoladenkaffee sagst!»

Er setzte das Pfännchen auf, und ging dann noch einmal ins Schlafzimmer, wo er zwei ziemlich große altmodische, mit Blümchen bemalte Tassen holte, und nachher brachte er noch einen schwarzlackierten Kasten mit einem großen, herrlichen Zweig blühender Kirschen darauf, den ich sehr bewunderte.

«Das ist japanisch», sagte er. «Dergleichen können sie. Sonst sind sie Nachahmer. Wirst du auch ein Nachahmer werden?»

Ich sah ihn ungewiß an, denn auf diese Weise Nachahmer zu sein, schien mir auch nicht wenig.

«Wirst schon werden, was Gott will», vermutete er. «Nur nicht versteigen und auch nicht in Sackgassen treiben lassen mußt du dich. Für diesmal habe ich dich noch aus dem Feuer gerettet; das nächste Mal mußt du dir selber helfen. Denke daran, es ist mein Ernst.»

Die Milch kochte, und er rührte viel Schokoladenpulver hinein, ließ es noch einmal aufkochen, und goß mir dann eine Tasse ganz und die seine halb voll. Meine schob er mir zu, und in seine tat er etwas Wasser nach. Dann öffnete er die Schachtel und suchte mir daraus einige Stücke Kuchen und Kringeln. Er selber aß nichts.

«Und jetzt das Märchen», verlangte er. «Hast du die sieben Raben gelesen? Gut. Dann erzähle die einmal. Es wird sich dann finden, was für ein Leser du bist.»

Ich fing an, zu erzählen, und er hörte schweigend von Anfang bis zu Ende zu.

«Hast nicht schlecht gelesen», lobte er dann. «Nun, Gott helfe dir weiter. Ich kann ja dein Vater auch nicht sein. Aber ich bitte mir aus, daß du mir dafür in der Sprachlehre Freude machst. Was ist das nur, daß ihr euch beinahe alle so dumm benehmt? Stolpert in eurer eigenen schönen Muttersprache herum wie Kälber im Blumenbeet. ‹Ich sehe. Ich hatte gesehen. Ich würde gesehen haben.› Ist das denn für den Geist unersteiglich, wenn man sich ein bißchen in den Zustand versetzt? Was ist da der Zustand? Nun, daß man eben sieht! Oder daß man schon gesehen hatte! Oder daß man unter gewissen Umständen gesehen haben würde. Es sind zu wenig Dichter mehr unter euch jungem Volk. Nun, man muß euch verschleißen, wie ihr seid, aber mich verlangt allmählich, abgelöst zu werden. Mich müdet's unter euch.»

Wieder schwieg er eine Weile.

«Sieh zum Beispiel», begann er dann plötzlich von den Dingen, die ihn beschäftigten, «da hat die Sache mit den Kreuzen und den Dreiecken weite Kreise gezogen. Morgen kommen euch große Herren über den Hals. Ich werde nicht da sein. Da zeigt einmal euren Charakter. Werde dann sehen, was hinter euch steckt. – Die Klasse war in der letzten Zeit nicht schlecht, und die Aufführung ging auch sonst an. Aber Empörung ist nie gut. Widrigkeiten des Lebens bekämpft man durch Tüchtigkeit, und nur durch Charakterkraft wird man des Lebens Herr, indem man seine Forderungen erfüllt.»

Nachher ließ er sich von meiner Mutter erzählen, soviel ich von ihr wußte, von meinem Vater und Elternhaus, und er hörte still zu. Auch später äußerte er sich nicht dazu.

«Du weißt jetzt, daß du mir alles erzählt hast», bemerkte er nur. «Es ist also einer da, der mehr von dir weiß als die anderen, der etwas von dir herumträgt und es vielleicht in seiner Seele bewegt. Daran kannst du denken, wenn dir manchmal etwas schwer erscheint. – Und jetzt ist es Zeit, daß du ins Bett kommst. Ein Glück, daß morgen Sonntag ist.»

Die Großen im Reich Gottes

Als am anderen Morgen die Brüder wieder von des Allmächtigen Güte sangen, war von Herrn Johannes noch nichts zu sehen. Ich zog mich still an – die frische Wäsche und den Sonntagsanzug hatte ich schon gestern abend mitgebracht –, nahm mein Bett und kam droben gerade zur Sonntagmorgenzeremonie zurecht. Die Werktagszeremonie bestand darin, daß der Bruder von Bett zu Bett ging und der Trockenheit nachfühlte; von den feuchten entschied er, ob sie zugebettet werden konnten oder auf den Boden hinaus mußten. Am Sonntag mußte man zudem mit dem getragenen Wochenhemd vor ihn treten, die innere Fläche der Hinterseite ihm zugekehrt, und wem es die Woche schlecht ergangen war, der hatte die Schande, mit seinem Hemd an den Mühlbach zu gehen, und es dort auszuwaschen. Es standen nachher ihrer eine ganze Reihe am Bach und riebelten. Im übrigen wußten auch schon andere, was mir Herr Johannes mitgeteilt hatte. Gestern mit dem Abendzug waren zwei sehr große Häupter im Reich Gottes angekommen, Herr Elias, der zweite Bruder des Herrn Vaters, und des letzteren Studienfreund aus der Tübinger Zeit, der jetzige sogenannte Geisterpfarrer Blumbardt aus Württemberg. Ich muß von beiden gleich den Ruf verzeichnen, der ihnen voran ging.

Herr Elias hatte irgendwo in der Schweiz eine große Anstalt für gemütskranke Erwachsene; er heilte durch Gebet und fromme Exerzitien, die hauptsächlich auf die Austreibung des unreinen Geistes gerichtet waren. Am besten begriffen habe ich ihn und sein Wesen in folgender Geschichte. Da war in der Anstalt ein Ehepaar zu Besuch, dem es beim Mittagessen passierte, daß es durch das Tischlos nach verschiedenen Tischen auseinander gesetzt wurde. Zuerst lehnten sich die Leutchen dagegen auf und machten ihre Zusammengehörigkeit geltend, aber da neben dem Gebet und den Exerzitien auch das Los in hohem Ansehen stand, so ließ man an dieser vom Willen Gottes bestimmten Anordnung nicht rütteln. Mit seltsam betroffenen Gesichtern gingen die Eheleute auseinander. Während sie nun so eines ohne das andere aßen und einander aus der Entfernung erwogen, bemerkte die Frau zum erstenmal die gedrückte Stirne des Mannes, und

wie unvorteilhaft er sich mit dem Handrücken den Schnurrbart aus dem Mund wischte. Der Mann seinerseits wunderte
sich, was für eine scharfe Nase eigentlich die Frau hatte, und
beunruhigte sich innerlich darüber, wie sie nicht bloß mit
den Händen und dem Mund, sondern auch mit den Blicken
aß. Nachdem sie sich nun so unter der geheimnisvollen Einwirkung des Geistes, der jenen Platz beherrschte, an ihren
verschiedenen Tischen bereits ein wenig voneinander abge-
wöhnt hatten, begann ihnen das ernster einzuleuchten, und
sie sahen den Finger Gottes darin. Aus dem wunderbaren
Mißfallen aus der Ferne wurde eine innige und gedanken-
reiche Befremdung in der Nähe, und schließlich machte sich
die Wirkung des Geistes so kräftig fühlbar, daß diese Gedanken sich zu äußern begannen, da es Gedanken der Ein-
kehr und der Buße waren. Das Ehepaar war nämlich gar kein
Ehepaar, sondern bloß ein Paar. Das einfache Mittel der
Tischtrennung hatte Gott genügt, auch eine Trennung der
doppelten Sündengewohnheit herbeizuführen, und von seiten des Herrn Elias, den sie später zu ihrer Unterhaltung
herbeizogen, brauchte es nicht mehr viel Zuspruch, um die
heilsame Befremdung zu vertiefen und die Trennung vom
Tisch auch zu einer vom Bett zu machen. Dazu gelang es ihm
dank der Autorität, die er bei den Leutchen unvermutet er-
langt hatte, jeden Teil mit seiner verlassenen Hälfte wieder
zusammen zu passen und bruchlos anzukitten, denn beide
waren legitim anderweitig verheiratet, so daß er zu allem noch
das Rechenkunststück fertig brachte: drei geteilt durch zwei
ist zwei, denn aus drei getrennten Ehepaaren blieben zwei
ganze übrig, ohne daß er jemand dafür aus der Welt geschafft
hatte.

Vom Pfarrer Blumbardt ging die Rede, daß er vollends ein
Teufelaustreiber sei, der mit den Geistern ungefähr in einem
Verhältnis lebte, wie ein gefürchteter und populärer Detek-
tiv mit den Gestalten der großstädtischen Verbrecherwelt.

Die Nachrichten über den seltenen Mann hatten wir übrigens von unserem Herrn Vater. Pfarrer Blumbardt predigte nachts den Geistern der Verstorbenen in den Kirchen, und wehe dem, der noch sterblich war, wenn er sich in die Gesellschaft der schon Gestorbenen eindrängen wollte. Nicht kleine Gefahr lief auch der Pfarrer selber, daß durch ein solches unberufenes Eindringen die bloß durch die stärkste Glaubenskraft gebändigte, keinem Erdengesetz mehr untertänige Geistergemeinde sich gegen ihn empören und ihn zu Schaden bringen konnte.

Diese beiden Männer waren also schon seit mehr als zwölf Stunden unsere Hausgenossen, hatten wohl auch gestern der Konferenz beigewohnt, und allgemein wurde angenommen, daß wir es mit ihnen zu tun bekommen würden. Wohl war uns nicht; auch die keine Hemden auszuwaschen hatten, fanden ihre Gemütsumstände bedauerlich gedrückt. Nach dem Kaffee, den sie in der Wohnung des Herrn Vaters mit diesem getrunken hatten – am Sonntagmorgen blieb die engere Familie Cranach dem gemeinsamen Tisch fern –, bekamen wir sie auch im Hof zu sehen. Den Herrn Elias kannten wir schon mit seinem ehrwürdigen weißen Bart und seiner mäßigen Bauchwölbung; er war ungefähr so, wie wohl unser Herr Vater gewesen wäre, wenn er hätte gehen können, schön stattlich und wohlgepflegten Leibes, und vielleicht hätte man den Herrn Vater auch weniger galligen Gemüts und etwas altersbehaglicher erfunden. Verdächtiger schien uns die hagere, langhälsige Figur des Gottesmannes aus Württemberg, und es umschwebten ihre Schwärze alle Merkmale, die nötig waren, um sie mit Mißtrauen und großer Bedenklichkeit zu betrachten. Von mir ging gleich das Wort um, die Herren müßten eigentlich die Namen tauschen. Tatsächlich sah Herr Elias weniger wie der alttestamentarische Eiferer und Himmelstürmer aus, dessen Namen er trug, als wie eine licht- und ölgesättigte reife Sonnenblume, während an dem Herrn Blumbardt gar nichts Blumiges zu sein schien, und man sich schon denken konnte, daß er eines Tages flatternd und tollkühn mit dem Feuerwagen als *schwäbischer* Elias dem hebräischen nach gen den Himmel ratterte und knatterte.

Wenn Herr Elias zu Besuch hier war, so hielt er anstatt seines Bruders die Predigt. Wir gaben ihr den Vorzug, da sie mit viel Beispielen versehen war, aber seine Gebete schienen uns noch verfänglicher, als die unseres Herrn Vaters, und vor allem waren sie viel länger und anstrengender. Eigentlich hatten wir gehofft, daß heute der Geisterpfarrer predigen würde, und wir waren bereits auf eine wilde, einigermaßen abenteuerliche und sogar ein bißchen gefährliche Sache gefaßt, aber zu unserer großen Enttäuschung predigte keiner von beiden, sondern der Herr Vater bestieg mit den Beinen der starken Brüder das Katheder und hielt eine ebenso eindringliche als vielsagende Predigt über den alten und den neuen Bund, das Judentum und das Christentum. Das Judentum stand danach auf dem halben Wege zum Heidentum, war eine niedrigere und rohe Geistesverfassung, und der Jude ein undankbarer, eigensinniger und schwer zu erlösender Mensch. Das verschränkte Dreieck bezeichnete die Synagogen, wo mit leeren Gebräuchen und von Haß eingegebenen Spitzfindigkeiten die Zeit des Fluches, den Gott auf dieses Volk gelegt habe, bis zum Ende aller Dinge hingebracht werde. Diesen Menschen sei es verwehrt, das hohe, heilige Zeichen des Kreuzes, in dem die Menschheit erlöst und befreit sei, zu verehren. Sie müßten mit scheelem, aufsässigem Blick daran vorbei schleichen, und die große, fromme Christenheit sei ihnen ein ständiger stummer Vorwurf, die vornehme Obrigkeit ein Ärgernis, und das Gesetz eine lästige Hinderung im Betreiben dunkler Geschäfte. Das konnte aber nur eine Einleitung sein. Die sich von uns auf geistige Meteorologie verstanden, machten sich auf noch dickeres Wetter gefaßt.

Tatsächlich wurden nach der Predigt die vier älteren Klassen der Knaben auf elf Uhr zum Herrn Vater befohlen. Dort fanden wir wieder die beiden Gottesmänner. Herr Johannes war dem Vernehmen nach verreist. Die Orgel hatte der Pfarrer Blumhardt gespielt. Ich fand sein Spiel gewitterhaft und sehr gewaltiglich; das tiefe Wesen und die beseelte Kunst des Herrn Johannes war nicht darin, soviel ich hören konnte.

Im Zimmer des Herrn Vaters ließen die Freunde diesen wieder vorsitzen. Mir kam jetzt aus ihrer Haltung der Argwohn, daß sie ihn damit ehren wollten, wie zwei Größere es sich leisten können, einen Kleineren oder weniger Berühmten voran gehen zu lassen. Er setzte nun zunächst die Predigt fort, indem er das Thema uns noch näher auf den Leib spann, kam zu den besprochenen Wahrzeichen, berief die Anwendung, die man ihnen hier gegeben hatte, und forderte uns in gut zuredendem Ton auf, den Schlüssel zu unserem Geheimnis auszuliefern. Vielleicht habe sich ein Mißverständnis zwischen uns eingeschlichen, meinte er. «Ihr seid möglicherweise das Opfer von irgend welchen Einflüsterungen», wollte er gelten lassen. «Wie soll sich die Anstaltsleitung dagegen verteidigen, solange ihr sie mit Mißtrauen betrachtet und im Verborgenen gegen sie kämpft? Was bedeutet zum Beispiel diese verschiedene Einschätzung der Personen über euch? Mich, euren Vater» – er stellte es mit zornigem Verdruß fest – «bezeichnet ihr mit dem Kreuz, Herrn Johannes mit dem jüdischen Doppeldreieck. Macht ihr euch klar, daß ihr welche von diesen Personen tief verletzt habt, so tief, daß es ihnen vielleicht sogar schwer fallen muß, weiter mit euch zu verkehren? – Schattenhold, tritt vor!» befahl er, als sich nichts regte.

Es war mir schon vorher ziemlich klar gewesen, daß ich für die Sache noch persönlich werde einstehen müssen. Man betrachtete mich gleichsam als die Tür zum Bund. Ich trat vor.

«Das ist der Nachtwandler», bemerkte der Herr Vater gegen seine Gäste. «Sonst ein stilles, wenn auch verstocktes Kind.» Zu mir gewendet sagte er: «Du brauchst nicht zu befürchten, daß ich wegen deines Somnambulismus gegen dich vorgehen werde, wenn ich mich auch mit dir über den Geist auseinandersetzen möchte, der dich dazu getrieben hat. Auch unsere Träume gehören zu unserem Seelenleben und sind sogar oft die verräterischsten Zeugnisse desselben. Wir Erzieher wissen sehr gut darin zu lesen, das laß dir wenigstens gesagt sein. Indessen hast du Zeichen angewandt, die man gleichzeitig und nachher beinahe überall fand. Wer hat sie aufgebracht, und welche Jungen sind daran beteiligt?»

Mochte das nun für uns auslaufen, wie es wollte, so war ich fest entschlossen, dicht zu halten. Im übrigen sah ich bereits voraus, daß mir die ganze Unternehmung, die er Somnambulismus nannte, unmöglich bei ihm zum Guten ausschlagen konnte. Am meisten erschreckte mich daran noch das schwüle Fremdwort, das ich irgendwie mit Buhlerei in Verbindung brachte. Aber ob ich wußte, was das war, oder nicht: an meiner Verantwortung zweifelte ich so oder so nicht.

«Von den Zeichen ist mir nichts bekannt», sagte ich daher mit echtem Kummer. «Mag ich sie gemacht haben, so geschah das im Traum. Und die anderen haben sie dann nachgemacht; das ist ihre Sache.»

Jetzt tat der Herr Pfarrer Blumhardt einen Schritt auf mich zu.

«Verstockt magst du sein», sagte er, indem er mir seine Blicke in die Augen bohrte, «aber still, wie dich der Herr Vater nannte, das bist du nicht. Du bist erfüllt von einer innerlich beredten, ja lauten methodischen Unfügsamkeit; davon zeugt jeder Zug deines Gesichtes. Unbefriedigt und phantastisch, wie du bist – man muß nur deine Augenbogen ansehen und sich in deine träumerisch-finsteren Blicke versenken! –, haben dir die Dämonen nachts keine Ruhe gelassen, und darum stehst du aus deinem Bett auf und gehst im Haus umher wie ein unseliger Geist. Dir steht eine schwere Jugend und vielleicht ein unglückliches Leben bevor mit einer solchen teuflischen Einquartierung im Herzen; das laß dir einmal gesagt sein. Aber mit jedem Bekenntnis, das du tust, wird dich einer von diesen Halunken verlassen. Also gib jetzt einmal zu hören. Es wird keinem von euch etwas passieren; dafür stehe ich ein, ich, Pfarrer Blumbardt. Wenn ich einmal ein Wort gesprochen habe, so bleibe ich dabei. Was sollte sonst aus mir werden?»

Große Feinde kann man sich mit wenigen Worten machen; das merkte ich. Ich sah dem Mann aufmerksam in den lodernden Blick, und ergeben in mein Geschick blieb ich bei meiner Ableugnung.

«Das ist ein starkes Stück Trotz!» grollte er, während mich seine Augen ableuchteten wie Laternen. «Um solche Leidenschaften auszuhalten, müßte man ein breiter Bengel sein, und nicht solch ein blasses Gewächs, mein Junge. Du wirst auf diesem Weg nicht alt werden, das glaube mir. – Mit fünfundzwanzig Jahren bist du eine Leiche!» herrschte er mich an. «Und mußt vor den Richterstuhl Gottes. Da wirst du eine gute Position haben. Was? – Wie steht das mit den Geheimzeichen? Wer sind deine Vertrauten?»

Ich schwieg. Er sah mich noch einen Moment an wie einen Geist, der ihm trotzte, und wandte sich dann sichtbar angefochten dem Herrn Vater zu.

«Die sanften Obstinaten habe ich immer als die gefährlichsten empfunden», murrte er kopfschüttelnd. «Das Kind hat außerordentliche Gaben verliehen bekommen, aber es besteht hier dringende Möglichkeit, daß sich der Wein Gottes in Essig verwandelt. Du mußt den Jungen fest in die Hand nehmen, mußt ihm in einem besonders anstrengenden Sinn Vater werden, sonst ladest du schwere Verantwortung auf dich.» Er erwähnte einige Beispiele aus der Geschichte, wo durch gute oder schlimme Taten bekannte Männer früher

Nachtwandler gewesen waren, und verstummte dann plötzlich.

Der Herr Vater blickte schweigend und über die Ermahnungen seiner Person wenig erbaut vor sich hin. Herr Elias war anderer Meinung.

«Ich kann das nicht so verhängnisvoll ansehen», sagte er in der wohlbehaltenen Altmännerart, die ihm nach allen Fehden mit *seinen* Geistern geworden war. Er hatte es ja mehr mit republikanischen Luftwesen zu tun, und nicht mit hochfahrenden imperialistischen wie die Monarchisten oder Anarchisten des Pfarrers. «Widersetzlichkeit ist sicher vorhanden. Auch auf Hochfahrenheit deuten Kopfbildung und Blick, ja auf ausdrücklichen Hochmut; darin gehe ich sogar noch weiter, als unser Freund Blumbardt. Aber ich kann mich davon nicht so persönlich beleidigt fühlen, wie er es zu tun scheint. Es ist so ein stiller, möchte sagen: selbstvergnügter Hochmut, der manchmal mit ganz guten Seelenanlagen gepaart ist. Außerordentliche Gaben kann ich auch wieder nicht erkennen. Nachtwandlerei ist noch kein Talent, und man soll solch kleine Wesen nicht gleich mit Verantwortung totdrücken. – Nun, mein Kind, du siehst, ich halte dich für einen kleinen Menschen und Mitbruder von uns, die wir uns in keiner Weise über dich erhaben fühlen. Ihr aber setzt eurem Herrn Vater einen geheimnisvollen Widerstand entgegen, durch den ihr ihm schwere Seelenleiden verursacht. Ist es nicht genug, daß Gott ihn mit dem körperlichen Leiden geschlagen hat? Ihr solltet ihm mit besonders zarter Ehrfurcht entgegen kommen, denn Gott läßt seine Gezeichneten weder umsonst ehren noch umsonst kränken.»

Er wartete ein bißchen, war dann aber wohl zu erfahren, um sich bei mir ebenfalls eine Niederlage zu holen, und wandte sich an den ganzen Verein.

«Also, Jungen», sagte er jovial, «nun paßt einmal auf. Wenn ihr dem Herrn Vater noch vor dem Essen mündlich oder auch schriftlich, alle oder durch einen Abgesandten Antwort auf seine Frage gebt, so soll heute einmal die Kinderlehre ausfallen, und ihr könnt gleich in den Wald laufen. Das ist doch zu überlegen –!»

«Das geht nicht!» widersprach aber der Herr Vater in unwilligem Ton. «Kinderlehre muß sein, und für Gehorsam gibt es keine Belohnung. Die Knaben sollen bekennen, und es ist schon genug, wenn sie straffrei bleiben.»

«Natürlich!» nickte der Pfarrer so grimmig, daß wir ihn alle daraufhin ansahen, ob er sich nicht über die ganze Sache lustig machte. «Wo kämen wir da hin. Auf die Kinderlehre können wir nicht verzichten. – Na, innerhalb vierundzwanzig Stunden wüßte ich alles, was ich wissen wollte!»

«Das kann ich mir denken», lachte Herr Elias ein wenig spottend. «Gotthold, gib mir den Jungen einmal auf einen Monat mit. Er scheint der Mittelpunkt dieser ganzen Verschwörung zu sein. In der Klausur wird er sich besinnen, und in der Zeit ist hier der Bandwurm ohne seinen Kopf eingegangen.»

Aber auch diesem Vorschlag war der Herr Vater abgeneigt.

«Was hier gewachsen ist, muß hier ausgereutet werden», sagte er ablehnend, beinahe schroff. «Ich sehe, daß ihr auch nicht mehr wißt als ich, und das ist mir eine Beruhigung. Mehr, als ein Mensch vermag, wird Gott nicht von ihm verlangen.»

Damit hatte der Herr Vater sich gegen die anderen Gottesmänner behauptet, und wir wurden mit Verdacht entlassen. Betreten über diesen Ausgang, und beunruhigt über das, was darin unentschieden blieb, schoben wir uns hinaus. Bis zum Essen verhandelten wir noch vielerlei und mutmaßten dies und das, aber von allen Erwartungen ging wieder keine in Erfüllung. Wir wurden weder gemaßregelt noch sonst exerziert, und vorläufig blieb alles beim alten, bloß daß auf unserer Seite die Zeichen verschwanden.

Ein Nachspiel zu dem hohen Besuch aus Württemberg muß ich noch berichten. Unsere Magd Kathrin, eine kühne, fromme Person, hatte nun soviel über das gewaltige Beten des Gottesmannes gehört, daß sie davon gern selber Ohrenzeugin gewesen wäre. Nachdem sie bei der Predigt, die der Herr Vater gehalten hatte, schon enttäuscht worden war, wollte sie jedenfalls am Abend zu dem Ihren kommen. Sobald sich der Geisterpfarrer zurückgezogen und seine Schuhe vor die Tür gestellt hatte, erschien ihre tüchtige Gestalt vor dem Schlüsselloch. Wohl oder übel wohnte sie den verschiedenen Stadien der männlichen Entkleidung bei, ohne daß etwas geschah. Da, bevor der Pfarrer ins Bett stieg, trat er ans Fenster und blickte eine Weile still in die Nacht hinaus. Darauf sagte er mit einem müden Seufzer: «Lieber Gott, es bleibt wieder beim alten!» schloß den Fensterflügel – er gehörte zu den Leuten, die den eigenen Dunst brauchen, um gut zu schlafen –, löschte das Licht und sank in die Federn. Die Magd hat sich nachher enttäuscht und auch etwas empört über diese familiären Umgangsformen gegenüber einer furchtbaren Gottheit geäußert – besonders das Gähnen beanstandete sie als ungehörig – und weigerte sich in der Folge, dem Geisterpfarrer eine besondere Bedeutung im Reich Gottes beizumessen.

War ich an jenem Sonntag wegen meiner künftigen Ungeschorenheit zweifelnden Betrachtungen obgelegen, so zeigte es sich, daß ich recht daran getan hatte. Mit frisch aufgenommener und diesmal erhöhter Hartnäckigkeit zog mich nun der Herr Vater zu sich. Das mittägliche Lesen wurde auf seinem Zimmer neu eingeführt, und diesmal wehrte ich mich nicht länger. Ich hatte ihm etwas angetan, und war damit einverstanden, daß ich dafür büßen mußte. Benötigte er künftig einer Ordonnanz, eines Boten, eines Vorlesers, eines Briefschreibers, so wurde ausschließlich ich gerufen. Ich rückte zum persönlichen Sekretär auf, und nahm schließlich eine

Stellung ein, die mir unbequem wurde wie ein Staatskleid, die mich zu mir selber in eine schiefe Lage brachte, und die ganz in der Tiefe den Grund legte zu den neuen Handlungen und Wandlungen. Dies war anderseits die Zeit, in welcher ich anfing, Klavierstunden zu nehmen, was meine Ausnahmestellung noch mehr sichtbar machte, denn solange man denken konnte, war ich der einzige, der das gefordert und bewilligt erhalten hatte. Ich hätte kein Kind sein müssen, wenn ich die Bevorzugung nicht auch streckenweise genossen und als einen Erfolg meiner Persönlichkeit betrachtet hätte, aber zunächst vereinsamte sie mich, entfernte mich von meinen Kameraden, und brachte mich dort ebenfalls in den Ruf, hochfahrend zu sein, etwas Besseres vorstellen zu wollen. Gelegentlich hatte ich sogar die Empfindung, als verlöre ich den festen Boden unter den Füßen, und dann fing ich vielerlei an, bis ich wieder Grund fühlte. Sehr willkommen war es mir daher, durch die verschiedenen Wortführungen vor der Behörde beweisen zu können, daß ich meine Stellung nicht zur Untreue benutzte.

NEUNTES KAPITEL

Die Halbheiligen

*Steiflinge, Bräutigame, Thüringer Mordhöhlen,
Kaiser Karl V.*

Es ist besser, ehrlich zu bekennen, daß ich den Brüdern nie grün war. Ihr gedämpftes Pietistentum, ihre Gesänge, ihre zur Schau getragene Musterhaftigkeit, die sittliche Höhe, die sie uns gegenüber fühlen ließen, obwohl sie nichts anderes waren, als abgetriebene Bäcker und Buchbinder, dies alles waren Erscheinungen, die ich an ihnen nicht sehr schätzte, ja, die ich ihnen ein bißchen verübelte. Schon, daß sie die Unglücksraben waren, die uns jeden Morgen um fünf aus dem Schlaf krächzten, nahm mich gegen sie ein. Ihre Lieder waren philiströs und monoton. Sie hatten sie zwar nicht gemacht, aber sie verbesserten sie auch nicht durch ihre mühsam angelernte Kunst und ihren Korbbinderschwung. Noch heute wird es mir wind und weh, wenn ich Männergesangvereine höre, und ich denke, ich müsse wieder zu einem Tagewerk in der Armenanstalt geweckt werden.

Lächerlich war mir die Herdenhaftigkeit, in der sie immer auftraten. Junge Männer zwischen zwanzig und dreißig Jahren – welche waren noch älter – kamen einher sittsam und gemessen wie ein Töchterpensionat, machten ernste, gewichtige Mienen und führten gottselige Gespräche, oder repetierten womöglich das große Einmaleins. Ich fühlte immer sehr deutlich, daß ich in diesen Jahren etwas anderes tun würde. Nie sah man sie ein Spiel treiben. Jugendlicher Unfug, Allotria, auch erlaubter Spaß, Äußerungen von Lebensfreude waren verpönt, gehörten nicht zum Stil. Mann für Mann gaben sie sich das Ansehen von Prophetenschülern, die in die Zukunft sehen können, und uns blickten sie an, als ob ihnen all unsere Sünden bekannt wären.

Dabei wußten wir genau, wie sauer ihren Köpfen das bißchen Wissenschaft wurde, wie sich die Lehrer mit ihnen zu plagen hatten, und wie scharf und spöttisch sie Herr Johannes manchmal vornahm. Im Grund wurden sie noch geringfügiger behandelt, als wir. Sie hatten genau dasselbe auf den Tellern wie wir, kannten Freistunden überhaupt nicht, mußten ganz niedrige Arbeiten verrichten, zum Beispiel unsere Abtritte säubern, um Demut zu lernen mit zwei harten «t». Jeder hing mit irgend einem Wohltäter zusammen, der ihm diesen gesellschaftlichen Aufstieg ermöglichte, und dem er in gewissen Abständen Dankbriefe zu schreiben hatte. Und nach bestandenem Examen wurden sie nach irgend einer Hungerstelle geschickt, wo sich die Füchse und Hasen Gutenacht sagten, um zu zeigen, wie sie weniger Lesen und Rechnen, als Entbehren gelernt hatten.

Am unbeholfensten waren sie wohl im freien Umgang mit uns. Von den Katechismusstunden sprach ich schon. Sie verliefen wenigstens nach einem gewissen Schema, und was gefragt werden sollte, stand meist im Buch. Aber verlangten wir zum Beispiel abends nach dem Zubettgehen noch eine Geschichte, so erhielten wir unter Berufung auf die Hausordnung einen trockenen Verweis, oder es kam dabei etwas heraus, wie bei dem unglücklichen Menschen, der, um uns sehr zum Lachen zu bringen, in der Angst seines Herzens erzählte, da hätte einer einmal anstatt allmählich allmehlig geschrieben, und ein Anmelder habe seine Personalien mit den Worten begonnen: «Ich will Ihnen hiermit meinen Lebenslauf übermitteln.» Im allgemeinen kann man sagen: die steifsten und langweiligsten Brüder waren Norddeutsche, und die ungeeignetsten waren Schweizer.

Da war der Bliggli, der eine Uhrkette mit Berlocken trug und in seiner ganzen Art eine gewisse Üppigkeit und Jovialität merken ließ. Sogar eine Braut sollte er dem Vernehmen nach haben, und ich begriff daher nie recht, warum er sich da zu uns herabließ, um ein Armenschullehrer zu werden. Männer im Besitz von Bräuten hielt ich für eine übergeordnete Kategorie, für einen gesteigerten menschlichen Zustand, der alles enthielt, was man sich wünschen konnte, Geld, Ansehen, Schönheit, Ruhm. Er trug helle Westen, lachte gern und gut, und mit seinem Ring am Finger war er eine festliche Erscheinung, für die ich dankbar war, solange er in der Anstalt weilte. Er sang mit einer hübschen, hellen Stimme das «Vreneli ab em Guggisberg» und «Wo mer si uff e Rigi cho». Der Rigi enthielt mir in der Folge immer etwas Unternehmendes, Freudeverprechendes, zu dem ich noch eine ganze Zeitlang hoffend aufsah, bis ich ihn vergaß.

Dieser Bliggli war auch ein unerschrockener Geschichtenerzähler, bei dem wir abends vollkommen auf unsere Rechnung kamen. Er trug faustdick auf, log, daß es eine Wonne war, und prahlte mit seinen Helden und für sie wie Shakespeare oder Homer. Über den Thüringer Wald erhielt ich für lange Zeit von ihm die bestimmenden geographischen und ethnologischen Begriffe. Dieses Lokal wimmelte von Räuberhöhlen, Mörderherbergen mit versenkbaren Betten, mit Messerschächten, in die man stürzte, Zimmerdecken, die langsam heruntersanken, um einen zu erdrücken, und von blutgierigen Hunden, die auf den Mann dressiert waren. Es war schließlich gut, daß der Lehrer, der die Nachtoberaufsicht über die Schlafsäle führte, den Unterhaltungen ein Ende machte, denn unserem Schlaf waren sie nicht zuträglich. Ich war damals ja ohnehin ein durchtriebener Nachtwandler, der beinahe jeden Abend auf der Treppe gefunden wurde, oder sonstwo, wo ich nicht hingehörte.

Bei einer solchen Gelegenheit kamen mir die Brüder auch

einmal großartig vor. Ich strich, Gott weiß, wie lange schon, hemdlings im Haus herum, als die Brüder zu Bett wollten und mich im Wandelgang fanden. Beim Erwachen sah ich mich von lauter freundlichen feurigen Männern umgeben, mit denen ich sehr gerne wo anders hingegangen wäre als ins Bett. Ich wollte lange nichts davon hören, erwartete irgend eine wunderbare, meiner Erwartung angepaßte Aufforderung von ihnen, etwa ins goldene Schloß oder auf den strahlenden Berg, und noch beim Wiederersteigen der Treppe war ich im Zweifel, ob ich es nicht mit Engeln zu tun hätte, die mich nur auf meinen Gehorsam prüfen wollten, um mich dann nach glücklicheren Gefilden zu entführen. Tagelang spürte ich noch den nächtlichen Glanz an ihren schmucklosen Erscheinungen, und erst allmählich und unter aufrichtigem Bedauern erlosch die Vision.

Ein anderer Schweizer Bruder hieß Schaub, und war vorher gewesen, was sein Name noch zwei Menschenalter früher bei uns besagte: ein Bäcker. Er muß aber ein besonderer Bäcker gewesen sein, denn er konnte Klavierspielen besser als die Lehrer, und wurde einmal ernstlich gemaßregelt, weil er auf der Orgel einen Walzer losgelassen hatte. Er war knabenlieb und steckte uns zu, was er konnte. Leider konnte er nicht viel, aber einen «Mehlknollen» aus seiner Suppe, den er geduckt hinter der Reihe der Brüder her brachte, setzte es doch beinahe jeden Tag ab. Diese Gänge wurden ihm allerdings gelegt, als man sie gewahrte. Das Brot war nie nachher so gut, wie zu seiner Zeit, als er es buk, und hatte nie so viele blonde «Kröpfli» und blätterige Zusammenbackstellen.

Ich dachte immer, er müsse eine große Gewalt ausüben, da ihn die Lehrer beim Klavierspiel nichts mehr lehren konnten. Diese Bemühungen ergaben nämlich die stümperhaftesten und kläglichsten Daseinsäußerungen von allen, die wir von den Brüdern kennen lernten, und nirgends mußten sie, um mit Obrist, unserem Schuhmacher, zu reden, für die Dämonen so faßbar sein, als bei der Verübung von Musik. Den ganzen Tag beinahe jammerte irgendwo ein Klavier, oder empörte sich eine Geige, und die oberste Klasse traktierte noch die Orgel. Im Winter hatten diese Fortgeschrittenen der Reihe nach vor dem Lied der Morgenandacht ein kleines Präludium zu spielen. Gigantische Dinge erlebte man da von offen verkrachendem Steckenbleiben oder zusammenkleisterndem Hinschleichen. Immer war die Orgel von einem geheimen Skandal umwittert, und das Schlimmste war, daß fast alle dasselbe Vorspiel nahmen. Es hat da auf dem Orgelbock mancher Blut geschwitzt, der uns sonst zu zeigen bemüht war, was ein angehender Großer des Neuen Bundes ist. Man muß diese Brüder so inbrünstig mit seiner Abneigung beehrt haben wie ich, um meine schadenfrohen Genugtuungen dabei zu begreifen. Denn vor allem, was diese Leute lernen sollten, und was die Lehrer konnten, schätzte ich die Musik als das Höchste, als das Symbol wirklicher geistiger Vollendung und männlicher Überlegenheit. Die Präludien, die Herr Johannes spielte, waren voller Kunst, inneren Lebens und unwiderstehlichen Flusses, atmeten eine gebändigte Kraft, eine gehaltvolle Milde und einen erfahrenen Ernst, und im Orgelspiel wurde seine gefürchtete Strenge zum innerlich erhebenden Stil. Erst da konnte man den seltenen Mann verstehen. Er war eine der Naturen, die durch die Musik ganz zugänglich werden und sich erschließen, weil hier keine Worte mehr schrecken.

Der vornehmste Bruder, den wir zu unserer Zeit hatten, war ein Mensch mit roten Lippen, einem schwarzen Bärtchen, mit dunklen Augen von starrem Ernst, und ausgezeichnet durch eine unnahbare, eindrucksvolle Feierlichkeit. Er galt als der Neffe eines in der evangelischen Welt rühmlich bekannten Mannes, der ein Waisenhaus in Jerusalem leitete, sollte dasselbe nach bei uns absolvierter Lehrzeit übernehmen, und die Sage behauptete sogar, daß er ein gebürtiges Jerusalemer Kind sei. Das war in meinen Augen nicht sein kleinster Reiz; er schien mir halbwegs mit Salomo, Jerobeam, Jesaja und dem heiligen Stier des Evangelisten Lukas verwandt. Sonst aber gehörte er in die Bremer Ecke, wo ein fadengerechtes Philisterium betrieben werden soll. Vorher war er Kaufmann gewesen, wie man sagte. Er kleidete sich wie ein Dozent der Philosophie, schwarz und peinlich sauber, und keiner von uns konnte sich rühmen, von ihm einer Aufmerksamkeit gewürdigt oder gar angesprochen worden zu sein. Das hob er sich wahrscheinlich für die Kinder in Jerusalem auf; wenn er dort alles nachholen wollte, so mußte er sich so viel mit ihnen abgeben, daß er schon nach vier Wochen entseelt zu Boden sank.

Trotzdem faszinierte mich seine Erscheinung, und ich tat verschiedenes, um ihm aufzufallen. Eines Sonntagmittags wandelte er ernst und bedeutungsvoll mit einem anderen Bruder im Hof, und ich kam an ihm vorausgehüpft mit ähnlichen Beweggründen, aus denen der König David vor der Bundeslade hergehüpft war, nur daß David dem Jehova gefallen wollte, während ich es auf den Bruder Schmoller abgesehen hatte. Dabei stolperte ich über eine Wurzel der Trauerweide und schlug so derb auf die Nase, daß ich mich auf einen Moment umsonst auf meine Personalien besann. Schnell erhob ich mich aber wieder. Eigentlich, so war mir, hatte ich jetzt eine freundliche Herablassung zugut, zumal ich ihm den Scharfblick zutraute, den Grund meines Unfalls zu erraten. Er erriet aber nichts. Ärgerlich und voll unbewegten Ernstes unterbrach er seine Ausführungen auf einen Moment, um mir einen Tadel zu erteilen: «Was ist das auch für ein dummes Gehüpfe. Kannst du nicht aufpassen?» Ich sah nun ein, daß ich mein Glück niemals bei ihm machen werde, verehrte ihn aus der Ferne weiter, verwandte aber keine Zeit mehr darauf, um ihm zu gefallen, so leid mir die

Aussicht tat, daß ich jetzt wahrscheinlich nichts Näheres von ihm über die Stadt Jerusalem erfahren werde. Aber auch die anderen, die er seines Umgangs würdigte, erfuhren nichts. Gefragt, wie es denn dort jetzt eigentlich aussehe, gab er die kurze, ungeduldige Antwort: «Wie soll es aussehen? Unordentlich und schmutzig sieht es aus.»

Einmal hat er noch allen ein- und aufgeleuchtet, ehe er seinen Weg übers Wasser antrat, um Asien in Angriff zu nehmen. Es war ein Reformationsfest, und die Brüder machten eine kostümierte Aufführung im Andachtsaal vor dem Katheder. Bruder Schmoller war Kaiser Karl V., und er beherrschte die ganze Szene. Alles hielt den Atem an, wenn er den Mund auftat. Er hatte schöne, lange, gerade Beine, die in dem schwarzen Trikot außerordentlich zur Geltung kamen. Dazu das schwarze Bärtchen, die steife Trauer seines Wesens, das sich zur Darstellung der sogenannten spanischen Grandezza ganz besonders eignete: die ganze Weiberschaft der Anstalt, davon bin ich überzeugt, träumte die Nacht von ihm, und noch lange wurde er mit ehrfürchtigen Blicken verfolgt.

Zipp und Kraus

Die beiden starken Männer, die den Herrn Vater in meiner späteren Zeit zu tragen hatten, hießen Zipp und Kraus. Beide waren Schuhmacher gewesen. Sie zeichneten sich aus durch eine sozusagen besonnen stürmische Frömmigkeit, eine vorsichtig aufdringliche Rechtschaffenheit, und durch eine sorgfältig angelegte Augendienerei. Dabei unterschieden sie sich doch durch manche Züge sehr voneinander. Zipp schien durch die Bezeigung der angeführten Eigenschaften ziemlich strapaziert zu werden; er war blaß, spitz und giftig.

Kraus schienen sie nicht nur nichts anzuhaben, sondern geradezu Vergnügen zu machen; er sah aus wie die leibhafte Gesundheit, hatte einen Teint wie ein vierzehnjähriger Junge, und den treuherzigen Blick eines Hundes. Übrigens machte er ständig den Eindruck, als hätte er eben gelacht und sei von Zipp zu seinem Schreck darüber betroffen worden, oder als wollte er lachen, und wagte es nicht wegen Zipps sittlicher Strenge. Zipp seinerseits war durch Schweißfüße ausgezeichnet. Hatte er sich irgendwo aufgehalten, so roch man es noch nach einer Stunde.

Diese beiden Ehrenmänner führten einen stillen unterirdischen Krieg gegeneinander um die Würde des Seniors, die jeder für sich erstrebte. Als starke Naturen, die sie waren, verwickelten sie die ganze Brüderschar und sogar zum Teil die Lehrer darein. Zipp lieferte die besseren Rechnungen, aber Kraus schrieb die formvollendeteren Aufsätze. In Religion waren sie beide gleich gut, in der Musik gleich schlecht. Zipp hielt einen Teil der Brüder durch seine moralische Unerbittlichkeit so in Furcht, daß sie seinen Hof bildeten. Kraus gewann den übrigen Teil durch seine angeborene Gutmütigkeit und durch den verschüchterten Ansatz zum Lächeln, der um seine Lippen zu spielen schien. Sehr hatte ihm geschadet, daß auch er eines Tages mit dem Herrn Vater strauchelte. Man war darüber einig gewesen, daß die Art, wie Zipp, ohne einen Blick hinzuwenden, stumm und ernst einfach wartete, bis Kraus wieder feststand, nicht der Größe entbehrte. Dagegen kam es etwas später vor, daß Kraus droben vor dem Zimmer des Herrn Vaters volle fünf Minuten auf Zipp warten mußte, obwohl schon die Glocke geläutet hatte; die Versäumnis zog Zipp einen Verweis zu, den er blaß und schweigend hinnahm. Erst nach einem Vierteljahr wurde bekannt, daß Zipp damals im Gebet verweilt hatte, wobei er die Glocke überhörte. War schon der erstere Vorfall zu seinem Vorteil ausgelegt worden – Kraus vergalt beim zweiten seinerseits mit stummem Beiseiteblicken –, so machte die so spät bekannt werdende Erklärung und das vierteljährige Martyrium umso mehr Eindruck, und die Sache war nun eigentlich für Zipp entschieden.

Nun war aber Zipp ein fehlbarer Mensch, und zudem besaß er noch einen Rest nicht im Gebet vernichteter Hastigkeit, die ihm den klaren Blick manchmal trübte und ihn dazu verleitete, Sachverhalte falsch zu beurteilen. So war ihm der günstige Stand seiner Dinge zum Beispiel diesmal nicht klar geworden, und er ließ sich von seiner angeborenen weltlichen Eitelkeit, seinem Mutterwitz dazu verführen, seinem Glück nachhelfen zu wollen. Er nahm Krausens Bibel in einem unbewachten Augenblick, fing eine Anzahl Fliegen, und klappte sie an etwa zwölf Stellen zwischen die Blätter, worauf er das heilige Buch wieder still an seinen Ort brachte. Einige Tage später sah er zufällig in die Bibel seines Rivalen und entdeckte darin zerquetschte Fliegen, die ganz unstreitig in bestimmter Absicht, sozusagen nach einem System, darin verteilt waren. Als vorläufiger Senior seiner Klasse konnte er diese Entdeckung nicht für sich behalten; er war verpflichtet, sie höheren Orts zur Kenntnis zu bringen. Kraus wurde vernommen. Er schwieg, leugnete nichts, und wurde zu einer empfindlichen Pönitenz verurteilt. Zu Zipp sagte er ruhig: «Ich habe die und die Strafe bekommen. Du hattest ganz recht, mich anzugeben.» Zipp sah ihn einen Moment fragend und sehr scharf an, wurde um einen Schein blasser, sagte aber nichts dazu.

Eine Zeitlang schien nun der Krieg zwischen den Rivalen eingeschlafen, ja sie schienen es sogar in unauffälliger Weise daraufhin angelegt zu haben, einander Vorschub zu leisten. Jeder ging zu seinem Anhang und empfahl ihm den anderen zur Aufmerksamkeit und zum Nachleben, so daß eine heillose Verwirrung und Unordnung im geheimen einriß. Niemand wußte mehr, woran er war. Alle Rollen schienen vertauscht, und keiner konnte mehr dem anderen trauen. Niemand wußte, wollte er einen blassen Ernst oder ein bescheidenes Lächeln zur Schau tragen, war es besser, sich im Rechnen anzustrengen, oder im Aufsatz zu vervollkommnen.

In der Zeit bereitete jeder seinen großen Schlag vor. Als Kraus glaubte, daß die Sympathie der Brüder für seine Person, zum Teil von Zipp selber gefördert, eine gewisse Wärme erreicht habe, nahm er einen von seinen eigenen Leuten ins Vertrauen und eröffnete ihm, daß nicht er, Kraus, sondern Zipp die Fliegen in seine Bibel getan habe, daß er ihm aber verzeihe, ja, daß er glaube, Zipp wollte bloß seine Demut prüfen. Er sei sogar davon überzeugt, daß Zipp mit dem Gedanken umgehe, diese seine Tat nächstens selber zu enthüllen, und dann werde man «alles sehen». Natürlich redete sich diese Eröffnung bei der Brüderschaft wie der Wind herum, und die Schlacht stand nun wieder für Kraus und sein nicht hervorgewagtes oder zurückgescheuchtes Lächeln günstiger. Auch Kraus war ja nun ein Märtyrer. Er war sogar der Märtyrer einer Bosheit, zu der er geschwiegen hatte. Zwar eben das fragte sich, und manche hofften noch.

Aber Zipp hatte inzwischen seinerseits einen noch größeren Schlag vorbereitet, und in diesen wurde ich in gewisser Weise hinein verflochten. Schon lange hatte ich diesen Heiligen auf dem Kerbholz still und andächtig mit mir herum getragen. Es kam manchmal vor, daß er bei dringenden Arbeiten einen Nachmittag in der Schusterei half, wobei er keine Gelegenheit vorbeigehen ließ, mich seine moralische Überlegenheit fühlen zu lassen. Er beanstandete mein Betragen, tadelte meinen Fleiß, griff meine Leistungen an, kurz, der Heilige war mir vielfach unbequem, und da ich ihn nicht anerkannte, so hatte ich Lust, mich gegen ihn aufzulehnen. Diese Lust verdichtete sich eines Tages zu einer Tat. Seine sterblichen Punkte waren in meinen Augen seine Schweißfüße und seine preußische Staatsangehörigkeit. Bei der letzten packte ich ihn, und bald darauf ging ein Gedicht von mir um mit dem stimmungsvollen Anfang: «Es war einmal ein Preuß, der hatte Flöh und Läus!» Schweißfüße hatte er natürlich auch, und niemand konnte daran zweifeln, daß Zipp damit gemeint war.

Nun bestand bei uns eine Zeitlang die Freiheit, daß am Sonntagabend nach dem Essen Gedichte und Musik vorgetragen werden konnten; wer glaubte, etwas geben zu können, der sollte sich melden. Da aber Faulheit und Schüchternheit bei uns Jungen die hauptsächlichen Stimmungen waren, so fuhren wir fort, die betreffende Wand, dieselbe, an der man zu Pranger stand, nur zu unserer Schande zu beleben. Um diesen Bann zu brechen, und um meinen Krieg gegen Zipp zu fördern, entschloß ich mich, ein Gedicht vorzutragen, und zwar wählte ich dazu das «Lied vom Zopf» von Chamisso. Ich wollte ein- oder zweimal anstatt «Zopf» «Zipp» sagen. Zur Anmeldung mußte man sich zum Herrn Vater begeben. Ja, das sei ja ganz schön, hörte ich dort. «Aber weshalb willst du fremde Gedichte aufsagen, wo du doch selber so schöne Verse machen kannst?» Aus dem Vortrag wurde nichts, dagegen trug man mir auf, mich bei dem Zipp zu entschuldigen und seine Verzeihung zu erbitten.

Ich war sehr niedergeschlagen, da ich mir absolut nicht vorstellen konnte, daß ich zu Zipp gehen und ihn wörtlich um Verzeihung bitten werde. Anderseits mußte ich doch den Befehl ausführen. Da half ich mir so, daß ich ein Blättchen Glanzpapier nahm, es zu einer kleinen Mappe zuschnitt, und auf die weiße Seite schrieb: «Lieber Zipp, ich entschuldige mich für das Gedicht!» Das Ganze faltete ich so zusammen, daß ich es ihm als geschlossenen Brief beim Vorbeigehen schnell in die Hand drücken konnte, was vor dem Beginn der Andacht geschah. Zipp nahm das Kunstwerkchen entgegen, und ich habe über die Sache nichts weiter gehört, hätte aber eigentlich nicht gedacht, daß er sich so billig abfertigen lassen werde. Die Erklärung dafür bekam ich erst später.

Zipp hatte nämlich seinen Triumph schon unter Dach. Und das war so vor sich gegangen. Der Herr Vater hatte ihn kommen lassen, um über eben diesen unzulässigen Fall Schattenhold mit ihm zu reden und ihm Strenge anzubefehlen.

«Herr Vater», sagte Zipp, «mir steht es nicht zu, meine weltliche Ehre zu betreiben. Wer weiß, wer diesen Schattenhold in Bewegung brachte. Ich aber hatte mir angemaßt, die Demut eines Bruders prüfen zu wollen, ja, ich klage mich an, diese Absicht nur dazu benützt zu haben, um meinen Neid und meine Scheelsucht darein zu verkleiden.»

Bei diesen Worten hatte er sich auf die Knie niedergelassen und die ganze Sache mit den Fliegen gebeichtet, sich in keiner Weise geschont, und schließlich um eine ausgedehnte Strafe gebeten. Unter anderem sollte ich mich nicht bei ihm entschuldigen müssen, da er sicher auch mich durch seinen geistigen Hochmut gereizt habe. Gott allein wird wissen, was an dieser Taktik Berechnung war, und was Erschütterung, durch mein Spottgedicht in Bewegung gebracht. Der Herr Vater als salomonischer Richter legte die Sache so bei, daß er erst die Brüder Zipp und Kraus einander gegenüber stellte, und, als beide sich darin überboten, sich selber unrecht zu geben, die übrigen Brüder zusammen rief. Dabei fand es sich, daß Kraus immerhin sein Martyrium von den Fliegen selbst publiziert hatte, und damit war sein Glanz hin. Zipp mußte ihn vor allen Brüdern um Verzeihung bitten, mußte ihn auf beide Wangen küssen, aber übrigens wirkte er so stark, daß auf Bitten der Brüder er nicht nur keine Pönitenz erhielt, sondern endgültig Senior wurde.

So kam es auch, daß sich Zipp mit meiner sophistischen Erklärung zufrieden gab. Dagegen stellte mich Kraus einige

Tage später. Er sah traurig und mitgenommen aus, und mit einer gewissen Erbitterung in der Stimme fragte er mich: «Warum hast du nicht auch über mich ein Gedicht gemacht? Ich bin doch so gut ein Preuße wie Zipp? Was hab' ich dir zuleid getan?» Er schien dabei zu lächeln, aber seine Augen hatten einen so niedergeschlagenen Ausdruck, daß ich mich kleinlaut davon machte. Mein Gedicht hatte Kraus ein für allemal unter Zipps Botmäßigkeit gebracht.

Weihe und Wirklichkeit

Die große Zeit der Brüder waren die Wochen und besonders die Tage des Staatsexamens, das sie in Karlsruhe zu bestehen hatten. Man muß sich die große Leistung gegenwärtig halten, die hier von den Lehrern vollbracht wurde. Schuster- und Schmiedegesellen, die von nichts eine Ahnung hatten und in den meisten Fällen noch mittelmäßige Köpfe waren, wurden in drei Jahren zu staatlich gutgeheißenen Lehrern gemacht. Ihr Examen hatten sie zu bestehen mit den ordentlichen Seminaristen, die aus der Volksschule direkt ins Seminar gekommen waren, ohne inzwischen bei der Ausübung eines Handwerks sich Schwielen an die Hände und ins Hirn anzuschaffen. Dies Handwerk war aber gerade Vorbedingung in Demutt.

Den Anstrengungen nun, die zur Heranbildung gemacht wurden, entsprach die Feierlichkeit und der still gespannte Ernst in den Zeiten des Staatsexamens und vor dem darauf folgenden Abgang der Brüder als Lehrer. Die urchristlich demokratische Absicht der Einrichtung trat dann ins volle Licht. Alle Brüder galten als vom Geist Erwählte und auf verschlungenen Pfaden zur Reichgottesarbeit Herangeführte. Ihre Anwesenheit in der Anstalt betrachtete man als das

Ergebnis eines Gnadenaktes, durch den Christus, wie weiland unter den Fischern, unter modernen Handwerkern eine Wahl getroffen hatte. Ein ganz großer Begriff entfaltete sich alljährlich in diesen Tagen. Man fühlte sich, wenn man dafür Empfindung besaß, als Glied der christlichen Hierarchie. Bildnisweise trat in einem kleinen Rahmen auf diesem weltfernen Eiland die übersinnliche Welt, die hohe und fromme Ordnung des Jenseits ahnend in die Wahrnehmung. Gott selber mit der großen Verklärung seines Sohnes brach bis dicht an die Grenze unserer Wahrnehmung vor.

Die Brüder wanderten alle dahin in neuen, feierlich schwarzen Anzügen, die sie bleich und entrückt erscheinen ließen. Sie waren nun die zur Reife Gebrachten, bereit, aus dieser stillen Werdezeit als Christi Gehilfen in die Welt des Unglaubens hinaus zu ziehen, und ich konnte dann doch nicht anders: ich erwog sie als Helden, als furchtlose Charaktere, die ganz im geheimen an sich eben doch das *Wunder* erlebt hatten. Fragte ich mich, worin dies Wunder bestand, so fand ich es darin, durch den Glauben verwandelt worden zu sein zu etwas, das sie vordem nicht gewesen waren, also etwas, woran ich himmelhoch hinauf sah, und das ich Objekt des Mißtrauens sicher nie erreichen würde. Die Zurückbleibenden sangen diesen Vollendeten zu: «Nun scheidest auch du mit Frieden und Ruh!» und: «Bald ist sie hingeschwunden, die Vorbereitungszeit, die in den schwersten Stunden die größte Gnade beut.» Beides, soviel ich weiß, Lieder Christian Heinrich Cranachs, des Begründers der Anstalt.

Sehr bewegte es, daß nun die Abgehenden nicht mehr mitsangen. Sie waren schon jenseits, waren eingesegnet und so gut wie Apostel. Der Mensch, im ganzen gesehen, ist, was er aus sich macht. Selbst diesen keineswegs immer prächtigen Gestalten verlieh der schlichte Kultus, der im Namen Jesu Christi mit ihnen getrieben wurde, einen Schimmer von Würde, heiligem Ernst und hoheitsvoller Bedeutung, der nie

ganz von ihnen weichen konnte, und ich würde mich verachtet haben, wenn ich in diesen Tagen gedacht hätte: «Es
sind aber doch bloß gewesene Schuster und Schneider!» Eine
Sehnsucht, ein Seufzer nach wahrhaft göttlicher Schönheit
begleitete ihren Abgang jedes Jahr aus meiner Brust, und
tagelang war ich noch wie dankbar gemaßregelt, weil ich
etwas *gefühlt* hatte, was man mir mit Worten nicht sagen
konnte, da Worte mein Vertrauen noch nicht besaßen.

ZWEITES BUCH

ZEHNTES KAPITEL

Der Allerärmste

Der Gänsehirt

Zu den Unternehmungen, um Boden unter den Füßen zu behalten, gehörte meine vielbesprochene Freundschaft mit Leuenberger. Ich hätte ebensogut vornehmere Freunde haben können, zumal ich im Bund etwas zu gelten anfing. Gerade diese tiefliegende Wahl offenbart den Widerstrebungscharakter des Umganges. Leuenberger war ein sehr mittelmäßiger Schüler, groß und breit, gutmütig, still, niemand wußte etwas Nachteiliges über ihn, und er galt als zuverlässig, wenn auch schwerfällig. Zum Bund gehörte er nicht. Er fiel mir zum erstenmal auf im Verlauf seiner berühmten Geschichte mit den Gänsen und dem Schweizerwald.

Dieser Schweizerwald war für uns ein Geheimnis. Er bedeutete uns schlechthin «das Andere», das Gegenüber, das Jenseits, das Symbol der Freiheit, den äußersten Vorposten der südlichen Welt, «Welt» als Gegenbegriff zu unserem Klosterleben, als Menschheit überhaupt verstanden, von welchen großen Erscheinungen wir eine ärmliche und streng bewachte Aussparung waren. Nach dem Schweizerwald zu kommen, das hätte geheißen, «hinaus» zu kommen, wie unsere Gänse eines Tages hinaus und nie mehr zurück kamen.

Die Frau Mutter war darauf verfallen, für ihren engeren Bedarf Gänse zu halten. Ich habe weder vorher noch nachher Gänse auf dem Hof gesehen. Enten watschelten zu jeder Zeit genug hinterm Stall herum und schwammen auf dem Misttümpel, und in angemessenen Abständen erschien eine

als Braten auf dem Herrentisch. Man kennt diese Hausgenossen als bequeme, vollständig domestizierbare und ver-
fettungsfreudige Kreaturen, deren Freiheitssinn restlos ein-
geht, wenn sie nur genug zu fressen finden. Anders die
Gänse, die eine Spur von Unbotmäßigkeit und Phantastik in
sich bewahren, die feinfühlige, mißtrauische und wachsame
Vögel sind. Wer sie für dumm hält, kennt sie nicht; diesen
Ruf haben sie genau so zu Unrecht wie die Schweine. Dumm
sind die Hühner, und vor ihnen haben die Gänse außerdem
ihren Anstand voraus; etwas Edles ist an ihnen im Vergleich
mit dem grausamen und schäbigen Hühnervolk, und vor
den Enten zeichnet sie die Unverführbarkeit aus, da sie nicht
so verfressen sind. In jeder Gans lebt etwas von dem Wissen
darum, daß Schwestern von ihr orgelnd in mystischen Zügen die nördlichen Meere und Heiden überfliegen, verfolgt
von der Sehnsucht aller eingefangenen und erlebnisfähigen
Seelen hier unten.

Solche wenig bekannten großen Vögel sollte also Leuenberger hüten. Als offenes Gemüt lebte er sich bald sehr mit
seiner Aufgabe zusammen, zumal er selber vom Land stammte und seine ersten Kindheitsjahre dort verbracht hatte. Seine Gänse gingen ihm schließlich über alles, und er erzählte
lange und tiefsinnige Geschichten von ihnen, über die man
sich meistens lustig machte. Davon nahmen sich auch die
Lehrer nicht aus. Zu mir – ich verkehrte damals in einem
ganz anderen Kreis, war auch um zwei Jahrgänge jünger –
kamen sie aus dritter Hand.

Nun war es ein schöner, feierlicher Sommertag. Es wehte
Südostwind, der aus dem Schweizerwald die letzten Rufe
des Kuckucks herübertrug. Unter den Gänsen hatte sich
schon am Abend vorher eine merkwürdige Unruhe bemerkbar gemacht, und es war schwierig gewesen, sie in ihren Stall
zurückzubringen. Heute fingen sie nun gleich an zu wispern
und durcheinander zu sprechen. Sie streckten die Hälse in

die Luft, liefen mit ausgespannten Schwingen auseinander, kamen von neuem zusammen und unterhielten sich wieder. Ab und zu stieß eine einen erregten Schrei aus. Plötzlich fingen sie alle zusammen an zu schreien, breiteten die Flügel aus, und bevor Leuenberger begriff, was vor sich ging, hoben sie sich von der Erde, flogen mit hellem Geschrei dem Rhein zu und strichen in *einem* Zug über die leuchtende Wasserbreite davon nach dem Schweizerwald hinüber.

Leuenberger sah ihnen zuerst ganz stumm und erstaunt nach. Dann kehrte ihm das Leben zurück. Laut heulend kam er in die Anstalt gelaufen und berichtete in der Küche, wo er die Frau Mutter fand, was sich ereignet hatte. Die Vögel saßen nun schimmernd drüben im Ufersand; wahrscheinlich ruhten sie sich – mit stark klopfenden Herzen, dachte ich – von ihrer Freiheitsfahrt aus. Sofort wurde der Anstaltskahn bemannt, um die Ausreißer wieder einzuholen. Mit wachsam gestreckten Hälsen ließen sie ihn bis auf die Rheinmitte heran kommen. Dann hoben sie sich von neuem auf, und man hat in der Folge nichts mehr von ihnen gesehen oder gehört.

Von da an war mir der Schweizerwald doppelt geheimnisvoll, und von diesem Geheimnis blieb auch an Leuenberger für meine Augen etwas hängen. Man mußte nun einen anderen Wirkungskreis für ihn suchen, und er wurde den Feldjungen zugeteilt.

Ruhmlose Freundschaft

Unsere Freundschaft begann, ich weiß nicht, wie. Er fing an, mir Birnen aus dem Feld mit zu bringen, zeigte mir bei vielen Anlässen seine Zuneigung, die mir bei seiner Aufrichtigkeit und betrübten Hilflosigkeit im Verein mit seiner

Körpergröße eine gewisse Überlegenheit zuwies, aber es steckten noch tiefere, zartere Werte darin. Seine geduldige Langsamkeit, seine brave Muskelstärke, die er niemals mißbrauchte, seine ständige Traurigkeit als Ausdruck einer gewissen Beschränktheit innerhalb der sonstigen überwitzigen kleinen Welt, die ihn in seinem Lebensgenuß kürzte und ihn viel zu wohlfeil kaufte – er ist nachher ein ordentlicher Bauer geworden –: dies alles enthielt mir eine stumme Lebensoffenbarung, die bewirkte, daß er mir nie langweilig wurde, wenn er auch einmal beschwerlich war.

Im Verlauf des letzten, besonders rauhen Winters hatte ich mir allerlei Leiden zugezogen. Ich kränkelte und kam nicht recht wieder hoch. Eine Zeitlang ging ich mit bewegungslosem Arm herum als Folge eines Anfalls von Rheumatismus, ohne daß sich jemand darum kümmerte. Dann wurde ich dem Herrn Vater auffällig durch einen üblen Geruch aus dem Mund. Wahrscheinlich hatte ich einen Magenkatarrh. Von Zeit zu Zeit litt ich an ganz furchtbaren Verstimmungen meiner Verdauungsorgane, begleitet von einem so fauligen Aufstoßen, daß ich mich selber davor fürchtete. Man hieß mich die Zähne putzen und jeden Morgen den Mund ausspülen, aber eine Bürste bekam ich nie.

Dann befielen mich plötzlich heftige Ohrenschmerzen. Ich werde eine Mittelohrerkältung gehabt haben, vielleicht war es auch eine Entzündung, jedenfalls floß das Ohr, und da ich vor Schmerzen und wahrscheinlich auch vor Fieber zu nichts zu brauchen war, so steckte man mich in die Krankenstube, wo ich die Sache im Bett ausdauern sollte. Ein Bruder tat dort Krankendienst. Zu bestimmten Zeiten brachte er das Essen, räumte das Zimmer auf, aber nachts schlief ich allein, und ein Arzt hat mich nicht zu sehen bekommen. Auch sonst kümmerte sich niemand um mich. Bloß Leuenberger war jeden Nachmittag bei mir und leistete mir Gesellschaft, brachte mir die Bücher, die ich wünschte, erzählte mir, was in der Schule geschehen war, und ließ sich seine Aufgaben von mir machen. Wir kamen einander in dieser Zeit ziemlich nahe. Sein Thema war das Geld und das andere Geschlecht.

«Zum Beispiel hier – nichts ist das hier!» raunte er wichtig. «Weißt du, bei uns zu Hause, da ist ein kleiner See. Der hat Forellen und manchmal Hechte. Da hab' ich doch die Ziegen gehütet. Einmal ist mir eine Geiß ausgebrochen, und ich wurde aus dem Haus geprügelt in der Nacht, um sie zu holen. Wo sollte ich sie holen? Ich ging an den See, heulte zuerst und rief dann eine Zeitlang nach der Geiß, und dann sah ich so ins Wasser. Da schien der Mond hinein, verstehst du. Und die Fische, die schwammen da wie in Glas, ganz still und heimlich. Und als ich aufsah, stand die Geiß neben mir, guckte mich an wie so ein Geist mit ihren Augen, und ich fing wieder an zu heulen. Mit Heulen lief ich zu meinem Dienstherrn zurück, und die Geiß immer meckernd hinterher. So ist es mir gegangen. Aber jetzt wäre ich ein kleines Knechtlein, bekäme schon ein wenig Geld, und die großen Knechte gäben mir manchmal ein bißchen Kautabak. Und da wären Mägde. – Weißt du eigentlich, wie Mädchen beschaffen sind?»

Ich verneinte, und eine Zeitlang dachte er wieder nach.

«Der Knecht sagt, solange man die Mädchen und Frauen nicht kennt, weiß man noch nichts vom Leben», flüsterte er träumerisch weiter. «Die machen es erst vollständig. Hier erfährt man ja überhaupt nichts. Und Geld bekommt man nicht einmal zu sehen. Der Knecht sagt, mit Geld kann man die Schönste bekommen. – Warum hast du mich neulich in die Heidenkasse zahlen lassen?»

Bekümmert blickte er mir ins Gesicht.

«Warum?» fragte ich unsicher zurück. «Ich wollte nicht soviel auf einmal geben. – Und dir hat es ja nicht geschadet.»

Er schwieg.

«Sieh mal», grübelte er schwermütig, «ich bin hier der Ärmste. Keinen Besuch habe ich. Niemand schickt mir Geld. Seitdem ich die fünfzig Pfennige in der Hand hatte, muß ich jetzt immer an Geld denken. – Ich muß überhaupt soviel denken die letzte Zeit. Ich glaube, ich gehe schlechten Zeiten entgegen, habe viel unrechte Vorstellungen und Wünsche. Was soll ich machen?»

«Sie sagen, man soll beten!» bemerkte ich kleinlaut. «Weil ich dir das Geld gegeben habe, mußt du aber doch nicht solche Gedanken haben.»

«Vielleicht. Wer weiß. Der Dümmste in der Schule bin ich auch, und dann noch Gedankensünden, wie soll das ausgehen? Du bist gescheit. Wirst einmal etwas Ordentliches werden. Und dann denkst du nicht mehr an mich. – Wenn ich nächstes Jahr heraus komme, schicke ich dir von zu Hause einen Berner Lebkuchen. Aber ganz sicher. Glaubst du nicht?»

«Du kannst dir in meinem Platz meinen Federkasten nehmen», sagte ich dagegen mit gewisser Erregung. «Oder willst du lieber etwas anderes? Du kannst dir nehmen, was du willst. Suche nur.»

Als ich wieder gesund war, wurden wir eines Morgens anstatt in die Arbeitstube ins Feld hinaus geführt. Ein Trupp von uns ging mit den Körben voraus. Andere folgten mit den Handwagen, auf denen die Kärste und Hauen lagen. Zum Vortrupp gehörte ich. Es war eine kühle Morgenfrühe, der Himmel wie oft im Herbst noch grau verhängt, so daß man nicht weiß, wird es regnen, oder wird es sich aufklären. Aber schon auf dem Weg hinaus begann ein silberner Schein im Nebel aufzugehen, und als wir auf dem Acker die anderen erwarteten, zerriß der Nebel, und blaue Stücke Himmel leuchteten zwischen den im Morgenwind schnell vorüber huschenden graufeuchten Nebelfetzen warm und freudig herunter. Leuenberger hatte sich wie immer zu mir gesellt.

Wir gingen Spinnen suchend eine Hecke ab. In den Blättern und den Spinnennetzen hing in schweren Tropfen die Nebelfeuchte. Auch unsere Kleider und Haare waren betaut; wenn man mit der Hand darüber fuhr, so glänzten sie nachher vor Wasser. Wir fanden viel Spinnen, rote und grüne, darunter große Kerle, die einen in die Schädelhaut bissen, wenn man sie auf dem Kopf unter dem Hut unterbrachte. Eine köstliche Stille und Kraft herrschte. Die Bäume hingen voller Äpfel. Das Kartoffelkraut strömte einen strengen Duft von Überreife aus.

«Du, Schattenhold», hob Leuenberger an zu sprechen, «ich weiß jetzt, wie man im Leben vorwärts kommt. Der Knecht hat es uns gesagt. Aber man muß Mut haben.» Er blickte mich schwermütig und mit der Sorgfalt des starken Menschen an. «Wenn es dir schlecht geht, so mußt du beiseite gehen und den Daumen so von dir strecken.» Er machte es mir vor. «Und dann mußt du dreimal fest und ruhig sagen: ‹Teufel, beiß ab!› Von der Stunde an wird sich dein Pech geben. – Hier werde ich es nie machen; es hat ja doch keinen Zweck, hier etwas zu wollen. – Nächstes Frühjahr habe ich aber ausgelitten. Ich weiß genau, daß sie mich nicht mehr zu sehen kriegen. Auch nicht eine Zeile werde ich her schreiben.»

«Ich habe dann noch zwei Jahre!» bedachte ich. «Ich glaube aber, die letzten Jahre sind kürzer.»

Das bestätigte er.

«Du mußt nur nicht dran denken», riet er noch. «Dann geht alles am schnellsten vorbei. – Du, ich weiß jetzt hier eine», teilte er mir dann mit. Seine Augen leuchteten treuherzig auf, aber zugleich sah er schuldbewußt und unsicher drein, und er hatte ja auch mit einem solchen Geständnis alle Mächte dieses Platzes gegen sich. «Weißt du, die Marianne. – Guck sie manchmal auch an, willst du?» bat er lieblich und schüchtern. «Und wenn du kannst, so gib ihr ein gutes Wort.

Sie hat nicht viel zu lachen hier. Auch an ihr hauen sie immer herum.»

«Sie hauen an uns allen herum!» versetzte ich lustlos. Er ermüdete mich heute; ich hatte einen schlechten Tag.

«Sei nicht ungeduldig!» bat er. «Wir können ja nichts dafür. Welche haben noch wenigstens ihren Charakter. Ich habe nicht einmal den.»

Ich dachte, daß er sogar viel Charakter hätte, aber mir fehlte es gewaltig daran. Doch ich sprach den Gedanken nicht aus, und er erwartete es auch nicht. Plötzlich stieß ich gereizt hervor: «Man muß hier etwas ganz anderes tun. Mädchen können uns nicht helfen. Ein Krach muß nach dem anderen kommen, bis sie nicht mehr wissen, wo aus und ein. – Aber nicht einmal meine Mutter brachte mich hier heraus, und sie ist in Amerika gewesen. Rechne selber.»

Zornig nahm ich meinen Hut vom Kopf und schüttelte die gefangenen Spinnen über die Hecke aus. Sie liefen sofort davon und verkrochen sich.

«Mit dir ist manchmal schwer zu reden!» beklagte sich Leuenberger seufzend. «Das kommt davon, daß du gescheit bist. Alle Gescheiten sind streng.»

Die andere Abteilung war da. Auch die Aufseher waren eingetroffen, und die Arbeit begann.

Die Marianne, von der Leuenberger sprach, war ein großes, dunkles Mädchen, das ihm in manchen Stücken glich, ebenso breit und schwerfällig, auch so traurig und von allen verlassen, und viel gestraft gleich ihm. Wir sprachen in der Folge mancherlei über sie. Sie war ihm noch dadurch besonders lieb, weil sie gleich ihm aus dem Kanton Bern stammte, und zwar ebenfalls vom Land; das machte sie ihm heimatlich. Seine ganze scheue und hilflose Sehnsucht ging nach ihrer für meine Begriffe etwas massigen Gestalt. Sie saß in der gleichen Bankreihe mit mir auf der Mädchenseite, nur durch den Gang von mir getrennt. Weil sie in der Schule viel zu leiden hatte, bat mich Leuenberger vor allem, ihr da Vorschub zu leisten. Ich saß dafür bequem und tat es, wenn ich gut konnte. Sie bezeigte sich dankbar dafür, und da sie schon sehr entwickelt war – ihr Leibchen umspannte nicht mehr bloß kindliche Rippen –, so empfand auch ich etwas mehr dabei, als nur Befriedigung über meine geistige Überlegenheit. Es war da eine gute, gesunde, aber dumpfe weibliche Kraft beinahe auf meiner Lebensebene, und den ganzen Winter hindurch fühlte ich mich während der Schulstunden ein wenig von ihrer Atmosphäre umfangen.

Einmal riet ich Leuenberger, mir doch einen Zettel für sie zu geben, aber dazu hatte er keinen Mut. Später kam er auf den Gedanken, daß ich für ihn schreiben und werben solle, aber inzwischen hatte ich erfahren, daß Kleiber sie umwarb und in irgend einer nicht näher bekannten Verbindung mit ihr stand. Mit seiner trotzigen Stoßkraft wollte ich nicht zusammen rennen, und unter dem Vorwand, daß das jeder selber machen müsse, lehnte ich es ab. Kleiber gehörte außerdem zum Bund, was bei Leuenberger nicht der Fall war, und in der letzten Zeit bekam ich zu meiner leisen Verwunderung in einer Weise, die ich nicht einmal bestimmen konnte, eine nähere Beziehung zu dem schwarzen, festen Burschen. Erst später ging mir die Ursache davon auf; sie hing mit Marianne zusammen. Diese neue Fühlung war mir aber zu wertvoll, als daß ich sie aufs Spiel gesetzt hätte.

Während also Kleiber dem Gerücht nach bei der bloßen Anhimmelung nicht stehen geblieben war, verstrickte Leuenberger sich hoffnungslos in einem uneinträglichen System von Seufzern, Blicken, Mitteilungen und Tränen – nachgerade brach er in Tränen aus, wenn er von ihr sprach – und je hingebender er liebte, desto unglücklicher fühlte er sich in dem Zwang, wovon er sich überall umgeben sah, ohne sich hinaus retten zu können. Die Prügel dafür hätte er von Herzen gern hingenommen, aber er wußte nicht einmal, wie er sie verdienen sollte, und ich wußte es schließlich auch nicht. Er war so feinfühlig, daß er mir den Vorschlag, Marianne an seiner Stelle zu schreiben, nicht zum zweitenmal zu machen wagte, obwohl die Bitte lange in seinen Augen stand. Aber als ich, von einer Regung der Ungeduld getrieben, es ihm einmal plötzlich selber anbot, unbekümmert um Kleibers zähe Wachsamkeit, schüttelte er traurig den großen Kopf.

«Das ist zu gefährlich für dich», sagte er voll zarter Fürsorge. «Und dann hätte auch sie daran zu tragen.» Doch leuchtete nun ein neuer Gedanke in seinen Augen auf. «Aber wenn man ihr – etwas schenken könnte!» meinte er leise. «Würdest du ihr das von mir geben?»

«Gib es ihr doch selber», sprang ich ab. Meine Helferslaune war schon wieder verflogen. Immer öfter war er mir in der letzten Zeit lastend, da ich ihm nicht mehr mit ungeteilten Gefühlen gegenüber stand. Ich fand mich manchmal auch *ihm* gegenüber untreu, und dann wurde mir seine vertrauende, breite Figur zum Vorwurf.

«Was hat's auch für einen Zweck, darüber zu reden!» seufzte er. «Man ist ja ein armer Teufel. Nichts habe ich. Nun also. – Ich werde ihr etwas schenken, wenn ich einmal Geld verdiene.»

«Du kannst meine Federschachtel haben», bot ich noch einmal an, aber er schlug standhaft aus. «Oder was du willst!» drang ich in ihn. «Gib ihr eines meiner Bücher. Die ‹Echten und falschen Edelsteine› werden ihr sogar sehr gefallen.»

«Laß nur!» sprach er mir freundlich zu, wenn auch etwas bedrückt und beunruhigt von meiner Ungleichheit. «Ich werde schon auch etwas finden.»

Ein Diebstahl

Nun hatten wir da so ein schulkluges, schäbiges Subjekt – eben unseren Klassenersten, von dem ich zu meiner Mutter gesprochen hatte – einen Augendiener und Musterknaben, der aber entgegen der Anstaltsordnung immer ein Geldbeutelchen mit etwelchem Inhalt bei sich führte. Den Inhalt vermehrte er zielbewußt durch stille, zähe Schachergeschäfte. Wo sich ein Groschen in einer Hand befand, da fühlte er sich angezogen, und nach kürzeren oder längeren Bemühungen war der Groschen als Ergebnis eines für ihn stets günstig verlaufenden Geschäftes in seinem Beutelchen. Von diesem allen bekannten Beutelchen hieß es eines Tages plötzlich, daß es gestohlen sei. Zuerst lachte man und dachte, das Bürschchen wolle sich damit wichtig machen oder verfolge sonst eine Absicht. Aber ihm war es harter Ernst. Er setzte eine Frist von drei Tagen, innerhalb derer das Beutelchen wieder da sein müsse, im anderen Fall werde er den Diebstahl zur Anzeige bringen. Als die drei Tage herum waren, ging er unter Hintansetzung der Gefahr, die er selber dabei lief, wirklich erbitterungsvoll zum Herrn Vater und erstattete Anzeige.

Die Nachricht: «Es ist gestohlen worden!» bedeutete für uns eine unbedingte Unglücksbotschaft. Selbst wenn die Sache gleich heraus kam, blieb doch soviel an uns hängen, daß es hinreichte, um uns ein paar Tage zu verderben. Aber wehe, wenn sich die Angelegenheit in die Länge zog! Am Abend des gleichen Tages wurde das Verfahren über uns feierlich eröffnet. Es war hier Taktik, uns immer zusammen zu nehmen; wenigstens kam wieder ein moralisches Exerzitium dabei heraus. Nach dem Nachtessen teilte der Herr Vater mit, das und das sei abhanden gekommen, und er fordere den Dieb auf, sich nachher bei ihm auf seinem Zimmer einzufinden.

Er machte noch darauf aufmerksam, daß die Sühne umso milder ablaufen werde, je früher der Dieb sich melde. Das Mildeste waren acht Stockhiebe; soviel wußte man schon. Dann nahm die Abendandacht ihren gewohnten Verlauf.

Mir war, als ob sich eine jener sagenhaften Zimmerdecken aus den Räuberherbergen des Thüringer Waldes auf uns hernieder senkte. Der Gesang ertönte von unserer Seite sofort wesentlich dünner. Kleinlaut oder verstockt vernahm man die Ermahnung des Herrn Vaters. Die meisten plagte das widerwärtige Gefühl von Unbehagen, das beinahe alle Menschen befällt, wenn sie mit einem Diebstahl oder auch bloß einer Verlustgeschichte befaßt werden. Wie sich heraus stellte, befanden wir uns nachher alle vollzählig in den Schlafsälen. Der Herr Vater hatte also umsonst gewartet, und wir machten uns für morgen auf den nächst schwereren Grad des Verfahrens gefaßt. Verärgert nahmen sich einige von uns bereits den Angeber vor, aber er wehrte sich mit Nägeln und Zähnen für sein Recht und seinen Beutel, und man konnte ihm zunächst nichts anhaben.

Am anderen Vormittag wurden wir alle zum Herrn Vater beschieden. Er saß in seinem Sessel neben dem Schreibtisch mit dem Blick gegen die Tür. Wir standen im Hufeisen ihm gegenüber. Er nahm zuerst noch einmal Bezug auf die Mitteilung von gestern.

«Der Dieb hat sich nicht gemeldet», sagte er dann. «Das hat er sich selber angetan. Je länger er warten läßt, desto härter wird seine Strafe sein. Der Diebstahl ist eines der verabscheuungswürdigsten Vergehen. Er ist ein Vertrauensbruch und eine Lästerung auf Christi Tod, und bei Verstocktheit wird er zur Sünde wider den Heiligen Geist. Davor will ich den Täter bewahren, weil ich ihn liebe, wie jeden einzelnen von euch. Er soll hervortreten. Wir sind alle fehlbar.»

Nichts regte sich. Der Herr Vater wartete schweigend eine Weile. Er verdüsterte sich wieder zusehends.

«Fünf Minuten Zeit zur Besinnung sollen ihm und seinen Mitwissern noch gegeben sein», erklärte er dann unter den ersten Stößen von Unruhe und Ungeduld. «Solange bleiben wir hier still beisammen, denken unserer Seelen und beten für den Fehlbaren. Um sein Herz kämpfen die Engel und die Teufel. Wer sich reinigt, kann den Kampf *fühlen*!»

Das Schweigen begann. Verdunkelt, unmutig, erzürnt blickte der Herr Vater vor sich hin, und ich glaubte nicht, daß er betete. Er grübelte und wühlte, wie er des Diebes habhaft werden könnte. Nie sah man ihn so bitter aufgebracht, so unzugänglich entsetzt, als wenn eine Diebstahlsgeschichte in der Luft hing. Er war dann krank und traurig, und dazu voll quälenden Rachebedürfnisses. In irgend einer neuen Weise gespannt betrachtete ich diese unmutsvoll vornüber geneigte Gestalt in dem dicken, dunklen Hausrock mit den stets in Wolltücher verpackten Beinen, den warmen Tuchschuhen an den Füßen und dem Samtkäppchen auf dem Kopf, diesen zudringenden, unbefriedigten, einsamen Mann, dem ich so untreu war, und den ich erst neulich wieder an Leuenberger verraten hatte. Geplagt dachte ich an meine zornmütigen Worte: «Ein Krach müßte hier nach dem anderen kommen!» und das Gewissen schlug mir. Berühmte Beispiele fielen mir ein, in denen ein vertrauender Großer einen falschen Schützling wie eine Schlange am Busen gehegt hatte, bis sie ihm den Todesbiß versetzte. Und wie er es wollte, begann auch ich erschreckt zu beten und den Kampf der Geister in diesem Zimmer zu fühlen.

Aus dem Raum nebenan schmetterte ein Kanarienvogel in unsere Stille hinein. Es roch leicht nach erkaltetem Zigarrenrauch. Die Bücher in den Regalen blickten würdig in Leder gebunden und mit Gold bedruckt auf uns herunter. Niemals erregten doch diese Werke und Folianten in mir ein Gefühl der Neugierde. Stets fühlte ich mich von ihnen zurecht gewiesen oder wenigstens daraufhin angesehen. Die Uhr tickte langsam und mit schwerer Gründlichkeit; jede ihrer Sekunden hatte jetzt das Gewicht eines Schicksals und war beladen mit Schweigen und Strafandrohung. Plötzlich fiel mir der Kummer der Sünde aufs Herz. Eine dumpfe, körperwarme, ungereinigte Witterung verband mich unerwartet innig mit meinen Nachbarn links und rechts, und ich fühlte mit halb freudiger Furcht, wie mein Herz schon wieder vom Herrn Vater abfiel. Voll triebhafter Untreue war ich davon überzeugt, daß diese Empfindung nun uns alle durchdrang wie ein magnetischer Strom. Noch nie hatte ich mich mit den anderen Seelen und Körpern so eins gefunden, sozusagen von ihnen durchwachsen. Während sich mein Gewissen weiter ängstigte unter diesem fordernden, in die Seele bohrenden Schweigen, erwärmte mich in der Tiefe eine wunderbare Siegesgewißheit des Blutes und eine bittersüße Gewalt der Wünsche, in welcher ich flüchtig die ganze Zukunft meines Menschseins voraus schmeckte. Aber nur ein hellseherischer Moment, und die strengen Formen von Christi Hierarchie, in deren verborgenen Winkeln einem wir hier lebten, schlug wieder über mir zusammen. Welche von unseren Kleineren begannen nun zu heulen vor Gewissensangst und Seelenbangigkeit, aber kein Sünder meldete sich.

«Ihr seid also verstockt und einmütig», nahm nun der Herr Vater wieder das Wort. «Macht ihr nicht mehr das Kreuz an meine Tür, so legt ihr es mir auf die Schultern. – Geht zu eurer Arbeit zurück. Auf ein Mittagessen rechnet heute nicht. Was weiter mit euch wird, hängt von euch ab.»

Wir kehrten in die Arbeitstube zurück, die anderen ins Feld und in den Garten. Der neue Aufseher zeigte Verständnis für die Sachlage, indem er uns noch eine besondere Aufgabe zudiktierte, während er essen ging. Die Zähne mit dem Fingernagel ausstochernd, kam er zurück. «Na, wie hat das Essen geschmeckt?» fragte er lachend. Einen guten Tausch hatten wir mit ihm nicht gemacht; dafür war, wie es schien, umsichtig gesorgt worden. Hungrig und als Verbrecher kamen wir in die Schule. Ging es den anderen wie mir, so schämten wir uns schrecklich vor dem Lehrer, vor den Mädchen und besonders vor Herrn Johannes. Die Schulstunden verliefen kleinlaut, in kummervoller Aufmerksamkeit, die von den Lehrern geschont wurde. Herr Johannes schien sogar etwas abwesend mit seinen Gedanken. Es war der erste kalte Herbsttag. Der Regen schlug an die Scheiben. Man hatte den Ofen angeheizt. Der alte Mann blickte manchmal hinaus, ging dann ein Weilchen sinnend den Mittelgang zwischen den Bänken entlang, und streckenweise schien er uns ganz vergessen zu haben. Mehr oder weniger war das aber immer sein Verhalten an kritischen Tagen, wenn mit uns umgesprungen wurde.

Heute geschah noch etwas Besonderes. Man hatte das Schulzimmer stark überheizt, aber da uns allen der Magen knurrte, so wandelte keinen die Schläfrigkeit an. Nachher setzte sich Herr Johannes auf das Katheder. Der Ofen stand nicht weit davon; man hatte dort die Wärme aus erster Hand. Auf dem Stundenplan stand biblische Geschichte, und zwar kam heute die Legende von dem Blindgeborenen daran, den Christus heilte. Herr Johannes begann zu erzählen, während draußen weiter der Regen nieder ging und der kalte Herbstwind um die Ecken pfiff, das Sinnbild eines bösen Alters, nicht des seinen. Wenn er erzählte, so ging immer einmal seine Hand nach der Krawatte, um zu prüfen, ob sie noch am Ort sei; es kam vor, daß sie ihm herunter rutschte. Er trug von den niederen Umlegekragen, wie sie auch mein Vater gehabt hatte, unter deren Ecken man die kleine Krawatte schob. Nun berichtete er also, wie der arme Blinde zum Herrn geführt wurde, und wie dieser auf die Erde spuckte und einen kleinen Brei machte.

«Von diesem Brei», legte er dar wie schon öfter, «nahm

Jesus etwas auf den Finger und richtete sich wieder auf, faßte den blinden Menschen an der Schulter und drehte ihn dem Licht zu. Mit zwei Fingern spannte er ihm die Augenlider auseinander, und während er ihm mit seinen großen, hellen Augen tief in die blinden, toten Augäpfel hinein sah», – hier nickte Herr Johannes ein bißchen und hob die Hand nach der Kragengegend –: «legte er ihm eine Krawatte an», vervollständigte er den Satz.

Unter vollkommener Stille auf unserer Seite tat Herr Johannes durch etwa eine halbe oder auch eine ganze Minute einen kurzen, traumhellen Altersschlaf. Darauf erwachte er und setzte ruhig seine Geschichte fort.

Der Tag beschloß für uns auf den Arbeitstätten unter vermehrtem Druck aller Aufseher. Das Abendessen wurde uns auch verkürzt; es gab nur einen Teller dünne Hafersuppe. Die Andacht war dem Fall angepaßt und ging über uns hinweg wie ein Hagelschauer. Der nächste Tag begann genau so, wie der vorige geendigt hatte. Die ganze Anstalt war nun schon in das Verhängnis verstrickt. Es herrschte eine kranke, verdorbene Stimmung, die sich unter uns noch als gereizte Zanksucht fortpflanzte. Das Mitleid, das viele mit uns hatten, verbesserte unsere Verfassung auch nicht. Es verletzte unseren Stolz, zeigte uns, wie ungerecht mit uns verfahren wurde, und erzeugte bei vielen eine weinerliche Wut. Darüber verging auch der zweite Tag. Ein Mittagessen hatten wir heute wieder nicht gesehen.

Leuenberger hielt sich diese Tage noch enger als sonst zu mir. Er war besonders bedrückt und seufzte oft. Am zweiten Abend beim Anstehen vor dem Abtritt richtete er es so ein, daß wir als die letzten daran kamen, und er mich mit herein nahm.

«Du», sagte er dann plötzlich, aufgelöst vor Angst, «ich – habe das Portemonnaie genommen, weißt du. Es ist mir so in die Hand geraten, Herrgott! Du sagtest ja, es müssen

Kräche kommen! Was soll ich tun? Weißt du mir einen Rat?»

Mir war, als ob ein Meteor vor mir in den Boden geschlagen hätte. Eine ganze Weile konnte ich nichts sagen.

«Ja, Leuenberger», erwiderte ich endlich niedergeschmettert, «da kann man nichts raten. Du mußt dich eben anzeigen. Und wenn du nicht willst, dann wird das ja auch vorbei gehen. Ewig wird er uns nicht drangsalieren.»

Er sah so mit sich selber zerfallen aus, daß ich die Augen nicht von ihm brachte; so etwas hatte ich noch nie gesehen.

«Willst nicht – du mich anzeigen?» bat er mit halbgebrochenem Blick. «Ach, tu es doch. Ich will ja büßen. Mögen sie mich tot schlagen. Aber ich bringe es nicht heraus, verstehst du. In der Zeit müßt ihr alle mit leiden.»

Übernommen von seinen Gefühlen und vielleicht auch vor Mattigkeit lehnte er sich mit der Schulter an die Wand und begann zu zittern; vielleicht fror ihn auch, da er im Hemd war.

«Das kann ich nicht, Leuenberger», sagte ich. «Es wäre eine Gemeinheit, und alle würden mich verachten. – Du brauchst es ja gar nicht zu sagen. Behältst es eben für dich, und es kommt nie heraus. Das ist ja einfach.»

Aber dazu traute er sich nicht die Kraft zu. Er seufzte wie ein krankes Pferd und schüttelte den schweren Kopf. Allein was sonst werden sollte, konnte er sich nicht denken. Außerdem kam nun der Bruder, um sich zu erkundigen, wo wir blieben.

«Geh nur schnell», sagte Leuenberger und schob mich hinaus. «Sonst machst du dich verdächtig.»

Ich ging wie in einem bösen Traum. Dem Bruder sagte ich, ich hätte noch sitzen gemußt, und Leuenberger müsse auch sitzen. Selber zitternd kroch ich ins Bett, und lange konnte ich nicht einschlafen. Nachdem schon der Bruder

273

gegangen war, kam auch Leuenberger wie ein Geist lautlos an, und den Seufzer, mit dem er sich legte, hörte man durch den ganzen Saal.

Der Gerichtssonntag

Der nächste Tag war ein Sonntag, der verdorbenste Sonntag von allen sieben Jahren, die ich in der Anstalt verbrachte. Die andern fingen nun an, sich mit einem gewissen Galgenhumor in den öffentlichen Verschiß zu finden. Vom Dieb war wenig mehr die Rede; die einen gaben ihm beinahe schon recht und sympathisierten mit ihm, die anderen setzten dem Anzeiger zu, und auf den sammelte sich je länger je mehr der Verdruß der ganzen Bubenschaft; es ging ihm nicht sehr gut diesen Tag. Sonst gab es am Sonntag Kaffee und ein Brötchen. Heute fanden wir die dünne Mehlsuppe von den Wochentagen vor. Sie paßte zu unserem Aufzug; die Sonntagskleider waren uns gesperrt. Wir saßen da, blau und abgeschlissen wie die Sträflinge, während alle anderen festtäglich gekleidet waren und Kaffee und Brötchen hatten. Nach dem Kaffee – bis zur Predigt konnten wir Sonntags im Hof herum gehen, durften aber keine Spiele treiben – nahm mich Leuenberger mit sich und zeigte mir in dem kleinen Schuppen, in dem die Droschke stand, über der oberen Türschwelle ein Loch mit dem Geldbeutelchen darin. Er bat mich noch einmal flehentlich, ihn anzuzeigen, versprach mir sein Vesperbrot einen ganzen Monat lang, und als ich mich wieder weigerte, begann er vor Verzweiflung zu heulen und sich zu verfluchen, sprach davon, sich aufzuhängen, und andere hätten vielleicht auch den Herrn Vater gelästert, aber das tat er nicht, dazu war er zu anständig und zu tief von seiner Verdorbenheit überzeugt. «Und ich wollte bloß etwas für Marianne kaufen!» klagte er wie vernichtet. «Was soll sie nun von mir denken? Jetzt bin ich ein Dieb.» Ich fühlte, wie er mit der Bitte rang, ich möchte bei ihr für ihn sprechen, aber er vermochte sie nicht über sich, und was sollte es helfen?

Die Predigt hatte einen heftigen, schreckenden Text aus dem Propheten Jesaja, und ließ uns wenig Aussicht, ohne eine grundstürzende und lebensgefährliche Verwandlung im irdischen Dasein glücklich und nach demselben selig zu werden. Indessen erfüllte sich das Haus wieder mit dem Gestank von verdorbenem Sauerkraut, der umso stärker wurde, je länger die Predigt sich hinzog. Der Herr Vater konnte sich heute nicht von ihr los reißen, und während sonst zwischen ihrem Ende und dem Essen für eine kleine Stunde der Ergehung im Hof Platz war, fielen wir beinahe unvermittelt heute aus dem Zorn Gottes in den Zorn der Köchin. Sauerkraut gab es zwar für uns, aber kein Fleisch, und die Suppe hatten die anderen ebenfalls – in ungewohnt konzentrierter Form und mit wahrnehmbarem Genuß – allein gegessen. Selbst die Sauerkrautschüssel ging für uns bloß einmal herum. Kurz, über das ewige Einerlei durften wir uns heute nicht beklagen; wir erlebten lauter Überraschungen. In der Freistunde hatte keiner Lust, ein Spiel anzufangen. Wir standen trübsinnig oder zornig vor und in unseren kleinen Gärten herum, besahen unsere letzten Astern, und einige Konventikel redeten nicht zu achtungsvoll vom Herrn Vater. Nun gaben schon alle dem Dieb recht. «Wenn er jetzt bloß noch ganz durchhält!» sagten sie. Der Anzeiger hielt es für geraten, sich auf einsamen Wegen zu ergehen.

Was uns in der Kinderlehre erwartete, konnten wir zum voraus wissen. Es wehte ein scharfer, angreifender Wind darin, der nicht nur durch die Hosen pfiff, sondern unsere ganze mißfällige Existenz zerzauste und zerfledderte. Herr Johannes hatte sich wieder beurlaubt. Auch der zweite Lehrer fehlte. Herr Ruprecht mußte als der Sohn des Hauses da sein. Er blickte still verwundert und fragend auf uns, und sein von Natur gutes Gesicht drückte ein aufrichtiges Bedauern aus. Die Fragen prasselten wie Schloßen während eines Gewitters auf uns nieder, immer nur auf uns. Nicht eines der Mädchen kam heute ans Antworten. Es war ein Exerzitium, das sogar mir manchmal schwindlig machte, geschweige den kleinen Wichten und den armen Teufeln, die nirgends sattelfest waren. Und wie durch ein Wunder biß sich der Herr Vater endlich an Leuenberger fest. Mir begann das Herz zu schlagen, als ich das merkte. Ich fühlte, daß hier eine geheimnisvolle Beziehung zu wirken begann. Wir waren ja alle so gespannt, durchzogen von Unruhe und aufgewühlt vom Geist, und manche waren am Ende ihrer Tragkraft, daß die Sache nun zur Reife kommen *mußte*. Und wie wir ihn kannten, hatte sich der Herr Vater selber durch Gespräche mit Gott und durch Gebete, die um unsere Seelen kämpften, so in den Zorn dieser Tage hinein gewühlt, sich so innerlich geschärft, daß er nun imstande war, auf die kleinste Schwingung im Ton einer Antwort, auf ein Stocken, eine Hastigkeit, die Regung einer Angst einzugehen, und dort Bresche zu schlagen. Allen stand der Atem still, als er in dieser Weise bei Leuenberger halt machte. Ihn selber überkam ein abergläubischer Schreck, geradezu eine Todesangst, aus der er sich durch eine gewaltige geistige Anstrengung, um den Fragen gerecht zu werden, heraus zu winden suchte.

«Nehmen wir an, du hast gestohlen. Das können wir. Ja, du seiest der Dieb des Geldbeutels. Wer hat dann die Hand an dich gelegt?»

«Der Teufel», antwortete Leuenberger. «Aber ich habe nicht gestohlen!» setzte er kopflos hinzu.

«Wir nehmen es ja auch nur an. Weiter: Gott zieht sich mit allen guten Engeln von dir zurück. Du bist ein Ausgestoßener, ein Verlorener. Wir nehmen so an. Was kann dich allein vor der ewigen Verdammnis retten?»

«Das – Geständnis!» würgte Leuenberger hervor.

«Was folgt auf das Geständnis?»

«Die Strafe.»

«Auf die Strafe?»

«Die Erleichterung.»

«Möchtest du auch erleichtert sein?»

«Ich – möchte – erleichtert sein!» keuchte Leuenberger.

«Warum hast du denn nicht schon lange gestanden?»

«Der – Teufel hatte – die Hand auf mir – –!»

«Du bist also der Junge, der den Beutel gestohlen hat?»

«Ja –!»

Er war erschöpft und ergab sich. Der Geist hatte ihn ausgespürt, aufgetrieben und erlegt wie ein Wild. Es war ein ungeheurer Augenblick. Eine furchtbare Stille folgte dem Geständnis. Leuenberger stand auf, keuchend, schwankend, schweißbedeckt. Die Augen traten ihm aus dem Kopf, und dann begann ihn ein Zittern nach dem anderen zu überlaufen. Der Herr Vater war kreideweiß geworden. Er sah selber erschöpft aus. Der Bart zitterte ihm.

«Gotthold, rege dich um Jesu willen nicht so auf!» mahnte von hinten hervor die Frau Mutter.

«Wo – hast du den Geldbeutel?» fragte der Herr Vater dann mit Anstrengung. Das gestand Leuenberger sofort. Eine Abordnung aus zwei Brüdern wurde abgeschickt, um das Ding zu holen. Inzwischen sollte Leuenberger gestehen, wie er dazu gekommen sei, es zu nehmen. Das konnte er nicht sagen; er blieb dabei, daß der Teufel die Hand auf ihn gelegt habe.

Die Brüder kamen mit dem Geldbeutelchen. Es fehlte nicht ein Pfennig darin. Nun wurden Mitschuldige oder Mitwisser von ihm gefordert. Mir flimmerte es vor den Augen, aber Leuenberger blieb stumm. Vor die Hausgemeinde genommen, sagte er endlich, er habe keine Helfer, und es habe auch kein anderer darum gewußt. Damit fand er jedoch keinen Glauben, ja, da er mit der Antwort gezögert hatte, legte man ihm diese Ableugnung trotz aller Reuebeweise als neuen Trotz aus.

«Wie dem nun sei», schloß der Herr Vater, «so wirst du jetzt deine Strafe bekommen, und zwar wirst du für die, die du nicht nennst, mit büßen. Und umso schwerer wird deine Strafe sein, je länger du uns alle hin gehalten und deine Kameraden hast mit leiden lassen.»

Der Aufseher war bereits beauftragt, den Stock zu holen. Im Angesicht der Hausgemeinde mußte sich Leuenberger über einen Stuhl legen.

«Für das erste Mal zwölf!» befahl der Herr Vater blaß und erbittert.

Der neue Aufseher, ein baumlanger Kerl, sonst ein kalter Schuft, den nicht einmal Ladurchs Phantastik auszeichnete, wußte bereits, was von ihm erwartet wurde. Er zog also hoch auf und schlug mit vollem Schwung zu. Leuenberger fing gleich an, zu winseln. Ich hätte schreien mögen. Ich wußte nicht, wo ich mit mir bleiben sollte. Meine geistige Mitschuld war mir ja ganz klar, aber sie lag höher, war in diesem rohen Verfahren nicht unterzubringen. Die Streiche fielen in furchtbarer Langsamkeit, alle zehn Sekunden einer. Die Sekunden zogen sich zu Minuten voller Marter und Lebensnot. Die Minuten schienen Stunden zu sein. Leuenberger stöhnte und fing an zu heulen wie ein Tier. Einmal sprang er auf. Preller, der Aufseher, wartete ruhig, beobachtete ihn nur. Er blickte sich verstört im Kreis um. Seine angsterfüllten Augen suchten mich und hingen sich einen Moment an die meinen, dann wurde er still, und erschüttert legte er sich wieder auf den Stuhl, um den Rest der Streiche in Empfang zu nehmen.

Dem Verfahren schloß sich eine allgemeine ernste Ermahnung an, worauf ein Gebet und das gemeinsam gesprochene Glaubensbekenntnis die Andachtstunde abschlossen.

Alsdann zogen wir unter Absingung des Liedes: «Preis und Dank dem, der die Welt befreit, der alles einst erneut!» nach dem Speisesaal hinunter, wo jeder ein Stückchen Brot und einen Apfel an seinem Platz vorfand. Ich hatte nicht gesungen, und auch andere sah ich zornig schweigen. Bloß von den Mädchen ertönte wie immer der fromme Wohlklang ohne jede Trübung. Nachher konnten wir uns noch sonntäglich anziehen. Auf dem Spaziergang ging Leuenberger lange allein, bis ich es nicht mehr aushielt und ihn aufsuchte. Zu sagen wußte ich nichts; zu schmerzlich war das ja alles. Er teilte einmal beiläufig mit, die Hose klebe ihm an vor Blut. Heute wurde ich mit dieser Freundschaft nicht gehänselt. Jeder fand mein Verhalten in Ordnung. Keiner focht ihn an wegen der Unannehmlichkeiten, die man seinetwegen ausgestanden hatte, oder zeigte ihm seine Verachtung, weil er doch endlich weich geworden war; man hatte ja die Aufwendung zu diesem Ziel mit erlebt, und zudem sah er in den nächsten Tagen einer zweiten Verprügelung entgegen.

Es kam jedoch anders. Der Herr Vater wurde infolge der erlebten Aufregung krank. Eine ganze Reihe von Tagen bekamen wir ihn nicht zu sehen. Was ihn eigentlich betroffen hatte, blieb geheim. Vielleicht war es ein leichter Schlaganfall, in welchem er eine persönliche Heimsuchung und Mahnung sah. Er ließ sich zwar nachher den Leuenberger noch einmal kommen, sprach aber nun väterlich und menschlich mit ihm, und Leuenberger äußerte sich aufrichtig anerkennend über den Herrn Vater, hatte ihn jedoch sehr schwach gefunden. Ein Nachspiel hatte diese Geschichte noch insofern, als der Anzeiger, dem das Portemonnaie gehörte, in den folgenden Nächten von einer geheimnisvollen Reihe von Maulschellen heimgesucht wurde, deren Verabreicher nach den verschiedensten Richtungen in dem Dunkel verschwanden, aus dem sie aufgetaucht waren. Der Anzeiger hatte nicht den Mut, das ebenfalls zu melden.

Leuenberger trug still und geduldig an seiner Schande, bis der Balsam der Zeit seine Wunde heilte, wurde ein braver Konfirmand voll trübsinnigen Ernstes, und verließ die Anstalt nicht triumphierend, wie er immer gedacht hatte, sondern wehmütig und etwas bedrückt angesichts des Neuen, das seine unvorbereitete Seele und seinen schwerfälligen Geist draußen erwartete. Damit hielt er aber Wort, daß er von da an für die Anstaltsleitung verschollen blieb. Nur an Marianne schickte er einen Berner Lebkuchen, den sie nicht bekam. Ich sah den Kuchen einige Tage auf dem Schreibtisch des Herrn Vaters liegen. Wer ihn schließlich gegessen hat, weiß ich nicht.

ELFTES KAPITEL

Verschiedene Empörer

Noch mehr unglückliche Liebe

In einer Nacht geschah es mir, daß ich infolge verbotenen Genusses von Fallzwetschen wenig Ruhe hatte. Es war wohl nach Mitternacht, als ich wieder aus dem Bett mußte. Dem Zwang ferner gehorchend, hatte ich mich ziemlich lange draußen aufgehalten, und kehrte ganz durchkältet zurück. Da, als ich mich meinem Schlafsaal wieder näherte, kam mir um die Ecke, die unser Gang dort machte, eine andere Gestalt entgegen. Sie stutzte, als sie mich erblickte; es brannten da die ganze Nacht einige Lämpchen, die hell genug machten, daß man alles, was in ihrem Schein geschah, zweifelsfrei unterscheiden konnte. Die Gestalt war jedoch nicht im Hemd, sondern wie ich mit Hose und Jacke bekleidet, und der nächste Blick ließ mich in ihr den zweiten Anstaltsprügelknaben, Kleiber, erkennen. Er kam von der Treppe her. Es war mir vollkommen rätselhaft, wo er gewesen sein konnte. Zuerst vermutete ich, daß er einen Raubzug nach der Speisekammer unternommen habe. Unwillkürlich wartete ich, um ihn vollends heran kommen zu lassen. Als er meine Haltung erkannte, gab er es auf, sich im Schatten der Schränke verbergen zu wollen. Er ging nun entschlossen geradeaus auf mich los. «Kreuz oder Stern?» fragte er flüsternd mit heißem Blick, sobald er bei mir war. Ganz verblüfft von seiner Leidenschaft sagte ich: «Stern!» Er starrte mir noch einen Moment unruhig in die Augen, dann sagte er: «Also Stern! Das ist ein Schwur!» Und während mir die Schuppen von den Augen zu fallen begannen, erwiderte ich, nun ebenfalls in einem neuen

Ton: «Es ist ein Schwur!» Drei Sekunden verharrten wir noch Auge in Auge, dann ging jeder in sein Bett.

Kleiber war nirgends anders gewesen als bei Marianne. Gott mochte wissen, wo sie sich getroffen hatten. Als ich mich ins Bett legte, tönte mir Leuenbergers zutrauliches Schnaufen aus der Nachbarstelle entgegen. Was für ein Kerl war doch dieser Kleiber! Ich lag lange denkend und vergleichend wach.

Aber diese Marianne war ja kein glückbringendes Mädchen. Eines Tages ereilte auch den Kleiber die Katastrophe, nur auf eine ganz andere Weise, als irgend jemand denken konnte. Plötzlich war das Haus voll von Gerüchten, daß mit Marianne Zubeil irgend etwas Schreckliches geschehen sei. Kleiber ging herum, wie auf den Kopf geschlagen. Vielleicht wußte er mehr als wir, aber es war nichts von ihm zu erfahren; die es versuchten, holten sich Abfuhren. Ganz allmählich sickerte durch, daß sie mit dem anderen Geschlecht in Beziehungen geraten sei. Wer dieses bei ihr vertreten habe, blieb wieder lange ein Geheimnis, und auch über das Wie tappten wir vollkommen im Dunkel. Nur ich glaubte eine gewisse Erklärung zu besitzen, aber ich begriff wieder nicht, daß nur Marianne gefaßt worden war, ohne daß Kleiber etwas geschah. Vielleicht wahrte sie ihr Geheimnis, und das war dann ein unerwartet großer Zug an ihr, den ich bereit war, zu verehren.

Kleiber befand sich in einer auffallend schlechten Verfassung. Er aß nicht, war in der Schule unsäglich kopfscheu, sprach mit niemandem, schlug sich mit seinen Gedanken einsam und finster herum, ohne einen Vertrauten zu suchen, und um mich, seinen Mitwisser, machte er die Tage geradezu einen Bogen. Später kam ich dahinter, daß er sich vor mir schämte. Wenn sich aber ein Gemüt von seiner strengen und leidenschaftlichen Anlage mit Schämen abgibt, so ist dies allemal ein Leiden. Zudem fielen die Prügel dichter auf ihn herunter als je. In der Schule, in der Arbeitstube, beim Herrn Vater, wo er stand und ging beinahe, regnete es für ihn Strafen wegen Versäumnissen, wegen Nichtwissen, wegen patziger Antworten, nur nicht wegen ungenügender Arbeitleistungen; da ließ er sich nie etwas nachsagen. Je schlimmer es aber um ihn zuging, desto in sich verschlossener und einsamer wurde er. Auch nach Marianne sah er nun nicht mehr. Eine Zeitlang hatte er überhaupt alle Brücken mit seiner Umwelt abgebrochen.

Nun pflegte der damalige Schuhputzer eine Freundschaft mit einem anderen Mädchen, das gerade für den Monat die Reinigung des Andachtsaales hatte. Der Boden, auf dem die Schuhe geputzt wurden, stieß an den Saal, und so war Gelegenheit gegeben, sich näher kennen zu lernen und Nachrichten auszutauschen. Von dieser Seite her erfuhr man endlich die ganze Wahrheit. Auch unter die Weiber war einmal der Engel des Gerichtes gefahren. Eines Tages ließ die Frau Mutter sämtliche Mädchen in die Arbeitstube zusammenrufen. Dort trat sie unter sie zunächst mit einer sehr salzigen, aber noch ganz allgemein gehaltenen Ansprache über Unkeuschheit und anstoßende Vergehen, und da keine wußte, auf wen sich schließlich dies mächtig aufziehende Gewitter entladen werde, befiel die gesamte Schar eine große Verzagtheit und Niedergeschlagenheit. Sie schwebten so lange in Angst, bis endlich ein Name genannt wurde: «Und nun, Marianne Zubeil, tritt vor!»

Es stellte sich jetzt heraus, daß sie mit einem sehr jugendlichen und übrigens näher nicht bekannten Vertreter des anderen Geschlechts hinter der Kirche sicher beobachtet worden war, und den Rest hatte sie selber freiwillig gestanden. Wahrscheinlich war überhaupt nichts dabei vorgekommen, und die ganze Sache entsetzlich aufgebauscht. Die Sünde wurde nun in allgemeinen Umrissen festgestellt, und darauf die Strafe vollzogen. Das fünfzehnjährige entwikkelte Mädchen hatte sich über den Stuhl zu legen, und die Frau Mutter verfuhr mit ihm in ihrer aufgestachelten Rachsucht genau so, wie Ladurch seinerzeit mit mir verfahren war. Hiebe auf das Kleid oder das Hemd genügten nicht, sie mußten auf bloßes Fleisch fallen. Die große Überraschung war aber, daß nach aller Wahrscheinlichkeit der junge Mensch, mit dem man Marianne gesehen hatte, nicht Kleiber war. Er gehörte überhaupt, wie es schien, nicht zu unserer Anstaltsgemeinde, sondern war ein Kirsauer oder Ratmatter Katholik.

Es war ein zerstörender Schlag für Kleiber. Solange er den Trost hatte, dann und wann mit dem großen Mädchen als seiner Schicksalsgenossin zusammen zu kommen, war ihm hier manches erträglicher erschienen, hatte man ihn vielfach heiterer und zugänglicher gefunden. Nun trat er in einen schlimmen, dunkeln Winter ein, in einen Winter voller Verlassenheitsgefühle, Auflehnung, Groll, Scham und neuer Niederlagen vor den Lehrern und Preller, der seltsamerweise wie von einem mystischen Zirkel ergriffen immer mehr in Ladurchs Tradition ihm gegenüber einschwenkte. Es war wie ein Verhängnis, als ob er selber die Menschen dazu reizte.

Leuenberger, der damals noch in der Anstalt war, machte das alles still und voll besorgter Traurigkeit mit. Nie ließ er ein ungutes Wort gegen das Mädchen hören, und solange sie noch an diesem Platze lebte, umgab er sie, im Gegensatz zu Kleiber, für den sie nicht mehr vorhanden zu sein schien, mit seinen guten und treuen Blicken. Ich dachte manchmal, er müßte Treuenberger heißen. Zwischen ihm und mir bestand in der Zeit eine unausgesprochene wehmütige Entfremdung, die uns seltener zusammen kommen ließ. Ohnehin hatte er als Konfirmand seine abgelegenen neuen Kreise, und dann machte ich ja die Affäre Marianne nicht an seiner, sondern an Kleibers Seite mit.

Das unglückliche Mädchen jedoch trieb die damit einsetzende verschärfte Fürsorge der Anstaltsmutter bis in das

Besserungshaus Tüllingen, dessen Prügelpädagogik im ganzen Land bekannt war. Später hörte man, daß eine Basler Frau es von dort zu sich genommen habe, um im weiteren einen gutwilligen, vertrauenswürdigen Hausgenossen aus ihm zu entwickeln. Wohl fühlte es sich auch dort nicht, und eigentlich brauchbar schien es nie werden zu wollen. Bis es dann auf sein eigenes, inständiges Verlangen aufs Land zu einer verwitweten Bäurin kam, und dort begann es äußerlich und innerlich aufzuleben, brachte Tugenden und Vorzüge ans Licht, von denen vorher niemand eine Ahnung gehabt hatte, und mit dem jungen Mannsvolk bekam es nicht mehr zu tun, als jedes andere Mädchen auch. Heute ist es Frau Leuenberger und selber eine Bäurin, wenn auch, soviel ich weiß, nur mit zwei Kühen und einigen Ziegen gesegnet, aber sie können sich vermehren, denn auch Leuenberger hat es mit ihr getan.

Es ist vielleicht ein Geheimnis der weiblichen Natur, wie Frauen, die ihre Kinder doch auch nicht aus bitterer Christenpflicht empfangen, und schon ihre Männer nicht aus unüberwindlicher Enthaltsamkeit gesucht und geheiratet haben, ihre eigene Jugend und Art nicht nur so vergessen, sondern sie bei anderen mit rachsüchtiger Entrüstung bemerken und sogar mit ausdauernder, tätiger Feindschaft verfolgen können. Bei Männern ist dergleichen seltener.

Ein Frühlingsgewitter

Indessen auch dieser Winter ging vorbei. Er wurde dadurch einigermaßen ausgezeichnet, daß ein ehemaliges Demutter Mädchen, das es bis zur Kammerfrau bei der Kaiserin gebracht hatte, uns dies Jahr den Schmuck vom abgeräumten allerhöchsten Christbaum zuwandte. Es bekam jeder und jedes seinen kleinen Gegenstand aus Marzipan, Zucker, Schokolade und so weiter, und dafür hatte man einen Dankbrief abzufassen, dessen Umrahmung dem besten Ornamentenzeichner zufiel, der ich nicht war; dagegen wurde mir die Abfassung des Textes übertragen. Ich faßte ihn in Verse. Vielleicht befinden sie sich noch irgendwo im ehemaligen kaiserlichen Archiv.

Einen anderen hohen Besuch, ebenfalls von einem ehemaligen Demutter Pflegekind, bekamen wir in Gestalt einer berühmten Sängerin; ich bin nicht sicher, daß es nicht die Welti-Herzog war. Der Herr Vater, um uns einen Begriff davon zu geben, daß man es auch als Demutter Kind in der Welt zu Glanz und Ruhm bringen könne, ließ uns zusammen rufen; die Sängerin war bereit, sich vor uns hören zu lassen. Wir mußten uns im Treppenhaus aufstellen, das am besten den akustischen Verhältnissen entsprach, die sie von den Bühnen her gewöhnt war. Sie selber trat in die Tür des Herrn Vaters, die mit beiden Flügeln weit offen stand, und ließ ihre Kunst spielen. Das ganze große Haus füllte sich mit ihrer Stimme, klang und dröhnte, daß uns die Köpfe davon erbrausten, aber eigentlich schön fanden wir das nicht. Wir lobten uns unseren eigenen Gesang, der fein säuberlich die Skalen auf und nieder wandelte, und diese heiße Seelentemperatur verstanden wir überhaupt nicht. Man darf sagen, daß die berühmte Diva sich bei uns eine richtige Niederlage holte, wenn sie auch nicht in die Blätter kam. Da aber niemand bei uns zischte, so ist es möglich, daß sie es überhaupt nicht merkte.

Der Winterausgang brachte dann noch die Nachricht vom Tod des alten Heldenkaisers Wilhelms I. In unserem Torbogen war die Depesche angeschlagen, und wir gingen alle still hin, um sie zu lesen. Jedem war, als hätte er den leiblichen Vater verloren. Auch ich stand vor dem angeklebten Blatt Papier, und suchte mir über die Tragweite der Anzeige ein Bild zu machen. Sicherlich begann nun eine neue Zeit; soviel fühlte ich. Irgend ein tiefer Schein in meiner bisherigen Welt war plötzlich erloschen. Daran, daß er nun verschwunden war, merkte ich erst, daß er Verhältnisse und Dinge umschimmernd sich in meinem Leben befunden hatte. Ich bewegte mich in der Alterslage, in der bereits die ersten nüchtern kahlen Streiflichter aus der sogenannten Wirklichkeit einfallen, und die Kerzen der allerfrühesten Jugend langsam, eine nach der anderen, zu erlöschen beginnen. Die Generation der Greise, die uns bisher noch, von ihren Glorien oder Schicksalsgeheimnissen umwoben, auf diesem Stern Gesellschaft geleistet hat, tritt Mann um Mann ab, und wir bleiben mit der nächsten allein, an der noch keine Poesie hängt, die mit ihrem Willen und Fordern ungemildert schaltet. Kältere Luft weht da, und eben deren ein Stoß war es, den ich im Torbogen stehend ahnungsweise fühlte.

Es war ein frischer Vorfrühlingstag. Noch roch es nach Schnee, und der Ostwind machte abends die Pfützen gefrieren. Weihnachten lag weit zurück, und Ostern noch weit voraus. In einer gewissen Ratlosigkeit befangen schaute ich aus dem Tor, als ich da, etwa zwanzig Schritte aufwärts auf der Straße nach dem Bahnhof zu, Kleibers kurze, feste Gestalt stehen und unverwandt nach den Hügeln blicken sah. Er schien ganz versunken, machte den Eindruck, als hätte er Ort und Zeit vergessen, und auch die Pfeife des Aufsehers, die jetzt im Hof drin ertönte, schien er zu überhören. Ich wußte nicht, warum, aber er ging mir nahe, und unwillkürlich rief ich ihn an. Beinahe hatte es ausgesehen, als wollte er sich auf eigene Faust die Straße hinauf in Bewegung setzen. Jetzt fuhr er leicht zusammen. Dann wie erwachend und unwillig drehte er sich um.

«Was ist?» Er sah verwirrt und unsicher aus.

«Es hat gepfiffen!» sagte ich; ohne es zu wollen, dämpfte ich etwas meine Stimme. Er blickte mich suchend an.

«Ach so!» machte er dann. «Ist schon gut. Hab' es auch gehört. Oder denkst du, ich hätte es nicht gehört?» suchte er darauf zu lachen. Als ich nichts dazu sagte, wurde er wieder ernst. Still ging er mit mir in den Hof zurück. «Ich wollte doch einmal sehen, wie es tut, allein da draußen zu stehen», teilte er wie erklärend noch mit.

Der Winter hatte für mich viel Stubenhockerei gebracht. Ewig wurde ich angefordert. In der Arbeitsstube sah man mich kaum mehr. Schrieb ich nicht Briefe für den Herrn Vater, so mußte ich ihm lesen. Dazwischen verlangte mich Herr Johannes zum Orgeltreten. Ab und zu wechselte er ein gleichmütiges oder nur ganz im geheimen bedeutungsvolles Wort mit mir. «Bist bleich!» sagte er einmal zu mir. «Kommst zu wenig heraus. – Hast denn einen guten Appetit?» fragte er noch scherzend. Und als ich sagte: «Ja!» lachte er leicht. «Dann ist ja alles noch gut! Paß nur auf, daß dir das nie vergeht. Morgen zieht ihr auf Maikäfer aus. Kannst deine Arme und Beine probieren und auf einen Baum klettern. Das bringt das Blut durcheinander.»

Die Anrede gab mir zu denken, und ich beschloß, die darin enthaltene Aufforderung zu befolgen. Zweifelhaft war ich über die zu treffende Wahl unter den Bäumen. Mittags sah ich sie mir daraufhin an. Sie schienen mir doch alle recht dick und hoch zu sein, und einen dünnen konnte ich nicht nehmen, wenn ich damit bestehen wollte. Schließlich beschied ich mich dahin, es auf den Zufall ankommen zu lassen. Als großer Kletterer hatte ich mich bis dahin nicht kennengelernt. Eigentlich war ich überhaupt noch nie auf einem Baum gewesen, wenn ich richtig nachdachte. Auch sonst gehörte ich nicht unter die Robusteriche. Ich war nicht besonders schwächlich, aber aus irgendeinem Grund traute ich mir nichts mehr zu, seit ich in der Anstalt war. Bei Wettrennen wurde ich kleinmütig und schnappte leicht ab, obwohl ich gut und ausdauernd lief. Meine Turnübungen vollzog ich hinlänglich; die Riesenwelle überließ ich neidlos andern. Ich kam immer auf einen Grad von Schüchternheit, wo ich das Zutrauen zu mir verlor, und dann enttäuschte.

Aber in der schönen Maienfrühe, als wir, die Lehrer erwartend, im Hof herum spazierten, regten sich meine Lebensgeister. Die Amseln sangen ins letzte Nachtgeschrei der Kater hinein. Die obersten Baumspitzen des Waldes auf dem Berg begannen reihenweise aufzuglühen. Ich hätte gern fliegen mögen, von dem ungewohnten Ozon berauscht, oder sonst etwas tun, was ich sonst nicht tat, und was hier auch nicht der Brauch war. Vorstellungen von weiten, romantischen Burschenwanderungen gingen mir durch den Kopf. Auch wir sangen ja: «O Wandern, o Wandern, du freie Burschenluft!» Der offizielle Text lautete freilich: «O frohe, freie Lust!», weil die Mädchen keine Burschen waren. Und anstatt: «Wohlauf noch getrunken den funkelnden Wein! Ade nun, ihr Lieben, geschieden muß sein!» sangen wir: «Wohlauf noch gesungen im trauten Verein!» Gerade recht kam mir nun der Nußbaum mit seinem kräftigen, recht hohen, glatten Schaft. Ich fürchtete mich nicht vor ihm. Und da ich nicht in die Weite konnte, ging ich wie die gotische Architektur in die Höhe. Dabei entdeckte ich, daß ich ein ganz geschickter und ausdauernder Kletterer sein konnte.

Um nicht vielleicht mich lächerlich zu machen, hatte ich meinen Aufstieg in aller Stille bewerkstelligt; doch rechnete ich darauf, daß nach gelungenem Versuch sich der oder jener einfinden werde, um mich da droben zu bewundern und meinen Ruf zu verbreiten. Zunächst war mir aber im Geäst so leicht und freudig zumute, daß ich alles andere darüber vergaß. Ich schüttelte einige Maikäfer, turnte wie ein Eichhörnchen auf diesen Ast und dann auf jenen, und auch als die Sache begann, mir langweilig zu werden, tat ich vor mir noch eine ganze Zeitlang, als amüsierte ich mich ganz gut. Wie sich jedoch nicht bloß keiner meiner Kameraden einfand, sondern plötzlich die ganze Knabenschar mit den Lehrern nach einer anderen Richtung ohne mich loszog, stieg ich sehr enttäuscht und ruhmlos herunter, um dem Haufen nachzutrollen. Dort teilte ich einigen nebenbei mit, daß ich deshalb zu spät gekommen sei, weil ich den Nußbaum erklettert habe, aber damit stieß ich senkrecht auf Unglauben. Es paßte nicht zu mir. Niemand hatte dergleichen von mir vorausgesehen. Die Sache kam zu den Lehrern. Man forderte mich mit Hallo auf, das Kunststück vor aller Augen noch einmal auszuführen. Allein nun befiel mich meine physische Schüchternheit wieder; zudem wurde ich bockig, weil die Lehrer mitlachten. Auch hatte ich etwas dagegen, das Erlebnis durch Wiederholung zu entwerten, zur Fertigkeit auszubilden. Ich weigerte mich. «Aha!» hieß es nun von allen Seiten. Die Lehrer erklärten mir ihre Enttäuschung. Und noch eine Zeitlang nachher hieß ich der Baumaffe.

Frisch, neu belebt von der lenzfrühen Unternehmung, von Ozon duftend und mit geröteten Wangen, bezogen wir schließlich den Andachtssaal. Es war eine geheime Unruhe in uns, die sich ungern bändigen ließ. Weiten und Höhen wirkten in uns nach, und es war schwer, sich schnell wieder in diesen Raum mit den dicken Gipsputten über uns, mit dem dunklen Katheder und der geistlichen Atmosphäre zu gewöhnen. Die Bücher vor uns aufgeschlagen, warteten wir auf das Erscheinen des Herrn Vaters. Die Reihenfolge war am Choral: «Jesu, meine Freude!» und an einem Text aus dem ersten Johannisbrief. Endlich wurde er ernst und bleich herein getragen. Sogleich legte sich ein Druck auf uns alle; diese Miene hing mit unseren schwersten Stunden zusammen. Er saß einen Moment still vor sich hin wühlend. Dann sagte er: «Wir singen das Lied: ‹Aus tiefer Not schrei' ich zu dir!› – Alle Strophen!» befahl er noch. Der umflorte Ton, der starre und nach innen bohrende Blick, und das bleiche Leid einer kaum überstandenen Nacht voll Gottverlassenheit in der

Miene, mit welcher er die Ausnahme ankündigte, gaben unserer gehobenen Naturstimmung den Rest. Betroffen begannen wir zu singen. Er rührte sich nicht, schwieg düster, ja, es war nicht einmal sicher, ob er zuhörte. Nachdem alle Strophen gesungen waren, standen wir eine ganze Zeit zum Gebet fertig, ehe er damit begann.

Nun erhob sich ein schwerer, verzweifelter Kampf zwischen ihm und seinem Gott, der dies alles über ihn verhängte, kein Hadern, kein alttestamentarisches Zetern, aber ein protestantisch hochstrebendes, menschlich halbverwildertes und doch leidenschaftlich fromm auf Christi Verdiensten fußendes Anklagen gegen die Allmacht, alles in Gebetsformeln von der furchtbaren Rücksichtslosigkeit des Untersinkenden und Alleingelassenen gefaßt, und erfüllt von den unterirdischen Stößen der Weltangst und der ratlosen Gereiztheit des körperlich Gepeinigten. Unerbittlich, blind hinwegschreitend über alle Streitfragen um den Unterschied zwischen Glauben und Aberglauben, als ein Mann, der keinen Ausweg mehr hat, stürzte er sich aus dem verwüsteten Gebiet der Seele in die mystischen Abgründe des Weltgerichts und des *Überglaubens*. Soweit wir denken und empfinden konnten, wohnten wir mit atemlosem Unterlegensein dieser Auseinandersetzung bei. Mich selber befiel eine müde Verzagtheit mit dem ersten Ton und Aufblick der halbblinden Augen. Er nannte Gott einen Brunnen des Jammers, aus dem die Völker Wermut trinken und von Elend besoffen werden, einen Born des Heils, an dem die Erzengel mit schneidenden Schwertern stehen und Wunden schlagen, eine Erlösung, die lechzen und verkommen läßt, um ihre Glorie zu erhöhen. Er unterwarf sich dem allem, aber er tat es mit einem durch den ganzen Saal hörbaren Aufschlagen seiner Zähne, das ebenso aus Furcht wie aus Rebellion stammte. Er war im Grund ein Empörer, ein Aufständiger, soviel Demütigung mit zwei harten «t» und Unterordnung unter Christi

Hierarchie er uns predigte, und sein Gebet schien mir weniger eine hohepriesterliche Anrede, als eine Lästerung.

Wie mit dem Lied, so überging er auch mit dem Text die sonst streng beobachtete Reihenfolge, und nannte dafür den düstersten aller Davidschen Psalmen. Er selber enthielt ja in sich, ohne die lichten und lachenden Seiten im Wesen Davids, dessen ganze drängende, ungebärdig aufbegehrende und zugleich gewalttätig anbetende Seelenverfassung. Aber David genoß dabei das Glück des Revolutionärs, das Vergnügen über von Fall zu Fall gelungene Anschläge gegen Gott, und diese Erfolge waren unserem Herrn Vater ganz versagt. Dem ersten Buß- und Zankpsalm reihten sich andere an. Alle hatten Beziehung zum Weltenende und zum Seelentod, die er immer näher auf sein Fünkchen Dasein sich zuwälzen sah. Darauf ordnete er Gemeindegebet an. Es war dies eine wohlbekannte geistliche Übung. Von Zeit zu Zeit wurde ein laufender Text, anstatt als Grundlage zur folgenden Betrachtung zu dienen, als Stoff für die Gewinnung von Bitten überwiesen, die je nach der Anregung durch den Geist aus der Mitte der Gemeinde aufstiegen. Auch die Kinder waren daran beteiligt. Minutenlang herrschte ein banges Schweigen. Endlich ertönte bei den Brüdern die erste Bitte. Eine neue Stille folgte; dann ließ sich mit zager Stimme eines der älteren Mädchen hören. Ein zweiter und dritter Bruder betete. Spät wurde auch bei uns eine Bitte laut. Ich war die ganze Stunde stumm. Zu wild und zu heiß stand der Stern dieser Stunde über mir. Gewiß bedrückte mich wieder deutlich die Erkenntnis meiner Sündigkeit, meiner Untreue, meines Mangels an einem klar und einfach eingestellten Willen, aber ich fuhr fort, zu widerstreben; ich konnte nicht anders, und die daraus folgende Furcht nahm ich als Strafe in Kauf.

Nach den Psalmen kamen die Propheten daran, die ebenfalls wallen und donnern von fanatischer Glaubenskraft und von lästernder Auflehnung gegen Schicksal und Unentrinnbarkeit. Niemand außer ihnen hat vielleicht einen so heroischen Kampf geführt angesichts der Vergänglichkeitstimmung der menschlichen Natur, ja der ganzen Schöpfung und ihres Schöpfers selbst, dessen Formen sie trotzig und kühn immer wieder aufbauen, sobald die «Sünde», die *Entwicklung*, dieser Tod im Leben, sie zerstört und niedergerissen hat. Wie ein flüsterndes Seufzen aufgeschreckter Erdengeschöpfe begleiteten seinen wogenden Gang zwischen den Wettern der Jahrtausende unsere Bitten in der Tiefe. Allen hoffenden, tröstenden oder gar siegverheißenden Stellen wich er aus. Beinahe hastig rief er «Halt!» sobald sich in einer drohenden Periode der günstige Umschwung ankündigte, und nannte eine andere wetterleuchtende Zahl, unter welcher Gott in Frage gestellt und die Ewigkeit angebellt ist. Niedergeschlagen und nun schon gedankenlos vor Mühseligkeit las jeder seinen Vers, wie er an ihn kam, und die formulierten Bitten bekamen allmählich einen Ausdruck von Ratlosigkeit. Auch begannen sie sich zu wiederholen; wir bewegten uns im Kreis wie ein Gewitter, das keinen Abzug findet.

Die Zeiger der Uhr waren längst über acht hinausgerückt. Mein Hintermann fing an zu seufzen: «Donnerwetter! Das ist verflucht!» Und später: «Das halte ich also nicht mehr aus!» Es war Kleiber, dessen Leidenschaftlichkeit diese ihm unverständlichen religiösen Stürme allmählich erregten, und wer ihn erregte, reizte seinen Widerstand und seinen Erdentrotz. Doch über den zerbrechlichen Ausdruck von Auflehnung wälzte sich gleich der furchtbare Choral: «O Ewigkeit, du Donnerwort! O Schwert, das durch die Seele bohrt!» mit seinen seelenzermalmenden Ausrufen der Angst. Ihnen schlossen sich Verwünschungen aus dem berühmten jüdischen Dulder, Nichtigkeitserklärungen des Lebens aus dem Prediger Salomo an, bis sich die Verzweiflungsandacht steigerte in der feierlich langsamen Verlesung der Leidensgeschichte des Herrn. Auch sie schloß mit dem Dunkel des

Todes, ohne einen Ausblick auf Auferstehung und Himmelfahrt zu geben. Den Beschluß machte das Lied: «Jenen Tag, den Tag der Wehen, wird die Welt in Staub zergehen, wie Prophetenspruch geschehen.»

Niedergeschmettert, im Glauben an unsere Zukunft und Dauer erschüttert, und irre gemacht an allen unseren Hoffnungen und Erwartungen, verließen wir endlich den Saal, während, wie ich heute denke, der protestantische Hiob in der Passionsgeschichte doch endlich zu einer gewissen Lösung und Stillung gekommen war, die ihm die Ergebung nicht mehr länger unmöglich machte. In seinen Augenwinkeln glommen zwar noch etwas Angst und Sturm, aber seine Haltung war nun müde, und mit der Kraft war auch der Kampf erschöpft.

Der Komplott

Auf dem Weg zur Arbeitstube, dicht vor der Tür des Andachtsaales, trat Kleiber an meine Seite.

«Du, also ich reiße aus», sagte er mit murmelnder Stimme zu mir. «Komm mittags auf den Boden.»

Auch ich hatte seit dem Besuch meiner Mutter, und seit ich sie wieder im Land wußte, manchmal etwas derartiges gedacht, und jetzt bei dieser Anrede stand es mir sehr nahe, aber das Plötzliche und Wahrscheinliche daran, sozusagen das innerlich Notwendige überraschte mich so, daß ich gar nichts zu erwidern wußte, und nachher fand sich keine Gelegenheit dazu. Preller, dessen stumpfes Fassungsvermögen die Veranstaltung des Herrn Vaters falsch verstanden hatte – er begriff sie als Disziplinarverfahren gegen uns –, setzte sie in seiner Person schnell durch ein verschärftes Schweigegebot fort. Zudem hatte heute jeder ein halbes Lot mehr zu zupfen, und auch den Bürstenbindern wurden Aufgaben gestellt, die sie bloß unter strenger Anspannung erfüllen konnten.

Bis zur Zehnuhrpause wurde leidlich gearbeitet, aber dann trat wieder einmal unser Bund in Wirkung. Wer die Losung ausgegeben hatte, weiß ich nicht; jedenfalls hieß es plötzlich: «Heute stehen alle an der Wand!» Das Schweigegebot wurde im ganzen beachtet, aber mittags war keiner da, der nicht zu wenig gearbeitet hatte, und die wenigen Braven hatte man durch Bedrohung gehemmt. Ein klügerer Aufseher hätte uns nun einfach im Stich gelassen und unseren Angriff sonstwie erwidert, aber auf Prellers beinahe organisch funktionierende Straffreudigkeit konnte man sich unbedingt verlassen. Ohne Ausnahme zierten wir mittags die Wand; auch die Kleinen und Kleinsten standen da.

Als der Herr Vater durch die Tür des Speisesaales herein getragen wurde, warf er einen überraschten, ja, man kann geradezu sagen, einen erschreckten Blick nach uns. Nachher saß er lange ganz still, wehrte das Essen ab, und das Wenige, was ihm seine Frau aufdrang, genoß er nicht. Brütend und grübelnd sah er vor sich hin, und sehr spät entschloß er sich dazu, einen von uns her zu fordern. Die anderen ließ er stehen; vom ersten hatte er sich über alle Bescheid geben lassen. Seltsamerweise standen auch Gärtner und Jungen vom Feld bei uns; der halbe Knabentisch war leer. Im Saal herrschte eine betretene Stimmung. Unwillkürlich verminderten alle ihre Eßgeräusche; es war merkwürdig still. Endlich wurden wir entlassen. Wir aßen unsere kalte, abgestandene Suppe. Preller ließ sich Zeit mit dem Gemüse. Richtig hatte er kaum herausgegeben, als der Herr Vater zornig und ungeduldig das Zeichen zum Schlußgebet gab. Alles stand auf. Man sang ohne unsere Mitwirkung. Das ausgeschöpfte Gemüse mußten wir im Stich lassen. Einige retteten wenigstens ihre Kartoffeln und aßen sie draußen aus der Faust.

Sofort wurde dem Aufsichtsbruder gegenüber der Belimpf eingeleitet, während auf dem Boden der Exerzierhalle, des jetzigen Wagenschuppens, die Beratung vor sich ging. Vor Herrn Johannes waren wir immer noch nicht sicher, aber das mußten wir in Kauf nehmen. Wir waren unser sechs, die Kleiber hier zusammen berufen hatte.

«Also ich reiße aus», begann er sofort mit seinen letzten Worten an mich. «Oder ich werde hier verrückt. Was hat er diese Andacht zu halten? Immer schlimmer wird das jetzt. Kommt einer mit?»

«Wo willst du denn hin?» fragte ihn Samberger, ein Feldjunge. «Wenn du einen guten Plan hast, mache ich vielleicht auch weg. Hast du denn Verwandte, die uns aufnehmen?»

«So, Verwandte! Woher soll ich auf einmal Verwandte haben? Du hast vielleicht Verwandte? Bist wohl auch hier, weil dir soviel Wege offen stehen?»

«Sei nicht gleich so zornig», beschwichtigten ihn andere. «Das hat er ja nicht böse gemeint. Sage, was du draußen im Sinn hast.»

«Dann soll er einen nicht so etwas fragen», grollte Kleiber noch. «Wenn einer von uns ordentliche Verwandte hätte, die für ihn sorgten, so wären wir doch nicht da. – Eine Höhle suche ich mir und bin zuerst einmal ein freier Mann. Dann nehme ich mir einen Lehrmeister und werde Schlosser. Nachher wandere ich nach Amerika aus. Das ist mein Plan.»

«Und von was willst du leben in deiner Freiheit?» forschte Samberger wieder. Die Lust, mitzutun, leuchtete ihm schon aus den Augen.

«Ein Gefrage hast du. Fechten werde ich wie ein Handwerksbursche. Und was ich nicht so bekomme, das verschaffe ich mir auf andere Weise. Bekümmere du dich nicht darüber, daß ich verhungern könnte.»

«Es ist gut», sagte Samberger. «Ich mache mit. Hab' auch

keine Verwandten. Und es dauert im anderen Fall nur noch eine Woche, so stelle ich hier sonst was an. Dachte schon immer: ‹Daß da keiner das Haus anzündet!› Heut nacht?»

Samberger war ein für unsere Verhältnisse großer, unabhängig auftretender Bursche, der der Anstaltsleitung schon viel zu schaffen gegeben hatte. In der Schule machte er wenig von sich reden; da war er eher fügsam, weil er sich sozusagen auf Eis bewegte, und von einem anständigen, wenn auch unzulänglichen Biereifer bewegt wurde, mitzukommen. Aber in gereiztem Zustand zeigte er sich vollkommen jenseits aller Ordnungsmäßigkeit; es war unmöglich, ihn zu behandeln, solange er kochte, aber man versuchte es immer von neuem, und wiederholte mit großer Hartnäckigkeit einen Fehler, der den Jungen für das Zusammenleben in zunehmendem Maß verdarb.

Wir waren eigentlich sehr erschreckt und bekümmert. Noch niemals war eine Ausreißerei gut abgelaufen, und wir sahen Kleiber bereits im Geist vor der versammelten Hausgemeinde über dem Stuhl liegen und Preller mit dem geschwungenen Stock über ihm. Um Samberger tat es uns nicht so leid, aber von dem hatten wir mehr für den Bund zu fürchten. Doch keiner gewann es über sich, darauf aufmerksam zu machen, oder Kleiber sonstwie zurück halten zu wollen. Zudem lockte allmählich das Abenteuer, die große Neuigkeit, die Veränderung im Zeitlauf, die man im Grund nötig hatte, um wieder einmal einen frischen Luftzug zu spüren.

«Ohne Papiere kommt ihr aber nicht weit», machte einer aufmerksam, der wohl besonders Bescheid wußte. «Die letzten blieben am Gendarmen hängen, als sie gefleppt wurden. Hätten sie Fleppen gehabt, so hätte er sie laufen lassen müssen.»

«Mit der Höhle und so», warf ich jetzt halblaut ein, «das scheint mir auch gefährlich. Werden sie hochgenommen, so gibt man sie in die Besserungsanstalt. Damit droht man uns ja immer. Es ist besser, wenn sie gleich nach Amerika gehen. Meine Mutter sagt, man kann ganz umsonst hinüber fahren, wenn man Kohlen schaufelt oder in der Küche hilft. Oder auf einem Segelschiff können sie sich als Schiffsjungen anwerben lassen.» Mir selber überraschend setzte ich scheinbar ruhig hinzu: «Ich weiß, wo die Papiere sind, und will sie beschaffen. Jeder hat da einen Heimatschein liegen. Es sind ja *unsere* Papiere, und wir haben ein Recht darauf.»

Mit diesen Mitteilungen gab ich dem ganzen Plan erst einen rechten Inhalt. Samberger nahm mich eifrig in Beschlag, um noch mehr zu erfahren, und auch Kleiber leuchtete die Sache mit dem Schiffsjungen ein. Er wurde zuerst ganz still, und seine Augen bekamen einen kühnen, sehnsüchtigen Glanz. Dem Samberger konnte ich aber nicht mehr sagen, als ich schon getan hatte.

«Ihr müßt doch über Wyhlen», sagte ich. «Da könnt ihr meine Mutter besuchen; die ist ja selber übergefahren.»

«Nein, nein», wehrte jedoch nun Kleiber unruhig ab. «Wir gehen den kürzesten Weg über Schopfheim und über den Wald nach der anderen Seite. Hier kennt man unsere Sträflingstracht zu gut; jeder Gendarm wird uns hochnehmen und auf den Schub bringen. In Bremen werden wir schon alles hören.»

«Von Mannheim an ist, glaub’ ich, Rheinschiffahrt», bemerkte der mit den Fleppen. «Vielleicht könnt ihr schon dort auf einem Schiff ankommen.»

«Die Hauptsache sind jedenfalls die Papiere», stellte Samberger fest. «Wenn uns der Schattenhold die besorgt, dann steckt mehr hinter ihm, als ich dachte. Weil er immer droben beim Alten sitzt, glaubte ich, er sei ein fauler Kunde.»

«Du denkst, wer das Maul weit aufreißt wie du, ist ein großer Kerl!» erwiderte ihm Kleiber auffallend gereizt. «Schattenhold stand immer auf unserer Seite, wenn etwas los war. Was heißt da also fauler Kunde? Mir wäre viel lieber, er ginge mit mir. Es ist noch nicht aller Tage Abend. Rede über andere, wenn wir auf dem Schiff sind.»

Samberger lachte aber nur, und wir anderen beruhigten wieder Kleiber, den wir noch nie soviel hintereinander hatten reden hören.

«Warum kommst denn du nicht mit?» stellte der unzufrieden mich zur Rede. «Auf dich hatte ich eigentlich gerechnet. Dir habe ich's ja auch zuerst gesagt.»

«Meine Mutter», sagte ich leise, «will mich sowieso hier heraus nehmen. Sie will nur zuerst noch warten, wie alles bei ihr wird. Vielleicht geht sie wieder nach Amerika und nimmt mich dann mit.»

«Ich denke, sie hat das Klima nicht vertragen», spottete Samberger. Ich hatte schon viel wegen dieses Klimas auszuhalten gehabt.

«Sieh mal zu», gab ihm Kleiber heim, «daß du das Klima verträgst.»

Plötzlich stolperte unsere Wache die Treppe herauf: «Herr Johannes kommt!» Außer der Treppe gab es noch einen Weg über einen halb niedergebrochenen Wachtturm nach dem Graben hinunter, und hinter den Knabengärten her in den Hof zurück. Den schlugen wir auf die Nachricht schleunigst ein. Als Herr Johannes die Treppe betrat, waren wir schon vom Boden weg, und während er den Boden durchschritt – einer der Brüder war bei ihm, um dort Körbe in Empfang zu nehmen –, liefen wir geduckt hintereinander unter der Mauer hin auf der Sohle des Burggrabens nach unseren Gärten, wo wir nachher vor unseren Stiefmütterchen und Priemeln herumstanden, als seien wir immer dagewesen.

ZWÖLFTES KAPITEL

Siege oder Niederlagen?

Der Gewissenskonflikt

Wie ich vermutete, wurde ich nach der Schule zum Herrn Vater gerufen, um ihm wieder Briefe zu schreiben. Mit einem Anfall von Herzklopfen ging ich hin. Die bekannte Atmosphäre von unfaßbarer Geistigkeit, von zehrender göttlicher Gegenwart empfing mich, die mir schon so viele frische rote Blutkörperchen abgetötet hatte. Eine hohe, kühle Luft herrschte hier, die etwas Wesenloses an sich hatte, und der kalte Zigarrenrauch mit dem geistlich vornehmen Schein der großen, dicken Bände in den Bücherschränken und den starken Haltungen Luthers und Calvins an der Wand machten mir auch nicht wohler. Nach der Begrüßung setzte ich mich an den Schreibsekretär gegen die kurze Mauer zwischen den Fenstern, während der kranke, schwere Mann tiefer im Zimmer seitlich hinter mir saß. Aus allerlei brieflichen Mitteilungen, die ich zu schreiben hatte, und aus halben und ganzen Worten, die um mich fielen, wußte ich, daß in seiner Familie ein gewisser Zwiespalt bestand. Seine Frau hielt ruhig auf seiner Seite, immer zu mehr oder weniger gesalzenen Späßen aufgelegt, und auch der zweite Sohn hatte sich bereit finden lassen, hier die zweite Lehrerstelle zu vertreten, bis Herr Johannes ihm die erste und die Verwaltung der Anstalt überließ; aber das Verhältnis bekam ihm nicht gut. Unter der geistlichen Hochspannung begann er zu kränkeln, wurde unruhig, verlor die jugendliche Frische und Unvoreingenommenheit, und mit Bedauern sahen wir seine sonst liebenswerte junge Männlichkeit in eine spröde Pedanterie und launenhafte Heftigkeit umschlagen. Der erste Sohn dagegen weigerte sich nachhaltig, den Platz seines Vaters einzunehmen, obwohl er Theologie studiert hatte und bereits eine Pfarrstelle versah. Es war kein offenes Zerwürfnis, aber wie uns, so bekriegte er auch den Sohn heftig und zornmütig, und dazwischen lagen immer wieder Zeiten scharfen Grames und leidvoller Einsamkeit und Enttäuschung. Das Werk, um das er selber sein Leben daran gegeben hatte, in fremde Hände fallen zu lassen, war ein Gedanke, der ihn unausgesetzt beunruhigte.

Dazu kam nun noch die neuerliche Untreue seiner Töchter, die sich über die ewige Inanspruchnahme ihrer Jugend und ihrer freien Zeit durch Briefeschreiben und Vorlesen beklagten, und sich erst leise und dann vernehmlich dagegen aufzulehnen begannen. Sie wollten auch etwas vom Leben und von der Welt haben, und wenn die eine sich einen Urlaub in Basel oder in Württemberg bei Verwandten ertrotzte, so hatte die andere erst recht keine Lust, deren ganze Arbeit zu der ihren zu übernehmen. Nach einigen stürmischen Szenen, in denen auch seine Gattin nicht mehr ganz nach Wunsch Stich hielt, da sie außerdem auch Mutter war, fing er dann an, mich immer planmäßiger an sich zu ziehen, worüber die Töchter keineswegs Ärger bezeigten. Sie erwiesen mir im Gegenteil viel Liebenswürdigkeit, und die eine nähte mir ein blütenweißes seidenes Jungfernband um meinen Hut, als sie sah, daß ich ohne jeden Schmuck herum lief. Aber mir ahnte gleich nichts Gutes damit. Richtig warf sich die ganze scharfzähnige Rotte über meinen Mädchenschmuck, und eine Zeitlang hieß ich «Jungfer Schattenhold». Still entfernte ich das Band und ging wieder mit kahlem Hut.

Der Sekretär war einer jener alten Schreibschränke mit herausziehbarer Platte und einer Menge von Fächern und Schubladen im Aufbau. Diese Abteilungen nun enthielten die Ausweispapiere der Hausgenossen, Brüder, Knaben und

Mädchen getrennt und alphabetisch geordnet. Gerade im laufenden Frühjahr hatte ich die Schriften aller Neuankömmlinge darin untergebracht. Der Herr Vater diktierte mir nun zuerst zwei Briefe an ehemalige Demutter Kinder. Er war noch müde und gedrückt. Seine Sätze enthielten viel Hinweise auf die Machtlosigkeit des Willens und den Unbestand des Fleisches, und auf die Notwendigkeit, sich desto näher zu Gott zu halten. Diese Gedanken führte er nachher in einem Brief an seinen Bruder Elias noch tiefer aus, aber hier klang zugleich die Sehnsucht nach dem Menschen, nach Liebe und Vertrauen durch, und die Wehmut um die versunkene Jugend sowie die so früh gebrochene Mannesherrlichkeit rauschte durch seine Perioden.

Während ich so saß und schrieb, mich unsichtbar das Schicksal eines Lebens umspann, und das Herz mir schwer wurde unter dem Druck der Unabänderlichkeit, stieg es mir plötzlich wie im Traumbild auf: hier in der Anstalt kämpfte unser ansteigendes, heißes, junges Leben gegen dies niedergehende, erkaltende, und alles, was wir gegen den Herrn Vater unternahmen, war darauf angelegt, sein Ende und unsere Befreiung zu beschleunigen. Eine Zeitlang mußte ich meine ganze Kraft zusammen nehmen, um nicht sein Diktat zu überhören, so brauste es mir vor den Ohren, und so voll wurde die Luft um mich von wogenden Stimmen und Gestalten des Lebens. Und immer lagen da streng geordnet die Fächer vor mir, die Kleibers und Sambergers Freiheitsbriefe enthielten. Sie befanden sich mit mir in demselben Raum, in welchem meine Mutter vielleicht die bitterste Niederlage ihres Lebens erlitten hatte, und in welchem ich die höchste Vertrauensstellung bekleidete, die der alte Mann vergeben konnte. Beinahe wie von einer unsichtbaren Hand geführt, suchte ich mit den Augen die Fächer, in denen die Papiere der beiden Fluchtwilligen lagen. Nach jedem Satz, den ich geschrieben hatte, zog ich sie ein bißchen weiter auf, immer leidenschaftlicher angelockt von dem Sinn des Wahrzeichens, das meinem Tun zugrunde lag. Vor der Entdeckung durch den Herrn Vater brauchte ich mich nicht zu fürchten; bis zu mir hin konnte er nicht mehr deutlich sehen. Als die Papiere neben mir auf dem Tisch lagen, stützte ich die Stirn, die mir brannte, auf den Handrücken und blieb so eine ganze Weile in heißer Gefühlsverwirrung. Ich hatte beinahe unwiderstehliche Lust, unter einen von den Briefen zu schreiben: «Geschrieben von mir für den Herrn Vater, den ich liebe!» Zugleich sah ich ihn im Geist mit dem krassen Gefühl des Erlöstseins zur Strecke gebracht, und uns über ihm stehend als die unaufhaltsamen und unbezwingbaren Sieger, weil das Recht des Lebens mit uns war.

In diese Mission hinein hörte ich seine etwas verwunderte Stimme: «Bist du eigentlich fertig mit dem Satz?» Ich wußte nicht, welchen Satz er meinte, aber ich sagte, mich zusammennehmend: «Ja.» Wenn er ihn noch einmal zu hören verlangte, so war ich geliefert, denn dann hielt ich nicht Stich. Aber er ging plötzlich zum Schluß über. Nachher ließ er sich alle Briefe laut vorlesen. Ich merkte bald, daß seine Gedanken nicht dabei waren. Beim Brief an seinen Bruder wurde er zwar aufmerksam, aber den fehlenden Satz vermißte er nicht, und etwas ermüdet sagte er: «Lege mir die Briefe hierher, damit ich sie später unterschreibe.» Ich tat es. «Setz dich da neben mich», befahl er darauf. Eine Weile schwieg er, während die Papiere der beiden Jungen in meiner Tasche leise knitterten, und mein Herz dumpf gegen die Rippen schlug.

«Es sind jetzt schon eine ganze Reihe von Monaten her», begann er darauf, «ohne daß deine Mutter einen Schritt unternommen hat, um dich hier weg zu nehmen. Solange habe ich gewartet, denn das Recht der Mutter an ihrem Kind, besonders wenn sie auch die Pflichten dazu übernehmen will, geht allen andern Rechten und Ansprüchen vor. Nun, sie hat keinen Gebrauch davon gemacht, und ich kann wieder handeln. Ich will dir zeigen, daß ich nicht der Mann bin, der nur nimmt, ohne geben zu wollen. Du bist immerhin das einzige Kind, das gegen den Willen seiner Mutter hier ist. Noch jede Mutter, die sich anfangs gegen uns sträubte, habe ich schließlich besiegt und überzeugt. Ich weiß, daß es bei der deinen unmöglich sein wird. Sie hat eine Stellung bezogen, die für sie sehr vorteilhaft ist, weil sie da zu keinem klaren Bekenntnis gezwungen werden kann. Verstehst du mich?» Ich bejahte mit gepreßter Stimme, obwohl ich nicht das mindeste verstand. «Und so schiebt sie die ganze Verantwortung für dich mir zu. Das ist mir bisher noch nie widerfahren. – Nun», fuhr er, wieder nach einem kurzen Schweigen, fort, «ich werde ihr standhalten. Ich habe mit dir einen besonderen Plan vor, aber ohne deine Einwilligung kann ich auch den nicht ausführen. – Meine Kinder sind erwachsen und gehen eigene Wege. Und die anderen Kinder, die ich habe, deine Kameraden, sind durch die Anstaltsregeln und durch meine Unbeweglichkeit von mir getrennt. Ich bin sehr einsam geworden. Es ist viel leerer Raum um mich. Verstehst du?»

Ich bejahte wieder. Bereits sah ich etwas Ungeheures, Schreckliches auf mich zukommen. Die Kehle war mir wie zugepreßt, und die Zunge wurde mir trocken.

«Und da habe ich mir vorgenommen, selber an dir Vaterschaft zu vertreten. Du wirst mein jüngstes Kind sein, das ich nicht dem Leibe nach, aber dem Geiste nach gezeugt habe, und wirst es in dem Maß sein, als du dich selber dazu machst. Mehr sage ich jetzt noch nicht. – Erinnere dich nur, was ich damals über die Berufung sagte. Du siehst jetzt, daß es keine leeren Worte waren. Wenn du einmal größer bist, liest du den Roman Goethes von den Wahlverwandtschaften. Da wirst du mich in vielem verstehen. Ich werde dann wohl nicht mehr sein, aber du wirst den Weg gehen, den ich dir vorgezeichnet habe, und wirst ihn von Jahr zu Jahr mit größerer Einsicht und Entschlossenheit gehen. – Ich verlange heute keine Antwort von dir. Trage das alles mit dir herum. Bete darüber. Untersuche dein Herz. Nach acht oder vierzehn Tagen werden wir darauf zurück kommen. Der Geist wird uns führen. – Und jetzt gehe in deine Arbeitsstube zurück. Wenn ich dich wieder brauche, werde ich dich rufen.»

Das war die niederschmetternde Eröffnung, die er mir machte. Nie vorher war ich so wenig vorbereitet dafür gewesen. Aber ich muß hier sagen, daß es für einen großen Teil meines Lebens überhaupt mein Schicksal war, von wichtigen Umschwüngen in einer gärenden Verwicklung, ja, in einer allgemeinen Trübung meines Bestandes angetroffen zu werden. Sie hatten sich so lange voraus angekündigt, und mein geistiger, beweglicher Mensch war schon so tief von ihnen ergriffen und zu Gegenzügen gereizt worden, daß scheinbar einfache Aktionen zu großen Ein- und Zusammenbrüchen führten oder in solche mitten hinein fielen, während tiefgreifende Wandlungen von mir still ohne alle Erschütterungen vollzogen wurden. Ich galt daher oft für falsch und hinterhältig, ohne es eigentlich zu sein. Man machte nur den Fehler, mich für bildsam und geduldig zu halten, und darauf Pläne zu gründen, während ich in Wirklichkeit eine zarte aber unerbittliche Natur besitze, die sich nichts auf die Dauer aufzwingen läßt. Wahrhaft verstört verließ ich die Wohnung des Herrn Vaters. Worüber ich mich noch am meisten entsetzte, was ich an mir am wenigsten verstand, obwohl ich es selber getan hatte, das waren die schwarzen Kreuze auf weißen Briefbogen, die jetzt an der Stelle der verschwundenen Heimatscheine in den Fächern lagen. Wie alles, hatte sich auch das in einem halben Traumzustand vollzogen, unter einem überpersönlichen, geisterhaften Zwang, *meine Ehre zu retten*, denn durch die Hinterlassung dieser Kreuze hatte ich mich selber eingesetzt.

Meiner kaum bewußt ging ich nach der Arbeitsstube, wo

ich mich still an meinen Platz setzte und Hals über Kopf zu zupfen begann, als wollte ich mein Gewicht noch einholen. Kleiber streifte mich ein- oder zweimal mit einem fragenden Blick und ließ mich dann. Gleich darauf war Feierabend, aber auch den benutzte Kleiber nicht zu einer Frage. Erst kurz vor dem Essen im dunklen Eingang zum Speisesaal gab ich ihm die Papiere. Er merkte erst gar nicht, was ich wollte, da er nicht mehr darauf gefaßt gewesen war. Schnell nahm er sie und steckte sie ein. Zu sprechen vermochte auch er nichts. Aber ich fühlte, daß wir uns jetzt so nah waren, wie wir uns nie mehr sein würden, und wenn wir noch achtzig Jahre miteinander lebten. Ich liebte ihn, vielleicht weil ich soviel für ihn getan hatte. In ernster Betroffenheit wagte ich ihn den ganzen Abend nicht mehr anzusehen. Das gemeinsame Lied sang ich zwar mit, aber meine Stimme hatte keinen Klang, und die Worte hatten keinen Sinn. Wer war ich denn eigentlich nun?

Vor dem Schlafengehen schenkte mir Kleiber zum Abschied sein schönstes Buch, den «Lederstrumpf», den er als einziger in der vollständigen Ausgabe besaß. Ich forderte ihn noch einmal dringend auf, meine Mutter zu besuchen; er könne ja von dort aus über den Chrischonaberg gehen. Ich hatte Tränen in den Augen, und er war auffallend rot, sonst aber gefaßt. Samberger schlief im dritten Zimmer; mit ihm habe ich nicht mehr gesprochen. Obwohl ich mir vornahm, wach zu bleiben, bis Kleiber aufstand und davon ging, schlief ich vor Ermattung sofort ein. Als der Schlafbruder kam, wurde ich zwar noch einmal munter, aber nachdem ich eine Zeitlang in den Mondschein draußen geblinzelt und dem Ruf des Käuzchens in den Kastanien zugehört hatte, war ich plötzlich wieder weg. Kleiber ließ mich schlafen.

Desto früher war ich am anderen Morgen wach. Ich sah den Schlafbruder aufstehen und sich anziehen, ohne daß er das leere Bett bemerkte. Auf dem Schemel lagen Kleibers Werktagskleider wie immer; man mußte also denken, er sei nur hinaus gegangen. Der Schlafbruder ging singen und kam wieder mit dem Ruf: «Auf!» Wir zogen uns an, und erst, als wir schon am Betten waren, stellte es sich heraus, daß Kleiber fehlte. Draußen ging eben die Sonne in einem strahlend blauen Himmel auf. Sie hatten also ein schönes Wanderwetter.

Es befanden sich noch vier Bundesmitglieder in diesem Saal, und jeder wußte, daß nun keine leichten Tage für uns kamen. Schon erschien aufgeregt der Schlafbruder des dritten Zimmers bei uns, ob hier vielleicht auch einer fehle? Auch Samberger war also durch gekommen. Wie ein Lauffeuer verbreitete sich die Nachricht durch die Anstalt. Als wir zum Waschen gingen, bemerkten wir an den Türflügeln des Portals zwei große ausführliche Kreidekreuze, die noch niemand weg gewischt hatte. Das waren ihre Abschiedsgrüße. Beim Morgenessen sah alles nach den zwei klaffenden Lücken in unseren Reihen, und herrschte bereits eine schwüle, bezogene Stimmung. Auch der Herr Vater tat einen raschen, unruhig spähenden Blick nach unserem Tisch, obwohl er sicher nichts sah, als die zwei hellen Streifen unserer Gesichter. Er genoß wenig, sprach kaum, grübelte blaß und gespannt vor sich hin, und die nachfolgende Andacht verlief gespannt wie unter dem fernen Aufziehen eines Gewitters.

Am Vormittag begannen schon die Verhöre. Niemand wußte etwas. Das Verschwinden der Papiere war noch nicht entdeckt. Nach dem ersten Wetterleuchten schien sich das Gewitter wieder zu verziehen, aber wer hier wetterkundig war, wußte, daß der längere Aufschub nur einen schwereren

Ausbruch bedeutete. Man raunte, es sei nach den Ausreißern telegraphiert, auch die Gendarmerie habe man benachrichtigt. Und dann geschah noch etwas ganz Unerwartetes: nachmittags beim Antreten in der Arbeitstube stellte es sich heraus, daß ein dritter Junge fehlte. Es war ein stilles, zärtliches Kind, ein Elsässerchen, das noch nicht lange in der Anstalt lebte, durch Wochen hindurch untröstlich immer wieder nach seiner Mutter geweint und sich jetzt während der Spielpause unauffällig weggeschlichen hatte, um den Heimweg anzutreten. Diese Flucht verursachte vielleicht noch größeres Aufsehen. Abgesehen davon, daß niemand dem kleinen, freundlichen Burschen mit den traurigen Augen einen solchen Streich zugetraut hatte, sah die Sache nun schon nach Epidemie aus, und die strengsten Vorsichtsmaßregeln wurden getroffen. Man gestaltete unsere Bewachung so scharf und lückenlos, daß wir uns kaum noch bewegen konnten. Mittags war nicht *ein* Bruder im Hof, sondern ihrer sechs paßten, auf verschiedenen Plätzen postiert, auf uns auf. Die Nachmittagsfreistunde wurde vorläufig überhaupt aufgehoben; wir mußten vom Kaffeetisch weg unmittelbar in die Arbeitstube, und das Vormittagsgewicht war jetzt auch für den Nachmittag vorgeschrieben. Ich wurde die Tage nicht zum Schreiben und bloß einmal von Herrn Johannes zum Orgeltreten angefordert.

Endlich am dritten Tag während der Zehnuhrpause ging die Nachricht um, die Ausreißer seien ergriffen und bereits auf dem Rücktransport. Wie sich nachher heraus stellte, handelte es sich aber bloß um Kleiber und Samberger, die beiden Heimatlosen. Der kleine Elsässer hatte glücklich heim gefunden, und seine Mutter, nachdem sie ihn wieder hatte, gab ihn auch nicht mehr heraus. Es war dieselbe Frau, die der Herr Vater noch neulich abends nach der Andacht vor dem Haus so furchtbar ausgeschimpft hatte; jetzt war sie doch die Obsiegende geworden. Ich dachte die Tage viel an *meine*

Mutter, und hatte noch einen besonderen Grund zu einem schweren Herzen. Der Zweifel ist doch das kummervollste Gefühl, mit dem wir uns herum zu schlagen haben.

Mit dem Nachmittagszug, der sonst immer die besuchenden Verwandten brachte, kamen die Ausreißer unter der Bedeckung eines Gendarmen still und müde zurück. Bis in die Nähe von Freiburg waren sie in den beiden Tagen gekommen. Sie hatten die Nacht hauptsächlich zum Wandern benutzt, aber Samberger war nicht fähig gewesen, seinen Hunger zu beherrschen, und hatte am hellen Morgen ein Dorf abgefochten. Dabei hatte er auch den Lehrer nicht geschont, und zu seinem und Kleibers Unglück war dieser Lehrer ein ehemaliger Demutter Bruder, der sofort die Anstaltsuniform erkannte. Er hielt ihn mit Kaffee und Butterbrot so lange fest, bis jemand von der Ortspolizei da war, um den einen Ausreißer vorläufig in Gewahrsam zu nehmen. Als Kleiber endlich scheu wie ein Waldtier im Dorf erschien, um den Kameraden zu suchen, wurde er ebenfalls hochgenommen, und alle guten Fleppen nützten nun nichts. Eine telegraphische Anfrage in Demutt brach ihnen vollends das Genick. Am nächsten Tag fuhren sie bereits per Schub wieder der Anstalt zu, wo man sie sofort dem Herrn Vater vorführte. Der Gendarm wurde indessen in der Küche abgespeist; er tischte den Weibern ganze Räubergeschichten über die Arrestanten auf.

Der Vorführung wohnten zwei Brüder bei. Sie verlief ungewöhnlich leidenschaftlich. Der Herr Vater, schwer gereizt durch den dreifachen Ausbruch, der sich im Land herum reden mußte, und durch das wieder erschienene Zeichen an der Haustür, faßte die Ausreißer überaus scharf an. Kleiber setzte dieser Tonart einen festen, runden Trotz entgegen und weigerte alle Auskunft. Samberger, mehr dekorativen Methoden zugeneigt, wurde ausfallend, erging sich in wilden Redensarten, und vergaß sich so weit, daß er das Messer aus der Hosentasche zog, bevor ihm jemand wehren konnte, und es vor dem Herrn Vater in den eichenen Tisch hieb. Einen Augenblick war es totenstill in dem Raum, während der Herr Vater tief erbleichte und nach Fassung rang. Die Brüder waren vollends erstarrt. Dann befahl der Herr Vater, man solle die beiden auf den Boden des alten Schlosses führen, und sie dort eine Nacht lang unter Bewachung halten. Vorher wurden sie nach weiteren Werkzeugen untersucht. Dabei kamen die Heimatscheine zutage. Über den Weg, der sie in deren Besitz gebracht hatte, verweigerten sie einmütig die Auskunft. Der Herr Vater ließ in den Fächern nachsehen; sie waren leer, und an Stelle der Papiere fand man die schwarzen Kreuze.

Noch am selben Abend wurde auch ich vorgeführt. In Gegenwart seiner Frau und des Herrn Johannes fragte mich der Herr Vater, ob ich die Scheine heraus genommen und den Ausreißern übergeben habe. Ich sagte unumwunden Ja. Eine kurze Stille folgte dem Geständnis. «Du kannst gehen!» bemerkte er dann kurz. Herr Johannes stand mit dem Rücken gegen das große Bücherregal und sah nach mir her; die Bedeutung seines Blickes verstand ich vollauf. Ich ging aus dem Zimmer wie aus einer Grabkapelle, in der ich einen Verwandten beigesetzt hatte. Als ich die Tür von außen zuzog, war ich mir klar darüber, daß auch eine vorteilhafte Möglichkeit, die ich mir verscherzt hatte, unwiderruflich hinter mir lag. Kein Herr Johannes konnte diesmal für mich eintreten, und inwieweit der Herr Vater den Vertrauensbruch sonst noch an mir rächen würde, mußte ich abwarten. Einen Moment horchte ich draußen dem dumpf hallenden Ton nach, den diese Tür von sich gab. Dann ging ich langsam und wieder einmal sehr vaterlos nach der Arbeitsstube zurück.

«Eine nette Frucht!» bemerkte dort der Aufseher, der schon alles zu wissen schien. Ich blickte ihm kurz ins fuchsige Gesicht und setzte mich dann stumm an meinen Platz. Ich konnte nichts bereuen und nichts anders wünschen. Vorübergehend fragte ich mich, ob nicht jetzt *ich* zur Flucht reif geworden sei, aber ich ließ den Gedanken wieder fallen. Kleiber und Samberger hatten dies Wahrzeichen bereits abgenutzt und eine gewisse Müdigkeit hinterlassen, die erst durch lange Wochen überwunden werden mußte. Außerdem hatte ich wohl eine Mutter, aber ich wußte nicht, ob ich auch eine Heimat habe. Alle betrachteten mich natürlich als fürs Beil aufgehoben, und ich selber tat es.

Mir wurde daher sehr übel zumute, als ich abends vor dem Zubettgehen im Vorraum zum alten Estrich, der zugleich der Vorraum zu unseren Abtritten war, zwei Brüder als Wache an einem Tisch sitzen sah, mit Büchern, einer Lampe und Speisevorrat auf die ganze Nacht eingerichtet. Eine kleine Erleichterung genoß ich an der verachtenden Schadenfreude darüber, sie die ganze Nacht hindurch in dem, offen gesagt, durchdringenden Gestank sitzen zu wissen, und in meinem Herzen stimmte ich leidenschaftlich dem Bundesmitglied zu, das, als einer sich darüber ausließ, voll stiller Wut sagte: «Laß sie nur. Sie sind, wo sie hingehören!»

Einige versuchten nun durch Räuspern eine Verständigung mit den Arrestanten herbei zu führen. Sie antworteten nicht. Übrigens geboten die Brüder sofort Stille. Desto mehr wurde geräuspert, und nie wußte jemand, wer es gewesen war. Völlig aus der Fassung gebracht vor Ärger, eröffneten uns die Brüder, auf uns Lausejungen warteten genug Schrecken, um Ursache zu einem ganz zahmen Benehmen zu haben. Dinge würden diesmal mit uns gespielt werden, die wir unser Lebtage nicht vergessen würden. «Das gefällt diesen Schleichern natürlich, so zwei arme Jungen zu bewachen!» ertönte eine Stimme aus dem Hintergrund. Ein anderer fügte hinzu: «Ein Wunder, daß sie nicht alle zwanzig vor die Tür gesetzt haben!» Und im Vorplatz unter ihren Augen mahnte sie einer: «Nur nicht zu viel Schadenfreude! Es kommen wieder andere Zeiten.» Die Brüder säuberten jetzt den Platz. Wer

noch etwas zu besorgen hatte, mußte die Lokalität des dritten Saales aufsuchen.

Der alte Boden war schon bei Tag kein traulicher Aufenthalt. Grobes, anderthalbe Meter dickes Mauerwerk, und
ungeheure, altersschwarze Dachbalken, halbvermorschte
schwere Dielen, Kamine, Löcher, Rattennester, und ein beinahe unaufhörliches Weinen und Klagen des Windes in den
vielen Verfängen: das war seine Physiognomie. Keiner war
unter uns, der es nachts gewagt hätte, ihn zu betreten; manche fürchteten sich schon, allein nach den Abtritten zu gehen, und standen lieber am anderen Morgen an der Wand.
Da der Dachstuhl nach alter Manier nur auf das Mauerwerk
aufgesetzt war – man konnte zwischen den Balken hindurch
und über den Mauerrand weg in den Hof hinunter sehen –,
herrschte stets ein unleidlicher Durchzug auf dem Boden,
der in Regennächten wie der gegenwärtigen mit allen Ge-
räuschen und dem Tropfenfall durch zerbrochene Ziegel
hindurch geradezu zur Marter werden mußte. Mit Verwünschungen gegen die Anstaltsleitung legten sich heute die meisten von uns zu Bett, und lange dauerte es, bis es still wurde.

Um mich hatte man den ganzen Abend einen halb ver-
legenen, halb achtungsvollen Bogen gemacht. Ich merkte, daß
ich eine große Person war, tat mir aber nichts darauf zugute.
Auch diese Nacht schlief ich tief und traumlos durch. Dem
nächsten Tag sah ich ergeben und vollkommen gefaßt entgegen. Alles war dazu bestimmt, vorbei zu gehen, und auch
die zwei Jahre, die ich noch voraus hatte, mußten einmal ein
Ende nehmen.

Selbstüberwindung

Die beiden Sträflinge fehlten beim Morgenessen und in
der Andacht, dagegen erschienen sie nach derselben als die
Hauptpersonen, von ihren Wächtern vorgeführt, in der an-
schließenden Gerichtshandlung. Die ganze Hausgemeinde
blieb feierlich versammelt. Die Feststellung des Tatbestandes
durch den Herrn Vater eröffnete das Verfahren. Man hörte
jetzt, daß sie nicht bloß ausgerissen waren, sondern unterwegs auch gebettelt und sogar Lebensmittel gestohlen hatten. Schwer herausgefordert und erbittert wandte sich der
Herr Vater dann wieder den Geheimzeichen zu. Er glaubte
jetzt den Bund körperlich in der Hand zu haben – eben in
der Gestalt dieser beiden armen Sünder – und er war nicht der
Mann, locker zu lassen, bevor Herzblut floß. Die Kreuze an
der Tür und die Kreuze in den Fächern an Stelle der ent-
wendeten Papiere – hier horchte Kleiber flüchtig auf – bewiesen deutlich, daß diesmal eine gemeinsame Verabredung
und daher eine gemeinsame Verantwortung vorliege. Er werde sich heute nicht erst aufs Zureden einlassen; das habe er
nicht mehr nötig. Er werde jetzt so lange dahin schlagen, wo
er gefaßt habe, bis er den gewissen Schrei höre, auf den er
seit Monaten und Jahren warte. Möge jeder, der hieran sonst
beteiligt sei, mit sich schlüssig werden. Der Tag der Buße sei
heran gekommen. Er diktierte für den Anfang jedem fünfzehn Hiebe.

«Hinlegen!» befahl er dem Samberger. Bleich und angegriffen gehorchte der großmäulige Bursche. Nach dem ersten
Hieb begann er zu stöhnen, nach dem fünften heulte er. Dabei blieb er bis zum Schluß. Tränenüberströmt und mit rotem,
aufgedunsenem Gesicht wankte er vom Stuhl weg und stand
dann, sich das Gesäß reibend, ratlos herum. Preller wartete
mit dem Meerrohr in der Hand auf Kleiber.

«Hast du mir etwas zu sagen?» fragte der Herr Vater den Samberger.

Samberger setzte sich nach dem Katheder zu in Bewegung, alles in einer gewissen Besinnungslosigkeit, erstieg die Stufen und warf sich formlos mit Arm und Kopf über die Bibel, die dort lag.

«Es tut mir leid», heulte er wie ein großer Hund. «Ich werde mich ganz gewiß bessern. Und ich – danke für die Strafe!»

So hatte ihn die Nacht auf dem Boden mürb gemacht. Eine Stille folgte.

«Und die Geheimzeichen?» fragte der Herr Vater.

«Von den Ge–heimzeichen weiß ich nichts!» jammerte Samberger. «Wahrhaftigen Gott, Herr Vater!» beteuerte er, während er das tränennasse Gesicht vom Arm hob. «Die Zeichen haben wir nicht gemacht!»

«Stell dich dort hin!» Der Herr Vater blickte kalt und unbewegt. «Leg dich über, Kleiber.»

Auch Kleiber war blaß, aber gefaßt, und an sich haltend legte er sich über den Stuhl. Regungslos und ohne einen Laut empfing er seine fünfzehn Hiebe. Als Preller fertig war, stand er auf und trat finster beiseite. Der Herr Vater wartete ein bißchen.

«Hast du mir nichts zu sagen, Kleiber?» fragte er darauf mit einem Warnen in der Stimme, das kaum einer von uns überhört hätte. Kleiber blieb stumm. «Noch zehn Hiebe!» befahl der Herr Vater.

Nach kurzem Zaudern begab sich Kleiber zum Stuhl zurück und legte sich wieder über. Preller gab nun sein Bestes her. Wer von uns vorn saß, konnte sehen, wie sich auf Kleibers dünner Sommerhose dunkle Flecken zu verbreiten anfingen; das war Blut. Auch diese Hiebe nahm er stumm und verbissen entgegen, und so aufrecht, wie es ihm immer möglich war, stellte er sich nachher wieder seitwärts. Aber sein Gesicht war jetzt hochrot, und seine Lippen bebten.

Der Herr Vater wartete wieder. Immer mehr wich ihm das Blut aus dem Gesicht; seine Lippen waren schon ganz fahl. Und dann befiel ihn, wie oft in Momenten höchster Erregung, ein nervöses Schlucken. Ich hatte ihn schon viel an mir selber hervor zu bringen versucht, um dahinter zu kommen, was es bedeutete. Er zuckte zusammen wie unter unsichtbaren Stößen, die ihn zu einem kurzen, erbosten Jauchzen veranlaßten. Ich kann es nicht anders bezeichnen. Dabei war ich mir klar darüber, daß es in diesem Moment eine aufreizende Verdrießlichkeit, wenn nicht eine Qual für ihn bedeutete, die ihn noch mehr stachelte. Unwillkürlich begann ich zu zittern. Er sah schon wieder so unermeßlich mit sich und uns zerfallen aus, daß ich mich auf noch schrecklichere Dinge gefaßt machte.

«Noch sechs!» stieß er hervor. Seine Stimme schwankte. In seine Gestalt kam eine schwere Unruhe, die er vielleicht bloß bändigte, weil er nicht aufspringen und erregt hin und her laufen konnte. Sein Schlucken wurde heftiger.

Aber auch unter uns entstand nun eine Bewegung, während Kleiber wieder und diesmal länger zögerte. Es wurde gemurrt und gestöhnt: «Der Schuft!» Einige Mädchen weinten laut auf. Als Kleiber sich eben in Bewegung setzen wollte, sprang Herr Ruprecht von seinem Stuhl. «Das geht nicht, Vater!» rief er erregt. «Der Junge blutet schon!» Wie um ihren Beistand zu fordern, sah er nach der Gegend, wo seine Mutter saß, aber es rührte sich dort nichts. Doch begriffen wir alle: es war eine große Tat, ein Wagnis für den eigenen Sohn sogar. Einen Moment war es wieder still.

«Warum weint denn der Junge nicht?» schrie plötzlich der Herr Vater laut auf. «Fünfundzwanzig Hiebe und kein Ton, das war noch nie da!»

Niemand antwortete. Herr Ruprecht setzte sich und stützte ratlos die Stirn in die Hand. Immer mehr Mädchen weinten. Ich begriff, daß sie auch zum Teil aus Mitleid mit dem

Herrn Vater weinten. Der wandte sich nach einem stoßenden Grübeln wieder an Kleiber.

«Ich erlasse dir die dritten Hiebe, wenn du jetzt bekennst, daß ihr die Kreuze an der Haustür gemacht habt», kündigte er ihm an. «Im anderen Fall» – in seinen halbblinden Augen erschien jenes eisig-glühende Glimmen, das wir so sehr fürchteten – «wird mich kein Blut abhalten, deine Seele zu befreien. Rede also!»

Plötzlich zuckte es in seinen Augenbrauen. Eine erbitterte Spannung riß sie zusammen. Er schloß die Augen. Ich kannte diese Miene nachgerade an ihm; sie kündigte einen Migräneanfall an. Es wurde totenstill. Auch das Weinen verstummte. Man hätte nun eine Nadel zur Erde fallen hören. In diese Stille sagte Kleiber endlich widerwillig und mit Anstrengung: «Wir – haben die Kreuze gemacht!»

Der alte Mann atmete hörbar auf. Mit übermenschlicher Anstrengung, während Samberger dem Kleiber einen jähen Blick zuwandte – auch uns saß der Schreck in den Gliedern wegen dieses Geständnisses –, brachte er die Sätze hervor: «Endlich – regt sich Gott wieder in dir. – Komm näher her. Du sollst nicht – aus Furcht sprechen, sondern aus Liebe. – Will ich vielleicht Geständnisse? Eure Seele will ich, die in diesen Kreuzen und Sternen sich verbarrikadiert. – Sprich weiter, Kind. Warum habt ihr diese Kreuze an die Tür gemalt? – Willst du mir's nicht sagen?»

Die Luft war nun ganz bewegt von seiner gewaltigen Werbung und von seinem leidenschaftlichen Atem. Rote Flekke erschienen vor Eifer auf seinen Wangen. Das war ja das Furchtbare, daß er bei allem, was er uns auferlegte, niemals unbeteiligt blieb, ja, daß er im Leiden stets der vorderste war! Kleiber wandte finster den Blick von ihm.

«Nein», sagte er kurz und feindlich.

«Ich werde euch so lange einsperren und schlagen lassen, bis es heraus ist!» herrschte ihn der Herr Vater enttäuscht an. Dazu sagte er nichts. Überlegend brütete der gichtbrüchige Mann vor sich hin. «Führt sie wieder auf den Estrich!» befahl er endlich. «Zu essen erhalten sie nichts. Gebt ihnen Wasser. – Und die Bibel!» fügte er noch hinzu.

Damit war diese Sitzung aufgehoben. Die beiden Brüder kamen und trugen den Herrn Vater weg. Er saß tief in sich zusammen gesunken auf dem Tragsessel und sah niemand mehr an. Nach ihm führten zwei andere Brüder die Ausreißer ab. Wir begaben uns nach unseren Arbeitstätten.

Dieser Tag und die folgende Nacht vergingen wie ihre Vorläufer; die Ausreißer verbrachten sie auf dem alten Estrich ohne Essen und nur mit sich selber als Gesellschaft, unausgesetzt von zwei Brüdern bewacht, die dort im Gestank beteten, schrieben, rechneten, aßen und abwechselnd auf ihren Stühlen schliefen. Uns schmeckte während der vierundzwanzig Stunden kein Essen und kein Spiel. Am kommenden Morgen stand eine neue Ausprügelung bevor, wenn nichts von unserer Seite geschah, um das Geheimnis preiszugeben. Aber mochten *sie* doch sprechen! Niemand von uns würde es ihnen verdenken. Was freilich werden sollte, wenn sie es nicht taten, war uns ganz unklar. Das Wahrscheinliche war die Besserungsanstalt.

Der Morgen kam. Diesmal wurden die Sünder schon zur Andacht vorgeführt. Sie standen neben dem Katheder im Angesicht der Hausgemeinde Schulter an Schulter mit finsteren und blassen Gesichtern. Wir warteten auf das Erscheinen des Herrn Vaters. Die Minuten vergingen und wurden zu einer Viertelstunde; der Herr Vater kam nicht. Schon dachten wir, wir sollten durch Warten mürbe gemacht werden, als die Tür aufging, und er herein getragen wurde. Er sah verfallen und krank aus. Die Augen lagen ihm tief in den Höhlen. Mit einem leidvoll glimmenden Blick streifte er die beiden Ausreißer. Ich hatte die erschütternde Vorstellung: eine Ruine wird hier herein getragen.

Die Andacht nahm ihren Beginn wie immer. Da sie später angefangen hatte, fiel das Orgelspiel aus, aber das Gebet war lang und drangvoll unruhig, und im Betrachtungsteil nahm er keinen Bezug auf den gelesenen Text, sondern redete von anderen Dingen, die seinem stolzen, geschlagenen Herzen näher lagen. Überraschend wandte er sich dann an die beiden Sünder. Zuerst eiferte er noch einmal hitzig auf sie ein, aber dann begann er ihnen zuzureden, so männlich und beinahe kameradschaftlich, so unverhüllt seine Wunden zeigend von Seele zu Seele, daß er heute noch einmal einen Sieg feiern konnte.

«Sieh mal, Kleiber», sagte er, «du hast mich geschlagen durch deine Flucht, einen siechen, alten Menschen, hast mir das Kreuz an die Tür gemalt, hast mir deinen Fluch hinterlassen, ohne zu fragen, ob ich die Kraft haben werde, ihn zu tragen. Gut. Ich habe dich fangen lassen und habe dich wieder geschlagen, habe auch dich leiden gemacht. – Aber du hast ein langes Leben vor dir, das meine zählt noch nach Jahren. Es steht uns also nicht zu, uns miteinander zu messen. Danke deinem Schöpfer für deine Jugend und deine Kraft, und mir gib, was mir gehört. Ich muß es haben, Kind. Ich kann nicht meine Rechte aufgeben. – Tritt hierher, damit ich dich sehen kann. So. – Schau mich an, wie Gott mit mir verfahren ist, und füge mir keinen neuen Schmerz zu. Sage nur Ja oder Nein. Habt ihr einen Bund gegen mich oder nicht?»

Die Stunde und der Raum, die Herzen und Sinne waren nun wieder schwer von dem starken Duft dieser eifervollen und leidenssüchtigen Persönlichkeit. Wenn er den Menschen in uns ansprach, den Schicksalsgenossen auf diesem wechselvollen Stern, hatte er immer Erfolg. Es gehörte eine Ochsenstirn dazu, ihm auch jetzt zu widerstehen. Kleiber kämpfte. Eine Bewegung durchlief ihn. Leicht fiel es ihm auch jetzt nicht.

«Wir – *haben* einen Geheimbund!» gab er zu. Er sah fest

und bedeutsam – zum erstenmal im Verlauf dieses Prozesses – zu uns hin. Er sagte nicht: «Wir *hatten*!» Er sagte mit deutlicher Unnachgiebigkeit: «Wir *haben*!» Das wurde auch richtig verstanden. Der Herr Vater senkte nachdenkend den Kopf. Kleiber hatte uns und unsere Sache vor der Lächerlichkeit gerettet. Es war kein kleiner Moment.

«Und die Zeichen –? Haben sie die Bedeutung, die ich ihnen unterlege?»

Auch das gab Kleiber zu.

«Wirst du eure Helfershelfer angeben?»

«Nein!»

«Einen weiß ich bestimmt!» ermahnte der Herr Vater. Kleiber schwieg. Ich zitterte leise.

Der Herr Vater überlegte wieder.

«Es wird natürlich keinen Zweck haben, daß ich den Bund verbiete», sah er voraus. «Das heißt, wenn ich wollte, so könnte ich. Aber ich will nicht. Ich will es jetzt einmal anders mit euch probieren. – Aber die Befassung der übrigen Hausgemeinde mit euren Zeichen hat jetzt vielleicht ein Ende», riet er an. «Habt schließlich soviel Bünde, wie ihr wollt. Nur mengt nicht Leute hinein, die älter und erfahrener sind als ihr. Dabei zieht ihr doch immer den kürzeren; das habt ihr jetzt wieder zu eurem Leidwesen erfahren müssen.» Beinahe etwas wie Spott mischte sich dabei in seine Stimme. «Geht jetzt an eure Plätze. Macht die nächste Zeit nicht mehr von euch reden. Und so Gott mit euch.»

Wir hatten geglaubt, einen Sieg in Händen zu haben. Plötzlich war es allen klar, daß er der Sieger war, weil er sich selbst überwunden hatte. Wir waren sehr betroffen. Mit der entwichenen Spannung hinterblieb uns eine gewisse Enttäuschung. Ruhig und etwas geschäftsmäßig, weil die Gedanken nun anderswo waren, ging die Andacht zu Ende. Dann nahm uns der gewohnte Tageslauf wieder auf.

Wer noch eine besondere Auseinandersetzung des Herrn

Vaters mit mir erwartete, der irrte sich. Ich war von da an nicht anders für ihn vorhanden, als die übrigen, und das ist eine Stärke und Entsagungskraft, die ich nie verkannt habe. Zum Schreiben wurde ich nicht wieder gerufen, aber auch kein anderer versah diesen Dienst. Dagegen bekam ich bald darauf die Versetzung zum Schuhputzen. Es war ein Strafposten, und die niedrigste Arbeit, zu der man kommandiert werden konnte.

Der Bund trat nun in eine neue Entwicklung. Es zeigte sich, daß es eine Entwicklung zum Zerfall war als direkte Folge jener Haltung, die der Herr Vater schließlich zu ihm einnahm. Geistig war er uns in jedem Fall überlegen. Vor allem gewannen nun die unter uns die Oberhand, denen die mystischen Einschläge darin unbequem geworden waren. Die Bluttaufe wurde abgeschafft, das Geheimnis aufgehoben und der Bund setzte sich ab, gerann in einen orthodoxen Kern und einen liberalen, charakterlosen Hof. Ich blieb mit Kleiber und wenigen andern im Kern. Auch die Symbole griff man ab. Seit jener Predigt des Herrn Vaters war das verschränkte Dreieck ohnehin als Judenstern in Verruf gekommen; nach vielen und leidenschaftlichen Debatten einigte man sich noch glimpflich auf meinen Vorschlag, vielleicht bloß die Innenbalken weg zu lassen; der Judenvorwurf war mir auch nicht recht. Künftig sah der Stern unverfänglich so aus: ✡. Aber man kann aus einem Kultus nicht Bestandteile heraus brechen, ohne ihn eben um seinen Inhalt zu bringen.

Allein auch der Herr Vater mußte für seinen letzten Sieg bezahlen. Von dieser Zeit begann sein eigener Zerfall sichtbarer zu werden.

DREIZEHNTES KAPITEL

Ein weises Herz

Böse und gute Geister

Der Trakt zwischen dem alten und dem neuen Schloß hieß nach der Art seines Bodenbelags «der Zementboden». Er war ein zugiger, großer Estrich mit einer Anzahl von Türen, deren eine nach der Arbeitstube ging, eine gegenüber nach dem Andachtsaal, eine nach der Wendeltreppe und eine nach der anliegenden Schusterei. Auf dem Zementboden standen zwei große Regale mit etwa achtzig Paar Schuhen, vierzig Paar für den Sonntag und vierzig für den Werktag. Die Sonntagschuhe mußten gewichst werden, die für Werktags wurden geschmiert. Das war meine Wochenarbeit. Dazu kamen noch die Lehrerschuhe, die ich auf den Zimmern zu holen und wieder dahin abzuliefern hatte. In der guten Jahreszeit arbeitete ich auf dem Zementboden einsam, während der schlechten in der Schusterei. In meine stille Tätigkeit klangen zwei Orgeln: die unsere, auf der die älteste Klasse der Brüder übte, und die katholische, wenn ein Feiertag war. Vom Ansatz zur Wendeltreppe führte eine Tür links nach der katholischen Orgelempore, weiter unten eine nach der Frauenseite im Schiff. Manchmal war mein ganzer Zementboden voll Weihrauch. Ich hörte die Gesänge und Litaneien der Katholiken. Sie waren mir bereits etwas Fremdes, Seltsames geworden; der Hochmut der Anstalt gegenüber katholischem Wesen hatte auch mich endgültig ergriffen.

Der Schuhmacher, mit dem ich es zu tun bekam, hieß Obrist, und soll ebenfalls katholisch gewesen sein. Er selber bezeichnete sich jedenfalls gern und mit einem gewissen phantastischen Schwung, der seine Art auszeichnete, als Katholiken; ich glaube aber heute noch nicht daran, halte es auch für ausgeschlossen, daß die durchdringend protestantische Anstalt einen Katholiken für längere Zeit als Hausgenossen aufgenommen haben soll. Obrist war ein ziemlich großer Mann mit lustigem, faltigem Gesicht, das voller Schalkhaftigkeiten steckte, einem braunen geringelten Schnurrbart, für den er viel tat, etwas zurückgewichenem schütteren Haarwuchs, einem Grübchen im Kinn, und im ganzen genommen ein bereits etwas bestandener Junggeselle, der das Kind in sich noch nicht los werden konnte, während schon das eine oder andere Vorzeichen des reiferen Mannesalters an ihn heran trat. Diesen Vorzeichen sowie allen bedenklichen Gegenständen und Mächten des Lebens, die Anstaltsobrigkeit eingeschlossen, begegnete er mit spöttischer Phantastik, oder an bedeckten Tagen, die auch er kannte, mit gutartig bissiger Raunzigkeit, durch die er sich das Unbequeme vom Hals hielt, ohne es sich zum Feind zu machen.

Jenseits der Anstaltsfrömmigkeit, die er bloß als Hausordnung mitmachte, verkehrte er mit einer anschauungsreichen Geisterwelt, worin er, im Gegensatz zu Kunzelmann, sehr vergnügt und wohlbehalten lebte. Nach Gott selber fragte er nicht so viel, daß er auf die Idee kommen konnte, von ihm verlassen zu sein. Dessen Dasein setzte er ein für allemal voraus, und den unendlichen Raum zwischen sich und ihm erfüllte er unverzagt mit lauter Seinesgleichen, denn etwas anderes als eine Art von luftigeren Obristen waren ja seine Gespenster und Geister nicht. Um den Teufel dagegen machte er einen respektvollen Bogen; dazu wollte er sich nicht äußern. Fragte man ihn, ob er an den Teufel glaube, so sagte er regelmäßig mit einer bescheidenen oder beschwichtigenden Handbewegung, er habe nicht gehört, daß dem Teufel an seinem Glauben etwas Besonderes gelegen sei. Er wußte vom Vitzliputzli und sprach den Namen gern und mit einer gewissen verwandtschaftlichen Betonung aus, in der er sich irgendwie unterbrachte. Der Mephistopheles war etwas ganz anderes als der Teufel, so eine Art von heidnischer Naturgewalt, im Gegensatz zu dem christlichen Gewissenswidersacher und Ankläger; an den Mephistopheles schien er sich ebenfalls eng angeschlossen zu haben, da er von ihm lange Jugend und einen fröhlichen späten Tod erwartete. Mephistopheles werde ihn einmal, sagte er, im Hochsommer in einem Sonnenfeuerchen davon führen, so daß er den Tod kaum gewahr werde.

Was ich denn überhaupt glaube, warum er bei seiner Statur und Kunst keine Frau nähme und kein eigenes Geschäft anfange? Frauen und Kundschaft würden ihm in Menge zulaufen, aber die wahre Kunst des Lebens bestehe darin, den Teufel und den Tod zu betrügen. Darauf müsse ein weiser Mann alles anlegen. Die Ehemänner und die Geschäftsinhaber, Hausbesitzer und so weiter stürben alle eines schweren, reuevollen Todes, aber die sich mit keinem Weib und keinem Besitz belastet oder sich beizeiten daraus gemacht hätten, die schwänden aus dem Leben weg wie ein Gerüchlein, aber ein wohlduftendes. Nicht einmal verwesen werde er; dafür habe Mephistopheles ihm zu sorgen versprochen. Wenn man nach einem Jahr etwa sein Grab wieder aufmachen würde, so könnte es sich finden, daß man auf nichts stoße, als auf ein sauberes, leeres Särglein, aus dem der Obrist unter Hinterlassung eines letzten Erdenwindchens sich still hinweg gehoben habe. Er möchte aber nicht unter denen sein, die das Windchen zu riechen bekämen, denn es sei darin aller Verdruß, Zorn, Kummer und Verlust gründlich abgesetzt.

Sein zweites Thema waren die Mädchen und die Frauen. Er sagte, sie seien die Räder, auf denen ein kluger Mann durchs Leben kutschiere. Er habe bisher hundertundachtzehn Mädchen gehabt, und keine ungeküßt aus den Händen gelassen. Mädchenküsse gäben hohes Alter und hielten lange gesund. Frauenküsse dagegen zehrten und vergreisten vorzeitig. Vor Frauen habe er sich immer vorgesehen. Manchmal schien es mir, als ob er einmal verheiratet gewesen und diesem für ihn gefährlichen Zustand auf irgendeine subtile Art entronnen sei, ich glaube sogar – und es würde ihm sehr ähnlich sehen –, daß er sich einfach französisch empfohlen hat. Dabei war er eine ausgemacht liebenswürdige Natur, ein Eulenspiegel ohne Schärfe, ein Vagabund ohne Verkommenheit.

Am Sonntag trug er einen hübschen dunkeln Anzug, in dem er gleich nach dem Essen sich unbeschrien nach den katholischen Nachbardörfern oder nach dem schweizerischen Heinfeldern davo machte, wo die Religion zwar gemischt ist, wo ihm aber die Mädchen wählerisch auf beiden Seiten gefielen. Mit den andern Handwerkern der Anstalt ging er nie. Vor Preller besonders nahm er sich aus allen Kräften in acht; ihm gegenüber wurde er stets zum Diplomaten, bekam seine Haltung etwas honorig Abgemessenes, als ob er dessen Amtsvorsteher wäre, und ihn gelegentlich einmal eines Wortes würdigte. Stets wußte er, wohin die anderen am Sonntag ihre Unternehmungen zu richten gedachten, um einen erlaubten züchtigen Spaziergang zu machen, und vielleicht irgendwo ein Glas Bier zu wagen, wenn sie sehr verwegener Stimmung wurden. Dahin ging er nicht. Dagegen wenn irgendwo in Nollingen oder in Minseln, auch in Schopfheim überm Berg ein Tänzchen geschwungen wurde, da hätte man ihn finden können, aber er wußte sich zu hüten. Die Anklage, mit katholischen Mädchen getanzt zu haben – selbst die *evangelischen* Walzer und Polkas wären ihm vor der Obrigkeit nicht absolut freudig erinnerlich geworden –, hätte ihm unweigerlich den Hals gebrochen. Katholisches

Wesen galt hier ein für allemal als ausgemacht minderwertig, sittlich tiefer stehend, und ein Handwerker der Anstalt Demutt hatte sittlich hoch zu stehen, dafür wurde er bezahlt mit zweihundert Mark im Jahr.

Wie man über weltliche Vergnügungen an der höchsten Spitze dachte, kann ein Zug zeigen, den ich hier einfügen will, da ich ihn sonst vielleicht vergesse. Eines Tages wollte uns der Herr Vater die Verwerflichkeit der weltlichen Gesinnung klar machen, die aus Augenlust, Fleischeslust und hoffärtigem Wesen bestehe. Nachdem er lange umsonst versucht hatte, uns einen greifbaren Begriff von der Sache zu geben, sagte er zusammenfassend und gipfelnd: «Seid nicht wie sie, hütet euch zeitlebens vor ihnen, die da hingehen und singen: Konstanz liegt am Bodensee. Wer's net glaubt, mag selbst hingeh'!»

Gefahrvolle Liebe

Obrist sang also nicht bloß solche anzügliche und im höchsten Maße zweideutige Lieder, sondern er ging tatkräftig nach Plaisier, und kam spät abends erfrischt und von einer Fidelität besessen nach Hause, die auch noch für die nächsten Tage reichte. Allmählich machte er mich zum Vertrauten seiner Fahrten, um die niemand außer mir wußte. Ich wurde aber noch Mitwisser von ganz anderen und schwerer wiegenden Dingen.

Seit einer gewissen Zeit hatte dieser Vetter und Freund des Mephistopheles angefangen, stiller zu werden. Eine leise, vorerst noch mit sich selber spielende Traurigkeit machte sich an ihm fühlbar, die den Reiz seiner Persönlichkeit vielleicht noch erhöhte, aber allmählich zeigte er Unruhe, begann zu seufzen, und die Traurigkeit steigerte sich zu einer

phantastischen Schwermut, in der er mir manchmal ein bißchen Kopfnot verursachte. Seine Geister- und Gespenster-
geschichten wurden dringlicher, handgreiflicher. Er stand selber mit dem oder jenem Dämon in Verbindung und konnte
ihn erscheinen lassen, aber ich durfte keine Angst haben.
Natürlich hatte ich Angst, und es wurde aus diesem Grund
schon kein Versuch gemacht, aber allein die Bereitschaft genügte, um meinen Glauben gewaltig zu steigern. Ich sah mich
schon in einen Schein aus der anderen Welt eingewoben, und
seine guten und bösen Geister leuchteten mir von Tag zu Tag
mehr ein. Als Obrist dazwischen einmal alles als Unsinn erklärte, und vierundzwanzig Stunden lang den verwegenen
Atheisten spielte, sah ich darin nichts als eine Störung, die
ich bedauernd und leise verwundert verwartete.

Richtig empfing er mich am nächsten Morgen nach der
Andacht mit der Mitteilung, daß dieser Herr Vater, wenn er
auch ein studierter Theologe sei, nichts verstehe. Er aber,
Obrist, habe heute nacht mit dem Vitzliputzli eine Unterredung gehabt, die nicht zum Lachen gewesen sei. Dort auf
dem unteren Ende des Bettes habe er, Vitzliputzli, gesessen,
mit den Beinen geschlenkert, und ihm Auskunft gegeben.
Durch ein unschuldiges Kind, scheine es, sei etwas zu machen. Wenn er eine Ehe mit einer Frau zum Beispiel durch
einen Knaben, der ihm ergeben sei, einleiten könne, so brauche er wegen der Folgen nicht so viel Sorge zu haben. Er sei
dann gegen das meiste gefeit, und von dem Besitz müsse er
nur jedes Jahr eine Kerze zum Altar stiften, so werde auch
der ihn nicht hinunter ziehen. In der Folge tat mir Obrist
viel Gutes und Liebes an, schenkte mir Bleistifte und kleine
Geschichtenbücher, die mir weg genommen wurden, worüber er sich sehr erboste, Zeichenhefte und Farben, und
während er immer mehr das Essen aufzugeben schien, bekam ich unvermutet eine gute Zeit. Von seinem Zehnuhr-
und Vesperbrot erhielt ich den größten Teil, und auch von

seinem Mittagsfleisch hob er mir beinahe jeden Tag ein Stückchen in einem Papier auf. Indessen ich ein bißchen fetter wurde, magerte er sichtlich ab.

Einmal sprach er so traurig vom Leben und vom Tod, von der Verlassenheit, und wie schwer es sei, glücklich zu werden, ohne dafür den Strafen der Dämonen zu verfallen, und ohne andere Menschen in sein Verhängnis hinein zu reißen, daß ich selber ganz traurig wurde und ihn zu trösten anfing, so gut ich konnte. Auf einmal fragte er mich, ob ich ihn denn leiden könne und ihm gut sei, und ich bejahte alles aufrichtig. Lange war er darauf still und arbeitete innerlich beschäftigt vor sich hin, während seine Lippen sich in einem angelegentlichen Selbst- oder Zwiegespräch bewegten. Er wurde mir wieder beinahe unheimlich. Plötzlich sah er auf. «Willst du mir einen Brief schreiben?» fragte er, und seine Augen musterten mich so unruhig und besorgt, daß ich auch Ja gesagt haben würde, wenn ich es nicht gern getan hätte.

«Also hör' zu», sagte er und ließ die Arbeit sinken. «Da ist nämlich nun *doch* so eine Frau, verstehst du. Schön. Reich. Ja, was sagst du dazu? So wird man von den Geistern geführt. Und sie sieht mich gern. Lacht, sobald ich ihr in den Weg komme, übers ganze Gesicht. Hat einen guten Ruf. Eine Ordnung auf dem Hof und im Haus – das sagen alle. Aber ihr erster Mann ist beim Birnenpflücken vom Baum gefallen und hat sich den Hals gebrochen. Das bringe ich nicht aus dem Kopf. Hättest du da Angst? Ich habe. Da walten doch die Dämonen. Wer soll ihn sonst gestürzt haben? Vielleicht lieben *sie* sie, und sind eifersüchtig auf den irdischen Mann. Sie war inzwischen beinahe verlobt mit einem Witwer; der wird nachts auf dem Weg vom Wirtshaus erstochen. Seit Menschengedenken der erste Mord in der Gegend, und der Mörder hatte dabei einen anderen im Auge gehabt; muß sich gerade irren, damit die Witwe wieder ohne Mann bleibt. Seither, es sind drei Jahre, hat sich keiner mehr

an sie heran gewagt. Vielleicht hat sie auch keinen angenommen, mag sein. Sie selber sagt so, die anderen sagen anders.

Was ist wahr im Leben? Siehst immer auf Dinge wie
durch einen Schleier, auf den fremde Gestalten gemalt sind.
Immer bist du in Gefahr, daß du verwechselst, und dann ver-
fällst du den Dämonen. Die Dämonen, verstehst du, das sind
die Geister, die fortwährend beinahe erscheinen können,
und die fühlst du darum am meisten. Die guten Geister sind
ganz luftig und zart, und du kannst sie nur ahnen. Sieh mal,
ich habe nun ein sehr feines Gefühl. Fahre ich mit den Fingerspitzen über die Scheiben, so fühle ich jede Unebenheit.
Aber die Unebenheiten in der Zukunft, die spüre ich auch
nicht. Denkst du, der Herr Vater spürt sie? Der fühlt noch
weniger, obwohl er weiße, feine Fingerchen hat. Es gibt keinen Weg, als mit der Unschuld in die Zukunft zu gehen.

Vom Vitzliputzli wollte ich gern noch mehr hören, aber
der erscheint jetzt nicht. Ganz verlassen ist man, sobald man
etwas vorhat. Aber er hat ja gesagt, mit einem Knaben, der
mir ergeben ist, kann ich etwas machen. Darum eben sollst
du mir den Brief schreiben. Das gibt einen guten Eingang,
über den die Dämonen keine Gewalt haben.»

Die Werbung

Um nicht von der Frau Mutter gestört zu werden, mußte ich
den Brief in seiner Schlafkammer schreiben; kam sie dazu,
so konnte er sagen, daß ich sein Zimmer in Ordnung gebracht habe. Ein Briefbogen mit einer schönen roten Rose
oben in der Ecke lag schon da.

«Aber du mußt alles selbst schreiben. Ich kann dir bloß
sagen, was drin stehen soll. – Meinst du, man soll schreiben:

‹Sehr geehrte Frau Rütlin›? Rütlin heißt sie nämlich. Agnes zum Vornamen. Oder: ‹Liebe Frau Rütlin›? Schreib zuerst da oben das Datum.»

Ich schrieb das Datum.

«Also wenn du meinst: ‹Geehrte Agnes!› Oder auch: ‹Liebe Frau Rütlin!› Oder: ‹Liebe Agnes!› Ich sage nämlich schon du zu ihr, aber von der Heirat ist noch keine Rede gewesen, und das ist so ein dunkler Punkt. Ich bin ganz verzweifelt. Schreib nur, was dir am besten vorkommt. Bist ja klug und ein guter Kopf.»

Ich schrieb: «Liebe Agnes!» da er doch schon du zu ihr sagte.

«Also jetzt mußt du ungefähr so schreiben: Ich liebe die Agnes schon lange, denke Tag und Nacht an sie, magere ab ihretwegen. – Von den Geistern und Dämonen schreibst du ihr nichts; das wird sie vielleicht erschrecken. – Ich kann jetzt nicht mehr länger so weiter machen. Mein Seelenheil steht auf dem Spiel. Das kannst du ihr gut und gern sagen, ist auch buchstäblich wahr. Kniefällig bitte ich sie daher, die Meine zu werden, um mein zeitliches und ewiges Glück zu begründen. Wir werden uns katholisch trauen lassen. Darunter schreibst du: ‹Ein unschuldiges Kind hat diesen Brief geschrieben, zum Zeichen meiner Ehrerbietung und Treue!› Das ist sehr wichtig. Du darfst es nicht vergessen. Mit diesen Worten: ‹Ehrerbietung und Treue!› Sie hält auf sich und ist streng mit den Männern, verstehst du. Wer sie hat, hat einen Schatz. Und: ‹Um ihr Glück zu bringen!› schreibst du noch. Schließen mußt du: ‹In herzlicher baldiger Erwartung Ihres Geneigten Ihr› – Den Namen schreib' ich dann selber.»

Ich wußte bald nicht mehr, was ich hin schreiben sollte, und was er in seiner Angst und Liebesnot nur sonst so heraus sprudelte. Er war ja so unruhig und sprunghaft geworden. Doch kam ich mit dem Brief richtig zustande, und er lobte alles sehr. Er wurde ganz aufgeregt vor Freude und Hoffnung, küßte mich auf beide Wangen, nannte mich seinen guten Geist und schenkte mir einen Taler. Mit meiner Hand schrieb er seinen Namen darunter, um nichts zu verunreinigen durch seine «sündige Persönlichkeit». Den Tag durfte ich nichts mehr arbeiten, mußte ein Buch nehmen und lesen, aber er störte mich immer wieder durch seine Beschreibungen – sie war schlank wie eine Zwanzigjährige, aufrecht, stolz, schnell, freundlich und gütig – und durch die Äußerungen seiner Furcht und seiner Zweifel. «Es wird doch alles wieder anders kommen!» seufzte er schließlich. «Lies jetzt, Johannes.» Von da an störte er mich nicht mehr; ich konnte eine ganze Indianergeschichte von Anfang bis zum Schluß hintereinander lesen.

Obrist hatte recht; es kam ganz anders. Erst besann sie sich mit ihrer Antwort, und dann verschob sie ihn aufs Warten, konnte sich noch nicht entschließen, schätzte und liebte ihn aufrichtig, aber zum Heiraten war sie noch nicht reif. Noch standen die Schatten der Dahingegangenen zu dicht an ihrem Weg; sie würde nicht wagen, an ihnen vorbei zur Kirchentür zu gehen. Ich begriff nun, daß in den beiden Menschen Gleichklänge lagen, Schüchternheiten, Zartheiten, die sie füreinander vielleicht sehr geeignet machten, in denen sich jedes beim anderen sicher aufgehoben fühlen konnte, aber er hatte durch seinen Entschluß einen Vorsprung vor ihr, den sie zuerst einholen mußte. Über ihre Antwort war er etwas niedergeschlagen und enttäuscht, da er eigentlich nach den angewandten Mitteln auf eine Zusage gehofft hatte.

«Aber wenn nicht du geschrieben hättest, Johannes, sondern ich mit meiner Hand, an der das Unheil hängt, so hätte sie womöglich kurz abgeschrieben und mir die Freundschaft gekündigt, mich nie mehr vor ihre Augen kommen lassen. Es ist schon viel, daß sie sich das gefallen läßt.»

Er wurde jetzt noch stiller und besinnlicher, gab das Herumtanzen in den Dörfern ganz auf, wandte sich ausschließlich seiner Agnes zu, blieb aber gleichzeitig auch immer öfter den Hausandachten fern mit der Angabe, daß er keine Zeit dazu habe, die Arbeit dränge. Tatsächlich waren Konfirmandenschuhe zu machen, vierundzwanzig Paar auf einmal, und man ließ ihn zufrieden. Während der Andachten war ich vielfach durch das Bewußtsein seines Fehlens im Saal abgezogen. Ich fühlte ihn nebenan in dem Zimmer, in welchem Bernhard von Weimar die Belagerung Heinfeldens geleitet hatte, horchte auf seine einsamen Arbeitsgeräusche und dachte unzulängliche, aber ehrlich verwunderte und andächtige Gedanken über das Leben der Menschen dort draußen, woher dieser einfach starke Strom von Schicksal und freiem Frauenermessen zu mir her drang. Zu denken gab mir ferner seine stille Um- oder Rückwandlung zum Katholiken, die auch wieder ihre merkwürdigen Noten hatte. Die katholische Kirche nebenan haßte und verspottete er, machte sich lustig über das «Geplärr» der Kirsauer und Ratmatter, denen sie gehörte, und über ihren «dummen Aberglauben». Aber in Minseln war alles schön, gut, rührend, großartig. Heimlich war er zweimal dort in der Messe gewesen, um mit Agnes im gleichen Raum zu sein, und das war so gut, als wäre er mit ihr im Himmel gewesen, obwohl er sich vor ihr verborgen hatte, um sie nicht zu verstimmen. Viel verkehrte er in diesen Tagen der Schicksalsfurcht, die er ohne Agnes leben mußte, mit den Heiligen, von denen er Bilder bei sich trug. Auch das waren Menschen, die vom Sturm der Gefühle ergriffen, bei den Dämonen ins Geschrei gekommen und vom Feuer des Daseins versengt worden waren. Ob ihr Ziel Gott und Christus, das seine aber Agnes Rütlin hieß, das verschlug ihm wenig; die Hauptsache war ihm die Herznot und die Unentrinnbarkeit, und darin fühlte er sich mit ihnen verwandt, abgesehen davon, daß er die Bilderchen von ihr hatte, und sie darum ohnehin als Wegmarken seines Glücks oder Unglücks betrachtete.

Zwei Sonntage gingen aber vorbei, an denen er sie überhaupt nicht gesehen hatte, und am dritten Montag fand ich ihn traurig und verzagt. Sich ihr wieder brieflich zu nähern, wagte er nicht. Er fing von neuem an, zu grübeln, zweifelte ernstlich an sich, und schmiedete Pläne, wie er mich mit ihr zusammen bringen könnte. «Du hast einen seelenvollen Kinderblick», sagte er. «Der bannt die Dämonen, und der Vitzliputzli kann dann weiter helfen.» Außerdem wünschte er, mir Agnes zeigen zu können, damit ich seine Beschreibungen bestätigt finden und ihm recht geben sollte. Es kam nie dazu. Auch zum Photographen war sie nicht zu bewegen gewesen. Ich sah sie aber innerlich als eine edle Frauengestalt, von Dunkelheiten umgeben und darin kämpfend, und fing an, zu beten, daß Gott der Agnes Rütlin aus ihren einschüchternden Lebensverstrickungen heraus helfen wolle. Nebenher begann ich von ihr zu träumen, süße, werte Träume von unbestimmbarem, doch beglückendem Gehalt, von denen auch im Lauf des Tages eine erhebende und kräftigende Wirkung auf mich überging. Es war, wie wenn ich einen Glockenton aus jener Welt erstmalig von fern vernommen hätte, und dieser sonore, getragene Klang tat mir in der sonstigen niederen Begebnislosigkeit meiner Gegenwart wohl und half mir weiter wie die Stimme einer Mutter oder älteren Schwester.

Noch mehr Dämonen

In diesen Tagen wurde auf dem Kirchhof der Gemeinde ein Mädchen begraben, das an der Geburt eines unehelichen Kindes gestorben war; das Kind begrub man mit ihr. Wir erfuhren davon nichts, aber Obrist hörte von der Sache in Minseln, und erzählte sie mir. Mir fiel gleich der Ton auf, in dem er das tat. Ihm hing etwas Besonderes an der Geschichte, ein Schauer, ein Wahrzeichen. Er war ergriffen, von Mitleid und Kummer erfüllt, und infolgedessen ging auch ich herum, als wäre alles anders gekommen, wenn ich zur rechten Zeit hätte eingreifen können.

Einige Tage später, als ich nach der Nachmittagsfreistunde bei ihm eintrat, fand ich ihn untätig, kopfhängend, und so in sich versunken, sozusagen in sich selber eingestürzt, daß er meinen Eintritt kaum zu beachten schien. Er hatte die Faust zwischen den Zähnen, sah ganz ratlos und verwaist aus, und als ich ihn noch einmal ansah, bemerkte ich, daß er Tränen in den Augen hatte. Ich wagte nichts zu sagen, und machte mich still an meine Arbeit.

Nachher nahm auch er die seine wieder auf. Etwa eine Stunde arbeiteten wir stumm vor uns hin. Immer dringender kam in mir das Gefühl auf, als sei noch ein Drittes hier in der Stube, eine fremde, namenlose Macht, die mit einem von uns anzubinden im Sinn habe. Um sechs Uhr steckte ich ihm die Lampe an. Es regnete draußen, und der Wind ging stark. Ich dachte an das arme Mädchen in der Erde und an die unbehütete kleine Seele des Kindes, die jetzt vielleicht da draußen in der Kälte herum flatterte, denn Obrist hatte gesagt, solche Seelen könnten nicht heim finden. Als ich wieder zu meinem Platz beim Ofen zurückkehren wollte, rief er mich an.

«Sieh mal hinter den Ofen!» sagte er ruhig und mit der gewissen Stimme eines Mannes, der mehr sieht als andere. «Kannst du etwas unterscheiden?»

Es war einer jener gewaltigen runden Öfen mit einem Eisenmantel und innen gemauert, die, einmal ordentlich eingeheizt, durch die ganze Nacht warm halten. Aber etwas Besonderes bemerkte ich nicht hinter ihm, dagegen wurde mir jetzt etwas eigenartig zu Mute, hatte doch ich selber an die

Anwesenheit eines unsichtbaren Unbekannten in der Stube gedacht.

«Da sitzt Vitzliputzli mit dem kleinen Kind im Arm», sagte Obrist ganz einfach. «Er will mit mir sprechen, aber ich will jetzt nicht. – Komm, setz' dich hierher; ich werde dir etwas erzählen. Mag er alles hören; er hat mir zu schlecht mitgespielt und mich zu lange zappeln lassen. Ich bin ein Christ, das soll er nicht vergessen, und wenn ich will, so kann ich ihn büßen machen. Keiner wird ihn frei sprechen.»

Ich gehorchte, aber er war so beunruhigt und erzürnt trotz der Gehaltenheit, die er über das Erscheinen des Vitzliputzli bewies, daß er noch eine ganze Weile brauchte, bis er sprechen konnte.

Während er dies dann tat, sah ich fast mit Augen, wie ein geheimnisvoller Ring, der schon längere Zeit um uns lag, sich nun vollends schloß. Drinnen saßen wir, Agnes, Obrist und ich, umgeben vom gedrängten Kampf der Geister, von bewegter Dunkelheit und von zum Teil feierlichen, zum Teil hinfälligen Stimmen. Außen um uns herum lag ein Kreis von Feuer und zürnender Heiligkeit des Verhängnisses. Zuerst erinnerte er mich noch einmal an das tote Mädchen und das Kind, das vordem in seiner Mutter sicher gewohnt habe, und das zu seinem Verderb von den Dämonen heraus gelockt worden sei, und dann ging er zu seinem Anteil daran über.

«Sieh mal, in der gleichen Zeit ist da so ein Müllerkerl in Minseln, der sich an meine Agnes macht, ein Bursch – größer als ich, stolz, breit, reich, na, also ein – Ausbund. Und wer bin ich? Das heißt, wenn ich will –! Aber ich will nicht so, verstehst du. Hoffart gegen Hoffart – das tut nie gut. Weiß aber jetzt, was dort für ein Kampf vor sich gegangen ist die letzte Zeit. Die Dämonen sind wieder an der Arbeit gewesen. Dein Brief – vielleicht konnte er gar nicht eindringen, verstehst du. Möglicherweise muß man mit ganz anderen Mitteln vorgehen. Das wird sich finden. Also der Müllerbursch – ums Haus geschlichen ist er ihr nicht, nein; breit und stolz hinein getrappt. ‹Will dich haben!› Gibt solche üppigen Semester. ‹Bin der und der! Also her mit der Sache!› Und eine Frau, mußt du wissen, ist auch nicht von Eisen oder Holz. Sie vor allem hat lang keinen rechten Kerl mehr gesehen. Hat ja wie im Kloster gelebt. – Die beiden Sonntage, die ich sie nicht traf, da war sie nicht mit ihm, gewiß, das war sie nicht!» Über seine vergrämten Züge ging ein stilles Leuchten der Freude. «Ganz in der Heimlichkeit hat sie sich schon frühmorgens aufgemacht, um in Schopfheim und dann in Adelshausen Bekannte zu besuchen. Der Kerl hatte nämlich geschworen, mir die Knochen im Leib zu zerschlagen, wenn sie mir noch ein Wort und einen Blick gönnt. ‹Also gut, vergnüg’ dich allein!› –

Mir, als ich an ihre verschlossene Tür kam, fiel schon so ein langer Schlagtot auf, der mir Augen machte, als ob er mich fressen wollte. Dachte mir aber, weiß Gott, nichts dabei, hatte ja bloß die Agnes im Kopf. Ging ins Wirtshaus, ließ mir ein Bier geben, saß und grübelte. Zwei-, dreimal kommt der blonde Dickkopf mit dem schiefen Hut am Fenster vorbei. Dann stapft er breit durch die Tür und setzt sich in den Winkel gegenüber, fängt an, mich anzustarren, bis es mir zu dumm wird, und ich ihm den Rücken zu drehe. Hab’ wahrhaftigen Gott nichts gemerkt. Bin dran vorbei gekommen, wie der Reiter übern Bodensee. Siehst du, das ist Frauengüte. Wäre sie da geblieben, so zierte ich vielleicht auch den Rasen. Oder er zierte ihn, denn wenn der Zorn über mich kommt, dann kenne ich mich nicht mehr, und niemand kennt mich.

So auch am zweiten Sonntag. Da setzt er sich sogar an den Tisch nebenan, fängt an, Reden zu führen, mich wie aus Versehen anzustoßen, aber – wie eine Fliege, verstehst du, so empfand ich ihn. Störte mich, veränderte wieder meinen Platz. Wäre ich nicht so versunken gewesen in *sie*, so hätte es grobe Händel gegeben, und wir wären – entweiht gewesen, alle. – Das ist die rechte Frau, das mußt du dir merken, in der man wohnen kann wie in einer Kirche, wo einen nichts Gemeines berühren darf, wo man alles um sich her vergißt. – Ging nach Hause, wie von Gott behütet. Zwei-, dreimal knackt und kracht es im Gebüsch neben dem Weg, als ob ein großes Tier mitgeht. Hätte ich ihn angerufen – na, es war Nacht, und kein Mensch weit und breit. Und es ist noch kein Stern vom Himmel gefallen, um einem Unschuldigen zu helfen. Aber ich ging – an ihrer Hand, verstehst du.

Aber daß sie bei allem so schweigt, das ist das Schwere. Das ist das tiefe Geheimnis. Das heißt – noch ein tieferes Geheimnis gibt es da: das droben auf dem Kirchhof. Ja – das hat der blonde, stolze Müller auf dem Gewissen, der meine Agnes – belagert. – Zu denken: einer hat so ein Mädchen und ein Kinderseelchen ins Grab gebracht, muß sie beide verantworten vor dem himmlischen Richter – und geht hoch aufgerichtet, kühn und unbändig umher, als ob nichts wäre. – Dabei die Agnes schweigt. Ich habe für ganz sicher erfahren, daß sie alles weiß. Und schweigt weiter. – Sieh mal, gestern nacht, da ließ mir das keine Ruhe, ging noch um neun nach Minseln. Es regnete. Nun, warum soll's nicht regnen. Als ich ins Dorf kam – alles dunkel und still, aber vom Feldweg aus sehe ich, daß sie noch Licht hat. Bis an ihren Zaun kann ich heran, näher nicht. Könnte drüber steigen, warum nicht, hab' aber nicht den Mut, in ihr – Schweigen zu treten. Verstehst du; sie sitzt da, flicht sich die Zöpfe auf, ist ganz ernst, ein bißchen abgemagert, scheint mir, und auch blasser als sonst. Hat so langsame, traurige Bewegungen. Ich halte mich an ihrem Gartenzaun fest und – die Augen fangen mir an zu laufen. Also heule wie ein Schloßhund. Und dann bläst sie das Licht aus, und ich gehe wieder nach Hause. Nach ein Uhr war ich zurück. Stand noch lange droben am Kreuz. Es blitzte über der Basler Ebene. – Und dann stand ich vor dem

Kirchhof. Saß eine Nachtigall drin und sang Rache. – Konnte er nicht das Mädchen nehmen und mir die Agnes lassen? Alles muß er haben, der Gewalttäter!»

Trübe verstummte er, und für heute blieb er wortkarg, in sich gekehrt. Ich wagte nicht, ihn durch Fragen zu stören, hätte auch, genau besehen, nicht gewußt, was hier für mich zu fragen oder zu bemerken gewesen wäre. Bald läutete es zum Abendessen, zur Hausandacht und zum Tagesbeschluß. Draußen ging noch immer der Regen nieder. Nachts wachte ich einmal auf und hörte eine Nachtigall in den Kastanien schlagen. War es dieselbe, die auf dem Friedhof Rache gesungen hatte? Und was wurde es mit dem Vitzliputzli, der mit dem Kinderseelchen auf dem Arm auf ihn wartete? Sicher besprach sich Obrist nun mit ihm, nachdem er ihn zur Rede gestellt hatte. Ich kam mir sehr einsichtsreich und weise vor, als ich dachte, daß die Dinge jetzt auf die Entscheidung zutrieben. Dabei schien mir alles unübersichtlicher und dunkler als je, und ich bewunderte Obrist, daß er nicht den Mut verlor und weiter kämpfte. Das einzige, was ich richtig begriff, war so viel: die ersten beiden Männer der Frau Rütlin waren fraglos auf gewaltsame Weise um ihr Leben gekommen. Der dritte aber hatte seinerseits jene beiden unschuldigen Wesen ins Grab gebracht und reckte die gottlose Hand nun nach ihr selber aus. Diesen Sachverhalt fand ich unter allen Umständen schreckend, und auch ich war jetzt fest davon überzeugt, daß die Dämonen die Hand im Spiel hatten. Vielleicht war es aber Frau Rütlin, die geprüft werden sollte, und Obrist war zu ihrer Erlösung ausersehen. Diese Auffassung gefiel mir sehr, und darüber erfreut verfiel ich wieder in Schlaf.

Stärkere Mittel

Darüber ging wieder ein Sonntag hin. Obrist hatte sich für den ganzen Tag Urlaub genommen; ich sah ihn nicht, wußte auch nicht, wohin er gegangen war. Daß er in Minseln sei, schien mir ausgeschlossen, aber sonst konnte ich mir nichts denken. Am Montag nach der Morgenandacht – diese Stunde war bei uns immer besonders trostlos und grau – fand ich ihn nicht fröhlich, aber gesammelter und von einer neuen Spannung aufgenommen. Er empfing mich mit einem raschen, zärtlich prüfenden Blick, als wollte er sich überzeugen, daß ich ihm noch zugetan sei, verbrachte aber die erste Stunde in einer milden Schweigsamkeit. Erst in der Zehnuhrpause löste er sich daraus. Er ging in seine Kammer und brachte ein Kästchen zurück. Als er es aufmachte, lag ein goldenes Kreuz zum Umhängen darin, das er, wie ich nicht zweifelte, für Agnes gekauft hatte. Ich tat einen Ausruf der Freude, ohne eigentlich zu wissen, warum, aber das Zeichen eröffnete doch wieder eine Aussicht, deutete auf Hoffnung.

«Ich bin nämlich nicht so sehr arm», sagte er mit der stets innerlich belebten, aber seltsam ungleichen, vielfältigen Stimme, die er hatte; es schien, als wäre sie nicht recht an ihren Ort gebunden. «Nur schüchtern bin ich, verstehst du. Darum mache ich so viele Späße und verstelle mich. Man muß alles aufwenden, um nicht in die Hände der Dämonen zu fallen.»

Er fragte mich, ob mir das Kreuz gefalle, was ich nur bejahen konnte; sogar einen tiefen Eindruck machte es mir.

«Erst wollte ich ein Herz nehmen», nickte er. «Aber danach kann das Unglück greifen. Eine Frau ist vor den Dämonen nicht sicher, wenn sie ein Herz so offen trägt. Das ist Eitelkeit, und an Eitelkeit hängt sich immer zuerst der Fluch der Vergänglichkeit. Das Kreuz aber ist ein heiliges Zeichen und feit; da habt ihr nämlich unrecht mit eurem Judenstern.

Vor dem Kreuz fürchten sich alle Dämonen. Wer weiß, ob der Müllerbursch nicht auch einfach ein Dämon ist. Niemand kennt sich hier aus. Man muß sich an die festen Zeichen halten, die der Erlöser gegeben hat. Aber» – seine Miene wurde wieder ein wenig zweifelnd und unruhig – «es muß wieder durch deine Hand gehen –!»

Das versprach ich ihm gern und rasch, er jedoch schüttelte den Kopf, ohne etwas dazu zu äußern. Langsam trug er den Schmuck oder Talisman nach der Kammer zurück, und als er sich wieder gesetzt hatte, blieb er noch eine ganze Zeitlang still.

«Wir wollen da nicht viel Worte machen», sagte er dann sehr ernst. «Wenn du mich nicht ganz besonders lieb hast, so kann aus der Sache nichts werden. – Sei mal still; rede jetzt nichts.» Seine Stimme senkte sich beinahe zum Flüstern. «Du mußt die nächste Nacht an meiner Hand nach dem Kirchhof hinauf gehen und dort das Kreuz auf das Grab des armen Mädchens legen», murmelte er blaß, «ein Vaterunser zur Erlösung des Seelchens sprechen, und das Kreuz zurück nehmen. Ich werde wachen, daß dir die Dämonen nichts tun. – Auch Vitzliputzli wird da sein. Das ist im Grund ein guter Geist. Der Mephistopheles hat ihn auf mein Geheiß ein bißchen gequält. Jetzt ist er sehr willig. Und gegen den Mephistopheles, wenn er schlechte Laune hat, schützt uns das Kreuz. – Heute nacht um zwölf komme ich an dein Bett. Willst du aufstehen, dann tu es, zieh dich ohne ein Wort an und komm mit. Willst du nicht, so segne dich Gott. Mich findest du am andern Morgen nicht mehr hier. Nachtragen wird dir keiner was, denn du bist unschuldig, und was du tust oder läßt, ist von Gott eingegeben. – Jetzt kein Wort mehr. Denke heute nur noch an Agnes; ich tue es auch.» –

Gleich darauf war gemischter Chorgesang, dann wurde ich von einem Bruder zum Orgeltreten aufgefordert, nachher war Katechismusstunde, welcher sich das Mittagessen anschloß. Aber man kann ja denken ohne Gedanken, mit dem Gefühl, mit den Sinnen, die einen neuen Inhalt haben, während die Gedanken ihre Pflichtwege gehen und Alltagsarbeit verrichten. Ich sang seit einiger Zeit zweite Stimme, und war eben dabei, der führende Sänger zu werden. Aber wenn ich sang: «Du bereitest vor mir einen Tisch gegen meine Feinde!» so schluchzte unter meiner Stimme das Schicksal der Suchenden und Sehnsüchtigen, mit denen ich verbunden war. Beim Orgeltreten fand ich, daß ich ebensoviel Furcht hatte, als Liebe zu Obrist und Verehrung für Agnes. Anderseits empfand ich starke Lust, die Nachtigall Rache singen zu hören. Beim Katechisieren der Brüder wieder fühlte ich das ernste, bedeutungsvolle Schweigen einer fernen schönen Frau, zu welcher ich mit dem Kreuz den Weg durch Nacht und Grauen bahnen sollte, und ich nahm wieder ein Außenmaß von meiner Wichtigkeit. Aber dachte ich das alles weg, so war ich niemand, irgendein strafversetzter Schuhputzer. Seltsam und wunderbar wurde das immer, sobald man mit Menschen zu tun bekam.

Nach der Nachmittagsfreistunde fand ich die Schusterei leer. Obrist war, wie man mir sagte, nach Säckingen gefahren, um Leder zu kaufen. Ich wunderte mich darüber, denn mir hatte er davon nichts gesagt. Den Abend verbrachte ich allein auf dem Zementboden, obwohl es kalt war und peinlich zog, allein ich wagte mich nicht in die Schusterei wegen des Vitzliputzli und der andern Geister. Aber auch der große Zementboden hatte seine Schrecknisse. Die Winkel, wohin mein Licht nicht reichte, lagen dunkel und brauten fühlbar Ungemeines. Mit blauer Kälte drang durch das Fenster hinten das Licht des Abends herein. Immer wieder regnete es. Die Wendeltreppe herauf zog von Zeit zu Zeit ein Seufzen, daß es mir eisig den Rücken hinunter lief. Dahinter wußte ich die leere, große katholische Kirche mit dem einsamen blutigen Lichtchen vor dem Altar. Da hatte das arme verführte Mädchen gekniet und auf die Heiligen gehofft. Endlos zogen sich die beiden Stunden bis zum Abendessen. Wenigstens war ich von da an nicht mehr allein, und wurde auch nichts mehr von mir verlangt. Mechanisch sang, betete, und stieg ich mit den anderen die Treppe hinauf.

Als wir alle im Bett lagen, und der Bruder nach dem Löschen des Lichtes sich entfernt hatte, konnte ich mich endlich rein und unbeeinflußt den Gedanken an die Mitternacht hingeben. Vor dem Zubettgehen hatte ich noch einen Blick aus dem Fenster nach dem Kirchhof getan, dessen hohes, dunkles Kreuz ich in einer ziehenden Mondhelle unterscheiden konnte. Vergebens wartete ich heute auf die Nachtigall. Als der Bruder nach zehn wiederkam und sich schlafen legte, war ich noch wach. Ich wußte nun nicht mehr, ob ich mich fürchtete. Trotzdem war ich ganz Furcht, wenn auch in einem anderen Sinn; ich war sozusagen vollkommen in eine übergewaltige heilige Lebensfurcht aufgenommen, von welcher aus ich nun klarer den schmerzlich-starken Wunsch erkannte, dem toten Seelchen die Hand zu reichen. An meine Wichtigkeit dachte ich jetzt nicht mehr. Plötzlich begann nun doch die Nachtigall zu schlagen, und zwar gleich so heftig und leidenschaftlich, daß ich erschrak. Trotzdem fand mich Obrist in tiefem Schlaf, als er leise kam, um mich zu wecken. Beinahe hätte ich aufgeschrien, so gespannt waren meine Nerven, doch erhob ich mich schnell und leise, nahm beinahe besinnungslos meine Sachen, um mich draußen anzuziehen, und ohne daß ein Wort gewechselt wurde, in tiefer Selbstverständlichkeit verließ ich an seiner Hand auf dem Weg durch den Andachtsaal und über die Wendeltreppe das Haus.

Die Auslösung

Es hatte eben wieder geregnet. Die Bäume tropften in der Finsternis. Sonst war es ganz still. Eine heilige Weite und Höhe schien über allem Leben zu liegen. Wir zwei kamen mir ganz klein und unbeachtet vor, aber dann zitterte unwillkürlich mein Herz und schwoll gewaltsam auf, und das erinnerte mich an die geheimen Mächte, zu denen wir in Beziehung standen, und hinter ihnen lauerten vielleicht gewaltige überirdische Verbände, von denen der Vitzliputzli und der Mephistopheles nur unbedeutende Vorposten waren. Größer als sie, schien mir allerdings, war immer noch das begrabene Mädchen mit dem kleinen unbeheimateten Seelchen und dem unfaßbaren ziellosen Unglück. Größer war sicher auch der Müllerbursch. Und mindestens so stark war das Schweigen der Agnes Rütlin.

Obrists Hand war heiß und unruhig, aber nachher, als er sah, daß ich wacker ausschritt, fühlte sich sein inneres Fieber; ich fühlte, wie er still und geduldig wurde. Das Kreuz hatte er mir gleich vor der Anstalt um den Hals gehängt. Das leuchtete nun streng und doch voll ernster Liebe und Erwartung durch die regenschwere Dunkelheit, die immer einmal ein schwacher Schimmer von dem dahinter verborgenen Vollmond geisterhaft durchflog. Im Wald droben rief ein Käuzchen. Hinter der Bahnlinie erhob sich hoch und schwarz das Kruzifix des Kirchhofs. Das Herz klopfte mir rasch auf, und ein Stoßgebet entfuhr mir. Bittend drückte Obrist meine Hand in der seinen. Seltsam war mir, wie in langen Abständen der Rhein aufseufzte. Und dann ging von Zeit zu Zeit ein in der Nässe halberstícktes geheimnisvolles Dröhnen oder eine unterirdisch donnernde Stille durch die Wälder.

Ich hielt mich nun immer näher zu meinem Begleiter. Mir war, als ob Geister kühl über meine Stirn strichen, und andere drohend und beunruhigend mich ihre Anwesenheit fühlen ließen. Auch Vitzliputzli fühlte ich um uns, aber seitdem ich wußte, daß er vom Mephistopheles auf Befehl gequält wurde, betrachtete ich ihn mehr als unseresgleichen, als einen guten, treuen Kumpan, der uns aber auch nicht weit helfen konnte. Als wir uns dem Kirchhof näherten, stellte ich mit Bedauern fest, daß die Nachtigall nicht sang, obwohl es mir unsagbar schaurig gewesen wäre, wenn sie es getan hätte. Auch Obrist schien flüchtig aufzuhorchen, aber dann ließ er gedankenschwer den Kopf wieder hängen. Die Kirchhofspforte war nicht verschlossen. Obrist öffnete sie vollends, und langsam, von Feierlichkeit und den Mysterien des Gewesenen empfangen, traten wir ein.

Auch die Stille hat ihre Grade, und sie ist der Vertiefung fähig. Hier trat sie mir entgegen als eine Macht, die heilig, unwiderstehlich mit Gefangenschaft schlug, fürstlich residierend im Namen des Todes, dessen Kaiserreich alle anderen Kaiserreiche überragt, in sich schließt, überdauert, dessen dunkel glänzende Kathedrale das Weltall ist, als dessen Priester die Jahrhunderte zelebrieren, dessen Portale die Jahrtausende sind, und auf dessen Säulen die Götter zu Bildern erstarren. Der einzige Lebende, den er um sich duldet, ist der Engel der Stille, der die Friedhöfe hütet, der unsterblich ist, und der Vergangenheit schafft, wo er zwischen die Atmenden tritt. Mir ging das Herz stark, aber ich hatte keine Angst, während ich neben Obrist wie träumend zwischen den dunklen Gräberreihen mit den alten Steinen und Kreuzen hindurch schritt. Bloß vor dem hohen schwarzen Kruzifix in der Mitte fürchtete ich mich etwas, aber als wir uns ihm näherten, flößte mir sein altes rissiges Holz Vertrauen ein, und ich berührte es leicht beim Vorbeigehen. Hinter ihm begannen die neueren Gräber, und jetzt wurde ich doch sehr beklommen. Ein gepflegtes altes Grab ist Poesie, ein neues ist allemal Erdenweh, und mehr oder weniger ungeläutert umschweben es noch alle Bosheiten, Laster und Mühen, denen der stille Einwohner einst ausgesetzt war, oder die er selber erregte. Doch waren auch diese Gräber alle wenigstens angepflanzt; ganz zuletzt aber kamen wir zu einem nackten Grabhügel, auf dem nichts lag als ein dünner Blechkranz, und das war das Grab des unglücklichen Mädchens mit dem toten Kind im Arm. Sogleich war wieder alle Angst wie weggeblasen. Ich wurde ganz ruhig und weit, und alles in mir war Anschauung. Aber ich verstand nicht das mindeste von dem, was ich anschaute, und das war mein Glück. Ich glaubte eine Leichenstätte bei Nacht zu sehen, währenddessen sah ich unter der Führung meines guten Engels einen poesievollen Roman, und der stumme Jammer unter dem Rasen beglückte mich mit der warmen Sehnsucht, Geschehenes ungeschehen zu machen, als ein kleiner Christus in dies Grab hinab steigen und alles zu einem schöneren Dasein wieder auferwecken zu können.

Ich nahm das Kreuz vom Hals und wunderte mich dabei, daß meine Hand zitterte; ich hatte mich nicht für aufgeregt gehalten. Gleich darauf zitterte der ganze Mensch, da mich fror und mein Leib sich in sein Bett zurück sehnte. Schlotternd legte ich das Kreuz auf den Grabhügel nieder. Meine Zähne schlugen nun so heftig aufeinander, daß ich eine ganze Zeitlang unfähig war, zu sprechen. Obrist stand mit gesenktem Kopf und gefalteten Händen da und wartete geduldig auf das Vaterunser. Schon wollte ich verzagen und die Sache aufgeben, und verwirrt sah ich zu ihm auf. Er war bleich. Über sein gutes, treues Gesicht liefen Tränen herab. Meinen Blick erwiderte er nicht, trotzdem ging mir seine Erscheinung so zu Herzen, daß ich mich zusammen riß. Vor Betroffenheit sprach ich das seelenerlösende Vaterunser schnell hintereinander mit lauter, klarer Stimme. Ich hatte das Gefühl, daß der Engel der Stille mir selber dabei zuhörte. Mein Herz war jetzt nur ein kleines, halb eingefrorenes Klümpchen Vergänglichkeitsvorgefühl, und als ich fertig war, überkam mich eine solche Bestürzung, daß ich mich nicht mehr zu regen wagte. Aber nun sah mich Obrist an, und an seinem freundlichen, dankbaren Lächeln, das mich ermunterte, nun auch noch das Letzte zu tun, gewann ich neuen Mut und meine Lebenswärme zurück. Ich nahm das goldene Kreuz vom Grabhügel auf und hing es mir wieder um. Obrist faßte meine Hand, und nach einem letzten Blick auf die Ruhestatt der verunglückten Erdenpilgerin wandten wir uns, um den Friedhof zu verlassen.

Ein blasser Mondschein flog wieder durch die feuchte Welt, beleuchtete hier die Kreuze und die Blechkränze, und ließ droben einige Wolkenumrisse aufschimmern. Ich hatte nicht gedacht, daß die Nacht diese große Verlassenheit des Lebens sei; weil ich nachts immer schlief, so glaubte ich in der Nacht alles wohl geborgen. Welche Furcht mußten vielleicht die Tiere draußen ausstehen, bis es wieder licht wurde! Wir waren etwa zehn Schritte vom Kirchhof, als plötzlich die Nachtigall zu schlagen begann. Unwillkürlich blieben wir beide stehen. Sie sang wirklich Rache mit einer leidenschaftlichen, beinahe übergewaltigen Stimme, und solange wir den Bahnhofweg hinunter gingen, hörten wir sie noch; sie beherrschte die ganze Gegend. Aber im Anstaltshof hörten wir sie nicht mehr. Hier war es vollkommen still und mitternächtig. Nur der Rhein rauschte und seufzte.

«Das erlöste Kinderseelchen ist jetzt bei dir», hörte ich Obrist leise erklären. «Da bleibt es, weil du es erlöst hast, indem du ein guter Mensch bist. Denn wenn du auch Fehler gemacht hast, und noch viele machen wirst, wirst du doch immer ein warmes Herz haben. – Auf unserem ganzen Lebensweg sammeln wir nämlich vertriebene und verwaiste fremde Seelen in uns auf. Mit denen treten wir vor den himmlischen Richterstuhl. Mußt so denken, Johannes: von heut an hast du angefangen, Vater zu werden. Wirst jetzt immer mehr deinen eigenen Weg geführt. Nur vor den Dämonen mußt du dich vorsehen!»

Er führte mich in meinen Schlafsaal zurück und wartete, bis ich wieder im Bett lag. Dann küßte er mich auf den Mund, daß ich lange nachher in einer stillen Verwirrung lag; bald war es mir, Agnes hätte mich geküßt, und bald, die geheimnisvolle jüngste Tote auf dem Friedhof droben. Aber dann nahm die Natur ihr Recht, und ich schlief bis zum nächsten Morgen selber wie ein Toter. Ich überhörte sogar den Gesang der Brüder, und mußte besonders geweckt werden. Erst das klare, kalte Wasser im Brunnen brachte mich ganz wieder zu mir, und da war ich geneigt, alles, was ich in der Nacht erlebt hatte, für einen Traum zu halten. Es war mir auch nicht möglich, jene Welt und diese als dieselbe zu erkennen, eher hätte ich glauben können, daß mit dem Eintritt der Dämmerung die Welten unmerklich vertauscht werden. Aber doch hatte ich mir aus aller Angst dieser Nacht wieder etwas Lebensraum für meine gefangene Seele geraubt, und die nächsten Monate trug ich ein wenig leichter an der Zeit mit ihren Regeln und Bedrohungen.

Sieg über den Müllerburschen
und Dämonen

Obrist jedoch nahm sich am nächsten Sonntag – es war Ostern – einen derben Knotenstock, ein Herz und das geweihte goldene Kreuz, fand gegen seine Erwartung keinen Feind mehr vor – der plötzlich ausgewandert war –, dagegen eine weiche und zugängliche Frau, der es gefiel, ihn heute zu ihrem Verlobten zu machen. Aber sie tat es immer noch nicht ohne Furcht und Zittern. Das Kreuz nahm sie mit einer gewissen Inbrünstigkeit an sich. «Das soll uns vor dem Bösen beschützen!» sagte sie. Ihren Liebhaber ließ sie, wie ich aus manchem merkte, nicht darben, aber jede Art von Plänen und Zukunftsrechnungen lehnte sie heute und auch für die nächsten Monate streng ab, so daß Obrist noch einmal unruhig und beinahe verzagt wurde. Er begann wieder von den Dämonen zu sprechen, und war bereits vor einem neuen Verhängnis auf der Hut. Aber eines Sonntags – die Welt blühte wieder, und die Vögel hatten schon die erste Brut heraus – schlüpfte auch der erste Vogel der neuen Zukunft aus dem Osterei ihrer Brautschaft. Die Brautleute hatten sich dahin geeinigt, sich wohl hier aufbieten und trauen zu lassen, gleichzeitig aber wollte Agnes ihren Besitz verkaufen und mit ihrem Mann nach Argentinien ziehen. Diese Welt lag ihr zu schwer auf der Seele, und die Wege waren ihr zu verworren. Zu viel Tote ruhten unerlöst und drohend in der Erde, und die Luft war voll von Gefahren. Wenn ein Mensch auf der Welt das verstehen konnte, so war es Obrist.

Es kam alles ohne weitere Störungen so, wie sie es sich dachten. Obrist kündigte hier seine Stellung. Vier Wochen später fuhr er als junger Gatte in einem neuen Anzug, den nicht der Anstaltschneider gemacht hatte, denn den hielt er für einen Pfuscher, mit der gewesenen Agnes Rütlin nach Bremen, um nach Argentinien über zu schiffen. Zum Abschied hatte er mir einen prachtvoll illustrierten und gebundenen Gulliver und dazu noch Onkel Toms Hütte geschenkt. Den Onkel Tom konnte ich behalten; den Gulliver tauschte man mir gegen einen Bismarck aus, den ich nie las. Ich bekam eine Postkarte mit Ansicht von Bremen und dann einen Brief aus Argentinien zum großen Aufsehen und Neid der übrigen Bubenschaft. In einem späteren Brief stellte er mir vollends in Aussicht, mich nach meiner Konfirmation nachkommen zu lassen. Er wollte mir die Reise und alles bezahlen. Seine Agnes wünschte mich kennen zu lernen. Dazu hatte er ein Schuhgeschäft angefangen, das sich günstig anließ, parlierte schon ein wenig Spanisch, und in zwei Jahren, so sah er voraus, konnte er einen gescheiten und anstelligen Jungen wie mich gut gebrauchen. Wochenlang dachte ich an nichts anderes. Im Hof spielte ich die große Person mit meinen Aussichten; es war ja lange her, seitdem ich meinen letzten Glanz hatte spielen lassen können. Natürlich schrieb ich ganz in zustimmendem Sinn. Obrist antwortete noch einmal, aber dann traten bei mir und um mich vollkommen neue und unerwartete Dinge ein, über denen ich ihn und die Agnes Rütlin und Argentinien vergaß. Als ich nicht mehr von mir hören ließ, stellte auch er die Korrespondenz ein.

Viel später, als ich wieder in einer Verfassung angekommen war, in welcher man sich an seine fernen Freunde erinnert, nahm ich den Faden noch einmal auf. In dem zähen Gedächtnis der Frühzeit hatte sich die Adresse frisch erhalten. Inzwischen hatten die Eheleute, wie ich, ihren Wohnsitz gewechselt, doch bekamen sie richtig meinen Brief, und Obrist antwortete auch bald, aber doch nicht so rasch wie früher. Es ging ihnen weiterhin gut. Sie hatten zwei Kinder und wünschten sich kein drittes; niemand dort zu Lande hatte mehr als zwei. Mein Platz war daher reichlich besetzt, zumal da auch noch ein Geselle und ein argentinischer Stift saßen. Er wiederholte zwar herzlich, wenn auch nicht stürmisch, die frühere Einladung, blieb sogar dabei, daß er mir die Reise bezahlen wollte; aber mir war, als ob die Sache nicht mehr den früheren Schimmer hätte, und mich mahnte etwas, es dabei bewenden zu lassen. Ich antwortete mit einem Gedicht, worin ich Agnes Rütlin als sein Glückstütlein und ihn als einen glücklichen Finder darstellte, der in selbigem seine Kinder gefunden habe. Und da er mir geschrieben hatte, daß sie jedes Jahr eine große Kerze an den Hauptaltar ihrer Kirche stifteten, um die Dämonen weiterhin von ihrem Haus fern zu halten, und daß Agnes das Kreuz nicht von ihrem Hals lasse, so reimte ich noch etwas von Kreuz und Reiz, und von Kerzen und Herzen. Daß ich seine Einladung annehmen wolle, stand nicht darin, und auf den ganzen Brief antwortete er ein wenig unzufrieden, ja, es schien, als ob er meinen Ton aus irgend einem Grund als ungehörig empfand, ohne daß er es sagte. Vielleicht steckte seine Agnes dahinter. Nun, mochte das sein, wie es wollte, so hielt ich im stillen meine Glückwünsche aufrecht, aber da ich ihnen offenbar doch nicht mehr gegen Dämonen beizustehen haben würde, denn gegen die waren sie nun bei der katholischen Assekuranz sorgfältig versichert, so nahm ich die beiden Briefe und verbrannte sie schnell, bevor ich die neue Adresse auch auswendig wußte. Außerdem sorgte ich wieder für einen Wohnungswechsel. Ein nächster Brief, wenn sie einen geschrieben haben, hat mich nicht mehr erreicht, und eine Weile genoß ich meine leise trauernde Freude darüber, bis abermals bei mir der Wind sich drehte, und auch dieses Zwischenspiel Vergangenheit wurde. Denn wie keiner sich von einem Weibe trennt, ohne daß er ein anderes im Auge hat, so wird uns auch kein Erlebnis zu Vergangenheit, bevor uns ein neues mit Glaubens- und Liebesgewalt erfaßt.

VIERZEHNTES KAPITEL

Neues Leben

Der Anarchist

Einige Zeit nach diesen Geschichten kam die Frau Mutter in das alte Schloß, um Obrists Nachfolger zu inspizieren. Es war ein Bayer mit rötlichbraunem Haar. Auf dem Scheitel, den er sehr sorgfältig zog, glänzte es in zwei glatten Bahnen, aber seitwärts baute es sich zu breit ausgelegten Lockengalerien aus, die er eifrig beaufsichtigte; er hatte immer einen Spiegelscherben auf dem Werktisch liegen. Die hohe Frau fand soweit alles in Ordnung.

«Na, und wie ist's mit dem da?» fragte sie dann, mit dem Kopf auf mich weisend. «Tut er auch gut?»

Der Schuster begann mich sofort zu loben; er konnte mich leiden, und meine Schulkenntnisse imponierten ihm. Die Frau Mutter hörte ungläubig und wie zerstreut zu.

«Ja, bei dem sind immer die Anfänge gut», schnitt sie ihm dann die weitere Rede ab. «Sehen Sie sich mit ihm vor. Er ist ein Anarchist; er fällt denen in den Rücken, die ihm wohltun.» Dann wandte sie sich an mich. «Du wirst noch viel Schuhe putzen müssen, du Einspänner, bis du einsiehst, was zu deinem Heil dient. Hast du nicht wieder eine Verschwörung angezettelt?»

Ich schwieg, und nachdem sie meine Figur noch mit einem mißtrauischen Blick gemessen hatte, entfernte sie sich, um andere Bezirke heimzusuchen.

Wester, der Schuhmacher, hatte über diesen englischen Gruß sehr verwundert dreingesehen, und ich mußte ihm nun alles haarklein erzählen, während er im Spiegelscherben nachsah, ob er sich der Frau auch würdig präsentiert habe. Bei der Gelegenheit entdeckte er einen Mitesser auf seiner Nase, den er sofort umsichtig auszudrücken begann.

«Sieh mal an, da bist du ja auch wirklich ein Anarchist», meinte er dann verwundert mit einem Seitenblick nach mir; seine Hauptaufmerksamkeit galt immer noch der Nase. «Weißt du, was das ist?» Eben das hatte ich von ihm erfragen wollen. «Das ist ein Mensch, der an nichts glaubt und mit Revolvern und Bomben gegen die Kaiser und Könige vorgeht. Alle Anarchisten werden hingerichtet oder nehmen sonst ein schlimmes Ende, das mußt du dir merken.» Der Mitesser war heraus, und er richtete nun die Augen aufmerksam auf mich. «Komm mal her», sagte er, «ich will deine Hände ansehen und dir in die Augen gucken. Ich werde dir dann sagen, ob du wirklich ein Anarchist bist, und was für ein Ende du nimmst.»

Mit wichtiger Miene betrachtete er meine Hand, dann starrte er mir in die Augen, und nachher blickte er lange schweigend aus dem Fenster, die Hände im Schoß, und mit einem Fuß irgend einen Takt klopfend.

«Tja», machte er dann sehr ernst, «also etwas los ist mit dir, das steht fest. Du hast sehr tiefe Löcher in den Augen, und deine Finger sind lang. Ich will nicht sagen, daß es mit dir schief gehen wird. Du gehst mit offenen Händen; Diebe machen die Finger zu, verstehst du. Aber so etwas Anarchistisches ist schon an dir, da hat die Frau Mutter sogar recht. Ich werde dir jetzt einmal vierzehn Tage lang zusehen, und dir dann ganz genau sagen, wie es bei dir steht. Es gibt zu denken, daß du die Höheren heraus forderst, und das ist Auflehnung. So arme Leute wie du und ich müssen sich unterordnen, ein für allemal. In Demutt muß man sich demütigen mit zwei ‹t›; das ist ein weiser Mann, der das gefunden hat.»

Er sprach nun noch vieles über das Thema. Dann ging er

dazu über, mir zu erklären, daß der Heilige Geist ihn zu ermahnen beginne, sich hier als Seminarist zu melden, um nachher mit dem Zeugnis der Armut in die Welt hinaus zu gehen. Und da ich doch so klug und ein guter Schüler sei, so solle ich ihn zum Eintrittsexamen vorbereiten, was ich ganz bestimmt könne, wenn ich nur wolle. Er versprach mir eine Geige, wenn ich ihm den Dienst tue, und er wolle immer für mich beten.

Nach einem gewissen ersten Aufgrünen meines Lebens bis etwa zu meinem zwölften Jahr war ich in ein trübes, ziemlich kahles Vegetieren hinein gekommen. Mein ganzes Sein und Tun außerhalb des Phantasiebereichs vollzog sich selbst zu Obrists Zeit unter dem Gesichtspunkt der Pflicht. Ich war ein genauer, zuverlässiger Schüler geworden, aber die Schule machte mir außer dem Rechnen keine Freude mehr. Das Rechnen liebte ich, weil es nichts mit Moral zu tun hatte, weil es mich mit keiner Person oder Gewalt verband, die unerfüllbare Ansprüche an mich stellte, oder unverständliche Erwartungen auf mich setzte. Ein Dezimalbruch ist ein Dezimalbruch. Man löst ihn, und bleibt niemand etwas schuldig. Die Geschichte enthält schon Grundsätze, die wir nicht mit aufgestellt haben. Sie erheben sich zuerst unvermerkt aus Daten und Geschehnissen, durch die wir vertrauensvoll und neugierig gemacht werden sollen, um dann plötzlich riesengroß da zu stehen, und uns in Bann zu schlagen. Seitdem ich mit Geschichte zum erstenmal zusammen gestoßen war, flößte sie mir Widerstreben und Abneigung ein. Die Römer waren mir gleichgültig, und wenn sie mir lästig wurden, so haßte ich sie. Für das Wesen der Griechen hatte ich überhaupt kein Verständnis; was ich aus ihren Taten und Leistungen lernen sollte, das ging mir nicht im mindesten ein. Die anderen Knaben begeisterten sich für Achill oder Hektor. Im ersteren sah ich nur einen ins Riesengroße projizierten Raufbold, und Hektor erschien mir irgendwie

lächerlich und ärgerlich; ich schämte mich immer ein bißchen, wenn ich ihn im Vergleich zu Achill sympathisch fand.
Ich konnte das alles nicht verstehen; ich sah keinen Sinn
darin. Das wurde auch nicht besser mit der Völkerwande-
rung, obwohl ich witterte, daß hier irgend etwas auf mich
lauerte, das mich vielleicht anging, aber ich konnte es nicht
finden, und der Lehrer war weit davon entfernt, es mir zu
zeigen. Mit wachsender Unbefriedigung stieg ich nun Jahreszahlen und Kaisertafeln auswendig lernend durch die Jahrhunderte herauf, nahm mit stummem Trotz und mit Wehmut
Kenntnis von der Einführung des Christentums, bezweifelte
den Missionaren ihre Verdienste, war aus ganzem Herzen
gegen Karl den Großen, der die Sachsen mit dem Schwert in
die Taufe trieb, dann für Friedrich II. und gegen den Papst,
und statt an der Mißbilligung gegen Friedrichs geheimes
Heidentum teilzunehmen, umgab diese Tatsache in meinen
Augen den gebannten Kaiser mit einer wunderbaren Gloriole. Ich haßte die Spanier in Mexiko, und da hatte ich viele
Mitgänger, begeisterte mich für die Indianer in ihren Kämpfen gegen die Weißen, wenn ich auch ihr Pathos, wie es mir aus
Coopers Lederstrumpf entgegen tönte, ein bißchen verachtete, genau so, wie mir die ersten Christen zu Neros Zeit leicht
ein Unbehagen bereiteten, gegen das ich umsonst kämpfte,
da ich eigentlich bereit war, sie zu bewundern. Irgend etwas
leicht Verlogenes, Verunreinigtes, absichtsvoll Unwahres war
es, was mich auf allen Spuren der Geschichte beunruhigte.
Ich will mich wirklich nicht damit brüsten, diesen Grund
etwa schon eingesehen zu haben. Ich sah gar nichts ein, ich
lernte auswendig, was mir vor die Augen kam. Man mußte
mich nur ein wenig schütteln, so prasselte es um mich von
Jahreszahlen und Triumviraten, wie von erfrorenen Zwetschen um einen Zwetschenbaum. Die Schlacht von Cannä,
und was Alexander im Jahr 356 in Pella getan hatte – er hatte
sich zur Welt bringen lassen – wußte ich so genau, als wäre

ich dabei gewesen. Aber wie eine Schlacht zum Beispiel gemacht wurde, wie ein Schiff damals aussah, was Rom für ein Lokal war, von all dem hatte ich keinen Schimmer. Es war, als hätte sich die ganze Geschichte nur in der leeren Luft und zum Teil auf Papier zum Auswendiglernen abgespielt. Alexander war der gleiche käsige Schemen wie Cäsar, und Athen konnte man genau so ins Taschentuch schnauben und davon tragen wie Paris oder Moskau; es war nur Drüseninhalt.

Dafür störte einen im weiten Rußland, wenn man die dortige Geographie zu lernen hatte, weit und breit kein Mensch und kein Datum. Die Städte waren nichts als kleine Kreise mit beigedruckten Namen, und die Gebirge vielbeinige kriechende Raupen, die nicht von der Stelle kamen, und die man an ihrem Ort zum Eintrocknen gebracht hatte. Völker wohnten offenbar nicht in den räumigen Provinzen, wenigstens hörte man nichts davon. Tiere gab es nicht einmal in Norddeutschland, das doch schon ziemlich nahe lag. Vielleicht wäre es für mich ein Glück gewesen, zu erfahren, wie die Leute in Tibet sich kleideten, und wie sie lebten; mit fünf Worten war das nebenher zu sagen, und dann war man in Lhassa ein bißchen daheim. Aber außer dem Kreis Säckingen war die Welt wohl ein Loch, eine weite, gestaltlose Papierwüste. Im übrigen: «Konstanz liegt am Bodensee, wer's nit glaubt, kann selbst hingeh'.» Alle Städte, Flüsse, Nebenflüsse und Gebirge wußte ich so genau, als wären sie mir auf den Leib geschrieben, wie die Rolle einer Schauspielerin, und ich darf dabei nicht einmal sagen, daß es mich viel nach jenen außergeographischen Bezügen verlangte. Ich ahnte nichts von ihnen, glaubte all die Namen wie die christliche Lehre, schleppte halb verwundert wie eine geheime Sündigkeit die dumpfe Stubenluft in meinem Schädel durch die Vierteljahre, und war noch stolz auf mein Wissen.

Nicht zu sprechen von der biblischen Geschichte, von den Religionsübungen und von den christlichen Memorierstun-

den! Ich sah von fern zu, wie ich immer mehr zum Lippen-
bekenner herab sank, konnte nichts dagegen tun, so wenig
wie gegen mein Nasenbluten, das mich damals häufig überfiel, und gewärtigte sorgenvoll das Eintreffen des Fluches,
der auf das Lippenbekenntnis ganz besonders gelegt ist. Viel
hatte ich mich um eine richtige Unterbringung jener hohen
Ansprache als Anarchist in meinem Charakterbild bemüht.
Zweifellos meinte die scharfe Frau diesen ungünstigen Zug
damit, und ich war wenigstens froh, zu wissen, was ein Anarchist überhaupt ist. Den Fluch trug ich künftig wie eine
schädliche Auszeichnung mit einer gewissen Verlegenheit
und ganz ohne Hochmut. Hochmütig wäre ich gern auf meine Aufsätze gewesen, weil ich mein Geschriebenes wirklich
für etwas Besonderes hielt, aber Herr Ruprecht tadelte es als
unzutreffend, als nicht der Wirklichkeit und Wahrheit entsprechend, und betroffen erfuhr ich, daß man bloß schreiben
durfte, was alle anderen bestätigen können. Das gelang mir
aber nie oder nur selten, und so trug ich ungenügende Auf-
satzzensuren davon. Auch meine Zeichnungen, die ich außer
der Schulstunde anfertigte, wurden als lügenhaft oder übertrieben abgelehnt. Ich machte Berge, wie ich sie mir vorstellte, Ungeheuer, hohe Häuser, Schiffe und Palmen, und
erregte viel lachendes Ärgernis mit meinen Sonnen und Mon-
den, weil sie nie rund waren, und weil sie ihre Strahlen stets
ungleich verteilten. Auch ich war verzweifelt darüber; Selbst-
gerechtigkeit lag mir immer fern. Selbst von meinem Klavierspiel wurde ich einmal aufgestört mit der Bemerkung: «So
spielt man nicht Klavier!» Ich hatte mir einige Geläufig-
keitsübungen ausgedacht, die mich ungeheuer interessier-
ten, aber sie standen nicht im Zweigli und entsprachen auch
noch nicht meiner Stufe. «Wenn du Unsinn treiben willst, so
wird man dir das Klavierspiel überhaupt entziehen!» be-
drohte man mich. Mein Baum wollte also an keinem Zweig
blühen.

Nur in der Sprachlehre, die außer dem Rechnen Herr Johannes gab, kam ich durch die unbedingte Verehrung, die ich dem Lehrer entgegen brachte, zu kargen Erfolgen, obwohl das Feld hart und stachlig war, aber wie durch ein Wunder gab ich fast immer die richtigen Antworten, denn wenn ich von einer Theorie nichts begriff, so war es die der Grammatik. Das heißt, wenn er sagte: Vorvergangenheit, so war mir alles klar; sobald ich aber hörte: Plusquamperfekt, so hatte ich ein Brett vor dem Kopf und mußte die richtige Antwort aus der Stellung der Frage erraten. Außerdem hielt ich mich noch ans Singen, wo wir es ebenfalls mit Herrn Johannes zu tun hatten, und wo ich eine vollkommen unbestrittene und auch stets anerkannte Herrschaft ausübte. Ich sang absolut sicher, taktfest und mit soviel Verständnis, daß ich an schwierigen Stellen manchmal den ganzen Chor führte; während ich frisch und warm vorausschrie, fühlten sich die anderen Stimmen mir tastend nach, bis nach der zehnten oder zwanzigsten Wiederholung die Sache fest saß. Einmal gelüstete es mich, meine Macht zu spüren; ich tat, als ob es mir langweilig wurde, und gähnte. Richtig vermißten die anderen, die Brüder einbegriffen, den Leithammel, und fielen um. Obwohl ich auf diese Folge gehofft hatte, tat es mir doch sofort leid, weil ich Herrn Johannes dadurch einen Verdruß verschaffte, und schuldbewußt sah ich nach ihm. Er klopfte ab. «Natürlich, Schattenhold hat gegähnt, und alles purzelt durcheinander!» sagte er ärgerlich. Ich senkte beschämt die Augen, und sang durch den Rest der Stunde wie ein Erzengel. Im Singen vergaß ich meine Minderwertigkeit, das Trödelgeschäft zwischen mir und den höheren Mächten, meinen Ungnadestand und den frühen Anarchismus meines unbefriedigten Schweifens – etwas war nämlich wirklich daran –, sowie das dürftige Philisterium meiner Lern- und Gehorsambeflissenheit. Vollends auf die Feste zu, wenn die alten, mächtigen Notentafeln aufgestellt wurden, die den ambrosianischen oder sonst einen ehrwürdigen Lobgesang enthielten, lebte ich auf einer heiteren und kaum noch bekümmerten Seinsebene *über* mir, ohne viel darüber nachzudenken, warum dieser gehobene Zustand hier zur Wirkung kam, während ich überall sonst damit nur Niederlagen erlitt. Wir hatten ein uraltes Lied in C-Dur, das mit der Sekunde, also mit D anfing, mit Zwei, wie wir sagten; das schien mir der überhaupt erreichbare Höhepunkt der Sang- und Festlichkeit, und ich war unaussprechlich stolz und beglückt über diesen Anfang, der alle anderen bekannten Anfänge mit seiner geheimnisvollen Regellosigkeit in den Schatten stellte. Durch die nächste Zeit begann ich keines der Lieder, die ich komponierte, anders als mit der Sekunde. Sie wurde mir zum Wahrzeichen des Ungewöhnlichen, der Freiheit, des Ich inmitten des Alltags und des Du-Sollst, und wochenlang ging ich so eingebildet herum, als hätte ich es selber erfunden.

Aber noch ein anderes «D» existierte unter einigen von uns. Der Johannesbund lebte immer noch in der Form eines etwas obskuren Verschwörerklubs mit Kleiber als geistigem Oberhaupt. Man wußte eigentlich nicht, was man wollte; es war genug, daß man zusammen blieb und einander in der ungünstigen Meinung über das vorhandene Leben, über die Obrigkeit und Gott von Zeit zu Zeit bestärkte. Die Bibel, auf die wir uns stützten, war ein sogenanntes Sechstes Buch Mosis, das auf dem Umweg über einen Knecht vom Meierhof in unseren Besitz gekommen war. Niemand von uns wurde klug daraus, und das war auch nicht nötig. Unerläßlich war aber ein besonders charakterfestes Fluchen, Schwören und Lästern, worauf periodisch sorgfältige Examina stattfanden. Neue Mitglieder wurden nicht mehr aufgenommen. Ein pflichtgemäßer Hochmut herrschte unter uns und hielt das Trüppchen räudiger oder angesengter Ehrenmänner hinlänglich aufrecht, wenn der Blitz wieder einmal unter sie schlug. Kleiber allerdings genoß ein natürliches Ansehen als Ausnahmecharakter mit Recht, und *ich* behauptete meine Stellung als guter Kopf. Aber sonst befand ich mich in der richtigen Gesellschaft, um vielseitig aufgeklärt zu werden. Immerhin *erfuhr* ich hier etwas, während mir die offizielle Schule alles schuldig blieb. Richtig rechnen oder schreiben konnte keiner der Helden, aber sonst wußten sie alles, was sie nichts anging, und sie waren unermüdlich und großartig im Mitteilen.

Es kamen auch andere Dinge vor, aber die machten mich nicht neugierig; dazu hätte ich ihre Vollbringer doch mehr achten müssen. Streckenweise verdächtigten sie mich daher als Verräter und Mucker – Kleiber ausgeschlossen, der seit seinem Ausbruch wußte, wer ich war –, und hatten nicht ganz unrecht. Ich hatte wohl Zeiten, wo ich aufrichtig lästerte und Gottes Namen schändete, aber dann hörte ich wieder heimlich das Gras im Himmel wachsen, entwarf eine Geographie des tausendjährigen Reiches nach der Apokalypse, oder zählte mit Eifer die Anzahl der Personen, die in den vier Evangelien vorkamen, weil ich einen mystischen Aufschluß davon erwartete. Ab und zu unternahm ich private Bußübungen in aller Stille, entzog mir Essen oder Schlaf, verwehrte mir einen geliebten Anblick, zum Beispiel «bestrafte» ich mich dadurch, daß ich einen ganzen Tag lang Herrn Johannes nicht ansehen durfte, oder mir verbot, Klavier zu spielen. Gelang es mir, die Aufgabe zu erfüllen, so war ich nicht sehr beglückt, aber entschädigte mich durch einen geistlichen Hochmut, der mit dem gottlosen abwechselte. Mißlang es mir, so hatte ich mit Heine etwas Pläsier, kam mir aber doch sehr anfechtbar vor. Nur wenn ich mir vornahm, eine Woche lang den Namen Jesus nicht mit den anderen beim gemeinsamen Lesen oder Beten auszusprechen, drang ich lückenlos durch, aber wohl war mir dabei erst recht nicht, und am wenigsten wußte ich, was das eigentlich bedeuten sollte, ja, ich kam mir damit ein wenig dumm vor, und nur, weil ich nichts Besseres wußte, blieb ich dabei genau bis zur vorgesetzten Stunde.

Marie Claudepierre

Als schon alle neuen Zuzügler des Frühjahrs angekommen zu sein schienen, tauchte plötzlich noch wie eine Mondelfe ein schönes Franzosenkind unter der Mädchenschar auf. Eines Abends – draußen schwamm die Welt in einem gewitterhaften Schwefelgoldglanz, aus dem es leise und glückhaft donnerte – saß sie im Eßsaal auf der Mädchenbank, lachend, frisch, klug, ungebändigt, und sah neugierig nach der Knabenseite hinüber. Ich war dies Jahr gerade hoch genug hinauf gerückt, um in ihrem Blickfeld zu sitzen. Als einer der ersten hatte ich sie bemerkt, und auf einen Moment standen unsere Augen fragend und freundlich aufeinander. Unwillkürlich lächelte auch ich. Ich wurde in der letzten Zeit viel wegen meines düsteren Blickes beredet, aber bei dem holden und herzerquickenden Anblick wurde es mir hell im Kopf und leicht ums Herz. Sie wandte sich gleich an ihre Nachbarinnen, um, wie ich wohl sah, über mich Nachrichten zu bekommen. Nun, ich kannte ja meinen Ruf hier. Ihre Augen wurden groß, und ihr Blick bekam einen verwunderten Ausdruck, während sie meine Figur noch einmal, jetzt mit sichtbarer Unruhe, überflog. Dann wurde der Herr Vater herein getragen. Man erhob sich zum Beten, und das Essen nahm seinen Verlauf.

Ich blickte noch oft nach der neuen Lichtgestalt, aber sie sah nicht mehr her. Sie war wohl wenig jünger als ich, hatte, wie man nachher erfuhr, rasch hintereinander beide Eltern verloren, und war infolge irgendwelcher Beziehungen vielleicht bloß für einstweilen hierher untergebracht worden; sie nahm sich unter den anderen Weibern auch aus wie ein Paradiesvogel im Hühnerhof. Um ihre leichte, bewegliche Gestalt schwebten alle Reize der gesegneten Landschaft, aus der sie stammte. Auch ohne es zu wissen, sah ihr jeder sofort die Französin an; wer mehr Erfahrung hatte, wies sie dem Genfer See zu, dessen nördliches Ufer ihre Heimat war. Aber ihre Mutter stammte vom Züricher See. Unwillkürlich, während meine Augen immer wieder nach ihr gingen, dachte ich an *meinen* ersten Abend hier in der Anstalt, und die Empfindungen, die *mich* dabei überfallen hatten. Ich sah, wie ihr Gesicht ernster wurde, wie eine stille Trauer über ihre Haltung kam, als das Lied gesungen wurde – diesmal: «Wann krieg' ich mein Kleid, das mir ist bereit, vor Gott zu bestehn, und mit ihm zur Hochzeit des Lammes zu gehn?» – und wie während der Textverlesung und der Betrachtung die stumm mitdröhnende Hoffnungslosigkeit dieses Platzes sie zu erschüttern begann. Der Text aus 3. Mose 14 enthielt die Verordnung über die Aussätzigen, die Wiederaufnahme der ausgestoßenen Kranken, wenn sie gesund geworden waren, und die weitläufig beschriebenen Zeremonien und Opfer dabei, ein langes, unverständliches, gewichtiges Kapitel von siebenundfünfzig Versen, deren keiner uns geschenkt wurde. Es wurde wieder alles auf Gott und seine Weisheit bezogen, und wie immer blieb für uns nichts übrig, als die Demut und die Ergebung in die absehbare Folge unserer Jahrzehnte. Diese Nacht träumte ich, daß ich den gichtbrüchigen alten Mann, der unser aller Schicksal war, überfiel und halt- und maßlos mißhandelte. Sein künstliches Gebiß sprang ihm aus dem Mund. Er schrie mit furchtbar dröhnender Stimme gellend und weltverlassen. Und schließlich warf ich mich wild aufweinend vor ihm nieder. Ich schluchzte zuerst siebenmal, dann elfmal, dann neunmal. Am anderen Tag ging ich herum wie ein Verurteilter und wagte den Herrn Vater nicht anzusehen. Ich bezweifelte und begrämte mich, wie ich es noch nie getan hatte, nicht so sehr wegen der Traumroheiten an sich, sondern weil meine erste Antwort auf den Liebreiz Marie Claudepierres eine wüste Haßentladung gegen einen immerhin ehrwürdigen Greis gewesen war.

Acht Tage später – ich stand auf dem Zementboden und putzte Schuhe – kamen zwei kleine Weiber mit einem Korb voll zerrissener Mädchenstiefel, die sie in der Schusterei abliefern sollten. Die eine trug die braune Anstaltstracht, die andere Schwarz. Die Schwarze war Marie. Scherzend strebten sie von der Wendeltreppe der Schusterei zu, aber plötzlich bemerkte Marie mich, und wie unwillkürlich blieb sie stehen und betrachtete mich wieder mit ihren fragenden Blikken. Ich hatte Schuh und Bürste sinken lassen und sah ihr mit leichtem Herzklopfen ebenfalls entgegen. Meine Schürze starrte vor Schuhschmiere und Wichse. Auch die Jacke glänzte fettig bis über die Ellbogen hinauf. Aber daran dachte ich erst hinterher. Sie war in der Nähe noch schöner, als es mir von weitem geschienen hatte; vor allem war sie heller und gütiger, und ihr Mut schien keine Grenzen zu haben. Eben war es, als wollte sie mich anreden, da wurde hinter der Tür des Andachtsaales das Räuspern der Frau Mutter hörbar, und der Griff der Falle ging herunter. «Komm schnell», sagte die Braune hastig und zog Marie, die widerstrebend gehorchte, mit dem Korb weiter. Die Frau Mutter mußte nach Maries letztem Blick nach mir und meinen antwortenden aufgefangen haben, aber wider Erwarten sagte sie nichts dazu. Ohne mich weiter zu beachten, folgte sie den Mädchen, um die Ablieferung und nebenher den Schuster zu überwachen, damit nichts vorfiel, was nicht zur Sache gehörte. Aber als alle wieder gegangen waren – ich hatte noch einen verstohlen leuchtenden, übermütigen Streifblick von Marie erhalten – und ich eben umständliche Betrachtungen über ihre Vorzüge anstellen wollte, bemerkte ich auf dem Boden ein Blättchen Papier, das vorher nicht dagelegen hatte. Schon ahnungsvoll angeregt ging ich darauf zu, hob es auf und entfaltete es. Es enthielt folgende Worte: «Warum machst du nicht Frieden mit dem Herrn Vater?» Ein Name stand nicht darunter, auch die andere Seite enthielt keine weiteren Hinweise. Ich las die Worte zum zweiten- und drittenmal, und legte das Blättchen zwischen zwei Seiten eines Buches, in dem ich heimlich nebenher las; es war die Jugendgeschichte von Thomas Platter, die ich sehr liebte, weil sie den Werdegang und Aufstieg eines armen Jungen beschrieb. Nachher brachte ich den Zettel in den Erinnerungen des Missionars Doktor Krapf unter, einem Buch, das ich von meinem Vater her besaß, und das mein teuerster Besitz war, den ich nie in andere Hände gab.

Wir hatten hier ja auch schon schöne Mädchen gehabt, aber sie waren nur noch größere Muckerinnen gewesen als die anderen, und hatten ihre Schönheit dazu benutzt, um sich Liebkind bei der Obrigkeit zu machen. Davon war bei Marie nicht die Rede, im Gegenteil sah man, daß seit ihrem Auftreten an diesem Platz ein neuer Zug in die Weiber kam. Nachdem man sie früher kaum gehört hatte, selbst wenn sie spielten, gab es jetzt Mittagstunden, wo es beinahe toll zuging auf dem Kiesrechteck vor dem Haus. Ein Gelächter jagte das andere. Neue Spiele erschienen auf dem Plan, die man noch nie gesehen hatte, und denen die Lehrerin zuerst gegenüberstand, wie die Henne dem Teich, auf dem ihre Küken schwimmen. Zum Glück fand dieser Umschwung an ihr trotz ihrer Bigotterie keine Spielverderberin, und in den deutschen und sogar französischen Reigen, die nacheinander aufklangen, sang sie schließlich gottergeben mit. Sie war eine Person mit einem sozusagen ständig über sich und andere verwunderten Schwergewicht, ziemlich massigen Gliedern, langsamen Bewegungen, wasserblauen Augen, die ständig zu bitten schienen: «Macht bloß keine Ungezogenheiten um Gottes

willen!», einem kleinen, rötlichen Kützchen von zusammen-
gewundenem Haar auf dem Wirbel, und wenn sie abends ihre
Zähne putzte, so putzte sie ebensoviel Lücken mit. Sie ließ
sich Jungfer Rosalie nennen, mit dem Nachdruck auf der
zweiten Silbe, und sie und alle Mädchen brachen bei jedem
unerwarteten Vorkommnis einstimmig in den Ruf «Biiiih!»
aus. Es sollte ursprünglich heißen: «Ich bi–tte dich!» aber
die Mehrzahl der Laute blieb an den Zahnstummeln der Respektsperson hängen, und nun redeten auch alle Mädchen,
als ob sie bloß Stummeln im Mund hätten.

Allmählich hörte man von Spannungen mit der Frau Mutter, die gegen den neuen Geist einen wachsamen Krieg eröffnete. Es sollten die althergebrachten Spiele getrieben werden; die neuen verfolgte sie als jungenhaft und wild, und die
Reigen als leichtfertig. Die Mädchen schmollten, und wenn
sie die hohe Frau aus Hörweite glaubten, so fingen sie doch
wieder mit den neuen Sachen an. Schließlich wurde Marie
hart angelassen und fand an der Jungfer eine Fürsprecherin.
Am nächsten Mittag spielten die Mädchen überhaupt nicht.
Es stellte sich heraus, daß Marie der Kopf auch dieser Demonstration war. Jetzt sollte sie Strafe erleiden, aber Jungfer
Rosalie, nun die wahre Mutter der Waisenschar und mit Marie wieder jung geworden, machte eine Kabinettfrage daraus. Das alles erfuhren wir aus dritter Hand, als der Sturm
schon vorbei war. Die Frau Mutter, die bei der Bewegungs-
unfähigkeit ihres Mannes hier auch als Hüterin des Anstands
waltete – beim Essen mußten alle Jungenhände auf dem Tisch
liegen; sie war eine abgesagte Feindin unserer Hosensäcke,
und das Bockspringen war uns ebenfalls aus Anstandsgrün-
den verboten –, überlegte es sich drei Tage lang, und fand
dann – wahrscheinlich auch ein wenig unter der Beeinflus-
sung ihrer männlichen Umgebung – die Verantwortung für
den Verlust einer sonst so brauchbaren Person, wie es Jungfer Rosalie war, zu groß. Die neuen Spiele behaupteten den

Platz, und das zählte zu den unerhörtesten Vorgängen, die überhaupt erlebt worden waren. Marie wurde zur Heldin des Tages. Ich prägte damals das Wort: «Der heilige Georg hat den Drachen erschlagen. Das ist noch nichts. Marie Claudepierre hat die Frau Mutter überwunden.» Das Wort ging von Mund zu Mund; Herr Bunziker, unser dritter Lehrer, sprach mich daraufhin an, und lachte gewaltig. Einen Tag lang war ich auch wieder einmal ein Held.

Aber nachdem einmal das Eis bei den Mädchen gebrochen war, gab es kein Halten mehr. Die chinesische Mauer, die sie bisher von uns und der ganzen übrigen Welt abgeschlossen hatte, schwand in dem nassen Vorsommer, als ob sie aus Salz gewesen wäre. Nach dem Ablauf des ersten Monats hatten sie ihren Bewegungskreis über die ganze Hofweite ausgedehnt. Jungfer Rosalie gluckerte von Anfang ein bißchen hinterher und machte mit ihren wasserblauen, verwunderten Augen Vorstellungen, denn da sie immerhin die Verantwortung dafür übernehmen mußte, daß tatsächlich keine Zusammenkünfte mit Knaben stattfanden, so hatte sie nun viel zu laufen und wenig Vergnügen. Wo die Mädchen spielen wollten, da scheuchte sie uns weg, und bald waren wir nicht mehr Herren in unserem eigenen Hof. Mit stummem Staunen wohnten wir anfänglich diesem Umschwung bei; dann fuhr er uns selber in die Knochen. Bald schwebte mittags über dem Raum zwischen dem Schloß, dem Tor und dem Mühlenbach ein neuer, bisher völlig unbekannter Ton der Lebensvergnügtheit. Durch die Hallen des Wagenschuppens klang mit dem Gezirpe der Schwalben das Gezwitscher unserer bisher so verachteten Schicksalsgenossinnen, und manchmal auch ihr herzhaftes Geschrei und Gelächter. Wer hatte hier bisher ein Mädchen über die Bänke zwischen den Kastanien springen sehen? Das war jetzt der regelrechte Weg aus den Verstecken zum Sammelplatz vor dem Schloß. Sie sprangen wie die Gazellen, Marie immer am kühnsten und am anmutigsten.

Schließlich brachen sie in die Ställe ein. Neben Fritz, dem Anstaltspferd, und den Kühen hatten wir einen blinden Esel und einige Schafe, alle genau dieselben Höhlenbewohner wie wir. Niemand kam in die Ställe zu den Tieren, als wer hin kommandiert war. Von den Mädchen hatte bisher noch keines überhaupt auch nur die Schwelle mit der Fußspitze berührt; das Betreten eines Stalles durch weibliche Personen galt unausgesprochen als ein unzüchtiger Akt. Eines Tages beschloß Marie, die Tiere zu sehen, und hing sich der Lehrerin an, damit sie die kleine Weiberbande, die sich um sie gebildet hatte, hin begleitete; das lehnte Jungfer Rosalie aber entsetzt ab. Dann steckte sie sich hinter die Küchenmagd, damit sie mit Siegrist, dem Knecht, spreche. Als ihr das zu lange dauerte, fing sie den Alten selber ab. Der sah das schöne Kind zuerst groß an und schwieg verwundert. «Tja, da ist der Stall», sagte er dann. «Macht, was ihr wollt. Nur treibt mir keinen Unfug.» Niemand hatte ihm das zugetraut. Zufällig stand ich in der Nähe, als sich dies neue Wunder abspielte. «Wieviel Schönes und Gutes es doch gibt!» ging es mir ungefähr durch den Kopf. Ich regte mich nicht, sah aber gespannt zu, was weiter geschehen werde.

Wie eine Windsbraut stob die Bande nach dem Stall. Dort hielt Marie sie auf. «Jetzt ganz ruhig!» mahnte sie erfahren. «Sonst machen wir die Tiere scheu.» Dann ging die Tür auf. Die Schafe blökten. Bald darauf kam Marie mit dem alten Esel heraus. «Du armes Tierchen!» hörte ich sie eifrig bedauern. «Gar niemand kümmert sich um dich. Und es ist überhaupt nicht wahr, daß du dumm bist. Sogar sehr klug siehst du aus. Die Menschen sind dumm, nicht du.» Das blinde Tier schnupperte in die Luft. Die Sonne schien. Die Schwalben schossen pfeifend am Tor vorbei. Bunte Schmetterlinge gaukelten herum wie betrunken. Plötzlich streckte der Esel den Hals und stieß ein lautes, erregtes Geschrei aus: «Y–ah! Y–ah! Y–ah!», daß der ganze Hof davon widerhallte. Halb klang es sehnsuchtswild, halb freudig erregt. Ich verharrte gebannt. Darauf warf er sich zu Boden und wälzte sich in der Sonne dankbar und angelegentlich auf dem Rücken. Marie stand mit glänzenden Augen dabei. Auf einmal bemerkte sie mich. Einen Moment hielten wir äugend einander gegenüber. Dann winkte sie mir mit dem Kopf, näher zu treten. Der forschende Ausdruck war wieder in ihrem Blick.

«Du, warum gehst du nicht zum Herrn Vater?» stellte sie mich zur Rede. «Nicht einmal geantwortet hast du mir. Was bist du denn für einer?»

Sie betrachtete mich mit leichtem Stirnrunzeln und etwas unzufrieden, aber um ihre Lippen und in der Tiefe ihrer Augen spielte irgend ein übermütiges Lächeln. Ich schwieg einen Augenblick. Dann besann ich mich auf meine Verpflichtungen als Johannesbündler.

«Ich – habe beim Herrn Vater nichts zu tun», versetzte ich spröde. «Wenn er mich will, kann er mich holen lassen.»

Sie zog die feinen Brauen ein bißchen hoch.

«Soll ich ihm denn sagen, daß du bereust?» fragte sie verwundert. Sie war an meiner Stelle bei ihm Vorleserin geworden.

Ich schüttelte den Kopf. Unschlüssig und auch etwas enttäuscht wandte ich mich ab. Ich wußte nicht, sollte ich gehen oder noch auf etwas Besseres warten. Aber sie schien einen Begriff von meiner Verfassung zu haben. Rasch trat sie mir näher.

«Du, ich will dir nicht Bekehrung predigen, das mußt du nicht von mir denken», sagte sie sehr ernst. «Aber ich will, daß es hier lustiger wird. – Ich habe viel von dir gehört. Früher warst du anders. – Wir wollen uns etwas zum Geburtstag des Herrn Vaters ausdenken. Machst du mit?»

«Zuerst kommt bei uns Herr Johannes daran», entgegnete ich bockig.

Sie lachte.

«Tu dich nur nicht so wichtig. Alle geht ihr herum, als wenn ihr Essig getrunken hättet.» Noch einen Moment betrachtete sie mich mit blitzenden Augen; halb war sie auch zornig über mich. «Es ist gut, zuerst euer Herr Johannes. Ein Wunder, daß ihr wenigstens den gelten laßt. – Rede mit den andern, und schreibe mir dann.»

«Wenn ihr sicher bei uns mittut», mißtraute ich noch.

«Wir sind lustige Mädchen. Wir haben keinen Essig getrunken.»

«Aber Tinte», sagte ich plötzlich eifersüchtig. «Ihr spielt die Wohlgezogenen beim Herrn Vater.»

«Seh' ich so aus, du Affe?» fragte sie erstaunt und in beleidigtem Ton. Die Röte stieg ihr in die Wangen.

«Du nicht», lenkte ich ein. «Aber die anderen.»

«Gut, daß du das sagst», besänftigte sie sich. «Mir soll hier keiner Muckerei nachreden. Aber wie *ihr*'s treibt, das ist erst recht dumm. Weshalb verderbt ihr euch alles? Ist denn das angenehm?»

Ich mußte über die offene Verwunderung ihrer Frage lachen.

«Nein, angenehm ist es nicht», gab ich zu. «Aber man hat uns auch danach angefaßt.»

«Wenn man fröhlich ist und das Rechte tut, ist alles nur halb so schlimm», bemerkte sie freundlich im Ton des Selbstvertrauens. Ihre Augen lächelten wieder.

Die anderen Mädchen kamen jetzt aus dem Stall heraus. Dazu begann die halbe Hausgemeinde um uns und den Esel zusammen zu laufen. Er lag jetzt ganz behaglich auf dem Rücken, alle Viere in der Luft, und ab und zu stieß er einen schnaufenden oder grunzenden Ton aus. Die Sonne beschien seinen abgescheuerten alten Bauch und die mageren Rippen, während er mit den blinden Augen und den vergnügten langen Ohren halb aufmerksam, halb träumerisch auf die Versammlung um ihn herum lauschte. Es war für alle ein großes

Ereignis. Aus dem Stall blökten die Schafe; sie wollten auch heraus. Erwachsene stießen jetzt zu uns, zuerst einige Brüder. Die nahmen sofort eine Stellung ein wie die Jünger, als die Frauen die Kinder zu Jesus brachten. Aber von ihnen ließen wir uns schon lange nichts mehr sagen. Es gab einen richtigen Streit, ja, ein großes Gezänke erhob sich um das Tier. In diesem Moment langte Herr Johannes auf dem Platz an.

«Was ist denn hier los?» fragte er verwundert.

Sofort gab man ihm Raum. Der Senior erstattete erbost Bericht. Herr Johannes hörte schweigend zu und überging dann die ganze Gesellschaft mit den Augen.

«Wer hat denn das Tier heraus gelassen?» fragte er.

«Ich», sagte Marie.

«Und wer hat es dir erlaubt?» forschte er weiter.

«Der Knecht Siegrist.»

«Sieh mal an, den hast du auch schon im Garn?» Seine Brille funkelte wieder. «Ja, wenn es der Knecht Siegrist erlaubt, dann können wir alle nichts dagegen tun. – Soll das jetzt jeden Tag so sein?» fragte er noch halb verlegen, wenigstens tönte es so, wenn er es sicher auch nur spielte.

«Bloß, wenn die Sonne so schön scheint», bat Marie errötend und schüchtern.

«Wir wollen mit dem Knecht Siegrist sprechen», entschied er sich. «Für heute bringt den Hans wieder an seinen Ort; es wird ohnehin gleich läuten. – Ihr», wandte er sich an uns Jungen, «habt heute nach dem Kaffee keine Freizeit, weil ihr gegen die Brüder frech wurdet. – Und ihr», sagte er zu diesen, «könnt Gescheiteres tun, als mit denen da Zank anfangen. Wir werden in der nächsten Pädagogikstunde repetieren, wie man sich Achtung bei Kindern verschafft. Geht jetzt an eure Arbeit.»

Die erste Unterrichtstunde in der oberen Klasse hatte er zu geben; es war Rechnen, und es herrschte nun eine geheime Festlichkeit, ein liebenswertes Einverständnis unter uns. Er war nicht weniger genau als sonst, aber er gab heute dem so verhaßten kaufmännischen Rechnen mit Elle, Gros und Ballen eine neue Form, kleidete jede Aufgabe in ein kurzes, spannendes oder komisches Beispiel, und erlebte heute nicht *eine* Fehllösung. Wir aber erfuhren nebenher, wie es beim praktischen Gebrauch dieser Rechnungen zugeht, und bekamen einen Begriff von der Geistesverfassung, sogar von der äußeren Umwelt des Kaufmännischen. Es wurde daraus eine der spannendsten, unterhaltendsten und fruchtbarsten Schulstunden, die ich überhaupt erlebt habe. Untersuchte ich ihr Licht genauer, so ging es wieder auf Marie zurück. Wenn nämlich Herr Johannes schmunzelnd sagte: «Sieh mal an, den hast du auch schon im Garn?», so hieß das, daß er bereits selber darein geraten war und sich darin nicht unglücklich fand. Und wer fühlte sich nicht sonst von ihrem Liebreiz und ihrer gesunden, gerechten Fröhlichkeit bezaubert! Der zweite Lehrer, der dritte Lehrer, die Mägde, die Handwerker, ja selbst der Herr Vater, wie man hörte, alle sahen, daß sie einen Strahl von dieser Sonne auf ihre Blumentöpfe ableiteten. Wer irgend konnte und es sich getraute, suchte seine Sprachkenntnisse hervor, um sie an ihrer schnellen, hüpfenden Redeweise zu galvanisieren und wieder zum Knistern zu bringen. Manchmal gefiel es Herrn Johannes, mit ihr ein bißchen gegen uns Partei zu bilden, indem er zu ihr auf Französisch eine Bemerkung über uns oder einen von uns machte.

Aber einmal machte er eine über sie zu mir. Es war in der vielgefürchteten Sprachlehre, dem einzigen Fach, in dem es bei ihm Pfötchen gab. Er schlug nie heftig. Es war vielleicht im Grund nur eine etwas schmerzhafte Neckerei. Auch hieb er nicht mit dem Stock auf die flache Hand, sondern ließ den Sünder die fünf Fingerspitzen zusammen nehmen, und da klopfte er ein bißchen oder auch ein wenig ernster drauf. Außerdem liebte er es, das Ohrläppchen umzudrehen, oder bei ganz krauser Laune gab es Nasenstüber. Nun war er bei der Bildung der Vorzukunft für das Zeitwort «lieben», und hatte schon zwei Bänke hindurch lückenlos Pfötchen ausgeteilt. Die Sache näherte sich bedenklich Maries Platz, und ich hielt es für an der Zeit, ihr schnell schriftlich die Lösung zustecken zu lassen. Er fragte ruhig weiter, bis wirklich Marie mit verblüffender Sicherheit die richtige Antwort gab. Ein Weilchen betrachtete er sie schmunzelnd.

«Ich könnte euch Deutschen jetzt eine Rede darüber halten, daß euch das Franzosenkind alle beschämt», sagte er dann zu uns. «Aber das wäre wahrscheinlich ungerecht, und ich kann mir mehr Spaß machen, wenn ich sie frage, mit welchem Kalb sie gepflügt hat. Laß uns einmal hören, Marie. Nun?»

Marie wurde rot.

«Schattenhold hat mir geholfen», gestand sie freimütig.

«Auf welchem Weg?»

Sie brachte meinen Zettel hervor. Er las ihn.

«Ich würde sie nicht gefressen haben», bemerkte er darauf zu mir. «Auch dies ist – welche Zeit?»

«Vorzukunft», sagte ich unsicher.

«Sehr gut. Vorzukunft, das ist nämlich so eine Art von Naseweisheit. Denn sieh einmal: Auch ich würde an deiner Stelle geliebt haben, aber das ist noch kein Grund, einen alten Mann wie mich hintergehen zu wollen. Dafür bekommst du jetzt ein Pfötchen, und die Marie bekommt auch eins, weil sie dabei mitgetan hat. Ich würde euch nämlich nicht geliebt haben, sondern ich liebe euch Präsens. Aber der Herr stäupt nicht bloß jeden Sohn, den er aufnimmt, sondern auch die Töchter.»

Ich nahm mein Pfötchen entgegen. Da Herr Johannes einmal beim Improvisieren war, erhöhte er sie auf zwei mit der Bemerkung: «Wer lieben will, muß leiden!» Ich kam mir irgendwie öffentlich begutachtet und schon halb verlobt vor.

Ob Marie mit ihrem Pfötchen auch so beglückt war, weiß ich nicht. Ich wagte für heute keine Unternehmung mehr nach ihrer Gegend, nicht einmal einen Blick.

Wieder im Bereich des Geistes

Eines Morgens, als wir auf den Herrn Vater zu warten hatten, blätterte ich vor der Andacht so die Sprüche Salomonis durch, die ich sehr liebte, und ersah hintereinander drei Worte, die mir einen unerwarteten Eindruck machten. «Ein weiser Sohn ist seines Vaters Freude, aber ein törichter ist seiner Mutter Grämen», stand am Anfang des zehnten Kapitels. Das zwölfte eröffnete sich mit dem Spruch: «Wer sich gern läßt strafen, der wird klug werden; wer aber ungestraft sein will, der bleibt ein Narr.» Und der Beginn des achtzehnten lautete so: «Wer sich absondert, der sucht, was ihn gelüstet, und setzt sich wider alles, was gut ist.» Gewiß hatte ich diese Worte vorher auch schon gelesen oder wenigstens gesehen, ohne daß sie mir besonders auffielen, aber nach der langen Dürre meiner Rechthaberei und bei dem lauen Regen des Menschlichen, unter den ich jetzt wieder geraten war, fand ich mich bereit für jeden guten, forthelfenden Zuspruch. Meine Gedanken gingen suchend weiter und kamen zum jungen Salomo, der zu Gott gesagt hatte: «Ich bin ein kleiner Knabe, weiß weder dies noch das», und der dann um ein gehorsames Herz bat, um das Gute tun und gerecht richten zu können. Dies Verhalten schien dem meinen genau entgegengesetzt zu sein. Da war irgend etwas demütig Heiteres, bescheiden Frohes, an dem ich es hatte fehlen lassen. Immer hatte ich an meiner «Sünde» trotzend gerüttelt und mich eigenbrötlerisch auf meine Fehlbarkeit versteift. Jetzt bekam ich erst einen fernen, scheuen Begriff davon, was Sünde überhaupt war, daß es nur ganz wenige wirkliche Sünden gibt, die dann gleich unsühnbar sind, und daß mein Vergehen lediglich in meinem geistigen Hochmut bestand und in einer Verblendung der Gedanken, nicht richtig erkennen zu können. Mit einer heilig milden Betroffenheit verließ ich heute den Andachtssaal, ohne für diesmal viel von dem gehört zu haben, was der Herr Vater sagte.

Das schlüssigste und hellste Wort aber – da ich doch einmal wieder den Überfällen des Geistes ausgesetzt war – erreichte mich unter Maries Blicken bei einer der nächsten Abendandachten. Plötzlich, während ich ihren freien, klugen Kopf betrachtete, stand mir freudig die Ermahnung des Apostels vor den Augen: «Seid fröhlich in der Hoffnung, geduldig in Trübsal, haltet an im Gebet.» Das war wie ein geheimnisvoller Zirkel, der mich jetzt aufnahm und sich um mich schloß. Tagelang ging ich umher in einer stillen inneren Festlichkeit, als ob ich mich darauf rüstete, Gott zu begegnen, so wenig ich gerade in jener Zeit an ihn oder an Christus dachte. Ein wunderbarer *Zustand* hatte mich ergriffen; das war alles. Eines Morgens nahm ich ein schönes Stück Zeichenpapier und malte mit Goldtinktur folgende Buchstaben darauf: «F. – G. – A.» Das hieß: «Fröhlich. Geduldig. Anhaltend.» Den Zettel heftete ich von innen mit Reißnägeln an meinen Pultdeckel. Immer nun, wenn ich das Pult öffnete, fiel mir der Zuruf des Apostels wie ein Vater- oder Freundeswort in die Augen.

Noch einige Tage ging ich umher mit diesem frohen Schreck über mich selber, und betrachtete noch einmal alles, so ehrlich und aufrichtig ich konnte. Ich brauchte jetzt keine weiteren Ermahnungen mehr, um wach zu werden; ich war es ganz. «Wer sich gern läßt strafen, der wird klug werden!» klang immer näher und überzeugender die Stimme des Weisen aus fernen Zeiten und Räumen zu mir her. Eine staunende Ergriffenheit erfaßte mich über dem Gedanken, daß dies

Wort nach so vielen Hunderten, ja Tausenden von Jahren immer noch seine frische, lebendige Wahrheit behielt. Mir wurde ganz einfach und ehrfürchtig zumute ohne alle geistlichen Überklugheiten. Eines Nachmittags nahm ich beim Aufseher Urlaub, um den Weg zum Herrn Vater anzutreten. Was mit mir geschehen würde, das würde geschehen. Nebenher war mir so, als ob ich dort außer ihm in einem neuen, weiteren Sinn mich selbst finden sollte, denn immerhin stammte ich aus protestantischem Geist, wenn auch aus katholischem Geblüt, und jetzt führte bei mir der Geist. Als ich nach so langer Zeit wieder allein vor der hohen, steilen Tür stand, bekam ich Herzklopfen. Durch die Flurfenster herein brach die Sonne in feierlichen Strahlen und teilte das weite, hallende Treppenhaus in Lichtschächte und breite, tiefe Schattenschläge.

Voll Bangnis und Kindesscheu klopfte ich an und trat ein.

Ich fand ihn wie immer allein in der Mitte des großen Zimmers. Mit seinen halbblinden Augen blickte er nach der Tür.

«Wer ist da?» fragte er, als ich reglos dastand und keinen Laut hervorbrachte. Noch einen Moment zauderte ich.

«Ich, Schattenhold», sagte ich dann mit stockender Stimme.

Ein Augenblick verging, ehe er antwortete.

«Es ist gut, daß du den Weg wieder hierher findest», bemerkte er. «Tritt näher. Was willst du?»

«Ich – will abbitten –!» brachte ich hervor. «Ich bereue, daß ich das damals mit den Kreuzen gemacht habe –!»

Er schwieg wieder, ja er schien mich beinahe zu vergessen. Wie suchend blickte er an mir vorbei in eine Ferne, in welcher er vielleicht eben verweilt hatte, und von der ich, das fühlte ich demütiglich, noch keine Ahnung hatte. Immer höher stieg diese neue, verstehende Achtung, die ich für ihn jetzt hegte, in meinem Gefühl.

«Weißt du, was du eigentlich mit diesen Kreuzen getan

hast?» fragte er mich endlich. «Ich meine, kannst du mir heute sagen, was du im Grund damit ausdrücken wolltest?»

Ich dachte nach. Zu meiner großen Verwunderung war mir plötzlich alles unbegreiflich. Ich verstand nichts mehr, und fast erschrocken sagte ich: «Nein, ich weiß es nicht.»

Der Ton der Wahrhaftigkeit in dieser Aussage fiel auch mir auf. Er horchte flüchtig hin, und senkte dann den Kopf. Nachdem er noch eine Weile denkend vor sich nieder gesehen hatte, nahm er von neuem das Wort.

«Ich würde dir», sagte er in freundlicherem Ton, «wenig darauf halten, wenn du aus Zerknirschtheit kämst, um dir mit der Abbitte wieder bessere Zeiten zu erkaufen. Aber man hat mir in den letzten Wochen Gutes über dich gesagt, und da fing ich an, auf dich zu warten.» Er faßte mich plötzlich voll in den Blick. «Ich träumte außerdem heute nacht von deiner Mutter. Sie stand da und forderte Rechenschaft von mir, was ich nun für dich getan hätte. Ich sagte: ‹Das will ich Ihnen sagen, Frau Schattenhold –!› Aber dann besann ich mich ganz vergebens.»

Er verstummte wieder, und auch ich hatte nichts zu sagen. Ich stand da wie geblendet und halb betäubt. Ich fand ihn gealtert. Die Linien in seinem Gesicht waren tiefer geworden, und neue hatten sich eingegraben, die ich vorher nicht bemerkt hatte. Er kam mir vor, wie der Erzvater Jakob in seinem Unglück, und zum erstenmal ahnte ich von ferne, was es heißt, alt zu werden und dem Grab entgegen zu gehen. Ganz andere Gedanken mußten es sein, die ein solcher Mann dachte, als die mich bewegten, andere Gefühle, andere Wünsche, andere Vorstellungen. Mir klopfte das Herz schnell und ängstlich. Bangend und in Furcht fragte ich mich, ob ich in seinen Tagen auch so groß und gerecht bestehen werde, wie er. Hier roch es übrigens immer noch nach Büchern und kaltem Tabakrauch, und ein Spürchen seines geliebten Kölnischwassers schwebte dazwischen. Die ihn genauer kannten und ihm eine kleine Freude machen wollten, schickten ihm immer einmal ein Fläschchen.

«Hast du unterdessen in der Musik Fortschritte gemacht?» fragte er dann lächelnd. «Setz' dich ans Harmonium und spiele mir etwas vor. Kannst du einen Choral? Jesu, meine Freude? Ziehe die Flute, den Prinzipal und die Baßkoppel. Und spiele langsam.»

Wie träumend ging ich zum Harmonium. War dies derselbe Herr Vater, der meine Freunde Kleiber und Leuenberger hatte blutig schlagen lassen? Ich öffnete den Deckel, zog die angewiesenen Register und spielte. War *ich* befreit? War er befreit? Ich wußte es nicht. Geister durchschwebten die Stube, die früher nicht darin gewesen waren, und horchten mit auf meine Klänge. Wie erleuchtet empfand ich, daß Freiheit etwas ist, was aus weiten, tiefen Himmelsräumen hervor bricht und als Gnade über den Menschen kommt, wenn er vielleicht lange genug gekämpft hat.

«Nicht schlecht», lobte er. «Einige Harmonien haben nicht ganz gestimmt. Ein musikalischer Mensch muß nämlich jedes Lied, das er hört, aus dem Kopf nach dem inneren Ohr richtig nachspielen können. Es gibt zuviel Leute, besonders Frauen, die auf dem Klavier von teuren Lehrern gedrillt werden, und können kein Volkslied nach dem Gehör vortragen. – Spiele jetzt den Choral, den du am meisten liebst.»

Ich brauchte mich nicht lange zu besinnen. Sofort begann ich in Es-Dur nach dem württembergischen Gesangbuch den Choral: «Der Glaub' ist meines Lebens Ruh», dessen warme und schöne Melodik es mir schon lange angetan hatte. Der Durchführungsteil enthält für das Spielen aus dem Kopf eine harmonische Falle, aber ich kam gut darüber hinweg.

«Das ist keine schlechte Wahl», anerkannte er. «Und diesmal hast du auch rein gespielt. Sieh dir auch den anderen Choral noch einmal an. Anfang und Ende jeder Leistung ist das richtige Durchdenken. – Und jetzt wollen wir schreiben. Setz dich wieder an deinen Platz. Du wirst alles in der alten Ordnung finden. Nimm Papier und Feder. Und mach keine Fehler.»

Auch hier war der Raum voll Sonne und irdisch-überirdischem Glanz. Der Dompfaff, der mich gleich erkannt und mich schon lange umpiepst hatte, kam herbei geflogen, sobald ich wieder an meinem Platz saß, um mir zuerst mit dem linken Auge und dann mit dem rechten zuzusehen. Darauf zupfte er an dem Blatt Papier, auf dem ich schrieb, rannte zum Tintenfaß, wenn ich die Feder eintauchte, flog zwitschernd auf und beschrieb einen Bogen durch das Zimmer, kam zurück und setzte sich mir auf den Kopf, wozu er aus vollem Hals pfiff: «Wer nur den lieben Gott läßt –!» Den Rest verschluckte er auch jetzt. Alle Bücher sahen feierlich und wohlwollend auf mich herab. Die Bilder Luthers und Ulrich Zwinglis schienen mich zu bewillkommnen; sogar Calvin schien geneigt zu sein, es noch einmal mit mir zu versuchen. Früher hatte ich sie gedankenlos betrachtet; heute begriff ich, daß sie große Männer gewesen waren, und daß ich nichts war. Das beruhigte mich und machte mich fröhlich. Mit dankbarer Genauigkeit schrieb ich nieder, was der Herr Vater mir diktierte. Es war eine Abhandlung über die Gnade, die heute manches für mich enthielt. Mir schien, mein Begriffsvermögen sei größer geworden, aber doch war ich zu scheu, um mich tiefer damit einzulassen. Bis gegen das Abendessen schrieb ich. Niemand wußte, wo ich geblieben war. Vom nächsten Tag an war ich vom Schuhputzen befreit.

Droschken, Posaunen, Ivanhoe
und das Prädikat

Siegrist und das Pferd Fritz waren lange Zeit die unveränderlichen Originale bei uns gewesen. Sie galten als unzertrennlich, und man kannte oder dachte sie nur gleichzeitig. Siegrist, ein angehender Fünfziger, war vom christlichen Standpunkt aus betrachtet vielleicht der Unbotmäßigste von allen Hausgenossen. Beim Beten faltete er die Hände bloß, wenn es ihm paßte, und bei den Morgenandachten erschien er höchstens, wenn es draußen regnete, oder es ihm zu kalt war. Diese Gelegenheit benutzte er, um noch ein Schläfchen, manchmal auch einen richtigen Schlaf zu machen, so daß sein Schnarchen oder Schnaufen sich wie Waldesrauschen durch die Predigt des Herrn Vaters zog. Dann versetzte ihm der zweite Knecht einen Rippenstoß, und auf ein paar Minuten hörte man bloß den Herrn Vater, worauf mit einem tiefbeseligten Schluchzen oder Glucksen das träumerische Gebläse im Winkel hinter uns wieder einsetzte. An einem Morgen herrschte draußen ein solcher Regensturm und gab sich Siegrist so ausschweifend seiner Andachtsinbrunst hin, daß der Herr Vater sich kaum zu Gehör brachte. Ich kam nachher gerade dazu, als die Kalamität besprochen wurde, und der Herr Vater lachend zu Herrn Ruprecht bemerkte, so gehe das nicht weiter; etwas müsse geschehen. Als ich mich gemeldet hatte, fragte er mich, ob eigentlich die alten Orgelpfeifen noch auf dem Estrich existierten. Ich wußte es nicht und mußte nachsehen gehen. Nach einigem Suchen entdeckte ich in einer Kiste etwa zwanzig alte Zinnpfeifen. Ich probierte gleich einige von ihnen; sie tönten wie der Wind in Telegraphendrähten, und es gingen mir in der Eile eine ganze Menge Verwendungsmöglichkeiten durch den Kopf. Der Herr Vater vernahm meinen Bericht mit Zufriedenheit, und beauftragte mich, am nächsten Morgen sechs blaskräftige Jungen mit je einer Orgelpfeife zu versehen. Sobald Siegrist schnarche, und er mit der Predigt einhalte, sollten sie blasen, und damit solle so lange fortgefahren werden, bis das gute Gewissen gestört sei, auf dem Siegrist so ruhig schlummere.

Am nächsten Tag war immer noch schlechtes Wetter. Der Herr Vater begann zu sprechen, und Siegrist begann zu schnarchen. Der Herr Vater hielt ein, und wir setzten die Orgelpfeifen an, worauf sich ein greuliches Gesause und Geheul erhob. Die wenigsten der Hausgenossen hatten davon etwas gewußt. Bei den Mädchen schrien einige auf. Von Siegrist wurde nachher erzählt, er hätte verwundert die Augen geöffnet, einen Moment um sich gesehen und gehorcht, und dann auf dem Stuhl eine noch bequemere Lage gesucht, um seine Andacht fortzusetzen. Wir bliesen diesen Morgen noch große Töne, auch am nächsten einige, aber als schließlich Siegrists Gebläse nach dem Absetzen unseres Sturmes ungestört weiter sauste, verzichtete der Herr Vater etwas ärgerlich lachend auf die Fortführung seiner verspäteten Erziehungsmühe, und für die Zukunft entband er ihn ausdrücklich von der Pflicht, die Andachten zu besuchen. Dazu sagte Siegrist nichts. Aber als es wieder regnete, erschien er wie immer an seinem Platz in der Andacht und begann zu schnaufen, sobald der Herr Vater zu predigen anfing. «Ich weiß gar nicht», sagte er in seiner bedächtigen, brummigen Redeweise, als noch einmal die Sprache darauf kam, «was er eigentlich von mir will. Ich gehe gern in die Andachten und habe nur nicht immer Zeit. Man will doch auch schließlich in den Himmel kommen. Wozu ist sonst die Schinderei da unten?»

Die Andachten des Siegrist gaben auch zu einem anderen Zwischenspiel Anlaß. Der Herr Vater behandelte den Glauben. Jeder Lehrer weiß, daß es kaum ein Ding im Himmel und auf der Erde gibt, das einer begrifflichen Erfassung einen so tückischen Widerstand entgegen setzt, wie der christliche Glaube. Draußen herrschte zweifelhaftes Wetter, aber es war dabei warm und wohlig. Nachdem verschiedene Versuche des Herrn Vaters an verschiedenen Subjekten gescheitert waren, griff er, um endlich die gewünschte Dämmerung in den Köpfen zu erzielen, zu einem anschaulichen Mittel. «Nun paß einmal auf», sagte er zu dem Jungen, den er vor sich hatte. «Sieh nicht zurück. Draußen regnet es, und man kann vielleicht nichts auf dem Feld machen. Siegrist hat noch nicht geschnarcht, aber das kommt auch manchmal vor. Wird er nun bei dem Wetter in der Andacht sein?» Der Junge besann sich einen Moment. «Ich glaube», erwog er. Der Herr Vater lächelte. «Gut», sagte er. «Du glaubst. Ist nun das das Glauben, von dem wir hier sprechen, oder ist es ein anderes Glauben?» Und damit war man plötzlich auf dem lange umsonst gesuchten Weg zum *christlichen* Glauben. Es blieb aber die ganze Stunde still in dem Wetterwinkel hinter uns, und Siegrist war in Wahrheit nicht dagewesen.

Ich sagte schon, daß auch das Pferd als Original betrachtet wurde. Fritz war das größte Tier seiner Art in der ganzen Gegend. Wir nannten es immer «das trojanische Pferd» oder «den Fritz von Troja». Wenn der Herr Vater einmal nach Heinfelden fuhr, um dort eine Erbauungsstunde abzuhalten, so lief er vor der alten, wackeligen Droschke so gnädig und gravitätisch, als hätte man ihn zum Spaß vor einen Kinderwagen gespannt. Wer aus der Gegend am Weg stand, und Fritz kam mit dem Kasten daher, Siegrist saß im Radmantel ernst und steif auf dem Bock, der grüßte auf jeden Fall, ob er jemand darin sah oder nicht, gerade so, wie wenn die Equipage des Großherzogs vorbei gefahren wäre mit einem galonierten Kutscher vorn und einem Diener hinten. Der Herr Vater war eine Respektsperson weit im Land herum. Ich bin aber überzeugt davon, daß nicht mehr halb soviel Leute gegrüßt hätten, sobald ein anderer Kutscher auf dem Bock und ein anderes, gewöhnliches Pferd in der Deichsel mit der Droschke erschienen wäre.

Eines Tages hörte man aber folgende Geschichte. Der schon bekannte Bruder des Herrn Vaters und des Herrn Johannes, Elias vom Züricher See, hatte sich zum Besuch angesagt und sollte mit der Droschke durch Siegrist und Fritz vom Schweizer Bahnhof in Heinfelden abgeholt werden. Es war Sonnabend, und niemand hatte Zeit, mitzufahren. Nur die Magd Kathrin, ebenfalls eine alte Vertrauensperson des Hauses, die schon viele Sträuße mit der Frau Mutter ausgefochten hatte, und vor Maries Zeiten die einzige gewesen war, die sich nicht vor ihr fürchtete, mußte zum Zahnarzt, da sie vor Schmerzen nicht mehr wußte, wo sie bleiben sollte. Als Siegrist abfuhr, war sie schon voraus gegangen; die Droschke hatte sie zornmütig abgelehnt. Je weiter sie aber von der Anstalt wegkam, umso besser wurde es mit ihrem Zahn, und einen Büchsenschuß von der Meierei beim unteren Tor setzte sie sich auf einen Wegstein und sah sich die schöne Gegend an, von der sie ja die Woche hindurch wirklich wenig vor Augen kriegte. Dann kamen Fritz und Siegrist mit dem alten Kasten angewackelt, der ohne weiteres bei der Magd hielt und sie so selbstverständlich in seinem Innern aufnahm, als hätte sie noch nie jemand anderen gefahren. Aber damit noch nicht fertig, kam oben auf der Landstraße die Fahrt noch einmal zum Stehen, und Kathrin kletterte aus dem Kasten zu Siegrist auf den Bock, obwohl es dort doch zog, aber dafür waren nun die Felder der Anstalt zu Ende, und brauchte man keine unerwünschten Beobachter zu fürchten. Wie die Folge zeigte, waren sie aber doch nicht ohne solche ausgekommen.

Indessen scheint nämlich nach dem zweiten Halt das Fahrzeug überhaupt nicht mehr richtig in Schwung geraten zu sein. An der Landstraße standen auch so hübsche Apfelbäume mit gekälkten Stämmen. Links glitzerte der Rhein. Rechts blickten fröhlich die Rebenhänge und der Wald herab. Die Sonne schien. Samstagsgefühle nahmen überhand. Fritz fand am Straßenrand grünes Gras und saftige Kräuter die Fülle. Und nachdem Herr Elias auf dem Bahnhof in Heinfelden eine Viertelstunde umsonst gewartet hatte, machte er sich mit einer dort gemieteten Droschke selbständig auf den Weg. Vor dem Städtchen begegneten sich dann die beiden Fuhrwerke und wechselten ohne große Erregungen die Fahrgäste aus. Herr Elias fuhr mit Siegrist nach Demutt zurück, und Kathrin mit dem Stadtkutscher nach Heinfelden, wo sie zwar nicht den Zahnarzt aufsuchte, aber Verlobungskarten bestellte. Eine Woche später überraschten die neuesten Brautleute alle erwachsenen Personen der Anstalt mit der Nachricht, daß sie im Herrn einig geworden seien, miteinander in den heiligen Stand der Ehe zu treten. Siegrist hatte der Magd die Abfassung des Textes überlassen, und da sie nicht bloß eine fromme und unabhängige – sie hatte es vor Jahren Herrn Elias gegenüber bewiesen –, sondern auch eine gebildete Persönlichkeit war, so war die Anzeige zu dieser ungewohnten Form gekommen.

Am Abend nach dem Bekanntwerden der Jubelbotschaft bliesen wir noch einmal auf den Orgelpfeifen, aber diesmal ehrenhalber und harmonisch abgestimmt. Das Paar kaufte in der Nähe unter den Katholiken eine kleine Wirtschaft aus seinen Ersparnissen, und fehlte in keiner Sonntagspredigt. Kathrin horchte dann aufmerksam und heilsbegierig auf die Worte des Herrn Vaters, und Siegrist nahm die Gelegenheit wahr, um den Weg zum Himmel, für den ihm die Geschäfte der Woche so wenig Zeit ließen, auf seine Weise auch wieder um ein Stückchen zu fördern, aber jetzt puffte ihn nicht mehr der zweite Knecht wach, sondern seine liebe Frau.

Das Beste an der Geschichte schien mir aber die Erklärung Kathrins, daß ohne Marie Claudepierre vielleicht doch nichts daraus geworden wäre. Sie hatten sich schon lange gern gesehen und einander geärgert, wo sie konnten, ohne deshalb viel miteinander zu reden. Als nun aber Marie mit dem Anliegen wegen des Esels zu Kathrin um Vermittlung kam, und Siegrist der Kathrin eine grobe Antwort gab, lief das Faß über, und nach drei Tagen voll verhaltener Wut fand sie, daß das nicht mehr auszuhalten sei. Aus der Aussprache, die sich dann entwickelte, ergab es sich, daß man vielleicht ganz gut ab und zu einander ein bißchen mehr als bisher das Wort gönnen könne, und die aufs höchste getriebene Spitze dieser neuen Gesprächigkeit war die Verlobung auf dem Bock der Droschke hinter dem Rücken der ganzen Anstalt und des braven Pferdes Fritz. Kathrin lohnte Marie das Ergebnis mit einem schönen großen Stück von ihrem Hochzeitskuchen, und nie kam sie Sonntags zum Gottesdienst, ohne ihr irgend etwas mitzubringen. Aber Siegrist hielt darauf, immer wieder festzustellen, daß er den Esel heraus gelassen habe, bevor Kathrin ihm über den Kopf gekommen sei. Auf diese Weise erhielt er sich seine Unabhängigkeit vom starken Geist seiner Frau.

Neben dieser Verlobungsgeschichte lief lange unbemerkt eine zweite einher. Seit ihrer Auflehnung gegen die Frau Mutter hatte der damals dritte Lehrer, Herr Bunziker, ein Auge auf die Jungfer Rosalie geworfen. Er war ein helläugiger, frommer, gerechter und innerlich unabhängiger Mann, der schon selber dies und jenes für die Gerechtigkeit hauptsächlich unsertwegen gewagt hatte. Die schöne Revolte des schweren alten Mädchens, wozu es durch Maries lichte Anmut erweckt worden war, und dann die mütterliche Beharrlichkeit auf dem guten neuen Weg machten ihm einen so ernstlichen Eindruck, daß er daraufhin auf geraden und auch auf krummen Pfaden eine Annäherung an sie anbahnte.

Als die einzige männliche Lehrkraft, die nicht zur Dynastie Cranach gehörte, hatte er eine etwas abseitige Stellung, aber als ehemaliges Demutter Pflegekind und gewesener Demutter Seminarist und Bruder lebte er geistig ebenso tief in der Tradition der Anstalt wie etwa sein Freund Ruprecht, der zweite Sohn des Herrn Vaters. Schwarz, sehnig, von mittlerer Größe, klug, lebhaft, sehr einfach trotz vieler Belange und Fähigkeiten, die über das Mittelmaß der Lehrer bei weitem hinaus gingen, von fröhlichem Gemüt, sehr musikalisch – hatte er nur den einen Fehler, daß er furchtbar rauchte. Wenn man in seine Stube trat, so brummte einem zunächst aus ziehendem und in den Ecken ungeheuer geballtem Gewölk sein dröhnender Baß entgegen, ohne daß man etwas von ihm sah, einesteils vor Rauch, andernteils, weil einem zunächst die Augen übergingen. Über seinem Schreibtisch erhob sich ein phantastischer Burgbau von leeren Zigarrenkisten und Streichholzschachteln, die er kunstvoll zu Torwölbungen und Türmen aufrichtete. Die Architektur war ihm längst über den Kopf gewachsen, und wenn er noch eine Weile so weiter baute, so mußte er außerhalb seines Zimmers Platz nehmen, um zu rauchen und zu arbeiten. Er war ein guter Orgelspieler, aber an Herrn Johannes reichte er nicht heran. Dagegen machte er mehr mit der Geige, und oft hörte man sie aus dem hochschwebenden Fensterchen seiner Zelle im Torbau durch einen besonders schönen Abend oder eine Mondnacht wie eine Nachtigall schluchzen und werben, während Jungfer Rosalie hinter ihrer Gardine oder am offenen Fenster saß und darauf horchte. Außerdem sang er gern, gut und herzhaft, überhaupt hatte seine Stimme etwas sehr Kräftigendes und Treues, etwas, das Vertrauen erweckte nicht bloß zu ihm, sondern auch dem, der sie hörte, zu sich selber.

Hier bereiteten sich aber Veränderungen vor, die schon tiefer in unser aller Dasein eingriffen, als es die Verlobung des Knechtes mit der Magd getan hatte. Als triebfroher, zielbewußter Mann, der er war, gab es für ihn bald keine ordentliche Unternehmung mehr, die er nicht unter den Gesichtspunkt seiner Begeisterung für Jungfer Rosalie stellte. Doch nicht genug an den laufenden Gelegenheiten, erfand er auch noch neue dazu. Den ersten Begriff vom Ernst der Lage bekam *ich* auf einem sogenannten großen Spaziergang. Alljährlich im Juli wurde mit uns ein eintägiger Ausflug in die weitere Umgebung der Anstalt unternommen, entweder auf den Dinkelsberg nach fernen unbekannten Dörfern, ins Wiesental oder ins Wehratal. Dies Jahr führte uns Herr Bunziker ins Wehratal. Sonst war er bei gemeinsamen Ausflügen frisch mit der Spitze voraus gelaufen und hatte sich den ganzen Tag um die Weiber aller Altersgrade wenig bekümmert. Diesmal folgte er befehlshaberisch am Schwanz des ganzen Zuges mit einem dichten Mädchentrupp Seite an Seite mit der Jungfer Rosalie, mit welcher er fraglos sehr heuchlerische und gespielt ehrenwerte Gespräche pflog. Die Unterhaltung ergab, aus der Ferne eingeschätzt, ein äußerst würdiges, besonnenes, aber verwickeltes und raffiniert weitblickendes Ansehen, und es war bei den Realisten unter uns bereits eine feststehende Tatsache, daß wir heute nicht viel von ihm zu fassen kriegen würden. Es war neuerlich auch solch eine ungewohnte und ganz unbequeme Überlegenheit an ihm. Man fand längst nicht mehr den guten Kameraden in seiner Gesellschaft, der er vorher manchem gewesen war. Er hielt mehr auf Hoheit, zog auf einmal eine Standesgrenze, eröffnete moralische Belehrungen, wo er früher mit einem raschen Witz oder einer wohlverdienten Tachtel die Sache geordnet hatte, kurz, er befand sich nach vielfachem Urteil in einer ungünstigen Entwicklungsperiode, und man wußte jetzt nicht, was aus ihm werden sollte. Die erste Stunde unseres Weges wurde daher ausgefüllt mit einer ausgedehnten verärgerten Maulerei und einer eifrigen Diskussion darüber, ob er jetzt auch solch einen Demutter Zwingherrn und Hochmutsgeist aus sich machen werde, wie man andere kennen gelernt hatte, oder ob doch der gute Kern in ihm wieder die

Oberhand gewinnen würde. Man hoffte in seinem eigenen Interesse das letztere.

Aber gerade ich war dazu ausersehen, seine Liebesgefühle heute noch heftig zu verletzen. Ich hatte überhaupt einen Unglückstag. Zuerst setzte ich mich auf ein Wespennest, und dann rutschte ich über eine Felsenplatte in die Wehra hinab. Die Wehra ist ein Bergflüßchen, das am Hochkopf im Schwarzwald entspringt und sich durch ein Felsental ungebärdig und lärmend zum Rhein durch arbeitet. Links von unserem Weg blitzten und schäumten die Wasser des Flusses. Rechts lag ein schmaler Streifen Wildgras. Dann stiegen schon die Felsen in die Höhe, auf denen ab und zu eine einzelne Tanne stand, oder durch deren zackige Lücken da und dort ein Stückchen Wald vorbrach. Über uns leuchtete der blaue Himmel, in dessen unendlichem Raum vielleicht ein Raubvogel kreiste. Man mußte hier drunten auf der Talsohle sehr laut sprechen, um verstanden zu werden. Wie wir uns aber nun so predigend dem Flüßchen nach aufwärts zogen, kam mich ein kleines Bedürfnis an; zudem hatte ich ja nasse Füße, und dergleichen soll wirken, wie das Wasserziehen der Sonne im Gewölk. Den Mädchentroß hinter uns umsichtig bedenkend, denn ich war immer ein dezentes Gemüt gewesen, lief ich ein wenig voraus und schlug mich dann seitlich über den Grasstreifen zu einer Felswand, die mir einen guten Eindruck machte und mein Vertrauen erweckte. Eben war ich im besten Tun oder Lassen und hatte sonst nichts im Sinn, als ich plötzlich in großen, befremdenden Sprüngen neben meinem Schatten an der Felswand einen anderen, viel breiteren und höheren auftauchen sah, dessen Gegenstand sich in unverkennbarer Eile meinem Standort näherte. Verwundert blickte ich mich um, hatte aber kaum des Herrn Bunziker zornentflammtes Angesicht erkannt, als ich auch schon ein Sortiment von sechs oder acht rüstigen Ohrfeigen vereinnahmte, und dazu seine in sittlicher Auflehnung bebende

Stimme vernahm: «Du Schweinigel, schämst du dich nicht, vor allen Mädchen so da zu stehen?» Nun, ich hatte heute schon andere Jungen in ähnlicher Lebenslage bemerkt, ohne daß irgend jemand irgend etwas dabei gedacht hätte. Ganz verwirrt stand ich da und ließ alles über mich ergehen, und was ich vorher bloß dem ernsten Fels gezeigt hatte, das konnten nun infolge meiner Bestürzung schätzungsweise alle Hausgenossen zur scham- und gramvollen Kenntnis nehmen. Ein neuer Beweis dafür, daß blinder Eifer nur schadet.

Der Vorfall machte unter der Jungenschar sehr schlechten Eindruck. «Man muß jetzt den Schnellzug nehmen und nach Basel fahren, wenn man etwas nötig hat», hieß es spöttisch. Aber es kam noch schlimmer. Die Jungfer Rosalie erklärte, müde zu sein, und Herr Bunziker bestimmte infolgedessen, daß man auf das eigentliche Ziel des Ausfluges, den Bärenfelsen, Verzicht leisten müsse. Aber wegen des Bärenfelsens ging man überhaupt ins Wehratal, und bei uns erhob sich schweres Gebrumm. Auch die Mädchen waren nicht alle zufrieden; besonders Marie betrachtete mit verlangenden Augen den hohen, kühnen Felsenzacken, von dem man eine herrliche Umschau übers Land hatte. Über das ganze Gemaule hörte er charakterfest hinweg. «Es ist nichts mehr los mit ihm, seitdem er ein Maitlischmöker (Mädchenriecher) geworden ist!» kopfschüttelte Kleiber aufrichtig erschreckt. Es wurde Mittagsrast bestimmt am Fuß eines Wasserfalls. Der Platz war schön; dagegen ließ sich nichts einwenden. Aber wir rotteten uns abseits zusammen, die Blicke starr und anklagend zum Bärenfels hinauf gerichtet, und der Wasserfall deckte unsere wenig respektvollen Reden. Am Bärenfelsen ließ sich Räuber spielen, wie nirgends sonst. Da hatte es Klüfte und Höhlen, Wasserrinnen, durch die man vor dem Gendarmen abfahren konnte, Baumwirrnisse und wildes Unterholz, und wir hatten eigentlich darauf gerechnet, daß dies Jahr die jungen Weiber auch mittun würden. Um alle Hoffnungen hatten uns die Plattfüße der Jungfer Rosalie gebracht. Nachher sollte hier auf der Wiese gemeinsam mit den Mädchen gespielt werden, aber wir waren aufsässig und zu nichts zu brauchen. Wir verpolterten jede Unternehmung, verbrüllten jedes Lied, und die Hälfte war überhaupt nie vorhanden; entweder krebsten sie im Wasser, oder gingen auf Erdbeeren aus. Kurz, man hatte noch nie einen so verpatzten und unwürdigen «großen Spaziergang» gehabt, und auf dem Heimweg waren wir bereits so weit, uns vor unseren Nachkommen zu schämen, daß wir im Wehratal gewesen waren, ohne den Bärenfelsen zu erklimmen und dort Räuber zu spielen.

Aber das Maß der Unbequemlichkeiten, die uns aus dieser Liebe erwuchsen, war noch lange nicht voll. Bald mußten wir den Mädchen in unserer Mittagspause Schaukeln unter den Kastanien machen. Dann sollten wir sie wieder abnehmen, weil die Frau Mutter wegen Gefährdung der Anständigkeit einschritt. Am Sonntag mußten wir mit dem Nachmittagsausgang warten, weil Herr Bunziker noch mit der Jungfer Rosalie poussierte. Oder der Ausflug wurde abgekürzt, weil er mit ihr im Fremdenzimmer vierhändig Klavier spielen wollte; manchmal begleitete sie ihn auch zur Geige. Er bekam einen idealistischen Schwung an den Leib und setzte es sich in den Kopf, uns französische Lektionen zu geben – natürlich frühmorgens in unserer Freistunde, die wir sonst zum Lesen oder zum Markenschachern hatten. Endlich verabredeten die beiden miteinander, daß am Sonntagabend für unser ungebildetes Geschrei im Hof Erzählungstunden eingeführt werden sollten. Anstatt zu unseren Ballspielen oder Räuberfahrten hatten wir uns also künftig im Andachtsaal zu versammeln, wo Herr Bunziker Scotts Ivanhoe beweglich und anschaulich vorzutragen anfing, von uns in diesem Tun zunächst mit sehr geringer Gegenliebe gefördert und durch geheimen Widerstand sogar ernsthaft gestört. Den Front de Bœuf und Brian machte er brav schwarz, um uns für ihn zu interessieren, während der Ivanhoe den Weibern zum Entzücken in der Weiße und Seelengröße eines Erzengels erstrahlte. Vollends Ivanhoes geliebtes Ding machte jeden Engel zum Landbriefträger. Es war rötlichblond wie die Jungfer Rosalie, hatte eine milde Stimme, wie sie, war gebildet, gefühlvoll und unaussprechlich sanft, alles wie die Jungfer Rosalie. Fünfzig Pfund Gewichtsunterschied spielten keine so große Rolle, darüber sah Herr Bunziker liebreich hinweg, und wir taten schließlich dasselbe. Und daß das Judenfräulein hohe Türme behende auf seinen zierlichen Füßen erklomm, während die Jungfer Rosalie nicht einmal auf den Bärenfelsen kam, davon war jetzt auch nicht mehr lange die Rede, denn die Geschichte fand allmählich Anklang. Für den edlen Ivanhoe wollte sich freilich niemand von uns recht erwärmen. Den überließen wir den Weibern, die über ihn Tränen der Rührung schnaubten. Wir erhitzten uns für den König Richard Löwenherz und die Bösewichte, für die sich eine starke und einflußreiche Partei bei uns bildete.

Aber auf einmal war diese Geschichte fertig, und eine andere begann. Es kam nun die ebenso anstrengende wie überirdische Historie vom blinden Beatus und seiner schönen, reinen, guten Tochter. Da lernten wir erst recht, was für Güte und Unschuld es in der Welt gab. Ordentlich strapaziert kamen wir aus jeder Erzählungstunde wieder ans Licht des gemeinsamen Tages. Blaß und in finsterer Schweigsamkeit saßen wir nachher vor unserem Teller übelriechender Reissuppe und erwogen, ob es sich bei sotanen Umständen noch lohnte, weiter zu leben. Die Mädchen waren vollends aufgelöst, und viele verzichteten für diesen Abend auf die Fortsetzung ihrer Ernährung. Die Liebe und Opferfähigkeit feierten vernichtende Orgien. Die Bosheit erschien unsäglich einleuchtend mit sämtlichen Hauern, Schauern, Zähnen und

Tränen, knirschend, gifttriefend, und stets zu unserer aufrichtigen Beunruhigung in vollendeter Ohnmacht. Man begriff gar nie recht, warum eigentlich die guten Leutchen in die unkomfortable Höhle über dem Thuner See flüchteten und sich von Kräutern und wildem Honig ernährten, wenn ihnen doch nichts passieren konnte, da Gott so atemlos und aufreibend über ihnen wachte. Den Schmachtroman hatte natürlich die Jungfer Rosalie beigesteuert, und es ist leider die blutige Wahrheit, daß uns in dieser passionierten Zeit alles zuwider wurde, die Jungfer, die Mädchen, Herr Bunziker und wir selber. Einige von uns kamen sich vor wie ausgelaugte Lebemänner, die nichts mehr zu hoffen hatten. Andere bekamen einen Heiligkeitsrappel und besuchten bloß noch notgedrungen die öffentlichen Örtchen. Kurz, die Verwüstungen waren schrecklich und unübersehbar. Schließlich gipfelte das Ganze in einem Leid, das sich aus der Seele des Herrn Bunziker rang, und das er auch selber komponierte. «Herr Gott und Vater, so nenn' ich dich», lautete es, «siehe dein Kind und blick auf mich. Bricht dann des Leidens Dunkel herein, wollest du dennoch mein Vater sein. Und in des Todes finstrer Ruh gib deinen Segen noch dazu.» Das Lied mußten wir wacker lernen, was wieder Freistunden kostete, und zum Geburtstag der Jungfer Rosalie singen. Die Mädchen sangen überhaupt vier Wochen lang nichts anderes mehr; sie waren vollkommen beatustoll und für das Zusammenleben verloren. Wenn ich manchmal daran dachte, daß dies alles eigentlich durch Marie in Bewegung gesetzt worden war, so wunderte ich mich sehr darüber, was für tiefe Schatten doch manchmal große Lichterscheinungen werfen können.

Noch ein anderes von ihm gedichtetes und komponiertes Lied hatten wir zu singen: «O du Stadt von lautrem Golde, schöngeschmückte Gottesbraut, ach, ich habe schon von ferne deine Herrlichkeit geschaut.» Über dies Lied dachte ich lange nach. Schließlich gaben mir die Kapitelüberschriften Luthers im Hohen Lied Salomonis die richtige Wegleitung. Mit der Stadt aus lautrem Golde meinte er natürlich seine Jungfer Rosalie, und mit der schöngeschmückten Gottesbraut ihre Seele. Sie war eines Tages zu unser aller Bestürzung mit einem Mund voll tadelloser weißer Zähne wie eine Siegerin lächelnd unter den Mädchen erschienen, nachdem wir sie solange nur mit etwa fünf oder sechs unansehnlichen aber sympathischen Stummeln gekannt hatten. Dazu waren ihr über Nacht infolge der Liebe oder sonst eines wundertätigen Mittels viele neue Haare gewachsen, so daß jetzt anstatt des rötlichen Kickels eine ganze volle Krone ihren Scheitel beschwerte. Ich konnte schon verstehen, daß er sie «schöngeschmückte Gottesbraut» nannte, und der Ausdruck «Stadt» schien mir angesichts ihrer blühenden Natur auch nicht sehr übertrieben. Obendrein erinnerte ihre rötliche Haarkrone wirklich an Gold, und daß er ihre Herrlichkeit erst von ferne geschaut haben wollte, wunderte mich nur so lange, bis ich bedachte, daß er ja immer noch nicht mit ihr verheiratet war. Die ganze bild- und klangreiche Auszeichnung gönnte ich ihr aber von ganzem Herzen, denn sie war wirklich eine treue, aufrichtige und viel freiere Seele, als es ihr bei ihrer Langsamkeit mancher zugetraut hätte, ja, seitdem sie Zähne und neues Haar hatte, schien sie auch mir in gewisser Weise vom männlichen Standpunkt aus beachtenswert, und in der Folge machte sie mir einen immer tieferen und ernsthafteren Eindruck. Sie ist denn auch eine tüchtige und großherzige Mutter geworden, wie ich es voraussah, die sich neben ihrem Mann und dilettierenden Lehrer ein heilsames Maß von Unabhängigkeit bewahrte.

Noch vieles könnte ich erzählen, was in diesem Sommer bei uns anders wurde. Auch Herr Ruprecht, der zweite Sohn des Herrn Vaters, hatte Feuer gefangen und brannte lichterloh. Aber sein geliebtes Ding befand sich nicht hier, sondern es weilte in Tübingen in Württemberg. Jeden Tag empfing er Briefe, und schrieb er solche von zehn bis zwanzig Seiten Umfang. Das Glück seines Freundes, des Herrn Bunziker, hatte ihm den Mund wässerig gemacht. Schließlich dichtete auch er, aber er hatte es auf Hohenstaufendramen abgesehen, und zwischendurch machte er Schweizer Festspiele. Auch ein großes Zwiegespräch zwischen Christus und dem Teufel fertigte er an und führte es vor dem Herrn Vater auf; er selber sprach den Erlöser und weinte heiße Tränen dazu, aber der Satan war unverbesserlich. Übrigens stellte er einen Christus dar von einer Leibeslänge, die alles Volk um einen ganzen Kopf überragte; den Teufel agierte ein kleiner, runder Bruder mit schwarzen Knopfaugen, der die Zähne fletschte und grinste, daß es den guten Fliegen an den Wänden davor grauste. Aber Marie Claudepierre stieg inzwischen auf das Kathederpult des Herrn Vaters hinauf und rief von dort herab mit lauter, heller Stimme: «Er ist gerichtet!» Eine Veranstaltung, die ihm dann doch so in die Knochen fuhr, daß er tot hinfiel. «Er ist erlöst!» sagte jedoch Christus leise und weinte stärker.

Indessen erwog aber Herr Ruprecht, daß so viele und so wichtige Hochzeiten, wie sie bei der Charakterstärke der Beteiligten bestimmt bevorstanden, auch besondere Vorbereitungen bedurften. Außerdem befand man sich in gehobenen Umständen. Außerdem war man notorisch musikliebend. Außerdem hatte man sowieso schon Jahr um Jahr bei vielen Anlässen einen handfesten, zuverlässigen Posaunenchor vermißt. Also wurde ein Posaunenchor gegründet. Herr Ruprecht übernahm das Englische Horn, Herr Bunziker, da er doch einmal eine Baßstimme hatte, die Posaune, aber bald sattelte er zum Waldhorn über, damit die Freunde bei ihren Wanderungen zu ihrer Liebe zweistimmig blasen konnten. Brüder und sogar Handwerker stürzten sich in Unkosten und ließen sich einreihen. Der zweite Knecht übernahm den

Bombardon; er übte und brüllte in der Knechtekammer beim Tor, daß das Vieh Zustände bekam. Der Schuster bewarb sich um Herrn Bunzikers freigewordene Posaune, um sich bei den Obern in Gunst zu setzen, da er den Eintritt bei den Brüdern immer fester ins Auge faßte. Wenn er nun nicht Aufsätze schmierte und Rechnungen zusammen kratzte, so riß er an seiner Posaune, und das Generalstabszimmer Bernhards von Weimar wurde ihm fast zu eng. Durch die nächsten Wochen herrschte in der Anstalt und in der näheren Umgebung ein Höllenlärm. Vom sogenannten Storchennest, dem Horst des Herrn Bunziker, jammerte annoch das Waldhorn, bis es gelernt hatte, zuverlässig melodisch zu klagen. Am Rhein drangsalierte Herr Ruprecht das Englische Horn. Er hatte dabei dunkel das Beispiel des Demosthenes vor Augen, der seine Reden an einem brausenden Seestrand übte, um seine Stimme zu stärken. Im Gartenhäuschen saß der Gärtner wie ein roter Teufel, und fauchte jeden durch die Tuba an, der sich ihm nur von weitem zu nähern wagte. Oben in der Nordecke des Gartens, wo die Eisenbahnzüge vorbei ratterten, war ein Bruder postiert, der durch eine Kavallerietrompete, die ihm sein Onkel aus Sachsen geschickt hatte, unheilbare Luftzerreißungen vollzog. Aber nach vier Wochen einsamer Qual kamen sie zusammen, um sich zum erstenmal durch ihre neuerworbenen Ausdrucksmittel gemeinsam auszusprechen. Sie hatten als erste Stufe den Choral: «Nun danket alle Gott!» gewählt, und sie dankten in allen Tönen und Nebentönen, die ihnen zur Verfügung standen. Herr Ruprecht blies mit hingebender Anstrengung und hochrot vor Erregung quinten- und oktavenweise daneben, fand aber doch immer wieder zur Melodie zurück, und landete eine Quart zu tief. Das Waldhorn des Herrn Bunziker tönte, als ob es im Stimmbruch läge, und da Jungfer Rosalie gläubig zuhörte und sich ganz auf ihn verließ, so fanden wir die ernste Bedenklichkeit seines Gesichtsausdrucks vollauf gerechtfertigt. Vor jedem der Bläser stand ein Junge, der ihm das Notenblatt hielt. Ich hielt es auf seine Bitte dem Schuster; er wollte in der schweren Stunde gern etwas Bekanntes um sich haben. Zum Lohn stieß er mir den Auszug der Posaune einmal vor die Kniescheibe, und einmal vor den Bauch, so daß ich nicht mehr wußte, wo ich stehen sollte. Es war eine große und triumphierende Unternehmung, denn nachher befanden sich wider Erwarten alle noch am Leben, wenn auch in stark verminderter Form.

Schließlich begann, von der allgemeinen Liebeslust angeregt, auch der Schuster eine Anbandlung mit einer Magd vom Meierhof, wurde aber überrascht, zur Rede gestellt, und wenig fehlte, daß er «flog». Er gelobte weinend Besserung und alles, was dazu gehörte, und mit der Gelegenheit brachte er seine Meldung als künftiger Bruder an, über die man sich Bedenkzeit vorbehielt. Jetzt schob und bearbeitete er wieder nichts als seine Posaune, und flüsterte er nur noch über seinen Rechenaufgaben. Von Herrn Johannes aber, der ihn in Arbeit gehabt hatte, sprach er nur in den höchsten Tönen. «Das ist ein gerechter, furchtbarer und weitblickender Charakter!» lobte er, während er in seinen Spiegelscherben den richtigen Verlauf seiner Lockengalerie kontrollierte. Aber abends überraschte er die ganze Hausgemeinde damit, daß er sich plötzlich vom Tisch erhob und mit großer Deutlichkeit und von sich selbst ergriffenem Nachdruck folgende Erklärung abgab: «Ich, Emanuel Wester, gebe hiermit kund, daß ich ein schlechtes Subjekt bin und einen sündigen Artikel habe. Ich bin das Prädikat der Unkeuschheit und das Verbum der Liederlichkeit. Mein Adjektiv ist: ‹Unzulänglich!› aber ich will mich erheben, wie die Schrift sagt. Ich ersuche um die heilige Fürbitte aller erweckten Brüder, die Bescheid in Sachen wissen. Die Herren Lehrer wage ich nicht zu belästigen.» Von diesem Tag an begann er, mir durch Ermahnungen lästig zu fallen. Nebenher fing er heftig an, Gott zu lieben, zu beten und zu singen. Dazu liebte er den Herrn Vater, die Frau Mutter und alle obrigkeitlichen Personen, die sein Auge erblickte. Mit den Brüdern suchte er Himmelsfreundschaften, aber über den Wandel der Handwerker sprach er sich geringschätzig aus. Kurz, die versetzte Liebe war ihm in den Geist gefahren, wofür er mir nur zu bemitleiden schien.

FÜNFZEHNTES KAPITEL

Der Friedenssommer

Die Huldigung

Es war Hochsommer. Das Korn nahm nicht mehr an ihm teil; es lag, soviel davon uns gehörte, von uns gebändigt bereits in der Anstaltscheune. Der lange Ziegelacker, auf dem es gestanden und im Wind geweht hatte, lief kahl, wie eine Narbe durchs Haar, zwischen Kartoffel- und Rübenfeldern zur Straße hinunter; er stürzte einem geradezu entgegen, wenn man dort vorbeikam, als wollte er nach seinen hunderttausend schlanken, freundlichen Kindern fragen, die ihm die Sense gefällt und der Wagen davon geführt hatte. An die Ernte hatten sich die Ferien der Brüder angeschlossen. Für uns gab es keine Ferien; wen einmal die Anstalt besaß, der sah sein Vater- oder Mutterhaus auf viele Jahre nicht wieder. Dafür fiel in die Ferienzeit Jahr für Jahr der Geburtstag des Herrn Johannes, an dem sich die Brüder zu unserer Genugtuung nur durch Briefe beteiligen konnten. Ab und zu wurden einige Wendungen daraus bekannt, wie: «Ich möchte Ihnen heute meine ehrwürdigsten Glückwünsche in die Quere legen!» oder: «Möge es Ihnen noch lange vergönnt sein, die große Freude und Ehre unseres Unterrichtes zu genießen!»

Der diesjährige Geburtstag hatte eine besondere Bedeutung, da es der letzte war, den er in der Anstalt verleben sollte. Mit dem kommenden Frühjahr wollte er sich zur Ruhe setzen und nach Basel übersiedeln. Eine Veranstaltung von besonders eindrucksvollem Schwung war daher wohl am Platz, und der Rest des Johannesbundes nahm vor allen anderen die Ehre für sich in Anspruch, die Formen dieser Feier zu bestimmen, und auch ihren Inhalt beizusteuern. Jede andere Unternehmung wurde von vornherein gesperrt, aber über die Ausübung des Monopols, das wir an uns gerissen hatten, wurden wir lange nicht einig, bis uns die Freunde des Herrn Johannes aus der Verlegenheit rissen. Eines Tages nahm nämlich Herr Ruprecht mit uns Fühlung und überreichte uns eine Festdichtung, die ihm zwei Herren aus dem Reich zugeschickt hatten mit der Bitte, sie an die geeigneten Hände zur Aufführung weiter zu geben. Die Namen der Herren waren einigen von uns wohlbekannt, wenn man diese selber auch nur selten und noch nie zusammen hier gesehen hatte. Die Dichtung fand unseren ungeteilten Beifall; sie gab uns genau die Stellung, die wir uns zu dem Ehrentag wünschten, und auch der Jubilar schien uns darin hinreichend gefeiert. Mit Eifer wurden die Rollen ausgeschrieben und verteilt. Die Nächsten dazu waren wir selber, doch konnten wir auch befähigte Außenstehende nicht entbehren. Ferner brauchten wir eine Anzahl Mädchen, vor allem Marie Claudepierre; darüber gab es bloß *eine* Stimme. Die Hauptrolle wollte einer der Herren selber sprechen, und das betrachteten wir als unseren größten Clou. Am Abend vor dem Festtag trafen sie miteinander von Säckingen her ein. Herr Johannes hatte sie vom Bahnhof abgeholt, und wer die drei alten Freunde miteinander durch das Tor eintreten sah, der fühlte eine starke Herzbewegung, eine Ahnung von männlichem Wesen, von klarer, ausgereifter Treue, und auch von den Beziehungen des alten Mannes außer uns in der weiten, geheimnisreichen Welt draußen.

Der Tag leitete sich ein mit einem hohen, strahlenden Sommermorgen. Er hatte schon dadurch eine gute Empfehlung bei uns, daß er nicht durch das allmorgendliche Geräusper und Gekrächze der Brüder eröffnet wurde; an Stelle ihrer eintönigen Lieder erklang in den Ferien um fünf der helle Ton der Hausglocke. Bevor sie verklungen war, standen wir alle auf den Füßen und zogen uns eilig an. In großer Geschäftigkeit gingen wir daran, die schon am Tag zuvor in den Freistunden gebundenen Girlanden und Kränze im großen Lehrsaal aufzuhängen. Leitern wurden geschleppt, Hängelampen angerempelt und Zylinder zerbrochen, Wachen gegen den Jubilar mit großer Vollmacht ausgestellt, Nägel in die Wände gehämmert, daß der Kalk spritzte und große Löcher entstanden, und als es zur Suppe läutete, war das halbe Schloß demoliert, aber die Inschriften hingen. Einige von uns, die dazu besonderes Geschick besaßen, hatten Sprüche und Glückwunsche gemalt. Bei meinem geringen Talent, andere anzustellen, fiel immer von allem, was ich anordnete, der größte Teil der Ausführung auf mich selber. Von den neun großen Inschriften hatte ich allein fünf gemacht, und sie konnten sich sehen lassen. Die Anfangsbuchstaben prangten als Inkunabeln in Rot und Gold. Die gotische Schrift herrschte durchaus. Antiqua hatte ich nie leiden können; ich sehe sie heute noch nicht gern. Auch die Texte hatte ich bestimmt; ich war bei weitem der schriftkundigste Kopf der ganzen Prophetenschule, eine wahre Bibelkonkordanz. Aber am meisten Kunst war von mir an die Inschrift über dem Pult gewandt. In Erinnerung an jene ergreifende Szene zwischen Jesus und Johannes, dem Jünger, am See nach der Auferstehung, die ich schätzte, wie wenige andere, lautete sie: «Dieser Jünger stirbt nicht!» Höheres und Leidenschaftlicheres ließ sich über den verehrten Mann nicht mehr äußern; das fühlte ich auch ganz deutlich. Darüber stand für sich allein blau schwimmend der Name «Johannes», dessen großes J in dem symbolischen Sechseckstern unseres Bundes ruhte. Noch einmal mochte dieses schicksalreiche Zeichen aufleuchten und dann verlöschen. Das große Blatt hatte einen Kranz von Buschnelken, Rittersporn, Eisenhut und Rosen, die mit Ausnahme der letzteren sämtlich aus unseren kleinen Gärten stammten.

Während der Ferien frühstückte der Herr Vater mit den Seinen droben und spät; den Vorsitz über die verminderte Hausgemeinde überließ er dem Bruder. Aber heute war der «Herrentisch» nicht so verwaist wie sonst. Links und rechts von dem alten Mann auf den Ehrenplätzen saßen seine beiden Freunde, tüchtig und furchtlos dreinschauende Männer in seinem Alter. Der eine war aus Pommern hergekommen, wo er als Oberförster die dortigen Wälder an der Wasserkante hütete. Der andere, ein Regierungsingenieur, hatte es aus Mittelfranken nicht so weit gehabt; er stand dem Bahnsystem eines ganzen großen Bezirkes vor, und hatte gegen zwanzigtausend Untergebene unter sich. Sie ehrten ihn beide sehr, wenn sie ihn auch gelegentlich ein bißchen bekriegten, um ihn nicht zu mächtig werden zu lassen. Während des Frühstücks hatten wir den Oberförster, einen wetterfesten Mann von kritischem Blick, sich mannhaft dafür einsetzen hören, daß Herr Johannes vor seiner dauernden Übersiedlung nach Basel vor allen Dingen endlich die immer versprochene Fahrt nach Pommern unternahm, um seine Wälder und Hirsche kennen zu lernen, aber der Regierungsingenieur wollte nichts genehmigen, ohne daß Herr Johannes versprach, ein Rundreiseheft von wenigstens fünftausend Kilometern mit ihm in Oberfranken zu verfahren. Das führte einen ordentlichen Streit zwischen den beiden Reichsdeutschen herauf, in welchem Herr Johannes schmunzelnd das Zünglein an der Waage bildete, aber er wog nicht aus, sondern behielt sich noch alles vor, und inzwischen sprachen sie mit wägendem Ernst darüber, sich alle drei pensionieren zu lassen, um den Rest ihrer Tage irgendwo miteinander zu verbringen; über die Ortswahl kamen sie aber wieder in Streit, und ließen schließlich auch das dahingestellt sein. Man merkte schon, daß schöne und schwerwiegende Erinnerungen die grauen Häupter und noch mehr die alten, immer noch warm schlagenden Herzen miteinander verbanden, Geschehnisse, die bis dato ihre Leuchtkraft nicht verloren und sie alle irgendwie und irgendwo jung erhalten hatten, obwohl sie inzwischen Respektspersonen geworden waren.

Die Morgenandacht wurde während der Ferien nicht droben im Saal durch den Herrn Vater abgehalten, sondern gleich hier im Speiseraum durch den Herrn Johannes. So lange war auch die kanonische Reihenfolge der Texte und Lieder aufgehoben. Herr Johannes gab nach seiner Wahl dies oder jenes Lied an, dessen Ton er von einer kleinen Stimmpfeife nahm, die er in der Westentasche trug. Niemals fehlte im Verlauf seiner schlichten, naturfrommen Andachten der Grundchoral: «Herr des Himmels und der Erden» und der andere, den er ebenso zu lieben schien: «Wach auf, mein Herz, und singe dem Schöpfer aller Dinge!» mit der stimmungsvollen Stelle: «Heut, als die dunklen Schatten mich ganz umgeben hatten.» An die Person Christi wandte sich keines seiner Lieblingslieder, wie er den Betrieb des Christentums hier überhaupt seinem theologischen Bruder überließ. Aber am allernächsten seinem Herzen stand der seelenvolle Trost- und Trotzgesang: «Gott ist getreu!» der sich bis zu der charakterstarken Selbstversicherung erhebt: «Stürzt ein, ihr Berge! Fallt, ihr Hügel! Mich decket seiner Allmacht Flügel! Gott ist getreu!» Dies Lied wählte er heute. Nachher las er an Stelle eines Bibeltextes aus einem von uns allgemein anerkannten Buch Beispiele aus dem Leben und knappe, sehr klare Betrachtungen, die mir wegen ihres übersichtlichen Aufbaus immer sehr gefallen hatten. Solange seine alte, feste Stimme durch den Saal klang, durchströmte uns ein Gefühl freudiger Zusammengehörigkeit mit ihm, trug und erfüllte uns in gehobenem Ernst ein Zustand der Widmung, der ihm unsere Seelen und Geister bedingungslos zur Verfügung stellte.

Auch hatte unter uns eine allgemeine, ganz ungewohnte

Angeregtheit um sich gegriffen. Den Mädchen wandten wir heute kaum einen Blick zu; mit dieser Männersache fühlten wir uns zu sehr in der Überlegenheit. Die Andacht war kaum zu Ende, so gewannen wir mit geheimem Lärm die Ausgänge, um uns nach unseren verschiedenen Arbeitsplätzen zu zerstreuen. Ich war auf neun Uhr zum Herrn Vater befohlen. Er hatte begonnen, eine zusammenfassende Chronik der Anstalt unter seiner Leitung und damit etwas wie eine Lebenserinnerung mir in die Feder zu diktieren. Ich bekam damit Dinge zu erfahren, von denen ich noch wenig Ahnung gehabt hatte, und ein ganz anderer Herr Vater erstand vor meinem inneren Blick. Aber auch von diesem stahl sich unbewußt immer mehr ein freundlich wehmütiges Licht nach den fernen Jahren und den Gegenständen hinüber, die ihn dort beschäftigt hatten. Er war ja auch nicht vergebens ein Cranach. Alle Cranache hatten irgend etwas Dichterisches, Eigenes weg, und es war dann bloß die Frage, ob sie damit glücklich wurden. Wenn er nun von einem neuen Dachstuhl erzählte, und was dabei alles passierte, so wurde das unwillkürlich zu einer spannenden Geschichte. Das mußte wahr sein: als er noch gehen konnte, war immer viel bei ihm los gewesen. Zum Schlafen ließ er den Leuten wenig Zeit. Er selber schlief kaum mehr als fünf Stunden. Auch die Frau Mutter stieg aus seinen Erinnerungen heraus als frisches, junges Blut, dessen Andenken er mit viel Liebe und Zartheit bekränzte. Dichterisch erwog ich, wie er wohl glücklich mit ihr gewesen sein mußte, und als ich sie wiedersah, war mir ganz wunderlich und ehrfurchtsvoll zwiespältig zumute. Wer war ich kleiner Knirps denn, und was wußte ich von den großen, unausdenklichen Dingen des Lebens! Ab und zu kam auch Herr Johannes als junger Mann in den Geschichten vor, und dann lief ich verzaubert und andächtig herum, begriff überhaupt nichts mehr, und mein Vorstellungsvermögen flog im Wind davon wie ein Gespinst von Marienfäden.

Etwas Heiliges und Wunderbares mußte das Leben der Erwachsenen sein! Und das tiefste Mirakel war, wenn sie dann als alte Leute so darauf zurück blickten und, wie der Herr Vater jetzt, ganz still und wehmutsvoll zu lächeln begannen.

In der gleichen Zeit unternahmen die beiden fremden Herren Entdeckungsfahrten durch das Haus und brachen schließlich in die Arbeitstube ein, um dort den armen Teufeln von Bürstenbindern aufzuhelfen, indem sie den Aufseher an die Wand drückten. Zuerst ließen sich sich über die Bürsten unterrichten, fragten sehr genau und ließen sich alles zeigen, so daß das ganze Geschäft stehen blieb, und etwas anderes wollten sie auch nicht. Dann begann der Regierungsingenieur ihnen das Märchen vom großen und vom kleinen Klaus zu erzählen. Nachher lehrte sie der Oberförster Plattdeutsch. Und schließlich spielten sie beide «Ich denke mir was!» mit ihnen. Vom Borstenzupfen und vollends vom Wiegen war heute keine Rede mehr.

Beim Mittagessen nahmen sie die Ehrenplätze neben dem Herrn Vater selber ein; nur die Jungfer Felicitas saß zwischen diesem und dem Oberförster, weil sie den kranken Mann füttern mußte. Wie mir schien, eröffneten sie als frischfreie weltliche Personen einen kleinen Feldzug gegen die Hierarchie in der Gestalt des Herrn Vaters, den dieser aber wohlgelaunt, wenn auch mit starken Hieben des Geistes, parierte, so daß wohl klar wurde: einer in der Schrift gestählten Persönlichkeit versuchten so ungeschützte irdische Figuren ganz umsonst am Zeug zu flicken. Es wurde dabei ziemlich viel Wein getrunken. Auch der Herr Vater sprach ihm trotz seiner Gicht mehr zu als sonst; jeden Augenblick ließ er sich das Glas zum Mund geben. Seine Augen lächelten, und daneben an den Schläfen erschienen gute, launige Fältchen, besonders wenn er mit Herrn Johannes scherzte. Aber die Frau Mutter verfolgte mit immer kritischerem Blick die Leistungen des Oberförsters im Essen und vor allem im Trinken.

Endlich meinte sie halblaut, was bei ihr so halblaut war: «Ich dachte, an der Ostsee sei es so ziemlich naß? Sie müßten eigentlich gar keine Feuchtigkeit mehr aufnehmen.» Er lachte und machte ihr eine spöttische Verbeugung. «Ich spüre bereits die hiesige Trockenheit!» gab er gutmütig zurück. Darüber mußte auch sie lachen. Am Bild des Herrn Johannes änderte sich nichts, bloß daß seine Brillengläser funkelten, und daß er öfter schmunzelte als sonst.

Endlich waren wir droben im Lehrsaal und erwarteten beinahe lautlos den verehrten Lehrer. Ich stand am Harmonium, um den Ton anzugeben, sobald wir sein bekanntes Räuspern im Gang hörten. Kaum ging die Tür auf, so setzten wir auf mein Zeichen ein: «Das ist der Tag des Herrn!» Es hätte bei dem schwierigen Lied eigentlich einer weiter taktieren müssen. Aber ich wollte das nicht sein; nachdem er selber das Lied mit uns eingeübt hatte, verspürte ich keine Lust, als sein Affe zu agieren. Singend und mächtig voll Scheu brachte ich mich nach meinem Platz in Sicherheit. Doch ging noch alles leidlich, und er hörte uns ernsthaft an, während seine innerlich so hellen Augen musternd durch unsere Reihen gingen. Dann erhob er den altersstillen Blick nach den Kränzen und Inschriften an den Wänden, und begann zu lesen. Betrachtend kam er zu dem Spruch über dem Pult. Bei dem blieb er lange stehen. Alles in allem schien es uns, daß wir Eindruck bei ihm machten; darüber erfüllte uns ein mannhafter Stolz, denn er war nicht leicht zu befriedigen. Auch die Mädchen waren nicht zurück geblieben; sie hatten ihm besonders das Pult bekränzt, das zudem voller Geschenke und Blumen lag. Das Lied sei anständig gewesen, sagte er dann. Und mit der Ausschmückung hätten wir uns viel Mühe gegeben und Kosten gemacht; aber alle Tage sei ja auch nicht letzter Geburtstag. Darauf machte er eine kleine Pause, aber anstatt zum Stundenplan überzugehen, hielt er uns, was bei ihm unerhört war, eine kleine Rede.

«Ein Schuljahr ist schon lang und bringt viele und nicht immer vergnügte Erfahrungen mit sich», hob er an. «Ihr geht acht Jahre in die Schule. Ich bin schon mehr als fünfzig Jahre darin, und muß immer noch lernen. Das Lernen hat kein Ende, aber es ist damit wie mit der Goldwäscherei: es kommt auf den Niederschlag an. – Was ihr vom Schulpensum wirklich kapiert, das kann ich im Examen feststellen. Was ihr später vergeßt oder schlecht anwendet, das entzieht sich in vielen Fällen schon meiner Nachprüfung. Noch kein Lehrer vollends hat am Ende seiner Wirksamkeit alle seine Schüler als erwachsene Menschen im Kampf des Lebens stehend um sich versammelt gesehen. Vielleicht erwartet uns in der Ewigkeit ein ähnlicher Überblick; wohl dem, dem er nicht zu weh tut. – Das Ziel des Lernens ist die Weisheit. Davon seid ihr noch weit entfernt. Ich bin ihr um fünfzig Jahre näher. Das bedeutet genau so viel, daß einer der aufgehenden Sonne fünfzig Schritte entgegen gegangen ist. Keiner wird die Sonne erreichen; dennoch ist es schön und richtig, ihr entgegen zu gehen. – Dann das da, was über dem Pult steht.» Seine grauen Augen suchten mit warmem Ausdruck mich. «Ich nehme an, der das Bild gemalt hat, spricht im Namen von allen, denn da ist er am besten untergebracht mit so einer verfänglichen Sache. Und ich für mein Teil berge mich bescheiden unter allen anderen Johannessen und Hansen, deren Teil nun einmal die Sterblichkeit ist. *Meine* Aussicht, nicht zu sterben, ist höchstens im Andenken von Menschen, die jetzt noch jung sind, und die sich damit abgeben wollen, mich nicht ganz zu vergessen. – Aber es gehört zur Weisheit, sich auf dergleichen nicht einzurichten», fügte er lächelnd hinzu. «Flüchtig sind die Erscheinungen der Erde. – Und was ich euch fragen wollte: sollen wir jetzt Grammatik treiben, oder sollen wir Gedichte aufsagen und nachher Tiergeschichten lesen?»

Man war stürmisch für das letztere. Er fragte nach freiwilligen Leistungen. Ich meldete mich mit Goethes Sänger, überrannte dessen Widerstände mit niederschmetterndem Schwung, und brachte ihn jagdgerecht zur Strecke. Herr Johannes hörte stillvergnügt zu.

«Meint ihr, Schattenhold würde in Wirklichkeit auf die goldene Kette verzichten?» fragte er darauf die anderen. «Oder was denkt ihr, daß er tun würde?»

Einige lachten. Andere schrien: «Nein, der würde danach langen, aber tüchtig!» Er blickte erwägend drein.

«Man weiß nie sicher voraus, was mit ihm passieren wird», zweifelte er. «Mag sein, ihr Schlinghälse würdet danach langen. Aber er sieht eigentlich nicht aus, als ob ein reicher Mann in ihm steckte. Nun, Gott wird ihm immer geben, was für ihn gut ist.»

Nach mir sprach Marie Claudepierre den Postillion von Lenau: «Lieblich war die Maiennacht.» Auch sie kam nach eingänglicher Unruhe, geneckt und gezupft von ihren Freundinnen, und mit roten Wangen «zu einer guten Landung», wie wir sagten; aber in der ersten Strophe war ihr ein Hoppas unterlaufen. Es heißt da: «Silberwölklein flogen ob der holden Frühlingspracht freudig hingezogen.» Sie jedoch sagte: «Hin und her gezogen.» Als sie fertig war, fand Herr Johannes alles brav und schön, wollte aber die erste Strophe noch einmal hören. Wieder behauptete sie, daß die Wölklein hin und her gezogen seien.

«Ja, da ist aber ein Widerspruch zwischen euch», machte er dann aufmerksam. «Der Dichter läßt die Wölklein freudig *hin*ziehen. Warum läßt du sie wieder herziehen?» Das wußte sie nicht zu sagen. Sie sah ihm entgegen mit einer halben Bestürzung, weil sie das Gedicht verdorben hatte, aber zugleich mit einem fernen mutwilligen Aufblitzen in den Augen, das sich auf ein Abenteuer rüstete. So war sie immer.

«Nun, wir wollen sehen, ob wir das heraus bringen», sagte Herr Johannes. «Was zieht hin und her? Was fällt dir dabei ein?»

«Schafherden», erklärte sie unverweilt.

«Gab es bei dir zu Hause Schafherden?»

«Ja. Sie zogen morgens bei unserem Haus vorbei, und abends kamen sie wieder», teilte sie unter aufleuchtenden Blicken mit.

«Die Wolken haben dich also an die Schafherden deiner Heimat erinnert», stellte er fest. «Aber es steckt noch mehr dahinter. Du hast auch bei den Wolken etwas dagegen, daß sie bloß hinziehen.»

Sie dachte einen Moment nach.

«Dann kommen sie nicht wieder», sagte sie zögernd.

«Wem kommen sie nicht wieder?»

«Mir –!»

Er sah sie einen Moment freundlich an, so daß sie sich mit einer tiefen Röte überzog, aber zugleich ging ein lautloses Lachen über ihr Gesicht; sie hatte ihn verstanden.

«Sie ist nicht dafür, viel fahren zu lassen, was sie einmal hat», erklärte er gegen uns. «Aber laß gut sein», wandte er sich noch einmal an sie. «Mit kleinen Unterschieden geht es uns allen so. Du mußt nur nicht gar zu streng darauf halten.»

Einige Wochen später – ich glaube, es war an ihrem letzten Sonntag – sagte sie abends im Speisesaal dasselbe Gedicht, das sie besonders zu schätzen schien, noch einmal auf, offenbar mit dem Willen, sich nun zu verbessern. Wie heute fing sie mit frischem Gefühl an: «Lieblich war die Maiennacht. Silberwölklein flogen ob der holden Frühlingspracht», stutzte einen Moment und ergänzte die Strophe überzeugt: «Freudig *her*gezogen.» Die meisten von uns hatten jenes Zwischenspiel schon vergessen oder es überhaupt nicht richtig verstanden. Ich sah nach Herrn Johannes. Er schmunzelte still in seinen kurzen Bart, und die Brille funkelte.

Nachher führten wir noch mit verteilten Rollen den Taucher auf. Marie war die Königstochter, ich war der Taucher.

Das Erzählende sprach der Chor. Zum König bestimmte Herr Johannes nach kurzem Suchen Kleiber. Es war nach langer Zeit das erste Mal, daß er eine Auszeichnung erfuhr, und er erschrak beinahe. Inzwischen begann er gefaßt: «Wer wagt es, Rittersmann oder Knapp, zu tauchen in diesen Schlund?» und setzte der Chor ein: «Der König spricht es und wirft von der Höh' der Klippe, die schroff und steil hinaus hängt in die unendliche See, den Becher in der Charybde Geheul.» Endlich nach der wiederholten Aufforderung des Königs trat ich vor, sanft und keck, wie es der Chor beschrieb, warf die Jacke ab, sah in den Schlund und stürzte mich stumm hinein, nachdem ich mich mit einem Blick nach oben Gott befohlen hatte. «Hochherziger Jüngling, fahre wohl!» hörte ich über mir, während ich drunten in den Wassern kämpfte und endlich das Felsenriff des Pultes in meiner höchsten Not behend erfaßte. Aber wie die Wasser brüllend dem finsteren Schoß wieder entstürzten, erhob ich mich schwanenweiß aus den Fluten. Und ein Arm und ein glänzender Nacken ward bloß. Und ich ruderte mit Kraft und mit emsigem Fleiß. Ja, ich war's und hoch in meiner Linken schwang ich den Becher mit emsigen Winken. Und mich umringte die jubelnde Schar, während ich zu des Königs Füßen sank, um meinen Bericht zu beginnen. Aber zuerst empfing ich aus der Hand der Prinzessin den Kelch mit funkelndem Wein, den ich feurig hinunter stürzte. «Lang lebe der König!» brach ich dann aus. «Es freue sich, wer da atmet im rosichten Licht.» Und: «Der Mensch versuche die Götter nicht!» Aber auf Kleibers Stirn bohrte sich bereits die begehrliche Falte ein. Kaum hatte der Chor gemeldet, daß der König sich über die reichlichen Ergebnisse einer kaum minutenlangen Tiefsee-Expedition schier verwunderte, als er auch schon mit Sirenenlocken die Aufforderung vom Anfang zu wiederholen begann. Umsonst warf sich ihm die Tochter mit weichem Gefühl in den Arm. «Laßt, Vater, genug sein das grausame Spiel!» Er erhöhte nur das Angebot durch die Dreingabe der reizenden Person selber. Da ergriff's mir die Seele mit Himmelsgewalt. Und es blitzte mir aus den Augen kühn. Und ich sah tatsächlich erröten die schöne Gestalt, und irgend etwas zuckte ihr mit holdseligem Übermut um die Lippen. So trieb's mich, den köstlichen Preis zu erwerben, und stürzt' mich hinunter auf Leben und Sterben. «Wohl hört man die Brandung, wohl kehrt sie zurück», sprach langsam und feierlich der Chor. «Sie verkündigt der donnernde Schall.» Ich tat noch ein paar hilflose Bewegungen inmitten der wütenden Elemente, und sank hingeschmettert zur Tiefe ab. Da bückte sich's hinunter mit liebendem Blick. Marie war vor Einbildungskraft ein wenig bleich geworden, und in ihren Augen glänzte lebendig warme Feuchtigkeit; nachher wischte sie sich heimlich eine Träne ab. Mir wurde auf einen Moment das Herz groß und weit, und ich atmete hoch auf, während der Chor dumpf und lügnerisch zu Ende sprach:

«Es kommen, es kommen die Wasser all.
Sie rauschen auf, sie rauschen nieder –
Den Jüngling bringt keines wieder.»

Gelogen war es, weil ich wiederkehrte, denn nach dem letzten Wort des Chores stand ich auf, suchte meine Jacke und ging zu meinem Platz zurück, während ich sie im Gehen anzog.

Den Schluß des schönen Nachmittags machten Tiergeschichten und Jagdberichte von Brehm, die wir nur an Festtagen zu hören bekamen. Ihnen schloß sich etwas an, was ebenfalls nur an Festtagen zu uns kam, und das wir Schokoladenkaffee nannten, zum spottenden Verdruß des Herrn Johannes, der uns ganz umsonst immer wieder den Unsinn der Doppelbezeichnung klar zu machen suchte. Wir blieben auch dabei, Salzsaline zu sagen. Irgendwo hört jede Macht auf Erden auf.

Aber im Hof war bereits ein neuer Festakt vorbereitet. Eilig schleppten wir noch Stühle und Bänke unter die Kastanien hinaus, wo nun die feierliche Aufführung vonstatten gehen sollte. Im Hintergrund war zwischen zwei Stämmen ein großes Tuch ausgespannt; hinter diesem sammelten sich die Akteure. Wir waren kaum alle am richtigen Platz und mit unseren Attributen versehen, so kam mit dem Herrn Johannes und dem Regierungsingenieur plaudernd der Herr Vater angefahren. Er hatte das schwarze Käppchen auf dem Kopf, der jetzt einen so zarten, hinfälligen Eindruck machte. Seine weißen Finger bewegten sich angeregt durcheinander. Lächelnd wandte er das weiße Gesicht mit dem angegrauten Bart bald diesem, bald dem anderen Begleiter zu. Als er seinen Ehrenplatz eingenommen hatte, überflog er mit einem zufriedenen Ausdruck, wie er an ihm selten war, die Versammlung. Das Klingelzeichen erklang dreimal. Nachdem es ganz still geworden war, begann eine große Stimme in den Kastanien den Prolog. Herr Bunziker verfügte über einen guten Baß, aber mit dem Oberförster konnte er sich nicht messen, denn der hatte den seinen am Meeresstrand geübt; das war noch anders, als Herr Ruprecht mit seinem Englischen Horn am Rhein drunten. Dabei hatte er sich so gut untergebracht, daß es ganz unmöglich war, seinen Standort zwischen den mächtigen Schattenmassen und den Sonnenblitzen aufzufinden. Der Wind wühlte im schweren Laub. Der Brunnen plätscherte. In der Sonne draußen gackerte eines der Anstaltshühner, wodurch sich der Hahn des Müllers über dem Bach drüben angeregt fühlte, zu krähen, obwohl er sich als Katholik gegenüber einer streng protestantischen Henne kaum irgendeine Hoffnung machen konnte. Sogar das Vieh in unseren Ställen hörte man brüllen, so still war es jetzt bei uns. Um den Unsichtbaren lärmten einige Vögel herum. Auf dem Turm klapperte der Storch. So schien mit dem Oberförster der ganze Chor der hiesigen Natur das Wort zu führen. Es fehlte nur noch, daß der Himmel aufging, und die Stimme des Ewigen selber verkündigte: «Dies ist mein lieber Sohn, an dem ich Wohlgefallen habe!» Der Mann aus den Wäldern hatte jetzt das Bedürfnis, zu feiern und zu bekennen. Es gibt solche Naturen, die bei scheinbarer Steilheit und Rauheit von Zeit zu Zeit einen großartigen Gefühlsdurchbruch haben, und sich dann durch nichts aufhalten lassen. Oft kommt dergleichen auch vor dem Ende sonst spröder und scheuer Männer vor, welches sich in einem solchen Schwanengesang unruhig ankündigt. Sechs Wochen später deckte ihn bereits die Erde. Aber jetzt lebte er noch und hörte nicht auf, in homerischem Ausmaß zu rühmen und für seinen Johannes feierlich zu prahlen, bis er der wahre Geist, Vater, Schöpfer und Erhalter dieses Platzes und des weiteren Großherzogtums Baden war. Herr Johannes saß indessen ergeben in seinem Ehrenstuhl und hörte sich alles an, als ob es einen anderen längstvergangenen Mann beträfe. Der Herr Vater nickte ein paarmal still, und das wehmütige Licht, das ich in der letzten so oft an ihm bemerkte, ging wieder in seinen halbblinden Augen auf.

Plötzlich war aber der Prophet im Laub fertig geworden, und eine zwischen den Ästen vorher versteckte Wanderkapelle intonierte einen Ländler, wie er auf keiner Kirchweih echter gespielt wird. Mit unserem Posaunenchor war das ja doch nichts. So hatten die Freunde mit List und Bestechung eine Geige, eine Klarinette, ein Horn und sogar einen dicken Baß hinauf bugsiert, und jetzt war es, als ob sich alle belichteten Blätter windlings in Töne, und die alten, bemoosten Äste in Melodien auflösten. Die Überraschung war außerordentlich. Trillernd schwangen sich die Jauchzer der Klarinette und Freudenrufe der Kinder durch das Laubdach zum Himmel hinauf. Die Lockungen der Geige schlangen sich wie Eichhörnchen und Blutspechte durchs Gezweig. Goldenen ausgeworfenen Speeren gleich schossen die vergnügten Hilfeschreie des Hornes in die Weite, während das Brummen des Basses als ein urkräftiges, entschlossenes Behagen freudig dunkel über uns nieder hagelte. Das Horn blies alles zu tief, die Es-Klarinette zu hoch, die Geige war immer einen halben Takt voraus, und dem Baß schwindelte auf seiner ungewöhnten Höhe, er kam nicht mit. Kurz, es war ein beglückender Tumult; man konnte sich nicht satt hören. Durch das ausgespannte Tuch sahen wir, daß alle Gesichter lachten und alle Hälse sich reckten. Auch der Herr Vater war vergnügt. Nur die Frau Mutter machte noch ein kritisches Gesicht, obwohl auch sie im Grund lachen mußte.

Während der letzten Takte trat Marie Claudepierre als Blumenfee hinter einem Baumstamm hervor. Ihr Kostüm bestand in einem Kränzchen von Rosen und Nelken auf dem dunklen Kopf; Kostümierungen hatte die Frau Mutter nicht zugegeben. Vor sich trug sie an einem breiten blauen Band ein Körbchen voll Blumen. Auch jeden Fuß schmückte eine Spange von Blumen; so war ihre Hingehörigkeit zu einem schöneren, höheren Reich genügend gekennzeichnet. Ein allgemeines «Ah!» begrüßte sie, das sie ein wenig schüchtern machte. Doch freimütig und mit den ziervollen Bewegungen, die ihr die Natur verliehen hatte, näherte sie sich dem Jubilar und begann ihm zu erklären, daß die bunten Geschöpfe dieser Gegend sie zu ihm abgeordnet hätten, um ihm den Dank von dreißig blühenden Generationen abzustatten. Sie begrüßte ihn als Pfleger der Schönheit, als Hüter der zarten Geister, und als Freund der Düfte und Farben, der liebenswürdigsten von allen Engelchen, die Gott geschaffen habe. Dann trat sie vollends auf ihn zu und warf mit schüchterner Gebärde alle Blumen über sein graues Haupt, die sie im Körbchen trug. Unwillkürlich erhob er die Hand zur Abwehr. Er war sichtlich ergriffen. Das Mädchen sah mit seinen Rosen im Haar und dem scheuen und doch zugleich mutigen Lächeln auch selber so bezaubert aus, daß niemand an ein Pflegekind der Armenanstalt Demutt dachte. Auf einmal stand Herr Johannes auf, nahm ihren Kopf zwischen seine alten Hände und küßte sie auf die weiße Stirn. So etwas war hier noch nie dagewesen. Es wurde ganz still. Niemand wagte, sich zu regen. Wie schwebend auf den unsicher gewordenen Füßen ging sie ab und verschwand still hinter dem Baumstamm, woher sie gekommen war. Die Kapelle spielte dazu: «Sah ein Knab ein Röslein stehn.»

Knaben mit großen grünen Zweigen, die sie fast völlig verdeckten, kamen hinter den Tüchern hervor. Sie vertraten das Reich der Bäume. Verdankten doch hier beinahe alle Obstbäume ihm ihre Existenz, ja durch sein Beispiel war die Obstkultur in der Gegend überhaupt erst in Aufnahme gekommen. Er hatte das Kälken der Stämme gegen das Ungeziefer hier als erster eingeführt, und auch den Teerring, auch die Vitriolspritze. Der Mann, der heute als abgeklärter Weiser unter uns umging, war in seinen jungen Jahren ein zielbewußter Revolutionär und unermüdlicher Neuerer gewesen. «Freiheit, die ich meine», spielten die Musikanten, während die Bäume abtraten, und dafür die Gemüse hinter dem Tuch hervor wimmelten, Mädchen mit Bodenfrüchten behangen, so viel sie tragen konnten, und auch sie hatten genug zu rühmen und zu danken. Die Kapelle spielte: «Leise zieht durch mein Gemüt». Es paßte nicht, aber es klang schön und nachdenklich, und durch den oder jenen alten Kopf mochte wirklich ein halb verschollenes liebliches Geläut aus jungen Tagen klingen.

Aber was jetzt geschah, hatte sicher niemand vermutet. Unter den Klängen eines einleitenden Reitermarsches erschien Kleiber so kurz und fest, wie er war, und in hoher Entschlossenheit auf Fritz, dem Anstaltspferd, im Kreis der

Kastanien und der verblüfften Zuschauer und Hörer. Kühn und ruhig zügelte er das brave alte Tier bis dicht vor den Ehrensitz des Jubilars. Fritz war mit Kränzen behangen. An langen Bindfäden führte Kleiber einige Hühner und Enten hinter sich her, die ein großes Geschrei vollführten. Um seine nackten Schultern schlang sich ein Pantherfell. Ein Kranz von Weinlaub wand sich um seinen nüchternen Kopf. In der rechten Hand trug er einen Tyrsosstab, den er angestrengt auf den Schenkel stützte. Der Schenkel war bis hinauf eigentlich auch nackt. Seine Lenden verhüllte genau genommen bloß eine sehr weite, rot und weiß gestreifte Badehose. Zwei geflügelte Genien in Anstaltskleidern – man hatte ihnen nur die Flügel der zur Feier des Tages für den Herrentisch geschlachteten Hühner auf die Schultern geheftet – führten das Pferd. Es ist daher begreiflich und entbehrt nicht einer gewissen Berechtigung, daß der Aufzug vor der Behörde sozusagen Aufsehen erregte. Der Herr Vater sah zwar aus, als hätte er ein geheimes Lachen zu verbeißen; jedenfalls machte er nicht im mindesten einen beleidigten Eindruck. Aber die Frau sagte in einem Ton, den sie für gedämpft hielt: «Mein Gott, ist man denn verrückt?» Dieser «man» waren natürlich die Freunde. «So schickt man doch keinen Jungen vor die Leute!» Noch mehr Ungehörigkeiten ereigneten sich. Während Kleiber eben mit dem düsteren Pathos, das ihm zur Verfügung stand, das Wort zitierte: «Das Auge des Herrn macht das Vieh fett!» erlag Fritz, der schon so viel erlebt hatte, infolge der Angeregtheit, in welche ihn immerhin diese gänzlich ungewohnte Veranstaltung versetzte, einer Nötigung, bei welcher ihm, um mich so auszudrücken, etwas Menschliches passierte. Sofort kamen die angebundenen Hühner herbei gelaufen, um die Ergebnisse zu untersuchen. Die Enten zauderten noch und warteten ab. Mit immer kritischeren Blicken hatte die Frau Mutter alles beobachtet. «Nette Bescherung!» bemerkte sie halb ärgerlich, halb lachend. Doch mit unverbrüchlichem Ernst vollbrachte Kleiber seinen Auftritt. «Du Wächter Gottes, blase mächtig, und schrecke auf was niederträchtig!» deklamierte er wie von der Walze gekurbelt, während er dem Jubilar ein Hifthorn an grünem Band mit Silber beschlagen als besonderes Geschenk der Jungenschaft überreichte. «Erwecke, was von Gutem glimmt, und alles sei auf deinen Ton gestimmt.» Schmunzelnd nahm Herr Johannes das Horn entgegen. So etwas habe ihm tatsächlich immer gefehlt, gab er zu. Und genau genommen scheine es sich um dasselbe Horn zu handeln, das er sich als junger Mensch abgestoßen habe. So komme doch alles wieder zu Ehren und zur Verwendung, was er als rechenschaftschuldiger Verwalter nur gut heißen könne.

Den Beschluß machte ich in meiner eigenen Figur zu Fuß. Ich hatte gipfelnd und abschließend im Namen der *menschlichen* Hausgenossen zu sprechen. «Mächtig wirkst du im geheimen. Kraft und Würde lebst du vor. Sieh noch deine Saaten keimen, und dann wandle aus dem Tor!» Mit großem Geschrei beschloß ich die Huldigung, so daß mir alle Adern anschwollen. Der Wind hatte sich nämlich während der Aufführung fortwährend gesteigert. Vor dem Schloß hin schwebte eine hohe Staubwolke nach der anderen auf und dem oberen Tor zu. Die Kronen der Kastanien brausten jetzt so tief, daß manchmal ein leises Donnern hindurch zu gehen schien. Der Strahl des Brunnens zersprühte zu einem wehenden Pferdeschweif, der seine Niederschläge weit neben dem Trog auf das Pflaster absetzte. Hinter mir knatterte das Tuch, und auf einmal riß es sich los und flog hoch durch die Luft davon. Alle Akteure samt Fritz, dem Pferd, und den Hühnern und Enten waren nun ebenfalls zu Zuschauern geworden.

Die Musik spielte mit äußerstem Fortissimo die schweizerische Nationalhymne, die alles stehend mitsang. Eine Weile war es still. «Der Herr sei mit dir, Johannes!» rief mit großer Kraft die Stimme von oben, während wir uns abgespielt zu unseresgleichen gesellten. Zwei waren nach dem Tuch gelaufen, und der Knecht führte das Getier davon. Der Wagen des Herrn Vaters wurde nach der Anstalt zu herum gedreht und setzte sich in Bewegung. Unter den Klängen des Chorals: «Ich bete an die Macht der Liebe!» ordneten wir uns dahinter zum Zug und schlossen uns an. Je weiter wir von den Kastanien weg kamen, desto mehr entschwanden uns die Töne der Geige und des Basses im Wind. Schließlich hörten wir bloß noch das Horn und die Klarinette, die sich mit dem unglücklichen Lied nach verschiedenen Richtungen davon zu machen schienen. Unter seinen Jammerlauten betraten wir das Haus und zogen hochgestimmt in den Speisesaal ein, denn inzwischen war es Zeit zum Abendessen geworden. Es gab Kartoffelsalat mit warmen Würsten. Warme Würste waren bei den meisten von uns der zweithöchste denkbare Begriff der Glückseligkeit, wobei der erste Platz stillschweigend Gott eingeräumt sei; aber ich argwöhne heute, daß welche unter uns lebten, bei denen *sie* den ersten Platz einnahmen. Man bekam sie ebenfalls nicht anders zu sehen, als an sehr steilen Festtagen. Übrigens waren sie ein Geschenk unseres Metzgers Tröhndle in Säckingen, der es sich nicht entgehen ließ, auf diese Weise den weitverehrten Mann seinerseits zu feiern. Der Herr Vater hielt nun auch eine Lobrede auf seinen Bruder, die aber ein wenig traurig klang, da er sich vor dem Abschied und dem nachherigen Alleinsein fürchtete. Doch ließ er ihm viel Ehre widerfahren und bestätigte, daß er tatsächlich die wirkende Seele dieser Gottesinsel sei. Man hatte ein Harmonium herein geschleppt. Zu dessen Klängen sang Herr Ruprecht mit seiner etwas brüchigen Stimme: «Du unerschöpfter Quelle des Lebens», ein Lied, dessen Melodie ich viel später in Mozarts Zauberflöte als Osirisgesang wieder begegnete. Herr Bunziker und Jungfer Rosalie brachten miteinander einen Satz aus einer Haydnviolinsonate zu Gehör; den Klavierpart spielte sie ebenfalls auf dem Harmonium. Herr Ruprecht und Herr Bunziker hatten vorher lange darum gestritten, ob ein Harmonium oder ein Klavier hergebracht werden sollte. Herr Bunziker wollte wegen des Haydn ein Klavier, denn in seinen Noten war Klavier vorgeschrieben, aber Herr Ruprecht sagte, das Harmonium klinge feierlicher zu seiner Stimme, und behielt die Oberhand. Zum Schluß sang ein ausgewählter Chor, zu dem ich auch gehörte, unter Herrn Bunzikers Leitung das Händelsche: «Seht, er kömmt mit Sieg gekrönt.» Es war halb dunkel, als wir fertig waren und uns zum Schlußgebet erhoben. Aber anstatt zu den Betten gingen wir noch einmal in den Hof; es war noch ein Feuerwerk versprochen.

Die Dämmerung brach schon herein. Singend warteten wir erst die Mädchen, die noch Geschirr wuschen, und dann die Nacht ab. Noch nie waren wir so spät draußen gewesen. Still brach neben der südlichen Ecke des Schlosses über dem Rhein der erste Strahl des Mondes hervor. Langsam übergoß sich hier alles mit einem blaßgoldenen Zauber, die massigen Kronen der Kastanien, der Nußbaum, die Trauerweide, die seit einem Jahr kränkelte, die Gebäude. Eine andere Welt schien herauf gestiegen zu sein. Selbst das blecherne Gespuck und Gejaule des Schusters, der sich mit seiner Posaune wichtig machte, da er wußte, daß ihn die Hausgemeinde hörte, hatte etwas phantastisch Märchenhaftes. Schweigend sahen wir zu, wie die Mondscheibe langsam vollends hinter dem Mauerrand hervor rückte, bis sie voll und reif in dem Raum zwischen dem alten Schloß und dem katholischen Pfarrhaus schwebte, wo sich nun eine sehr starke Helligkeit zusammen drängte. Den Schweizer Wald drüben sahen wir hinter einem schimmernden Schleier oder einem duftig glühenden Dunst, der eben im Begriff war, sich in klares Licht aufzulösen.

Plötzlich fuhr eine Rakete zischend in die frühe Nacht auf. Sie zog einen schön entfalteten Feuerstrudel hinter sich her, blieb droben einen Moment leuchtend stehen, und schon schien es, als wollte sie sich unter die Sterne gesellen, als sie unerwartet erlosch, im Mondschein wie in einem See ertrank. Ein verspäteter kleiner Knall gab noch Nachricht von ihrem Ende.

Nun war die Gestalt des Jubilars, der besonnen am Feuerwerkstand die Pulverteufel verwaltete, ständig von Glutscheinen überlaufen wie von spielenden Zauberkatzen. Schon wurde alles grün bei uns, während die folgende Rakete im Zenit lautlos in einen Kranz von smaragdfarbenen Sternen auseinander ging, die sanft glühend langsam nieder träuften. Ein Bündel Feuerschlangen fuhr schluchzend auf und krachte in der Höhe mit einem wütenden Gekläff auseinander, nach allen Seiten um sich beißend und speiend. Schwärmer, Donnerschläge, Sonnenräder und Vulkane wechselten mit den Raketen ab. Bald leuchteten Bäume und Dächer magisch rot auf, bald schienen die Büsche der Anlagen vor dem Schloß lauter freundliche Geistergestalten. Die Spätlinden wurden zu schwebenden Liebeswolken, in denen die stillen Gewitter der Blüten stark duftend noch einmal und jetzt überirdisch erblühten. Selbst die harten, steilen Mauern der Anstalt schwebten erlöst auf, zerflossen vor dem Dunkel des Osthimmels zu freudigem Gold, während die Fenster zu lauter amethystblauen Augen der Sehnsucht wurden. In freundlicher Majestät, von unseren leichten Kometen umschweift, stieg der Mond seine einsame Bahn höher. Hoch und feierfroh blinkten die fernen Sterne auf uns herab. Immer wieder schimmerten wie treue Gespenster die Linien des Rebhügels hier und des Schweizer Waldes drüben träumend auf. Von wenigen Lichtern und huschenden Scheinen kaum getroffen, trieb der Fluß in der Tiefe dunkel dahin.

Mit einem letzten Lied zogen wir dem Haus zu.

«Kühl sinket der Abend. Der Sterne Heer
Erglimmet am dämmernden Himmel.
Es beiert die Glocke ins Lager herüber.
Es wirbelt die Trommel. Es schallt die Trompete.
Zur Ruh, Kameraden, zur Ruh!»

Ich weiß nicht, ob heute noch viele diesen prachtvollen eidgenössischen Frühgesang der Neuzeit von David Heß kennen. Da, als wir am Haus hinauf blickten, bemerkten wir, daß die Fenster des Andachtsaales hell wurden. Unwillkürlich dämpfte sich unser Gesang und verstummte schließlich ganz. Wir hielten den Schritt an. Viele befiel ein Gefühl von etwas ganz Außerordentlichem, das noch auf uns wartete, manche verspürten einen leichten abergläubischen Schauer. Geisterhaft erklangen in unsere Stille hinein die ersten Harmonien und Figuren jenes Präludiums in Es-Moll, das ich von Herrn Johannes so gut kannte, stiegen auf, wallten und webten, brachen befreit mächtig hervor und erfüllten den ganzen nächtlichen Kreis mit dem schlicht gewaltigen Bekenntnis jenes anderen Johannes mit dem Zunamen Sebastian Bach, der seine Offenbarung in Tönen empfing. Wie sich jetzt heraus stellte, fehlte der Regierungsingenieur bei uns. Stumm hörten wir zu. Allmählich versank die tönende Entfaltung wieder in der Lautlosigkeit, wie sie daraus aufgetaucht war.

Noch eine ganze Weile wagte sich niemand bei uns zu regen. Durch das Schweigen unter den Sternen hin klang ohne Stimme vernehmbar das Wort des noch ferneren Johannes, der am Herzen des Herrn lag: «Kindlein, liebet euch untereinander!»

Das jüngste Flimmertierchen
des Glücks

Eines Morgens wachte ich auf und liebte. Ich hatte in der Nacht irgendwelche unbestimmbare und geheimnisvolle Vorgänge mit mir geträumt, die mir noch das Blut schäumen machten, wenn ich daran dachte. In allem war Marie Claudepierre gewesen. Über unsäglich lachende Hügel war ich mit ihr geschwebt. Einmal war sie das Müllermädchen, und wir küßten uns. Und dann hielt ich sie in den Armen, während wir durch unendliche Räume angstvoll fielen und fielen. Zum erstenmal begriff ich jetzt ahnungsweise, was ein Mädchen war, und daß auf ihrer Seite ein Reich von Entdeckungen, Freuden und Wundern wartete, von denen ich noch wenig Begriff hatte. Eine still beseligende Entzündung des Gemütes befiel mich, ein geheimes Leuchten meiner Innenräume, eine beschwingtere Bewegung des ganzen aufgewachten Menschen. Der geriet nun verschwiegen in ein suchendes Blühen, dessen Ziel nichts anderes war, als ein neues Wunderbares, für das ich inzwischen reif geworden schien. Flüchtige Vorgefühle von Mannestum, Kraft und Sieghaftigkeit, huschende Schauer aus der Region des Weiblichen beunruhigten mich, erfüllten mich mit still erregenden Fragen, streiften mir das Herz mit ängstlichen Glückszuständen, die mich mitten in der Nacht weckten und mich lange mit streifendem Geist schlaflos liegen ließen, um zum Ende eine bestimmtere Erwartung zurück zu lassen, die mich mit Maries Augen anblickte, mit ihrer Stimme sprach, sich mit ihren Gliedern regte, und ihre seltene und edle Art hatte, sich zu geben, zu kommen und zu gehen, ihr Lächeln und ihren Ernst.

Als jüngstes Flimmertierchen des Glücks, Milliarden vor mir, Milliarden hinter mir, schwärmte ich liebend und dichtend aus, um zum Mittelpunkt der Schöpfung vorzudringen, der für mich vorläufig Marie hieß. Große Dichtungen wurden entworfen und in kurzer Zeit ausgeführt, in denen die Vögel sprachen, in denen die Blumen verehrend vor ihr flüsterten und dufteten, und worin die Raubtiere weite, beschwerliche, ja selbst gefahrvolle Reisen unternahmen, um sie zu sehen, um sie hinter Büschen verborgen zu belauern, und dann weniger böse und schwermütig nach Hause zu traben. Nebel umfingen sie schimmernd und wünschereich. Wolkenschatten flogen absichtsvoll über sie hin, beglückt, wenn es ihnen gelang, sie flüchtig zu streicheln. In Ghaselen und Sonetten verglich ich ihre Augen mit allem, was in der sichtbaren Welt leuchtete und blitzte, ihren Mund mit sämtlichen geheimnisvollen Vertiefungen vom Blumenkelch bis zum Vulkankrater, ihre Hände mit Vögeln, das Wechselspiel ihrer Füße beim Gehen mit dem Wandel von Sonne und Mond. Die meisten dieser Wortgebilde wurden auch komponiert. Aber da ich nicht so sehr ein lyrisches als ein episches Talent war, begannen unvermerkt die Wesen, die in ihre Nähe kamen, zu handeln und zu leiden. Sie traten in Beziehung zu ihr, bildeten endlich einen Hof um sie, dessen Königin sie wurde, und verloren so ihre Freiheit. Mit dem schwärmerischen Schweifen war es vorbei. Ich fabelte nicht, daß Marie jetzt nur immer eine milde und zarte Herrschaft führte; nicht einmal eine gerechte Herrschaft war mein Bedürfnis. Im Gegenteil, manchmal ließ sie ihren Launen und ihrem Übermut die Zügel schießen und war sogar ein bißchen grausam, tötete und vernichtete nach Gefallen, aber sie besaß die Gabe, Erlittenes wundersam zu vergüten, hatte die Kraft, aus dem Tod, ja aus der vollendeten Vernichtung wieder auf zu erwecken, so daß die gemarterten Geschöpfe nachher schöner und glücklicher wieder dastanden als Erlöste und als Wesen höheren Grades.

Schließlich schoß die ganze innere Bewegung bei mir opernhaft ins Kraut. Die Sachen wurden dramatisiert und in feste Handlungen gebracht, und damit nicht genug, begannen die Personen noch einander anzusingen. Die Arbeit ging ins Gigantische. Hinten war noch alles unfertig und wußte niemand, wie es ihm zum Schluß ergehen werde, während vorne schon die Posaunen einfielen und die Trommeln wirbelten. Doch von der Mitte an begann ich unruhig voraus zu sehen, daß die Geschichte für Marie übel auslaufen mußte, wenn so weiter verfahren wurde, denn es gab auch eine höhere Gerechtigkeit, die sich nicht ungestraft an der Nase zupfen ließ. Es mußte irgendwo also eine Umkehr einsetzen, und die Umkehr mußte einen Grund haben. Also baute ich umsichtig neue Motive ein, machte ein Vorspiel, das darauf hinwies, und legte das Ganze so an, daß Marie allerdings zum Schluß siegen sollte, aber nicht durch Willkür und Übermut, sondern durch ihr gutes Wollen, durch kluges Denken, durch edlen Mut und durch einiges Glück, das ihr dabei hold war. Darin sprach sich meine damalige Philosophie aus. Das Glück konnte Gott heißen, der ihr half. Irgend etwas Wunderbares konnte erscheinen, auf das sie unbewußt schon lange zugesteuert war, das ihr ahnend vorgeschwebt hatte, während sie in der Irre ging, und selber zu leiden begann, indessen sie andere immer weniger leiden machte. Ich bemerke dabei, daß ich damals mehr Menschenkenntnis und moralisches Genie entwickelte, als in manchen späteren Perioden. Aber schon die ersten Betrachter des Lebens haben es gewußt, daß wir manchmal durch Dunkelheiten und Verwirrungen geführt werden, und kam ich nicht soeben aus einer solchen her?

Aber die Hilfe wurde mir diesmal von Marie selber. Nachdem das Fest des Herrn Johannes mit vollem Ansehen unter der Mitwirkung der Mädchenschaft vonstatten gegangen war, kam die Zeit heran, daß wir unser Wort dem Herrn Vater gegenüber auch einlösten. Und da uns diesmal nicht Freunde des Jubilanten ein Festspiel fix und fertig einschickten, mußten wir es selber machen. Dazu schien mir meine angefangene Oper als Grundlage gerade recht. Marie hatte es durch eine liebenswürdige Schiebung dahin gebracht, daß sie den Monat im Andachtsaal bekam; jeden Ersten wechselte das Mädchen, das dort rein zu machen hatte. Nun fehlte es uns nicht an Gelegenheit, den Plan gründlich zu besprechen. Ich hatte mein Quartier in der Schusterei, brauchte nichts zu tun, als zur Verfügung des Herrn Vaters zu sein, und den Weg zu und von ihm nahm ich durch den Andachtsaal, der nur durch den Zementboden von der Schusterei getrennt war. Ich tat jetzt nicht, als ob ich schon eine Monumentaloper mit ihr als Mittelpunkt und Heldin angefangen hätte, sondern begann ganz unschuldig ein paar Ideen hervor zu drucksen, sprach von einer Fee, die sie darstellen sollte, und einem Prinzen, der ich sein wollte, und deutete im ganzen an, daß vielleicht der Prinz die Fee befreien und dafür aber die Fee den Prinzen erlösen werde. Das alles leuchtete ihr sofort ein. Sie konnte nicht bald genug den Entwurf bekommen, und schon fing sie an, ihren Part zu dichten, während ich den meinen und die Rollen der übrigen Personen ausarbeiten sollte. Ich wandte ein, daß das dann aber nicht aufeinander passen werde; allein sie erklärte, wenn *sie* es mache, werde es auch passen, oder ob ich sie für einen Dummkopf halte? So weit wir miteinander kamen, so weit paßte zum Schluß auch tatsächlich alles. Während sie immer frisch auf ihren Ruhm los dichtete und vorbrachte, was ihr einfiel und ihr für sie kleidsam erschien, verfaßte ich dasselbe Stück wenigstens dreimal. Ich hatte eine Arbeit wie Herkules im Augiasstall, nur daß ich nicht Maries dichterischen Mist hinaus schaffte, sondern meine schönen Rinder. Schon nach vier Tagen hatte ich etwas ganz anderes unter den Händen, als ursprünglich von mir in großer Weisheit planvoll angelegt war. Meine Philosophie samt der Moral fiel ruhmlos unter den Tisch. Ich hatte es ja nicht bloß mit Marie als Mitdichterin zu tun, wie ich bald merkte, nein, die ganze Mädchenschaft dichtete mit. Die Jungfer Rosalie dichtete mit. Herr Bunziker, den diese als höchste Autorität im Dichten unweigerlich zugezogen verlangte, dichtete ebenfalls mit. Ich hielt aus, weil ich liebte, und meinen privaten Plan mit der Dichtung für später brauchte ich deswegen auch nicht aufzugeben, aber ich wunderte mich doch, daß so viele kluge, ja erlauchte Personen so wenig Ahnung von höheren Absichten bewiesen.

Auch in der Musik wurde mir fleißig hinein gepfuscht. Schließlich hatte Herr Bunziker alle Lieder der Fee selber komponiert; die meinen hatte man stillschweigend beseitigt. Ich behielt bloß noch die Vertonung meiner Rolle, das Gewitter und die Erscheinung der Unterwelt, beschloß aber, durch meine Prinzenlieder glänzende Rache zu nehmen. Auf die Erscheinung der Unterwelt vollends bereitete ich mich vor wie auf meine Ausrufung zum Kaiser von Indien. Allein eines Tages erschien Herr Ruprecht bei mir und machte mir klar, daß man unbedingt alles daran setzen müsse, um Herrn Bunziker zu überstrahlen, was mir an und für sich ganz in der Ordnung schien. Er verlangte meine Sachen zu sehen und zu hören, und ich sang und erklärte ihm alles. Da sagte er mit sachverständiger Miene, es sei ja sehr gut gemeint und auch in seiner Weise schön, aber ein Singspiel sei das nicht, das müsse ganz anders vertont werden. Ich solle bloß ihn machen lassen; er habe schon Ideen, und die Mädchenpartei werde diesmal nicht triumphieren. Er nahm meine ganze Schreiberei mit, und nach drei Tagen brachte er mir die Prinzenlieder neu komponiert, fing auch sofort an, sie mit mir zu üben, und mit einem Bauch voll Ärger schrie ich sie ihm vom Blatt weg. Nachher wurde ich traurig, weil alles so militärisch klang, gab niedergeschlagen zu, daß die Lieder sehr schön seien, und bedankte mich auch noch.

Aber an diesem Tag brachte mir Marie als Schmerzensgeld ihren schwarzlackierten japanischen Federkasten, und jetzt war alles wieder gut. Mochten sie schließlich machen, was sie wollten; ich hatte ihnen doch die Ideen dazu gegeben. So war es mir auch beinahe gleichgültig, als mir Herr Ruprecht am nächsten Tag noch sagen ließ, ich solle mich nicht wegen der Unterwelt und des Gewitters anstrengen; diese beiden Stellen werde der Posaunenchor blasen. Die Hauptsache war, daß ich mit Marie durch den Urwald irren und in einer Höhle schlafen durfte, daß nichts im Weg stand, am Schluß des Stückes den Erlösungskuß mit ihr zu tauschen, und sie dann an der Hand auf mein Schloß zu führen. Diesmal wollten wir ganz bestimmt mit Kostümen spielen; da es sich um eine Ehrung ihres Gatten handelte, würde die Frau Mutter schon nichts dagegen haben. Ich stellte sie mir vor im weißen, wallenden Schleiergewand, einen Silberreifen um die Stirn, mit weißen Schuhen und einer Kette um den Hals, und mit schlanken, schimmernden Armen, wie ich Feen immer abgebildet gesehen hatte. Auch meine Sinnlichkeit finde ich in jener ersten Zeit des Erwachens genialer, feiner und kühner, als sie später unter den zudeckenden und vergröbernden Einflüssen des Lebens mit Erwachsenen wurde. Ich glaube aber, daß dies eine allgemein männliche Erfahrung ist. Die genialischen Aufblitze unserer frühesten Natur- und Geistesregungen arbeiten wir im günstigen Fall im Verlauf einer langen Periode des Kampfes und der Reinigung wieder aus der Verschüttung der Konvention und aus den gesellschaftlichen Fesseln heraus, um vielleicht im fünften Jahrzehnt wieder da anzukommen, von wo wir im zweiten ausgingen.

Von all diesen Vorbereitungen mußte der Herr Vater doch wohl einigen Wind bekommen haben. Er tat nicht so, aber eine milde und zunehmend heitere Stimmung zeigte uns alles in allem einen befreiten Mann. Die disziplinarischen Fälle unter uns wurden selten oder hörten ganz auf. Die Memorierstunden, obwohl man keine neue Leidenschaft dafür faßte, brachten bessere Ergebnisse, und da er sie nicht mehr mit der früheren Schärfe und Zornmütigkeit betrieb, so wurden sie sogar beliebter. Aber der Glanz, den unsere Festzurüstungen voraus warfen, beleuchtete nicht so sehr meine Figur, als die meiner Partnerin Marie Claudepierre. Sie heimste die Vorschußlorbeeren ein. Auf sie häufte sich die Zufriedenheit der Behörde. Sogar bei der Frau Mutter fand sie neuerlich Gnade, während man mit mir noch wenig im Sinn hatte. Wenn nicht ich beim Herrn Vater war, um zu schreiben, oder die Brüderschar, um zu lernen, so hatte er sicher Marie um sich, die ihm Französisch las, aus Diderot, aus Pascal, sogar aus Voltaire. Sie war der kleine David, der diesen düsteren Saul erheiterte. Er ließ sich auch von ihr Französisch vorsingen, und hielt lange Gespräche mit ihr in ihrer Heimatsprache, und die Frau Mutter fand genug Ursache, diese Freundschaft nicht zu stören. Er blühte sozusagen neu auf, aber wie eine Lilie, weiß und geisterhaft, mit jenseitig beunruhigendem Duft.

Zwar auch mir wandte er in der letzten Zeit eine neue Aufmerksamkeit zu, doch mehr eine erzieherische. Besonders gab er mir Lyrik zu lesen, Uhland, Lenau, Goethe, Schiller, Chamisso, und daraus schloß ich, daß meine Dichterei bei ihm vielleicht besprochen wurde. Dann schenkte er mir Noten, die ich aus seinem Schrank hervorsuchen mußte, eine Sammlung von Adagios und Andantes, die leichten Klavierstücke von Beethoven und die ersten Studien von Händel. Dazwischen erteilte er mir Belehrungen über den richtigen Gebrauch der deutschen Sprache, und er war es, der mich zuerst auf ihre Hoheit und Heiligkeit hinwies. Er sprach sich erzürnt und geringschätzig über diejenigen aus, die vorgeben, die Sprache, und besonders die deutsche, sei zum Ausdruck irgendeines Gedankens oder Gefühls unzureichend. Entweder hätten diese Leute keine klare Empfindung, oder es fehlte ihnen an der richtigen Sprachbegabung. Zu allem

Tun und Wirken in der Welt gehöre zuerst ein starkes Grundgefühl, und dann das richtige Denken, um sich darüber klar zu werden, was zu seiner Verwirklichung nötig sei. Noch manches sagte er mir, aber in meinen anderweitigen Inanspruchgenommenheiten ging das meiste zu einem Ohr hinein und zum anderen hinaus.

SECHZEHNTES KAPITEL

Um den Abend wird es licht sein

Der Untergang der jungen Sonne

Auch ich gehörte damals und noch lange zu den Menschen, denen etwas fehlt, wenn es ihnen gar zu gut geht, die allmählich einen törichten Übermut entwickeln, wenn sie nicht unter Druck stehen, und die entweder das Komplottieren oder die Faxenmacherei ankommt. Solange ich beim Herrn Vater schrieb, hielt ich Ernst, und der Raum imponierte mir schon zu viel, um mir Vorlautheiten heraus zu nehmen. Aber draußen spielte ich jetzt gern ein Endchen die große Person, neckte meine Kameraden, machte den Kleineren Wippchen vor, gab mich auch einmal eine Strecke lang wertvoll, und den Schuster führte ich gelegentlich ein bißchen an der Nase oder an seinen roten Lockenrollen herum. Marie unterlag nicht solchen Anwandlungen, und manchmal sah sie mich ein wenig verwundert an. Sie war ja viel unmittelbarer und bestimmter, auch ernsthafter als ich. Solch ein Weibchen von vierzehn, fünfzehn Jahren hat es schon in sich, und wo beim gleichaltrigen Jungen rechts ein trüber Feuerstrudel und links ein wolkenhafter Bock mitläuft, hat sich beim Mädchen die Welt bereits säuberlich in Engel und Teufel geschieden. So hatte sie schon viel mehr Beziehungen zum Himmel als ich, aber es steckte auch mehr Satan in ihr, und insofern hatte ich sie in meiner Oper ganz richtig charakterisiert.

Unter dieser Stimmung stand mein letztes Erlebnis mit ihr. Wir befanden uns gleichzeitig beim Herrn Vater droben. Sie hatte eben gelesen, und ich sollte schreiben, und der Herr

Vater unterhielt sich mit uns beiden. Marie gab gescheite, besonnene Antworten, mit mir war auf einmal nichts anzufangen. Halb gelüstete es mich, mit ihr Flausen zu machen und mit Augenblinken und ähnlichen Scherzchen auf unser Geheimnis anzuspielen, halb war ich verlegen, als ob ich überall meterweit aus meinen Kleidern herauswüchse und nicht auf fünf zählen könnte. Man muß Junge gewesen sein, um diesen verzweifelten und höchst ärgerlichen Zustand zu kennen. Plötzlich zog eine dicke Fliege meine Aufmerksamkeit auf sich, und schon beschloß ich, sie zu erlegen. Während der Herr Vater ahnungslos und freundlich mit uns weiter sprach, schielte ich nur noch nach dem Brummer und rückte ihm unauffällig näher, bereit, ihn im gegebenen Moment zu klappen. Da sagte Marie plötzlich ganz ruhig und ein wenig gouvernantenhaft: «Laß die Fliege leben. Du kannst nicht wissen, wer sie ist.»

Der Herr Vater, in seinen Ausführungen unterbrochen, horchte auf.

«Was gibt's?» fragte er.

«Ach, nichts», entgegnete sie, immer noch mit dem Blick auf mir, nun leicht errötend. «Er wollte eine Fliege totschlagen. Das kann ich nicht sehen.»

Ich guckte sie groß an. Sie schien mir heimlich zornig zu sein.

«Wer soll die Fliege wohl sein?» meinte ich vorwitzig, aber es war mir nicht wohl dabei, und halb ärgerte ich mich auch über die Zurechtweisung in Gegenwart des Herrn Vaters.

Sie schlug die Augen nieder.

«Sie kann ein verwandelter Mensch sein», sagte sie leise unter einem Anflug von Trotz. Dabei stand ein solcher hoheitsvoller Ernst auf ihrer Stirn, daß ich mich schämte wie ein Hund. Noch nie war ich mir so unreif und tölpelhaft vorgekommen.

Der Herr Vater mischte sich nun in die Sache und bewies aus der christlichen Lehre, warum das ein Aberglaube sei, aber sie sagte nichts dazu und ging auch nicht davon ab, so einleuchtend er darlegte, daß Christus für jede Seele gestorben sei, und also keine in eine Fliege verwandelt werden könne, weil sie doch nach dem Tod den Weg der Rechenschaft antreten müsse. Marie ging, ohne mir noch einen Blick geschenkt zu haben. Das ist meine letzte Begegnung mit ihr. Fünf Stunden später war sie schon nicht mehr unter den Lebenden. Ich weiß noch heute nicht, was mich schwerer traf und länger quälte, dieser jähe Abgang, oder der lächerliche, läppische Abschied von meiner Seite.

Ich weiß wohl, ich sollte nun Maries Abschied «motivieren» und aus irgendeiner vorhergegangenen Handlung «organisch ableiten», aber ich muß bei der Wahrheit bleiben, und wenn ihr Untergang sich unmittelbar aus ihrem schnellen, zugreifenden Temperament und aus ihrem großzügigen Charakter herleitet, so ist er doch vielleicht genügend begründet.

Die Mädchen hatten heute Badetag. Die Partei, die badete, kam später zum Kaffeetisch; wir waren im Speisesaal allein gewesen. Unsere Theatergeschichte war nun so weit, daß bereits die Rollen ausgegeben waren, und daß einige von uns mit Blättern in der Hand auswendig lernend herum gingen. Der Lärm war also geringer als sonst. Es hatte über Mittag ein bißchen gedonnert, doch ohne abzukühlen, und die paar Regentropfen waren von der nachfolgenden Sonne längst wieder aufgesogen. Zu fünf Uhr war ich wieder zum Herrn Vater befohlen, um weiter zu schreiben; wir waren jetzt schon bis zum Beginn seiner Krankheit vorgedrungen, der viel früher lag, als ich vermutet hatte. Gerade stand ich mit einigen anderen Jungen zusammen und prahlte ein bißchen mit den Aufzeichnungen und meinen Wissenschaften von der Vergangenheit dieses Platzes, da war uns, als erhebe sich in oder hinter dem Haus eine ungewohnte Unruhe. Es wurde geschrien und gelaufen. Jemand rief nach der Frau Mutter. Herr Ruprecht erschien auf einen Moment ganz verstört und schickte einen von uns nach dem Storchennest zu Herrn Bunziker, er solle sofort zum Badeplatz kommen; es sei etwas passiert. Bald darauf sahen wir ihn laufen, was er konnte.

Bei uns trat eine beklommene Stille ein. Einige von uns wurden bleich. Mir klopfte das Herz dumpf auf, und eine unerklärliche Angst befiel mich. Ich konnte an nichts denken als an Marie. Im engen Trupp gingen wir nach dem hinteren Hof, um dort vielleicht mehr zu erfahren. Da sahen wir die Frau Mutter mit ihrem unbehilflichen Gang, laut nach Gottes Barmherzigkeit schreiend, die Lindenallee hinunter wanken. Kein Mensch war bei ihr; das war mir das Schrecklichste daran. Die Männer waren voraus gelaufen, um zu helfen, und wo sich die Tochter aufhielt, wußten wir nicht. Auch Herr Johannes befand sich schon am Platz. Schwer verzagt standen wir da auf einem Haufen beisammen und warteten. Weiter vor wagten wir uns nicht. Viele Minuten waren vergangen – sie dünkten mich Stunden – da brachte man endlich eine weiße Gestalt in nasse Laken gewickelt. Aber es war nicht Marie, und es war auch nicht die Ertrunkene; es war die Gerettete. Ertrunken war, nach allen Ausrufen und Aufschreien zu schließen, eine andere, doch schien es unmöglich, aus einer Menschenseele etwas Verständliches heraus zu bringen. Die armen Dinger waren ganz verstört und hatten für uns bloß irre Blicke. Eine Gruppe nach der anderen kam aus dem Garten hergehetzt, bleich, mit dem Tod auf den Fersen. Welchen klapperten die Zähne. Das nasse Haar zottelte und klebte ihnen um die Köpfe. Die meisten waren überhaupt bloß halb angezogen, hier ein unerlebter Anblick. Endlich gelang es mir, eines dieser Geschöpfe zum Stehen zu bringen. Es war keine von Maries Freundinnen, und uns diente sie viel als Zielscheibe unseres Spottes, weil sie vom Feinheitsteufel besessen war, und nicht wie andere Leute Tante sagte, sondern Tamte. Jetzt starrte sie mich einen Moment wie verständnislos an. Plötzlich hielt sie den Arm vors Gesicht, als wollte sie einen Schlag abwehren, und indem sie schon wieder weglief, schrie sie zurück: «Marie Claudepierre ist ertrunken!»

Ich stand da, wie vom Blitz getroffen, und anderseits war mir, als hätte ich es vorher gewußt. Halb erschlagen starrte ich dem Geschöpf nach, während sich die anderen Jungen schnell um mich zusammen rotteten und hören wollten. Aber ich wußte auch nichts, machte immer den Mund auf, um zu sprechen, brachte keinen Ton hervor, und vollkommen betäubt setzte ich mich plötzlich in Gang, um wie eine Maschine, die jemand in Antrieb gesetzt hatte, zum Herrn Vater hinauf zu steigen. Es war, als ob ich den Ort aufsuchen wollte, wo ich zuletzt ihre Stimme gehört und etwas mit ihr erlebt hatte, und wo ich sie wieder zu finden hoffte. Ich fand den Herrn Vater ganz allein in seinem weiten Saal sitzen. Noch niemand hatte an ihn gedacht. «Wer ist da?» fragte er mit verhaltener Erregung. «Ich, Schattenhold», sagte ich, und ließ mich gleich auf einen Stuhl nieder, weil ich zu zittern begann. «Marie Claudepierre ist ertrunken», setzte ich noch hinzu, obwohl ich annahm, daß er es schon wußte. Er erwiderte nichts darauf. Nur einmal fragte er aus einem langen Schweigen heraus: «Weißt du etwas Näheres?» Ich verneinte, und er hatte auch nichts erwartet.

Endlich kam die erste Abgesandte von Herrn Ruprecht, dann eine der Frau Mutter. Die Männer hatten den Anstaltskahn flott gemacht, ruderten auf dem Wasser herum und suchten mit langen Stangen die Gegend ab. Auch Herr Johannes war bei ihnen; die Frau Mutter stand am Ufer und schrie immer nach ihm, er solle an Land kommen, sonst passiere ihm auch noch etwas. Allmählich ergab sich aus den

Aussagen der Mädchen – es kamen jetzt aus eigenem Antrieb immer noch mehr dazu – ein Bild. Sie hatten miteinander im Wasser einen Ringelreihen gemacht und gesungen. Marie war nicht dabei gewesen; sie hatte sich am Ufer mit einigen ganz Kleinen abgegeben, die sich nicht hinein getrauten. Da war wohl eines der Mädchen, Emma Oberer, über sein langes Badehemd gestrauchelt, und rückwärts nach der Strömung zu gefallen, aber im letzten Moment, noch bevor es ins Treiben kam, war ein anderes Mädchen, Sophie Murner, herzu geeilt und hatte es zurück gerissen. Nun wußte man nicht genau, wie es eigentlich zugegangen war; wahrscheinlich waren die tugendhaften langen Badehemden die Ursache des ganzen Unglücks. Noch schalt Jungfer Rosalie erschreckt auf die unvorsichtige Emma Oberer, die, von den anderen umringt, mit ihrem Herzklopfen kämpfte. Plötzlich sah jemand Sophie Murner im offenen Wasser hinab treiben. Von irgend woher hatte man Hilferufe gehört, und als man sich umsah, schwamm das Mädchen schon kämpfend ein ganzes Stück in der Strömung draußen. Nun entstand ein planloses Geschrei und ein Durcheinanderlaufen. «Schwimm, was du kannst!» schrie Jungfer Rosalie ihr verzweifelt zu. Bereits liefen ihr die Angsttränen über das Gesicht. «Mein Gott», jammerte sie, «was ist denn das für ein Tag heute!» Dann bekam sie einen Einfall. «Zieh sich schnell eins an und laufe zum Gärtner hinauf!» befahl sie unbestimmt, worauf sie wieder ihre ganze Aufmerksamkeit inbrünstig der Kämpferin in der Strömung zuwandte. Auch die anderen waren so gebannt und betäubt, daß niemand daran dachte, den Befehl auszuführen. Sophie konnte wohl ein bißchen schwimmen, aber gegen die Strömung mit ihren Wirbeln und Wellen kam sie nicht auf; eben daß sie sich noch schreiend und schluk-kend über Wasser hielt. Die besten Schwimmer unter uns machten sich ab und zu den Ruhm, an der Feste vorbei geschwommen zu sein, um dann mit dem Aufgebot der ganzen Kraft weit unterhalb in der Nähe der Anstalt zu landen. Die sogenannte Feste war ein Bollwerk aus Eichenstämmen und Steinen, das die Deutschritter ins Wasser hinaus gebaut hatten, um seinen Druck von den Kellermauern des Schlosses abzudrängen. Auf diese Feste trieb Sophie Murner zunächst widerstandslos zu.

Aber ebenso überraschend, wie Sophie Murner draußen in den Wellen, sah man nun Marie Claudepierre am Ufer hin entschlossen auf die Feste zueilen. Einige Mädchen wollten sie totenblaß gesehen haben vor Erregung. Geäußert hatte sie sich zu niemand. Schon unterwegs winkte sie dringend der Abgetriebenen zu, auf die Spitze des Vorbaues los zu schwimmen; ihrer Stimme war sie offenbar noch nicht mächtig. Auf dem äußersten Balkenvorsprung der Feste kauerte sie sich dann hin mit weitausgestrecktem Arm und mit eifrig winkender Hand. «Schwimm, Sophiechen, schwimm!» rief und lockte sie mit helltönender Stimme. Es gehörte etwas Herzhaftigkeit dazu, ihren Standort einzunehmen. Sie schwebte haltlos über dem quirlenden und kochenden Wasser. Ein bißchen wie in Schillers Taucher, den wir noch unlängst miteinander aufgeführt hatten, war die Gegend schon. Spiegel glitten tückisch vorbei. Wirbel strudelten auf und sackten glucksend zur Tiefe ab. Und ein leichtes Donnern ging immer wieder durch das massige Bauwerk; man spürte manchmal ein leises Zittern der Erde, wenn man mit nackten Füßen darauf stand.

Hinter Marie sammelte sich nun schnell der ganze übrige Mädchenhauf. Merkwürdigerweise fiel es niemand ein, sich ihr anzuhängen, um ihr Halt zu geben. Jungfer Rosalie stand mit gerungenen Händen zitternd dabei, um das Rettungswerk zu überwachen. Auch sie schrie der Abgetriebenen zu, und alle Mädchen schrien wieder und winkten aus Leibeskräften, als könnten sie damit etwas schaffen. Sophie schwamm und kämpfte mit dem letzten Atem. Jetzt kam sie der Feste näher. Jetzt wurde sie wieder abgedrängt. Man sah, wie das Wasser mit ihrem Körper spielte. Plötzlich tat sie, von einer Welle getragen, einen großen Sprung auf Marie zu. Dann noch zwei Schwimmstöße, und Marie erhaschte ihre Hand, verlor sie und ergriff sie zum zweitenmal. Es war nun totenstill; bloß das Wasser zischte und brauste. Schon stand Jungfer Rosalie weit übergebeugt, bereit, ebenfalls zuzugreifen. Im Wasser um Halt kämpfend, drehte sich Sophie an Maries Hand langsam herum. Eben bekam sie den Balkenvorsprung weiter unten zu fassen. Was dann kam, wußte wieder niemand genau zu sagen. Vielleicht war Sophie noch einmal ausgeglitten. Vielleicht hatte auch noch eine Welle nach ihr gegriffen. Kurz, unter einem halberstickten Aufschrei verlor plötzlich Marie den Halt, griff mit der freien Hand blind tastend hinter sich, aber bevor jemand zugesprungen war, schoß sie kopfüber in die ziehende und wirbelnde Wassertiefe.

Ein furchtbares Schweigen folgte dem schrecklichen Augenblick. Im nächsten Moment erhob sich ein gellendes Geschrei. Beinahe vergaß man Sophie über dem neuen Unglück; hätte sie sich nicht just mit aller Kraft der Todesangst frisch am Gebälk angekrallt, so wäre auch sie in den Strudel zurück gefallen. Aber sie mußte dort hängen bleiben, von zehn Händen notdürftig und aufgeregt festgehalten, bis der Gärtner endlich wirklich kam, um sie herauf zu ziehen. Ohnmächtig sank sie droben auf dem Rasen zusammen. Sie wurde nachher krank und rang noch wochenlang mit dem Tod, ehe sie wieder unter uns erscheinen konnte.

Von Marie hat niemand mehr etwas gesehen. Einige behaupteten, noch einen weißen Stirnreif oder treibendes Haar bemerkt zu haben. Ich will gleich sagen, daß auch die Nachforschungen der Wasserpolizei ergebnislos verliefen. Es war, als hätte der Gott der Unterwelt, den wir in unserem Festspiel beschworen hatten, sie liebend an sich gerissen und in sein Reich entführt.

Ich saß noch eine Stunde stumm und verwaist abseits auf einem Stuhl im Zimmer des Herrn Vaters. Als keine neuen Berichte mehr kamen, und nur noch die Mädchen still weinend herum standen, schlich ich mich weg. Neben der Schusterei war die Lederkammer mit einem Fenster auf den Rhein. Dorthin zog es mich. Den Rest des Tages versaß ich angesichts der feindseligen Wassertiefe, die nun im Abendschein leise zu erblühen begann, einsam denkend und grübelnd. Weinen konnte ich nicht. Ich bildete mir auch nicht ein, von allen am meisten verloren zu haben, aber daß mein Verlust sehr ernster Natur war, so viel begriff ich bereits. Immer wieder sah ich einen Stirnstreifen, eine schwarze Haarsträhne im Wasser treiben, und dann überlief mich ein Frösteln, und durchzog mich eine hilflose Sehnsucht. Manchmal war es mir, als riefe jemand um Hilfe. Dann klang durch allen Schrecken eine helle, unverzagte Stimme aus der Ewigkeit zu mir. Ich kannte mich nicht mehr aus. Verwirrt und erschüttert ging ich mit den anderen zum Abendessen.

Tage des Todes

Dem Unglück folgte eine Reihe von verstörten Tagen. Niemand war seines Lebens froh. Keiner fühlte sich sicher in seiner Haut. Die Hausordnung lief von selber weiter, ohne daß sich jemand um sie kümmerte. Still, sehr ernst und manchmal gedankenabwesend gab Herr Johannes seine Unterrichtsstunden; immer wieder ging sein alter Blick nach dem leeren Platz in den Mädchenreihen. Gelegentlich kam es vor, daß er eine falsche Antwort bekam, stutzte und den Betreffenden verwundert ansah, und dann weiter ging, ohne daß ihm der in der Antwort enthaltene Unsinn richtig zum Bewußtsein kam. Er sah auffallend alt aus, und schien von einem Tag auf den anderen zu ergrauen. Einmal stand er im Portal der Anstalt und putzte sich die Brille mit dem gewürfelten Taschentuch. «Ja, ja», hörte ich ihn zu Herrn Ruprecht sagen, «uns allen ist jetzt die Brille ein bißchen angelaufen. Es kommt nur darauf an, ob sie vor jungen oder vor alten Augen sitzt. Ich putze all die Tage, aber es will nicht wieder hell werden.»

Sah er nur trübe, so schien nun dem Herrn Vater der Tag überhaupt, wenn nicht schwarz, so doch undurchdringlich grau zu werden. Noch nie hatte sein Blick diesen blinden, hilflosen Ausdruck gehabt. Er sagte ebenfalls wenig, aber manchmal während des Diktierens, wenn ihn irgend etwas an Marie erinnerte, verstummte er plötzlich und starrte vor sich hin, mit den Gedanken an ganz anderen Orten, als in seinem Zimmer. Oder es überfiel ihn ein unwiderstehliches Schluchzen, dem ich ratlos und voll kindlicher Bangigkeit beiwohnte. Dann hieß er mich sein Taschentuch nehmen und ihm das Gesicht abtrocknen. Er hatte große, lichtbraune, weiche Taschentücher, die mir immer einen vornehmen Eindruck machten, aber jetzt schienen sie mir seinen hochstehenden Kummer auszudrücken. Einmal sprach er mit mir über den Tod, und machte Bemerkungen über die Nichtigkeit alles menschlichen Strebens und über die einzige Gewißheit des Untergangs für alles, was noch so hoch geboren und viel gepriesen von Menschen gemacht sei. Ich begriff, daß dies große und ernste Worte waren, aber ich saß geborgen in meiner Unbedeutendheit, beschützt von meinem Nichtwissen, und an die Nichtigkeit von Wollen und Tun konnte ich auch nicht recht glauben, denn ich hatte ja viel im Sinn und alles *vor* mir. Wenn noch ein Rest des geistigen Hochmuts in mir gewesen war, so hatte ihn mir der furchtbare Untergang Maries vollends vernichtet. Gewiß zitterte nachhaltig mein Herz, wenn ich an sie dachte, und mit Schauer blickte ich nach den Zeichen des Todes um mich her. Hinter dem Platz des Herrn Vaters im Andachtsaal an der Wand, unter dem auffliegenden Adler mit der Inschrift: «Ich will dich tragen bis ins Alter!» hing nun Maries Bild, groß in Kohlezeichnung, von Herrn Ruprecht nach einer Klassenaufnahme und aus dem Gedächtnis hergestellt, eine furchterregende Schmiererei, ganz unähnlich und entsetzlich leblos. Ich konnte es nicht ansehen, ohne daß mir dabei unwohl wurde, und ich mich bis unter die Haare mit Angst und Widerwillen erfüllte. Die Todesandachten laugten mich schrecklich aus und machten mich ganz blutarm, aber immer bestimmter wurde die *lebende* Marie in mir mächtig. Etwas von *ihrem* Mut, ihrer Einfachheit und Ehrlichkeit dem Leben gegenüber, und ihrem natürlichen Vertrauen zu Gott und den Menschen erfüllte und führte mich nun. Einige sprachen von einem Strafgericht Gottes über uns. Dafür hatte ich kein Verständnis. Ich konnte mir für uns unmöglich eine Sünde vorstellen, die groß genug gewesen wäre, um eine solche Strafe heraus zu fordern. Sie war untergegangen infolge einer großmütigen Handlung als Beispiel für uns alle in Freiheit und Schönheit, und in diesem Sinn, so fühlte ich unbestimmt, mußte ich ihr treu bleiben und ihr nachfolgen.

Zu Herrn Vaters Geburtstag waren alle Feierlichkeiten abgestellt. Anstatt daß wir ihn auf den Hügel hinauf zogen, wie sonst, um dort zu singen und unser Festspiel aufzuführen, verlangte er auf die Rheinfeste gebracht zu werden, wo er eine Gedenkfeier abhalten wollte. Das war eine beinahe unausführbare Forderung, aber mit großer Festigkeit bestand er darauf. Von der Lindenallee im Garten führte an der von Schwarzdorn überwucherten Böschung nur ein schmaler Fußweg schräg zum Badeplatz hinab, und im dortigen Sand und groben Kies gab es überhaupt keinen Weg. Man mußte also den Krankenwagen oben lassen, und den schweren Mann unter vieler Mühe und unendlicher Umsicht hinunter schaffen. Strauchelte einer der Brüder oder glitt aus, so war nicht abzusehen, was für ein neues Unglück geschah. Aber davon ließ er sich nicht abschrecken. Standhaft hielt er alle Erschütterungen und Schmerzen aus, um die Stelle zu sehen, wo Marie den Tod gefunden hatte, und dort mit ihrem Geist zu reden. Eigentlich hatte er unter uns für wehleidig gegolten; diese Selbstüberwindung machte uns einen großen Eindruck. Drunten im Kies hatte man einen Stuhl bereit gestellt, auf dem er ausruhen konnte, während seine Träger verschnauften. Wir zogen langsam nach. Durch Sand und Kies mahlend brachten ihn die Brüder vollends zur Feste, wo man ihm einen Lehnstuhl aufgestellt hatte. Unter neuer Sehnsuchtspein irrten meine Blicke nach der Unglückstelle voraus, und als ich im Kreis mit den anderen auf der Feste stand, hatte ich einen so wilden, tyrannischen Seelendruck zu überstehen, daß ich dachte, ich sollte ihr nachsterben. Aber dann sah ich einen leuchtenden, milden Lichtstrahl draußen über das Wasser gleiten. Aus einem treibenden Spiegel sprang ein großer glitzernder Salm. Irgendwo hüpften schnell hintereinander drei, vier blitzende Wellen vorbei. Das beruhigte mich wieder und erinnerte mich daran, was ich dem Leben in Bescheidenheit schuldig war.

Der Herr Vater schwieg zuerst ergriffen. Gott wußte, wie lange er nicht mehr hier gewesen war, und wie tief ihn auch dieser Gedanke bewegte. Bevor er aber das Zeichen zum Beginn gab – der Posaunenchor stand aufgebaut seitwärts von ihm –, verlangte er noch mehr nach vorn gebracht zu werden, ja er wurde noch einmal ungeduldig, weil man ihm nicht genug willfahrte. Endlich saß er ganz dicht über der Strömung und den Strudeln. Während der Posaunenchor das Sterbelied begann: «Die Menschen gehn von Ort zu Ort durch mannigfalt'gen Jammer» und wir es aufnahmen, schaute er stumm und unbeweglich in die Wirbel hinein, mit einem heißen, hilflosen Glimmen in den Augenwinkeln, und mit unruhig spielenden Fingern auf den Armlehnen des Sessels.

Die Frau Mutter und Herr Johannes standen ernst neben ihm. Als er aber nach dem Verklingen des Liedes die Ansprache beginnen wollte, war er nicht dazu imstande. Lange kämpfte er um Worte. Dann brach er mit einer Stimme, die wild vor Erlösungssehnsucht und müde vor Erdennot klang, in die Worte aus: «Auf Wiedersehn, Marie! Auf Wiedersehn!» Der Ruf flog weit über die Wellen hin und schien draußen auf der lichten Wasserhöhe zu verhallen. Wir sangen noch zum Posaunenchor: «Tod, mein Hüttlein kannst du brechen, das ein Werk von Leinen ist. Aber du hast nichts zu rächen. Meine Sünden sind gebüßt.»

Endlich war er wieder so ergeben in den Willen Gottes, daß er sich stumm und bleich hinauf tragen ließ. Auf dem schmalen Weg hörten wir ihn noch einmal vor Schmerz aufschreien. Im Wagen saß er dann still und sprach freundlich mit Herrn Johannes, der ihn treu begleitete. Zwei Tage lang wurde ich nicht zu ihm gerufen, weil er zu Bett lag. Am dritten saß ich wieder wie immer am Schreibtisch, und diktierte er mir seine Erinnerungen weiter.

Die Wahl

Eines Vormittags, als ich beim Herrn Vater saß und schrieb, hörte ich draußen vor dem Haus einen Wagen vorfahren. Das war ein unerhörtes Ereignis; außer der alten Droschke hielt hier niemals ein Gefährt, aber die Droschke konnte es nicht sein, wie ich genau wußte. Mir taten beinahe die Füße weh vor Neugier, doch der Herr Vater schien überhaupt nichts gehört zu haben, sondern diktierte ruhig weiter. Jetzt hörte ich jemand die Treppe herauf kommen. Dann näherten sich Schritte der Tür, die ich umsonst auf Mann oder Frau zu taxieren suchte. Es klopfte. «Herein!» rief der Herr

Vater. Wie unschlüssig öffnete sich die Tür, und eine ziemlich große, dunkelblickende Frau erschien im Rahmen.

Eine Stille trat ein.

«Wer ist da?» fragte der Herr Vater.

«Meine Mutter –!» sagte ich leise.

Wieder war es einen Augenblick still.

«So begrüße auch deine Mutter!» ermahnte er mich dann freundlich und in ermutigendem Ton. «Laß sie nicht so lange stehen! Was ist das für ein Benehmen!» setzte er halb lachend hinzu. «Hat man schon so was erlebt, daß einer ruhig sitzen bleibt, wenn seine Mutter unverhofft kommt.»

Ich war nun nicht ruhig sitzen geblieben, aber ich hatte zuviel im Kopf, als daß ich sofort damit zu Schlag kam. Verlegen über die Ermahnung, und im neu aufglühenden Gefühl der scheuen Liebe, die ich nun einmal für diese Frau empfand, näherte ich mich ihr. Sie lachte ebenfalls ein bißchen, aber zugleich war sie überrascht, mich hier vorzufinden, und es brachte sie sichtlich aus dem Konzept.

«Du hast wohl hier Stunde?» fragte sie zögernd, während sie einen unruhigen Blick durch das Zimmer schickte, als fürchtete sie, zu stören, und wollte später wieder kommen. Ich schüttelte eifrig den Kopf.

«Ich habe keine Stunde, ich schreibe nur Diktat», erklärte ich ihr, verehrungsvoll an ihr hinauf sehend. Mit einer gewissen Eilfertigkeit bemächtigte ich mich ihrer Hand und begann sie sogleich besinnungslos zum Herrn Vater vor zu ziehen. Sie hatte irgendeinen Duft von Weihrauch an sich, der mir ferne Zeiten wiedererweckte, denn in Wyhlen hatten alle so gerochen. Flüchtig erblickte ich mich als das, was ich *einst* gewesen war, und das machte mich geradezu schüchtern, wenn auch etwas Frohes dabei war.

Sie sah mich lächelnd an, weil ich gleich so an ihr zu ziehen anfing, und ein Schein von Zärtlichkeit ging ihr durch die Augen; vielleicht erinnerte auch sie sich.

«Du bist gewachsen», lobte sie. «Das letzte Mal hast du nicht so gut ausgesehen.»

«Ich bin auch drei Jahre älter», versetzte ich ebenfalls lächelnd. Und vor lauter Verlegenheit setzte ich hinzu: «Du siehst auch gut aus.»

Über diese Bemerkung begann der Herr Vater zu lachen, und auch um ihre Lippen zuckte es wieder ein bißchen, aber im Hinblick auf ihn wurde sie jetzt ernst, und höflich, wenn auch mit geheimer Erregung, näherte sie sich ihm vollends, um ihn zu begrüßen. Neben alldem sah sie mir unternehmend, ja triebhaft und willensstark aus, wie jemand, der genau weiß, was er beabsichtigt, und ich bekam einen großen Respekt vor ihr. Je weniger ich selber zu bedeuten hatte, weltlich gesprochen, desto mehr traute ich ihr zu; ich besaß ja keine Maßstäbe mehr. Sie hatte rote Wangen, denn immerhin befand sie sich auf dem Schauplatz einer erlittenen Niederlage, glänzende Augen vor Kampfbegierde, und vor lauter Gespanntheit hielt sie mich dicht bei sich, als könnte mir etwas geschehen, oder als wollte man uns trennen. Da ich das Fuhrwerk drunten nun mit ihr in Zusammenhang bringen mußte, so begriff ich, daß sie hier war, um einen ausschlaggebenden Trumpf gegen uns Evangelische auszuspielen. Plötzlich fühlte ich mich bis tief hinein von einer für sie auf neue Enttäuschungen gefaßten schlichten Sachlichkeit erfüllt, so daß ich ihr voll herzlicher Sorgfalt einen Stuhl neben dem Herrn Vater zurecht rückte. Sie hatte ja noch immer keine Vorstellung von der Macht des protestantischen Geistes; aber ich kannte sie, und bildete bereits selber ein kleines Partikelchen davon. Deswegen wußte ich auch schon ungefähr, was nun kommen würde.

«Es ist lange her, daß wir uns gesehen haben», sagte der Herr Vater indessen zu ihr. «Hoffentlich ist es Ihnen seither gut gegangen.»

Sie setzte sich auf den Stuhl. Unruhig, mit fühlbarem Mißtrauen gingen ihre Blicke noch einmal durch den Raum.

«O ja», sagte sie. «Danke. Man muß zufrieden sein.» Und scheinbar ohne Zusammenhang setzte sie hinzu: «Ich habe inzwischen meinen verwitweten Vetter geheiratet –!»

Ich sah sie an, um vielleicht aus ihrem Ausdruck zu schließen, was das bedeutete. Ich hatte nicht das Gefühl, daß es irgendein Glück für sie sei, und eine Verwunderung ging mir durch den Kopf. Warum hatte sie es dann getan? Sie streifte mein Gesicht mit einem raschen Blick, und wandte ihre Aufmerksamkeit dann wieder ungewiß und voll treibender Absichten, die noch keine Worte fanden, dem kampfgeübten Gegner zu. Meine Hand hatte sie in der ihren behalten. Die ihre fühlte sich heiß an, und manchmal zuckte sie leise. Sie trug graue Netzhandschuhe, die mir sehr fein vorkamen. Überhaupt war sie, wie mir schien, nobel angezogen, hatte ein Kleid an, das vor Neuheit duftete und vor Blauheit leuchtete, und auf ihrem Hut schwankte und wippte eine schwarze Feder, die, nach Bildern aus meinen Büchern zu schließen, von einem Strauß sein mußte. Ich glaubte nicht, daß sonst noch einer hier eine Mutter besaß, die so hoch gekommen war und auftreten konnte. Durch einen Finger ihres lose gewebten Handschuhs sah ich einen goldenen Ring schimmern. Der Schirm in ihrer Hand hatte eine glänzende, volle, schwarze Quaste und einen fremdartigen kleinen Griff aus grauem Horn. Anschauend sah und erwog ich wieder die gütig unseßhaften Vertiefungen an den Schläfen, den leidenschaftlichen und doch hingebenden Mund mit der unbefriedigten Zeichnung der Lippen, die Freundlichkeit und den immer ratlosen Ernst ihrer Kinn- und Backenknochengegend, und die kühn vorspringende Nase.

Sie war mir wie ein Wunder. Ich hatte immer vermutet, daß draußen ganz andere Menschen lebten als hier, aber sie war in ihrer Art sicher einer der schönsten und einflußreichsten. Das alles dachte ich ganz ohne eigensüchtige Anwendungen auf mich vollkommen selbstlos und wunschlos.

Nebenher hörte ich aus der Unterhaltung, welche die beiden Erwachsenen miteinander führten, daß sie auf einem ziemlich großen Hof lebte. Sie nannte die Anzahl der Jucharte, die dazu gehörte, und der Herr Vater fand es viel. Kühe waren es sieben, ohne das Jungvieh. Meine beiden Vettern, die Söhne des Vetters, den sie geheiratet hatte, und eine Magd arbeiteten auf dem Hof, und ich vernahm, daß die jungen Männer ihre Stiefsöhne seien. Das kam mir seltsam vor, und ich konnte mich nicht darein finden, daß ich nun auf einmal Brüder haben sollte. Drei Pferde gehörten auch zum Anwesen. Das Gespräch schien wider Erwarten einen guten Verlauf zu nehmen, als meine Mutter sich auf einmal einen Ruck gab und mit gewisser Hast sagte:

«Ja, und wir sind da, um den Johannes wieder nach Wyhlen zu nehmen. – Es gibt ja jetzt keinen Grund, ihn noch länger hier zu lassen. Er kann es bei uns gut haben. Ich kann ihm wieder ein Heim bieten.»

Vor Erregung ließ sie meine Hand los und nahm das Taschentuch aus ihrer Handtasche, um sich zu schnauben. Der Herr Vater horchte überrascht auf und ließ erst eine Pause verstreichen, bevor er antwortete.

«Um eine solche Sache zu besprechen», meinte er dann langsam, «brauchen wir doch auch Ihren Mann. Sie sind ja nun nicht mehr selbständig in Ihren Entschlüssen.»

Auch ich hatte überrascht aufgehorcht, als ich vernahm, was mit mir geschehen sollte, aber ich hatte nicht das Gefühl, als wäre ich selber das, über den man nun zu verhandeln begann. Einen viel größeren Eindruck machte es mir, daß meine Mutter nicht mehr selbständig sein sollte. Das konnte ich wieder nicht begreifen, und ich sah sie fragend daraufhin an. Ich zweifelte nicht, daß sie alles konnte, was sie wollte, denn der Vetter hatte ihr sicher die Macht dazu gegeben.

«Die die Sache angeht, die sind alle da», versetzte sie,

ohne meinen Blick zu erwidern. «Und mein Mann muß beim Pferd bleiben; es steht nicht ruhig.»

«Dann wollen wir Ihren Sohn hinunter schicken», schlug er vor. «Er wird das Tier schon halten können, und dafür lerne ich Ihren Mann kennen.» Darauf antwortete sie nicht, und nach einem kurzen Schweigen fuhr er fort: «Es ist ja da noch vieles andere zu bedenken. Vergessen Sie nicht, daß auch ein Vormund mitzureden hat.»

«Der Vormund hat sich sonst nicht um ihn bekümmert», versetzte sie ein wenig gereizt. «Wenn die Verwandten seines Vaters dachten, er sei in Wyhlen nicht gut aufgehoben, warum nahmen sie ihn dann nicht zu sich? Ich wollte uns in Amerika eine neue Existenz machen, inzwischen hat man hier über meinen Kopf hinweg gehandelt.»

«Man hat an dem Kind aber nicht *schlecht* gehandelt», gab er zu bedenken. «Und er ist nun einmal mit Einwilligung seines Vormundes hier.» Sie antwortete wieder nicht. «Ferner ist Ihr zweiter Mann katholisch, wie ich annehme.» Sie nickte kurz. «Aber Johann ist ein protestantisches Kind.»

«Es gibt keine protestantischen und katholischen Kinder; dazu macht man sie erst nachher. Er ist einfach *mein* Kind, und ich bin seine Mutter.» Tränen zitterten in ihrer Stimme. «Wir sind überein gekommen, ihn jetzt zu uns zu nehmen, und ihn lernen zu lassen, wozu er den Kopf hat. Auch studieren kann er, wenn er will.»

Mich begann das alles nun doch heimlich aufzuregen. Auch die Tränen meiner Mutter gingen mir nah. Ich ergrimmte in meinem Innern, und wußte nicht, über wen. Große, unvereinbare Widersprüche klafften zwischen diesen beiden Menschen, und ich fühlte meine Machtlosigkeit wie noch nie. Eingeschüchtert zog ich mich nach dem Fenster hin zurück, bekümmert darüber, daß nun der scharfe Streit doch wieder aufbrennen werde, und bereits ängstlich ihm entgegen sehend.

«Ich bin bereit, über dies alles mit Ihnen und Ihrem Mann zu verhandeln», erklärte der Herr Vater immer noch ruhig, wenn auch nun in bestimmterem Ton. «Aber dazu muß ich ihn selber vor mir haben und reden hören. Das werden Sie begreifen. – Johann, geh hinunter, sage dem Mann, er möchte herauf kommen, und bleibe in der Zeit beim Pferd.»

Meine Mutter widersprach nicht länger, und nach einem letzten fürchtenden Blick auf die beiden gehorchte ich. Beim Wegstolpern verwickelte ich mich in einen Teppich und stürzte beinahe hin. Als ob einer hinter mir her wäre, hastete ich die Treppen hinunter und kam ganz atemlos und aufgeregt drunten vor dem Haus bei dem Fuhrwerk an.

«Sie möchten, bitte, zum Herrn Vater hinauf kommen», sagte ich, ohne mich als Stiefsohn zu erkennen zu geben; ich dachte gar nicht daran. «Ich soll solange beim Pferd bleiben.»

Der Mann sah mich verwundert an. Einen Moment schien ihm eine Ahnung durch den Kopf zu gehen, wen er vor sich habe. Aber auch er fand nicht die richtigen Worte, und mit einer gewissen Verlegenheit erwiderte er: «Dann ist gut. Hier, halt ihn ziemlich kurz. Wenn er mucken will, nimmst du ihn noch kürzer. Aber laß dich nicht treten. – Wo ist denn das?» fragte er unter dem Portal zurück.

Ich wies ihn zurecht, und er tappte bedächtig ins Haus hinein. Ganz seltsam kam ich mir vor mit dem Pferd meines Stiefvaters am Zügel, halb bänglich und ungewohnt – ich kannte ja nichts, als Bürsten, Schuhe und Bücher –, halb neugierig und auch ein wenig wichtig. Ich war darauf gefaßt, wenn jemand käme und fragte, ihm zu antworten: «Das Fuhrwerk gehört meiner Mutter!» Es kam aber niemand. Bloß die Schwalben spielten über den Hof. Die Hauskatze hüpfte nach Schmetterlingen jagend in den kleinen Anlagen vor dem Haus herum. Der Küster der katholischen Kirche spaltete Buchenholz vor seiner Wohnung links neben dem Tor; die Schläge seiner Art hallten taktmäßig zu mir herüber.

Einer der Brüder übte auf der Orgel im Andachtsaal. Sonst war es ganz still. Eine ordnungsmäßige Einsamkeit breitete sich hier aus. Jeder war an seinem Posten und bei seiner Aufgabe. Und droben stritten sie jetzt vielleicht um mich und meine Zukunft. Fragend betrachtete ich das Pferd, als ob mir sein Aussehen Auskunft geben könnte. Es war kein Fuchs, wie ich erwartet hatte, sondern ein brauner Wallach. Den Wagen hatte ich mir neu und grasgrün vorgestellt; er war schwarz und ziemlich alt. Auch der Mann meiner Mutter hatte mich überrascht oder enttäuscht; er war nicht groß und sozusagen machtvollkommen, sondern mittelgroß, ein Fünfziger, der schon etwas gebückt ging, ein Mann von unschlüssigen, schiebenden Bewegungen, in einem braunen Halbleinenanzug und mit einem alten schwarzen Hut auf dem grauen Kopf. Ich suchte zu denken, und brachte doch nichts zusammen. Wolken waren über mir aufgegangen, in denen es grau und dunkel wurde, und zwischen ihnen leuchteten Sonnenstrahlen hervor, die Wasser zu ziehen schienen, und alles zusammen machte mir einen ziemlich gewitterhaften Eindruck, aber ich war noch gar nicht gefragt, was ich dabei tun wolle.

Von Anfang an hatte ich angestrengt auf das Pferd acht gegeben, und da es so still stand, gewann ich die Auffassung, daß es mich anerkannte und mein Auftreten ihm gegenüber gut hieß. Darüber begann ich es langsam zu vergessen und anderen Dingen nachzudenken. Wenn es schnaubte oder den Kopf warf oder den Boden mit den Füßen stampfte, sagte ich: «Hüüü!» und war sehr befriedigt von dem männlichen und sachgemäßen Ton, den ich hinein legte. Nachher bereitete mir auch das keine Genugtuung mehr, zumal niemand um den Weg war, der es bewundern konnte. So merkte ich gar nicht, daß das Tier sich mit einem Entschluß zu beschäftigen begann. Ich sah wohl zerstreut, daß es mit den hübschen braunen Augen spielte und die Ohren spitzte, aber inzwischen streckte ich die meinen, um vielleicht von dem Gespräch droben etwas aufzufangen. Plötzlich schien mir, als ob das Pferd sich mit mir in Bewegung setzte und nach dem Tor hin zu marschieren begänne. Schnell rief ich wieder mit dem ganzen Aufgebot meiner Männlichkeit: «Hüüü!» und «Hööö!», aber das Tier schnaubte und warf in einer so bestimmten und hochfahrenden Weise den Kopf, daß ich ganz verlegen wurde und nicht wußte, wie ich weiter mit ihm verkehren sollte. Es gestattete durchaus nicht, daß ich es, dem Rat meines Stiefvaters folgend, kurz am Zügel faßte. Zudem sollte ich ja nach seiner Anweisung darauf achten, daß ich nicht getreten wurde. Schließlich blieb mir nichts übrig, als mich in die langen Zügel zu hängen, und mich so schwer zu machen, als ich konnte. Zu meinem Glück machte ich mich Hüst schwerer als Hott, so daß das Pferd vor dem Tor unerwartet beidrehte und sich die Fahrstraße entlang durch den Hof vor den Kastanien vorbei in Trab setzte, als wollte es seinen Weg ebensogern zum unteren Tor hinaus mit mir nehmen.

Aber ich war nicht ganz so dumm, sondern begriff, warum es vor dem Tor beigedreht hatte. Vor dem Mühlenbach hing ich mich eifrig in den linken Zügel, und richtig bog der Wallach wieder Hüst ab. Nun tat ich, was ich konnte, um ihn vor dem Portal zum Stehen zu bringen, aber dazu erkannte er mir die Macht nicht zu. Im Gegenteil, vor dem Schloß nahm er einen neuen Schwung; offenbar hatte er diesmal fest die dunkle Toröffnung ins Auge gefaßt, durch die er die freie Welt draußen herein winken sah. Ich mußte jetzt schon hurtig nebenher laufen. Einmal trat ich auf die nachschleifenden Riemen und wäre fast unter die Räder gekommen. Aber ich wehrte mich, wickelte laufend das Zeug auf und zog wieder Hüst aus aller Kraft schon lange vor dem Tor. Bei der Weide schwenkte der Braune schnaubend und nun schon sehr gereizt zwar herum, schlug aber die Straße hinunter jetzt einen kurzen Galopp an und ich galoppierte wachsam und sorgenvoll mit. Vor dem Mühlenbach riß ich ihn, da mir sonst nichts einfiel, von neuem nach links, und wir preschten und schnaubten miteinander vor den beiden Atlassen am Portal vorbei, daß der Kies flog, und ich meinen Schuh verlor.

Allmählich wurde mir angst. Die Knie begannen mir zu zittern. Der Schweiß brach mir aus. Meine Existenz fing an, mir unwahrscheinlich vorzukommen, und die Welt besaß ich schon nur noch als vagen Begriff, der in beunruhigender Weise Miene machte, auch ohne mich fertig zu werden. Ich wünschte, daß jetzt der Vetter käme und seinen dämonischen Klepper wieder selber an die Hand kriegte. Noch eine solche Runde, und ich ließ ihn in Gottes Namen laufen, wohin er wollte, um wieder Anschluß an mein junges Leben zu gewinnen mit allen Propheten und Aposteln darin, und dem großen Einmaleins meiner grünen Zukunft, das gerade jetzt so spannend in die Knospen ging. Das Herz jagte mir in raschen, harten Stößen. Beim Tor wollte es die Bestie zwingen, aber ich war immer noch zäher, als ich selber dachte, und ließ mich auf der einen Schuhsohle so lange über die Steine hinschleifen, bis sie es noch einmal aufgab. Dafür nahm sie nun allerdings helle Karriere nach der Mühle zu. Ich hopste in langen Sätzen wie ein Kobold schon halb träumerisch vor Schreck nebenher, aber eigentlich bloß mit dem Leibe; die Seele war schon halb von mir. Wie aus dem Jenseits und ohne alle Hoffnung sah ich den weißen Müller fuchtelnd hinter dem Bach auftauchen, während das verwünschte Karussell wieder nach links herum schwenkte, als drehte es sich schon seit Ewigkeit so, und sollte sich ewig so weiter drehen. Aber nun kam mir vom Schloß her wie ein Engel der Vetter selber zu Hilfe. Schon warf er sich dem tückischen Geschöpf in die Zügel, und im nächsten oder übernächsten Augenblick stand die Jagd. Ich war erlöst.

«Hast dir denn weh getan, Johannesli?» fragte er besorgt. Ich konnte nichts antworten. Atemlos und an allen Gliedern zitternd schüttelte ich den Kopf, während die Tränen mir in die Kehle stiegen, und ein verwunderter Zorn über das Rabenaas mir undeutlich durch den Kopf schoß. «Nun, dann ist's gut. Sollst wieder hinauf kommen», sagte er dann noch in seiner achtsam schleppenden Weise. Ich holte meinen Schuh ein und ging ins Haus, ohne noch einen Blick nach ihm und dem Pferd zurück zu werfen.

Droben empfing mich die Mutter mit großen Sorgen. Ich mußte erzählen, was geschehen war, und würgte von Worten hervor, soviel mir zu Gebot standen, mußte mich setzen, und der Herr Vater hieß mich ein Glas Wasser trinken, von dem immer in einer weißen Karaffe da stand. Davon wurde ich wirklich ruhiger, und nachher nahm der Herr Vater von dem langen, inzwischen stattgehabten Gespräch eine kurze Wiederholung vor. Er wies noch einmal auf die Bedenklichkeit hin, meinem Bildungsgang jetzt noch eine andere Wendung zu geben, auf die großen Kosten, die mit einem Privatunterricht als Vorbereitung aufs Gymnasium verbunden wären, abgesehen von den Gymnasial- und Universitätsjahren. Ihr Mann möge wohl willig sein, aber es sei doch mehr als fraglich, ob die beiden Söhne aus erster Ehe auf die Dauer mitmachen würden, besonders wenn sie heirateten, und vollends, wenn mein zweiter Vater vorzeitig stürbe, und alles in Erbteilung ginge. Dagegen hörte ich nun, was sonst für mich ins Auge gefaßt war als eine Möglichkeit, die auf dem allgemeinen Weg läge. Ich konnte nach meinem Austritt hier ein Lehrerseminar bei Bern beziehen, und mit neunzehn Jahren trat ich nach einem ununterbrochenen gleichmäßigen Bildungsgang in den Schuldienst, ohne noch länger an jemandes Opferwilligkeit Ansprüche machen zu müssen.

«Überlegen Sie sich das alles doch sehr, Frau Kanderer», schloß er seine Rede. Und freundlich sprach er ihr noch zu:

«Gewiß meinen auch Sie es gut mit ihm und haben sein Bestes im Auge, aber vielleicht habe ich doch den größeren Überblick über das Gebiet, das in Frage kommt. Viele Schicksale sind hier schon durch gegangen. Mit nichts haben wir in langer Erfahrung so rechnen gelernt, wie mit dem Wandel des Glücks, und mit der Unbeständigkeit des menschlichen Herzens. Unser Johann ist keine heldenhafte Natur, die sich trotzig behaupten kann; er ist eine träumerische und empfindsame Seele, die leicht Schaden nimmt. Wir dürfen nichts unternehmen, was wir nicht sicher in der Hand haben. Die Laufbahn durchs Seminar ist nach menschlichem Ermessen so gut wie sicher und fällt mit seinen Wünschen zusammen. Alles andere wäre nach meinem Gefühl Gott versucht.»

Er schwieg, und auch meine Mutter blieb noch eine Weile stumm. Dann wandte sie von neuem ihre abgründigen Augen mir zu mit einem enttäuschten und suchenden Ausdruck.

«Wir draußen», begann sie noch einmal, stockend nach Worten suchend, «haben Pläne, und es geht uns allen bald so und bald so. – Die Welt ist keine Bewahranstalt. – Und du, Johannesli, was sagst denn du dazu?» sprach sie dann mit einem traurigen Lächeln mich an. «Sie sagen hier, wir könnten dir nicht gerecht werden. Ist das auch deine Meinung? – Nun, du brauchst dich jetzt nicht zu entscheiden», bemerkte sie schnell und wie fürchtend, als ich nichts zu erwidern vermochte. Noch einen Moment betrachtete sie mich in zunehmender Beunruhigung, während ihre Augen zu schwarzen Löchern wurden. «Wir haben hier ausgemacht, daß du Zeit zum Überlegen haben sollst. Wir haben unsere Meinung gesagt und können nicht davon abgehen, aber es soll dir auch kein Zwang angetan werden. Deinetwegen habe ich den Vetter Franz geheiratet, damit du wieder eine Heimat bekommst. Drunten steht der Wagen. Zum zweitenmal fährt er nicht vor, außer wenn du schreibst, daß man dich holen kommen soll. – Auch ich meine, daß diese Sache sich jetzt entscheiden muß», schloß sie grübelnd. «Nachher wieder anders wollen, das ginge dann wirklich nicht.»

Wie mutlos verstummte sie. Ich sah und fühlte ihr an: Sie glaubte schon nicht mehr an ihren Sieg, aber sie wollte aus Großmut oder aus Selbstachtung den Schein erwecken, als täte sie es. Es wurde jetzt einen Moment ganz still. Die Uhr sagte elf an. Der Dompfaff pfiff leise: «Wer nur den lieben Gott läßt.» Auch die Schläge des Holzhackers hörte man jetzt hier. Mir schmerzte der Kopf vor Ratlosigkeit. Was sollte ich nur auch tun oder sagen, um sie wieder aufzuheitern? Mir waren ja all diese Fragen ganz schemenhaft; wie Gespenster, mit denen ich nicht reden konnte, zogen sie an meinem Horizont hin. Zwar war es immer mein Traum gewesen, Lehrer werden zu dürfen; die Aussicht darauf schien mir der Gipfel des Wünsch- und Erreichbaren. Aber ich war auch bereit, Doktor oder gar Professor zu werden, jedes Opfer wollte ich bringen, um ihr Freude zu machen. Ich hatte wieder meinen Sitz beim Fenster eingenommen. Vor Herzbewegung stand ich rasch auf, um zu ihr zu treten. Vielleicht wollte ich etwas sagen, vielleicht auch bloß still ihre Hand nehmen. Aber ich hatte nicht das offen stehende Fenster beachtet, obwohl dessen einer Flügel dicht vor meinen Augen hing. Daher rannte ich mir im Aufstehen so heftig den Schädel an dem vorstehenden Griff auf, daß das ganze Fenster klirrte, und ich mich vor Schmerz und Überraschung wieder setzen mußte. Ich hatte damals eine Zeit, in der mir fortwährend etwas passierte. Entweder ich verlor mein Taschentuch und mußte es aus meinem Käßchen ersetzen, oder ich schnitt mich mit dem Messer in die Beine; ich trat mir allein von allen Jungen den einzigen Glasscherben, der in der ganzen Gegend aufzufinden war, beim Baden in den Fuß, oder ich suchte halbe Tage lang ein Buch, das ich verlegt hatte. Der Herr Vater fragte ein bißchen erschreckt, was geschehen sei.

«Er hat sich den Kopf angeschlagen», sagte meine Mutter an meiner Stelle. Sie sah fragend nach mir hin, rührte sich aber nicht weiter.

«O Johannesli», rief er lachend, «du Apokalyptiker, du wirst dich mit deinem Schusselwesen noch um Glück und Seligkeit bringen!» Und zu ihr sagte er: «Es ist ein Wunder, daß er überhaupt noch lebt. Neulich fiel er zehn Meter von einem baufälligen Turm im Burggraben hinunter. Aber er scheint seinen besonderen Engel zu haben; es ist ihm weiter nichts passiert. – Weißt du, warum ich dich Apokalyptiker nenne?» fragte er mich noch.

«Weil ich jetzt die Engel im Himmel singen höre», erriet ich kläglich und furchtbar beschämt, während ich mir den Schädel rieb. Die Augen gingen mir über, und ich hätte mich in den Boden verkriechen mögen unter dem Blick meiner Mutter, der nicht zufrieden aussah.

«Du kannst jetzt mit deiner Mutter zusammen bleiben, bis es läutet», erlaubte er mir dann. «Sie werden doch mit uns essen, Frau Kanderer?» fragte er sie. «Klingle einmal, Johann», gebot er. Auf das Klingelzeichen kam immer die Frau Mutter oder Fräulein Felicitas herein.

Aber meine Mutter stand jetzt rasch auf.

«Wir fahren gleich wieder heim», bemerkte sie mit befremdetem und vereinsamtem Ausdruck. Auch sehr unruhig sah sie wieder aus. «Es ist jetzt viel zu tun. – Und ich danke für alles.»

Er bedauerte das, schickte sich aber darein, und wünschte ihr alles Gute. Sie hörte ihm mit grübelnder Stirn und wie leise gereizt zu, stand noch eine Weile unschlüssig, und wandte sich endlich zur Tür, es mir überlassend, wann und wie ich ihr folgen würde. Ich ging ihr rasch voraus, um ihr aufzumachen, dachte zwar auch jetzt nicht an den Teppich, aber es ging diesmal gut, dafür vergaß ich mich vom Herrn Vater zu beurlauben. Ich war sehr betroffen und verwirrt, da mir all das bereits bergehoch über den Kopf zu wachsen begann. Aber meine Kleinheit war anderseits auch wieder meine Zuflucht. Während ich neben der Mutter, die mir in ihrem arbeitenden und zuckenden Schweigen wie eine Riesin vorkam, die Treppe hinunter stieg, erklärte ich ihr in bescheidenem Ton die anliegenden Räume. Sehr gern hätte ich sie zu meinem Platz im Lehrsaal geführt; auch mein Bett droben hätte ich ihr gern gezeigt. Dann waren da meine Dichtungen und Kompositionen und meine Zeichnungen, die sie eigentlich auch kennen mußte, wenn sie einen Begriff von mir haben sollte. Aber das alles wagte ich jetzt angesichts des Erwachsenenwiderstreites nicht zur Sprache zu bringen. Vor dem Portal erwartete uns der Vetter. Er schien mir noch bedrückter als vorher, behandelte mich jetzt wie einen kleinen Herrn, und war nach meiner Auffassung viel zu achtungsvoll und zu höflich zu mir. Ich dachte, daß ihn dieser Platz genierte, von dem ein so großer und frommer Ruf ausging. Das passierte übrigens den meisten; wir kannten das schon.

«Hast du denn keinen Koffer oder so was?» fragte er suchend. Er schien den Sinn der droben getroffenen Verabredung gar nicht erfaßt zu haben, und ich sah ihn verwundert an. «Und wo hast du deinen Hut?»

«Du hast wohl wenig zugehört?» meinte meine Mutter anstatt der Antwort. «Wie kann er mit einem Koffer anrücken, wenn er sich erst alles überlegen soll?»

«Nun, ich dachte, du hättest es vielleicht noch durchgesetzt», suchte er sich zu erklären, indem er am Riemenwerk des Pferdes nestelte. «Man ist ja gestört worden –»

Wie unschlüssig schwieg er.

«Eine große Unterstützung habe ich an dir gehabt droben», versetzte sie geplagt. «Fahre jetzt zum Wirtshaus voraus. Du weißt ja, droben an der Straße über dem Bahnhof. Wir kommen nach.»

Er nickte schweigend, bestieg umsichtig den Bock, nahm das Leitseil in die Hand, alles wie ein ernster, gerechter Mann, der sich in ungerechte Behandlung schickt. Dann schnalzte er leise mit der Zunge; der Wallach zog an, froh, daß er sich bewegen konnte, und trabte weit ausholend nach dem Tor hinauf. Meine Mutter sprach nun ruhig und überlegt mit mir von meinen Sachen, fragte nach meinen Kameraden, wie das Essen jetzt sei, ließ sich nun unbefriedigt über mein Aussehen aus, verlangte zu wissen, ob wir immer noch so geschlagen würden, und entnahm währenddessen ihrem Geldbeutelchen ein Fünfmarkstück, das sie mir gab. Ich dankte schüchtern und behielt es aus Verehrung für sie in der Hand. Nebenher richtete sie mir die Grüße der Großeltern aus und berichtete einige Veränderungen, die sich zu Haus vollzogen hatten. Aus Verlegenheit fragte ich nach dem Müllermädchen, obwohl es mir ganz gleichgültig geworden war, und sie sagte, daß die Familie nach vielen Streitigkeiten nach Amerika ausgewandert sei. Da schien mir das Kind doch wieder so etwas wie eine Gloriole zu bekommen, und ich überlegte, ob das meinen Aussichten auf das Seminar wohl ungefähr die Waage halten werde. Ich hätte ihr nun gerne von Marie und dem Unglück erzählt, aber auch dafür fand ich keine Worte, und statt dessen berichtete ich von ein paar belanglosen Veränderungen, die sich *hier* ereignet hatten, vom Posaunenchor, von der Verlobung des Herrn Bunziker, und daß der blinde Esel seit einiger Zeit krank sei. Dann, um doch vielleicht noch einmal unter uns beiden auf ihre Dinge zurück zu kommen, fragte ich nach dem Hof, auf dem sie jetzt Gebieterin war; ich hatte auch das Bedürfnis, sie damit zu ehren.

«Ach, laß den Hof!» sagte sie aber mit einer ungeduldigen Gebärde. «Denkst du, ich werde bis ans Ende meines Lebens auf dem Misthaufen sitzen bleiben, wenn du doch nicht hinkommst?» Verwundert dachte ich, daß ja noch gar nichts beschlossen sei, aber ich wagte nichts zu sagen. Sie begann jetzt zu fragen, ob wir auch warmes Zeug für den Winter hätten. Als sie hörte, daß ich gar nichts von Unterhosen und dergleichen wußte, äußerte sie sich mit zurückhaltender Mißbilligung. Ich wollte die Ehre der Anstalt retten, indem ich sagte, wir hätten aber im Winter dickere Kleider. «Habt ihr denn wenigstens Mäntel?» fragte sie. Auch das mußte ich verneinen; wir kamen mir jetzt sehr armselig vor, und ich schämte mich vor ihr für uns alle. Sie ging schweigend darüber hinweg, fragte mich, ob ich eine warme Mütze hätte, und stellte sie mir in Aussicht, versprach mir Handschuhe und Schlittschuhe, einen Schlitten, als sie hörte, daß ich noch keinen besaß, und plötzlich fielen ihr zwei Tafeln Schokolade ein, die sie für die Heimfahrt eingesteckt hatte. Auch die Schokolade behielt ich in der Hand. In der einen Hand die violetten Tafeln, in der anderen das Fünfmarkstück, so kam ich mit ihr beim Wirtshaus an, wo der Vetter auf uns wartete. Der Wallach stand auf der Straße angebunden und hatte eine Krippe voll Hafer und Häcksel vor sich, worin er mit der weichen Schnauze wählerisch und eigensinnig wühlte. Der Vetter, der wohl ein wenig schwerfällig und nicht leicht auf ein anderes Gleis zu bringen war, begann wieder davon, daß ich nicht gleich mitkam. Ich hätte ihm können beim Öhmd helfen. Sie lachte jetzt ein bißchen, aber nicht ungut.

«Er wird nun wohl von seiner guten Schule weglaufen, um dir bei deinem Öhmd zu helfen», spottete sie. «Denke nicht», setzte sie mit einem eifrigen, aber mißglückten Anflug von Stolz hinzu, «daß du aus dem einen Bauern machst. Der hat anderes im Kopf.»

Der Bauer streifte sie mit einem fragenden und auch leise spottenden Blick. Bauer zu sein, sei das Schlimmste wohl noch nicht, meinte er ebenfalls ein bißchen lachend. Ein Mädchen kam mit rotem Wein, Käse und Brot, und guckte mich verwundert an, da uns die Wirtschaft sonst streng verboten war; ich dachte nicht einmal daran. Wir begannen zu essen und zu trinken. Auch ich bekam ein Glas Wein. Mein Stiefvater stieß mit mir an auf Gesundheit, und daß er mich bald abholen dürfe; so etwas Junges möchte er gerne noch einmal in seinem Haus haben. Er sah mich dabei freundlich und wohlmeinend an. Offenbar gefiel ich ihm, und auch er gefiel mir; in irgend einem Zug erinnerte er mich an meinen Vater. Auch mit der Mutter stieß ich an. Sie sah wieder heiterer aus, und der Vetter begann ein paar Streiche zu erzählen, die ich in Wyhlen verübt hatte, oder verübt haben sollte. Ich merkte zu meiner Verwunderung, daß ich dort inzwischen zu einer Art von sagenhafter Person geworden war. Meine Mutter, die heimlich wohl immer noch ein wenig aufgeregt war, trank rasch hintereinander zwei Gläser Wein, und bekam rote Wangen. Sie begann nun von meinen Taten im Vaterhaus in Basel zu erzählen. Ich war wie im Traum, während ihre Augen zufrieden und wieder ein bißchen stolz zu spielen begannen. Sie berichtete, daß schon mein Vater mich zum Studium bestimmt gehabt habe, denn es sei früh zu merken gewesen, wo hinaus das mit mir wolle. Schon als kleiner Kerl sei ich schußlich gewesen wie ein Professor, und zerstreut und tiefsinnig wie ein Gelehrter. Antworten hätte ich gegeben, über die man sich biegen konnte vor Lachen. Und vor Fragen sei es mit mir nicht zum Aushalten gewesen. Dann ging sie aber an, ihrem Mann meinen Vater ein bißchen vorzuspiegeln, wie gut sie es dort gehabt habe, wie geehrt sie bei den Pfarrersleuten gewesen sei, und so weiter. Unter der anregenden Wirkung dieser Geschichten aus meiner ersten Jugend und wohl auch infolge des Weines vergaß ich meine Verschüchterung und fing ebenfalls ein bißchen an, zu reden. Vor allem wollte ich noch mehr von meinem Vater hören, von dem ich für mein Bedürfnis immer zu wenig faßbare Tatsachen besaß.

«Dein Vater?» meinte meine Mutter, die jetzt in den Zug gekommen war. «Dein Vater war der gescheiteste und gelehrteste Mann, der mir in seinem Stand vorgekommen ist. Er hatte wenigstens zwanzig Bücher, und alle kannte er auswendig. Der Herr Pfarrer hatte manchmal lange Gespräche mit ihm, und nie blieb er die Antwort schuldig.» Einen Moment stockte sie, und dann fuhr sie in einem unruhigeren Ton fort: «Englisch konnte er sprechen wie Wasser, wenn er nur wollte, obwohl er es nie gelernt hatte. Und im Traum sprach er überhaupt nur Französisch.» Und plötzlich von einem Schatten überdeckt schloß sie: «Aber er war nicht gesund genug. Er hatte fünf Krankheiten. Als Kind hatte er die Gehirnentzündung; daher war er wahrscheinlich so tiefsinnig und still. Du bist manchmal auch so. Später bekam er den Rheumatis, das Gliederzucken, dann Typhus und Nervenfieber.»

Sie verstummte durch Erinnerungen oder Gedanken bedrängt, aber ich konnte wohl verstehen, warum sie das in so bestimmtem und wichtigem Ton vorbrachte. Auch mir schienen das bedeutende Mitteilungen, die Bücher sowohl, wie das Englische und Französische und die fünf Krankheiten. Zweifellos mußte er ein besonderer Mann gewesen sein, auf dem die Augen mancher Leute ruhten, wie zum Beispiel des reichen Herrn Pfarrers. Die Tatsachen spielten in der nächsten Zeit in meinen Prahlereien vor meinen Kameraden eine gewisse Rolle, und es fand sich keiner, der ihren Wert entkräften konnte.

Auf einmal schien mir, daß der Vetter still geworden sei, und daß eine leise Trauer ihm über das bedächtige und redliche Gesicht ging. Er fühlte wohl, daß er doch bloß ein Katholik war im Vergleich mit meinem Vater, und das stimmte ja auch, aber er tat mir doch leid, und sofort fühlte ich das dringende Bedürfnis, ihm ein tröstendes Wort zu sagen, oder ihm sonst zu zeigen, daß ich ihm gut sei. Eben suchte er, da er fertig gegessen hatte, seine Pfeife. Sie lag hinter dem Brotlaib versteckt; er konnte sie nicht sehen. Rasch beugte ich mich über den Tisch, um sie ihm zu reichen. Dabei hatte ich aber wieder etwas übersehen. Neben meinem Arm stand das frischgefüllte Rotweinglas meiner Mutter, das ich so eifrig umwarf, daß es zerbrach, und den größten Teil seines Inhalts natürlich über das Kleid meiner Mutter verschüttete. Sie sprang mit einem Schreckensruf auf und begann sofort zu schütteln und zu klopfen, und vor Gram und heißer Beschämung klopfte ich mit. Nachher lief sie zum Brunnen hinaus, um die Flecken gleich zu spülen. Als sie den Rock aufhob, um ihn von innen auszuringen, sah ich kummervoll, daß sie durch und durch naß sein mußte. Indem schlug es in der Anstalt drunten zwölf Uhr: gleich mußte es läuten. Sie sah an meinem Blick, daß ich nun gehen mußte.

«Es schadet nichts», suchte sie mich zu trösten. «Das kann jedem passieren. – Und jetzt mußt du wohl gehen?» Sie sah gleich wieder angefochten und unruhig aus. «Ja, dann müssen wir scheiden.» Sie hatte den Rock wieder fallen lassen und begleitete mich jetzt zum Bauern. «Sag dem Vetter Adieu!» sagte sie. Der kam eben vom Pferd auf mich zu.

«Nun, und was würdest du sagen, wenn wir dich jetzt einfach nähmen und mit dir davon führen?» fragte er lächelnd. «Ich habe zwar nicht zwanzig Bücher und fünf Krankheiten wie dein Vater, aber schlecht solltest du es auch nicht haben bei uns.»

Ich sah ihn ganz verdutzt an. Es war, als hätte er gesagt: «Ich nehm's auf mich und mache die ganze Welt anders.» Aber in meinem Kopf hatte der Wein schon alles, wie man in dortigen Gegenden sagt, unterobsi, das Unterste zu oberst, gebracht, und ich blinzelte ihn nur stumm und erwartungsvoll an, während mir das Herz zu klopfen begann. Doch die Mutter, die mit einem merkwürdig betrachtenden Ausdruck dabei stand, sagte unzufrieden: «Rede dem Kind nichts ein.

Ihm ist's am wohlsten dort drunten. Er will gar nicht zu uns. Die Katholischen sind ihm jetzt zu dumm.» Verlegen und unglücklich wandte ich mich ihr wieder zu, aber sie führte mich jetzt entschlossen und fühlbar verstimmt aus dem Wirtsgarten. Mir war die Welt nicht mehr ganz deutlich; ich hatte mehr Wein getrunken, als ich vertragen konnte, und fand mich auch auf meinen Füßen nicht mehr fest. «Lerne brav weiter», ermahnte sie mich in gleichgültigem Ton. «Erhalte dir deine Freunde. – Und bevor du aufs Seminar gehst, besuchst du uns noch einmal.» Wieder wollte ich ihr entgegen reden, es sei noch gar nichts sicher, aber von einer rasch aufkommenden Regung der Beschämung fühlte ich mich wie auf den Mund geschlagen. Sie erwartete auch keine Antwort. Draußen strich sie mir halb verloren und auch etwas geplagt – alles empfand ich wie im Traum – über den Kopf. «Du bist ganz der Vater», bemerkte sie, bemüht, dem Wort einen unparteiischen und freundlichen Klang zu geben. «Auch so mit den geschlossenen Händen halb nach vorn stehst du da, wie er. – Dein Vater war ein nobler und vornehmer Mann.» Ihre Stimme klang so seltsam, während sie diese starken Ausdrücke brauchte. Alles war so wunderbar. Eben wollte ich aufblicken, um zu sehen, ob sie Tränen in den Augen hätte, da fing die Anstaltsglocke an zu läuten, und mir fuhr eine heilige Furcht in die Glieder, mich zu verspäten. Ich glaube, ich begann, auf der Stelle zu treten. «Nun, so geh!» sagte sie wieder ein bißchen gereizt. «Was sein muß, muß ja sein. – Schreib' einmal. – Und soll ich in Wyhlen von dir grüßen?»

Jetzt begann mir noch der Kopf vor Wein zu brummen. Auch fiel mir die Schokolade ein, die ich drinnen auf dem Tisch hatte liegen lassen, aber dafür war nun keine Zeit mehr. «Und bleib gesund, Johannesli!» hörte ich noch wie aus weiter Ferne die plötzlich ganz veränderte Stimme meiner Mutter; träumerisch durchflog mich die Vorstellung, sie rede aus einer regnenden Wolke, aber ich wußte nicht, war es liebend oder erzürnt oder gleichgültig. Schnell, in einer unklaren Wallung, wollte ich sie noch umarmen und küssen, aber sie kam mir nicht rasch genug entgegen, und aufs Geratewohl nahm ich ihre Hand in meine beiden, um einen leidenschaftlichen, aber sehr ungeschickten Kuß auch noch beinahe daneben zu drücken. Ganz verwirrt taumelte ich dann auf die Straße und begann gleich los zu traben, ohne noch einmal nach ihr zurück zu sehen. Später machte ich mir über alles Vorwürfe, aber ich hatte gar keine Gedanken mehr im Kopf und unterlag einer ängstlichen Trübung meines Geistes, die mich dumm machte und mich um die Phantasie brachte; ich konnte mir nichts mehr vorstellen, nicht einmal mehr denken konnte ich. Der Schweiß brach mir aus, und ich begann mich zu fürchten. In der einen Hand das Fünfmarkstück, die andere im Gesicht, um mich wieder munter zu reiben, klapperte ich durch das Tor, wo mir rechts auf weißem Grund der schon halbverwitterte Spruch in die Augen fiel: «Es ist dem Manne gut, daß er sein Joch in seiner Jugend trage.» Einen Moment starrte ich ihn an, als ob ich ihn noch nie gesehen hätte. Aber auch jetzt fiel mir nichts ein, was sich irgend hätte denken lassen, und unter einer neuen Verdunkelung stolperte ich vollends dem Haus zu. Da waren die Mauern und Türme wieder. Von drüben winkten die Arkaden des Wagenschuppens her, und hier blickten hoch und ernst die Fenster des Herrn Vaters auf mich unbedeutenden und dazu betrunkenen jungen Menschen herunter. Gleich rechts in der kleineren der beiden Anlagen hatte man einen Gedenkstein für Marie Claudepierre errichtet; er schien mich verwundert und auch ein wenig vorwurfsvoll zu begrüßen. Fast bewußtlos stolperte ich noch knapp vor dem Herrn Vater, der eben die Treppe herab getragen wurde, durch den Eßsaal nach meinem Platz, wo ich mitbetete und sang wie eine kleine Maschine, und dann zu essen begann, als ob ich es bezahlt bekäme oder damit etwas gut machen wollte. Tatsächlich wurde mir mit der warmen Suppe besser, aber die Angst hielt noch an, und ich schwitzte weiter.

Wiederaufrichtung

Doch wie als Tröstung oder Wiederaufrichtung erlebte ich nach all diesen Beschämungen am gleichen Nachmittag einen unerwarteten persönlichen Erfolg. Ich hatte zum Geburtstag des Herrn Vaters einen großen, besonders schönen Spruch bereits fertig gemalt mit der Inschrift: «Um den Abend wird es licht sein!» Es war die beste Arbeit aus meiner Hand; ich wollte damit vor Marie prangen. Als die Feier abgesagt wurde, rollte ich ihn zusammen, anstatt ihn aufzuziehen, und stellte ihn in eine Ecke der Schusterei, wo er zu verstauben begann. Durch die Zwischenträgerei des Schusters aber, der sich auf jede Weise wichtig zu machen suchte, erfuhr Herr Ruprecht von dem Kunstwerk, verlangte es zu sehen, und ordnete seine Überführung nach der Schreinerei an, wo es einstweilen gerahmt werden sollte, bis vielleicht wieder bessere Zeiten kamen. Dieser Termin schien sich bereits wieder anzumelden. Das Leben verlangt sein Recht, und hundert Vorhandene sind auf die Dauer begehrlicher und wirkungsvoller als ein Verschwundenes, soviel Gedanken auch mit ihm gehen mögen. Jedenfalls, als ich heute zum Schreiben kam, fiel mir in meinem leicht geschwächten Zustand von der Wand hinter dem Herrn Vater her unerwartet mein Spruch in die Augen. Ich sah auf den ersten Blick, daß die Initialen bei dem starken Maßstab nicht groß genug waren, aber die Farbe war gut, und die Schrift – strenges Gotisch – diesmal besonders wirkungsvoll. Das stärkte meine Geister ein wenig und richtete meine fast ganz daniederliegende Selbstachtung leise auf.

Etwas Nicht-wieder-gut-zu-Machendes war ja nicht geschehen, und auch nichts Unwiederbringliches verloren. Ich tat einen heimlichen tiefen Atemzug, während der Herr Vater ruhig und begründet wie immer meine Zeichnung zu loben begann, und dann besonders die Spruchwahl besprach, die ihm nahe zu gehen schien, ohne daß er das ausdrücklich sagte. Nachher tat er noch ein paar anteilnehmende Fragen nach meinem Stiefvater und der Mutter, ob ich ein bißchen mitgefahren sei, und warum nicht, und schließlich setzten wir das Diktat fort.

Am nächsten Sonntag predigte er über das Wort: «Um den Abend wird es licht sein!» Es war eine sehr schöne und friedfertige Ansprache. Am Abend bekamen wir die Schokolade nachgeliefert, die damals auch in Vergessenheit geraten war, und ein paar einfache Gesänge und Aufführungen wurden nachgeholt.

«Ein Wort zur rechten Zeit ist ein goldener Apfel auf silberner Schale», bemerkte er am andern Tag noch lächelnd zu mir. «Wo steht das?»

Ich besann mich kurz. «In den Sprüchen», sagte ich.

Er lachte.

«Geraten, aber nicht gewußt. Stimmt's?»

Ich gab es zu.

Das Perlentor

Ich hatte meinen Brief an die Mutter noch nicht geschrieben, als der Sommer mit einigen schweren Gewittern heftig und schnell ausklang. Das erste davon schlug bei der Feste, ungefähr an der Stelle, wo Marie ertrunken war, in den Rhein; der Gärtner sah das Wasser in einer hohen flammenden Säule aufspritzen. Das folgende traf schon am nächsten Tag

mit einem sogenannten kalten Strahl den dem Rhein zuge-
kehrten Giebel der Anstalt, des alten Schlosses, und räumte
in einem schrägen Strich eine Bahn Ziegel vom Dach herunter, die im Sturz noch das halbe Dach des katholischen Pfarrhauses zerschmetterten.

Man kennt auf dem Land die Neigung von Gewittern,
manchmal plötzlich mit großem Eigensinn einen Weg zu nehmen, den sie nie zuvor hatten, und nachher auch nicht wieder aufsuchen. So war es auch dies Jahr. Wenige Tage später
schlug es uns schon wieder ins Haus. Diesmal fuhr der Blitz
vom hohen Rheingiebel diagonal durch das ganze lange Gebäude bis zur Badestube, die auf dem gegenüberliegenden
Flügel der letzte Raum zu ebener Erde war. Alle Zimmerdecken auf seiner Bahn waren durchlöchert, Wände durch-
geschlagen und gerissen, und Balken gesplittert. Im Badezimmer hatte sich gerade ein Bruder gewaschen; der stürzte bleich
und halbnackt aus dem Haus und schrie: «Es brennt! Das
Gericht Gottes!» Es war aber wieder ein kalter Schlag gewesen. Zum Glück standen gerade alle großen Säle leer, sonst
hätte es ein unabsehbares Unglück geben können.

Alles zusammen wirkte dahin, daß eine Stimmung von
sorgenvoller Betroffenheit, sozusagen ein freundliches Verlassenheitsgefühl sich unter uns einnistete. Man fragte sich,
ob alle diese Schläge nicht Mahnungen Gottes seien, sich ihm
noch mehr zuzukehren. Besonders, daß ein Strahl an der Unglückstelle im Rhein eingeschlagen hatte, gab viel zu reden.
Auch das Verhalten des Herrn Vaters und die an ihm seither
noch deutlicher wahrnehmbare stille Veränderung beschäftigte die Gemüter. Man hatte die Empfindung, daß man im
ganzen Großen in eine mehr oder weniger außerordentliche
Zeit eingetreten sei, und sich darin entsprechend benehmen
müsse. Wo der Herr Vater sich jetzt sehen ließ, begegnete er
vieler Aufmerksamkeit, und die Dienstbarkeit war noch nie
so groß gewesen. Davon färbte sogar etwas auf die Frau Mut-

ter ab, die einmal in ihrer stachligen Weise bemerkte: «Es geschehen ja noch Zeichen und Wunder!» Aber nichts hatte sie davon abgehalten, nach Maries Tod mit sicherem Griff bei den Mädchen die Dinge wieder in die alte Ordnung zu bringen, und seither da festzuhalten.

Nun war es an einem milden Oktobertag. Mit blassem Gold stand der Himmel über der Landschaft. Die Hügel glühten gelb, und die Wälder flammten in brennendem Rot. Die Kastanien streuten große Massen von ihrem rostbraunen Laub in den Brunnentrog; der Trupp, der morgens zuerst dort erschien, konnte sich nicht waschen vor Blättern. Die Trauerweide hatte den ganzen Sommer hindurch gekränkelt und stand schon eine Weile kahl. Das Erntefest lag hinter uns, und eigentlich warteten wir auf den Einbruch des Winters, während wir noch die letzte Sommerstille genossen. Der Herr Vater erschien nicht mehr im Freien.

Wir trieben ein Ballspiel an der großen Scheune. Darunter sah ich Herrn Johannes aus der Haustür treten, um nach seiner Weise die Freistunde zu genießen. Neben ihm ging Herr Ruprecht, sein Neffe, der ihn um Kopf und Schultern überragte, aber bei weitem nicht in der Verehrungswürdigkeit. Lächelnd machte Herr Johannes eine Bemerkung zum langen Menschen, und eben trat ein Bruder zu, um irgend etwas zu wollen. Mir fiel in der Eile wieder auf, wie weiß er in der letzten Zeit geworden war, und wie alt und still er aussah. Da wurde mein Name gerufen, und ich mußte den Ball fangen. Aber ich hatte mich schon zu spät umgewandt und verfehlte ihn. Alle liefen auseinander, und ich hob ihn schnell auf, mit den Augen den Mitspieler suchend, der am wenigsten weit weg gekommen war, um ihn damit zu werfen. Doch wieder wurden meine Blicke geheimnisvoll nach der von Sonne und Herbstfäden umspielten alten Gestalt abgelenkt. Ich holte zwar mit dem Ball aus, vergaß aber zu werfen, und nachher ließ ich auch die Hand sinken. Wohl von meinem Gesichtsausdruck betroffen gemacht, wandten sich auch die anderen meiner Blickrichtung nach und wurden gleichfalls still. Zufällig hatte ich bemerkt, daß Herr Johannes, im Begriff, auf den Hof hinaus zu treten, plötzlich den Halt zu verlieren schien, so daß er sich an einem Mädchen, das des Weges gelaufen kam, festhalten mußte. Das guckte ihn sehr erstaunt an, und er tat, schon wieder lächelnd, den Mund zu einer Bemerkung auf, als er plötzlich nach dem Herzen griff, und mit einem so seltsamen Blick und Ausdruck zum herbstlich leuchtenden Himmel aufsah, daß ich alles um mich vergaß. Dann faßte er wie erblindet mit beiden Händen nach Halt aus und fiel vorwärts zu Boden, bevor ihm jemand beispringen konnte.

Schon füllte sich der Hof mit Geschrei. Herr Ruprecht war nun herzu gesprungen; auch der Bruder, der ihn gerade verlassen hatte, kehrte um und kam gelaufen. Man hob ihn auf, brachte ihn in sitzende Stellung, öffnete ihm den Hemdkragen. Jemand erschien mit Wasser. Ein paar Mädchen liefen ins Haus, um die Frau Mutter zu benachrichtigen. Alles war schon um den Platz zusammen gelaufen, aber jetzt herrschte eine Totenstille. Es hatte sich herum gesprochen, daß ihn ein Herzschlag getroffen habe. Mit vereinten Kräften trugen ihn die Männer ins Haus hinein. Wir blieben allein im Hof draußen. Niemand kümmerte sich um uns. Das Glockenzeichen für den Schulbeginn fiel aus, aber wir dachten nicht daran, den Umstand zu unserem Vergnügen zu benutzen. Einer wurde nach der Post hinauf geschickt, um zu telegraphieren. Eine bange, müde Herbststille herrschte im Hof. Jetzt habe es schon wieder bei uns eingeschlagen, hieß es unter uns. Welche wahrsagten nachträglich um die Trauerweide herum, die Herr Johannes am Todestag seines Vaters, Christian Heinrich Cranach, gepflanzt hatte; ihr plötzliches Kränkeln und Absterben gab jetzt zu reden. Andere standen stumm vor ihren kleinen Gärten und besahen ihre letzten Astern. Nach einer

Stunde etwa kam das Wägelchen des Arztes von Heinfelden her in rascher Fahrt vor dem Portal an; der Arzt, ein kurzbärtiger Mann in den besten Jahren, warf einem von uns den Zügel zu und verschwand ins Haus hinein. Die Mädchen standen herum und weinten verloren. Den meisten von uns war sehr ungemütlich. Bloß der das Pferd halten durfte, sah befriedigt aus und blickte mit gehaltenem Stolz auf uns. Endlich kam Herr Ruprecht allein aus der Haustür, wollte uns etwas sagen und konnte nicht, schlug hilflos seinen Arm an die Hausmauer und den Kopf darauf, um bitterlich zu weinen. «Herr Johannes – ist – tot!» schrie und schluchzte er. «Geht – an eure Arbeit!»

Wir drückten uns noch eine Weile gedankenlos und wie auf den Kopf gefallen herum, bis die Aufseher kamen, um uns abzuholen. Es machte heute niemand den Versuch, uns zu drangsalieren; das war überhaupt im großen Ganzen vorbei. Auch die Aufseher spürten das höhere Walten; sie ließen uns heute machen, was wir wollten. Gedämpft unterhielten wir uns über den Dahingegangenen, und jeder hatte irgend eine besondere persönliche Erfahrung mit ihm gemacht. Man besprach jetzt besonders, daß er sich gerade im nächsten Frühjahr hatte zur Ruhe setzen wollen. Statt dessen hatte ihn sein Gott des Himmels und der Erden ohne Übergang aus dem vollen Dienst an seine schimmernde Geisterschule in den Regionen der Milchstraße übernommen. Mich streifte flüchtig die Frage, ob es jetzt wohl an der Zeit sei, den Brief an meine Mutter bejahend zu verfassen? Aber ein einziger Blick nach dem anderen nun noch mehr vereinsamten alten Mann droben ließ mich in dieser Richtung nicht weiter denken. Es wurde übrigens von ihm berichtet, daß er weinend mehrmals wiederholt habe: «Nun ist er mir zuvor gekommen!» Ein Wort, das mir viel zu grübeln gab und mich lange nicht losließ.

Am dritten Tag begrub ihn die Hausgemeinde unter großem, beinahe fürstlichem Zulauf aus der ganzen Gegend, aus der Schweiz und aus Württemberg. Der Herr Vater war nicht imstande, seinem Bruder die Grabrede zu halten. Er hatte sein Zimmer bloß noch einmal verlassen, um sich zum Toten hinüber tragen zu lassen. Da saß er lange ganz nahe an dem noch offenen Sarg und betrachtete die friedlichen, ruhig schönen Züge mit hungrigen und sehnsüchtigen Augen. Zu den Klängen unseres Liedes: «Laßt mich gehn, laßt mich gehn, daß ich Jesum möge sehn!» wurde der Deckel aufgeschraubt. Zuerst trug man dann den Sarg hinaus, dem dichtauf der Herr Vater folgte. «Schlaf wohl, laß dir nicht grauen!» rief er von droben durch das hallende Haus dem toten Bruder nach. «Bald komm' ich auch! Auf Wiedersehn auch du!»

Der Leichenzug reichte vom Haus weg bis zum Kirchhof hinauf; als wir schon droben das offene Grab umstanden, sah ich die letzten den Hof drunten verlassen. Auf einem Nebengeleise des Bahnhofes stand der Extrazug von Basel, der die Leidtragenden her gebracht hatte, und mit dem sie wieder wegfahren sollten, mit dampfender Lokomotive. Zunächst dem Sarg waren gefolgt Herr Elias, Herr Ruprecht, und der Regierungsingenieur als der letzte Überlebende des so jäh aufgelösten Freundschaftsbundes. Die Frau Mutter war bei ihrem Gatten geblieben. Unterwegs hatte der Posaunenchor eine Trauermusik gespielt. Am offenen Grab sangen wir, ebenfalls in Begleitung der Trompeten und Posaunen:

«Unter Lilien hoher Freuden
Sollst du weiden,
Seele, schwing dich empor.
Wie ein Adler fleuch behende.
Jesu Hände
Öffnen schon das Perlentor.»

Unser letzter Gruß hallte weit über die Rheinebene hin, und beim zweiten Lied: «Auferstehn, ja, auferstehn wirst du!» klang unser Halleluja am Schluß deutlich wahrnehmbar in geisterhafter Verschönung vom Schweizer Wald her zurück, als hätte das Heer abgeschiedener Seelen in der Höhe mit uns gesungen. Ich hatte ihm das schwarzumflorte Kreuz voraus getragen, und mir war dabei gewesen, als wäre ich in großer Bescheidenheit und Unwürdigkeit sein nachgelassener Sohn. Mit dem Zeichen des Kreuzes, nicht mit dem Johannesstern, der bei uns eine so große Rolle gespielt hatte, trat er seinen letzten Gang an. Aber wer weiß, was sein wahrer letzter Weg war oder noch ist, ehe er sein heiliges Ziel erreicht, wenn es ein solches für uns überhaupt gibt, und unter welchen Zeichen er dort eingehen oder einbrechen wird.

SIEBZEHNTES KAPITEL

Das Jahr Gottes

Samen ins Land

Ich dachte, der Herr Vater werde nun einige Tage der Sammlung und der Erholung brauchen, um sein Diktat fortzusetzen, aber schon am nächsten Tag ließ er mich wieder rufen,
und wir schrieben hintereinander drei Stunden lang. Es trat
nun überhaupt eine neue Art von Bewegung in dies Geschäft.
Manchmal schien es mir, als käme es ihm darauf an, es jetzt
möglichst rasch unter Dach zu bringen, wie die Bauern bei
uns ihren Grummet, das dritte Heu, wenn sie den Herbst-
regen und hinter ihm den Winter nahen sehen. Daß wir ihn
nicht mehr lange haben würden, das war in vielen Variationen
bei ihm ein ständig wiederkehrendes Thema seiner Betrachtungen und Vorkehrungen. Äußerlich markierte er es dadurch, daß er bald nach dem Tod seines Bruders anfing, sich
nach einem Gehilfen umzusehen, der vielleicht sein Nachfolger werden konnte. Sein Sohn weigerte sich nach wie
vor. Sein Schwiegersohn hatte keine Lust, eine angenehme
Pfarre im Elsaß zu verlassen. So trat er schließlich mit einem
jungen schweizerischen Geistlichen in Beziehung, die nach
dem dritten Brief, den ich zu schreiben hatte, zu festen Abmachungen führte. Herr Salis stellte sich vor und hielt seine
Probepredigt, fuhr dann noch einmal nach seiner Vikarstelle
zurück, und trat drei Wochen später seinen Posten bei uns
endgültig an. Von ihm werde ich nachher noch sprechen;
ich will hier nur sagen, daß er uns allen auf den ersten Blick
gefiel.

Herr Salis hielt nun die Morgen- und Abendandachten

mit uns, gab uns die Religionstunden, katechisierte uns, und auch die Memorierstunden fanden bei ihm statt. Der Herr Vater hielt bloß noch die Sonntagspredigten. Sonst widmete er seine ganze letzte Kraft und Geistesfrische seinen Lebenserinnerungen.

Wir befanden uns mit der Chronik jetzt in den Jahren seiner großen Kämpfe. Obwohl ihn bereits sein Leiden erfaßt hatte, konnte er doch noch nicht den Ehrgeiz aufgeben, ein Führer im Reich Gottes zu sein, und dem Geist Christi in diesen Landen neue Bahnen zu öffnen. Heute blickte er mit Ruhe und Ergebung auf jene Zeit zurück. Manchen hatte er Gewalt angetan und dafür Schmerzen zu erleiden bekommen. Welche hatte er im Übereifer ungerecht beurteilt, und die Kosten selber bezahlt. Die Mühen waren groß, die Erfolge für das Reich Gottes nicht nachweisbar, und das gewaltige Vorbild, Paulus, blieb nicht nur unerreichbar, sondern er hatte es überhaupt auf lange Strecken aus dem Blick verloren, um plötzlich beschämt einzusehen, daß er alles sei, bloß keiner der ernsten, stetigen, tiefgründigen Männer, auf deren Schultern der Himmel ruht. «Selbst ein Ungereinigter», diktierte er mir, «war ich nicht dazu berufen, andere zu reinigen. Selbst unerlöst, fehlte mir die Gnade, eine ganze Generation zu erlösen. Hier, mit einem Blick zu umfassen, in die vier Wände eines Zimmers zu versammeln – hier lag die Welt, die ich kleiner Paulus zu bereisen, zu durchschiffen hatte, predigend, bestärkend, lehrend und lernend, tröstend und selber getröstet, und im Herzen eins und verbunden im Erlösungsgedanken unseres Herrn Jesu Christi. Ich betrachte es als die späte Gnade meines Lebens, als das endlich hereinbrechende Wunder Gottes, daß ich noch vor meinem Verlöschen in meiner Kinderschar meine eigene Jugend und die Befreiung meiner Seele durch die liebevolle Gemeinschaft des Heiligen Geistes mit uns allen und in uns allen gefunden habe. Wirklich, um den Abend wird es licht sein! Nur eins tröstet und beruhigt mich über all die vergangenen Jahre: nie habe ich schlechten Samen gesät. Und immer habe ich gepredigt zur Zeit und zur Unzeit wie Paulus. Immer war ich darauf bedacht, Samen ins Land zu bringen. Doch Wachstum und Gedeihen liegt in des Höchsten Hand. Darin will ich es getrost liegen lassen. Mehr, als er kann, wird Gott von keinem verlangen, und das, glaube ich, habe ich in Demut und Selbstverleugnung getan.»

Immer mehr kranke Tage hatten sich jedoch zwischen unsere Arbeit geschoben, an denen er nicht fähig war, zu diktieren. Zweifellos wurde er langsam aber stetig schwächer und weniger. Seine innere Heiterkeit nahm immer noch zu, doch wenn er dazwischen wieder einmal eine Memorierstunde selber mit uns abhielt, um nicht ganz die Fühlung mit uns zu verlieren, so mußten wir uns eng um ihn scharen, damit wir seine Stimme hören konnten, obwohl er sich früher manchmal über unseren Gestank beklagt hatte. Dann ließ er den oder jenen einen Spruch aufsagen, wurde gedankenabwesend, schwieg eine Weile, während wir betreten um ihn herum standen und warteten, und fing von ganz anderen Dingen an zu sprechen, erzählte uns aus früheren Zeiten, erkundigte sich nach unseren Unternehmungen, gab uns Ratschläge, und entließ uns weit nach der Zeit in einer stillen Betroffenheit und voll anständiger und aufrichtiger Regungen, die den meisten noch so ungewohnt waren, wie neue Anzüge oder Schuhe.

Über alldem kam es so, daß uns das Frühjahr und selbst der Frühsommer noch an den Erinnerungen fand. Im Juni wurde ich einmal vier oder fünf Tage hintereinander nicht gerufen. Am darauffolgenden Sonntag – Trinitatis – hielt Herr Salis die Predigt. Am Dienstag schrieben wir wieder. Es kam eben die Stelle vom «Samen ins Land» daran, und dieser Gedanke schien ihn so beschäftigen, daß er plötzlich am Donnerstag – es war Fronleichnam – selber erschien, um die Morgenandacht abzuhalten. Es war ein großes Ereignis. Er sah blaß und abgemagert aus, aber seine Augen blickten freundlich an unseren Reihen entlang, als wir uns erhoben, um ihn zu begrüßen, und auf dem Katheder droben kam er uns beinahe verjüngt und fröhlich vor, als ob er eine Überraschung für uns hätte. Er ließ außerhalb der Reihenfolge singen: «Jesu, meine Freude!» und las ebenfalls außer der Reihe – oder sprach vielmehr aus dem Kopf – das Gleichnis vom Samen, den ein Sämann säte, der auf gutes Land, auf steinigen Boden und auf den Weg fiel und nach seiner Weise aufging. Das Wichtigste schien ihm wieder daran, daß überhaupt gesät wurde.

Früh und nachhaltig hatten die katholischen Glocken das Lob der heiligen Hostie, in die der Leib des Herrn verwandelt wurde, übers Land hin ausgerufen. Die Katholiken waren geschmückt und festlich in unserem Hof herum gestanden, während wir zur Morgensuppe zogen. Schon in das Gebet des Herrn Vaters hinein war drüben die Orgel aufgebraust so volltönig und stark wie selten. Mächtig schwoll darauf der Gesang an; ich hätte gern wissen mögen, was sie sangen. Blechmusik fiel ein; auch sie hatten nun ihren Posaunenchor. Plötzlich sprangen ihre Türen auf, und als ein tiefer, voller Strom von Tönen und Harmonien stürzte entfesselt der ganze festliche Schwall durch den breiten Steingang zwischen dem alten und dem neuen Schloß in den Hof voraus. Wieder begannen die Glocken zu dröhnen, und schon antwortete ihnen vom Rebhügel her der erste Böllerschuß. Jetzt zog die ganze Gemeinde lobsingend durch den Schloßhof unter unseren Fenstern vorbei mit Fahnen und Kreuzen nach den Feldern aus, voraus der Herr Pfarrer unter dem Baldachin, um die junge Frucht des Jahres zu segnen, und einmal im Jahr auch die unerlöste Kreatur und Natur an den seligen Schauern des Mysteriums teilnehmen zu lassen.

Solange der lobpreisende Lärm von Stimmen, Posaunen und Glocken in der Nähe andauerte, hielt der Herr Vater mit seinen Betrachtungen ein. Sonst hatte seine Miene eher einen leicht hochmütigen und ablehnenden Ausdruck gezeigt bei solchen Gelegenheiten. Heute horchte er aufmerksam und teilnehmend hinaus, und etwas freundlich Beistimmendes lag in seiner Haltung. Als ihn dann die katholische Gottesentfaltung wieder zu Wort kommen ließ, sagte er mit heiterem Ernst: «Jetzt will ich etwas machen, das euch zeitlebens unvergeßlich bleiben soll. Ich habe euch alles gesagt, was ich selber weiß. Ich habe nicht als Hehler und Hamster an euch gehandelt, sondern redlich mit euch geteilt. Und heute habe ich euch gesagt, daß es unsere erste und letzte Aufgabe ist, guten Samen ins Land zu säen, Samen der Liebe, der Gerechtigkeit, des Glaubens, der Hoffnung, der Treue und Aufrichtigkeit, göttlichen Samen, Samen der Ewigkeit, Samen des irdischen Glückes, den Weizen der Redlichkeit, den Roggen der Tätigkeit und Kraft, die Gerste der Hartnäckigkeit im Guten, den gelbblühenden Raps des herzlichen Frohsinns. Das alles habe ich euch gesagt. Und so schließe ich die heutige letzte Betrachtung mit euch und die lange Reihe meiner Predigten überhaupt mit dem Wort: ‹Samen ins Land!› Die Glocken der Katholiken, ihr Gesang und ihr Trompetengeschmetter, ihre Böllerschüsse – was bedeuten sie? Samen ins Land!» Eben fiel wieder ein Schuß vom Hügel her. Freudig rollte er über die Rheinebene und verhallte drüben über dem Schweizer Wald. «Samen ins Land!» sagte der Herr Vater und wartete. Im Wind wehten die Lobgesänge der Katholiken durch den sieghaften Sonnenschein; jetzt zogen sie schon droben über die Bahnlinie nach dem Kreuz hinauf, das am Weg nach Kirsau auf halber Höhe weit übers Land hinblickte. Ein neuer Böllerschuß krachte auf, und die Glocken setzten frisch ein. «Samen ins Land!» mahnte der Herr Vater. Vor dem Kreuz, das wußten wir, war der erste Altar aufgerichtet. Dort hielt die ganze Gemeinde an und machte eine andächtige Station. Sonnenwarme Schwalben schossen schrill pfeifend an unseren offenen Fenstern vorbei. Einmal hörte ich einen der Störche klappern. Dann erdröhnte wieder ein Schuß. «Samen ins Land!» Jetzt zog von den offenen Türen der Kirche her ein leiser Weihrauchduft durch den Andachtsaal. Bald war mir zumute, als hätten wir die draußen abgeordnet, um die ankommende ewige Wahrheit festlich zu empfangen und einzuholen, während wir hier warteten und das immer noch nicht ganz sichere Unternehmen durch Gebet und Betrachtung unterstützten. Ein Schuß. «Samen ins Land!» Noch ein letzter. «Samen ins Land!» Dann war es still, weil droben die Sommerandacht vor dem Altar stattfand. Auch die Glocken verstummten. Ein feierliches Schweigen herrschte noch minutenlang. Endlich schlossen wir unseren Gottesdienst mit dem Lobgesang: «Sollt' ich meinem Gott nicht singen?» und dem Refrain: «Alles Ding währt seine Zeit. Gottes Lieb in Ewigkeit.»

Das war das letzte Mal, daß wir den Herrn Vater auf dem Katheder sahen. Am nächsten Sonntag predigte wieder sein Nachfolger. Diese Woche schrieb ich ihm noch an einem Vormittag und an einem Nachmittag, die nächste Woche in der ersten Hälfte dreimal, in der zweiten Hälfte nicht mehr. Darauf raffte er sich noch zu zwei Diktaten im ganzen auf, aber seine Stimme war schon schwach, und es war jetzt immer einer seiner Familienangehörigen bei ihm. Er gab der Arbeit einen kurzen Schluß, und saß darauf eine ganze Weile still und in sich versunken. Endlich hieß er mich zu sich her treten.

«Du hast jetzt die erste größere Aufgabe vollbracht, wenn auch ohne zu wissen, was du damit tatest», sagte er. «Vielleicht wird dir aber doch diese oder jenes unwillkürlich im Gedächtnis haften bleiben, wie manchmal ein verwehter Samen jahrelang irgendwo liegt oder hängt, bis ein Zufall ihn ins fruchtbare Erdreich verweht, wo er zu keimen anfängt. Gib mir deine Hand.» Ich trat ihm noch näher und nahm

473

seine alte, verkrümmte Hand in meine. «Du bist jetzt auf einem guten Weg, Schattenhold», lobte er freundlich. «Bleibe darauf, und vergiß dabei nicht, daß du erst im Anfang stehst. Und sieh zu, daß du vielleicht mit Gottes Hilfe ein Sonnenhold wirst. Geh jetzt. Man wird dir sagen, wie weiter über dich verfügt wird. Die Zeiten des Lesens und Schreibens bei mir werden wohl für immer zu Ende sein. Behüte dich Gott, Kind!»

Betroffen sah ich die Frau Mutter an, die neben ihm stand. Sie nickte mir mit ernstem Gesicht ganz leicht zu, und daraus schloß ich, daß dies ein Abschied war. Ganz bestürzt stolperte ich hinaus. Ich hätte etwas sagen sollen, fiel mir nachher ein, aber ich hätte um Lebens und Sterbens willen nicht gewußt, was. Den Rest des Tages ging oder saß ich herum wie betäubt, sah nichts, hörte nichts, und abends gab ich die Hälfte von meinem Essen meinem Nachbarn. Ich wußte nicht, was mir war, und was das alles bedeutete. Ich hatte einfach ein schweres Herz und einen vollen Kopf, und brauchte noch eine Reihe von Tagen, ehe ich mich zurück gefunden hatte. Aber da war ich wieder nicht mehr ganz der gleiche Johannes Schattenhold, wie der ich vorher gewesen war. Auch das konnte ich nicht näher vor mir selber erklären, und ich machte auch keinen Versuch dazu. Nach drei Tagen planlosen Herumsitzens wurde ich dem Schuhmacher als Gehilfe zugeteilt, da ich mich doch einmal in seiner Region eingelebt hatte. Mir war es recht. Eine Zeitlang wartete ich mit geheimer Spannung darauf, wann wir den Herrn Vater noch einmal zu sehen bekommen würden. Ich war und blieb der Letzte, der seine Stimme gehört und ihm in die halbblinden abschiednehmenden Augen geblickt hatte. Als ich einsah, daß ich umsonst wartete, wandte ich mich langsam den neuen Verhältnissen zu.

Heinrich von Salis

Wie oft hatten wir beinahe blutrünstig davon phantasiert, wie das sein würde, wenn der Herr Vater plötzlich stürbe, und ein völlig neuer Mann an seine Stelle träte. Nun war der Herr Vater für uns so gut wie ein Toter, der neue Mann war da, und wir fanden alles ganz anders, als wir gedacht hatten. Von der mordsüchtigen Befriedigung spürten wir nichts. Ein gestillter, beinahe gütiger alter Mann war von uns gegangen, der vielleicht uns manches, und dem meinesgleichen ungefähr alles schuldig geblieben war. Zu triumphieren gab es da wenig, und unter ernster Betrachtsamkeit, als wir begriffen, daß das Alte wirklich vergangen sei, und alles neu werden wolle, gingen wir daran, den Herrn Salis, den wir solange noch nicht sehr ernst genommen hatten, einmal zunächst näher zu begutachten.

Herr Salis war ein mittelgroßer Mann in den ersten dreißiger Jahren, blond, schlank, ruhig, von aufmerksamem, freundlichem Ausdruck, der so ziemlich alle Rüpeleien von unserer Seite von vornherein ausschloß – es war schwer zu sagen, warum, aber es verhielt sich so –, gütig, doch fest, herzlich, aber klar, kameradschaftlich und unangreifbar zugleich – alles in allem ein Mann, der aussah, als würde er sich unter allen Umständen Achtung verschaffen, der aber vorzog, es zunächst im Guten zu versuchen, und der anderen auch dazu riet. Die anderen waren wir. Er hatte bereits ein Vikariat im Kanton Graubünden versehen, erzählte aber zu unserer stillen Verwunderung mehr von den dortigen Bergen und der Flora und Fauna, als von seinen seelsorgerlichen Erfahrungen. Von den Bauern und Sennen sprach er auch, aber allgemein menschlich, nicht vom Standpunkt Gottes aus. Das gab manches zu denken, wenn es auch nicht laut wurde, aber es bedingte doch einen inneren Richtungswechsel und setzte

Einstellung voraus. Beim Herrn Vater waren wir bis auf die letzten Tage Vorgesetzte und heimlich revoltierende Untergebene gewesen. Ein solches Verhältnis war im Grund bequem und bot weiter keine Schwierigkeiten. Herr Salis trat uns mit einer gewissen reifen Bruderschaft gegenüber, und es dauerte ein bißchen lang, bis wir das verstanden und mit gleichem beantworteten. Ich sagte schon, daß er uns vom ersten Blick an gefiel. Wir vertrauten auf ihn, und hielten ihn keiner Tücken fähig; statt dessen schien er im Gegenteil voller Fallen und Gefahren zu stecken. «Ja, denkt mal selber», sagte er mit hellem Lächeln, wenn wir mit Untertanenfragen zu ihm kamen. Oft sah er uns auch nur verwundert an, schwieg ein Weilchen wie unangenehm berührt, und gab dann ganz ruhig so Auskunft, daß man sich im stillen beschämt fühlte, man wußte nicht recht, wieso. Kurz, es dauerte Wochen und Monate, bis wir dahinter kamen, wie er sich uns und unser gegenseitiges Verhältnis eigentlich ungefähr dachte, und so lange war er allein. Die wildesten Gerüchte gingen eine Zeitlang über ihn um. Er sollte nicht an Gott glauben, hieß es, aber das wurde widerrufen und dahin berichtigt, daß er sich irgendwann und irgendwo gegen irgendwen zweifelnd über die göttliche Geburt Christi ausgelassen habe. Zusammenstöße mit der Cranachschen Familie wurden früh gemeldet, ohne daß man erfuhr, was daran Tatsache war, und worum sie sich drehten. Kurz, eine ganze dunkle Fama bildete sich um den Mann, so daß wir uns nur wundern konnten, daß er dabei so aufrecht, reinlich und hell unter uns herum ging.

Allmählich begann dann der eine und der andere von uns in nähere Beziehung zu ihm zu treten. Als er erst eine kleine Schar hatte, nahm er sie zusammen und führte sie in den Garten, den wir bisher bloß als Arbeitstelle kannten, um mit ihnen über die Blumen zu sprechen und ihnen die ersten Begriffe von Botanik beizubringen. Bald ging er einen Schritt weiter und bemächtigte sich auf seine stille aber unnachgiebige Weise der ganzen oberen Klasse, um sie auf dem Weg über die Naturwissenschaft, von der wir keine Ahnung hatten, so sicher als unvermerkt in ein persönliches Verhältnis zu ihm selber hinein zu führen. Hatte er erst die oberste Klasse, so besaß er die ganze Jungenschaft. Mit den Mädchen ging es bedeutend länger, und außer bei den Konfirmandinnen hat er, solange ich noch in der Anstalt war, keinen Fuß bei ihnen gefaßt. Wo die Frau Mutter herrschte, war für ihn wenig zu holen, und sie herrschte ausdrücklicher als je. Von dem Cranachschen Widerstand, der sich langsam gegen ihn bildete, war sie der Mittelpunkt und die Hauptaufwieglerin, ja, ohne sie würde es vielleicht niemand eingefallen sein, dem Mann Hindernisse in den Weg zu legen, am wenigsten den Männern. Aber jetzt verband sie sich mit dem fernen Herrn Elias, mit ihrem Sohn, dem Pfarrer, ihrem ebenfalls theologischen Schwiegersohn, und der anwesende Herr Ruprecht konnte sich ihr vollends nicht entziehen; die Töchter machten aus Familienpatriotismus mit, ohne zu ahnen, um was es sich eigentlich handelte. Kurz gesagt, drehte es sich um einen ziemlich sorgsam und groß angelegten Versuch, gegen diesen neuen Irrgeist den alten, echt protestantischen Anstaltsgeist ins Feld zu führen, und jenen mittels einer allgemeinen Verschwörung zuerst lahm zu legen und endlich aus dem Haus zu räuchern.

Der Herr Vater hatte an diesen Dingen keinen Teil mehr, und unter der milderen Stimmung seiner letzten Monate würde er sich auch widersetzt haben. Ich habe später noch genug bei Pastoren, Professoren und Künstlern die Erfahrung gemacht, daß ihre Weiber, je weniger sie vom Geistigen der Männer begreifen, umso mehr die Mission zu haben glauben, allen Geltungsunrat und Ehrenkehricht, den der Mann frühzeitig beiseite geschmissen hat, beflissen aufzusammeln und im rechten oder unrechten Augenblick leidenschaftlich

auf den Markt zu bringen, um noch ein privates Extra-
rühmchen zu veranstalten als treue Wächterinnen oder dergleichen. Dieser Versuchung war auch die sonst kluge und
brave Frau erlegen, und was sie einmal anfaßte, das machte
sie nicht halb.

Das Objekt dieses Kampfes hinter dem Vorhang waren
wir. Wenn Herr Salis uns auf der einen Seite nun eine Freiheit gab, so sorgte sie auf der anderen für eine Anfechtung.
Verschaffte er uns eine Erleichterung, so erfand sie eine Krän-
kung. Verlängerte er die Spielzeit ein wenig, so strafte sie uns
durch das Essen, weil die Arbeiten nicht getan würden. Und
da sie nach wie vor die bestellte Haushälterin, Herr Salis
aber unbeweibt und bloß der Vertreter war, so hatte sie auch
beim übergeordneten Komitee alle Trümpfe in der Hand,
und dem hellen Mann mit der goldenen Brille erblühten hier
keine rein beglückten Zeiten. Als dies alles erst einmal ganz
klar geworden war, und wir Geschmack an seiner ernsten,
freimütigen Selbstverständlichkeit gefunden hatten, machte
uns nichts so bestimmt und rückhaltlos zu seinen kleinen
Freunden, wie die Anfechtungen der Cranachschen Weiber-
kamarilla.

Die Jahresfeier

Indessen ging das öffentliche Leben hier seinen Gang. Jedes
Jahr im Hochsommer feierte die Anstalt als Abschluß der
Basler Missionswoche ein Fest, zu welchem Besucher aus
allen Teilen Mitteleuropas herbei kamen, um den Rechenschaftsbericht anzuhören, mit uns Gott zu danken, daß er
uns arme Waisen wieder um ein Jahr weiter gebracht hatte,
und sich an unseren Gesängen und anderen musikalischen
Unternehmungen zu erfreuen. Die Zurüstungen waren dazu

zu umfangreich und zu bedeutend, als daß ich sie übergehen dürfte. Das Fest fand statt in der schon vielfach angeführten großen Exerzierhalle der Deutschritter, dem langen Bau mit den sechs hohen, weiten, offenen Bogen. Daraus wurden alle Wagen heraus gezogen, die man solange auf dem Meierhof unterbrachte, und an ihrer Stelle wurden nun Reihen und Reihen von Bänken dicht hintereinander aufgeschlagen. An der langen Wand errichtete man den hohen Kathederaufbau, der im voraus die ganze Versammlung von Bänken stumm und bereits von Festlichkeit umweht überblickte. Während dieser Zurüstungen, die das Werk der Brüder waren, steckten wir Jungen aus den Arbeitstuben im Wald, wohin wir jeden Morgen und Nachmittag mit großen Körben versehen auszogen, um die festen, dunkelgrünen, gezackten Blätter der Stechpalme einzuheimsen, von welcher unsere Wälder voll waren. Aus diesen Blättern wurden dann lange Kränze hergestellt, die man über den sechs Bogen der Wagenhalle aufhing.

Diese Tage im Wald waren im Leben der Anstalt absolute Licht- und Freudenpunkte, die nur den einen Einwand hatten, daß wir dahin vom Aufseher geführt wurden. Doch erlitt seine Macht in den dunklen Gründen der Buchenhänge etwelchen Abbruch. Zwischen den freudig feierlichen Silberschäften der alten Stämme und in den grünen Finsternissen oder blitzenden Sonnentiefen des Sommerwaldes bedeutete seine anzügliche Figur lange nicht soviel, wie in der Anstalt zwischen den vier Wänden, ja, jede huschende Eidechse, jeder Schmetterling oder Käfer Gottes war mehr als er, abgesehen von den Füchsen, Hasen und Rehen, die die sanft hallenden und brausenden Tiefen belebten, wo das Abenteuer mit goldenen Augen lauerte.

Einmal wurde ich allerdings das Opfer eines solchen Naturabenteuers. Um einen Stechpalmenbusch herum schwärmten auffällig viel Wespen, aber der Busch war besonders groß und üppig, und der Aufseher befahl lachend: «Immer heran!» Ich hatte eben einen Zweig ergriffen und zu rupfen begonnen, als er mir unversehens aus der Hand schnellte. In diesem Moment war es, als ob ein schwirrender und brausender gelber Dampf um mich aufstiege, irgendein Schwefelbrodem, der bitter beizte und stach, und ohne über die Natur dieser Erscheinung näher nachzudenken, machte ich, daß ich von der Stelle kam. Die anderen, voran der Aufseher, hatten sich schon früher davon gehoben, und so war ich der alleinige Angriffspunkt für die kriegerische Entfaltung der charaktervollen Tiere geworden. Es sumste mir noch feindlich um die Ohren, als ich schon sehr weit weg war. Und für den Tag paßte mir mein Hut nicht mehr, so viele Stichbeulen hatte ich am Kopf. Am Abend war mir ein wenig fiebrig, aber ich mochte nichts aus der Sache machen, und zudem sollte am anderen Morgen schon das Fest tagen; wir hatten heute die Kränze fürs Haus gebunden und gehängt. Ich persönlich wollte noch ein Schild oder Plakat malen mit der Aufschrift: «Bitte nicht hinein treten!» Mein Gärtchen lag gleich am südlichen Ausgang der Halle, und Jahr für Jahre hatten mir die gottbegeisterten Füße der Frommen meine Pegonien und die jungen Asterpflanzen vertrampelt. Mit dem Karton wollte ich *diesem* Ergebnis des Festes wenigstens entgegen wirken.

Am anderen Morgen schlüpften wir in die Festanzüge, die jedes Jahr bloß einmal zu diesem Tag ausgegeben, angepaßt und getragen wurden. Irgendein verflossener unseliger Schneider hatte die Jacken so feierlich eng gemacht, daß einer sogar für Demutter Verhältnisse schüchterne Maße haben mußte, um in der seinen ohne Beklemmungen zu wohnen. So schönes schweres Tuch sie hatten, so gefürchtet und verrufen waren die Anzüge bei uns. Es wurde an diesem Tag besonders darauf gesehen, daß jedermanns Hemdkragen glatt und sauber auf dem runden Ausschnitt der Jacke lag, und auf

jedem Kopf mußte das Haar naß und glatt und genau ge-
scheitelt glänzen. Nach einer letzten Musterung führte man
uns über den Schloßhof in die Halle nach unseren Plätzen,
die zunächst der Kanzel lagen. Da man dort immer steil aufwärts sehen mußte, und die Bänke keine Lehnen hatten, so
waren sie nicht schwindelfrei. Draußen lag die Augustsonne
prall und festlich glühend. Die mit Kiesel frischbefahrenen
Wege und Plätze und die Mauern der Baulichkeiten verwan-
delte sie in flüssiges Feuer, und selbst die Kronen der Kastanien schwebten darüber nur wie ein wesenloser grauer Rauch.
In der Halle war es noch einigermaßen kühl. Aber jetzt kamen
die Festteilnehmer vom Extrazug, der jedes Jahr von Basel
abgelassen wurde. Erstens wirbelten ihre Füße auf dem trok-
kenen, uralten, pulverisierten Lehmboden einen unendlichen
Staub auf, der sich sogleich kratzend auf alle Atemwege und
in die Augen warf. Und dann begannen ihre Körper baldigst
eine Hitze der gottseligen Begeisterung zu entwickeln, welcher nur gesunde und festgefügte Organismen auf die Dauer
zu widerstehen vermochten. Ohne weitere Umstände fing
alles an zu schwitzen.

Unterdessen eröffnete der Posaunenchor die Feierlichkeiten. Er spielte irgendeine Instrumental-Einleitung, die an
der kritischen Stelle zwar wackelte wie ein Gartenzaun, aber
durch die Gebärden und die tätige Mithilfe des Herrn Ruprecht, der das Englische Horn jetzt schon mit großer Künst-
lerschaft blies, glimpflich über die Klippe hinweg kam. Daran
anschließend sangen wir unter Führung desselben Posaunenchors das Danklied: «Lobe den Herren, den mächtigen
König der Ehren!» diesen Choral mit den langen, festlichen
Rhythmen, der wie kein anderer die gehobene Stimmung des
Protestantismus, wenn er feiert, ausdrückt. Gegen den Posaunenchor hatte ich aber heute meine Einwände. Durch den
Abgang von Brüdern zu den Instrumenten wurden bei uns
die Bässe geschwächt, und ich konnte nie recht singen, wenn

die Bässe nicht ordentlich dröhnten. Sie taten nun zwar bei den Tuben und Posaunen, was sie konnten, aber das war kein Chorgesang mehr. Das Blech riß alles an sich, und es war unmöglich, meine zweite Stimme zu hören.

An der Stelle des Herrn Vaters eröffnete Herr Salis mit seiner sympathischen, ruhigen Stimme die Reihe der Ansprachen. Er hieß die Anwesenden herzlich willkommen, erklärte, warum *er* diese Pflicht erfüllte, und nicht der Herr Vater, und begann den pädagogisch-innerlichen Rechenschaftsbericht. Der Segen des Herrn hatte sichtbar und fühlbar auf dem Werk gelegen. Man dankte allen Wohltätern und Freunden – Herr Salis sagte: «Frä–unden» – und bat sie, ihr Wohlwollen – er sagte «Wahlwallen» – der Anstalt weiter zu erhalten. Die erste Rede dauerte eine Stunde. Ein Gesang wechselte mit ihr ab; diesmal hatte unser dreistimmiger Kinderchor das Wort. Dann kam Herr Ruprecht als Verwalter der Anstalt an die Reihe. Auch er stellte sich als neuen Mann vor, würdigte und feierte als echter Neffe die Verdienste seines verewigten Oheims, und legte dann den haushaltlichen Bericht ab. Zuerst war er vor Aufregung etwas blaß gewesen, aber bald redete er sich in der überhandnehmenden Hitze zu Farbe, und verließ endlich das Katheder als sehr wohl aussehender Mann in den besten Jahren, um den Brüderchor zu dirigieren, der sich inzwischen aufstellte.

In diesem unterhaltsamen Reigen ging es weiter. Nach den Hergehörigen kamen die Vorsteher anderer Anstalten, die Grüße von Schwestern und Brüdern überbrachten, kamen sehr ruhmvolle Herren aus fernen Gegenden, die alle sprechen und angehört sein wollten. Und immer wieder erdröhnten Mauern und Schädel von den Klängen des Posaunenchors. Viele brummten außerdem vor Hitze, die in unsichtbaren Feuerwolkensäulen über jedem Kopf stand und brütete. Ich selber fühlte mich noch immer etwas geschwächt vom gestrigen Fieber, und wahrscheinlich war ich es noch gar nicht ganz los. Von Zeit zu Zeit wurde mir so merkwürdig phantastisch verwandelt zumute, so leicht und fern, und ich sah mich so liebevoll eifrig von zarten, fremden Gestalten dahin geführt, daß ich halbe Ansprachen überhörte; bloß die Faustschläge des Posaunenchors brachten mich periodisch zur Besinnung. Aber gerade, als er ganz unerwartet wieder zu dröhnen anfing, kam ich nicht mehr zur Besinnung, sondern verlor sie vollends. Eine dunkelblaue Nacht umhüllte meine Sinne, und ich sank über den Schoß meines Nachbarn.

Als ich wieder wach wurde, lag ich droben in dem weiten, luftigen Schlafzimmer unter meiner Decke, rings um mich leere, unbewohnte Betten, und drunten in großer Tiefe erklang ein dünner Kinderchor, dem die dritte Stimme – die meine – fehlte. Die Luft war voll von Licht und Wärme. Eine große Vollkommenheit enthielt dieser glühend entfaltete Sommertag. Gleich hinter dem Fenster des Schlafzimmers lag eine zitternde Tiefe gesättigt von Raum und Luft; sein anderes Ufer bildeten die Kronen der Kastanienbäume. Dahinter öffnete sich ein zweiter Abgrund, der bis zur alten Mauer reichte, auch er eine Welt für sich; darin brodelte die Begeisterung des Jahresfestes. Aber dortwärts der Mauer ruhte ein breites, brennendes Tal wie ein fremder Erdteil oder ein Ozean, begrenzt von den Flanken des Rebberges, lauter unbekannte Weite und Tiefe, unfaßbar, selbstherrlich, Bäume und Häuser umgebend, ohne sie zu halten, von hochher kommend und fernhin gehend, vielleicht bereits Bestandteil einer *anderen* Welt, die hier überirdisch herein ragte, das große Schweigen von *dort*: Ewigkeit! Unendlichkeit! War dies nun Gott? Man weiß es aus vielen Beispielen: Gott ist eine so zarte und verborgene Allmacht, daß sie sich nicht den Starken und Festen offenbart. Man muß verwundet oder von einem Fieber des Lebens geschwächt sein, um an den Dingen vorbei gleitend auf das große, ungeheure Nicht-ding außer ihnen zu stoßen, auf den Abgrund hinter allem Seienden. In den Abgründen des Daseins wohnt das Hohe. In den nicht von der Wirklichkeit eingenommenen Zwischenräumen und Überräumen waltet die heilige Schicksallosigkeit.

Ich hörte wieder diesen Kindergesang ohne meine dritte Stimme, und plötzlich erschrak ich über meine Einzelheit inmitten des wunderbar nach Entstehung drängenden und zu Untergängen eilenden Weltplanes. Ich befühlte mich fragend: Körper! Sein! Vergänglichkeit! Nicht Gott! Vielleicht von ihm durchatmet, aber nicht Er! Etwas anderes, Fremdes, vielleicht in ihn, in seinen Raum Eingedrungenes! Aber doch *wußte* ich von ihm! Rettete mich nicht dies Wissen vor dem absoluten Untergang, der jenen unwissenden Welten bevorstand? Das Herz pochte mir tief und stark. Halb entsetzte und fürchtete ich mich. Halb war ich glücklich und auf meine Zukunft gespannt. Dann erinnerte ich mich an den stillen, kranken Mann ein Stockwerk tiefer, und eine große, andächtige Verwunderung ergriff mich in meinem Fieberzustand. Dies Überihmsein war mir wie ein Obgesiegthaben, ein unwiderruflicher Triumph, der mir die Tränen des Mitgefühls und der Bangigkeit in die Augen trieb. Auch diesen Abgrund der *Zeit*, diesen schicksalbedeutenden Unterschied zwischen seinem Dort und meinem Hier nannte meine von der Krankheit gelöste Ahnung: Gott! Besser gesagt: sie nannte nicht, sie träumte nur! Sie erlebte bloß wortlos und an Bildern, an den Kronen der Kastanien, dem Rebhügel, dem Herrn Vater, dem Kindergesang ohne meine Stimme.

Aber die Tafel an meinem Gärtchen, so schön, deutlich und weithin sichtbar sie gemalt war, bewahrte auch dies Jahr meine Astern nicht vor dem Untergang. Als das Fest vorbei war, und ich wieder aufstehen konnte, fand ich anstatt meiner kleinen Pflanzung eine platt getrampelte Tenne, und ich dachte wieder einmal gering von der Intelligenz erwachsener Menschen.

Von Domen, Transparenten und
dem tausendjährigen Reich

Betrachte ich heute alles genau, und horche aufmerksam zurück, so finde ich, daß mein Gottesgefühl in meine ersten Zeiten zurück geht, und daher mit meinem Grundgefühl zusammen fällt. Alles, was ich mit der Gestalt Jesu Christi erlebte, und es war weder wenig noch bedeutungslos, trug von Anfang an den Stempel der Vergänglichkeit, des Schicksals. Er war mir durch lange Zeiten die höchste, heiligste und tiefsinnigste aller Erscheinungen der Menschengeschichte, aber er war mir doch immer Erscheinung unter anderen, benachbarten Erscheinungen, durch die ich ihn begriff, an denen ich seine Größe ermaß und verstand, seine Tat abwog, sein Verdienst durch Gegenüberstellung erkannte. Gott war mir das Unvergleichbare, Einzige, Unbedingte. Christus – so tief ich ihn verehrte, so blieb mir das Dogma seiner Gottessohnschaft doch verschlossen. Sein Tod, das werde ich noch zeigen, war mir eine Tatsache von erschütternder Wahrheit, und im Nacherleben ist keiner meiner Kameraden so weit gegangen wie ich, ja, ich glaube, man wird sogar wenig Zeitgenossen finden, denen er diesen unverbrüchlichen Gehalt des eigenen Hierseins bedeutete. Seine Auferstehung enttäuschte mich stets, und sie muß eigentlich jede Seele enttäuschen, die sich mit ihm ins Grab gelegt hat. Sie ist eine Spielerei des menschlichen Geistes, der das Endgültige, die schauerlichheilige *Unwiderruflichkeit des Todes* nicht begriffen hat, und ihr die letzte fromme Verehrung schuldig bleibt. Vollends die Himmelfahrt befremdete mich und machte mich jedes Jahr um etwas ärmer, das ich leidenschaftlich durch tiefe, kämpfende Wochen trotz der Auferstehung noch besessen hatte. Mit dieser ernüchternden Leistung leitet dann die Kirche jene werktägliche Reihe gleicher und festloser Sonntage ein, die nicht einmal eigene Namen haben.

Aber nun erfaßte mich der Konfirmandenunterricht und zog mich plötzlich abgründig und unaufhaltsam in die Glaubensschauer und Mysterien der Erwachsenen hinein. So nahe und dringlich uns der Herr Vater in seinen Andachten, Predigten und Gebetsübungen immer einmal an die Welt Christi heran gebracht hatte, so gab es doch etwas, das uns von den Erwachsenen bedeutungsvoll trennte: das Heilige Abendmahl. Durch diese Lücke, um mich so auszudrücken, entkamen wir ihm und der furchtbaren Heiligkeit des Dogmas immer wieder, um in ein Reich der Verantwortungslosigkeit zurück zu treten, in dem der Fuß der Erwachsenen keinen Platz mehr hatte. Viertelsheiden, die wir somit waren, sahen wir von Zeit zu Zeit halb bewundernd und halb froh nach der Sonntagspredigt die Brüder sitzen bleiben, um sich auf das anschließende Abendmahl vorzubereiten. Das war die andere Welt, und ich insbesondere begriff immer, daß die Kluft, die uns davon und von den Erwachsenen trennte, sehr groß war; so oft und stark ich mich nach ihrer Freiheit und Selbstverfügung sehnte, so sah ich dem Tag, an dem ich sie erhalten sollte, doch auch mit geheimer Scheu entgegen.

Infolge der Rückhaltlosigkeit, die uns zu unserem Schicksalsverlauf gegeben ist, fand mich die Weihnachtszeit schon triebhaft weit in den Gedanken- und Kreuzgängen des christlichen Glaubens verfangen. Zuviel Reizvolles und Baumeisterliches hatte die Errichtung und gleichzeitige Entdeckung dieser geistigen Welt über der physischen für mich, als daß ich mich der Aufgabe nicht mit voller Wärme und Lebendigkeit hingeben sollte. Die Lehre hat ja auch für den

Verstand des Kindes so große Lücken und Widersprüche, daß sie eine phantasie- und kunstbegabte junge Seele geradezu heraus fordert, diese durch Gefühlseinbauten und durch kühne Kreuzbogenwölbungen der inneren Anschauung zu ergänzen, und das ist der Zauber, den das Christentum durch Jahrhunderte auf die Seelen und Geister ausgeübt hat, ehe der schöpferische kritische Trieb der Seele ermüdete und der des Geistes erstarkte. Bald stand ich als ein kleiner Erwin von Steinbach selbst ergriffen und überwältigt unter und zwischen den ragenden und sich neigenden Formen des geistigen Domes, an dem ich baute, um die drei großen Grundpfeiler: *Schöpfung* der Welt, *Sündenfall* und *Erlösung* unter *einen* Blick zu bringen. Wenn Gott allmächtig war, warum hatte er es zulassen müssen, daß die Schlange die Reinheit seiner Schöpfung verdarb? Und wenn er allgütig war, weshalb bewahrte er seine Geschöpfe nicht in heiliger Großmut vor dem Elend, das ihnen sicher war, wenn die Absicht der Schlange gelang?

Nun soll «glauben» heißen: für wahr hinnehmen. Das ist aber ein sehr schwacher Leitfaden, der zur Lüge und Heuchelei führt. Glauben hieß ursprünglich: aus den Widersprüchen eine Architektur errichten, sie durch Gefühl und Anschauung *überwinden*, und ein Glaube, der dies nicht leistet, ist keiner mehr, ist lediglich eine Konvenienz. Ich glaubte, denn ich baute. Der Gehalt des Christentums war mir von Anbeginn nicht das Wissen, sondern das *Geheimnis*. Es ist der Gehalt aller großen Taten der Seele. Im Geheimnis trafen sich mir die Widersprüche zwischen der Schöpfung und dem Sündenfall. Die Unmöglichkeit der Erlösung dieser Schöpfung durch die Hingabe des Gottessohnes an den Tod gipfelte sich wiederum – im Geheimnis. In all diesen Dogmen steckte etwas, das «richtig» war, und darauf ließ sich bauen. Auch dies Richtigsein darin, das den Fängen des Verstandes abermals unzugänglich blieb, obwohl es einem höheren Verstand entsprang und von ihm geschaffen war, bestand im Geheimnis, im Wunderbaren.

Eine dritte architektonische Kuppelung war nötig zwischen dem Kreuzestod des Erlösers, der aus dem unüberblickbaren Trieb der Liebe sich opferte, und dem Weltgericht, das zum ewigen Sieg des Lichtes und der Gottheit überleitete. Mit Christi Liebestat war ja nun durch die Lehre im Grund ein neuer Schlangenapfel in die Welt gebracht, nur mit umgekehrter Wirkung. Weil die ersten Menschen die Frucht der Erkenntnis genossen, waren sie verloren. Die Menschen nach Christo jedoch sind verloren und werden gerichtet, insofern sie *nicht* erkennen, nämlich im Glauben. Eine Erlösung, wenn sie wirklich eine Erlösung aus überirdischer, göttlicher Kraft ist, dürfte nicht mehr auf ein *Mittel* angewiesen sein, wie es der Glaube ist, und dürfte auf kein neues Gericht hinaus laufen. Ich persönlich habe mich Zeit meines Lebens keinen Moment durch Christi Tod erlöst gefühlt. Ergriffen, erschüttert, in den Tiefen gepackt und zu großen menschlichen Höhen aufgetürmt, ja! Aber niemals erlöst!

Dann war da die schneidende paulinische Dissonanz wenige Jahre nach Christi Tod, daß man zur Seligkeit wie zur Verdammnis *vorbestimmt* sei, eine Lehre, die dem Herrn Vater besonders wichtig und wert gewesen war. Dieser Trakt des christlichen Gebäudes erforderte die kühnsten und gemütvollsten Überwindungen. Sie verlangte nach aller Liebe und Großmut, die sogar die Kirchenväter in ihrem Leben und Martyrium der Menschheit schuldig geblieben waren. Ich hatte Augenblicke voller Gefühl und Anschauung, in denen mir die Wölbung dieses dreischiffigen Domes widerspruchslos, aber auch ohne Worte, gelang, so daß meine Seele andächtig die langen Aspekte der Schöpfung, des Sündenfalles und der Erlösung hinunter und hinauf wandern konnte, während durch die farbigen Fenster herein der Strahlen-

glanz des tausendjährigen Reiches leuchtete, und im Lichter-
schein des Altars das Unaussprechliche seine Geheimnisse
hütete.

So bekam in diesem Jahr die Zeit der christlichen Feste,
die mit dem ersten Adventsonntag verheißungsvoll sich ankündigte, für mich einen besonders hohen und reichgefaß-
ten Sinn. Sehr mit dem Herzen verstehend, hörte ich die
alten Vorbereitungstexte der vier Sonntage aus den Propheten Jesaja, Daniel, Micha und aus dem Psalmarum, vier klare,
hochgemute und dankbar zu begehende Wege zur Freude.
Wir schlugen sie alle unverweilt und rückhaltlos ein, sicher
wissend, daß sie zum lieblichsten aller Mysterien hin führten.
Übrigens fanden uns die Wochen nicht bloß untätig wartend.
Besonders ich hatte zu allen Zeiten das Bedürfnis, das, was
ich liebte und verehrte, auch zu schmücken und zu illumi-
nieren. Der Advent fand mich daher neben meinen Aufsät-
zen zu den Konfirmationsstunden mit dem Entwerfen und
der Ausführung von Weihnachtstafeln und von Transparen-
ten, meiner geschätztesten Kunst, beschäftigt.

Um ein Transparent zu erhalten, nahm man ein großes
Blatt Zeichenpapier und verfuhr damit zeichnerisch zunächst
ganz so, als ob man es bemalen wollte. Aber anstatt dann die
Buchstaben und Sterne zu betuschen, schnitt man sie aus,
übermalte die ganze Fläche mit dichter schwarzer Farbe,
und hinterklebte Buchstaben und Sterne, Blumen, Sonnen
und Ranken mit buntem Seidenpapier. Nebenher war ein
hölzerner Rahmen vom Umfang des Blattes zu zimmern,
gegen den dieses geheftet wurde. Auf die Bodenleiste hinter
das Papier kamen einige Kerzen zu stehen, und das Ganze
wurde an eine Wand gehängt, nachdem die Kerzen angezün-
det waren. Nun leuchtete in freudigem Rot, in zukunftsrei-
chem Blau und in daseinsgewissem Grün von der Wand die
Heilsanzeige: «Siehe, dein König kommt zu dir.» Die großen Buchstaben enthielten mit dem schweren Violett und

den darüber schwebenden feurigen Kometen die dunkel-
prächtigste Festlichkeit. Nie verwandte ich andere als gotische Buchstaben. Welche verschafften sich durch lateinische
Zeichen eine Erleichterung, aber das hätte mir als Ausdruck
nicht genügt. Auf den gemalten Sprüchen verbrauchte ich
immer viel Gold und Purpur. Silber hatte ich von Anfang
auch geschätzt, aber ich fand später, daß es zu wenig Wirkung ausgab; ich ersetzte es durch Purpur.

Eine weitere Vorbereitung, mit der wir aber alle gemeinsam befaßt wurden, war die Einübung der Weihnachtsge-
sänge und des Krippenspiels. Wir hatten gemischtchorige
und dreistimmige Gesänge und einen Kanon: «Laßt uns gehn
gen Bethlehem.» Das Krippenspiel war seit einigen Jahren
eine Neuerung, die der zweite Lehrer, Herr Bunziker, eingeführt hatte, und zwar zum allgemeinen Beifall. Der Heilige Abend fand uns frisch gewaschen und gekämmt im großen
Lehrsaal versammelt. Die Mädchen saßen in ihrer Arbeitstube, die Brüder in ihrem Saal. Um sechs Uhr zog die ganze
Hausgemeinde im verdunkelten Haus vor den Andachtsaal,
die Kleinen vornean, die Brüder hinten. Mir war es einmal
passiert, daß die Frau Mutter mich dabei erwischte, wie ich
unter Tags durch das Schlüsselloch guckte; dafür mußte ich
ganz an den Schwanz des Zuges stehen. Ich sang aber deshalb nicht weniger schön und begeistert. Heute stand ich in
der Mitte, das Herz voll wertvoller Schwere des Miterleb-
nisses, und die Augen voll Andacht und Anschauung, selber
ein Transparent, aus dem der Spruch leuchtete: «Selig, die
reinen Herzens sind, denn sie werden Gott schauen!»

Schweigen und ahnungsvolle Dunkelheit herrschten bei
uns. Als die Uhr – dieselbe, die Herr Johannes immer am
Sonntagmorgen aufgezogen hatte – mit dem sechsten Schlag
ausklang, ertönte leise die Stimmpfeife des zweiten Lehrers,
worauf in tiefen Stimmlagen und bis zum letzten Pianissimo
gedämpft der alljährliche Weihnachtsgesang begann: «Die

heiligste der Nächte bricht feierlich nun ein.» Stetig aufsteigend und anschwellend über den zweiten Vers: «Dem menschlichen Geschlechte erglänzet heller Schein!» brach er im Durchführungsteil zu voller Kraft und Höhe durch mit den Worten: «Uns ist ein Kind geboren zum Glück so wunderbar, des Name: ‹Auserkoren!› ‹Der – ist – und – kommt – und – war›.» Durch die hohen Fenster des Treppenhauses herein drang der feierliche Sternenglanz des Winterhimmels. Im Hof lag der Schnee und leuchtete wider vom Schein des Christbaumes, der bereits durch die Scheiben des Andachtsaales fiel. Nach der dritten Strophe öffneten sich langsam die Flügel der Tür, in deren weitem Rahmen der große Baum mit allen hundert Lichtern und Sternen erschien. Von den Wänden leuchteten unsere Transparente.

In früheren Jahren hatte uns seitlich vom Baum unterhalb des Katheders die Gestalt des Herrn Vaters in seinem Fahrstuhl begrüßt, und in der Fensternische blitzte die kluge und alles sehende Brille des Herrn Johannes. Dies Jahr empfing uns neben der Tanne die schlanke und jugendliche Figur des Herrn Salis, und die Fensternische war leer. Von den Cranachs befand sich überhaupt keines im Saal; die Familie feierte das Fest allein. Bei der Aufrüstung des Baumes hatte dem Herrn Salis seine Mutter geholfen, eine freundlich aussehende, ziemlich große, schlanke Frau von stiller Haltung und mit derselben ernsten Klugheit und dem aufmerksamen Blick, womit ihr Sohn ausgezeichnet war. Wir erfuhren später, daß sie aus Graubünden stammte, und das war mir immer besonders merkwürdig an ihr. Er war ein Schaffhauser, weshalb er Frä–ude und Gattlab sagte.

Unter den Augen dieser Personen nahmen wir unsere Plätze ein, wo wir unsere Geschenke vorfanden. Später erfuhren wir, daß es Mühe gemacht hatte, die Bescherung auf gleicher Höhe zu halten wie die früheren Jahre, da der größte Teil des Cranachschen Kreises an der Zurückhaltung der

Familie gegen Salis Anteil nahm, was sich in der Gebewilligkeit ziemlich stark äußerte. Herr Salis mußte seine persönlichen Bekanntschaften in Anspruch nehmen, und es scheint, daß er auch seine eigene Kasse nicht geschont hat. Aber davon wußten wir jetzt nichts, im Gegenteil: die Geschenke dieses Jahres schienen uns einen frischen Zug zu enthalten. Die Farbenkasten, Messer, Bücher, Werkzeuge und so weiter sahen neuer aus und waren durchweg größer und gehaltreicher geraten. Selbst die Naschteller enthielten bisher unbekannte Spezialitäten, wie Datteln und Feigen, und bloß die bekannten dunkelbraunen, harten Anstaltsleckerli waren in der sonstigen Zahl und Beschaffenheit vorhanden.

Der Besichtigung der Geschenke schloß sich eine kurze, nicht beschwerende Ansprache des Herrn Salis an, die von der Verlesung des Weihnachtsevangeliums eingeleitet und mit einem Psalm geschlossen wurde. Hierauf ertönte wie jedes Jahr das uralte Lied: «Es ist ein Ros' entsprungen!» das seinerseits die Weihnachtsaufführung eröffnete. Nach einem sinnvollen, liebreich durchdachten Schema waren uns Aussprüche aus dem Alten und dem Neuen Testament zugeteilt. Zuerst kamen die schweren, dunklen Zeiten des Sündenfalls und der Gottverlassenheit zum Ausdruck, denen die sehnsuchtsvollen Fragen und Rufe der Propheten folgten. «Wächter, ist die Nacht bald hin?» Allmählich verdichtete sich das schmerzliche Suchen zum begnadeten Ahnen und zur ersten Weissagung, die auf den Messias deutete: «Sein Name ist Wunderbar, Rat, Kraft, Ewigvater, Friedefürst!» Es folgte jene großartige Stelle im Propheten, die das Meer von Segeln belebt sieht und die Straßen der Welt von friedlichen Heereszügen, alle mit dem einen glücklichen Ziel: die Liebe Gottes und den neuen Glanz des messianischen Zeitalters mit eigenen Augen zu sehen.

Der heißen Prophetie gegenüber wirkte das stille Christkommen im Stall von Bethlehem wiederum wie eine Vorbereitung auf noch Höheres und Gewaltigeres, und der Veranstalter des geistlichen Spieles trieb in weiteren Ankündigungen nun ungeduldig dem tausendjährigen Reich entgegen. Die dichterisch reinsten und mächtigsten Stellen entnahm er dem Mund des Erlösers selber aus dessen leidenschaftlich bewegten Reden vor seinem Todesgang nach Jerusalem. Ihm schlossen sich die Apostel an, und die großen Gesichte der Offenbarung ließen die erlösten Gesänge der ewig Seligen bereits in großer Nähe vernehmen. Inzwischen hatten wir selber gesungen: «Sieh, ein weites Totenfeld!» und: «Tröstet mein Volk!» Dann: «Tochter Zion, freue dich!» nach dem Händelschen: «Seht er kömmt!» und, ganz einig mit der Gegenwart: «Stille Nacht! Heilige Nacht!» Endlich entfernten sich die Lieder einer Zukunft entgegen, deren Weg noch von vielen heiligen Gewittern überhangen, von schreckend schönen Regenbogen überstrahlt und von kämpfenden Geistern umlagert war. Aber weit im Hintergrund der Zeiten strahlte anstatt des Christbaums das übermächtige Nordlicht der letzten Dinge, des Weltgerichts und der Ewigkeit, darinnen es orgelhaft donnerte, und woraus unsäglich beängstigende und lockende Posaunentöne einzeln wie Raketen aus des verborgensten Gottes Dasein hervor brachen, des reifen Spätgottes, der die geheimnisschweren Worte sprach: «Ich komme!» Doch der Endgesang führte wieder tröstend zum Augenblick voll von Kerzenglanz und vorläufiger Erfüllung zurück mit dem altlieblichen: «O du fröhliche, o du selige gnadenbringende Weihnachtszeit!» als zum goldenen Schlüssel der ganzen Gottesoffenbarung von der Schöpfung bis zum brausenden Schlußschrei der Cherubim und Seraphim.

Durchgang durch die Sakramente

Man sagt von der griechischen Religion – wenn sie diese Bezeichnung verdient –, daß ihr nichts von Schicksal bewußt war, bloß von Sein und Gegenwart. Im Gegensatz zu ihr ist die christliche so voll davon, daß sogar die Anordnung der Feste in einer strengen Chronologie den unerbittlichen Schicksalsverlauf wiederum darstellt. Von den heiligen Drei Königen an drängt und treibt die christliche Zeit unterirdisch wühlend und Herzen beunruhigend, ohne beim Weihnachtswunder länger als acht Tage stehen geblieben zu sein, den Fastenwochen mit ihrer gebrochenen, zuckenden Doppelbeleuchtung zu, hinter der früh der furchtbare Schatten des Kreuzes herauf geistert. Mit der Fastnacht kündigt sich auch bei uns diese beinahe jähe Zuwendung zu den Zeichen des Leidens und des Todes, nach der kurzen Freude des Geborenseins, an.

Von alters her bestand bei uns der Brauch, die Fastenzeit in besonders enger Fühlung mit dem Ausklang des Erlösers zu verleben. Die Texte begannen sich dunkler zu färben. Die Gestalt des bereits von lange her zum äußersten Elend und zum Untergang verurteilten Erlösers auf seinen letzten Wegen trat beängstigender und drohender an uns heran. Wie die fernen Feuerzeichen eines nahenden Krieges flammten die ungeheuren Reden vor Jerusalem auf. Als der Föhnwind über die südlichen Pässe zu uns herab wehte, war unsere Atmosphäre schwer von Frühlingsvorgefühl und Todesschauern. Manchmal mit gespanntem Ernst gingen wir Konfirmandenklasse durch all dies Werden und Treiben, von den anderen bereits als Ausscheidende, nicht mehr in ihre Welt Gehörige betrachtet. Der Unterricht wurde nicht zelotisch oder schwärmerisch, aber mit vollem Nachdruck erteilt. Herr Salis schenkte uns nichts: wir sollten mit der vollen Kenntnis und ausgerüstet mit dem ganzen Wissen um die ebenso hochsinnigen als gefahrvollen Beziehungen, in die er uns einführte, in die christliche Welt hinaus gehen. Für ihn war diese im geistigen Sinn das kraftzitternde und hochgeladene Spannungsnetz einer Wechselstromanlage, das ebenso unabsehbaren Segen wirken als unheilbare Zerstörung hervor rufen kann, je nach dem Gebrauch, der davon gemacht wird. Eindringlich ermahnte er uns, unsere Seelen vor Vorwitz zu hüten, und nicht zu denken, es sei von uns verlangt und erwartet, wie in ein Handelsabkommen mit der Konfirmation nun sogleich in ein näheres Verhältnis zu Christus und seiner überirdischen Energie zu treten. Mit dieser Ermahnung verschaffte er uns jedoch nicht, obwohl es vielleicht so scheinen mochte, gegenüber der unbedingten Forderung des Herrn Vaters eine Erleichterung, sondern mit dem persönlichen Spielraum der *Freiwilligkeit*, den er uns zugestand, deutete er uns nur mit umso bewegenderen Anzeichen den blutenden Ernst an, der auf uns wartete. Während wir beim Herrn Vater berechtigt waren, gegen den Gewissenszwang auszuschlagen, standen wir bald dieser überkühnen Freiheit ratlos und bang gegenüber.

Wir waren eine gute und ernsthafte Klasse, aber das war hauptsächlich ein Erfolg unseres Lehrers. Was er mit uns unternehmen mochte, und wenn es dem Religionsunterricht noch so fern zu liegen schien, bekam von ihm, ob er wollte oder nicht, das tiefe und spannende Licht, dessen Mittelpunkt der ihm innewohnende Christus war, und das einen desto stärkeren Zauber auf uns ausübte, als er jede Aufdringlichkeit vermied.

«Seht», sagte er, «die Kirche will einmal, daß ihr mit äußerlich wahrnehmbaren Zeichen in ihren Kreis *wissend* eingeführt werdet, nachdem ihr durch die Taufe bereits *unwissend* eingeführt wurdet. Wie die Taufe nun euch, die ihr nicht wußtet, keine Verantwortung auferlegte, bis zu dem Augenblick, in dem ihr sie innerlich vielleicht nachträglich bestätigtet, so ist es auch mit der Konfirmation. Was ihr davon begreift und bejaht, das könnt ihr auch verantworten. Aber euer Wissen geht selbst nach allem, was ich euch gesagt habe, und ich habe euch viel gesagt, werde euch das Größte und Schwerste aber erst noch mitteilen: ich sage, euer Wissen geht nicht weit. Eure Jahre sind unreif. Euer Geist ist erst halb erschlossen, und für ein ganzes, volles Sakrament nicht vorbereitet. Geht also getrost darein ein, es ist größer als ihr, und darum auch großmütiger. Es ist nur ein Eingang, die Eröffnung eines langen Weges voller Überraschungen und geistig gewaltiger Wendungen, die euch die Sittlichkeit Christi und die eure in überzeugenden Beispielen offenbaren werden. Und so wird sich das Sakrament in euch langsam erst bilden, oder es wird sich nicht bilden. Eure Verantwortungen werden im gleichen Schritt mit euren Kräften wachsen. Fürchtet euch also nicht.»

Dieser Mann hatte einen offenen Sinn für Welt und Natur, und den Mut, revolutionäre Neuerungen einzuführen, ob man dazu scheel sah oder nicht. Man sah scheel, aber er schien es nicht zu bemerken. Er stieg mit uns nach dem Nachtessen auf den Kirsauer Hügel hinauf, um uns den Sternhimmel zu deuten. Bisher hatten wir das bloß auf der ersten Seite im Atlas gesehen. Vom Polarstern ausgehend, machte er uns in vielen Gefilden und Gründen des Weltraums bekannt, gab uns einen Begriff davon, daß die Rotation das Geheimnis des Weltzusammenhanges sei, und von den fernen, bleichen Geisterwiesen der Milchstraße aus führte er uns an die ergreifende Tatsache heran, daß unsere Erde nichts ist, als ein schwirrendes Großatom in ihrem feierlich kreisenden System. Er eröffnete uns den Weltraum als einen Abgrund, in dem die Körper von Ewigkeit zu Ewigkeit stürzen, ohne zu fallen, und daß auch dieser Raum nicht wirklich ist, sondern bloß geschaffen von unserem rechnenden Verstand, der in Verhältnissen denkt. Nach kurzem Zögern fügte er hinzu, daß es wahrscheinlich im Grund auch keine Zeit gebe, denn eine Minute sei ebensogut eine Annahme, ein Übereinkommen, wie ein Zentimeter, der nur sei, solange man an ihn denke.

Mir war es, als spreche er auch jetzt in all diesen scheinbar so fremden Formen nur von Gott und von seiner Unmeßbarkeit, von der Unmöglichkeit, ihn nachzuweisen und festzustellen. Bei dieser Anschauung wurde mir seltsam wohl, und ich war Herrn Salis aus ganzem Herzen dankbar. Mir war, als hätte ich eine Zeitlang gefürchtet, der Konfirmationsunterricht könnte dazu führen, den sicheren Nachweis der Existenz Gottes zu erbringen, einer Macht, die ich bisher eben als das Geheimnisvolle, nicht zu Erfassende verehrt hatte. Es blieb also beim Schweigen der Abgründe über uns. Gestärkt und in freimütiger Weise beruhigt, stieg ich von dem Hügel herunter. Am Weg stand ein Kreuz, das mit seinem strengen Zeichen einen großen Teil des leuchtenden Firmaments durchschnitt und teilte. Ich dachte, Herr Salis werde vielleicht auch darüber noch etwas sagen, aber er ging schweigend daran vorbei. Ich indessen hatte ein Gefühl, als ob mir jemand in großer Stille und Verborgenheit die Versicherung gäbe, daß mir dieser himmelragende Christus in aller Macht nichts tun könne, solange ich in mir die hohe Verhältnislosigkeit Gottes lebendig erhalte.

Eine andere Unternehmung, die dem Herkommen widersprach, war ein Frühausflug am Sonntag vor Palmarum über den Dinkelsberg nach Schopfheim. Um vier Uhr standen wir schon auf, während alles noch schlief. Die Amseln sangen bereits; sie sind die ersten und die letzten Sänger der schönen Jahreszeit. Als wir in den Wald kamen, fanden wir die Anemonen blühend. Herr Salis schien alles innig, ja heftig zu lieben, aber er sprach nur in gefaßten und klar bezeichneten Ausdrücken darüber, die seine Kennerschaft verrieten. In Schopfheim kehrte er mit uns ein. Unsere Betroffenheit darüber war sehr groß, denn uns hatte man bisher das Wirtshaus als Vorplatz der Hölle begreifen gelehrt. Wir bekamen Kaffee und Brötchen, und ich erstaunte mich im geheimen darüber, daß *ein* Mann das alles so ohne große Vorbereitungen aus seiner Tasche bezahlen konnte. Ich verstand auch das Beispiel von sittlicher Freiheit, das er uns durch den Gebrauch gab, welchen er von dem Wirtshaus machte. Unwillkürlich zählte ich unsere Köpfe, aber wir waren nicht zwölf, wie die Jünger, sondern bloß sieben, wie die törichten Jungfrauen. Und Herr Salis war kein Christus, sondern ein schweizerischer Ehrenmann und Pfarrer, der Dialekt sprach und weit davon entfernt war, Beziehungen auf die Spitze treiben zu wollen.

Trotzdem tat er es als sittlich klar gerichtete Kraft, die er war. Um ihn schwirrte und wühlte es nun schon von feindlichen Einflüssen und stillen Verschwörungen. Wir wußten es nicht, aber seine Tage in der Anstalt waren bereits gezählt. Hatte er hier vielleicht eine Wirkungstätte und eine Zuflucht für sich und seine Mutter zu finden gehofft, so war ihm diese Hoffnung schon vereitelt, und seine Liebe zur vorhandenen Kinderwelt, wenn er eine gefaßt hatte, litt an blutendem Herzen, war in der Vorbereitung begriffen, sich los zu reißen. Nur wir gehörten ihm ganz, und so gehörte er auch uns. Das erklärt vielleicht manches Leidenschaftliche, Ungewöhnliche in seinem Verkehr mit uns. Er war sicher viel kühner und angreifender, als er selber wußte. Als ich mich später mit der Gestalt des schweizerischen Reformators Ulrich Zwingli beschäftigte, fand ich in seinem Wesen nach Charakterfarbe und Temperament mancherlei Gleichklänge mit Salis, dieselbe frische Unvoreingenommenheit, die gleiche offene Klugheit und brüderliche Neigung zum Mitteilen, den freien Blick für Welt und Leben, und die humane Unerbittlichkeit in der Auswirkung des einmal als richtig Erkannten und als seiend Innewohnenden.

Auf dem Weg nach Schopfheim kamen wir an einem Irrenhaus vorbei, dessen Insassen sich draußen in der jungen Frühlingssonne bewegten. Andere stierten apathisch vor sich hin. Welche redeten unaufhörlich. Und einer war darunter, der sich rastlos damit beschäftigte, über ein eingebildetes Hindernis zu springen und dann in die Hände zu klatschen. Diese Ausdrücke der Verstörtheit gaben uns viel zu reden, und auf dem Heimweg begannen wir zu betrachten, ob es nicht möglich sein werde, die Unglücklichen durch die Macht des Gebetes zu heilen, wovon wir ja unter dem früheren Regime mancherlei gehört hatten. Herrn Salis schienen diese Reden zu mißfallen. Er schnitt sie ziemlich kurz ab, stellte aber in Aussicht, darüber in der nächsten Konfirmationsstunde eingehend zu sprechen. Auf dem Heimweg war er auffallend still.

Seinem Versprechen gemäß führte er uns dann während der Montagstunde in die Machtverhältnisse des Gebetes ein.

«Das Gebet vom Menschen, mit Bewußtsein angewandt», so sagte er, «besitzt das Geheimnis, Gottes Allmacht mit Ohnmacht zu schlagen. Hätte Christus auf dem Ölberg nicht hinzugefügt: ‹Doch nicht, wie ich will, sondern wie du willst!› so wäre es Gott nicht möglich gewesen, seine gewaltige Absicht der Welterlösung, seit Jahrtausenden gefaßt, zu verwirklichen. Im Gebet steht der Mensch der höchsten Macht gleichberechtigt mit gleicher Gewalt gegenüber, und mit einem vermessenen Gebet kann der Sterbliche den Unsterblichen zum Zittern bringen. Wehe aber diesem Menschen, vor dem der Unsterbliche zittert!

Das Gebet enthält daher die höchste und unerbittlichste Verantwortlichkeit des Menschen gegenüber seinen Mitmenschen. Seid euch eurer furchtbaren Macht über Gott im Gebet bewußt, aber seid es in Zagen und heiliger Furcht, den vernichtenden Blitz hervor zu locken. Gewiß gibt es keine Grenze zwischen Gott, der *herabströmenden* Seele, und der

Menschheit, der zurückflutenden Seele. Aber es gibt schwere und verderbliche Gegenwirkungen, Verwirrungen, Störungen, die in der geistigen wie in der physischen Welt die gewitterhafte Entladung hervor rufen. Darum sollt ihr nichts wollen und erbitten, was nicht im Weltplan der göttlichen Vernunft liegen kann. Schont Gott in Großmut und Zartheit, so schont ihr euch selber und fördert das Heil und das Wachstum des Guten in der Menschheit und in Gott!»

Das war die letzte Eröffnung unseres Lehrers über das Wesen unserer Seele und ihres Schöpfers. Mir war sie aus dem Mund dieses stillen, klugen Mannes eine Mitteilung von beinahe niederschmetternder Wucht. Alles, was ich vom Herrn Vater gehört hatte, kam ihr an Ungeheuerlichkeit nicht gleich. Gesprengt war schon mein feiner und fröhlich andächtiger Kuppelbau der christlichen Lehre, und herein brach wetterleuchtend die erhöhte Anschauung unmittelbarer Fühlung und Wechselwirkung mit Gott selber, der zwischen dem Ich und dem Du keine Einbauten duldete. In diesem Gedanken vom Gebet war in mir bereits der christliche Formalismus zerstört, aufgelöst jede Zuflucht, vernichtet der letzte Unterstand vor der freigewaltigen Geistesmacht des Gewissens und der Selbstverantwortung! Noch zitterte in mir jede Hirnfaser im übermenschlichen Bemühen, diese furchtbar schöne Wahrheit zu fassen, und meine Seele war ein heiliger Aufruhr in und gegen Gott, voll Bangigkeit, in ihn hinein zu stürzen, voll Widerstreben und Lust, ihn in mich hinein zu reißen – kurz, eine herzbeklemmende Verwirrung hatte von mir Besitz ergriffen, als es mit mir wie mit Blitz und Donner geradenwegs in das Sakrament der Konfirmation hinein ging. Plötzlich war die Vorbereitungszeit vorbei, und bestürzt sah ich den Morgen des Palmsonntags über mir heraufziehen.

Er dämmerte regnerisch. Wir versahen uns mit den neuen schwarzen Anzügen. Als wir zu unseren bisherigen Kameraden kamen, begriffen wir, daß sich die Kluft zwischen ihnen und uns über Nacht noch verbreitert hatte. Wir waren ihnen zur Weihe bestimmte Erwählte, und aus den Blicken, mit denen sie uns betrachteten, konnten wir die große Verwandlung, die an unseren Gestalten vor sich ging, ermessen, wenn wir sie selber nicht fühlten. Sie weigerten sich, in der bisherigen Weise mit uns zu verkehren, und hätten wir unsere Feierlichkeit, unseren gehobenen Zustand nicht selber gewollt, so würden sie ihn unbedingt von sich aus hergestellt haben, eben durch den Abstand, den sie zwischen uns legten. Aber wir wollten ihn ebenfalls. Heute versammelten wir uns nicht im Hof zur Predigt, sondern im Zimmer des Herrn Salis. Er sprach einfach und freundlich zu uns, ohne es darauf anzulegen, unsere Beklommenheit noch zu vermehren, strich dem und jenem leicht mit der Hand über den Kopf, und dann führte er uns nach dem Andachtsaal hinunter.

Ich muß hier bemerken, daß ich wohl als sein reifster Schüler seine Aufmerksamkeit erweckte, aber eine Vorzugsbehandlung oder gar eine Ausnahmestellung genoß ich bei ihm nicht. Er erhielt jedem von uns seine vollkommene Unbefangenheit und Freiheit auch ihm gegenüber, und mir blieb es daher im unklaren, inwieweit er ein inneres Verhältnis zu meinem Wesen gefaßt hatte. Dagegen ließen mich manche Fragen an mich und Antworten auf meine Fragen vermuten, daß er sehr klar blickte und sich keinen Täuschungen hingab, und seine Ratschläge waren ohne Ausnahme für mich brauchbar und richtig, wenn ich in der Folge auch weit davon abkam, sie anzuwenden.

So trat ich meinen Weg zu Gott an in wohltätiger Gleichheit mit meinen Kameraden und Mitwallfahrern. Unsere Bank vor den Brüdern war heute leer; dafür hatte man eine Reihe Stühle für uns vorn beim Katheder aufgestellt. Rechts nahmen wir Platz, links die Mädchen, die mir als Konfirmandinnen in der Gesamtheit heute zum erstenmal wieder einer aufmerksameren Beachtung wert schienen; aber ich hielt mich nicht dabei auf, da ich mit mir genug zu tun hatte. Eigentlich hätte auch Marie Claudepierre da sitzen müssen; auch diese Erinnerung zog nur wie eine leichte, träumerisch schimmernde Wolke über mich hin. Schon war das Vorspiel beendigt, und es begann der majestätische Choral: «Stärk uns Mittler, dein sind wir!» dessen wechselnde, stark zu Gott andringende Rhythmen mir einen ungeheuren Eindruck machten. Der Gesang gehört zu den kraftvollsten Stücken der protestantischen Kirche, und Johann Sebastian Bach selber hat ihm die großartige harmonische Fassung gegeben, in der wir ihn heute kennen.

Noch während wir sangen, machte sich draußen ein seltsamer Sturm auf, den niemand erwartet hatte, und dessen Stöße immer nachhaltiger gegen die Fenster des Saales anliefen. Während des Gebetes durchzuckte der erste Blitzschein den Saal; ein Gewitter war im Anrücken. Unter immer verstärkten Donnerschlägen hielt Herr Salis seine Festpredigt. Seine Stimme wuchs an mit der Stimme der Natur draußen, gewann einen metallenen Klang voller Leben und gesammelter Männlichkeit, und während mit kaiserlicher Entfaltung das erste Gewitter des Jahres das Rheintal herauf fuhr, standen wir einer nach dem anderen vor dem lieben, einfachen Mann, empfingen den Segen und die Konfirmationsbibel, und kehrten beschenkt aus seiner Kraft, ohne zu wissen, wie, an unsere Plätze zurück. Mir las er zu meiner stillen Betroffenheit als meinen Konfirmationsspruch das Wort des Apostels Paulus vor: «Gott ist getreu, der euch nicht läßt versuchen über euer Vermögen, sondern macht, daß die Versuchung so ein Ende gewinne, daß ihr es könnet ertragen.» Nun wußte ich ziemlich sicher, ob er ein inneres Verhältnis zu mir besaß. Bald darauf klang der Gemeindegesang wieder auf.

Seltsam entrückte Tage hoben nun an, die einen Ausnahmezustand nicht nur für einen, sondern für uns alle brachten. Konfirmiert und noch nicht kommuniziert gingen wir umher, einstweilen der Hut Gottes anbefohlen, entzogen allen niederen disziplinarischen Gewalten, und in einer hohen, doch noch nicht höchsten Gemeinschaft mit dem wachsam brüderlichen Geist des Herrn Salis. In den Schauern der Karwoche nahte wie in brauenden Nebeln das Mysterium des Heiligen Abendmahls. Tag für Tag begleiteten wir den Herrn auf seinem Weg nach Golgatha. Der sogenannte Gründonnerstag war uns schwarz von Wolken und schwer vor Lebensbangnis. Wenn der Heilige, der Sohn Gottes selber, in dieser Welt dem bösen Gestirn erlag, was sollte aus uns werden?

Am Morgen des Karfreitags war die Erde wieder weiß. Während wir uns zum Abendmahl bereit machten, begann es von neuem zu schneien. Das Amen nach der Predigt wurde gesprochen, und unter leise hinschwebenden Klängen des Instrumentes verließen die Kinder den Saal – wir nicht mehr mit ihnen. Mir schien, die Luft würde kühler und das Licht bleich. Die Stimmung der erwachsenen Welt brach, vorerst noch ohne Gestalten und mit unbeschriebener Wesenlosigkeit, fremd über mich herein. Ein unerwarteter Ernst erschien plötzlich in unserer Mitte. Mit dem scheu ergriffenen Gesang der Orgel nahm die Kindheit Abschied. Der Wein, den mir Herr Salis reichte, hinterließ auf meiner Zunge einen Vorgeschmack strenger und nüchterner Dinge, und einer beinahe feindlichen Vernünftigkeit, die mich als Zukunft erwartete. Selbst die Haltung des Herrn Salis rang heute für meine Augen mit einer überpersönlichen Folgerichtigkeit, welcher er als Erwachsener zwischen Erwachsenen zu unterliegen schien, und die er hinnehmen mußte, ohne fragen zu dürfen. Dies Hinnehmenmüssen, ohne fragen zu dürfen, schien mir der tiefste Punkt, bis zu dem uns unser Lehrer führte, die Sohle des Grabes, in welchem Christus zur Ruhe gekommen war, Eingang und Ausgang aller Geheimnisse, aller Wahrzeichen und Schicksale des Daseins. Eine überraschende, herrliche und nahe Erscheinung Christi in diesen schweren Minuten hätte mich vielleicht trösten und ermuntern können, aber nie stand er mir so fern in Schleiern verhüllt und unerreichbar, wie in dem bangen Augenblick, als ich durch das Heilige Abendmahl Teilhaber seines Lebens und Todes wurde. Fröstelnd und mit den Gefühlen eines großen Neugeborenen trat ich unter den Klängen des Nachspiels aus dem Saal. Die Welt war mir verwandelt. Der Schnee, der wieder alle Formen bedeckte, schien meine eigene Ungewißheit und Erwartung zu sein.

ACHTZEHNTES KAPITEL

Die Freiheit

Auszug durch die Tür
der Enttäuschung

Diese Ungewißheit erstreckte sich auch auf meine äußeren Verhältnisse. Seit dem zweiten Besuch meiner Mutter bestand die zwar weiter nicht bestätigte, aber auch von keiner Seite widerrufene Auffassung, daß ich nach hier verbrachter Vorbereitung als Seminarist nach Bern gehen sollte. Die Zeit rückte nun nahe heran, in welcher sie sich verwirklichen sollte. Bei der Unterredung über die Berufswahl, die Herr Salis mit mir gehabt hatte, wußte er zu meiner Betretenheit noch nichts von jenen Abmachungen. Er fragte genau nach allen Nebenumständen, und entließ mich mit einer Miene, über welche ich vergeblich hin und her riet, ob sie hoffnungsvoll oder zweifelnd gewesen sei, aber daß er sich zu wundern schien, allein das genügte schon, um mich zu beunruhigen.

Ich hatte jetzt ziemlich lange nichts mehr von meiner Mutter gehört. Auf meine letzte Mitteilung, daß ich am Palmsonntag konfirmiert werden würde, war ich ohne Antwort geblieben, und meine geheime Hoffnung, sie würde dabei sein, hatte sich nicht erfüllt. Immer ängstigte mich die Stille, die mir aus der Gegend meiner Mutter her wehte. Vielleicht war sie krank. Vielleicht war sie auch verreist; ich wußte zwar durchaus nicht, wohin sie verreist sein sollte, aber es war doch auch eine Möglichkeit. Herr Salis hatte mir in Aussicht gestellt, mit dem Herrn Vater über meine Angelegenheit Rücksprache zu nehmen, aber in dieser Zeit der Föhnstürme und dann des neuen Frühlingsaufruhrs in der Natur ging es ihm so schlecht, daß eine Woche um die andere verstrich, ohne daß meine Sache gefördert werden konnte. Auch Herr Salis hatte, wie ich aus gewissen Zeichen schloß, endlich an meine Mutter geschrieben. Über den Erfolg erfuhr ich nichts, und die Unsicherheit wurde immer größer. Alle hatten nun schon eine klare Laufbahn vor sich. Der eine sollte zu einem Gärtner kommen, der andere zu einem Schreiner. Sie kannten schon die Namen und die Wohnorte ihrer künftigen Meister; nur ich wußte noch nichts. Unser Klassenerster, der durch unerschütterliche Musterhaftigkeit seinen Platz bis zum Schulende gehalten hatte, obwohl ich bei weitem mit dem besten Schlußzeugnis abging, war durch meine Pläne so erkenntnisreich angeregt worden, daß er sich seinerseits von irgend einem Gönner in aller Stille die Finanzen für vier Seminarjahre in Bern sicher stellen ließ, und mir richtig auch hier den Rang ablief. Nun wartete ich noch auf irgend ein Wunder, und vor allem hoffte ich, daß am rechten Tag plötzlich meine Mutter selber auf dem Plan erscheinen werde, um alle diese Zweifel nieder zu schlagen und die Fragen selbstherrlich zu meinen Gunsten zu entscheiden.

Am stillen Samstag, dem Tag vor Ostern, berief mich Herr Salis auf sein Zimmer. Ich warf alles weg, was ich in den Händen hielt, und lief durch den Andachtsaal und die Treppe hinauf wie mit Flügeln, denn nun war zweifellos die glückliche Entscheidung da. Herr Salis empfing mich mit dem freundlichen und aufmerksamen Blick, den er immer für uns hatte, aber ernster, als es mir wünschenswert schien, ja, mit einer gewissen Zurückhaltung, die ich bis jetzt an ihm nicht bemerkt hatte.

«Es ist jetzt höchste Zeit, Johannes, daß wir uns über deine Zukunft schlüssig werden», hob er zu reden an, nachdem er mir einen Stuhl neben seinem Schreibtisch angewiesen hatte. Einen Moment schwieg er noch. «Über deinen Plänen muß wohl ein Verhängnis schweben», fuhr er dann weiter. «Deine Mutter läßt nichts von sich hören. Der Herr Vater ist fortdauernd so leidend, daß ich nicht mit ihm persönlich reden kann. Die Frau Mutter aber stellt alles in Abrede, was du mir berichtest. Eine solche Absprache zwischen dem Herrn Vater und deiner Mutter habe niemals stattgefunden, im Gegenteil, gerade damals sei dein Verhalten nicht derart gewesen, daß man dir eine solche Zukunft hätte eröffnen können. Sage mir nun die Wahrheit, Johannes. Wie verhält sich das mit diesen Geschichten?»

Mir waren diese Eröffnungen wie ebensoviel Schläge auf den Kopf. Ganz benommen und fast gedankenlos saß ich da und starrte Herrn Salis an. Endlich fand ich auch einige Worte.

«Es ist aber alles ganz bestimmt so!» stotterte ich unglücklich und halb weinend vor Enttäuschung. «Der Herr Vater selber hat das noch wiederholt, als ich vom Pferd zurück kam. Und meine Mutter sagte, daß für mich eine Besinnungszeit abgemacht sei, um mich zu entscheiden, ob ich zu ihr fahren wolle, um aufs Gymnasium zu kommen, oder ob ich lieber meine Zeit hier ausmache, um dann das Seminar zu besuchen.»

«Und was hast du deiner Mutter geschrieben?»

«Ich habe geschrieben, daß ich hier bleiben und nachher aufs Seminar wolle», entgegnete ich leise.

«Die Frau Mutter sagt aber, deine Mutter sei niemals in den Verhältnissen gewesen, daß der Herr Vater mit ihr ein solches Abkommen hätte treffen können.»

«Sie hat doch meinen Vetter Franz geheiratet, und der hat einen großen Hof.» Fragend sah ich ihn an.

«Warum antwortet sie dann nicht?» versetzte Herr Salis schonend mit abgewandtem Gesicht. Ich sah nun, daß diese Dinge auch ihn begrämten. Zögernd vermutete ich: «Vielleicht weil ich nicht zu ihr gekommen bin.»

«Wer weiß.» Er schwieg noch einen Augenblick wie bedrückt und unzufrieden. «Wie dem auch sei», nahm er endlich wieder das Wort, «so müssen wir jetzt auf eine andere Laufbahn schlüssig werden. Das Seminar kostet Geld, und Geld ist nicht da.» Er betrachtete mich mit sorgenvollem Ausdruck. «Es tut mir leid, dir das sagen zu müssen. Es ist ja möglich, daß dir der Weg später doch noch frei wird. Aber vorerst müssen wir uns ans Wirkliche halten. – Es ist da noch eine Bewerbung von einem Schuhmachermeister. Du hast ja jetzt schon einen Begriff von diesem Handwerk. Es bleibt uns nichts anderes übrig, als die Möglichkeit wahrzunehmen. Du kommst in einen anständigen und nicht zu mühsamen Beruf, der dich zum selbständigen, ja angesehenen Mann machen kann. Dein künftiger Meister ist ein solcher. – Laß nur nicht den Kopf hängen, Johannes. Denke, es ist Gottes Willen so. Was dir im Leben Gutes und Wunderbares vorbehalten ist, wird dir auch auf diesem Weg begegnen, und vielleicht bist du darauf besser vor manchem Leid behütet, das dich auf einem anderen ereilen könnte. Tu deine Pflicht, Johannes. Bleibe rein und willig, so bleibst du freudig und hoffnungsreich. – Ich habe sehr gern mit dir zu tun gehabt; das will ich dir jetzt sagen. Und ich hoffe, daß es anderen Menschen auch so geht. Gott mit dir, Johannes.»

Der Ostertag stieg strahlend am Himmel herauf, aber mir war er wolkig und regendrohend. Noch hoffte ich in einem Winkel meines Herzens heimlich auf meine Mutter. Während der ganzen Predigt lauerte ich auf das Geräusch eines vorfahrenden Wagens. Nach der Predigt traf der Vormittagszug ein, der die Gäste und Besuche von Basel brachte. Meine Mutter war nicht darunter. Kleinlaut mischte ich mich unter meine Mitkonfirmanden, die sich bereits befriedigt in ihre Aussichten eingelebt hatten; einige begannen sogar zu prahlen. So weit war ich noch nicht. Übrigens hatte unser Klassenerster von Weihnachten her noch seine Leckerli, mit denen er jetzt hervor kam, um sie vor unsern Augen umständlich und wählerisch zu verzehren, ohne jemand etwas davon abzugeben. Sie waren ganz aufgeweicht, aber er sah aus, als wäre das eben die bekömmliche und allen Feinschmeckern wohl bekannte richtige Beschaffenheit. Plötzlich wurde ich gerufen, um zu Herrn Salis zu kommen; irgend jemand wolle mich sprechen. Mein Herz klopfte wild auf, aber ich tat mir diesmal Gewalt an, und ging ruhig mit dem Jungen, der mich geholt hatte. Es sei ein Mann, hörte ich, und ich dachte an den Vetter. Nun konnte noch alles gut werden. Aber als ich hinauf kam, war es nicht der Vetter, sondern ein ganz fremder «Herr» aus Basel, dem ich als meinem künftigen Meister vorgestellt wurde. Er sah nicht schlecht aus und redete mich freundlich und verständnisvoll an, aber es war doch nicht der Vetter, und ich starrte ihm wortlos und nun schon abgrundtief enttäuscht entgegen, so daß er sich ein wenig über mich wunderte. Herr Salis entließ mich gleich wieder; wahrscheinlich hat er nachher den guten Mann aufgeklärt. Mit heimlichen Zorntränen erschien ich wieder unter den anderen. «Es war nur mein Meister!» sagte ich kummervoll.

Noch eine andere Dämpfung lag auf diesem Tag, aber nicht bloß für mich. Der Herr Vater hatte zu sterben begonnen. Seit zwei Tagen ging es zu Ende. Er lag durch manche Stunden völlig unbeweglich, manchmal leise röchelnd, dann wieder geheimnisvolle oder bittende Worte flüsternd, und seine Familienangehörigen waren ständig um ihn. Niemand wußte, wann die Stunde sein würde. Es konnte sehr bald sein, aber es konnte noch Tage, ja vielleicht Wochen dauern. Die lauten Spiele waren im Hof abgesagt. Man hatte den Kindern mitgeteilt, daß man sie gleich nach dem Essen nach dem Wald führen würde. Dort sollte eine kurze Kinderlehre im Freien abgehalten werden. Dann würde man vespern, und den Rest des Nachmittags konnten sie sich tummeln. Wir Konfirmanden durften einen selbständigen Nachmittagsspaziergang unter uns machen. Aufsichtspersonen gab es für uns nicht mehr. Aber dieser Tag ging vorbei, ohne droben das erwartete Ende zu bringen. Der Herr Vater lebte noch am Montag, und selbst der Dienstag fand ihn noch bei Atem, wenn man uns auch sagte, daß der Todeskampf nun angehoben habe.

Einer nach dem anderen verließ nun die Anstalt. Für alle gemeinsam war noch eine Abschiedsfeier abgehalten worden. Jeder hatte einen Werktags- und einen Sonntagsanzug, zwei Paar Schuhe, zwei Hemden, einige Taschentücher und zwei Paar Socken bekommen. Wem nicht seine Verwandten ein Köfferchen geschickt hatten, der trug seinen Besitz in der Pappschachtel oder im Papierpaket davon. Der Abschied wurde mir bei weitem nicht so leicht, wie ich einmal gedacht hatte. Alle meine Erfahrungen, Nöte, Kämpfe, Niederlagen und Siege an diesem Platz – wozu war das nun schließlich gewesen? Was war dabei heraus gekommen als sicherer Besitz? Mußte ich nun alles den Geistern hier überlassen, den Gefallenen und Gestorbenen, um so arm und leer davon zu gehen, wie ich her gekommen war?

«Vergiß deinen Konfirmationsspruch nicht», ermahnte mich Herr Salis zum Abschied. «Es ist mehr für dich darin, als du jetzt ahnst. Grüble nicht. Versuche nicht, mit den Gewalten, die dein Leben lenken, zu rechten; sie lassen nicht mit sich rechten. Lerne, was schon die biblische Weisheit erkannte: ‹Es ist dem Manne gut, daß er sein Joch in seiner Jugend trage!› Gott schütze und behüte dich!»

Mit meiner Pappschachtel an der Hand ging ich allein und sehr von dem Gefühl meiner Kleinheit in der weiten Welt geängstigt die kurze, ansteigende Straße zum Bahnhof hinauf.

Sturz in die Welt

Meine erste Handlung der Selbständigkeit war die Lösung der Fahrkarte am Schalter. Dafür hatte ich genau so viel Geld bekommen, als der Preis betrug. Vor Schüchternheit sprach ich nicht laut genug, so daß der Beamte mich anbrummte. Gleich kam der Zug gefahren. Ich fiel in das erste beste Abteil hinein, verlor meinen Pappkarton, da die Schnur riß, mußte noch einmal hinaus, um meine Sachen zusammen zu lesen, und kaum saß ich wieder, so fuhr der Zug ab. Als ich mit meinem Paket fertig war, blickte ich um mich, um zu sehen, wo ich mich überhaupt befand. Rote Polster umgaben mich mit zurechtweisender Pracht. Ich erschrak sehr. Hier war vielleicht schon der Großherzog von Baden mitgefahren, und der Herr Vater hatte gewiß diese Klasse benutzt, wenn er nach Basel fuhr, als er sich noch regen konnte. Tief durchdrungen vom Gefühl der Ungehörigkeit, die ich durch meine Gegenwart in diesem Raum erregte, wagte ich kaum, aus dem Fenster zu blicken; wenn ein Bahnwärter an der Strecke meine profane Figur bemerkte, so mußte zweifellos etwas sehr Unangenehmes für mich erfolgen. Aber ich hatte viel zu romantische Begriffe von den Dienstwegen der öffentlichen Ordnung. Kurz vor Heinfelden erschien einfach ordnungsgemäß ein männlicher Kopf vor dem Fenster meines Abteils. Die Tür ging auf, und mit einem etwas verwunderten Blick über meine Gestalt forderte der Fahrschaffner die Karte. Als er sie gesehen hatte, nahm seine Verwunderung noch immer zu.

«Ja, was tuscht denn du hier?» fragte er mich. «Du bischt wohl ein Reichstagsabgeordneter, daß du erschte Klaß fährscht. Oder du kehrscht aus der Anstalt in dein angestammtes Fürschtenhaus zurück? Jetzt mach aber schnell, daß du da 'rauskommscht. Ebe hält der Zug. Da nebenan ischt die dritte Klaß. Mach, daß du's emal so weit bringscht, daß du mit Recht Erschte fahre kannscht!»

Ich war schon draußen. Während es mir um die Ohren brauste, stolperte ich nach der dritten Klasse, fiel in einen Wagen und zwischen andere Reisende hinein, ohne zu wissen, wie, und bis Herthen wagte ich nicht mehr, mich bemerkbar zu machen. Aber der Klang dieses Namens weckte Geister in mir, die mich meine Verschüchterung vergessen ließen. Kam nicht nach Herthen die Station Wyhlen, die Heimat meiner Mutter, meiner Großeltern, meiner Kindheit? Durch den Lärm der Eisenbahn hindurch hörte ich die beiden Bäche rauschen. Von der großen Stadt Basel und dem dortigen Schuhmachermeister, an den ich adressiert war, kannte ich nichts, aber in Wyhlen hatte ich lauter Freunde, den alten Pfarrherrn eingeschlossen, und wer wußte, was mir dort blühte, während ich mir die Basler Aussichten nicht anders als fremd und feindlich vorstellen konnte. Jetzt traten die wohlbekannten und so lange nicht mehr gesehenen Waldwinkel und Berghänge hervor, die Rebberge und Steinbrüche, droben die Turmspitze des ehemaligen Klosters Sankt Chrischona, wo jetzt die Brüder der inneren Mission hausten, und plötzlich erschien hinter Pappeln und Dächern der alte, graue Turm der Kirche. Mir klopfte das Herz kräftig auf. Ein triebhaft starkes Verlangen nach Freiheit und Freude erfüllte mich. Zwar warnte mich mein Schattenholdsches Blut. Warum hatte meine Mutter zu meiner Konfirmation nichts von sich hören lassen? Alle anderen hatten Besuch oder wenigstens Briefe und Geschenke bekommen; ich mußte sogar mit der Pappschachtel aus der Anstalt abziehen. Aber daran dachte ich jetzt nicht mehr. Der Zug hielt kaum, so sagte ich: «Exküse!» und über Knie und Füße hinweg strebte ich eilig nach der Tür, die ich öffnete und in meiner Flucht offen hinter mir stehen ließ. «He, wohin willscht du denn?» rief mir der bekannte Schaffner nach. «Das ischt doch noch net Basel. Das ischt erscht Wyhle! Oder wenn du nachher weiterfahre willscht, so muscht deine Kart' abstemple lasse, sonscht ischt sie ungültig!» Aber ich sah nicht zurück. Wer wußte, ob ich nicht im letzten Moment genommen und wieder in den Zug gestopft wurde. Ich lief aus dem Bahnhof, als ob ich gestohlen hätte.

Da stand das Gasthaus zum Rößle. Sollte ich nun hinten herum oder vorn herum gehen? Ich entschied mich für den Vorderweg. Erstens war es die Hauptstraße, und dann konnte man schon von unten her die Mühle sehen. In diesem Holzschuppen hatte damals ein Sarg über zwei Bökken gestanden, als der Mann gestorben war. Dort stand das Haus, vor dem der junge Blinde an jedem sonnigen Tag gesessen und in die Hände geklatscht hatte. Das war der Weg, durch den wir im Herbst nach dem Rebberg hinaus gefahren waren, um Trauben zu schneiden. Und da fiel wie vor Zeiten der Hang vom Wald hinter der Mühle herunter. Veilchen standen da, und auf der anderen Seite fand man Schlüsselblumen, soviel man wollte. Das kleine, schmale Eckhaus war das Haus meiner Großeltern. Mich zog es sehr hinein, aber meine Mutter hatte ich auf dem Hof nebenan an der oberen Straße zu suchen. Als ich doch durchs Fenster über dem Prellstein hinein sah, erblickte ich hinter dem Schustertisch ein fremdes Gesicht. Vielleicht hatte man das Zimmer jemand abvermietet. Vor der Mühle sah ich niemand. Jetzt kam ich zum Hof des Vetters. Da war ein junger Mensch damit beschäftigt, Mist zu laden. Ich kannte ihn nicht.

«Ist meine Mutter da drin?» fragte ich, um etwas zu sagen. Er sah mich verwundert an, weil ich so zielbewußt auf den Hof zustrebte.

«Deine Mutter?» fragte er. «Was für eine Mutter? Wer bist du denn?»

«Der Johannes Schattenhold bin ich», gab ich zur Aufklärung. «Ist meine Mutter drin?» fragte ich wieder, da er mich immer noch so merkwürdig betrachtete.

«Ja, deine Mutter», sagte er und stieß die Gabel senkrecht in den Mist, «die ist nicht mehr da. Das ist schon ein Jahr her, daß sie fort ist. Weißt du das denn nicht, wenn du doch der Johannes bist?»

Ich staunte ihn an, ohne etwas zu begreifen. Das ganze märchenhafte Licht, das all die Gegenstände und Figuren hier umspielt hatte, verschwand, und plötzlich sah ich, daß eigentlich Regenwetter herrschte.

«So, fort ist sie?» wiederholte ich endlich. «Wie – ist denn das zugegangen? – Und der Vetter Franz?»

Der Bursche begann vom Mist herab zu steigen; meine furchtbare Betroffenheit und Enttäuschung machte ihn verlegen.

«Komm ins Haus herein», sagte er. «Da wirst du mehr erfahren. Die Mutter wird dir etwas zu essen geben; wirst Hunger haben. Komm nur!»

Nach seiner Mutter rufend, ging er durch die offene Tür. Ich folgte ihm wie in einem bösen Traum. Drinnen kam mir eine große, gesunde, wohlwollend dreinschauende Frau entgegen, die sich bedächtig die Hände an der Schürze abtrocknete, während ihr Sohn sie über meinen Fall unterrichtete. Sie überflog meine Gestalt mit einem prüfenden Blick.

«Komm nur herein!» sagte auch sie. «Kommst zu Christen und zu ordentlichen Leuten. Wirst uns wohl nicht verachten, wenn du auch aus einer vornehmen protestantischen Anstalt kommst.»

Sie nötigte mich in die Küche und dort an den Tisch, brachte einen großen Brotlaib herbei, von dem sie mir eine Scheibe herunter schnitt, wie ich seit sieben Jahren keine mehr zu sehen bekommen hatte, bestrich sie mit Butter, holte Speck und Wurst, und der junge Mensch kam mit einer Flasche Kirschwasser.

«Kirschwasser bist vielleicht nicht gewöhnt?» fragte die Frau. «Trinkst lieber eine Tasse Milch?»

Ich wehrte schüchtern ab, Kirschwasser sei mir ganz recht, und der Bursch goß mir ein.

«Trink aber langsam», mahnte er. «Er hat's in sich.» Er schien heimlich zu lachen, und das machte mich noch verwirrter. «Zuerst iß einmal ordentlich, damit du einen Boden legst.»

Er ließ sich selber von der Frau ein Frühstück herrichten, und während sie die unterbrochene Zurüstung fürs Mittagessen wieder aufnahm, hatte ich zuerst Rede zu stehen, wie es in der Anstalt gewesen sei, und was ich jetzt vorhabe. Sie wechselten ein paarmal Blicke miteinander, sagten aber weiter nichts dazu.

«Ja, also der Vetter Franz», hob dann die Frau an zu berichten, «der ist so sonderbar geworden die letzte Zeit, wie wenn er nicht mehr recht bei sich wäre, und da haben sie ihn schließlich ins Altmännerhaus geschafft, deine Mutter und die beiden Söhne. Ja, und dann haben sie hier alles verkauft und sind miteinander davon gegangen. Nach Zürich, sagt man. Hat keiner hier etwas Direktes von ihnen gehört. – Daß du bloß von allem nichts erfahren hast!» wunderte auch sie sich.

«Vielleicht ist – der Brief verloren gegangen», sagte ich, um die Ehre meiner Mutter zu retten.

«Ja, das ist schon möglich», gab sie zu und schaffte weiter. Eine Stille trat ein. Plötzlich stand ich auf.

«Ich will jetzt zu meinen Großeltern hinüber!» sagte ich. Tatsächlich waren ja auch sie die Nächsten dazu, mir das alles zu erzählen, und nicht diese fremden Menschen hier.

Die beiden sahen sich wieder an.

«Ja, da muß ich dir nur sagen, daß du die auch nicht wieder finden wirst», erklärte die Frau. «Gehst du zu Fuß nach Basel? Da kommst du nämlich am Friedhof vorbei. Dort liegen sie nicht weit voneinander. – Zuerst ist deine Großmutter gestorben, ist sanft und selig verschieden, und ein halbes Jahr darauf ging ihr der Großvater nach, hat eine Erkältung bekommen in seinen alten Tagen, und weil niemand nach ihm sah, ist eine Lungenentzündung draus geworden. ‹Ich geh' meiner Lili nach!› soll er gesagt haben. ‹Ich hab' hier nichts mehr zu tun!› – So starb er.»

«Wer – wohnt denn jetzt im Haus?» fragte ich mit schwerem Herzen.

«Ja, das ist dann auch verkauft worden. Da waren ja zuviel Schulden zusammen gekommen mit den alten Leutchen, und die Jungen konnten nicht helfen, denen geht es selber schlecht.»

Mich würgte es im Hals, daß ich Mühe hatte, den letzten Bissen Brot hinunter zu bringen.

«Nimm einen Schluck Schnaps», riet mir der Bursche. «Der wärmt und verreißt es.»

«Bist ja jetzt erwachsen und ein freier Mann», sprach mir die Frau zu. «Mußt nun dein Leben auf die eigenen Schultern nehmen. Ist nicht schön, so etwas plötzlich zu erfahren, und dazu von fremden Leuten, aber das ändert ja an deinen Sachen nichts. Hast deine Marschroute. Lernst ein braves, ehrliches Handwerk und wirst ein rechtschaffener Mensch. Darauf kommt alles an.»

Halb bewußtlos trat ich endlich aus dem gewesenen Hof meiner Mutter wieder ans Tageslicht heraus. Den Schnaps hatte ich stehen lassen. Infolgedessen fror mich richtig, wie der Bursche voraus gesehen hatte. Er wünschte mir noch guten Weg, und die Mutter sagte, ich könne ruhig wieder einmal kommen, wenn ich wolle. Das Haus meiner Großeltern sah mich jetzt an wie ein längst Verstorbenes. Ich wagte nicht, zum zweitenmal durch das Fenster hinein zu blicken, als ob ich mich fürchtete, den Augen eines Toten oder eines Geistes zu begegnen. Auch in der Mühle saßen andere Leute; die

Müllersleute hatten Bankrott gemacht. Der alte Pfarrherr war gestorben; ein rundlicher junger Mann in der Soutane begegnete mir, als ich die Straße hinunter ging.

Mit der Pappschachtel an der Hand wandte ich mich der Landstraße zu, um die Gräber meiner Großeltern zu suchen. Es fing leise an, zu regnen. Die Frau hatte mir die Lage der Gräber so gut beschrieben, daß ich sie bald fand. Jedes war von einem einfachen schwarzen Holzkreuzchen geschmückt; auf den Querarmen standen die Namen der Dahingegangenen. Es war mir so seltsam und beängstigend, daß diese Namen «Felix Kanderer» und «Lilli Kanderer» noch über der Erde im Licht des Tages leuchteten, während ihre einstigen Träger drunten im Dunkel des allumfassenden Mutterschoßes zerfielen und zu dem großen, geheimnisvollen Nicht- und Niemandsein zurück kehrten, aus dem sie seinerzeit – die Daten standen auch auf den Kreuzen – plötzlich aufgetaucht waren. Zum zweitenmal focht mich heute diese rätselschwere Frage an: «Wozu ist nun dies alles gewesen?» Und war es eine Antwort: «Damit ich werden konnte?» Mir schien nicht, als ob meine Existenz die Verantwortung übernehmen könne für all diese vorhergegangenen Ereignisse. Der Sinn irgendwelcher Vorbereitungen konnte ich nicht wohl sein, soviel war mir aus dem fünfzehnjährigen Zusammenleben mit mir klar geworden.

Vielleicht trug ich die Verantwortung für die Dinge, die mit meiner Mutter wieder geschehen waren. Ich hatte gemerkt, daß man mir sehr Bedenkliches aus Feingefühl verschwieg. Wenn ich damals mit ihr gefahren wäre, so hätte sie vielleicht die Angelegenheiten hier anders behandelt. Aber war sie nicht ohne mich vor acht Jahren nach Amerika gegangen? Und hatte sie bei ihrer Rückkehr nicht meine Schwester dort gelassen? «Der Herr wird gerecht richten zwischen mir und dir!» hörte ich die Stimme irgend eines alttestamentarischen Erzvaters sprechen. Eine Amsel sang auf der jungen Weide beim Totengräberhäuschen. Im Rheintal drunten rauchten die Schlote der Sodafabrik. Die kleine Glocke der Kirche läutete Mittag. Gegenüber auf der anderen Rheinseite sahen die Aufbauten der Saline Schweizerhall her. Ich fühlte, daß dies alles dazu angetan war, um sich darüber einer großen, andächtigen Bewunderung hinzugeben, und mit diesem Gefühl verließ ich den Kirchhof.

Der Regen zog sich dichter zusammen. Ich hörte jetzt die Tropfen auf meiner Pappschachtel aufschlagen. Bis ich nach Grenzach kam, hatte sich ein dauerhafter Landregen ziemlich ergiebig eingerichtet. Das Gasthaus zum Lamm grüßte an der Straße, aber ich hatte keinen Pfennig in der Tasche. Ich war darauf gespannt gewesen, zum erstenmal wieder die roten Türme des Basler Münsters zu sehen, aber es war, als ob ein grauer, triefender Vorhang vor allen Dingen hinge. Das Wasser rann mir in Bächen vom Hutrand und über das Gesicht. Kleine Gebirge von Straßenschmutz häuften sich auf meinen Schuhen. Meine Pappschachtel begann, sich in ihre einzelnen Bestandteile aufzulösen. Aber in den Erlen am Rhein sang wieder eine Amsel. Mochte ich enttäuscht und von neuem verlassen sein, so ging ich immerhin einem neuen Leben entgegen. Die Ungewißheit hatte Reize. Wenn sie auch beißend schmeckten, so forderten sie dafür die Männlichkeit heraus.

Ich richtete mich höher auf, um trotz meiner durchweichten Verfassung bei meinem Einzug in der großen Stadt einen braven und einigermaßen unverwüstlichen Eindruck zu machen. Als ich die ersten stumpfen und schmutzigen Häuser der Vorstadt sah, wurde mir zwar noch einmal wind und weh in meiner waghalsigen Gefaßtheit, aber nun hörte ich wieder die gute, überzeugende Stimme des Herrn Salis: «Es ist dem Manne gut, daß er sein Joch in seiner Jugend trage!» Ich fühlte eine bedeutende Willigkeit in mir gegenüber allen unbekannten Mächten und Verhältnissen, denen ich entgegen ging, eine Freiwilligkeit, in welcher, wie ich gleichzeitig ahnte, viel Edelsinn und wartender Reichtum lag. «Es wird weiter gelebt!» sagte eine andere Stimme zu mir. «Schwimmt und ringt nicht auch deine Mutter in diesem ungreifbaren Ungefähr?» Und noch erfüllt von den Stimmungen des Platzes, von dem ich herkam, sang es fragend und suchend in mir: «Nur frisch hinein! Es wird so tief nicht sein!» Der Vers stammte aus einem Neujahrslied, das Herr Johannes regelmäßig mit uns sang, als er noch lebte, und während ich ihn mit dem Kreuz auf seinen neuen Weg geleitet hatte, trat ich den meinen an unter seinem Zeichen, dem Johannesstern.

NACHWORT

PETER HAMM

Ordnung und Leid ohne Ende

> «Jeder bekommt seine Kindheit
> über den Kopf gestülpt wie einen
> Eimer. Später erst zeigt sich, was
> darin war. Aber ein ganzes Leben
> lang rinnt das an uns herunter, da
> mag einer die Kleider oder auch
> Kostüme wechseln wie er will.»
>
> HEIMITO VON DODERER,
> ‹Ein Mord, den jeder begeht›

I

Rudolf Borchardt, der denkbar anspruchsvollste Leser, allem
Zeitgenössischen gegenüber freilich mehr als reserviert, teilt
im November 1912 dem Münchner Essayisten Josef Hof-
miller den Entwurf für ein Programm seines literarischen
Jahrbuchs ‹Hesperus› mit. Nachdem er von Stefan George
über Hofmannsthal und Rilke bis zu R. A. Schröder alle Autoren, die ihm hierfür in Frage kommen, mehr oder weniger
maliziös abgewertet hat, holt er zum Lob eines ihm bisher
gänzlich unbekannten Schweizer Autors aus: «Wir werden
mindestens eine Erzählung von Schaffner haben, dessen ‹Goldene Fratze› mich so tief bewegt hat, daß ich, was ich nie zuvor gethan habe, frei heraus in Beziehung zu ihm getreten
bin. Er kannte meinen Namen so wenig wie ich zuvor den
seinen, und dabei arbeiten wir seit Jahren! Das sind unsere
Zustände, die rechte Hand und die linke wissen nicht mehr
von einander.»

Wer kennt, selbst in der Schweiz, den Namen *Jakob Schaffner*? Und wer ihn kennt, kennt er mehr als nur den Namen, den Namen einer *Unperson*? Flucht aus der Schweiz und spätere Rückkehr in die Heimat – das war und ist ein bekannter Topos der Schweizer Literatur. Auch Jakob Schaffner, dessen Bücher in den ersten drei Jahrzehnten des vorigen Jahrhunderts bei den renommiertesten deutschen Verlagen erschienen und zum Teil riesige Auflagen erzielten, hat früh, wenn auch nicht ganz freiwillig, die Schweiz verlassen. Aber er ist nie mehr in die Heimat zurückgekehrt. Bis heute nicht. Die offizielle Schweiz hat zwar irgendwann erlaubt, daß der Leichnam Schaffners, der 1944 bei einem Bombenangriff in Straßburg ums Leben kam, in seine Heimatgemeinde Buus (bei Basel) überführt wurde, aber sein literarisches Werk, getroffen vom Bannstrahl des guten Gewissens der Verschonten, wurde nicht heimgeholt.

Schaffner durfte mit Schonung nicht rechnen. Hatte er doch seine Landsleute mit seinen politischen Kapriolen nicht verschont, hatten ihn doch seine Irrfahrten – ‹Irrfahrten› hieß sein erstes, 1905 bei S. Fischer erschienenes Buch – in skandalöse Sackgassen geführt. War er, der in den dreißiger Jahren nicht für die ‹geistige Landesverteidigung›, sondern für die Nationale Front und den Nationalsozialismus warb, womöglich sogar ein Landesverräter? Sicher nicht. Weder trat er, wie etwa Heinrich Anacker, der NSDAP bei, noch gab er je seinen Schweizer Paß zurück, vielmehr schrieb er 1936 (in einer seiner törichten Propagandaschriften, ‹Volk zu Schiff›): «Wenn ein militärischer Angriff des Dritten Reiches auf die Schweiz … Wirklichkeit würde, also aus reiner Willkür der Deutschen, so würde ich mir, wenn ich dazu irgend noch im Stande wäre, das beste Gewehr verschaffen, das zu bekommen wäre, und würde damit so gut und so schnell auf diese Deutschen schießen, wie ich könnte.» Auch aus der Nationalen Front trat Schaffner 1938 wieder aus.

Dennoch blieb er nichts als ein *Fall* und war jedenfalls kein Autor mehr. Sicher, es gab einige wenige, wie etwa Jean Rudolf von Salis, die sich nicht damit abfinden wollten, daß Jakob Schaffner nicht das gleiche Recht zugestanden wurde wie Knut Hamsun, Ezra Pound, Gottfried Benn oder Céline, deren Werk irgendwann nicht mehr mit den politischen Meinungen der Autoren identifiziert wurde. Auch der Nationalrat Hans Oprecht war unter denen, die für Jakob Schaffner eintraten, aber es gelang ihm nicht, in der damals von ihm geleiteten Büchergilde Gutenberg ein Buch Schaffners herauszubringen. Es mußte 1958 werden, bis der weltmännischste und weltliteraturkundigste unter den Schweizer Kritikern und Essayisten, Max Rychner, den ‹Johannes›-Roman Jakob Schaffners in dem von ihm geleiteten Feuilleton der Zürcher ‹TAT› in Fortsetzungen wieder abzudrucken wagte. Max Rychner schrieb dafür ein Geleitwort, dessen Ernst und Noblesse bis heute beeindrucken: «In der Öffentlichkeit seiner Heimat wurde Schweigen über seinen Namen und sein Werk gebreitet. Uns, und vielen mit uns scheint: lange genug. Schaffner ist der bedeutendste Schweizer Erzähler unseres Jahrhunderts; den Hauptteil seines Werkes hat er vor 1933 geschaffen – es gehörte damals uns allen, es muß uns wieder gehören. Darum drucken wir seinen Roman ‹Johannes› hier ab. Wer jetzt noch einen Stein auf den toten Dichter werfen mag, lese zuerst dieses Buch und sehe, ob er es dann noch kann. Eine tiefe, schöne Jugendgeschichte entfaltet sich vor uns – es ist, als hätte der Dichter in der Jugend alles schon gesühnt, was er nachher fehlen mußte.»

Noch im selben Jahr 1958, in dem Max Rychner in der ‹TAT› den Schriftsteller Jakob Schaffner zu rehabilitieren versuchte, stieß auch Peter Schifferli in seinem Arche Verlag ein Tor für Schaffner in der Schweiz auf, indem er den ‹Johannes›-Roman in Buchform vorlegte. Doch dauerte es dann wieder über zwanzig Jahre, bis der unermüdliche literarische Spurensucher Charles Linsmayer bei derselben Arche auch Jakob Schaffners Roman ‹Konrad Pilater› und frühe Erzählungen von ihm unter dem Titel ‹Stadtgänge› herausbrachte und dabei in seinen engagierten Nachworten Schaffners Leben und Werk so gerecht wie kenntnisreich ausleuchtete.

Doch aller solcher Bemühungen zum Trotz blieb Jakob Schaffner weiterhin nur ein *Fall* – und irgendwann nicht einmal mehr das. Zu seinem 50. Todestag im September 1994 war Jakob Schaffner der ‹Neuen Zürcher Zeitung› zwar einen Artikel wert, doch dieser konnte nur vermelden: «Dem Computer in der großen Zürcher Buchhandlung ist der Name unbekannt. Der Buchhändlerin dementsprechend auch. Jakob Schaffner – nie gehört. Der Antiquar dagegen weiß sofort Bescheid.» Nur noch beim Antiquar zu finden sind leider auch viele Arbeiten jener, die einmal ebenfalls über Jakob Schaffner Bescheid wußten und auf die jeder rekurrieren muß, der heute nochmals den Versuch macht, Jakob Schaffner literarisch wieder einbürgern zu wollen. Zu nennen sind da allen voran Karl Schmid (der in seinem 1963 erschienenen Buch ‹Unbehagen im Kleinstaat› diesem komplexen Thema anhand der Werke von Conrad F. Meyer, Henri F. Amiel, Jacob Burckhardt, Max Frisch und Jakob Schaffner subtil und unaufgeregt nachging), dann Hans Bänziger (der 1958 in seinem Buch ‹Heimat und Fremde. Ein Kapitel ‚tragische Literaturgeschichte' in der Schweiz› auch das Werk Schaffners unvoreingenommen würdigte) sowie zuletzt Dieter Fringeli (der 1974 in seiner Streitschrift ‹Dichter im Abseits / Schweizer Autoren von Glauser bis Hohl› auch Jakob Schaffner aus diesem Abseits zu holen versuchte). Die Arbeiten von Karl Schmid sind in der neuen Werkausgabe wieder zugänglich.

II

«Dichter wird man als Kind.»

MARINA ZWETEJEWA

Jakob Schaffners «Flucht ins 3. Reich blieb bis zuletzt eine Flucht des verletzten Kindes zur Mutter», schrieb Karl Schmid. Das konnte so nur formulieren, wer Schaffners Roman ‹Johannes› vor Augen hatte, den Roman eines tief verletzten, von Vater und Mutter und allen guten Geistern verlassenen Kindes. Zwar schickte Schaffner dem Roman ein Vorwort voraus, in dem er ausdrücklich betonte, daß dessen Held «Johannes Schattenhold *eine* Person ist, und der Verfasser eine andere». Doch wäre dieser Hinweis völlig unnötig gewesen, wenn beide Personen einander nicht bis zur Ununterscheidbarkeit glichen. So unübersehbar die autobiographischen Züge des ‹Johannes›-Romans sind, sosehr man ihn als Schaffners *Lebensroman* liest, gilt doch auch für ihn Heimito von Doderers Diktum, daß ein Roman «eine Überwindungsform des Direkt-Autobiographischen und jenseits desselben überhaupt erst ernst zu nehmen ist; diesseits davon wäre er nur Abreaktion, nicht Epik».

Die Übereinstimmung von Autobiographischem und Fiktivem im ‹Johannes› beginnt damit, daß beide Namen – Jakob Schaffner und Johannes Schattenhold – dieselben Initialen haben und daß beide am selben Tag und in derselben Stadt geboren sind. Allerdings – und hiermit beginnt bereits die Überhöhung des Autobiographischen ins episch Allgemeine – ist Johannes Schattenhold auch ein *sprechender Name*: Mit diesem Vornamen wählt Jakob Schaffner Johannes den Täufer wie den Evangelisten Johannes zu Schutzpatronen seines Alter ego, während der Name Schattenhold signalisiert, daß hier einer, dem das Schicksal selten hold war, diesem zu trotzen versucht. Und wie? Indem er es annimmt, indem er ja sagt zu den Verhältnissen, die nein zu ihm sagen. Mit dieser Namenswahl tritt der Autor Jakob Schaffner gleichsam aus dem Schatten seines menschlichen Schicksals heraus.

Noch bevor Johannes Schattenhold uns mitteilt, daß er «im dunkelsten Monat des Jahres – am 14. November 1875 – in Basel, und zwar in derselben Straße, in der auch J. P. Hebel das unbeständige Licht dieser Welt erblickt hat», geboren wurde, kommt er auch schon auf sein Lebensprogramm zu sprechen: Schicksalsüberwindung mittels Schicksalsbejahung (was ihn ein wenig in die Nähe Jakob von Guntens und anderer Robert-Walser-Figuren rückt). «Was das Leiden angeht», verkündet Schattenhold, «so hegt die Seele von Anfang an die Hoffnung, es umgehen zu können, und bei den meisten stellt sich nie eine Vertrautheit damit ein; wenige dringen zur Bejahung durch.»

Nicht nur der junge Johannes Schattenhold akzeptiert sein Schicksal, auch der fünfundvierzigjährige Schriftsteller Jakob Schaffner, der sich in der Schattenhold-Figur noch einmal die Leiden seiner eigenen Jugend auflädt, lehnt sich nicht nachträglich dagegen auf. Schaffners Roman ist keine «Abreaktion» und schon gar keine Abrechnung, weder mit der Mutter, die den gerade erst Achtjährigen nach dem frühen Tod seines Vaters im Stich ließ und mit ihrem Liebhaber nach Amerika entschwand, noch mit der protestantisch-pietistischen Waisenanstalt Beuggen (im Roman heißt sie Demutt), in der er acht lange Jahre lang Zucht und Ordnung als religiös verbrämte Dauertortur erfuhr, als «calvaire» (wie Henri Michaux später einmal seine belgische Internatszeit apostrophierte). Schaffners ‹Johannes›-Roman ist vielmehr eine fast ehrfürchtige Vergegenwärtigung seiner Kindheit, wobei die Furcht, die ja im Wort ehrfürchtig steckt, dominiert – blieb Jakob Schaffner von dem, was ihm im Namen der «Gottesfurcht» in seinen Beuggener Anstaltsjahren angetan wurde, doch so traumatisiert, daß ihn diese Furcht der frühen Jahre nie mehr ganz verließ und die meisten seiner späteren Lebensentscheidungen mitbestimmt haben dürfte.

Der als Gärtner bei einem protestantischen Basler Pfarrer angestellte Vater («mit den 20 Büchern und 5 Krankheiten») war es wohl, der mit seiner Ehrfurcht vor allen Naturerscheinungen und vor der Buchstabenwelt, vor allem aber mit seiner frommen Scheu und Trauer in seinem Sohn jenes Gefühl der Ehrfurcht begründete, das diesem nach eigenem Geständnis zum «Grundgefühl» seines Lebens werden sollte. Durch den Vater wurde dem Sohn früh bewußt, «daß die Vorgänge eines Lebens an sich ganz gleichgültig sind und nur bedeutungslosen Wert haben ... so hat das kleinste Ereignis unter Umständen unermeßliche Bedeutung, und es gibt überhaupt keinen Unterschied zwischen klein und groß». In Adalbert Stifters Briefen, die freilich nicht zu des Vaters Bücherschatz zählten, hätte der Sohn die «Beilage» zu einem Brief an Friedrich Culemann finden können, in der Stifter 1854 schreibt: «Gott hat das Wort groß und klein nicht, für ihn gibt es nur das Richtige.»

Daß allerdings auch das «Richtige» verpönt sein kann, erfährt Johannes sehr früh, wenn sich seine Mutter über eine seiner Kinderzeichnungen empört, die einen «Mann seine schwere Notdurft verrichtend» darstellt: «Ich spürte, daß ich selbstverständlicher war als die Macht, die mir entgegentrat; mir war die Zeichnung ja ein ernst empfundenes Symbol der menschlichen Gemeinsamkeit.»

Die *Not* wird für Johannes Schattenhold alias Jakob Schaffner lebenslang das Gemeinschaftstiftende schlechthin bleiben, und Not war es ja auch, die Jakob Schaffner zum Verfechter der nationalen deutschen ‹Notprogramm›-Propaganda werden ließ. («In einem Staat, der nach dem politischen Bekenntnis der großen Führer in Deutschland gestaltet ist, wird es nie wieder einem kleinen, begabten, armen Kerl so gehen, wie es mir gegangen ist, er wird nicht so herumgestoßen und sich selbst überlassen werden ... ob er dabei vor die Hunde geht oder durchkommt, sondern ihn wird die Volksgemeinschaft nehmen und führen, entfalten und einsetzen auf die großen Ziele ...», so zitiert Charles Linsmayer Schaffner im Nachwort zu *Stadtgänge*, einem Band mit Schaffners frühen Erzählungen.)

Die Not, die den jungen Johannes Schattenhold mit Macht heimsuchte, bedeutete erst einmal Zerrüttung, Zerrüttung der elterlichen Familie, deren endgültigen Zusammenbruch der Tod des Vaters besiegelte, der als noch nicht einmal Vierzigjähriger nicht nur an seinen «5 Krankheiten» gestorben sein dürfte, sondern wohl auch am Lebenshunger seiner Frau, die schon vor Jahren jenen *Hausfreund* mit in die Familienwohnung geholt hatte, mit dem sie dann nach dem Tod ihres Mannes nach Amerika aufbrach, um dort statt des erträumten Reichtums doch nur noch schlimmere Not zu finden.

Zu den frühen prägenden Noterfahrungen gehört für Johannes Schattenhold auch jene der *Liebesnot*. Er erkennt, daß es nicht Charakterschwäche war, die den Vater der Mutter gegenüber so schwach und willenlos erscheinen ließ, sondern Liebe, Liebe als Verhängnis: «Ich begriff allmählich, daß er eine solche fremdartige, hochfahrende und unbefriedigte Persönlichkeit in all ihrem düsteren Zauber und ungestillten Lebenshunger, der aus der etwas heftigen Schönheit ihrer Züge sprach, und den auch er nicht stillen konnte, unglücklich liebte und lieben *mußte*, und von dieser Liebe sah ich ihn künftig immer dichter eingesponnen wie von einem fühl- und sichtbaren Verhängnis.»

Es war diese verhängnisvolle Liebe des Vaters auch die Liebe eines Schweizer Protestanten zu einer deutschen Katholikin aus Baden. Der konfessionelle Riß, der durch die elterliche Familie ging, wird Jakob Schaffner lebenslang ebenso in Nöte bringen wie seine «gespaltene Herkunft» aus dem Schweizerischen und dem Deutschen. Doch erst einmal erlebt er im badischen Wyhlen, dem Herkunftsort seiner Mutter, wo er als Achtjähriger nach dem Verlust seines Vaters bei den Großeltern aufgenommen wird, jenes «katholische Jahr», das er noch im Alter als das schönste Jahr seines Lebens bezeichnen wird.

Zumal der katholische Marienkult wird dem Jungen, verlassen von seiner Mutter, zur Labsal: «Es sprach mir später immer gegen die evangelischen Kirchen, daß sie die milde Frau und damit die Liebe und Verehrung, die sie allen Müttern schulden, so brüsk aufs Pflaster gesetzt haben; während der Heilige Geist, die Verlegenheit aller Dogmatiker, nach Kräften fetiert wird, obwohl sich niemand etwas darunter vorstellen kann.»

Weil die Vorstellungskraft des jungen Johannes so reich wie nie zuvor bedient wurde in den katholischen Zeremonien und Gebräuchen, wirkt das ‹Auf dem Dorf› überschriebene zweite Kapitel des ‹Johannes›-Romans innerhalb der sechzehn übrigen Kapitel wie eine Oase des Glücks, in der Johannes jene Geborgenheit erfährt, die ihm in der Wüste der protestantischen Erziehungsanstalt, in die er bald verbannt wird, völlig versagt bleibt. «Ein richtiger katholischer Mensch hat ja von Haus aus seine Mystik im Leib; es ist um ihn einmal ein anderes Licht als um einen Protestanten», erklärt Johannes einmal und denkt dabei nicht nur an die Bilderbuchgestalt des Dorfpfarrers, sondern vor allem an die seines Großvaters, der «anno 48 noch mit der Sense dabei» war und jetzt stolz die beiden Ämter des Gemeindemaulwurfjägers und des Mesmers an der Kapelle im ‹Himmelreich›, einem kleinen Klosteranwesen, bekleidet. Bei der Großmutter wird diesem besonderen katholischen Licht schon ein Flämmchen des Fanatismus aufgesteckt, wenn sie ihrem Enkel die gesamte Natur als katholisch ausgibt und darüber hinaus Protestantismus und modernen Kapitalismus, als habe es ihr Max Weber eingesagt, im schuldhaften Verbund sieht: «Die Protestanten, besonders die in Preußen, haben die Fabriken und die harte Arbeit in die Welt gebracht, weil sie geldgierig sind.»

Johannes Schattenholds Abschied von der katholischen Dorfidylle wird für ihn auch zum Abschied vom ‹Müllermädchen›, dem zwar der Umgang mit Johannes längst bei schwerer Strafe verboten war, das sich aber doch zuletzt mit ihm noch einmal am Hang hinter der Mühle trifft, wo man so weit in die Schweizer Berge hineinsieht, und wo dieses Kinderpaar zwar keine Ringe zum Andenken wechselt, wohl aber die Schuhe; ihre groben Bauernschuhe mit den «abgebrochenen Haken und alten verkrüppelten Schnürbändern» gegen seine «Stadtstiefel, an denen noch fast alle Schnürhaken schwarz waren». Eine Szene, bei der auch einem hartgesottenen Leser die Augen übergehen können.

III

«Eine ordnungsgemäße Einsamkeit breitete sich hier aus.»
JAKOB SCHAFFNER, ‹Johannes›

«Es ist dem Manne gut, daß er sein Joch in seiner Jugend trage!»: Wie eine Drohung steht dieser Spruch über dem Eingangstor zur Armenanstalt in Demutt am Rhein. Johannes wird hier eingeliefert, weil jener protestantische Pfarrer, bei dem einst sein Vater als Gärtner angestellt war, ihn bei seinen katholischen Großeltern schlecht aufgehoben fühlte und künftig für ihn in Demutt eine Patenschaft übernehmen will. Man kennt aus der modernen Literatur – von Robert Musils ‹Törleß› und Hesses ‹Unterm Rad› über Robert Walsers ‹Jakob von Gunten› bis zu Peter Handkes ‹Wiederholung› und Josef Zoderers ‹Das Glück beim Händewaschen› – die

Schrecken einiger Erziehungsanstalten. Keine dieser Anstalten oder «Geistlichen-Kasernen» (Peter Handke) kann an Kälte und Grausamkeit konkurrieren mit der Anstalt Demutt, deren oberstes Erziehungsziel *Demut* ist (hätte Schaffner den Namen Beuggen beibehalten, hätte sich ihm das Bild vom Sichbeugen bis zum Zerbrechen angeboten). Nicht nur werden die Demutter Anstaltsinsassen systematisch gedemütigt, sondern sie werden auch als Zwangsarbeiter mißbraucht – mit einem ausgeklügelten System von Strafen, die von den «Vögten», den Aufsehern und Antreibern, alle als Wohltaten deklariert werden, nach dem Paulus-Motto: «Wen der Herr lieb hat, den züchtigt er.» Der Mann, der dieser Schreckensherrschaft vorsteht, muß als «Herr Vater» angesprochen werden, seine womöglich noch gnadenlosere und pietistisch verblendete Frau als «Frau Mutter». Daß der eifernde und hochfahrende, dann wieder heuchlerisch herablassende «Herr Vater» selbst eine Art Hiobsfigur ist, ein Halbblinder und Gelähmter, der stets von einer Leibgarde getragen und gefüttert werden muß, macht ihn in den Augen der ihm hilflos ausgelieferten Buben und Mädchen keineswegs menschlicher, sondern erst recht furchterregend und unnahbar. Wie bezeichnend für ihn ist etwa jene Szene, in welcher der inzwischen zwölfjährige Johannes dem Gefürchteten an dessen Geburtstag einmal vertrauensselig das Gesicht zuwendet und ihm dabei sogar zulächelt. Daraufhin wird er von diesem aber zur Rede gestellt, ob er etwa aus Eitelkeit gelächelt habe. Weil Johannes es nicht über sich bringt, wahrheitsgemäß zu antworten: «weil ich Ihnen gerade gut war!», wird er zur Strafe für dieses Lächeln vor die Refektoriumstür geschickt, wo er nun mit denen, die die Arbeitsnorm beim Bürstenbinden nicht erfüllen konnten, und mit den Bettnässern, die alle ebenfalls mit Essensentzug bestraft werden, eine Gemeinschaft von Ausgestoßenen bildet. Doch, es fällt manchmal auch Licht in diese finstere Anstaltswelt. Dieses Licht kommt jedoch nicht von draußen, nicht aus der Natur, die diesen Demutt-Zöglingen mit Ausnahme des einmaligen jährlichen Pflichtausflugs ebenso verboten ist wie die Ausbildung ihrer eigenen individuellen Natur. Trost kommt Johannes Schattenhold vor allem aus der Musik, aus der herben Kraft der protestantischen Choräle. «Im Singen», schreibt Johannes, «vergaß ich meine Minderwertigkeit …, meinen Ungnadenstand … sowie das dürftige Philistertum meiner Lern- und Gehorsamsbeflissenheit.» Den nachhaltigsten Eindruck aber macht ihm die Orgelmusik J. S. Bachs – er nennt Bach den «anderen Johannes» –, die ihm vieles von dem ersetzt, was ihm die Anstalt zu seiner Menschwerdung vorenthält, und die ihn zu eigenen schüchternen Kompositionsversuchen anregt. (Vielleicht muß man selbst Zögling einer ähnlichen Anstalt gewesen sein, um das gewaltige Tröstungspotential der Musik ermessen zu können.) Da Johannes Schattenhold dem Organisten von Demutt, «Herrn Johannes» (einem Bruder des «Herrn Vater»), bald die Orgelbälge treten darf, gerät er in den Bann eines ebenso gütig-verletzlichen wie gelehrten Menschen, der in allem den Gegensatz zu seinem Bruder verkörpert und für Johannes, dessen Not er erspürt, fast zu einer Art Ersatzvater wird. Dieser weitgereiste Bücher- und Bilderfreund ist zwar auch ein «Entsagender», «aber diese Entsagung ließ er niemand büßen». Durch ihn vernimmt Johannes erstmals Namen wie Gottfried von Straßburg, Goethe, Schiller und Gottfried Keller. Und im Bücherschrank des Herrn Johannes stößt er nicht nur auf die Namen antiker Klassiker, sondern auch auf die von Buddha, Laotse oder Konfuzius, die signalisieren, daß hier einer nicht nur über den protestantischen, sondern auch den abendländischen Horizont hinausblickt.

In den drei Nächten, die Johannes Schattenhold im Zimmer und unter dem Schutz des Herrn Johannes verbringen darf (der ihn damit dem Zugriff seines wieder einmal schwer zürnenden Bruders entzieht), kann er erstmals ganz zu sich selbst kommen. Hier wird der Funke gezündet zu seinem späteren Werdegang als Dichter und Schriftsteller. Durch Herrn Johannes wird ihm auch bewußt, daß Ahnung mehr sein kann als Wissen: «Die Königsgewalt des Daseins lebt im Unaussprechlichen.»

Zur eigentlichen Lichtgestalt in Demutt aber wird ein unterm Jahr plötzlich dort auftauchendes schwarzhaariges Mädchen, Marie Claudepierre, dessen Liebreiz und Eigensinn niemand (außer der «Frau Mutter») zu widerstehen vermag, und der sich auch niemand ernstlich widersetzt, als sie in Demutt unerhört neue, freizügige Spiele einführt und sogar die Tiere, die bisher «alle genau dieselben Höhlenbewohner waren wie wir», für Stunden aus ihren Ställen befreit. Mit Marie weicht das Gefühl dumpfer sinnloser Auflehnung, wie es bisher bei den Demutter Zöglingen vorherrschte, einem Gefühl heiterer Auflehnung, wenngleich der Traum, den Johannes schon in der ersten Nacht nach Maries Auftauchen träumte, davon nichts verrät, vielmehr die Ambivalenz spiegelt, die Johannes Schattenhold zu zerreißen droht: «Diese Nacht träumte ich, daß ich den gichtbrüchigen alten Mann, der unser aller Schicksal war, überfiel und halt- und maßlos mißhandelte. Sein künstliches Gebiß sprang ihm aus dem Mund. Er schrie mit furchtbar dröhnender Stimme gellend und weltverlassen. Und schließlich warf ich mich wild aufweinend vor ihm nieder. Ich schluchzte zuerst siebenmal, dann elfmal, dann neunmal. Am anderen Tag ging ich herum wie ein Verurteilter und wagte den Herrn Vater nicht anzusehen. Ich bezweifelte und begrämte mich, wie ich es noch nie getan hatte, nicht so sehr wegen der Traumroheiten an sich, sondern weil meine erste Antwort auf den Liebreiz Marie Claudepierres eine wüste Haßentladung gegen einen immerhin ehrwürdigen Greis gewesen war.»

«Immerhin ehrwürdig»: so weit haben sie es also in Demutt mit Johannes Schattenhold schon gebracht, daß sein
Verhältnis zum verordneten Übervater, je mehr dieser physisch verfällt, zusehends ambivalent wird, Furcht und Ehrfurcht sich darin seltsam mischen und für Johannes jener
Übertragungszustand beginnt, den Sigmund Freud als «Identifikation mit dem Aggressor» definierte. Dieser Herr Vater,
der Johannes Schattenholds Willen brechen und ihn zu einem
Sklaven seines eigenen religiösen Wahnsystems abrichten
wollte, der darüber hinaus dessen Mutter, nachdem sie gescheitert aus Amerika zurückgekehrt war und ihren Sohn
aus der Anstalt befreien wollte, maßlos demütigte, indem er
ihr in Gegenwart ihres Sohnes «Verworfenheit» vorwarf,
wird nun, wenn er von seinen eigenen Leiden fast schon besiegt ist, implizit auch von Johannes Schattenhold besiegt,
der aber diesen Sieg, als er selbst einmal fieberkrank in einem
Zimmer über dem des «Herrn Vater» liegt, als solchen nicht
zu genießen vermag: «Dann erinnerte ich mich an den stillen
kranken Mann ein Stockwerk tiefer, und eine große, andächtige Verwunderung ergriff mich in meinem Fieberzustand.
Dies Überihmsein war mir wie ein Obsiegthaben, ein unwiderruflicher Triumph, der mir die Tränen des Mitgefühls und
der Bangigkeit in die Augen trieb.»

Zuletzt erwählt der dem Tode nahe Demutter Despot
ausgerechnet Johannes Schattenhold, um ihm seine Erinnerungen in die Feder zu diktieren, und wird dabei für einmal
sogar zum Selbstankläger: «Selbst ein Ungereinigter, war ich
nicht dazu berufen, andere zu reinigen. Selbst unerlöst, fehlte mir die Gnade, eine ganze Generation zu erlösen.» Den
Tod seines Widersachers erlebt Johannes Schattenhold nicht
mehr, wohl aber den Tod Maries, die beim Versuch, einer im
Rhein ertrinkenden Klassenkameradin zu Hilfe zu kommen, selbst ertrinkt. Mit ihr verliert Johannes auch seine erste
große, uneingestanden Liebe, für die er seine ersten Verse

verfaßt hat. Auch den Tod des Herrn Johannes muß er noch erleben, mit dem ihm der einzige Nothelfer in Demutt verloren geht.

Ist ihm nicht auch seine Mutter inzwischen schon wie gestorben, obwohl sie doch noch irgendwo durch die Welt geistert als ein verwahrlostes Gespenst und übles Gerücht? Bei ihrem zweiten und letzten Besuch in Demutt war sie in Begleitung ihres bedrückten und etwas beschränkten Vetters Franz gekommen, den sie nur geheiratet hatte, um gegenüber der Erziehungsanstalt jenes «ordentliche Zuhause» vorweisen zu können, das für eine Entlassung ihres Sohnes aus Demutt eine Voraussetzung gewesen wäre. Johannes, der bei der Verhandlung seiner Mutter mit dem «Herrn Vater» anwesend war, geriet dabei zwischen die Fronten einer vornehmlich konfessionellen Auseinandersetzung, bei der er seine Mutter erregt ausrufen hörte: «Es gibt keine protestantischen und katholischen Kinder; dazu macht man sie erst nachher. Es ist einfach *mein* Kind, und ich bin seine Mutter.» Das mütterliche Argument gilt freilich gar nichts in Demutt, wo man die Mutter schließlich damit ködert, ihren Sohn weiter in der Anstalt zu lassen, indem man ihr verspricht, er könne später einmal unentgeltlich das Lehrerseminar in Bern beziehen und damit auch rasch zu eigenem Verdienst kommen.

Als es dann soweit ist und sich für Johannes Schattenhold endlich die Tür in die erhoffte Freiheit öffnet, erweist sie sich als «Tür der Enttäuschung», denn niemand mehr will sich an das Versprechen mit dem Berner Lehrerseminar erinnern. So sieht sich der bildungshungrigste aller Demutter Zöglinge gezwungen, die einzige freie Stelle, die ihm angeboten wird, anzunehmen: Er wird Geselle eines Basler Schuhmachermeisters, womit Armut und Not noch lange sein Leben bestimmen.

Was Johannes von nun an zustoßen wird, läßt sich nach-

lesen im Roman ‹Die Jünglingszeit des Johannes Schattenhold›, der erst 1930 erschienenen Fortsetzung des ‹Johannes›-Romans. Aber auch im bereits 1910 herausgekomme-
nen Roman ‹Konrad Pilater› werden die wilden Lehr- und
Wanderjahre des Jakob Schaffner thematisiert, der schließlich doch nicht bei seinen Schusterleisten blieb, dessen «Sturz
in die Welt» aber ein Sturz in immer neue Nöte war.

In seinem letzten, wie außerhalb der Welt verbrachten
Demutt-Jahr war für Johannes Schattenhold Religion etwas
jenseits des dort herrschenden Ora-et-labora-Zwangs geworden, etwas Allgegenwärtiges und zugleich Unfaßbares. Wie
für gewisse Figuren Peter Handkes waren es auch für ihn
vor allem die Zwischenräume und Leerstellen, in denen sich
etwas vom göttlichen Geheimnis einnisten und offenbaren
konnte: «Man weiß aus vielen Beispielen: Gott ist eine so
zarte und verborgene Allmacht, daß sie sich nicht den Starken und Festen offenbart ... In den Abgründen des Daseins
wohnt das Hohe. In den nicht von der Wirklichkeit eingenommenen Zwischenräumen und Überräumen waltet die
heilige Schicksallosigkeit.»

Johannes Schattenhold, wiewohl zum Gläubigen geworden, glaubt aber an überhaupt nichts, was nach Dogma riecht,
sondern er glaubt an das Glauben. «Der Gehalt des Christentums war mir von Anbeginn nicht das Wissen, sondern das
Geheimnis.» Am innigsten glaubt Johannes Schattenhold
aber an das Leiden und an die Leidenden, die für ihn im Geheimnis sind. Verinnerlicht hat er in Demutt allerdings nicht
nur die Leidensgeschichte Christi, die in ihm den Wunsch
weckte, selbst einmal Märtyrer zu werden, sondern eben auch
das dort praktizierte protestantische Ordnungsdenken, das
ihn bereits zu einem kleinen Märtyrer machte. Alle späteren
Irrungen und Wirrungen des Jakob Schaffner werden im
Zeichen einer unseligen Symbiose aus Erlösungs- und Ord-
nungssehnsucht stehen, die schließlich im Irrglauben gipfelt,

nur der übermächtige Führerstaat könne beides bringen. ‹Erlösung vom Klassenkampf›, dieser Titel einer zwei Jahre vor dem ‹Johannes›-Roman publizierten Kampfschrift Schaffners ist verräterisch genug. *Befreiung* wäre Jakob Schaffner zuwenig gewesen, es mußte *Erlösung* sein.

Schon der geheime «Johannesbund», der sich in Demutt gebildet hatte und in den Johannes Schattenhold nach einer «Bluttaufe» aufgenommen wurde, war ihm ja nicht ein Ort der Auflehnung gewesen, wo etwa ein gemeinsamer Ausbruch aus Demutt hätte geplant werden können, sondern primär ein Ort der Ordnung, die auch wieder Unterordnung verlangte, aber eine selbstgewählte und nicht die offiziell verhängte.

IV

Obwohl die demokratische Ordnung der Weimarer Republik, so gefährdet sie von Anfang an war, Jakob Schaffner doch alle jene Freiheiten gewährte, die Johannes Schattenhold in Demutt/Beuggen vorenthalten wurden, empfand Schaffner sie offenbar vorzugsweise als Unordnung. Ihn verlangte nach einer Form staatlicher Ordnung, von der ihm anscheinend nie bewußt wurde, daß sie an Repression noch jene Ordnung übertraf, der er in seinen Anstaltsjahren ausgeliefert war. Dieser Widerspruch läßt sich nicht auflösen. Er machte aus Schaffner einen Zerrissenen und Verbissenen, letztlich Unfreien. Das Unfreie, Zerrissene ist auch in die Schreibweise seines Werks eingegangen, die manchmal etwas Enges und Gezwungenes hat, jenes Schmallippige, wie es der Schaffnerschen Physiognomie eignet, dann aber wieder mit Ausbrüchen ins fast ungezügelt Phantastische, ja Dämonische überrascht – Paul Nizon schlug Schaffner dem «Typus des dämonischen Schriftstellers» zu – und manchmal auch ins Melodramatische abrutscht.

Ein wenig wird man da erinnert an den österreichischen Schriftsteller Franz Nabl, den Autor der ‹Ortliebschen Frauen›, dem Peter Handke einmal «poetische Großartigkeit, aber auch, und zwar gleichzeitig, alle poesielose, unbarmherzige Kleinlichkeit» attestiert hat. Kleinlich reagiert Schaffner auf alles, was ihm in einer freien Gesellschaft als zu frei, zu freizügig, als unordentlich erscheint, und insofern bot ihm vor allem die große Umbruchzeit zwischen den Kriegen Stoff genug für kleinlich-kleinbürgerliche Ressentiments; gegen solche war ja nicht einmal Robert Walser immer gefeit, denkt man etwa an das, was er über Walther Rathenau geschrieben hat.

Bei Samuel Fischer, dessen Feste in Berlin berühmt waren, könnten sich Robert Walser und Jakob Schaffner übrigens begegnet sein, doch fehlt leider jedes Zeugnis einer solchen Begegnung. Literarisch lassen sich größere Gegensätze als die zwischen Robert Walser und Jakob Schaffner kaum denken. Völlig fehlt Schaffners Prosa jenes vollkommen Geschmeidige, ja Tänzerische, das jene Robert Walsers auszeichnet. Allenfalls in seinem Roman ‹Hans Himmelhoch›, der 1909 bei S. Fischer erschien, also im selben Jahr wie Robert Walsers ‹Jakob von Gunten›, erreicht Schaffner in einigen Passagen oder Sätzen etwas von der Leichtigkeit, mit der Robert Walser noch über die schrecklichsten Abgründe auf einem Hochseil aus nichts als Worten hinwegtänzelt. Für Schaffners Prosa gilt: wo sie nicht vom eigenen bitteren Lebensstoff zehrt, wie im ‹Johannes›-Roman und im ‹Konrad Pilater›, wird sie leicht etwas süßlich-neuromantisch oder aber allzu holzschnitthaft und allzu Kraft-durch-Freude-strotzend.

Solange Jakob Schaffner S. Fischer-Autor war, verfaßte er regelmäßig auch Literaturkritiken für S. Fischers ‹Neue Rundschau›, die sich immer auch als Verteidigungsschriften des eigenen ästhetischen Standpunkts lesen lassen. Eine von ihnen galt Robert Musils Erzählung ‹Die Verwirrungen des Zöglings Törleß› und Musils beiden Erzählungen ‹Vereinigungen›. Der ‹Törleß› paßte Schaffner wohl schon deshalb nicht so recht, weil er das Anstaltsthema sozusagen als seine ureigenste Domäne betrachtete. Schaffner warf Musil zuwenig Anschauung und zuviel Intellekt vor, besonders aber zuviel Psychologie; tatsächlich ist der Verzicht aufs Psychologisieren eine der Stärken seines ‹Johannes›-Romans. Auch hielt Schaffner dem Autor der ‹Vereinigungen› vor, er habe sich «in den sechs, sieben Jahren seit den ‹Verwirrungen› zum Knaben zurückgebildet, der altklug und mutmaßlich über Frauen und Mädchen denkt … Es wäre aber an der Zeit, daß Musil zum Mann würde». Ein merkwürdiger Vorwurf schon deshalb, weil in ihm uneingestanden oder unbewußt auch ein Selbstvorwurf enthalten ist, schließlich verbarg sich hinter Schaffners oft forcierter Männlichkeit doch immer das gequälte Kind, und sicher sind diejenigen seiner Werke die stärksten, in denen sich dieses Kind in seiner ganzen Schwäche zeigen darf.

Wie aus Karl Corinos Musil-Biographie hervorgeht, hat keine andere Kritik Musil so sehr aufgebracht wie die Schaffners, was sich auch darin zeigt, daß Musil das tat, was man niemals tun sollte, nämlich als Kritisierter eine Antwort verfassen. Musil publizierte diese zwar nicht sofort, ließ sie aber eingehen in seinen später in Franz Bleis Zeitschrift ‹Loser Vogel› erschienenen Essay ‹Über Robert Musils Bücher›. Darin wehrt sich Musil auch vehement gegen einen weiteren Vorwurf Schaffners, den der «Geschichtslosigkeit». Vom «Zwanzigsten Jahrhundert, das geschichtlich von Geschehen donnert», so Schaffner, sei nichts bei Musil zu finden. In seiner Entgegnung karikierte Musil Schaffner als «verspäteten Literaturgeologen», der «von tintenfrischer Gesundheit und Kraft» strotzend sich «in Hemdsärmeln krachend» auf dem Gehirn des Dichters niederläßt. In Kurt Hiller fand

Musil dann noch einen Kombattanten, der in seiner Polemik ‹Der träumende Schaffner› diesen als «mildgiftig verwarnenden Großonkel» charakterisierte, was wiederum Walter Benjamins Interesse an dieser Kontroverse zwischen Schriftstellern weckte. Man sieht an alledem auch, daß Schaffner einmal im literarischen Diskurs eine nicht unbeträchtliche Rolle spielte.

Fragt man nach den Autoren seiner Generation, denen er am nächsten stand und am meisten verdankte, so waren das sicher Hermann Hesse und, etwas später, Oskar Loerke, der bedeutende Lyriker und S. Fischer-Lektor, den Schaffner 1920 sogar zum Haupthelden seines Berlin-Romans ‹Kinder des Schicksals› machte und dem er als «Vertrauensmann» der Kleistgesellschaft 1913 den renommierten Kleistpreis zukommen ließ. Zu Hesses Freundeskreis zählte Schaffner schon um die Jahrhundertwende in Basel (damals war Hesse dort noch bei einem Antiquar angestellt). Im Juli 1908 wurde Hesse sogar Trauzeuge Schaffners, als dieser in Darmstadt seine erste Frau ehelichte, und seit 1907 druckte Hesse in der von ihm herausgegebenen Zeitschrift ‹März› regelmäßig Schaffners ‹Märzbriefe› über diverse kulturpolitische Themen ab.

In der Folge rezensierte Hesse auch die meisten Bücher Schaffners, den er dabei rangmäßig gern in eine Reihe mit Robert Walser und Albert Steffen rückte. «Sein Vermögen, eine Situation durch ein grell beleuchtetes Detail blitzhaft herauszuheben und dem Leser unverlierbar einzuprägen, ist zurzeit in Deutschland wohl einzig», urteilte Hesse über Schaffners 1907 bei S. Fischer erschienenen Erzählungsband ‹Die Laterne›. Ein Buch, das auch Oskar Loerke entzückte, der nach der Lektüre an Schaffner schrieb: «Und nun müssen Sie wissen, daß in Ihrer Sammlung ‹Die Laterne› kein Stück ist, das ich bis jetzt nicht wenigstens fünfmal zu lesen gezwungen war und auch mehrere stehen darin, die ich ebenso oft vorgelesen habe.» Hermann Hesse begeisterte in diesem Erzählungsband vor allem «das gewaltige Nachtbild ‹Der Kilometerstein›», in dem man dem dämonischen Zug in Schaffners Werk begegnet, das sich hier mit Regina Ullmanns Werk und insbesondere mit deren von Rilke so sehr bewunderten Erzählungen ‹Die Landstraße› und ‹Von einem alten Wirtshausschild› berührt.

Hermann Hesse war als Rezensent auch zur Stelle, als 1909 Schaffners Roman ‹Die Erlhöferin› erschien, ein Buch, das Hesse unwiderstehlich an Gottfried Kellers ‹Martin Salander› erinnerte; es gebe, sagt er von ihm, «ein Bild heutigen schweizerischen Lebens, wie es kein einziger lebender Schweizer Dichter gegeben hat und geben konnte». Den Gottfried-Keller-Vergleich wird viel später, wenn der ‹Johannes›-Roman erscheint, nicht nur Friedrich Glauser aufnehmen, allerdings ins Negative gewendet (daß Schaffner «immer nur den Zürcher Stadtschreiber imitiert», lautete Glausers Vorwurf), sondern auch der damals noch nicht völkisch verblendete Josef Nadler, der über dieses Zentralwerk Schaffners schrieb: «Von solcher Menschenfülle war seit Thomas Manns ‹Buddenbrooks› kaum ein deutscher Roman. Haben die anderen Jugendromane entweder Schule oder Pubertät als Stellvertreter des Schicksals genommen und die Dichtung durch die psychologische Neugierde zerstört, so ist hier die Erzählung so im Wesenhaften erhalten, daß nicht psychologische Kommentare uns belästigen, sondern jeder Mensch vor uns steht als gegebene Größe und von uns ohne Widerrede geliebt oder ungeliebt hinzunehmen ist … In diesem Sinne ist der ‹Johannes›, rein stofflich besehen, schwerer einzureihen sogar, als es ‹Der grüne Heinrich› war, der in der Kettenfolge der Künstlerromane das Endglied wurde, während ‹Johannes› ein Anfang ist.»

Als 1910 Schaffners Roman ‹Hans Himmelhoch› herauskam, mischte Hermann Hesse auch ein paar vorsichtig kritische Töne in seinen Rezensenten-Jubel: «Dieser Hans trägt seinen unruhigen Kopf verflucht hoch und stolz, und manchmal möchte man rufen: Heda, bitte doch gradaus!, wenn er sich widerspricht und in Spiralen geht und sich unnütz bei Blasphemien aufhält. Er tuts aber doch nicht unnütz. Er tut alle diese wilden Gänge ... im gewaltigen Drang und Freiheitsrausch einer selbstbefreiten Jugend, er wird seiner Geisteskräfte im scheinbar Zwecklosen froh ... Ob der Trotz des Autodidakten manchmal seine Gebärde etwas übertreibt, daran ist nichts gelegen.»

Es lohnt, bei diesem ‹Hans Himmelhoch›, gerade weil er so absticht vom übrigen Werk Schaffners, einen Moment zu verweilen. «Meine Not ist mein Motor», bekennt zu Beginn Schaffners eigenwilligster Romanheld – und liefert damit so etwas wie Jakob Schaffners Lebensmotto. Mit dieser Not als Motor wandert Hans Himmelhoch durch halb Europa und durch die großen Metropolen von Rom über Paris nach Berlin, und wenn er emphatisch ausruft: «Wandern, das ist überhaupt Religion!», so ist dieses Bekenntnis zur Beweglichkeit als einem göttlichen Gut nicht nur eine Absage an jene Religion, die der junge Schaffner in Beuggen als Kitt eines Kerkers erfuhr, sondern implizit auch Absage an alle bürgerlichen Lebensformen. Auch alle politischen Systeme haben sich für diesen Hans Himmelhoch «heftig blamiert», und wütend attackiert er alle Formen des Nationalismus und Patriotismus: «Laß doch den Teufel das Deutsche Reich holen und diese Französische Republik, wie er jenes Hellas geholt hat und jene römische Weltherrschaft!» Im Roman ‹Hans Himmelhoch› frönt Schaffner nicht nur einer schon an den jungen Brecht erinnernden Verherrlichung des Verbrechens («Es lebe der Totschlag! Es lebe der Raub!»), sondern auch einer exzessiven Technik- und Fortschrittsbegeisterung, die manchmal geradezu an den Marinetti des ‹Futuristischen Manifests› erinnert: «... so ist mir Haeckel wichtiger als

Homer … Die elektrische Hochbahn in Berlin ist mir fruchtbarer als alle Wehmüte des Palatin in Rom oder der Cloaka maxima.»

‹Hans Himmelhoch› ist untertitelt mit ‹Briefe an ein Weltkind› und geschrieben in der Form von Briefen an eine großbürgerliche Frau, der Hans Himmelhoch mit seinem Élan-vital-Gehabe auch imponieren möchte. Als sie darauf einmal wohl etwas reserviert reagiert, hält ihr Schaffners Alter ego vor: «Du hast schon von mir gesagt, man wisse manchmal nicht, ob ich verrückt sei oder nur aufgeregt. Ja, gibt es denn Menschen, denen ihre liederlichen fünf Sinne ausreichen gegenüber dem weiten, breiten, gewaltigen Leben?»

Das jähe Umkippen der Stimmung, das Albin Zollinger als so typisch für Robert Walsers Prosa erkannt hat, läßt sich auch im ‹Hans Himmelhoch› Schaffners beobachten, wo unmittelbar auf wilde Aufschwünge Abstürze ins Düstere und Hoffnungslose folgen. Gerade noch hat Hans Himmelhoch, dessen Name ja schon Programm ist – «himmelhoch jauchzend, zu Tode betrübt» –, eine Hymne auf «das prometheische Zeitalter» angestimmt – «Wir sind die letzten Ritter und die ersten Menschen» –, gleich darauf bekennt er: «Ich kann mir alles vorstellen, was ich will, nur meine Seele nicht mehr. Ich glaube, ich habe meine Seele verloren … Ich schleiche hinter mir her als mein eigener Hinterbliebener.»

Wie in Robert Walsers Roman ‹Jakob von Gunten› der Zögling des «Instituts Benjamenta» zuletzt dem «Gedankenleben» absagt und mit diesem die ganze Zivilisation hinter sich läßt, um mit Herrn Benjamenta in die Wüste zu ziehen, so bricht auch Hans Himmelhoch am Ende des Romans auf zu einer Reise an die Ränder der Zivilisation: Er schließt sich einer Polarexpedition an. «Das Universum ist meine Form», so heißt es auf der letzten Seite dieses Buches, das einen gleichermaßen hoch leichtsinnigen wie tief leidenschaftlichen Ausbruchsversuch Schaffners aus seiner Schicksalsbahn darstellt. Doch konnte dieser Ausbruch schon deshalb nicht gelingen, weil die Misere seiner Kindheit und Jugend Schaffner immer wieder einholte und sich schließlich unheilvoll verband mit jener deutschen Misere, die mit dem Ersten Weltkrieg zur «Mutterkatastrophe des Jahrhunderts» (Golo Mann) mutierte.

V

Der vielbeschworene «Geist von 1914» nährte den Traum einer «Wiedergeburt deutscher Größe» durch die «Volksgemeinschaft», wie sie das Kaiser-Wort «Ich kenne keiner Parteien mehr» beschwor. Der Begriff «Volksgemeinschaft» wurde damals vom gesamten politischen Spektrum, mit Ausnahme der Kommunisten, vereinnahmt. Auch Adolf Hitler erklärte später, seine «Revolution» habe im «Geist von 1914» begonnen. Nachdem durch die deutsche Niederlage von 1918 und den Versailler Vertrag der Traum von der Größe zum Trauma vom Dolchstoß geworden war, schrieb Otto Flake 1923 in der ‹Weltbühne›: «Welche Zeit, welch armes Land, dieses Deutschland. Nach außen ein getretener und mißhandelter Prügeljunge, innen krebskrank und auf der Suche nach dem Prügeljungen, auf den es seinerseits die Schuld abladen kann.» Deutschland als Prügelknabe, in diesem Bild mußte sich der einst in Beuggen geprügelte Jakob Schaffner wiedererkennen, es nährte sowohl seine Erlösungs- wie seine Großmachtphantasien, und beide verlangten nach dem «Mann mit der starken Hand», der «endlich Ordnung schaffen» sollte. Die Geburt der deutschen Tragödie aus dem Ungeist der Ordnung fand auch in Jakob Schaffner einen Geburtshelfer.

Seinen Hans Himmelhoch hatte Schaffner noch verkünden lassen: «Alle Weltverbesserungspläne nehmen ihren Ursprung aus Neurasthenie», und über die Deutschen hatte dieser so geurteilt: «Von den Deutschen konnte man immer nur lernen, nur nicht von ihrem Glück; das war noch nie groß gewesen. Es schien ein Charakteristikum der Deutschen zu sein, daß sie immer wollten, was sie nicht konnten.» Später, als Schaffner immer mehr zum Weltverbesserer tendierte und die Deutschen unbedingt als wahre Weltverbesserer ansehen wollte, leitete er gerade aus der Glücklosigkeit dieser Deutschen ihre Eigen- und Einzigartigkeit ab. Ein Essay Schaffners in der ‹Neuen Rundschau›, mit dem er sich zur deutschen Problematik äußerte, veranlaßte Thomas Mann am 5. 12. 1918 zu der Tagebuch-Eintragung: «Mit Überraschung sehe ich, daß Jakob Schaffner geschrieben hat: ‹Der deutsche Mensch weiß im tiefsten Grunde seiner Seele, daß seine Eigenart in der Welt niemals verstanden und geduldet sein wird, die deutsche Nation muß im Gegensatz zur Welt existieren oder sie muß aufhören, als solche zu existieren.› Ich sage es ähnlich in den ‹Betrachtungen›, wenn auch mit anderem Akzent.»

Mit den ‹Betrachtungen eines Unpolitischen›, in denen der Lübecker Großbürgersohn in einer Münchener Nobelvilla vom Krieg schwärmt, hat der Kleinbürger Schaffner allerdings sowenig zu tun wie mit dem Ungeist der «für Blutdünger werbenden Gebrüder Jünger» (Martin Walser). Jakob Schaffner träumte nicht von «Stahlgewittern» und «Blutzoll», sondern von einer «Bodenreform» als der «Erlösung vom Klassenkampf». Gründlich naiv glaubte er im Nationalsozialismus einen nationalen Sozialismus heraufkommen zu sehen, einen Feind des Kapitalismus, keinen Feind anderer Völker. Noch in seiner 1920 erschienenen Schrift ‹Der Passionsweg eines Volkes› bezeugt er nicht nur seinen Abscheu vor dem Judenhaß, sondern hebt zum Lob ebenjenes Volkes an, das Hitler dann als erstes überfallen sollte: «Ich glaube an Polen und seine Zukunft … Die Polen sind ein ritterliches, kluges, anständiges und arbeitsfrohes Volk, das den Frieden und das Wohlergehen liebt. Die Deutschen sind genau dasselbe, die Franzosen, die Italiener, die Österreicher, Jugoslawen, Tschechoslowaken ... Alle sind sie für das Schöne, Gute, Wahre und Große begeistert, und was sie miteinander machen, ist Unsinn, Spuk, Not und Unglück.»

Will man verstehen, wie Jakob Schaffner der «nationalsozialistischen Versuchung» (Armin Mohler) erliegen konnte, muß man auch seine ambivalente Haltung zur Schweiz nochmals in den Blick fassen. Schaffner folgte ja nicht Nietzsches Devise «Gefährlich leben!», die so manchen jungen Schweizer nach 1933 ins nationalsozialistische Deutschland zog (so etwa Armin Mohler, der übrigens gleich nach seiner Flucht aus Basel ins «Reich» in einem Stuttgarter Hotel Jakob Schaffner traf und ihn bereits als politisch ziemlich Resignierten empfand). Schaffners Deutschland-Bindung und Deutschland-Verklärung sind, worauf schon Albin Zollinger hinwies, auch als Reaktion auf die «Zustände im Vaterland» zu sehen und ebenso als Reaktion darauf, was ihm in seinen Augen dieses Vaterland angetan oder vorenthalten hatte. Nicht nur war ihm dort früh der Vater genommen worden, was seine Einweisung in die Erziehungsanstalt bedeutete, sondern es wurde ihm von der Schweiz die Bildung – die Ausbildung zum Lehrer – verwehrt, ein Punkt, auf den Schaffner lebenslang nahezu manisch insistierte. Daneben hatte sich die Schweiz für ihn der «Geschichtsverweigerung» schuldig gemacht, die er nicht zuletzt in ihrer Neutralitätspolitik begründet sah, in ihrem «Sich-Heraushalten». Entsprechend propagierte er in seiner während des Ersten Weltkriegs verfaßten ‹Geschichte der Schweizerischen Eidgenossenschaft›, künftig müsse «ein Fortschritt des Schweizerischen Staatswesens mit dem Fortschritt des *Menschheitsgedankens* Hand in Hand gehen»: «Nur so entgeht ein kleines Volk der Gefahr, mit kleinen Geschäften und kleinen

Aussichten moralisch zu verzwergen … Sich in seiner von den Großmächten garantierten Neutralität wohlzufühlen, den anderen das Risiko für die Sicherheit und den Fortschritt der Welt zu überlassen und sich in seinem Teil nicht mehr zu leisten, als sich mit dem persönlichen Vorteil und Behagen verträgt, ergäbe auf die Dauer einen Zustand, den Europa nicht gelten zu lassen brauchte. Bezahlt ein kleines Land seine leichte Existenz nicht mit außerordentlichen Einrichtungen, die der ganzen beschwerten Welt voranleuchten, so hat es keine Berechtigung zu seinem Dasein, denn es erfüllt seine geschichtliche Mission nicht; es ist nicht, was es sein soll: das Gewissen der Welt.» Daß Schaffner den «Kleinstaat wenigstens zu einer moralischen Großmacht, zu einem Gewissensreich hinaufstilisieren» (Karl Schmid) wollte, verrät einmal mehr die Sehnsucht des ehemaligen Anstaltsinsassen nach einer höheren, einer menschheitlichen Ordnung, die das Gegenbild zur Beuggener Ordnung bilden soll.

Jakob Schaffner hat sein problematisches Verhältnis zur Schweizer Heimat immer wieder auch erzählerisch verarbeitet, so etwa in der 1916 erschienenen Novelle ‹Das Schweizerkreuz›. Deren Protagonist Hans Carbiner kehrt aus Deutschland in die Schweiz zurück, die er einst nicht nur aus Liebe zu einer Deutschen verlassen hat, sondern auch wegen der kümmerlichen Selbstzufriedenheit seiner Landsleute – «kümmerlich und frei» nennt er sie, in Anspielung auf die Landkartenfirma Kümmerly & Frey. Auf die Frage einer Schweizerin, was er denn außerhalb der Heimat als das Wesentliche der Welt erkannt habe, antwortet er, das Wesentliche an der Menschheit sei das Leiden; doch, fügt er hinzu, Not und Elend seien die Voraussetzung «zur Herstellung einer wachen und schöpferischen Seele», womit er wieder bei sich selbst angelangt ist.

Albin Zollinger erlebte am 15. Oktober 1936 Schaffners berüchtigten Auftritt bei einer Frontisten-Veranstaltung in der Zürcher Stadthalle und reagierte darauf mit einem ‹Offenen Brief an Jakob Schaffner›. In ihm stellte er sich zunächst als Vertreter «jener Ihrer Freunde in dem Saale» vor, «die es ablehnen, eine jahrzehntealte Verehrung des Dichters um des Politikers willen von heute auf morgen über Bord zu werfen. Diese Kapriole, auch wenn sie modern ist, mache ich nicht mit; ich machte sie bei Hamsun nicht mit und mache sie beim Dichter des ‹Johannes› nicht mit». Doch dann attackiert Zollinger jenen Jakob Schaffner, der «eine Gesundung der Schweiz» nur mit «rücksichtsloser Härte» durchsetzbar findet, und erinnert ihn dabei auch an sein eigenes Kinderschicksal in Beuggen: «Wenn Ihnen die Heimat nicht, wie Sie sagen, eine Insel im Südmeer ist, dann wissen Sie doch hoffentlich auch ein wenig darum, daß es noch einige außer Ihren helvetischen Parteigenossen gibt, welche den Kampf gegen Krämergeist, Ungeist, Spekulantentum, Monopolismus, Opportunismus entschlossen aufgenommen haben. Diese Art ‹Front› geht mit ihrem Schützengraben zickzackig durch alle Lager, redliche Jugend gibt es bei Demokraten, Kommunisten, Sozialisten, Jungbauern, Jungliberalen so gut wie bei unseren Nationalen, die darauf brennen, die Volksgemeinschaft mit der Hilfe der Stahlrute einzuführen ... Ein Kind in Freiheit zu erziehen, ist schwieriger und unansehnlicher als Drill mit dem Beistand der Knute; allein, nur in Freiheit wächst es aus seiner Natur.»

Nachdem 1937 auch Charles F. Ramuz die Schweiz in der Pariser Zeitschrift ‹Esprit› wegen ihrer Unbeweglichkeit, Selbstzufriedenheit, karrieregläubigen Verbürgerlichung und ihrer Kulturfeindlichkeit ungemein heftig angegriffen hatte und daraufhin in der deutschsprachigen Schweiz wüst bis unflätig beschimpft wurde, mischte sich Albin Zollinger mit einem Artikel in der Berner ‹Nation› auch in diese Auseinandersetzung ein und kam dabei wiederum auf Schaffner zu sprechen: «Zweierlei gibt mir zu denken. Einmal die

Nervosität, mit der diese Kritik von uns aufgenommen wurde; dann der Umstand, daß die Schuljungen in der Ecke immerhin Ramuz, Keyserling, Schaffner und Hamsun heißen. Haben wir nicht die Großzügigkeit, Aussagen von Künstlern um ihres glühenden Kerns Wahrheit willen mit etwelchem menschlichen Kredit aufzunehmen? Künstler sind nun einmal keine Spezialisten der Wohltemperiertheit, ihre Heftigkeiten machen sie groß.»

Es scheint geboten, an dieser Stelle einmal zu belegen, mit welch ungebremster Zärtlichkeit Schaffner sich seiner Liebe zur Schweizer Heimat immer dann hingeben konnte, wenn er sie ganz unmittelbar als Natur und Landschaft wahrzunehmen vermochte. Man lese nur einmal den Beginn des letzten, erst 1939 publizierten Johannes-Schattenhold-Romans ‹Kampf und Reife› (sein Titel, allerdings, ist Tribut an die Zeit) mit seiner anrührenden Beschreibung des ganz anderen Lichtes der Heimat, wie es der junge Johannes Schattenhold auf einer Bodensee-Schiffahrt, die ihn von Lindau über Konstanz wieder in die Schweiz führt, erlebt: «Lange war ich fort gewesen. Manchmal hatte ich meine Heimat fast vergessen, manchmal würgte mich das Heimweh … Als ich nach so langer Abwesenheit zum erstenmal wieder die Grenze des Vaterlandes überblickte, schaute ich verwundert auf, denn über den Dingen hier schien sich ein heimlicher Glanz auszubreiten. Nicht gewöhnt, eine Sache auf sich beruhen zu lassen, suchte ich gleich festzustellen, wo er seinen Ursprung hatte, aber es war da alles, oben wie unten, ein still durchdringendes Geleucht ohne Quelle und Abfluß, Licht an sich, das man hinzunehmen hatte, und das da wohl zum Raum gehörte, zu den Bergen und Tälern, den Flüssen und Wäldern, und wenn ich etwa glauben wollte, daß es von den fernen bleichen Geisterwiesen der Schneeberge herabrieselte, so irrte ich mich auch, es schimmerte und wob dort nicht stärker als überall im grünen Land. Mochte das freundlich hohe Wunder einmal vom Himmel herabgestiegen sein, so war es jedenfalls lange her; jetzt machte es den Eindruck einer landesüblich ordentlichen (sic!) Einrichtung.»

Auf seiner Reise immer tiefer in die Schweiz hinein, wo es für Johannes «kein Ende gibt mit Schauen, Horchen, Fühlen und Mitträumen», kommt er auch in seine Heimatstadt Basel, von der er sagt: «Sie schien die Stadt meiner Liebe und meines Kummers bleiben zu wollen, meiner tiefsten Heimatgefühle und meiner härtesten Einsamkeit.» Hat je ein anderer Autor schönere, von glühender Begeisterung erfülltere Seiten über Basel geschrieben als Schaffner in diesem letzten Schattenhold-Roman? Auf einer Anhöhe zwischen Riehen und dem Wald von Sankt Chrischona, wo «man eine wunderbare Sicht über die ganze Stadt hinweg hatte, über den Rhein mit seinen Brücken, das Münster mit seinen Türmen, immer noch weiter über die Ebene des Sundgau mit ihren Pappeln, links der Jura und rechts die lange Reihe der Vogesenberge, dazwischen hindurch … der Blick durch die königliche Lichtflut der burgundischen Pforte», hier sitzt Johannes Schattenhold «zwischen blühenden Akazienbäumen und Jasminbüschen» und winddurchrauschten alten Kastanienbäumen und Linden und sieht «in mein Glück hinein, von dem ich gleich wieder wegziehen würde»: «Über der alten Stadt lag ein goldener Rauch wie eine Seligpreisung. Silberne Speere blitzten heraus gleich Verkündigungen großer Dinge. Über allem stand die Sonne dieser südlichen Landschaft und warf Feuer und Glanz aus, als ob sie eine Weissagung wäre. Ja, so kannte ich die Heimat. So war sie immer gewesen, und so würde sie immer sein.»

Einmal, als Johannes Schattenholds Schweizer Wanderschaft ihn auch an die Emme führt, begleitet ihn dort eine Wegstrecke lang in seiner Phantasie der Dichter dieser Landschaft, Jeremias Gotthelf: «Dort hatte er einige Bücher geschrieben, die mir zu den wirklichen Daseinsberechtigungen zu gehören scheinen, mit denen vor dem höchsten Gericht ein Volk sich einmal ausweisen konnte.»

Es existiert noch ein Buch reinster Schweiz-Begeisterung von Jakob Schaffner, mit dem er sich vor einem höchsten Gericht freilich nur schwer ausweisen könnte, weil die Hintergründe und Umstände seiner Entstehung so schimpflich für ihn sind. Im Jahr 1938, noch hat der Zweite Weltkrieg nicht begonnen, stellen die Mercedeswerke in Stuttgart Schaffner für fünf Wochen eine Limousine samt Chauffeur zur Verfügung, mit der er in der Folge fast 8000 Kilometer kreuz und quer durch seine Heimat fährt, um als Resultat dieser Reise bei der Deutschen Verlags-Anstalt in Stuttgart sein Buch ‹Berge Ströme und Städte / Eine schweizerische Heimatschau› herauszubringen, kein Propagandabuch für das ‹Dritte Reich›, wohl aber für eine Autofirma, die vom Reich profitiert und sich gleichzeitig den Schweizer Markt erhalten will. In diesem Buch zeigt sich der verlorene Sohn, der in seinem Vaterland von niemand mehr erwartet wird, als ein schwermütiger Schwärmer, dem neben wenigen Ausrutschern in die Blut-und-Boden-Phraseologie herrliche Landschaftsschilderungen gelingen (selbst ein nach dem Machtantritt Hitlers publiziertes und als Huldigung an das ‹neue Deutschland› gedachtes Schaffner-Buch war in erster Linie eine Landschaftshuldigung, wie schon sein Titel ‹Offenbarung in deutscher Landschaft. Eine Sommerfahrt› zeigt).

Fast hölderlinhaft andächtig hebt Schaffner an: «Was einmal schön war … das bleibt ewig schön, und Geliebtes stirbt nie.» Und es ist viel einstmals Geliebtes, das Schaffner auf dieser langen Reise durch die Schweiz wiederfindet, zuletzt noch in Buus (bei Basel) das Grab des Vaters und in Basel auf der Freitreppe des Blauen Hauses eine Erinnerung an die Füße der Mutter, die hier als Dienstmädchen ein und aus ging. Im Basler Münster, das er in seinen katholischen Ursprung zurückträumt, kommt ihm in den Sinn, wie er einst als Schustergeselle «mit heißem Herzen das Requiem von Mozart» hörte: «Bald lief es mir kalt über den Rücken hinunter, bald schossen mir die Tränen in die Augen, und was mir zuletzt blieb, als ich durch die Gassen leise taumelnd zu meinem Gefängnis zurückkehrte, war das Gefühl schneidender Hilf- und Hoffnungslosigkeit.»

Im Basler Museum empfindet er sich vor den Bildern von Konrad Witz, Holbein, Grünewald und Baldung Grien als «ein später Verwandter von denen da», so wie er sich in Schaffhausen vor dem Denkmal des großen Geschichtsschreibers und Staatsmannes in fremden Diensten Johannes von Müller heftig mit diesem identifiziert: «Diesen Johannes von Müller litt es nicht mehr draußen. Er kam, prüfte, reiste, sah, hörte, sprach, mahnte mit der Leidenschaft und der Einsicht dessen, der draußen die großen Züge besser überblickt als die Zuhausegebliebenen, die befangen und im Kreis treibend nicht von sich selber loskommen. Er hat sich umsonst gemüht und kehrte verzweifelt nach Deutschland zurück, wo man übrigens auch nicht besser dran war, aber die Heimat lag ihm doch näher. Die stärkste Nachwirkung, der wir später begegnen, ist der Vorwurf der Landesflucht gegen einen Mann, der seine Heimatliebe durch Wort und Tat bewies.» Und abermals hört man Schaffner von sich selbst sprechen, wenn ihm in Glattfelden, wo einst Gottfried Keller bei seinem Onkel Zuflucht suchte und einen Herzensroman erlebte (der dann in den ‹Grünen Heinrich› einging), als «Geisterstimme aus versinkender Zeit» eine Kellersche Gedichtstrophe einfällt:

> Wohl mir, daß ich dich endlich fand,
> du stiller Ort am alten Rhein,
> wo ungestört und ungekannt
> ich Schweizer darf und Deutscher sein.

Genug – und noch lange nicht genug. Daß Jakob Schaffner sich in Hitler-Deutschland, obwohl er dort hofiert wurde – so intervenierte etwa Goebbels persönlich, um ihm den Goethe-Preis zu verschaffen (aber die Frankfurter Jury widersetzte sich standhaft) –, zunehmend isoliert und unwohl fühlte, ist ebenso bezeugt wie die Tatsache, daß es vor allem Schaffners zweite Frau, die aus ‹besseren Kreisen› in Ostpreußen stammende Julia Schaffner-Cuno war, die mit ihrer fanatischen Nazibegeisterung und ihrer Geltungssucht Schaffner unheilvoll beeinflußte (auffällig ist die Parallele zu Hamsun, der auch von seiner Frau ideologisch intubiert wurde). Diese in Schaffners autobiographischen Romanen als Emilie von Loeskow porträtierte, bedeutend ältere Mentorin des jungen Johannes Schattenhold erfüllte realiter für Schaffner, der von 1916 bis 1941 mit ihr zusammenlebte, die Rolle der fehlenden Mutter und hatte als solche fatale Macht über ihn. «Sie hielt ihn unablässig zu intensiver Produktion an, und auch das ... Absinken der Qualität der späteren Romane und Erzählungen ist zu einem großen Teil auf den Druck zurückzuführen, unter dem Jakob Schaffner damals stand», so schrieb Peter Schaffner, der Sohn Schaffners aus seiner ersten Ehe, in einem Brief an Charles Linsmayer. Tatsächlich war Jakob Schaffner zuletzt zu einem Vielschreiber geworden, der selten zur Stärke seiner frühen Bücher und schon gar nicht der des ‹Johannes›-Romans zurückfand.

Ein schlechtes Gedicht Schaffners – er hat nie gute Gedichte geschrieben –, das er nach dem Tod von Julia Cuno dieser als ‹Totenopfer› dargebracht hat, enthält zwei Zeilen, die rühmend gedacht sind, aber unfreiwillig noch einmal den Blick auf jenen unseligen Ordnungsglauben lenken, der Schaffner in seiner Kindheit in Beuggen mit Gewalt eingepflanzt und den er nie mehr los wurde oder sich auszutreiben vermochte:

Sie mahnte ernstlich an die Ordnung mich,
drin sie gehalten mich so viel geliebte Jahre.

Nicht in Deutschland und nicht in der Schweiz, sondern in Straßburg, wo die in seinem Roman ‹Konrad Pilater› erzählte anrührendste seiner Liebesgeschichten begonnen hatte, siedelte sich Jakob Schaffner an, nachdem er im Herbst 1943 in Berlin ausgebombt worden war. Am 31. August 1944 legalisierte er hier sein Verhältnis zu der dreiundzwanzigjährigen schweizstämmigen Studentin Renate Bissegger, die ein Kind von ihm erwartete, durch Heirat, und vollzog damit die endgültige Abnabelung von der ‹Großen Mutter›. Doch so wie Konrad Pilaters Liebesgeschichte tragisch endete – Konrad floh am Hochzeitstag aus Straßburg, und seine Braut, die seine Fährte aufnahm, endete durch Freitod –, endete auch Jakob Schaffners letzte Liebesgeschichte tragisch. Am 25. September 1944 kamen er, seine junge Frau und das ungeborene Kind bei einem Luftangriff auf Straßburg durch einen Bomben-Volltreffer auf ihr Haus ums Leben. Auch in Straßburg erinnert nichts an die Unperson, kennt niemand mehr den Namen Jakob Schaffner.

Straßburg, Sommer 2004

INHALT